捧读

触及身心的阅读

章楶

字质夫，北宋名将。

在宋夏战争中，他发挥了卓越的军事才能，多次大破西夏军队。

叶悖麻

西夏名将。

英勇善战，忠于西夏王室。在惨烈的灵州之战中，他的部下在最后关头叛变，他却不愿投降宋朝。

淑寿

温国公主，宋神宗第三女。

深受赵顼和高太后宠爱，聪明伶俐，是皇宫中的『小魔头』。

耶寅

叶悖麻次子。

雅好儒学，仰慕宋朝风物。忠于李秉常，支持大安改制。

种谔

字子正，北宋名将。

善于驾驭士兵，遇敌能出奇计，勇敢善战，屡有战功。

姚兕

铁林军副都指挥使。

为人严厉。在与西夏军队的战斗中，他曾一箭射杀其先锋官，使敌军大败。

高遵惠

字子育，北宋提督使。

外戚。晓武略，有文采，谨小慎微。严遵高太后教诲，严于律己，为族人做出了榜样。

田烈武

北宋致果校尉。

忠厚寡言，有方略。统率着数千虎贲之士。在灵州城前，他是让西夏人闻风丧胆的大宋名将。

肉饼店相遇图

熙宁西讨宋军进军路线示意图

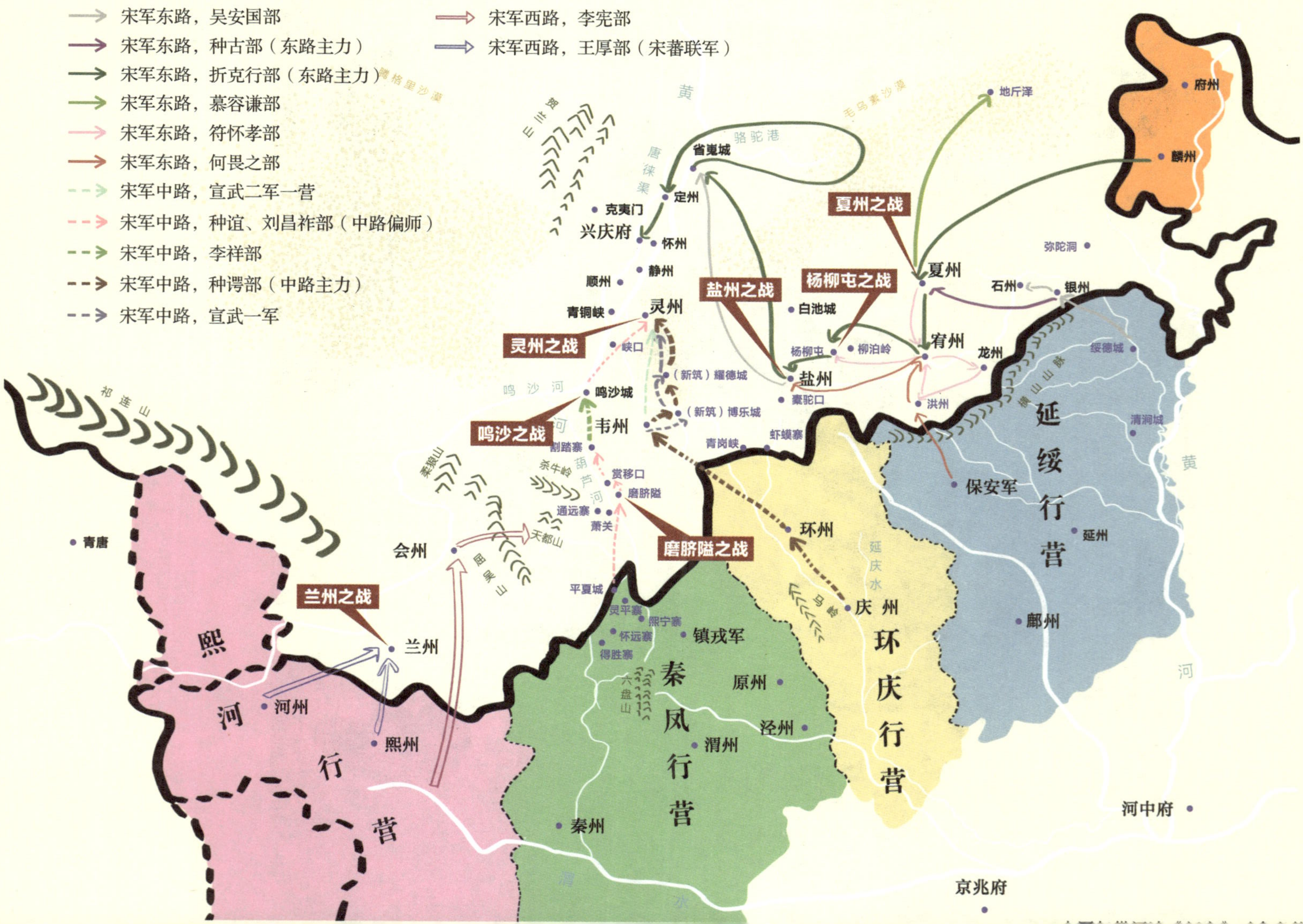

新 6 宋

·大结局珍藏版·

关于宋朝的大百科全书式小说

阿越　著

中国致公出版社
China Zhigong Press

图书在版编目（CIP）数据

新宋. 6 / 阿越著. -- 北京：中国致公出版社，
2019
ISBN 978-7-5145-1180-2

Ⅰ. ①新… Ⅱ. ①阿… Ⅲ. ①长篇历史小说－中国－当代 Ⅳ. ①I247.5

中国版本图书馆CIP数据核字（2018）第001685号

新宋·6
阿越 著

责任编辑：蒋晓舟
责任印制：岳 珍

出版发行：中国致公出版社 China Zhigong Press
地　　址：北京市海淀区翠微路2号院科贸楼
邮　　编：100036
电　　话：010-85869872（发行部）
经　　销：全国新华书店
印　　刷：天津丰富彩艺印刷有限公司
开　　本：787毫米×1092毫米　1/16
印　　张：21.5
字　　数：399千字
版　　次：2019年4月第1版　2019年4月第1次印刷

定　　价：45.00元

目录

第一章

兵临灵武

今天，援军来了！

——种谔

1

大安六年八月的兴庆府，竟然下起小雨来。雨虽然不大，但淅淅沥沥的，让人心烦意乱。国之将亡，必生妖孽。看着这少见的秋雨，许多人心头都会平白无故地浮起这句古话来。其实也不是平白无故——就在七月份的时候，胜利的天平几乎是在忽然间，重重地倒向了宋朝一方，顷刻之间，亡国之祸，便迫在眉睫了。

七月，宋将折克行率骑军与梁永能大战一昼夜，斩首千余级。梁永能部被击溃后，骑将野利赞与贺崇榜率部投降，梁永能只率领亲兵心腹千余人向北部的风沙草原逃窜。宋军以吴安国为将，率两个营的骑军穷追不舍。

同一天晚上，另一名宋将何畏之率环州义勇至盐州。他至盐州后大布疑阵。梁永能的主力群龙无首，被吓回盐州城据城固守，结果次日起宋军主力依次赶到，将盐州城围了个水泄不通。兴灵夏军屡屡遣兵相救，却都被折克行率军击退，只能眼睁睁望着平夏兵成为宋军的瓮中之鳖。

十天后，也就是大安六年八月上旬，早被宋朝职方馆收买的盐州将领景政叛变，半夜杀守门吏，打开城门迎宋军入城。盐州城破，守城夏军全部投降。

祸不单行，八月十四日，宋将慕容谦至地斤泽，斩首一百五十级，招降部落三千余帐。慕容谦将之尽数迁往延绥。在地斤泽置五百人屯田。

六天后，宋将吴安国断送了兴庆府的最后一丝侥幸。他率部围梁永能于北部风沙草原某处。梁永能突围失败，拒绝吴安国招降，自刎。这一天，距离宋将符怀孝之死，不足一个月。

一个月内，梁永能兵败身死，大夏国立国的根本之地——平夏地区彻底丢失。西夏人心惶惶，也是理所当然的。谁也不知道宋军什么时候正式进攻灵州，但是人人都知道，这一天，近了！

而偏偏此时，西夏内部越发的乱起来。禹藏花麻上疏，要求罢梁乙埋相位，迎国王秉常复辟。他在奏章中称，宋朝伐夏的借口是因为权相作乱，国王被幽禁，所以仁多瀚才会引兵入境。若秉常复位，梁乙埋罢相，以仁多瀚为国相，则可防止落宋朝之口实，即便不能使宋朝撤军，也可以分化仁多瀚与宋军。禹藏花麻甚至公然提出割河南之地向宋朝称臣，以换取宋朝撤军。

禹藏花麻的奏章把梁乙埋气得七窍生烟，被梁太后斥为胡言乱语，但在兴庆府乃至整个西夏内部，却颇有一些支持者。许多原本亲近秉常的贵人，在这个时候，声音也变得大起来。几乎到处都有要梁乙埋罢相，秉常复辟的声音。

一向自信、镇定的梁太后，在灭国之祸迫在眉睫之时，终于也没有了往日的从容。

“禹藏花麻不识大体，早晚必为国贼，须先诛之！”老妇人阴狠的语气，让西夏王宫内的近臣们都不禁打了一个寒战。

“太后圣明，正须先诛禹藏花麻，夺其兵权。否则变生肘腋，悔之无及。”梁乙埋也是咬牙切齿。

嵬名荣在心里苦笑，这个时候，也唯有他敢出来说话了：“太后，若如此，则吾辈将无葬身之所！”

杀禹藏花麻？禹藏花麻有自己的部众，此时手中兵力虽少，却至关重要。若非他在西线恃险与李宪、王厚周旋，李宪、王厚早就打过青铜峡了。这个时候若是逼反了禹藏花麻，禹藏花麻倒戈相向，贺兰山以东，将没有他们的容身之地。嵬名荣虽然也听说禹藏花麻与宋朝暗通款曲，但这个时候，却只能睁一只眼闭一只眼。

梁太后毕竟是个聪明人，虽是盛怒之下，但一经提醒，立时醒悟，改口道：“不过念他尚能与敌死战，功大于过，姑且赦之。”说罢，不待梁乙埋说话，又向嵬名荣问道，“今日之事，将军可有何良策？”

嵬名荣苦笑摇头，大势所趋，又岂是人力所能挽回。但是一殿的目光，尽注目于他身上，让他感觉到责任重大。他沉吟半晌，终于缓缓说道：“今日之事，孙武吴起再生，亦无万全之策。老臣冒死进三策，惟听太后圣裁！”

“将军快说。”

“上策，请皇上复辟，以圣意招谕仁多澣，向宋朝乞和。宋军失了口实，纵有兼并之心，我国君臣齐心，以哀兵背水一战，胜负亦未可知。只须僵持数月，再遣使厚赂辽主，促使大辽出兵，局势便可改观。况且若卑辞厚礼，暂割河南之地于宋，宋军已失口实，又得实利，未必不退。我国效勾践之事未晚。”

他说完，并不看梁乙埋脸色，继续说道：“中策，兴、灵不足守。效祖宗之法，携战士、百姓、牛羊、财货西迁，过贺兰山，另建中兴之基业！”

嵬名荣说出此策，殿中一干人的脸色，都变得难看起来。

“下策，固守兴、灵，与宋军决一死战。割平夏予辽，引虎驱狼。”

“荒唐！”嵬名荣话音刚落，梁乙埋已拂袖而起。梁乙埋指着嵬名荣，怒骂道，“当日要诱敌深入者是公，今日献此亡国之策者亦是公！”

嵬名荣默然无语。宋军在灵州道上一直不肯进军，的确是出乎他的意料。宋朝国内，的确也只有石越一个人，能够有资格顶住枢府甚至皇帝的压力，硬生生地忍到了东线战局的明朗化。在这一点上，他不能不佩服石越。但另一方面，他也是不服气的。他的意见，本来是要梁永能保持存在，宁肯失了盐州，宁肯青白盐池被烧，梁永能部也要一直忍耐到冬天的到来。只要梁永能部存在，东线就能对宋军保持压力。但是这样的策略却是无法执行的。梁太后的底线是盐州；梁乙埋更不能忍受宋军在平夏如入无人之境，并出现宋军由盐州攻击兴灵的情况。而梁永能本人的想法倒不能算错，他决定随机应变——若宋军主力倾巢而出，他就放弃盐州，不与宋军争锋，转而抄掠其后方；若宋军轻兵冒进，他就在盐州吃掉宋军——但没有想到，正是这种正确、折中的想法，让梁永能着了宋军的道。

“权不可预设，变不可先图。与时迁移，应物变化，设策之机也！”嵬名荣在心里默默念着荀况的名言，不愿意与梁乙埋做口舌之争。

局势坏到了这个地步，再争又有何用？！

宋军当然不会轻易退兵，但若以大夏国的利益来考虑，那么请夏主复辟，无疑是没有办法中的最好办法。

如果不肯请夏主复辟，那就干脆什么都不要，重新过游牧生活，与宋军磨到底好了。

这也不肯，那也不愿，岂不只能龟缩在兴灵等死？

嵬名荣当然看得清楚，真要梁乙埋去过游牧生活，那还不如让他死。但秉常复辟，他这个宋朝点名要除掉的权相，又会有什么好果子吃？

梁乙埋当然是不愿意的。

但是，决策权是在梁太后手中。

嵬名荣宁愿静静地等待梁太后的抉择。西夏宫廷斗争的残酷，他嵬名荣也是非常清楚的。既然在己丑政变中，他选择了梁太后，以后他也没得选择。其实对于秉常复辟，嵬名荣也是抱着一种极其复杂的感情。从内心深处来说，嵬名荣宁愿梁太后取中策。

但是，现在的嵬名荣，已经心甘情愿地将未来托付给了梁太后。在这种重要关头，整个兴庆府，也只有这个老妇人有这样的权威。

“我要见见宋朝的那个栎阳县君。”半晌，从梁太后口中缓缓说出了这句话。

2

栎阳县君静静地站在一间大帐内，神态从容淡定，而心里在暗暗算计着。

政变之时，她一面保护着李清的家人在兴庆府附近藏匿起来，一面暗中联络残存的宋朝间谍，准备迎接宋军的大举进攻。但战争开始后，宋朝的间谍们才发现形势出乎设想地急骤地恶化起来。西夏官府到处搜检户口，强征兵役劳役，连妇女都不能免。宋朝的间谍们除了少数地位特殊的，大都被迫更深地潜伏起来。而栎阳县君亦发现局势已经不能容她在西夏再待下去了，于是她被迫带着李清的家人逃往韦州，结果却在途中遇上西夏名将叶悖麻部。

此时她陷于敌手已有数月之久。西夏人在她身上搜出有宋朝端明殿学士、陕西安抚使石越的亲笔信，无不大惊失色——这封被精心藏好的信件实际是证明栎阳县君身份的介绍信，上面虽只有寥寥数语，但是“栎阳县君”“许便宜行事”，还有陕西安抚使衙门鲜红的帅印，无不显示着眼前这个女子的身份与来历非比寻常。统军叶悖麻立即意识到宋朝在西夏可能有一个庞大的间谍网，便将栎阳县君与李清的家人一道送至兴庆府。

梁太后见到栎阳县君后，如获至宝。她本想通过此事，诬指李清为宋朝间谍，使己丑政变更具合法性。不料这个栎阳县君却一口咬定，她是政变发生后方奉命入夏，因石越怜忠臣义士惨死，欲觅其子女归宋，以表彰忠孝仁义之道。无论梁太后如何威逼利诱，她就是不肯改口。

此时局势微妙，栎阳县君一介女子，梁太后杀之无益，便干脆将她留了下来。连着李清一家，也暂时保住了性命。这自然不会是梁太后宽仁慈爱，只是在她看来，这些暂时没有威胁的人，死了便死了，毫无价值，若是活着，却未必没有用得着的时候。她这样的在西夏险恶的宫廷斗争中生存下来的胜利者，总是会习惯性地给自己多留一点筹码。

梁太后的想法，栎阳县君也看得非常清楚。在她看来，虽然现时是梁太后占据着绝对的优势，梁太后也随时可以取她性命，但是，她却看明白了一点：既然梁太后舍不得杀她，那么她也是有可以与梁太后周旋的筹码的。

帐外传来胡笳之声，还有隐隐约约的歌声相伴，打断了栎阳县君的思绪。她原本也是擅于音律的，此时干脆凝下心神，侧耳倾听，却是有人在用番语唱着歌，歌声甚是豪迈。她细辨旋律与歌词，听出是一首颇为熟悉的西夏民谣：

宁射苍鹰不射兔，
宁捕猛虎不捕狐。
与明相伴不会暗，
与强相伴不会弱。
张弓无力莫放箭，
说话不巧莫张口。
人有智不迷俗处，
箭有功敢入深山。
……

正留意间，忽听到帐外传来宣赞之声："太后驾到……"

"太后驾到……"

伴随着一连声的宣礼之声，大帐的门帘被掀开，梁太后在几个女官的陪伴下，走进帐中，径直往上首坐了。

栎阳县君只是朝梁太后敛衽一礼，道："奴家参见太后。"她举动虽然颇显傲慢，但西夏名义上是宋朝的属国，而她是宋朝诰命夫人，于礼仪上倒也并非完全说不过去。

梁太后仿佛对这些并不介意，只是抬眼望了栎阳县君一眼，道："县君原来也懂番语。"

"略通一二。"栎阳县君此时已知道她听到那首歌并非偶然。

"哦？"梁太后又看了栎阳县君一眼，悠悠道，"县君可知后面几句是如何唱法？"不待栎阳县君回答，梁太后已经用西夏语唱起来，"……心怯亦无惧，箭尽亦不降！肠穿裹腰际，腹破以草塞！"

栎阳县君只是不动声色地听着。

"敝国民俗如此，强梗尚气，让县君见笑了。"

"过刚易折，的确不是甚好事。"栎阳县君微笑着说出来的话几乎将梁太后噎死，"箭尽不降，肠子穿了不治，依奴家看来，那不都是变着法子找死吗？"

若非事关重大，梁太后几乎想将这个栎阳县君的舌头拔出来看看，但一个女子的生死荣辱，又怎能和大白上国的存亡相提并论。她强忍住怒气，笑道："县君好口舌，我几乎要舍不得放县君回去。"

但栎阳县君接下来的反应，让梁太后更加吃惊。"奴家不敢回大宋，宁愿太后赐死。"

"无缘无故，怎的说起死呀活的。"梁太后心中诧异，脸上却温和地笑道，"县君是朝廷诰命，我又岂敢擅杀。且塞外终是苦寒之所，县君能归中原，亦是喜事。"

"谁人不偷生？然奴家既奉命来此，是要护着李将军妻儿归宋。使命既不能完成，偷生归国，宁不愧对石帅？与其如此，莫不如死在兴庆，反能成奴家之名。"

梁太后将脸挂了下去，冷冷地说道："李清是敝国之臣，其犯上作乱，妻儿罪当连坐。我不擅诛朝廷之命妇，朝廷亦不当干涉敝国之家事。"

"普天之下，莫非王土；率土之滨，莫非王臣。夏国既奉大宋正朔，忠臣义士受不白之冤，朝廷若坐视不理，何以教化天下人心？"

"县君纵是苏秦再世，我亦不能答应此事。"梁太后斩钉截铁地说道。这个栎阳县君的聪慧、胆气实是出乎她的意料，梁太后不用多问，只从她的眸子中，便知道栎阳县君已经猜到她为什么会放她归宋，并且敢和她要价。这样的人幸好是女流，干不成什么大事，若是男子，梁太后宁肯丢掉这个筹码，也非要将之除掉不可。

“太后不肯答应，奴家亦莫奈何。唯太后既欲与朝廷议和，李将军妻儿是石帅要保护的人，若有差池，只恐多有不便。以太后之明，自知道是战是和，半决于石帅。”栎阳县君悠悠说道。梁太后虽看出她已知端详，却仍然忍不住问道：“是谁说我欲议和？”

栎阳县君笑道：“若非太后想议和，奴家岂得归宋？”她有半截话却也没有说出来，但是即便不说，双方心里都明镜似的。梁太后要议和，便不能叫使者空手去见石越，但礼物差了没作用，太重了只怕梁太后又出不起，此时栎阳县君便是一个最好的礼物，是梁太后向石越表达善意的礼物。

梁太后端视栎阳县君半晌，叹道：“真天兴大宋，何南朝人才之盛也？连一女子都得如此！还盼县君见石学士时，转致老妇人之意：若朝廷许和，敝国愿将河南之地献于朝廷，从此永为朝廷藩属，绝不背叛。惟银夏宥诸州，先人陵寝，多在彼处，盼朝廷能许敝国一岁四祭，感恩匪浅。若朝廷必欲亡我，夏国虽小，尚有控弦之士二十万，只好决死一搏。虽箭尽不降，肠穿裹腰，与国共存亡！如此我先人固不得血食，而于朝廷，只恐亦所得不足以偿所失。”

栎阳县君虽然已猜到宋军必然是打了大胜仗，逼得西夏要求和，但是梁太后开出来的条件，言语中之悲壮决绝，都大出她的意料。她按捺住心中的惊喜，淡淡说道：“奴家归宋之日，定将太后之意，转致石帅驾前。”

梁太后微微颔首，将脸转向帐外。帐外再次传来隐约的音乐之声，但这次的声音却更加遥远，也不再是胡笳，而变成了羌笛。帐中之人虽听不到歌声，但是这笛声的旋律却是如此的熟悉，熟悉得让梁太后与帐中的西夏女官们立马就在脑海中浮现出那悲凉的歌词：

黔首石城漠水边，
赤面父冢白高河，
高弥药国在彼方。
……

3

盐州之战的结果，在宋朝引起的震撼并不逊于西夏。

石越在军中的威信空前高涨，折克行一夜之间名扬天下，宋军的局势好得让最悲观的人都不相信这场战争还可能失败……但这并非全部。过分的乐观容易带来更苛刻的要求。

平夏抵定，现在整个大宋朝野的目光，全部聚集在了石越亲自坐镇的中线。

大宋的国库在盐州之战后仿佛变得更加脆弱了，仿佛朝野间人人都变成了司马光，个个都在计算着大军在外多待一日，朝廷要多耗多少粮饷。

至于西夏与西夏的军队，此时暂时被忽略了。

从汴京至庆州，沿途驿馆住满了催促石越进兵的使者。

盼望着石越次日就拿下灵州，最好是拿下兴庆府的人，在皇宫、在枢密院、在尚书省、在西讨行营都总管司……

到处都是。

“盐州克捷，不过是使我军之态势更加有利。它固然抵定了平夏战局，但它不曾抵定灵武战局！”章楶握拳用指节重重地敲打地图，几乎是气急败坏地吼道，“全局之关键是灵州！灵州未克，胜负便尚未可知！”

但他的话似乎没什么效果。连刘舜卿都觉得他有点过虑了，灵州的确是关键，但是平夏抵定后，攻下灵州还会有多难吗？

章楶恨铁不成钢地看了一眼他的同僚们，转身走出议事厅，到马厩牵了马，打马直奔石越的帅府。骄兵必败，这个道理是千古不易的。

但他到帅府后，却被帅府的亲兵拦了回来。无论他说有什么样的急事，帅府的亲兵就是不肯通融。宰相门前七品官，章楶只得悻悻而返。这还是他头一次在帅府吃闭门羹。

章楶满腹心事地离开帅府，不料竟在路上碰上了骁骑军副都指挥使王师宜。王师宜与章楶本是故识，见着章楶，早将亲兵扔到一边，不由分说拉着章楶进了一家店子，坐定后第一句话，便是：“质夫，你可听到消息，契丹人出兵了！”

“啊？！”章楶忍不住惊呼出声。他知道王师宜这样的人物，无论军中朝中，消息之灵通绝不逊于职方馆，他说出来的话，十之八九可信。但这件事，却还是让他不敢相信。

“绝不会错。”王师宜压低了声音，却掩饰不住兴奋，眉飞色舞地说道，“这下不怕无仗可打了。”

帅府。

偌大的议事厅，只有三个人。坐石越下首的，赫然是小隐君种古与枢府职方馆知事司马梦求。

“契丹人十天前越过阴山，已经可以证实。”司马梦求递给石越与种古两份文件，证明他的话是绝对可信的，“但下官所得之情报，皆言契丹军队越过阴山，是以追击叛贼为名而过境。亦没有其继续进兵之报告。”

“阴山。”石越翻了一下手中的文件，将它丢到案上，目光投向地图屏风，“太远了……鞭长莫及。”

种古仔细看完文件，也道：“若契丹只是越过阴山，趁火打劫，短期内不会与我军发生接触。”他一面说，一面起身走到屏风前，手指向银夏以北的风沙草原，沉声道，“地斤泽以北，暂时非吾军所能及。地斤泽以南，契丹若来，唯有一战。”

石越也起身至地图前，沉思良久，忽然说道：“此乃辽主投石问路之策。”他指着地图，道：“契丹过阴山，与我军完全无法交集。不至于过于触怒我军，而若吾辈置之不理，任其所为，他便要得寸进尺。”

“人人皆欲分一杯羹去。”种古笑道。

石越冷冷地哼一声，道：“那也要看他有没有本事。休说地斤泽，黄河以南，都是大宋之地，容不得他人染指！”

“契丹人过阴山？”章楶只觉得喉咙发干，端起盖碗喝了一口茶，又问道，“王兄知道是谁领兵吗？”

王师宜尴尬地笑了笑，道：“这倒不曾听说。”实际上是他听到这个消息后过于兴奋，竟忘记打听这至关重要的事情了。他毕竟也是堂堂的骁骑军副都指挥使，这么丢脸的事情当然不好意思说出来。

“此乃辽主一石二鸟之计。”章楶想了一会儿，忽然说道。

“此话怎讲？”王师宜对章楶一向非常佩服，连忙向前倾了倾身子，问道。

章楶笑了笑，吩咐亲兵将桌上清理开来，然后将一个茶杯扣在桌子的西北角，道：“此乃阴山。”又在茶杯之西南放了一根筷子，“此乃河套、黄河。”又在更远的西面与南面各扣上两个茶杯盖，道，“此兴庆府与夏州。”

他一面摆置一面介绍，一幅简陋的西夏形势图便展现在王师宜面前。

“王兄请看，契丹出阴山，与我平夏之军隔黄河、荒漠相望，正所谓‘可望而不可即’也。以吾军之力，断不可能穿越大漠，北渡黄河而与契丹交战。然契丹一旦占据水草丰美之河套，南可下大漠牵制吾军，西可由‘直路’抵兴庆府，或盟或战，其权皆在契丹。辽国君臣能出此策，实不可轻视。此举一则投石问路，试探朝廷之反应；二则牵制我军，让我军与夏人都弄不清虚实。”章楶一面说，一面皱眉望着桌子上的“地形图”，若有所思。

王师宜自上次出丑后，便偷偷恶补西夏之风土人情课，这次倒也听明白了章楶所说的内容，章楶所谓的“直路”，指的是由兴庆府通往辽国临潢府的一条驿道。这条驿道从兴庆府渡过黄河后一路向东北而行，经十二个驿馆，以一条几近完美的直线到达临潢府。虽然其中要穿过河套以南的沙漠，但是这对于经常在沙漠作战的辽军来说，根本不成为障碍。如果辽军果真占据河套平原，那么顺此驿道而下，西夏可以说将彻底受制于人。辽国与之结盟，他们便有实力与宋军相抗；如果辽国翻脸，那么只怕西夏人连跑的时间都没有。

“无利不起早。能够占据河套，甚至有可能变西夏为傀儡，怪不得辽主不惜得罪朝廷，也要出兵。”章楶低声说道，仿佛是和王师宜说话，又仿佛是在喃喃自语，“然这个时机，却还是略晚了一些……”

“通往兴庆府诸条道路中，由绥州、夏州至盐州、静州，渡黄河而抵兴庆，此旧驿道是诸道中最平坦、最适宜车队行走之路线。旧时商队往来，贡奉、岁赐，乃至西域各国使节假道而来中原，多取道于此。平夏抵定，我军最大之优势，便是掌握了这条驿道！”帅府之中，司马梦求也在向石越分析着形势。他说到此处，向种古望了一眼，种古微微点头，表示同意，司马梦求方继续说道：“辽主此时出兵，时机不可谓不好，然终究还是差那么一点。若是梁永能未败之时，我军将受极大牵制，东线将无所作为。然平夏既已抵定，我军以平夏为根基，可进可退，可攻可守，局势亦未至于被动。”

石越与种古都颔首表示赞同。不过辽主出兵之时机，在石越看来，只是见仁见智的事情。他若出兵过早，西夏尚未陷入绝境，又岂能甘心将河套拱手相送？而且一旦过分逼迫宋朝，宋朝若是恼羞成怒，与辽国全面开战，杨遵勖咸鱼翻身也未必不可能。这样大战的风险，无论是宋朝还是辽国，哪一方都没有做好心理准备。这中间无非是对各方最低容忍度的理解不同的问题。辽主此时出兵，在石越看来，最大的用意是占据丰腴肥美的河套地区，一方面可以给大同府一个屏障，取得地理上的优势；一方面则可以增强国力——一个河套地区，在当时抵得上数千里的塞外苦寒之地。至于其余种种可能，对于辽国来说，那不过是另外的好处，若是宋朝肯将河套地区拱手相让，石越有七成以上的信心，相信辽主会爽快地将西夏出卖得一干二净。

但是，休说大宋朝廷，便是石越，又怎么舍得将河套地区拱手相让？

宋朝拼着消耗国力，以无数的钱粮与数以万计的战士生命相搏，才取得这些战果。而辽国不费吹灰之力，便占据了水草丰美的河套平原？

掌握河套平原，可以在很大程度上抵消辽国西京道的地理优势，极大地改善宋朝由于丧失蓟燕十六州而形成的战略劣势——这是只要看地图就可以明白的简单事实。而且河套平原还是宋朝梦寐以求的优良马场！

“然契丹兵出阴山后，态势立即变得微妙。我若是逼得西夏太急，不能不担心西夏会不惜一切投靠契丹；我若放其一马，让其喘过气来，后患无穷。西夏任谁当政，最终都难以坐视平夏被占。而契丹虽经内乱，然君臣同心，名将辈出，士卒皆百战之余。大宋若与其决战，胜负固然难料，战火却势必蔓延至河北、京师，国家要付出的代价难以估计，朝廷大臣亦未必能下定决心，同心同德。故此，契丹虽未必敢激怒于我，我亦不可过分激怒契丹。契丹虽出兵西夏，暗含挑衅之意，然毕竟留有极大余地。而我与契丹之交涉，固不必示弱，亦不可莽撞。”司马梦求执掌职方馆，对辽国的了解远在石越与种古之上，他的意见，便是连枢府甚至皇帝，都会尊重。

“纯父言之有理。”石越对司马梦求的话也是深以为然。宋辽之间虽然贸易额达到了一个空前的高度，辽国在经济上对宋朝的依存度也在增高，但石越也清醒地意识到一点——熙宁十三年，无论宋朝还是辽国，都不是工业社会。辽国这样巨大的经济体，绝不可能因为宋朝断绝贸易而陷入一种任人宰割的境地。只要辽国自己产粮、产铁、产马，他们在经济上的任何依存，便都是有限的。这种情况下的经济依存，可以为宋朝牟取适度的利益，但是如果过分了，将辽国逼得无路可走，对宋朝来说反而会是一场巨大的灾难——一场全面的战争。那时候契丹统治者最直接最简单的选择，便是将人民的不满转移到宋朝身上来，最起码，河北、河东两路，甚至大宋的精华地区——汴京附近，都会沦为战场。契丹人最终也许会被击败，甚至被消灭，但宋朝要付出的代价也会是极其昂贵的。而至少现在，大宋还没有做好这个准备。

但是，有一点石越也很坚持：河套平原绝不能让给契丹。狼山以北，甚至黑水城，在宋军力不能及的情况下，都可以让给辽国。但是黄河百害，唯利一套，河套平原，是石越志在必得的。

“其余之事，可随机应变，并非急务。”石越目光移到种古脸上，顷刻间便下定了决心，“眼下我要的，是找一名将领，率兵去河套。”

“去河套？！”司马梦求与种古都吃了一惊。石越刚刚还同意司马梦求的观点，似乎要与辽国达成一定之妥协，此时却要派兵去河套。

“纯父方才说，只有辽军过阴山之报告，并无说辽军已至河套。可是如此？”

“确是如此。然辽军既过阴山，不可能不至河套。”司马梦求答道。

“那不必理会。河套部族甚多，此时尚忠于西夏，辽军便是到了河套，亦不可能这般快平定整个河套。便是西夏，虽力有不及，然终亦不可能置之不理。”石越缓缓说道，见种古与司马梦求都若有所悟地点了点头，又继续说道，“眼下便要一个合适的人选，迅速出兵河套，只要占得立足之地，日后与辽主便有交涉之余地。否则一旦辽军尽有河套，我能拿何物去换？且有一军至河套立足，亦可牵制辽军，翼护平夏。”

“妙策！”种古都忍不住要拊掌赞叹。

“派兵急取河套？”王师宜目瞪口呆地望着章粢，“与契丹人硬碰硬打上一仗？”他目光兴奋起来，但马上想起一事，旋即黯淡下去，“然孤军深入，蹈拱圣军前车之辙……”

“王兄以为辽军便敢真打吗？”章粢笑道，“纵然我军孤军深入，全军覆没，辽主便不怕我们进兵他的西京道与南京道吗？要打也只会是小仗，除非辽主派了一个不识大体的人为将。但辽主既想得出此策，又岂会随便派个人来？”

“还是冒险。”王师宜一个劲地摇头。在他看来，一个小小的河套平原，同时插进去宋辽夏三方势力，若不打大仗，简直不可思议。“补给是个大问题。”

“补给？”章粢忍不住笑了起来，“去河套还要想着全靠后方运补给，那不如不去。我若是石帅，最多运一次补给，保证其不至于在冬天被饿死冻死便可。其余的，只能自己设法。灭掉西夏前，焉有许多工夫来理会这边角之棋？”

“最难者，在于择将。”石越沉思良久，还是叹了口气，“苟不得其人，画虎不成反类犬。”

“莫如下官亲往。”种古考虑了半天，也想不出合适的人选。派往河套的军队，必然是东线诸军的。因此，为了保证将领与军队之间熟悉，选派之将领也必是东线的。细数他麾下的将领，折克行风头正健，此时调他前去，他难免没有想法，毕竟那是没得什么功劳可立的苦差事，哪里比得下将来攻灵州下兴庆府之风光无限？更何况轻兵前往河套，人数必不能多，顶多便是三四千人马，用折克行并不合适。

吴安国虽然是个人才，但是种古却担心他一个忍耐不住，与辽军大打出手，反而坏了大事。以吴安国的性格，统军千里之外，谁能节制得住？慕容谦本来也可以，但是谁敢保证他的部属到了河套不出问题？而且他与石越毕竟是亲戚，亦不便派这种吃力不讨好的差事。至于其余诸将，更不足道。想来想去，只有他自己亲自出马，才能稳妥。

但他话一出口，便被石越否决：“不可。平夏须臾不可离种帅。”

“种帅此时须坐镇平夏，平夏方复，千头万绪，多赖种帅。石帅以为何畏之如何？”司马梦求心里也不是十分有把握。

果然，他方一提名，石越与种古便齐声反对：“不妥。”两人都没有进一步解释原因，司马梦求当然也知道其中症结在哪里。他本来也只是想行权宜之计，见石越与种古皆如此坚决反对，便不再多说。

议事厅内，出现一阵短暂的沉默。

石越沉吟良久，在心里一遍遍筛选东线的将领名单，忽然想起曾经拜见过自己的折可适。折可适此时的才华尚未充分展露，名声地位皆不如吴安国、慕容谦等人，但是这个人毕竟是“历史上”的名将。而且石越观其为人，属于豪迈而知文，勇敢而不莽撞之类，倒未必不是个好的人选。

他试探着向种古问道：“种帅以为折可适此人如何？”

小隐君笑道：“折可适乃将种。然而磨砺尚少，过早干当大任，恐反害了他。”

石越默然颔首。种古说的并非没有道理，极有才华的人，在没有经历磨炼前突然放到一个极高的位置上，虽然未必不是一个机会，但更多的时候会导致人心灵的扭曲，使得他进退失据，最终反而毁了这个人。吴安国幸而遇到种古，使他多担重任，一步步磨炼，终于能有今日之声望与成绩。但是相比之下，折克行给折可适锻炼的机会，还是少了一些。这样一想，他不免又有点沮丧。然而兵贵神速，派往河套的人马越快越好，却不容他耽误。

却听小隐君又笑道：“若能选一名望地位皆在其上者为正将，以折可适为副，则是两便之策。折可适心胸豁达，颇能以大局为重，有他为副将，正将则不必限于延绥平夏。”

石越顿觉豁然开朗，笑道：“如此吾有人矣！”

“未知石帅属意何人？”种古笑问道。

却见石越用手指画空写出一个字来。

“章？”小隐君哈哈大笑，道，“章祭酒？”

石越微笑颔首，道：“以章质夫与折可适并往河套，凭他辽主派谁来，吾等亦可无北顾之忧。”

他解决掉一个大问题，心中大松了一口气。又对司马梦求道：“纯父，陕西房之情况，究竟如何？章质夫经营河套，势必要拉拢当地部族，若有职方馆之助，将事半功倍。”

司马梦求苦笑一声，道：“学生当尽力而为。”战争开始后，西夏对内部的控制也变得加倍严厉起来，间谍终究也是人，条件所限，其作为也总是有限的。但石越的话已是带着责怪的命令了，他也只能硬着头皮答应下来。

石越只是点点头，不再多说。他计议已定，便不再有丝毫耽搁，转头对小隐君道：“进兵河套，兵贵神速。我立刻颁令，着章质夫速往盐州，会合折可适尽快出兵，事后再上报枢府未迟。”

种古听罢，起身说道：“下官便与章质夫连夜赶往盐州，督其出兵。”

“只是辛苦种帅了。”石越当然是求之不得，只是以小隐君的身份地位，他不便开口赶种古走人而已。小隐君既然主动提出，他也不客套，立刻一口答应。

章粢刚刚在酒楼之外辞了王师宜，看看天色已至黄昏，正犹豫是否要继续去求见石越，转身却见一个身着布衣，腰间佩着一柄弯刀的关西大汉站在路的对面，正笑吟吟望着自己。他身后跟着十来个从人，都挎弓佩刀，虽然都貌不出众，却让人感觉到一股肃杀之气，分明都是从千军万马中杀出来的。章粢定睛望去，吃了一惊，脱口呼道：“小隐君？”

种古笑着抱拳道：“正是在下，章祭酒，久违了！”

章粢连忙抱拳还礼：“久违了。”目光扫向种古的左手，果然见他缺了一个手指。他正在心里揣测种古怎么会来了庆州，却见种古笑着递给他一张宣纸，他忙接过来，打开方看了一眼，眉宇间闪过一丝喜色。

种古笑道：“祭酒可去收拾一下东西，石帅钧令，今晚便与在下连夜赶往盐州。”

章粢慨声笑道：“待到天黑，岂不又要耽误时间？何不即刻出发？”

当天黄昏时分，在庆州城门将要关闭之前，数十名布衣骑士疾驰而出，向西北方向赶去。与他们交错而过的，是一队从环州方向来的骑队。庆州的军民对此早都习以为常，没有人意识到，这两队人马，对宋辽夏三国的未来，有着何等重大的意义。

4

“栎阳县君？”正在阅读范纯仁送来的公文的石越霍然抬头，望着跑来报告的丰稷，道，“她在何处？”

“下官已先将夏使送至驿馆，栎阳县君求见石帅，下官自作主张，已安排她往帅府来，便在府外等候。”丰稷非常激动。夏使从到韦州开始，便要求尽快见到石越，而栎阳县君又有石越的亲笔信件，因此韦州官员不敢怠慢，安排车马卫队，护送他们前往庆州。丰稷已向护送的武官打听清楚，一路之上，夏使不断催促他们昼夜兼程赶路，甚至不惜私下贿赂，这可是前所未有之事。这种种迹象都表明，夏国内部发生了巨大的变化。而来自兴庆府的栎阳县君，对于大宋掌握西夏内情，便起到至关重要的作用。因此当栎阳县君要求立即面见石越之时，丰稷也不请示，便毫不犹豫地答应了。

石越点点头，他的表情看起来很平静，但丰稷却敏锐地感觉到石越也露出一丝喜色。果然，便见石越合拢卷宗，起身对丰稷说道：“快请，本帅当降阶相迎。”

这下连丰稷都觉得惊讶了。他跟随石越以来，很少有人能够得到这种待遇。而栎阳县君不过是一歌妓出身……

走到门口的石越仿佛看出了丰稷的心思，忽然问道：“相之可知本帅为何要降阶相迎吗？”不待丰稷回答，石越便又说道，“本帅是要借此让天下人知道，无论出身如何低贱，凡为国家而不计生命名誉者，都应获得尊重。”

“石帅所见，非下官所及。”丰稷诚恳地说道。

栎阳县君被请进帅府之后，便有一种恍如隔世之感。虽然是夜晚，但帅府内灯火通明，到处都挑着通红的灯笼，一草一木，一砖一瓦，都清晰入眼。这里也是她曾经熟悉的所在。其实，自回到庆州那一刻起，一种游子回归故乡的感觉，便时时浮在她心间。

“县君请！”帅府的门吏好奇、恭敬地给她引着路。

帅府中厅的台阶前，一个穿着白袍，束着玉带，披着紫色披风的中年男子正微笑着望着她，等候她的到来。他的笑容与几年前一样的亲切，如同温和的兄长、久别的朋友。与几年前一样，他的笑容不带任何虚假，没有任何居高临下的做作与掩饰。如他这样身份地位的男子，对一个低贱的歌妓能有这样的笑容，整个大宋，只有这么一个人。

“奴家见过石帅。”栎阳县君盈盈拜了下去。

“李姑娘别来无恙。”石越温厚地笑道。

一滴眼泪终于忍不住浸出眼角。即便是在被夏军抓住的那一刻，不知道自己将面对什么难以忍受的侮辱，处于极度无助中之时，她也没有想哭过，不知道为何此时竟如此软弱。绝不当着任何人的面哭泣，这是她李清清多少年前就曾许下的誓言。李清清用笑声掩饰着自己的失态：“学士别来无恙。”

“请！”

“学士请！”

帅府的招待十分简朴，不过一杯清茶。石越也没有任何的嘘寒问暖，而是直接切入了正题。但是李清清感觉十分舒服。因为在这里，没有她不习惯的繁文缛节，却有着最好的招待——尊重。

她简单扼要地向石越介绍了她在西夏所遭遇的一切，以及梁太后对她的召见，派遣使者的用意。

“议和吗？”石越沉吟道。

丰稷在旁边说道：“如此说来，前一段职方馆传回来的情报是真的。”

石越点点头。几天前，职方馆的一位间谍传回来一个情报，他在西夏听到谣言，禹藏花麻上表要求秉常复辟。

“李姑娘以为，梁太后是真心想求和，还是诈术？西夏果真已经到了丧失希望的地步吗？”石越向李清清问道。他对西夏在“历史上”的坚强韧性印象深刻，姑且不论他同不同意议和，对于西夏求和这件事本身，他就先打上了一个大大的问号。

“奴家被俘之时，曾经注意到看守奴家的夏兵之饮食。”李清清并没有正面回答石越的问题，“奴家发现这些夏兵所吃的食物非常粗糙，且分量亦不多。相比战前所见，至少少了三分之一。而且在兴庆府，奴家偶尔也会见到有些夏兵不见披铠甲，在兴庆府修葺城墙之劳役，其中多有妇孺。”

石越与丰稷对视一眼。丰稷已是喜形于色：“他们支撑不下去了。”

“兴庆府至少有可支持三年之积蓄。”石越泼了一盆冷水。西夏最后的这点本钱，职方馆的历次报告中早已不厌其烦。以石越对梁太后的了解，相信这些粮草，不到最后关头，她是不会动用的。

“但西夏亦肯定面临困境。”

李清清颔首道：“奴家以为，西夏求和，或许是想有时间从容收割小麦。奴家自兴庆府一路东来，所见在麦田中劳作之人，非老即幼，不见一个壮年。”

“石帅！”丰稷殷切地望着石越。

石越微微笑道：“明日相之找个善于言辞之人与李姑娘一道去陪夏使，先拖他一日再说。”

同一个晚上。瀚海。耀德故城附近。

花结香统率着一千西夏骑兵在瀚海中游荡了数日之后，迫切希望找个地方休整一下。而耀德故城便是他们的目的地。花结香是西夏名将叶悖麻的部将。叶悖麻被任命为灵州知州后，便被梁太后委以重任，兼节制灵州外围的部队。梁太后在很多方面非常清醒，除了派了几个梁氏子弟监军外，竟将梁乙逋也调回来，让梁乙逋与嵬名荣一起掌握兴庆府及周边的军队。而在危急关头，她将至关重要的灵州防务全权委托给了真正的军人。

叶悖麻上任之后，一改之前野利朵率领数万大军在荒沙中游荡的做法，仅仅抽出一万骑兵，分成十部，巡防整个瀚海地区，从而将侦察面积扩大了五六倍。而叶悖麻也因此有了较为充足的兵力，来整顿灵州防务，同时还可以派兵监视孤军悬于灵州附近的一营宋军与驻于鸣沙城附近地区的种谊、刘昌祚部宋军。

叶悖麻本想一举消灭宣武第二军的这一营宋军，并从刘昌祚手中夺回鸣沙城，真正巩固灵州之防务。但是他很快发现，这两支宋军都是部伍严整，训练有素，不可轻视。而且这两军之间，竟隐然互为掎角。攻击刘昌祚，刘昌祚非一日可破，而宣武军将直接威胁灵州城，并且可以想见一旦他主力离城，中路的宋军主力将滚滚而至。而如若他攻击宣武军的这个营，以这支宋军步军之装备与战斗素养，也不是一两天可以攻破的，到时候刘昌祚部就肯定会来夹击他。因此，叶悖麻在找不到宋军的破绽之后，只得暂且隐忍不发，与宋军为持久之策。

从来客军不利持久，叶悖麻绝不相信宋军能一直这样保持下去。只要宋军敢轻举妄动，叶悖麻相信自己便能寻出其破绽来加以利用。于是，叶悖麻亲自率军在灵州整顿城防，与宋军僵持，并派遣这十支骑兵深入瀚海，监视宋军主力。他对这些部队的命令是：当战则战，不可战则走。其目的主要是侦察宋军主力的动向，同时攻击宋军之辎重部队。但是叶悖麻接管灵州防务的时间毕竟不长，目前为止，这些夏军真正到达的范围，亦只是止于耀德故城往南一点。再往南靠近溥乐城的地区，夏军便不敢深入了。因为在那些地区，经常也会有大股宋军出没，据韦州还忠于西夏的细作报告，那是宋军几支精锐部队在那里进行“演习”，以使军队更加适应当地的作战环境。

传闻之中，那里的常客是有“天下第一军”之称的宣武第一军。无论是花结香还是其余西夏将领，都深刻地感觉到他们面临的宋军已经发生了脱胎换骨的变化，再不是以前的那支宋军。因此也从来没有人敢冒着风险过于南入。

“将军，听说最近耀德城这边也开始有宋军出没，是不是要小心一点？”一个偏将向花结香问道。

“派人先去看看也好。”花结香为将之道，便是相信“小心”二字。

他这种好习惯，这次果然又帮了他一次。被派去侦察的两个士兵很快就回来了，但这两个人你看看我，我看看你，竟然互相张大着嘴对视，半晌说不出话。花结香气得一鞭子抽将过去，两个人痛得同时叫出声来：“宋……宋……宋军！”

“废物！”花结香骂了一声，策马奔向一个高地。他要亲自看个究竟。

但是花结香马上也被自己所看到的一幕惊呆了！

在耀德故城的废墟上，扎起了成百上千的营寨，营寨外面悬挂的灯笼在一望无际的黑幕下显得极为壮观。不断有士兵举着火把走来走去，营寨里不仅有箭楼，栅栏外还可以看到挖掘的痕迹，显然是有陷马坑。

“娘的！”花结香倒吸了一口凉气，开始认真估算宋军的数量。他立即被自己的估计吓了一跳：至少有三万以上的宋军在此驻扎！

“终于要开始了吗？”这是花结香脑海中闪过的第一个念头。

但是他马上否决了自己的判断，因为在火炬的照耀下，他看到了正在垒土的宋朝工匠。

“阿弥陀佛！”信佛的花结香在心里喊了一句。

宋军在筑城！

是的，宋军在筑城！

即便花结香在夏军中算不上什么人物，也能明白一件事情：当这座城筑好之后，就是宋军主力大举进攻灵州之时。他用脚趾头想也知道，现在的溥乐城，肯定已经是名副其实的“溥乐城”了。很快，耀德城也将是名副其实的“耀德城”。在这两座城堡的保护下，宋军的粮道将畅通无阻，他们的粮草将安如泰山。而西夏所有在瀚海巡游的部队，嵬名荣将军那出色的谋略，在这两座城面前，都将成为一个笑话。

难怪宋军一直按捺着不动。

在占据明显的优势的情况下，还不惜付出巨大的代价来营建这两座城堡，宋军统帅真不知道是过于愚蠢还是过于聪明。

但是花结香却知道，无论宋军统帅的智商如何，他们的麻烦大了！

他不知道叶悖麻在宋军多半已经建好溥乐城的情况下有什么办法来阻止宋军继续营建耀德城——叶悖麻现在对灵州城外的一营宋军都不敢轻举妄动。但是不管怎么样，现在花结香要做的，是将这个情报传递回灵州。

他迅速地掉转马头，策马下坡。

花结香刚刚回到自己的队伍当中，便听到左侧与右侧传来沉闷的响声。那是数以百计的战马同时落地传来的声音。花结香的脸色变了一下，他们所在的地区离耀德故城并不算太远，只不过恰好被一道小坡所遮挡而已，若这些宋军有马，事情就麻烦了！

“撤！”“快撤！”花结香急急下达命令，他可不认为自己这一千人对付如此规模的宋军有何胜算。

夏军在花结香的催促声中急急忙忙地掉转马头，向北方催马撤退。身后两支宋军的黑影已经依稀可见。

让花结香感到奇怪的是，明明他们已经被追至射程之内，但是身后的宋军却并不放箭，只是闷头追赶。数以千计的骑军，在黑夜的荒漠中追逐着，将黑幕都践踏得颤抖。身后的追兵越来越近，更加糟糕的事情紧接着发生了——又有两支宋军加入了追逐的行列，他们应当是早就派了出来的，只不过抄了近道，竟然挡在了花结香的前面！

这里怎么不是那种一望无际非常平坦的荒原！花结香恶狠狠地诅咒着该死的地形，但宋军对地形的熟悉更让他感到惊慌。他们来这里不止一天了，以前的那些部队都是废物！但再怎么样诅咒也于事无补，事到如今，只能杀出一条血路。

“杀啊！”花结香大吼一声，摘下弓来，搭上了羽箭，朝着前面的宋军冲杀过去。

然而让他更加吃惊的事情发生了。

前面的宋军迅速跳下马来，举起盾牌，结起了方阵。

“步军！”花结香没有来得及后悔，这支宋军是花结香所见过的最训练有素的部队，面对着骑兵的冲锋从容不迫地结阵，当他的部队离宋军还有三百步的时候，宋军正好结成了方阵。夏军的箭被盾牌无情地挡下，而宋军弩手们的齐射，却让花结香与他的部下们付出了惨重的代价。许多人纷纷落马，连花结香的左臂也被射中一箭。这种弩箭的威力惊人，竟然透过花结香的臂甲，一直扎进他的肌肉内，疼得花结香几乎滚下马去。

花结香此时已顾不得许多，忍着疼痛，掉转马头，大声喊道："保持距离！射箭！射这些宋狗！"

但他的部下却远不如对面的敌军善战。两轮齐射后，后面追赶的宋军也到了，这些宋军却并没有立即下马，而是向着夏军扔出许多屁股上冒着火花的黑色砣砣。

"霹雳投弹！"花结香脑海中迅速闪过一个词，便听到"轰、轰、轰"的声音，伴随着火花、惨叫、血肉横飞，在夏军之中响起来。许多战马立即被惊吓，发了狂地载着骑兵四处逃散，根本不受控制。花结香只见到自己的战马前蹄高扬，未及反应过来，便被掀下马去。

"杀！"

"杀！"

宋人的呼吼声划破了夜空，在霹雳投弹的火光映照下，穿着黑黝黝的铠甲、手持长刀的宋军，如同狰狞的怪兽一般，向着乱成一团的夏军冲杀过来。

花结香在几个亲兵的扶持下勉强站起来，执刀在手。一个宋军双手举刀，向花结香猛劈过来，宋军黑色胸甲上面的白色猛虎花纹，狰狞欲出，仿佛也想要冲出来咬他一口。花结香侧身避过这一刀，顺势向宋军的腰间砍去，却听到"当"一声，刀被另一个宋军用刀架住。花结香受伤后不敢力拼，连忙卸开这一刀，跳到一边，方未站稳，便听到背后风声急到，他连忙就地一滚，堪堪避开。但头盔却掉到了地上。

这时候花结香才发现，这支宋军在白刃战之时，竟都是三人配合作战。这三个宋军向他攻击之时，他的亲兵们也正在以一对三地苦战着。

他脑海中迅速闪过有限的宋军资料，骑马步军、虎头胸纹、虎头胸纹……

"宣武第一军！"

"晦气！"花结香狠狠地啐了一口，他已经不打算活着回去了。

5

折将军的胜利传到延州后，立即使这个中国边城成为欢乐的海洋。太守下令三天内短暂取消酒类的销售配额，并将战争开始后就加强的宵禁时间推迟到午夜。此外，因为折将军占领了一个重要的产盐区，战争开始后不断上涨的盐价也终于出现了些微的滑落。这件事情立即引起了聚集在延州的商人的注意——在此时依然停留在延州的商人，大多数都是非常出色的冒险家与投机者。因为石元帅担任杭州太守期间，曾经大胆地改革过宋帝国的盐政，他以令人钦佩的勇气打破了宋帝国政府对食盐的全面垄断性政策，做出了意义深远的改革。

据说石元帅改革的最初用意不过是为了缓解财政的困难。他将盐场以竞标的方式租给商人与官僚的家属们，朝廷中的高官贵族们因为分沾了利益，就不再强行阻扰他的改革，而石元帅则得以渡过短暂的财政危机。但是大量的事实证明，石元帅是一个天才般的人物，他经常将意义深远的改革隐藏起来，以一种不经意的方式开始。他几乎从不试图一下子拆除整座堤坝，但当他将阻挡河水的闸门打开一道口子后，日后整个堤防的崩塌就几乎是一种必然。而鼠目寸光的反对者，往往因为他的温和而掉以轻心。

在杭州的改革也应当如是观。当盐场被私人承包后，几乎所有的盐场都想尽办法尽可能地增加产量，而完全无视最初政府限制的配额。走私食盐的情形泛滥成灾，政府制定的严刑峻法，在贿赂与放纵面前几乎起不了太多的作用。

代替石元帅接任杭州太守的两届官员，都被视为是石元帅领导的同一个党派的成员。前者相信好的政策只要不加改变地继承就可以，因此有意放纵这样的局势。后者却野心勃勃，这位太守喜爱金钱与美女、美食，并且希望得到石元帅或者皇帝的赏识，以达成他的政治野心。因此，他一方面收受贿赂，放任违法的现象，根据传闻，这位太守甚至还指使盐商们去向在帝国中央有重要影响力的官员行贿，以保证他的行为不会受到御史的弹劾；另一方面，在得到盐商的大笔贿赂后，他又进一步地大胆改革了宋国的盐政制度。

在他的任内，他彻底废除了整个杭州境内的食盐专卖政策。政府在食盐上的收入，从此只包括盐场的租金与盐税。他的这次改革是成功的。杭州政府在食盐上的收入不仅没有减少，反而增加了。而百姓也都交口称赞。这位太守的能力也得到了皇帝陛下的认可与石元帅的赞赏。据说正是因为这次看起来非常大胆的改革，使得这位太守最终如愿以偿地进入帝国中央。这位太守的名字叫作蔡京。后文我们将会多次提到他。

帝国旧的盐政制度在蔡太守的改革之后，越发地显得难以为继。杭州的情形影响到周围的许多地区，旧有的食盐专卖政策相继崩溃，只有少数地区继续顽固地坚持旧有的政策不变。但是他们对食盐的走私也无可奈何。这其中，宋帝国中央政府对盐政改革的态度耐人寻味，他们罕见地放任地方政府各行其是，似乎只要在食盐上的财政收入不减少，就可以对此漠不关心。但种种传闻让人相信，帝国中央的这种态度是大量的贿赂以及政治势力妥协的结果。

保守党的精神领袖司马宰相，一向反对国家过度干预经济之运转，主张减少政府开支，顺其自然。对于盐铁专卖政策，保守党也向来持反对意见，只不过以司马宰相为代表的保守党们相信，凡是帝国尚能运转的东西，只要不是到了非要改变的地步，就尽量不要做大的改变，只须稍做修补就可以。秉持着这种理念，保守党们容忍了盐铁专卖的存在。而当这种政策发生改变时，当保守党们发现这种改变是自然的发生，不会造成政局的动荡之时，便默认了这种结果。毕竟无论国家、官僚与富人、平民，都奇迹般地不曾在这种改变中受到很大的损害。而由前帝国宰相王宰相创立的新党，虽然主张政府主动加大对经济的干预，但其着眼点似乎主要是保证政府财政的收入。只要财政收入不减少，新党就可以容忍大多数改变。如果这种改变能增加财政收入，那么他们就会表示欢迎。而对于没原则的官僚而言，保证其利益不受明显的损害，加上适当的贿赂，就可以轻易地削除这方面的阻力。于是帝国的食盐专卖政策，便在三种势力的默许下，发生了巨大的改变。

宋帝国是一个超过任何罗马人想象的庞大帝国，永远不能忘记这一点。因为不理解这一点，就无法理解宋帝国的食盐贸易代表着怎样的财富。无论宋帝国生产多少食盐，仅凭其国内市场，都可以充分地消化。因此食盐专卖政策在某种意义上来说，实在是一种愚蠢而短视的政策。这一点宋帝国的商人们倒是都很清楚。所以，当折将军占领那个以食盐命名的著名产盐区时，虽然当时帝国旧有的食盐专卖政策还没有完全崩溃到一个众所周知的程度，但延州的冒险家们早就从杭州的变化中预见到了全国的变化。每个人都希望得到石元帅的认可，盐州的盐池，被认为是这次战争中最大的商机。

我的那位有着高贵血统的新朋友，日后最重要的合伙人柴公子显然也是这样认为的。并且，他相比其余的冒险者，似乎更有办法。他设法得到了一封据称是石元帅首席幕僚的亲笔信。拿着这封信件，他找到了延绥方面军的种元帅，以一把价值三百贯的宝刀与两匹骏马为代价，得到了种元帅的推荐，又去拜见了暂时驻守盐州的折副元帅。

在全面占领了这片被称为“平夏”的地区后，传闻中对夏国百姓极其苛刻的折副元帅也变得相对温和起来。虽然强征民夫进行劳役以修筑城堡的事情从未停止，但是以夏州太守为代表的文官迅速地接管了大部分地区，这些被精心挑选派往占领区（宋帝国则认为是收复原有的失地）的官员采取了比军方要温和许多的方式来进行统治。这些文官在平夏地区设法邀请为躲避战乱而逃跑的人们回到家乡，帮助他们恢复生产，甚至赠送过冬的衣服与粮食；而对比之下，军队则常常没收反对者或者与夏国政府有牵连的家庭的财产与田地，将他们强行迁移到帝国南方的湖广地区。军方经常制造冤案，而文官则设法为之争取公道。双方的差异形成鲜明的对比，并且不断发生小小争执，而大体上文官永远是站在百姓一边，扮演公正的维护者角色。

这一切有可能是帝国的故意安排——这样一来，文官们在当地居民心目中的威信便迅速建立起来，而仇恨则被巧妙地转嫁到了军队而非帝国本身上，当这些军队，主要是折副元帅的河东军撤离后，当地居民的怨气就可以彻底平息，从而变成对帝国政府的感谢。

总的来说，其实质无非是帝国政府正在设法稳定当地的局势，巩固他们的占领。与夏国控制区接壤的盐州地区，虽然与其余地区不同，依然由折副元帅控制，但是身上还兼着太守职务，有过地方行政管理经验的折副元帅，也同样需要执行帝国的这一政策。而根据流传在商人中的传说，忙于战争的帝国此时无暇关心盐池的生产，一向开明的石元帅也许愿意将盐池以与杭州同样的方式处理，这样的指示应当下达到了折副元帅那里。

但是柴公子在折副元帅那里碰了壁。尽管他有石元帅首席幕僚与种元帅的推荐，然而这次他高贵的血统反而成了障碍。折副元帅的为官之道，是只效忠于帝国皇帝本人，他远离一切党派与权贵，既不招惹他们也不怕得罪他们，以“孤独的臣子”的形象来获得皇帝的信任。所以，折副元帅不愿意与柴公子这样有敏感身份的人打交道。于是，受到挫折后的柴公子不得不寻找一个合伙人以绕开障碍，他最终的选择就是我……

——《阿卡尔多东方见闻录》卷三·西湖书社印行

石越将西夏使者有意晾在一边后，便立即派人召回他的首席幕僚潘照临——潘照临此时正在长安与陈元凤打嘴皮官司。按宋朝的制度，若负责督运粮草等补给的范纯仁与陈元凤在粮草的供应上有懈怠或者出现人为的供应不足的情况，石越有权力将他们斩首，所以本来石越并不需要如此大费周章，至少犯不着劳动潘照临，一道行文过去，范纯仁与陈元凤都必须服从命令，如有疑义也只能事后向枢府申诉。但石越在瀚海中重建溥乐、耀德二城，鉴于真宗时代的教训，却是没有事先得到枢府同意的。

为了保守秘密，甚至连前线许多的高级武官都不知道内情。而在荒漠中修建城堡所要耗费的人力与物力，都是惊人的，瞒得过别人，如何瞒得过负责军需的官员？这时候如何既要尽可能地保守秘密，又要从范纯仁与陈元凤等人手中尽可能地得到资源，就变得非常需要技巧了。为此，石越不得不让自己的首席幕僚常年穿梭于庆州、长安两地之间。因此，当潘照临暂时抛开与陈元凤的钩心斗角，赶回庆州时，夏使已经被石越晾了整整两天，正急得如热锅上的蚂蚁。夏使在这两天里不断要求立即拜见石越，甚至还一度设法摆脱了陪同的官员强闯帅府，虽然被拦驾，但现在整个庆州都知道西夏派出了使节来到庆州，谣言漫天飞舞。

然而，迟至第四天，石越才终于带着麾下主要的文武官员，正式接见这位叫天都茂的夏使。天都茂在西夏官拜枢密司承旨，可以说也是位居机要，竟然被石越用各种手段推搪，晾了整整四天，心里真是又急又气。但是他的使命是来求和，纵有再多的气，也只得强咽入肚，摆出一副笑颜，向石越恭恭敬敬地递交西夏国书与梁太后写给石越的信件。

石越接过国书，只翻开看了一眼，便放到案上，先看梁太后的信件。他一眼扫过，一直保持微笑的脸便立即沉了下来，“啪”一声把信合上，丢到案上，厉声道：“朝廷册封者，夏国国王也！夏国太后与吾何干？！”

天都茂忙躬身道：“先帝英宗体乾应历隆功盛德宪文肃武睿圣宣孝皇帝在位之时，龙体违和，慈圣光献太后亦曾垂帘听政。敝国之事，虽不敢比于圣朝，亦不过是国王欠安，太后垂帘，故此国事由太后暂摄。朝廷受仁多澣奸人蒙蔽，其中多有误会。下官奉命东来，亦是想向朝廷诉明冤情，还望石帅明察。”他说起宋英宗那一长串的谥号，只怕轻易一个宋朝官员，也不如他说得顺畅。

石越听他如此回答，不禁哑然失笑，讥道：“贵使之意，夏国只是国王身体违和，而由太后垂帘？并无权臣后党，犯上作乱，泯灭纲常？”

“石帅明察！仁多澣素来奸猾狡诈，其卖主求荣，兴风作浪，不过欲逞其奸志。”天都茂回答得铿锵有力，掷地有声，毫无半点愧色。

石越哈哈大笑，指着天都茂，笑道：“若是如此，倒是朝廷错怪了。”

天都茂顿时老泪纵横，泣道：“石帅能明此情，实于下邦有再造之恩。”

石越大笑着摆手，道：“本帅可没甚再造之恩。不过朝廷兴兵而来，正为正纲常人伦，又岂能听足下一面之词而罢？贵使可速回兴庆，上禀贵国太后，夏国边远蛮夷之地，既无名医，兼少药石，何不请贵国国王移驾至汴京？一则可释朝廷公卿士大夫之疑。二则朝廷忧其失位，竟兴百万之师，岂能不答谢朝廷之恩德？三则汴京名医云集，百草不缺，正好养疾，待贵国王病愈，朝廷再遣其归国。此一举三得，岂不美哉？”

“石帅美意，感激不尽……”

“既感激不尽，便不必啰唆。速速回国，叫尔国王自来京师谢恩！彼若不来，我当带兵去请！”种谔本对和议极其反对，此时接住话头，便厉声咤道，语带威胁。

天都茂却并没有被吓倒，他用眼角看了种谔一眼，便抱拳从容问道：“此位可是种谔种将军？”

“便是某家，如何？”种谔一脸不屑。

天都茂欠身笑道：“将军威名，震于西陲。然而天下之事，抬不过一个‘理’字。华夏天朝，万夷所仰，四海所宗，以为文明昌兴、礼仪教化之上邦尔。朝廷之服人者，德也。若徒以力欺人、以强凌弱，敝国虽小，虽死不敢屈。朝廷虽兵威盛于汉唐，灭人之国，易如反掌，敝国固力不能敌，然穷极之时，若举国归于契丹，则只恐天下之难方兴，而兵祸连绵，正不知何日能解！且朝廷若不顾大义，务以兼并之念，行霸者之事，只恐大辽、吐蕃、大理，将人人自危，反侧之祸，便在旦夕之间。故吾主朝与不朝，在服德而非畏战也。”

种谔被天都茂这一番话说得恼羞成怒，按剑而起，正要发作，石越早已呵斥道："种将军休得无礼！"

种谔愤愤地望了石越一眼，见他脸色不豫，又恶狠狠地瞪了天都茂一眼，重重地"哼"了一声，头也不回，竟径直气呼呼地走了出去。

石越脸色更加难看，但他旋即恢复常态，笑道："让贵使见笑了。"一面将天都茂请到席位坐了。待天都茂坐定，石越方又问道："朝廷教化天下，彰明王道。法三王而不法齐桓晋文。惟贵国之事，固天下之所疑，未可以贵使一人之语而使信服。若夏国王不早至汴京觐见，奈何朝廷公卿不之信。"

天都茂见石越语气松动，忙起身谢道："朝觐大事，实仓促难定。当此上下疑忌之时，皇帝陛下虽然仁厚，然奈众公卿何？敝国之臣，亦恐主君为朝廷所留尔。"

"若使诚心，朝廷岂会欺尔小国？"石越假意愠道，"惜吴越王入觐，朝议纷纷欲留之，而朝廷终遣之归国。前事如此，奈何反疑朝廷？"

"石帅息怒。"天都茂连忙谢罪，郑重回道，"实是人情疑惧，若石帅能缓兵数月，略宽人心，吾主不敢失信于朝廷，必亲往京师入觐谢恩。"

他这么一说，在座文武无不动容。须知方才天都茂暗示若逼急了他们，就举国降辽，的确是说中了让宋朝文臣武将最担心的事情。如果秉常真的能够入朝，缓数月之兵，却未必不能接受。宋军正好巩固目前的战果，一旦秉常入朝，要他方还是圆，自然就看宋廷的高兴了。到时候只要他一封奏章，献土移封，不仅可以彻底封住辽国的嘴巴，使辽国没有任何借口，而且西夏内部的分裂也势必更加公开、激烈，纵有还想顽抗的，也只会是极少数，不足为虑，宋朝可以唾手而得西夏全境。

但正因为这等事情太过于美妙，反而让人不敢相信。正如天都茂心中，也绝不会不明白石越要秉常入朝的意思。所有冠冕堂皇的词语后面，石越开出的价码实际是：举国投降。当然，是体面的投降。而天都茂的回答则是：我们愿意投降，但宽限几个月，让我们讨论一下。

石越仿佛也被说得动心了，他抚案沉吟，若有所思。过了一会儿，方面露难色地说道："然战和之策在朝廷，实非吾所能做主。"

"在下愿往汴京觐见皇上，陈说利害。在此之前，唯愿石帅能缓兵一月。"天都茂立即说道。

石越低头沉思一会儿，似是下定决心，霍然抬首，道："便依贵使之意。一月之内，只要夏国不挑衅，吾亦不用兵。"

他说完，见座中有好几个人想要出言反对，便向丰稷使了个眼色。丰稷会意起身，大声道："夏使远来，军中无以为乐，请召剑舞助兴。来人，给诸公满酒！"

酒宴开始后，石越笑着应酬数盏，便借口酒力不支，让丰稷代为招待，自己先行退场，返回帅府。潘照临早在外面等候，待石越上了马车，笑问道：“如何？”

石越淡淡一笑，道：“他们若真心求和，晚间天都茂必再来见我。否则，不过是缓兵之计而已，我也不过是将计就计。今晚便派人去知会沿途驿馆，但好生设酒宴招待夏使，却供给他们劣马，带他们走最绕的路，让其缓缓而行便可。”

“职方馆关于天都茂的情报，说此人愚钝老朽，梁太后怎会派此人为使？”潘照临颇为疑惑。

“那是职方馆看错人了。”石越笑道，“此君甚是精明，能瞒过他的事，只怕不多。”

“哦？”

“不过他知道亦无用。”石越悠悠道，“我已等不及禹藏花麻的决定了。告诉李宪、王厚，使者到达之日，若禹藏花麻还未归降，便用剑叫他投降。”

“也是时候了。”潘照临半笑不笑地说道。

“我还要写密折请皇上留下这个天都茂。他在夏国其名不显，那是梁氏不会用人，留在大宋，却不失为人才。”石越闭目假寐，一面说道，“夏地本是吾土，朝廷若一意猜忌，以为非我族类，其心必异，则终难长久。将来治理其地，当番汉掺杂而用，而夏国之英才俊士，不仅要用之于地方，还要招揽于朝廷。如此不仅朝廷得人才，夏国豪杰之士，皆知有显达之望，进身之途，则不易生叛逆之心。吾示夏人宽厚，消其反侧，自慕泽起；恩加夏国豪强，当自仁多瀞起；收夏国之民心，则自夏州起；揽夏国之士，本欲自李清起，李清既死，可自天都茂起。”

天都茂回到驿馆后，马上屏开众人，召见他的副使萌多。

“明日你便回国，先去西平府，告知叶悖麻将军，勤修战守之具，防宋军不日攻城。”天都茂皱眉叹道，“但亦切不可先行挑衅。”

“挑衅？”萌多苦笑道。

天都茂也苦笑着摇摇头，道：“你这般转达便是。”

“那承旨将何往？”

“我要去汴京，尽最后之人事。”天都茂的语气，含着一种明知不可为而为之的无奈，“宋朝内部绝不能是铁板一块。有人主战必有人主和，更何况不知有多少人暗中嫉妒石越之成功，若能找到机会，事情还未必绝望。若是我在汴京时，军队能打一个胜仗……”他旋又摇了摇头，道，“只要叶悖麻将军让宋军付出多一点的代价，和议便尚有机会。”

“下官会将这些话转达给叶悖麻将军。”萌多恭谨地说道，他犹疑了一下，终于没有忍住，又问道，“果真能越过石越而达成和议吗？”

天都茂默然良久，缓缓说道：“尽人事，听天命。”

萌多听到这句回答，也不禁默然。

过了好一阵，天都茂又说道："我虽欲求和，而彼不许也。石越面似菩萨，而其亡我之心甚坚，多说亦无益。我此行已不知能否生见太后，你回去后，当替我转达，逼不得已，当早为之备，举族西迁，幸毋以兴灵为恃。吾辈无能，自召亡国之祸，若尚心存侥幸，则祖宗不血食矣。"说到此处，天都茂想起国事中让人痛心切齿之事，不禁放声痛哭。

次日，天都茂东行之后。帅府。

"举族西迁？"石越笑道，"这可不行。"

司马梦求也笑道："学生已着人改了天都茂的奏折，萌多回去后，自会告诉梁太后，天都茂将在汴京设法离间学士，只要兴灵不破，万事可期。"

"做得好。"石越赞道，一面笑道，"耀德城已被发现，我也等不及耀德城筑成之日了。"

"其实有了溥乐城，便足以护卫粮道。学士筑此二城，亦是为长久之计。"司马梦求笑道，"倒是许多将军憋了一肚子气，须早让他们知道才好。听说朝廷还专门派了使者来催学士进兵。"

"朝廷是担心冬季到来之前，攻不下灵州。"潘照临悠悠道。

石越半开玩笑地说道："我也担心。"

"学士，种谔求见。"侍剑在外面朗声禀道。

石越与潘照临、司马梦求对视一眼，三人皆会意地一笑。石越起身道："请种将军议事厅相见。"

种谔怀着一肚子的怨气与怒气，勉强与石越见礼后，便开门见山地问道："石帅果欲许夏人和议吗？"

石越端起茶杯，轻轻啜了一口茶，缓缓放回案上，看了种谔一眼，道："和战之策在朝廷。夏人许我河南之地，且允诺秉常复辟。我既据河南，于秉常有再造之恩，正可缓图之。"

"石帅此言差矣。"种谔急得腾地起身，大声道，"如此必误国事！"

"嗯？"石越脸色不豫，恼怒地望了种谔一眼。

种谔这才注意到自己的失态，但他却不在乎，只是坐回座位，继续说道："如今士气可用，正当一鼓而下灵州，灵州既下，禹藏花麻可不战而降。如此三道进兵，渡河而围兴庆府，如此贺兰山以东，尽为吾有也。夏人议和，不过是缓兵之策，一旦其恢复元气，再欲图之则难矣。且以夏人之雄，岂能容河南之地在他人掌握？我纵欲和，实不可得也！”

“然种将军可知辽人已进河套？”石越冷不丁问道，“若逼其过急，夏人举国降于辽，我当如何应之？”

种谔吃了一惊，反问道：“契丹出兵河套？”

石越点点头，道:“大宋之劲敌,非西夏,而是契丹。若使二夷合纵,于国家非利也。”

种谔却顷刻间已从惊愕恢复从容，毫不在乎地挥手道：“辽主非愚钝之人，此时与辽国打仗，虽非大宋之利；然此时与大宋打仗，难道便是辽国之利？！其出兵河套，是知夏国之将亡，而欲分一杯羹。占据河套，可使兴灵、平夏，皆处于辽军威胁之中，日后与大宋相争，亦可占得一丝先机。我军此时若急攻兴灵，辽人坐视而已。”停了一下，又讥笑道，“我军若攻兴灵，下官只忧辽军以助我为名，而在河套甚至贺兰以西攻城略地，让夏人首尾难顾。石帅莫要忘了，大宋与辽国还有一纸盟约在。”

石越却并不为其所动，反讥道：“兴灵坚城，若我军久攻不下，契丹未必不敢趁我之弊。若能大败我军，使我元气大伤，其又惧我何来？如此，吾等岂非大宋之罪人？”

种谔霍然而起，怒声道：“为将者岂能畏首畏尾！天下哪有甚万全之策？石帅所虑若仅于此，愿授下官五万之师，以一月为期。一月之内，若不破灵州，下官愿受军法！”

石越望着种谔，良久，缓缓说道：“种将军可知军中无戏言？”

“虽死无憾！”种谔没有半点犹豫。

“好！”石越霍然起身，道，“本帅便给将军五万之兵，且使种谊、刘昌祚部助将军攻城，令折克行率部直取兴庆，断其援军。限期一月，若一月之内，灵州不破，本帅亦不要将军正军法，将军自缚往汴京听处置便可。”

种谔几乎疑心自己听错了，不可思议地望着石越，半晌，方单膝跪倒，亢声道：“若攻不下灵州城，下官不敢去见皇上，自己便撞死在灵州城下！”

6

熙宁十三年八月下旬。

灵州冷漠的天空下，辽阔的田野让人感觉到一种无声的苍凉。灵州这座塞外雄镇，位居黄河与灵州川之交，控贺兰、牛首二山之险，拥河渠灌溉之利，原本是关陇地区之门户。然而，自从咸平五年李继迁攻破成为塞外孤城的灵州之后，宋军已经有整整七十八年未曾见这座雄镇的雄风。这里却先后成为西夏的西平府、都城、陪都、总管十二监军司的翔庆军司。

此时灵州城外的田野中，只余一片凄凉景象。在石越下令以种谔为帅，统率骁骑军、龙卫军与宣武军第二军、振武军第四军共计约五万精锐禁军，并节制种谊、刘昌祚部进攻灵州之后，灵州那短暂的僵持被立即打破了。

首先是与宣武第一军一起驻扎在耀德城的宣武第二军的其余部队依次抵达灵州，在他们到达的当日，叶悖麻趁其立足未稳，以优势兵力向宋军发动了猛烈的进攻，两军激战竟日，各自折损千余人马。夏军的进攻被挫败后，宣武第二军的将领才发现，叶悖麻此次进攻的目的，仅仅是抢割城外的小麦。

然后，在西路，种谊与刘昌祚烧毁鸣沙城，带着所获粮草辎重率部北上，击破阻击之夏军，几天后进抵灵州城外。刘昌祚到灵州的第一件事情，就是纵火焚烧城外尚未被收割的麦田。灵州城外，几乎沦为一片焦土。叶悖麻自知无法与宋军列阵而战拼消耗，不敢出战，只好收缩兵力，闭城自守。好在灵州城只有南北两个城门，经过长期的准备，城中除了攻守战具外，粮草、薪柴、木材，甚至石头，叶悖麻都已准备得尽可能地充分。他只要以重兵守护好灵州城东北三十里外的吕渡，保障兴庆府与灵州之通道，灵州便不至于沦为孤城。

宋军却也不急于攻城，他们在灵州城南扎成两座大寨，深壕高垒，竟摆出一副持久战的模样来。

但叶悖麻却非常清醒——宋军这样做，只不过是在等待主力的到来。虽然在花结香逃回来的残部报告发现宋军在筑耀德城后，他便减少了在瀚海的部队。但是余下的在瀚海活动的部队，还是发现了宋军的大规模调动。联系起萌多的报告，他就可以很容易地断定，宋军的主攻，迫在眉睫。

果然，仅仅五天之后，宋军的主力便到了。

叶悖麻站在城楼上向南眺望，可以看到城外旌旗密布，营寨相连。宋军军容之盛，让与叶悖麻一起在城上观阵的许多西夏将领都变了脸色。

“灵州之固，虽十万军不能下，何况这区区宋军。只须坚守数月，本帅便有破敌之策！”叶悖麻慨声说道，给麾下将士鼓舞士气。

然而，恰在此时，一只乌鸦不识时务地飞过城楼上空，“呱”地叫了一声便向北飞去。那绝望的叫声，让本就迷信的西夏将士，心中更增了几分不祥的预感。

灵州城南。

宋军中军营门大开，随着一声声鼓角高鸣，各营的营门也相继打开，宋军各军列着整齐的方阵，鼓行而出，布阵于灵州城外，仿佛是在向守城的夏军炫耀着自己的军威。

种谔在众将的簇拥下出了中军大营，一脸的肃然。

“呜——呜——呜——”

众军见到主将的旗帜，立即一齐鼓噪起来，数万人的声音，震得灵州城内的居民都惶惶不安。

种谔缓缓举起右手，中军挥动旗帜，鼓噪的士兵便立即安静下来。

紧张、兴奋的情绪，在宋军中弥漫，士兵们都自觉握紧了手中的兵器，每个人都等待着攻城的命令。灵州城上，叶悖麻也向部下下达了备战的命令。

所有人都在等待那一刻。

城外，安静得让人窒息。

然而，出乎所有人的意料，种谔并没有下令攻城。他纵马至阵前，指着前面的灵州城，厉声喊道：“诸位将士！七十八年前，大宋灵州知州裴济裴使君被李继迁困于灵州城中……”

种谔的话被数十名军官重复传唱，清晰地传到了每一个人的耳中。灵州城内外都吃了一惊，不知道为什么种谔突然提起这桩早被许多人遗忘了的旧事。

“裴使君自刺手指，写下了请求援兵的血书。”

种谔依然肃穆，仿佛回到了七十八年前那场惨烈的战争中。

“然而瀚海被李继迁遮断，朝廷援军方至环州，灵州便已陷落，裴使君战死殉国……

“本帅昨夜梦到裴使君，乃知当年为捍卫灵州而战死的大宋将士之英灵，依然聚于灵州城上，徘徊不散。他们未能等到援军，致使国家西北雄镇沦落，其骸骨亦不能得归于故乡，故此怨恨难散。他们等援军等了七十八年！

“他们等援军等了七十八年！”

种谔哽咽着，拔剑出鞘，指着灵州城，厉声喝道：“今天，援军来了！”

7

马同寿举着高过人身的盾牌，一双眼睛涨得通红，口里大声吼着无意义的音节，踏过横七竖八躺在城下的友军尸体，第三次冲向城角。此时灵州城南的上空，恍如正下着一场狂暴的箭雨，密密麻麻射出来的羽箭，几乎让太阳都失去了光芒。城墙的脚下，到处都有未熄的烈火在飘摇着，西夏人泼下来的滚烫的开水，兀自在地面上冒着热气。到处都是穿着黑色铠甲的宋军尸首，被石块砸烂的云车残体，还有遍地可见的血迹。惨叫声、吼叫声、战鼓声、云梯车轮压过壕桥的吱吱声、弓弦振动声、羽箭穿过空气的声音、抛石机发射时的轧轧声、石弹砸在城墙上和城墙外的轰隆声……所有这些声音交织在一起，构成了一幅人间地狱的景象。

马同寿此时完全丧失了思考的能力，只是本能地跟随着宣二军的一万多名袍泽一起，簇着云梯，向着灵州的城墙发起一次又一次的冲锋。每一架云梯车后面，都跟随着数以百计的战士。而在他们身后，在夏军射程以外，宋军整整两百架抛石机分成三队，不断地向灵州抛射出石块与泥团，压制着城墙上的夏军。虽然五到八斤重的石弹，打在灵州城那坚固而高峭的城壁上，连个印子都留不下便化为齑粉，很难对重要的防御工事造成多大的损害，但是如果落在人身上，无论穿着多好的盔甲，也必死无疑。那些跌落城下的夏军尸体，几乎没有完整的。

种谊与刘昌祚都紧绷着脸，勒马在军中观战。

石越再一次证明了他按兵不动的几个月并没有闲着——灵州攻城部队的攻城器械，不可能是凭空变出来的。但石越也不是神仙，从庆州到灵州的道路，许多地方都不能通车，许多重型器械根本无法运过来，就地制造也要受材料与工匠的限制，因此任何一个将领，都知道在这方面无法再抱怨什么。毕竟现在的情况已经比想象的好多了。

但饶是如此，擅长防守的种谊还是忍不住会暗暗感到遗憾。

若是能运来重型投石机便好了。宋军有一种巨大的投石机，能将数十斤重甚至上百斤重的石头轻而易举地发射到二百步以外，有时候甚至是三百步。只要有这么一两架投石机，灵州城上的任何防御工事，只要被命中，就会被砸得粉碎。但这种投石机本身重达数千斤，当时一辆马车的载重能达千斤就几乎是极限，这种投石机需要几辆马车同时拉才能拉得动，除非从延绥、夏州绕道——那里有一条西夏人修的官道——否则是不可能运到灵州的。而等它运到之时，只怕战争早已结束了。

恶劣的运输条件帮了叶悖麻大忙。

否则的话……以种谊的眼光来看，叶悖麻在守城方面极不全面。而且这种欠缺并非叶悖麻个人的问题，而是夏军在这方面根本不擅长。所以叶悖麻才犯了一些在宋军将领看来简直是可笑的错误。整个灵州城防御工事的设计虽然称得上严密，却也有太多不合理的地方。比如外壕居然没有羊马墙，使得宋军不仅可以直接攻击外城，而且宋军的壕桥可以轻易地就开到外壕上面，池宽水深的外壕居然没有发挥多少作用。此外，马面也太少，本来对于缺少重型攻城器械的宋军来说，这是可以造成很大的麻烦的。

这许多的不足，完全是战术思想上的落后。比如偌大的灵州城居然只有两个城门！在种谊看来，这简直就是幼稚。西夏人以为城门是攻防最激烈的地带，所以就以为越少越好，可以集中防守——但城角才是最薄弱的地带，为什么他们不干脆把灵州设计成三角城？

但是……

还有不对劲的地方……

为什么西夏人在这么多攻城炮的打击下，居然还有如此密集的箭雨？城面上防守的西夏人似乎完全没有被压制住！而最奇怪的是，西夏人的守城炮一直没有还击。按常理，布置在城内的守城炮一般都要比攻城炮威力更大，它们是摧毁攻城炮最有效的武器。宋军的攻城炮一旦发起进攻，其位置就暴露无遗，而且为了保护攻城炮，宋军不得不在自己的三个炮阵前摆出步兵方阵，城中如果进行还击，便会令宋军损失惨重。但为什么叶悖麻任凭宋军攻击，却一直隐藏实力？

难道说应付宋军的这点攻击，他完全是游刃有余？抑或者，他们根本没有守城炮？

种谊的眼睛眯成了一条缝。

“外城城面定有蹊跷。”种谊低声说道，目光有意无意地向身边的刘昌祚瞥了一眼。

刘昌祚斜着伸手掌，做了个手势，却没有接话。种谊收在眼里，眉头皱得更紧了。刘昌祚的意思很明白，与种谊想的完全一样。灵州外城的城面，一定是被设计成向内倾斜的城面了。这种城面设计是专门对付攻城炮的——石弹落到上面，就会借着巨大的惯力向夹城滑落。任何投石机的精确度都是有限的，训练得再好的士兵，也无法准确地将每一枚石弹打到城面上，实际上每十枚中能有三到四枚命中城面，就已经是训练有素了。若城面设计成一定斜度，城面上的士兵在遇到攻击时只要紧贴女墙站立，受到的伤亡就会大幅减少。

必须要想个什么办法才行！

“呼”的一声，一枝羽箭正中马同寿的盾牌，射箭的人显然臂力极大，羽箭插入盾牌后箭尾兀自摇晃不已，震得马同寿左手一酸。马同寿此时根本不知道是谁射出来的这一枝箭，躲在覆盖着厚厚的沙土与生牛皮保护的云梯车内的士兵，已经将云梯靠到了灵州城墙上，云梯上一架架飞梯就势升起，直接架到了灵州外城的女墙以上。“杀！”“杀！”身后的战鼓声擂得更加急了，马同寿见指挥使举着一面盾牌，口中大声吼着，跳上云梯，向着灵州攀爬上去，他身后有数十名士兵见状也紧随其后，纷纷跟上。马同寿连忙也跟了上去。他刚一上去，身后马上又有无数人跟了上来。

这个时候，灵州的城墙上，到处都是升起的云梯，一排排身着黑色铠甲，举着盾牌的宋军战士，如同庞大的蚁群，向着灵州攀爬上去。

一瞬间，宋军的远程攻击更加激烈了。

在巢车的指挥下，宋军的投石机发了疯似的向灵州城墙发炮，不惜一切代价来压制城面上的守军。不知道何时布好的床弩阵也突然发威——宋军疯狂地将他们的弩阵推进距城七十步以内，不顾伤亡地向夏军进攻。数以千计的神臂弓手更是将漫天的弩箭射向城头的夏军，数百架的望楼车好像突然冒了出来一样，在战场上疯狂地移动着，这些比灵州城还要高的望楼车上，每架都载有十几名宋军神箭手，这些人不停地寻找着他们认为的重要目标，几乎每一声弓弦声响起，都有西夏人送命。

得到有效支援的宣二军，仿佛得到什么号令一样，也自觉加快了攀爬的速度。

灵州城头，越来越近了。

“宋狗要玩命了！”城楼上，叶悖麻狠狠地吐了口浓痰，骂道。他转身瞪着自己的长子，沉声道，“耶亥，你给我带一个千人队上去，休得叫一个宋狗登城！”

“是！”

“炮手可以动手了！”叶悖麻没有再看一眼离开的长子，他瞪着眼睛，盯着城外的宋军巢车与望楼车。叶悖麻感觉到，相比而言，对西平府威胁最大的，是那些毫无攻击力的巢车。因为有了这些巢车，宋军才可以清晰地观察到城头上的一举一动，才能用旗号指挥部队进行更有效的攻击。

这是心腹之患。

“一定要先干掉那些巢车！”

“轰”。

“轰”。

一辆巢车被砸得散架。

又一辆巢车被砸成数段。

“所有巢车，不得辄移！”种谔神情冷酷地下达着命令。西夏人的守城炮终于开始还击了。巢车、望楼车、投石机、床弩、神臂弓队，无疑将是西夏的守城炮主要攻击的目标。

“种帅，若这般下去，用不多时，所有巢车都将损失殆尽！”

“巢车若移动避敌，诸军如何看得清旗号？”种谔怒目瞪了说话的参军一眼，厉声道，“巢车死光了，望楼便改作巢车！传我将令，巢车便被砸死，亦不得移动半步！违令者一车皆斩！”

“是！”

“轰”！

话音未落，数枚石弹砸向宋军炮阵，其中一枚没有砸中宋军的投石机，却落在了守卫投石机的步军阵中。顿时，血肉横飞，惨叫连连，数十名宋军战士被砸成肉泥。

紧接着，又是“轰、轰”，数声巨响传来，神臂弓队中被击中了一枚石弹，伤亡狼籍。

“军法官何在？”种谔眉毛都没有皱一下，便厉声喝道。

“末将在！”

“你立即带军法令监阵！敢乱我军阵者，立斩！”

“是！”

都虞候领令而去。

“敌炮攻击，城头上必有人以旗号指示方向远近，传令，叫望楼干掉这些兔崽子！

“令巢车辨分敌炮方位距离，攻城炮装震天雷，给我炸死那些西贼！

“传令，先登城者，记首功，赏钱五百贯！凡士卒一律晋陪戎校尉！”

马同寿明显地感觉到来自身后远程攻击部队的支援，城头上的西夏人仿佛被压制住了，他听到指挥使在上面大声喊着：“西贼顶不住了……快跟上……快跟上……”马同寿连忙手脚并用，抓紧攀爬。

然而好景不长，西夏人很快便缓过劲来。头顶上，从城内发射的巨大石弹掠过空气时发出的响声，让马同寿感觉到头皮一阵阵发紧。“阿弥陀佛！”他在心里默默念了一声，不敢去看身后的情形，反而以更快的速度攀爬起来。巨石落地的轰隆声在身后不断传来，巨大的恐惧感反而在一瞬间让马同寿明白一件事情——如果不能攻下灵州外城，他们这些在云梯上的人，都不可能再活着见到明天的太阳。

他们已经没有退路。

别的宋军战士或许还可以选择以后继续战斗，但是对他们而言，今日便是决战。

要么胜利，要么死亡。

下面传来一阵阵呼喊声，马同寿隐隐听到是：“先登城者……五百贯……”

他不由得精神一振，五百贯，足够置上一座上好的庄园，安安稳稳地过下半辈子了。但是，他的美梦只持续了一刹那。

只听到“啊”的一声惨叫，爬在前面的指挥使被一块滚石砸中，从数丈高的云梯上跌了下去。他的大脑尚不及转圜，又是一声惨叫，一人被开水浇中烫伤，把握不住，也从云梯上跌了下去……

惨叫声此起彼伏，从每架云梯上传来。不断有宋军的将士跌落，最惨不忍睹的是有一架云梯被西夏人浇了滚油，又射中火箭，整架云梯上的人不是被烧死，就是被摔死，更有许多人是燃烧着从云梯上跌了下去。

“我跟你拼了！”

马同寿的眼睛充满了血丝，拼命的时刻到了。

8

宋军的每架望楼车，在车下操纵楼上移动的士兵与在车上以旗语指挥联系的士兵都是隶属于神卫营的。但是望楼上的神射手，却是各军中临时抽调来的好手。田烈武此时就在一座望楼车上面。他的车上，配有十二名神箭手，以他的官阶最高，所以他就是临时的首领。

从望楼车上，可以清楚地看到灵州城头的一举一动。西夏人的守城炮尚未发射，田烈武就注意到有几个人在城墙上挥动旗帜。他看出古怪，当即便一箭射死一个。待到西夏人发炮，他立即便想起在讲武学堂时从神卫营的武官那里听到的话：以炮守城之时，一般将炮安置在城中，使敌不知所在，以保护守城炮不被攻城方的投石机摧毁。这样的话，就必须以人在城墙上以旗语指示方位距离，若然没有这些指挥的人，纵有再多的投石机，也是废物。

“先不管别的，干掉那些打旗号的！”田烈武一面说道，一面“嗖”的一箭，又将一名旗手射死。

望楼上的神箭手们立即明白过来，开始集中攻击这些打旗语的夏军。尽管望楼上的宋军也是西夏弓箭手重点攻击的目标，但那些西夏人却仍然几乎只要一挥动旗帜，马上就会有人送命。待种谔的命令传到诸望楼后，西夏人早已经被田烈武打乖了，他们一个个紧贴着女墙站立，从“品”形口中观察，而只将旗帜露出来，继续指挥。

这一下，几乎所有望楼上的神箭手都束手无策了。

“田校尉？”

“轰”。田烈武未及回答，一架燃烧的云车从中间折断，塌了下来。接着，又是“轰、轰”数声巨响，宋军几架投石机被击中，被砸成了一堆木材。

宋军的投石机也开始用震天雷作弹药还击，但是巢车判断方向容易，判断距离却十分困难。躲在城墙后面，的确比在城外被人一览无遗要安全许多。震天雷在灵州城内不断地爆炸，但效果却非常一般。而城墙上的宋军受到抛石机的支持一被减弱，处境立即变得更加艰难起来。毕竟在进攻城头时，宋军无论如何也不敢使用震天雷。因为投石机是无法确保准确击中城面的，有更多的石弹可能落在城外。这些如果只是石弹或者泥团，必不可少的误伤对己军造成的伤害还可以接受，但如果改成震天雷，只怕宋军的攻城云梯，在己军与夏军的“夹击”下，用不了一时三刻就会死光。

“姑且试试吧。”田烈武抿着嘴，摘下一枝火箭，朝着西夏人的旗帜射去。

望楼上所有人都屏声望着这枝火箭，拖着火焰尾巴的箭枝正中旗帜，噗地燃烧起来。

顿时，整座望楼上都欢呼起来，众人纷纷抽出火箭，几人一组地向西夏人的旗帜射去。很快，别的望楼也注意到这种新方法，开始有样学样。西夏人的旗帜只要一举起来，立即便有数枝火箭飞到，他们尚来不及挥舞，就发现手中的旗帜烧得只剩下冒着火星的旗杆了。

叶悖麻望着一根根光秃秃的旗杆，不觉目瞪口呆。

宋军的远程攻击部队显然注意到了望楼车的战果，无论是投石机还是床子弩，都是有车座的，他们立即开始有次序地移动位置。得不到旗帜有效指挥的守城炮只能凭借经验胡乱进行射击。数量本来就少的守城炮，当完全只能靠感觉来攻击敌人之时，其效果便立即大打折扣。

西平府的上空，再一次成为宋军的天下。

“挑一百名善射者，干掉那些望楼车！”叶悖麻的眼睛仿佛要喷出火来。

马同寿离城头越来越近了，他身上却奇迹般地一点伤都没有。但马同寿无暇感叹自己的好运气，因为有太多朝夕相处的袍泽已经只能在忠烈祠才能再会了。他只是不甘心，无论如何，哪怕要死，也要爬上城头再死！

忽然，他听到身后传来震耳欲聋的欢呼声。他下意识地向两边瞥了一下，立刻，他的血液也沸腾起来——潘都指挥使已经登上城头了！

便在这略一停顿间，他听见上面也传来欢呼声——一名锐士爬上了城楼。但只是一瞬间，那名锐士的尸体便从城头上摔了下来，身上有几个透明的枪眼。

紧接着，又有两名袍泽被杀死在登上城头的那一刻。

马同寿停了下来，他伸手摸了摸腰间，掏出一枚霹雳投弹，把引线咬断一截，对身下的人道：“点火！”

那人怔了一下，马上反应过来，忙取出火石，给引线点着火。

马同寿抓起霹雳投弹，向城头扔去，一面大喊一声：“趴下！”

跳上城头的两个宋军下意识地便向城面上滚下去，守城的夏军还未明白发生了什么事，便听“呯”的一声，几个人被炸了个血肉模糊。

“快上！”马同寿大声喊道。不待他吩咐，前面的宋军早已抓住这个机会纷纷爬上城头。马同寿跟着跳过女墙，刚刚拔出佩刀，便见近百名夏军从两面围了过来。他下意识地摸向腰间，却发现另外一枚霹雳投弹不知道何时弄丢了。他再看身边的士兵，竟然都是些没有配备霹雳投弹的毅士与效士。

马同寿暗叫一声晦气，举着盾牌，大吼着冲向西夏人。已经上城的战士，自觉分成两队，分别向着夏军迎去。

无论如何，要守住这个口子。

马同寿对于勇敢没什么兴趣，他只是知道，眼下这种情况，若不守住这道口子，他必死无疑。登上城头难，但登城之后想活着下去，更难！

数名夏军端着长枪，口里喊着马同寿听不懂的音节，迎着他们冲了过来。

一名宋军举着盾牌抢先迎上去，盾牌隔开两支长枪，他却也被巨大的冲力带得踉跄了几步，一名夏军看得便宜，一枪扎中他的大腿，顿时血流如注。那个宋军痛苦地倒在地上，未及呼救，便被数杆长枪在胸口扎出几个窟窿。

同伴死在眼前的惨状，让刚刚登上城头的这些宋军彻底红了眼睛。马同寿大骂着连人带盾冲将过去，竟生生将一个西夏人撞倒在地，他毫不留情地俯身挥刀，划破了那人的喉管。正待起身，他便听到耳边有风声，眼见躲闪不及，正要闭目等死，却见一人带着盾牌冲过来，生生替他架住了一斧。那持斧的西夏人力气极大，竟然将那人连人带盾都砍倒在地。

马同寿来不及看清救他的人是谁，趁那西夏人收斧不及，挥刀向他左手砍去。不料那人反应极其迅速，一个急转，便挥斧架开马同寿的战刀，震得马同寿虎口都裂了开来，战刀几乎脱手而飞。

他倒吸一口凉气，趁着几个同袍上前来架住那西夏人，忙定神打量。只见那夏人身着锦袍，光秃秃的头上只留着左右两根小辫子，额上的饰物上还嵌着一颗蓝宝石，竟是个西夏贵人的打扮。他目光掠过那人腰间，几乎叫出声来——那人腰间，赫然挂着他们营都指挥使潘将军的首级。

“这西贼厉害，兄弟们一起上！”马同寿大声吼着，招呼了两个人，硬着头皮向着那西夏人冲去。他不知道眼前的西夏人便是叶悖麻的长子耶亥，夏军中有名的猛将。但他却知道他们潘将军的武艺勇猛，都远在自己之上，自己绝不是对面这人的对手。然而害怕归害怕，既无退路可走，便只有拼上一拼了。好在他们越多支撑一会儿，爬上城来的宋军就会越多。

田烈武冷静地观察着城头的战况。

宋军接连冲开几个缺口，但很快又都被西夏人夺了回来。城头上的争夺战，的确非常激烈。在城头上，再怎么样也是西夏人占据着人数上的优势。而为了避免误伤太大，宋军的远程火力必须小心翼翼地尽量避开被打开缺口的地带，这使得城头的宋军处境变得更加恶劣——但不如此又不行，宋军的石炮是不长眼睛的。

到此时，宋军还能坚守的三四个口子，无不是用霹雳投弹炸出来的。但显然，宣二军的将士对霹雳投弹的重视度不够，并没有好好利用这种武器。不过田烈武也知道，这很可能是自己站着说话不腰疼，在矢石如雨，擂木、滚油不断从自己头上落下的情况下，保命不暇，要冷静地点火，计算引线的长度，准确地投弹，这绝非是一件容易的事情。有一些将士便是引线留得长了，霹雳投弹扔上去，反而成了敌人的武器；有些因为扔得力大了，直接掉进了夹城。霹雳投弹在蚁附攻城时，可以用来摧毁守军的城头防线，这种战法之前宋军从未想到过，只是在这场战斗中才不知道被谁灵机一动想出来的。以前就连田烈武自己都认为，霹雳投弹根本不是短兵相接时使用的武器。

不过此时并不是检讨的时候。田烈武心中的念头只一闪而过。

“支援城头的同袍。向别的望楼发旗语，告诉他们我们的攻击目标。”

田烈武一面下达命令，一面拉响了弓箭。他无权指挥别的望楼，只能做到这一步。各望楼上的神箭手也损失惨重，最起码有半数人或死或伤，但饶是如此，如果城头的友军能得到弓箭手的支援的话，每个弓箭手都抵得上十个登上城头的战士。

马同寿几乎已经绝望。

与耶亥这样的猛将对抗，对马同寿来说，完全是力不从心。他能支撑到这一刻，简直是个奇迹。凭真正的实力，马同寿不认为自己能在耶亥斧下走过三合。宋军战士的鲜血溅满了耶亥的锦袍，死在耶亥斧下的战士，已经有十多个了。马同寿的战刀被劈飞三次，他此时手中握着的，变成了一杆西夏人的长枪。尽管全身都发颤，但是马同寿仍然必须身先士卒，面对那个最可怕的敌人。

原因很简单。

虽然西夏人可能分辨不出来这些宋军的低阶武官与普通士兵在服饰上的区别——否则那个西夏人绝不会容他到现在，但是每个宋军都清楚地知道，他是此地官阶最高的武官。他若表现出半点害怕的情绪，城头这个口子的士气就可能崩溃。最终，没有一个人能活着回去。

汗水浸透了马同寿的内衣，打湿了他的头发。他的盾牌早就丢掉了，一双手紧紧握住长枪，与四个同袍一齐对抗那个厉害的西夏人。他们的脚下，到处都是尸体，有宋军的，也有西夏人的，横七竖八……

“投弹！投弹！”马同寿声嘶力竭地吼着，哪怕是从云梯上扔上来一枚投弹，让他们同归于尽，他也心甘情愿。因为他根本不知道自己可不可能活过下一刻。但是也许是没有人能腾出来手，也许是别人觉得这太疯狂——这根本是自杀！

马同寿没有等到霹雳投弹。

对面的西夏人挥出战斧，甚至没有听到声响，马同寿的长枪便已经被斩断。巨斧带着锐利的劲风，顺势向马同寿砍来。

“完了！”马同寿下意识地闪避，但脑中却已先闪过一个念头。紧接着，一阵剧烈的疼痛从右臂传来。“啊！”马同寿与耶亥同时发出一声惨叫。马同寿的右臂被齐肩砍断，立时晕死过去。而耶亥的左肩上，却正中一枝羽箭。

受伤的耶亥恼怒地大吼一声，回手一斧，将箭杆削断。顺手将战斧往城头一放，从涌上来的亲兵手中取过弓箭，向城外去寻找射伤自己的宋军。却见城外宋军的望楼车上，至少有数十名控弦之士正在向自己的方向射箭，不断有夏军被射中毙命，他根本不可能找到射中自己的人。耶亥拉弓搭箭，接连射杀两名宋军箭手，回头却望见得到支援的宋军又变得活跃起来，仅仅一瞬间，竟又有十几名宋军登上城头。

“杀不尽的宋狗！”耶亥啐了一口，抛掉弓箭，抓起战斧，又向宋军冲杀过去。

灵州城头，仿佛变成了一个吞噬宋夏双方战士生命的怪兽。

不断地被宋军冲开缺口，又不断地被夏军夺回来。有时候，同一处地方，双方反复争夺竟然达到近十次。城头上堆满了尸体，宋军的，夏军的……宣二军除了神臂弓部队外，几乎拼光，在灵州城头上，他们战死了两个营都指挥使，近二十位指挥使、副指挥使。守城的夏军的境况也好不到哪里去，叶悖麻向外城城头前后增援了五个千人队，但是城头上仍然感觉兵力不足。

因为宋军占据着至关重要的远程攻击优势。西平府的守城炮队后来不仅得不到有效的指挥，更糟糕的是，有两枚震天雷碰巧击中了两架抛石机。西夏人使用的抛石机是使用人力与畜力拉动的，每架抛石机需要近百名汉人来操纵，配备着几十匹马。两枚震天雷落下来，操纵手死伤惨重不说，还惊扰了马匹，结果牲畜发狂，抛石机散架，又导致上百人伤亡。原本数量不多的守城炮队，更是雪上加霜。

但尽管如此，宋军在城外的损失也非常惨重。尤其是那些望楼车上的神射手，死伤达到六成。对于宋军来说，这是短期内难以弥补的巨大损失。

灵州城看起来岌岌可危，仿佛随时可能被攻破。然而结果却是，双方一直打到天黑，种谊又增派了一个军去支援，灵州城摇摇欲坠，却始终不倒。

尽管心有不甘，但黑夜来临后，宋军会失去弩炮的支援，此时继续强攻显然是不智的举动。更何况巨大的伤亡，让所有的宋军将领都感觉到压力。

继续这样攻城，只会让双方耗干最后一滴血。

终于，在弩炮的掩护下，宋军开始鸣金收兵。而筋疲力尽的夏军，也不敢再去挑衅宋军，眼睁睁地望着宋军的云梯撤退，只是象征性的攻击了一下了事。

其实，相比宋军而言，守城的夏军压力更大。灵州这样的西北重镇，几乎在一天之内被攻破。想起来都让人害怕。若不是夜色降临，宋军收兵，连叶悖麻也没有信心自己一方当时还能坚持多久。

9

种谊回到营中，连铠甲也懒得卸，只摘了头盔，叫亲兵煮了茶，便着人去请刘昌祚。去人很快回报说刘将军马上便来。结果种谊等茶水开了两次，几乎不耐烦时，刘昌祚方才到了。

一进大帐，刘昌祚便笑着抱拳赔礼道歉："请将军见谅，末将是去请一个人去了。"

种谊纳闷道："请人？是哪位将军？"

"眼下还不是将军，不过将来迟早是将军。"刘昌祚笑道，"将军可见到今日望楼当中，有一车格外出众？"

"子京可是说那位以火箭烧旗的？"种谊立时想了起来，笑问道。

"正是。"

"那可曾请来？"

"便在门外恭候。"刘昌祚笑道，"这人的名字想必将军曾听说过，乃曾是石帅府中的教习，中过武举，还是皇上钦点武进士，上四军出来的人。"

种谊想了一会儿，脑中跳出一个人名来，诧道："田烈武？"他的确有点出乎意料，在他看来，田烈武这种出身，一般是无能而仕途亨通的代名词。

"末将也不曾料及。"刘昌祚道，"我知将军请我，必是要商议军机。我看望楼车上，唯田君是明白人，故未曾告准，即先将他请来，也好备询。"

种谊笑着点点头："快请他进帐吧。"

他口中虽然说请，但是他与刘昌祚身份都远远高过田烈武，在军中阶级之法最重，自然不会出帐相迎，只由一名亲兵将田烈武请入帐中。

田烈武进帐见着种谊，连忙上前参拜："末将田烈武参见种将军。"

"田翊麾不必多礼。"种谊并不还礼，只叫人给田烈武看了座，又着亲兵上了茶，便挥挥手，所有帐内亲兵连忙都退了出去。出去之前，一个亲兵故意将大帐的门帘高高卷起。

田烈武与刘昌祚都注意到这个细节，二人都知道这是种谊心细之处。大军之中，除了主帅以外，任何人聚集在一起密议，都是犯忌之事。种谊将门帘卷起，正是要堵人之口。

"子京既将田翊麾请来，自是知道某的心思。"种谊淡淡说道，"宣二军今日算是拼光了，他们打成这样，不能不让他们亲眼看到灵州城破之日，但他们留在灵州，也指望不上了。接下来，轮也要轮到我的振武一军主攻了。"

种谊啜了口茶，拱手道："我并非是想保存实力，无论哪一军，都是皇上的，大宋的，怎么样都是为皇上效力。"

"灵州城高壕深，兵精粮足，既不能长期围困，又无法掘地道攻城。吾军利在速战，若不蚁附攻城，原本亦无良法。只是今日这般攻城法，损失之惨重，亦不堪承受。即便灵州城破，只恐我辈也只得回陕西休整去。"

他说出来，休说是刘昌祚，连田烈武也深有同感。

面对灵州这样的坚城，想不死人是不可能的。但如果损失过于惨重，对于士气军心的影响，也不能忽视。

"翊麾今日亲眼见到灵州夏军激战一日，不知翊麾以为叶悖麻之夏军如何？"刘昌祚先向田烈武问道。

"不敢。"田烈武忙向种、刘二人抱拳欠身为礼，他并不懂得多说客气话，便径直回道，"以末将看来，灵州之夏军既坚且韧，实乃劲敌，未可轻视。"

"灵州城高壁厚，壕深池宽，倘若由我军来守御，只要粮足，有三万之众，纵有十万之师临城，也只好望城兴叹。夏军许多地方都不得法，但一个城头缺口，我军与之屡番争夺，最后却是损兵折将，无法得偿所愿，可见夏军之坚韧处。两军炮战弩战，我军都能占得上风，攻城之难，其实在于蚁附之后，怎生守住缺口，并能守取城门。"

"翊麾可有良策？"见田烈武说到点子上面，种谊的态度也变得重视起来。

同一个晚上。

灵州城内也是不眠之夜。

叶悖麻安排防务，探视伤亡，差人连夜修葺被破坏的城头工事。事无巨细皆要过问一遍，叶悖麻方稍觉安心。回到府衙，他才坐下来，有时间开始考虑西平府的前途。

宋军将领惊叹于夏军的坚韧，但是叶悖麻更是有苦说不出来。

若宋军能继续这样猛攻，叶悖麻根本不知道西平府会在哪一刻失守。

他叶悖麻守的，竟是一座随时都可能被攻陷的城池。

"爹爹！"

叶悖麻的安静没多久便被人打破，他抬起头来，却是自己的次子耶寅。他诸子之名，全以"耶"字开头，后加出生年之地支，不过却恰好与西夏的一些复姓巧合。

"耶寅？你有何事？"叶悖麻一向都不怎么喜欢自己的次子。这个次子喜好佛道，交结汉人，全无父风。

"儿子知父亲烦恼，想送件礼物给父亲。"耶寅手里端着一个盘子，上面用绸布盖着。

"是何物什？"

"父亲一看便知。"耶寅将盘子送上前去，放到叶悖麻座前的案上。

叶悖麻掀开绸布，“啊”的一声，不禁叫出声来。

“你从何处得来？”叶悖麻站起身来，目不转瞬地盯着盘子里面的东西，一向沉稳的叶悖麻，声音中竟还有丝丝战栗。那木盘当中，端端正正地放着一块写满血书的白布。叶悖麻对那些字迹非常熟悉——那是夏主秉常的亲笔。血书最后鲜红的印玺，不仅证明眼前之物绝非伪造，更意味着，这是秉常在被幽禁之前写的。

耶寅望着叶悖麻双手恭敬地捧起血书，微微叹了口气。血书的内容他自然早已经看过，那是秉常在被幽禁前写给宋帝的奏章。秉常乞求宋帝出兵助他平乱，并且表示愿意学江南钱氏，举国内附！

耶寅见到这份血书不过几个时辰的时间。那种震惊、愕然，还带着些难以言喻的感觉，让他至今都难以平静。耶寅雅好儒学，仰慕宋朝风物。秉常推行“大安改制”，他是坚定的支持者。梁氏在己丑政变中成功，秉常被幽禁，许多支持改制者被杀害。但在耶寅这样的支持者心中，梁氏始终是人人得而诛之的乱臣贼子。帮助秉常复辟，继续进行大安改制，是这些人心中最大的梦想。

宋军以讨乱臣贼子为名而大举进攻西夏，如耶寅这一类的西夏人心中的感情都十分复杂。一方面，他们认为没有宋朝的军事干涉，就无法推翻梁氏，帮助秉常复辟，而且宋军举大义之名，又有仁多澣之邀，真是名正言顺，无可指摘；但另一方面，除了极少数天真者外，人人都知道这次是请神容易送神难。他们隐隐约约都意识到了他们不愿意面对的现实：宋军既然来了，大夏国亡国之祸，就迫在眉睫了。到底是要忠君、忠于自己的理想，还是要忠于自己的族群与列祖列宗所创立的白上国？这是两难的抉择。站在宋军一边，良心不安；但要站在梁氏一边，却绝难甘心！

耶寅当然知道这份血书的作用。

如果这份血书被公布出去，所有这些犹豫不决的人，这些对夏主忠心不二的人，这些同情或者支持大安改制的人，十之八九，都会站到宋军一边。

忠君事主的观念，绝非仅仅是宋人才有。对于许多夏人来说也是一样的，夏主秉常，即是白上国。如若秉常下令内附，那么他们从此就是大宋的臣子。他们只会将亡国之恨，加倍地转到梁氏身上。

不过，任何人群中都有例外。

耶寅就是例外。

他绝对忠于秉常，支持大安改制，痛恨梁氏一族，但他同样也认为，夏国的基业，是列祖列宗一刀一枪打下来的，大白上国是祖宗的白上国，并非秉常的白上国。这几千里的江山，秉常要将它亲手奉上给宋朝，这是乱命。真正的忠臣，应当以死相谏。

如果现在是秉常当政，他耶寅见到这道血书，一定撞死在兴庆府的王宫前。但是，现在秉常却被奸臣乱党所幽禁着！

所以，一切责任，都是梁氏的。梁太后、梁乙埋、梁乙逋……没有梁氏一族作乱，秉常就不会写这样的奏章，一切祸源，都始自梁氏！

“一个今天战死的小武官身上找到的。”耶寅回答着叶悖麻的问话，“儿子查过这个人的底细，政变前，他是皇上的侍卫，调到西平府不过三个月。他中了三箭，死的时候手紧紧抓着胸口，原来这奏章他一直贴身藏着……”耶寅黯然摇了摇头，这个侍卫受秉常之令送出奏章，却至死没能完成使命，一定死不瞑目。

“那你为何不烧了？”叶悖麻将血书放还盘中，转过身来，凝视耶寅，缓缓问道。

耶寅低下头，避开叶悖麻的目光：“儿子不敢。”

“不敢？”叶悖麻“哼”了一声，寒着脸道，“你知不知道这是乱命？！若传扬出去，西平府军心不稳……”

“父亲以为我大夏的命运，便在这区区几尺白布上吗？”耶寅反问道，“西平府守亦破，不守亦破，纵然是儿子不懂兵书战策，也看得清清楚楚！”

“你敢乱我军心？”叶悖麻瞋目怒道。

“儿子要扰乱军心，这血书便不送到爹爹你这里来。”耶寅沉声回道，“儿子若将血书在城门口向诸军宣示，父亲以为没有人开门迎敌吗？大祸临头，父亲以为那些将领官吏就看不出来吗？有多少人在心里暗暗打着主意，现在就只欠个由头罢了。”

“只要我还活着一天，西平府就安若磐石！”

耶寅昂首凝望着叶悖麻，脸上露出无奈的苦笑。半晌，方叹道：“父亲不知祸在眉睫，还说什么安若磐石？！”

不待叶悖麻说话，耶寅稍停了一下，便继续说道：“父亲困守西平府，一面是宋军强悍，西平府岌岌可危；一面却是累日攻城之后，宋军必将死伤惨重。儿子听闻种谔为人轻狂好杀，父亲守得越久，宋军死伤越多，城破之日，报复必然越重越狠。保不定就要有屠城之祸。纵然此城侥幸不破，两国议和，父亲杀伤宋军太多，宋人岂不恨你入骨？只恐和议达成之日，就是父亲首级送抵长安之时。

“便使父亲侥幸又能逃脱此劫，大宋兴数十万之师而来，主上若不能复辟，宋人岂会善罢甘休？主上一朝复辟，内则有仁多为恃，外则倚强宋为援，梁氏党羽，主上纵生啖其肉，亦难解心中之恨——看看这份血书，便知道主上怨恨之深之重！到时候父亲又当如何自安？

“何况这还是上上之结局。大宋皇帝，只怕没这般好心。萌多过西平府时，石越所提议和之条件，西平府内文武无人不知、无人不晓。今日他们随父亲守西平府，是为梁氏卖命，他日主上复辟，此辈小人，岂能不暗怀首鼠？自古以来，武人中都是市侩之辈多，如父亲这般忠直之士少之又少，父亲岂能指望他们怀忠义之心，与敌死战？这些人平素尚且不免与敌为市，大树将倾，更不知道有多少人想要开门迎敌。

现时鼠辈所惧者，唯父亲一人而已。然父亲以为你就能一直镇压此辈，让他们不敢轻举妄动吗？

“父亲今日之情势，便如同以一叶孤舟而面对滔天洪水。上则不知道所效忠为谁，下则部属皆怀二心。还说甚安若磐石，岂非自欺欺人？”

耶寅这一席话说完，叶悖麻怔怔地站在原地，良久，一屁股坐回椅中，说不出半句话来。的确，无论灵州城守得住，守不住，他叶悖麻的命运都已注定。不过这些还不是他所担心的，耶寅最后所说的，才是他最为忧惧的。他自己是个武人，对于武人的本质，他了解得比任何人都深刻。西平府的形势，所有人都看在眼里，这个时候，他麾下那些将领如果心里面不打打小鼓，说出来是没有人肯相信的。所以他几个时辰前才下达严令，诸将无故私会者皆斩。这道命令的目的就是为了防止有人私下串联。叶悖麻非常明白这些人的心思，即便他们心里面想投降，但如果只是单独一个人，是没有人敢做的。然而一道命令能起多大效果，他叶悖麻也没有任何把握。

“那又能如何？！”叶悖麻摇头苦笑，喟然长叹，道，“我也别无选择。”

“大事若果真不可为，儿子便不来见父亲了。”耶寅压低了声音，整个人因为过于兴奋而微微颤抖着。

“大事？”叶悖麻反问道，眼中闪过一道凌厉的光芒。

“父亲以为仁多澣果然甘心受制于宋人吗？”耶寅沉声问道。

“你是说？”叶悖麻此时已对自己这个儿子刮目相看，他虽然不知道耶寅究竟有多少瞒着自己的东西，但是仅仅是刚刚那一句话所暗示的东西，便足以让叶悖麻看到改变战局的希望。

“石越从未信任过仁多澣。”耶寅并没有正面回答叶悖麻，只是继续说道，“据儿子所知，西平府外虽然集结重兵，然而有两支宋军却并没有出现……”

“哦？”即便是叶悖麻，此时也不能准确地知道城外宋军的番号。耶寅的话，更加让叶悖麻对自己这个儿子感到扑朔迷离起来。他这个看起来没什么出息的儿子，究竟背后隐藏着多少不为他所知道的东西？

“这两支宋军，是号称宋军最精锐的军队——宣武军第一军与铁林军。”耶寅幽幽说道，“儿子敢问父亲，攻打西平府对于战局是否至关重要？”

“那是自然。”叶悖麻叹道，“宋军若能攻下西平府，便能占尽形势，可以说是胜券在握。”

“为何如此重要的战事，石越却要将宣武第一军留在耀德、溥乐二城，而将铁林军放在韦州。如此精锐之师，为何不为前锋，反为殿后？！”

叶悖麻霍然抬头，望着耶寅。耶寅的反问的确问到了点子上，但是，更让叶悖麻吃惊的是，耶寅对于宋军的兵力布置竟然了若指掌！这是连他叶悖麻都不知道的事情！他怎么知道宣武第一军在哪里？他怎么知道铁林军在哪里？

“你是说石越在防备仁多瀚？”叶悖麻冷冷地问道。

“不错！”

“我若是石越，既要猜忌仁多瀚，何不令他率部来西平府攻城，坐视二虎相斗，何苦如此大费周章？”

耶寅轻轻“哼”了一声，低声道：“其实打一开始，虽然仁多瀚屡番请战，然而石越却不曾让仁多瀚打过一场仗。仁多瀚在我国威信极高，觊其用心，石越无非是担心诸多小部族纷纷投降仁多，不免壮大其实力。若驱其为前锋，反使仁多一族兴起，于宋朝而言，又有何益？他开始既不肯用仁多，如今进攻西平府，明明是苦战，若立即便让仁多瀚出兵，这等用心，岂不让所有归顺者寒心？况且仁多瀚并非愚顽，如何肯轻易就范？这般上下猜忌，纵使让仁多族之兵来到西平府外，其攻城也必定不肯尽力，当胜负难料之时，宋军不免有反侧之祸。以石越之狡诈虚伪，自然是不肯出此下策。只不过，如今情势却未免有变……”

叶悖麻本是试探自己这个儿子，而耶寅回答中对于石越与仁多瀚之间关系的了解，更让他疑窦丛生。但他是何等人物，依然不动声色，只问道：“情势有变？有甚变化？”

“宋军既然在西平府损失惨重，石越便正好有借口向仁多瀚要援兵。而西平府如今已然岌岌可危，自然没必要让仁多瀚率兵亲来。只须不使仁多瀚来此，其余如仁多保忠辈统兵，其纵然有二心，然而仁多瀚人在韦州，投鼠忌器，他们也不敢轻举妄动。此时正是削弱仁多瀚之良机，石越岂能不加利用？”

耶寅分析局势，对于石越与仁多瀚的心思算计，鞭辟入里，连叶悖麻都忍不住要暗暗赞叹。他知道仁多瀚投靠宋人，所谋者无非有二。如果西夏不亡，仁多瀚救主有功，实力最强，又得到宋人支持，自然从此权倾朝野，不仅仁多瀚摇身一变，取代梁氏成为权臣，仁多族也将成为西夏数一数二的强盛部族。

如果西夏亡国，仁多一族的势力非但不会削弱，反而会增强。战争结束之后，许多小部族都不免要被仁多族兼并吞食。而宋军又未必能长久在西夏故地驻扎重兵，其统治地方，也不免要依赖仁多瀚。依托于宋人羽翼之下，仁多瀚不失为一董毡，最差亦不失为河东折氏。小心谨慎经营，一二百年后，其子孙若得机会，纵使成就帝王之业也未必不可能。

西夏、契丹之崛起，最初也都曾经依附中原王朝。然而，在叶悖麻看来，石越同样也是世之奸雄，岂肯替他人做嫁衣？他把宣武第一军放在灵州道上，阻断仁多瀚北结外援之路；把铁林军放在韦州，无异于在仁多瀚胁下放了一把尖刃，如此布置，便是要迫使仁多瀚就范，于必要之时，只能听任其宰割。不过，虽然如此，仁多瀚老奸巨猾，叶悖麻却也相信他断不会坐视自己势力被削弱而无所作为。

叶悖麻的目光再次移向耶寅。

“仁多嵬想必不会任人宰割，石越一定也料不到，他竟然事先在西平府布置了一着好棋。”叶悖麻的语气如同寒霜一样逼人。

“仁多嵬？”耶寅哑然失笑，低头道，“儿子虽不成器，但区区一个仁多嵬，还不足以让儿子为他卖命。”他神态虽然依旧恭谨，但骨子中却透着一股骄傲。

叶悖麻心中依然狐疑。他对于自己这个儿子，的确了解得太少了。但是以耶寅所说的话来看，他却也不能不怀疑耶寅是被仁多嵬收买了。他心中疑心既起，耶寅虽然矢口否认，他如何可能轻信？但自觉多问无益，当下只厉声斥道：“若你果真这般没出息，休怪我不认你这个儿子。”话虽严厉，但是脸色语气，皆已和缓许多。

耶寅淡淡地笑了一下，神色中带着一丝难以言喻的苦涩：“儿子是谁的人并不要紧，儿子是死是生，也不要紧。国事如此，要紧的，是大夏国的前途，是主上的命运！如今大夏国的将来，已经全捏在父亲手上！”

说罢，耶寅久久凝视叶悖麻，缓缓跪了下来，一字一句地沉声说道：“儿子有话，冒死呈于父亲面前。父亲若见信纳言，则是大夏之幸事，主上之幸事；若其不然，请父亲斩儿子首级，以激励军心。”

叶悖麻用眼角瞥了他一眼，吐出两个字：“说吧。”

“我夏国立国以来，累历危难，然而形势之坏，无过今日者。强敌日迫，有亡国之忧，而主上困于权臣奸党，诸侯各怀私心。梁乙埋固然是奸臣，仁多嵬之心机亦不可测。李清已死，余者唯一禹藏花麻，虽然忠于主君，但苦于势单力孤，才具不足，独木难支。以儿之见，其降宋指日可待。国事到了这个地步，这西平府之得失，真是不足论。守不住西平府，大夏固然要亡；纵然守得住西平府，左右也是个‘亡’字。这数千里江山，几百年基业，无非是归赵家，还是归梁氏抑或者是仁多家之区别。”耶寅一字一句说来，真是痛心疾首，愤懑难已，“况且今日战局，这西平府眼见是守不住了。为夏国计，为家族计，为主上计，为父亲计，都不能不早做打算！儿子有一愚计，不如利用这一纸血书，以奉诏为名，效姜维降晋之计。父亲可与宋军相约，只须宋人许诺不废主上、保全父亲兵权，便即献城出降。宋军于坚城之下，损失惨重，见父亲愿降，兵不厌诈，自然无有不允。他们见此血书，又知我穷困，定然也不会怀疑。诸将本不自安，既见此书，以父亲威名夙著，亦可从容镇抚。父亲抚此数万甲士，请为前锋自效，以迎立主上复位之名，北上兴庆，诸州敢不响应？梁氏土崩瓦解可立待。然后父亲只需善抚其忠义之士，拥兵观望。若宋朝守信，存我社稷，则父亲麾下控弦数万，足以制衡仁多，不至于使主上无依。若宋朝失信，父亲可阳为效顺，宋军决不能久驻，待宋人撤兵，父亲择机而动，或奉主上过贺兰山，或另立新君，与宋朝周旋。仁多瀚枭雄，实力未损，岂有不见猎心喜者？如此合纵连横，鹿死谁手，尚未可知！”

耶寅说完，抬头望着叶悖麻，静静地等待着叶悖麻的答复。他当然知道他的计划其实也是有巨大的风险的，很可能偷鸡不成蚀把米，白白献出灵州城又被宋人给算计了。但在耶寅看来，这依然是最好的选择。这样做，是替秉常保存了一支真正信得过的军队，为夏国的复兴留下了根本。并且，以兵法来说，这也是最好的办法。

避开锋芒正盛的宋军，暂时表示投顺，等待其虚弱的时候再动手，总好过拿着有限的部队，与宋军进行无意义的消耗。在灵州城拼掉再多的宋军又如何？这对宋朝造成的损害远远比不上对西夏造成的损害，毕竟，比消耗，夏国永远比不过宋朝。除此以外，他的计划还能保存一直与他暗中有联系的仁多瀚的实力。虽然耶寅觉得仁多瀚不可信任，但是仁多瀚毕竟是夏人。既然仁多瀚在暗中设法想要利用耶寅这样的“帝党”，那么就证明此人还有野心。一个更有实力的仁多瀚，将来一定会更多地牵制宋人。

而且，耶寅还有另外一层不曾说出来的打算。他曾经仔细读过石学七书当中的《地理初步》，对于地理的概念，耶寅所了解的，是其余的普通西夏人所无法想象的。在西夏，即便是叶悖麻这样的名将，对于所谓“西域”地区的了解，也都是模模糊糊，一知半解的。但耶寅知道，如果能够保存下来一些力量，能够统一西域地区，以西域为基地，不仅完全可以中兴大夏，实现他的政治理想，而且还有机会来恢复“故土”。所以，在耶寅的心中，党项人可笑地固守着兴庆府、西平府这所谓的“塞上江南”，实际上是已经彻底丧失了先祖的开拓精神。尽管耶寅笃信汉学，但是他身上依然流淌着党项人的血。他相信一件事：族人与战士才是夏国真正的根本。国土虽然珍贵，但只要根本还在，丢掉了，是可以再抢回来的。

不过，这些想法，耶寅不认为说出来会有什么帮助。如叶悖麻这样的西夏人，其实对于西域的历史与现实都所知有限，他们既意识不到西域的价值，也不会有什么兴趣。

西平府府衙内的灯烛明暗不定，映照在叶悖麻黝黑的脸上，显得更加深沉难测。叶悖麻右手轻轻摩挲着佩刀的刀柄，思忖着耶寅所说的话，也猜测着自己这个儿子真正的身份。

10

灵州城内城外不同的人都在各自紧张地谋划着。这座西北的军事重镇却只能无奈地躺在夜色的怀抱中，任由夜晚的秋风，轻轻地抚平着白日战争所带来的创伤。在灵州城头连夜修补攻守战具的工匠役夫们，不时地发出一些声响来；巡夜的士兵打着火把走来走去，无精打采的脸上，看不到一丝希望。

守不住，打不过，不能跑。尽管仗只打了一天，但是这样的境地，却让最勇敢的西夏战士都感到一种无以名状的绝望。

守在最前线的人，对于战争的胜负其实是最敏感的。现在，这些身经百战的战士唯一的希望，便是这个夜晚长一点，再长一点。

然而漫漫长夜，终会天明。

宋军大营中。种谔鼾声如雷。

第二天清晨。

种谊、刘昌祚等一干宋军将领在种谔帅帐之外叉手静候，一个个面露尴尬。中军官早已传下帅令，除非西夏人出城或者有圣旨到达，发生天大的事情，也不能吵他睡觉。众多将领一大早赶来点卯，此时既不敢违他军令，又不知种谔何时醒来议事，谁也不敢离帐回营，只得在帐外等候，勉强忍受着种谔那如雷鸣一般的鼾声。

众将虽然明知道种谔如此做作，无非是要进一步稳定军心，显示宋军已然胜券在握。但对于一向性情显得急躁的种谔在这种情况下居然真的睡得着，并且还能睡得如此之香甜，众将心里都是十分佩服。说来奇怪，在帐外听着种谔的鼾声，尽管一开始觉得做作甚至是不耐烦，但是久而久之，渐渐地连这些将领，也开始相信种谔对于如何攻取灵州城，一定已经早有计划。

种谔这一觉，一直睡到日上三竿，才终于起床，召集众将入帐议事。

行礼参拜之后，种谔环视众将，半晌，开口说出一句让所有人都大吃一惊的话：“某知道你们在想什么。然，灵州城能否攻破，四日之内必见分晓！”

不待众将说话，种谔已将目光投到种谊身上：“种谊！”

“下官在。”种谊连忙出列。

“令你自振武第一军、威远军中，挑选五千精壮敢死之士，三日之后，由你亲自统率攻城。”

“下官遵令。”种谊高声唱喏，领了将令。这是意料之中的事情，主攻的任务，一定要轮到振武第一军。

种谔点点头，不再理会种谊：“除种谊五千精锐许每人配一枚霹雳投弹外，诸军所有震天雷、霹雳投弹、猛火油，全数上缴。自今日起，三日之内，集结所有攻城炮、床弩，用火器、石弹猛攻灵州城。老子不管灵州城面上是怎样设计，不管叶悖麻有何伎俩，攻城炮先向灵州城抛出所有猛火油，再给老子不停地用震天雷炸他！城墙也好，城内也好，不必区分，一律都炸！老子不信炸不死、烧不绝那些西贼！”

他骂得兴起，拔出剑来，一剑砍在帅案上，狞声道："三日之后，老子要灵州城头，变成焦土！"

种谊与刘昌祚悄悄对视一眼，从对方的眼神中，两人都看到同一个词语："赌徒！"

众将陆续散去之后，种谔正待出帐，抬头却见种谊还站在帐中未去。种谔看了种谊一眼，知他定是有事要私下里商议，便又坐回帅椅，问道："寿翁，有何事要说吗？"

"若四日不能攻破灵州，太尉欲如何？"种谊直视着种谔，开门见山地问道。

"嗯？"种谔疑惑地望着种谊。

"如若四日之内，我军无法攻克灵州，太尉要如何应对？"种谊再次问了一遍。

种谔笑了笑，胸有成竹地说道："四日之内，灵州必破。"

"为将者庙算，未算胜，先算败。"

"那只是寿翁你的为将之道。"种谔不以为然地回道，"吾家兄弟领兵，各有千秋。然殊途而同归，只要能打胜仗便可。"

"太尉当三思而行。我大宋自元昊以来，屡遭败仗。诸军要重树军威，正要自一场一场的胜仗中积累。若灵州有不测，不仅连累整个战局，对诸军士气之打击，亦将远过拱圣军之败。朝廷方倚重太尉，太尉不可辜负皇上、朝廷之望。如今灵州一城，直如我军砧上之鱼肉，而太尉何苦急在四日之内要决胜负。"

种谔哈哈大笑，伸手指着种谊，笑道："寿翁擅守，却不知攻坚城之要。灵州这等坚城，正当一鼓作气，趁士气高昂之时，一鼓而下。否则，便只好旷日持久，为围困消耗之计。大军垒于坚城之下，攻不能克，战不能胜，寒冬将至，转运艰难，士气必然低落。若到那般田地，才是祸不可测。若换旁人为将，要如何攻克此城，我不得而知。既以我为将，五日之内我若攻它不下，给我五个月亦是枉然。寿翁你用兵，擅长以柔克刚，以持久取胜。却不知我用兵，却喜欢孤注一掷，一把定输赢。"

他说罢，不待种谊多说，已然按剑起身，决然道："寿翁不必多言。三日之后，你若战死在灵州城头，我便亲自披甲攻城。且看是叶悖麻盾厚，还是吾剑利！"

他话音刚落，灵州城中，便传来巨大的轰隆之声。成百上千的震天雷，在灵州城内外接连爆炸，那种惊天动地的巨响，震得种谔的中军大帐都簌簌作响。

种谔掀开帐帘，快步走出帐外，抬头向北望去，只见灵州城内外，到处都是火光、硝烟。落在灵州城内外的震天雷，如同连绵不断的雷声，响个不停。宋军开始还只是试探性的判断着落点、震天雷引线的长度，进行小规模的攻击。待到熟悉之后，便开始大规模的齐射。行军参军们将灵州城墙划分成数十个区段。投石机与床弩在巢车的指挥下，每次只覆盖攻击其中的一两个区段，数以百计的震天雷在灵州城的一个个区域集中爆炸，每次都能保证至少十几枚震天雷能落在城面上，对守军造成最大幅度的杀伤。巨大的爆炸声也是恐怖的武器，瞬时便能将没有经验的守军震聋。落在城墙上的猛火油被爆炸点燃，燃起熊熊大火，秋天本来干燥，城墙上面木制的攻守战具一旦被点着，就不可遏制地燃烧起来。灵州城上，乱成一团。

种谔傲然注视着正在黄色旷野上面燃烧的灵州城，嘴角露出一丝自信的笑容。

“攻城炮每隔一个时辰停一阵，龙卫军第一营与第二营轮流佯装攻城。要让叶悖麻摸不清我们的意图，猜不透我会在何时主攻！”

第二章

贺兰悲歌

黔首石城漢水边，赤面父冢白高河，高弥药国在彼方。

——《夏圣根赞歌》

1

兴庆府。城外三十里，旌旗飘扬，枪戟森严。数千夏军列成整齐的军阵，簇拥着许多紫衣金带的文武官员，正在翘首南望。为首一人，正是西夏国相梁乙埋。

宋军兵临灵州之后，西夏的这座首府便开始了经常性的戒严。即便是在大白天，城门也经常紧闭，只在固定时间段放人出城樵采放牧。城内所有的男子，从十五岁到七十岁，只须入了丁籍，便全部拿起了弓箭，准备与宋军决一死战。梁乙埋与梁乙逋父子此时亲自掌握着西夏余下的全部军事力量，二人就算是在兴庆府中出入，随行也一定会跟随数以百计的全副武装的精兵，摆出一副如临大敌的架势。梁乙埋父子在某些方面还是颇有自知之明的，他们非常清楚西夏弄成如今之局面，国内不知道有多少人恨不能杀他们而后快。宋军的每一次胜利，每一步推进，在将西夏推向灭亡的同时，也在动摇着他们的统治基础。

一个月前，梁乙埋设计诛杀了十多名平素对他不满的州县长令，借此震慑那些蠢蠢欲动、手握兵权的部族头领。

但是，对梁氏家族不满的暗流，在兴庆府不是被压制住了，而是更加汹涌。

这种情绪，随着萌多回到兴庆府，带来石越开出的条件后，变得愈来愈难以抑制了。

为了缓和内部日益尖锐的矛盾，也因为静州马上就要变成战争的前线，梁乙埋终于被迫派人去将被秘密幽禁在静州的夏主秉常迎接回兴庆府，摆出一副要还政于秉常的姿态。

梁乙埋希望缓和的姿态能够欺骗一部分人，缓解一点内部的压力，将矛盾指向宋朝。但出乎他意料的是，他的让步反而让那些支持夏主秉常的人看到了希望，要求梁乙埋罢相、秉常立即亲政与宋朝议和的呼声越来越大，并且逐渐公开化。

这一天，就是秉常车驾回到兴庆府的日子。虽然担心出事，但梁乙埋还是安排了重要官员与他一道出城相迎。无论如何，梁乙埋都知道他现在已经没有多少资本去刺激那些忠于秉常的人了。

秉常绝料不到他这么快就有机会重新回到兴庆府，更料不到当他再次回到兴庆府之时，他的国家已经面临着亡国的危险。尽管他曾经亲笔写下给宋帝的奏折，表示愿意举国内附，但是一旦冷静下来，没有人能甘心面对这样的结局。

被幽禁于静州之时，梁乙埋杜绝了他与一切文武官员的来往，只是特意挑选了一些高僧陪伴秉常，给他讲经说禅，陪他打发时光。西夏贵族有笃信佛教的传统，秉常本来也是信佛的。很快，秉常便与这些高僧建立了密切的关系。其中，尤其得到秉常信任的，是承天寺的明空大师。虽然秉常也知道明空同时也是梁太后与梁乙埋所信任的高僧，但是在秉常看来，明空的确是有道高僧，并非一般世俗的和尚可以相比。

明空除了陪秉常讲经之外，还会和秉常讲他求经时的见闻，以及种种听来的奇闻逸事。偶尔，他也会冒着危险向秉常透露一些外间发生的事情——这是梁乙埋最忌讳的事情。秉常对于战局的发展不至于一无所知，全是靠了明空大师的忠心。

而此时，陪伴着秉常从静州返回兴庆府的，也是明空。

望着远处迎接自己的文武官员，秉常的思绪又回到出发之前。

“大师，你说我果真还有机会亲政吗？”瑟瑟秋风，吹得秉常的披风呼呼作响。

“阿弥陀佛。”明空双眉低垂，合十道，“陛下须按捺得住。”

“按捺得住？”

明空微微颔首：“便是要耐心。鸟无翼必不能高飞，陛下此时，还有羽翼否？若不能厚培羽翼，亲政又如何，不亲政又如何？”

“那我回去又有何用？”

“因为回去就有机会，不回去则一点机会也无。”

“机会？”

“若能达成和议，陛下谨慎事奉宋朝，借助宋朝的威望来镇伏国内。重用仁多瀞，利用仁多瀞与梁国相的矛盾，维持朝中的平衡。陛下再施行善政，留意人才，未必不能做个中兴之主。”

“大师这样的人才，遁迹空门，实是可惜。”

“阿弥陀佛。”明空的笑容依然是那般和蔼，“在空门是修行，在官府能行善政，也是修行。贫僧所信奉者，唯‘慈悲’而已。陛下果真能亲政，还盼不忘今日之语，能以慈悲为政。”

“慈悲？”秉常抿紧了嘴，“我不会忘记。”

号角与胡笳之声响起，将秉常的思绪拉了回来。

“臣等恭迎陛下回京。皇上万岁、万岁、万万岁！”梁乙埋率领着众文武大臣，向着秉常三呼万岁，大礼参拜。

“国相与众卿都平身吧。”秉常朗声回了一句。万岁？秉常在心里自嘲着：不知道这“万岁”还能叫上几天？夏国的帝号本来就没有被宋辽所承认，眼见着这“夏国王”的尊号，迟早也要识趣地取消吧？

“谢陛下。”

秉常中规中矩地被梁乙埋迎接着，返回兴庆府，仿佛他不是从被幽禁的静州回来，而仅仅是出去打了一次猎。

现在是装聋作哑的时候。

秉常望着兴庆府那熟悉的城墙，在心里暗暗想道。

2

叶悖麻望着眼前的惨景，脸上肌肉一阵阵地抽搐，却说不出一句话来。

这是宋军用火器猛攻西平府的第二天。

西夏人对猛火油有充分的认识——他们自己也有猛火油这种武器，也知道只有用沙土才能扑灭猛火油燃起的大火。然而，一天前宋军向西平府所发射的猛火油的数量，依然让叶悖麻以及所有西平府的军民感到震撼。

猛火油并非一种便宜的武器。开采、制造、保管、运输，几乎每一个环节，都需要高昂的成本。而且，即便你愿意不计代价地付出人力与物力，产量依然非常有限。听说就算在宋朝，如果海夷带来这种火器，也能够卖个好价钱。

叶悖麻非常清楚汉人在工艺方面的优势。他们精于技术，擅长机械。[1] 无论是西夏还是契丹，作坊中的工匠大多都是汉人。西夏以前的泼喜军以及所有与器械有关的军队，基本上也是由汉人组成。而大辽在这一方面，也与西夏无异。

宋人在这方面所具有的优势并不让人意外。

但宋军在昨天向城内倾泻的几乎点燃了整个西平府的猛火油，还是让人感觉超出想象。

难道他们将全国所有的猛火油都带到了西平府？！

仿佛是倾泻着一天前的怒火，西平府到处都在燃烧。

不仅是城墙上。

宋军肆无忌惮地向所有他们的抛石机能够打得着的地方进行打击，城墙、官署、马厩、驿馆、民居、寺庙……

叶悖麻现在所看到的，便是宋军这种疯狂攻击所造成的后果。

昨天晚上，宋军突然发动了一轮攻击，数枚猛火油与震天雷碰巧落到了西夏人的一个草料场，草料场很快燃烧起来。火势迅速蔓延，借着西北深秋晚上常有的大风，燃起一切它们能烧着的东西，从附近的建筑开始，如同一条脱出桎梏的火龙，在城内

[1] 这是一个外族人了解古代汉族后所能做出的最普通的评价，如西班牙门多萨《中华大帝国史》就有此方面记载。因为这一方面，古代汉人的天赋的确让所有观察者印象深刻。

疯狂地肆虐，收割着一切生的与死的事物，将它所碰到的东西都变成灰烬。西平府的夜空，一片惨红。

这是一个噩梦般的夜晚。

尽管颁布了严酷的律令，但这出其不意的大火，仍然让城内陷入一片混乱当中。

宋军趁乱连夜攻城，两军在余烬未熄的城墙上再次陷入苦战。双方反复争夺着一段段城墙，黑夜对夏军有利，但是城内的混乱让他们士气不振，心神不宁。城墙上的组织乱成一团，好在宋军也好不到哪里去，黑夜是所有人的障碍。他们同样也只能在一段段城墙上面各自为战。

巨大的混乱当中，一个暗中投降宋军的家族，由家中的男子领着一百多名家丁、奴仆接近了城门，试图趁着混乱打开城门。幸好耶寅早料到了这一点，当火灾一起，他立即率领一百多名心腹赶赴城门，协助守军，牢牢守住了城门。

几个时辰之后，火势终于得到了控制。而宋军的攻城也再一次被击退。天明后，宋军又开始了攻城炮的轰炸。让人略觉安慰的是，宋军终于没有猛火油了。

但灵州城内，却已惨不忍睹。

昨晚的大火，烧掉数以百计的房子，近两千军民葬身火海，还有数万石粮草与近十万支箭也在这场火灾中被付之一炬。

城内到处都是焦垣残壁。百姓在军队的指挥下，在废砾中清理着，一具具被烧成焦炭的尸体被抬走，即便是宋军震天雷爆炸的巨响，也掩盖不住城中悲凉的号啼之声。

绝望的情绪彻底笼罩着整个灵州城。

“昨晚是哪一家想趁乱打开城门？”叶悖麻冷冷地问道。

“是贺兰家。”回答叶悖麻的，是默默跟在他身后的耶寅。

叶悖麻霍地转身，盯着耶寅的眼睛。

耶寅平静地望着自己的父亲，叶悖麻的眼中全是不愿相信的震惊。

他也不愿意相信。贺兰家的三儿子贺兰全是自己的好友，但几个时辰之前，是他亲手一箭射穿了贺兰全的喉咙。

“是党项人？！”

叶悖麻并不像是在问耶寅，而更像是在自言自语。

“是。”

“为什么？！”

耶寅左右环视了一眼，周围的将校全部心虚地避开他锐利的目光。“想学贺兰家的，这城中只怕不少。功名利禄，谁不想要？”

叶悖麻脸上不停地抽搐着，握着刀柄的手背青筋毕露，目光慢慢变得如同野兽般凶狠起来。

“贺兰家别的人呢？”

“都被抓起来了。”一个武官讨好似的回道，被耶寅冷冷地扫了一眼，他竟吓得一哆嗦，猛地把头收了回去。

“不论妇孺老幼，全数押上城墙守城。”叶悖麻咬着牙，恶狠狠地说道。说到“守城”两个字时，他似乎是要将这两个字都咬碎了一般。

“父亲！”耶寅抬头望着叶悖麻，沉默了一会儿，低声道，“无谓的残暴，无补于大局。”

叶悖麻没有理会耶寅，他缓缓走回自己的坐骑旁边，按辔上马，向城楼走去。部将们连忙纷纷跟上。只有耶寅没有移动，他望着自己父亲的背影，在惨黄惨黄的天穹下，恍惚如一棵枯老的树干，孤独、倔强、无力的挺拔着，支撑着自己无法支撑的重量……

耶寅细不可闻地叹了口气，靠着一段焦木坐下，低声哼道：

“黔首石城漠水边，
赤面父冢白高河，
高弥药国在彼方
……”

耶寅很少唱夏人自己的歌，但此时此刻，却再无另一首歌，更能表达他心中的悲怆与无奈，还有深深的眷恋。

3

李宪大营。

中军帐中，只坐着李宪与王厚两个人。

李宪皱眉望着帅案上面的书信，脑海中不断现出书信的内容。“某顿首启。冬序始寒，不审台候动止何似？四月奉诏，某与公分道并进，以讨不臣……赖祖宗之德，兴灵克捷可期。然某闻人无远虑，必有近忧……”

“既得陇，复望蜀！既得陇，复望蜀……”李宪轻轻摇着头，苦笑。

王厚抿着嘴唇，半晌，方长长吐了一口气，叹道：“就是有些不甘心。”

“然石越说得亦不算错，夏国一亡，西番确是不可不防。董毡老矣，然那个阿里骨，若不早为之备，终久必为后患。”李宪将石越的书信收起，起身走到一幅地图前，沉声道，“若果真如石越所言，党项败亡已是迟早之事，则灭夏之后，朝廷的确无法久驻大军，否则国帑[2]空矣。”

他拿起一根铁鞭，挨个儿指着地图上一个个地名：“平夏与兴灵，乃是西贼巢穴，他们经营百年，树大根深。且外有契丹觊觎，内有仁多瀚之隐患，纵然平定，无重兵驻军，难以安宁……”他一面说着，一面苦笑。

王厚早已起身跟至地图前，默默望着地图。

石越的信虽然写得很文雅，却把事情说得很清楚。

伐夏之役在军事上到目前为止的确取得了巨大的胜利，而且从战情通报来看，这些胜利也是建立在巩固的基础之上的。但在财政上，对于宋朝而言，却是一个灾难。灭掉西夏的好处是显而易见的，从长远来看，对于彻底解决宋朝的冗兵与冗费问题，进而彻底解决财政之问题，都极为关键。这些道理，稍有见识的人，都不难看出来。然而这些好处都是比较长时间以后的。以现实的情况来看，无论是战争之前的准备，还是战争之中的转运，抑或是战争之后占领，宋朝已经为此付出了大量的人力、物力、财力，而且势必还将继续支付庞大的开支，在短期内却看不到多少收益。

当战争还在进行的时候，无论财政有多困难，朝廷都会设法保证供给。但一旦战争结束了，问题就会暴露。如果还要并不宽裕的国库支付大量的军费来供给军队以巩固对西夏的占领，朝廷就难免变得斤斤计较，欠饷欠粮难以避免。为了尽量节省开支，也为了减少政治上的阻力，在西夏旧地的驻军也一定会削减。如此一来，为了避免分散兵力，宋军有限的兵力，一定会集中在平夏与兴灵两个重点地区。

这样的后果就是，会州、兰州以及以西的地区，都势必成为宋朝势力薄弱的地区。如果西番势力借此机会大肆扩张，不出十年，必将形成尾大不掉之势。人的野心是随着力量的增长而增长的，今日的联军，一旦力量达到一定程度，谁敢保证说它不会是第二个西夏？

所以石越特意写信给李宪，委婉地表示，战局与开战时已经不同，李宪部是否继续向兴灵进兵，已经不如开战之初那么重要，并希望李宪能够“见机行事”。

石越的意思是很明白的，他认为折克行与种谔足以平定兴灵，李宪应当从长远考虑，设法替宋朝在兰会地区甚至更西的地区打下一个好基础，特别是要防止他们此时的联军——青唐吐蕃坐大。只不过石越说得很客气，他顾忌着李宪的面子与情绪。李宪的副帅身份与特殊地位，是石越不能随便命令他怎么样便怎么样的，而且攻下兴庆府，对于所有宋朝的将领来说，都是梦寐以求的事情。李宪与王厚自熙河进兵，本来就没有赫赫之功，唯一的盼头便在兴庆府之战，石越也无法说不让他们打便不让他们

[2] 国家的公款。帑（tǎng）：古指银库和库里的钱财。

打。所以，他在信中并没有对李宪提出任何强制性的要求，是继续按原计划进军，还是改变策略，由李宪自己决定。

这是一个艰难的抉择。

没有人不希望是自己的军队第一个登上兴庆府的城头。

折克行歼灭了梁永能；种谔不出意外，功劳簿上也会记下灵州城这重重的一笔。而李宪与王厚，无论是兰州还是会州，在折克行与种谔的功勋面前，都显得黯然失色。

对于李宪与王厚来说，唯一的机会便在兴庆府。

没有任何功劳比得上将梁太后与秉常押送至汴京。这是这场战争中最大的彩头。

“两天前，石越遣使说，若禹藏花麻未降，便以剑令其降。某整军与之连战两日，夺七寨，斩首数百，眼见着禹藏已遣使求和，忽又来这么一封信……”李宪忍不住发着牢骚。

“太尉。”王厚忽然打断李宪，“末将倒有一策，可期两全。”

“唔？”

“禹藏狡诈多谋，数月来我军与之对峙，他从不肯交战，每每稍触即退，却恃着他熟悉地形，如附骨之疽，始终在我军附近游荡，使得我军战亦不得、进亦不得、退亦不得。遣使说降，又欲降不降，为首鼠两端之计。我军虽累胜，然终无大用。若如此僵持下去，只怕折克行、种谔之辈将兴庆府打了下来，太尉尚未至青铜峡。而若我熙河军须取道灵州而入兴庆，脸上也没半分光彩。而今之计，莫若分兵……”

李宪与王厚对禹藏花麻的确有点无可奈何。

禹藏花麻与李宪、王厚“对峙”的策略，只能用“无耻”来形容。他从不与宋军正面对抗，而是广布斥候，双方只要稍一接触，他立即逃窜，却随时与宋军保持三十里以内的距离。他也根本不考虑整个战局，甚至对于防守兴灵都没有兴趣——因为据情报表明，禹藏花麻的主力根本不在宋军的北面，而是在南面！也就是说，禹藏花麻只是远远尾随着李宪部向兴庆府进军。宋军从石越到李宪，派出过无数的使者试图劝降禹藏花麻。禹藏花麻对这些使者一律热情款待，殷勤地向石越与李宪回赠着礼物与书信。但无论你是威逼还是利诱，他都不做任何表态，既不说降，也不说不降。

与其说禹藏花麻部是夏军，还不如说那是独立于宋夏之外的第三种势力。但饶是如此，禹藏花麻这么居心叵测地跟在李宪后面，李宪与王厚立时就束手束脚，二人战争开始时定下的策略，眼见着便变成了镜中花、水中月。

但李宪与王厚明知道禹藏花麻是在玩弄政治手腕，一时半会儿却也无计可施。

因为梁永能还是有底线的，禹藏花麻却是没有底线的。

“……太尉可依旧领兵北进，取青铜峡，趋兴庆。末将另率三千兵马，与禹藏相持，经营兰会……”

李宪望着王厚，似乎颇有些意外："王将军便舍得下兴庆府吗？"

王厚笑着摇了摇头，道："命里有来终须有，命里无时莫强求。"

李宪微微点头，转过身，用铁鞭敲打着地图，叹道："无论招降或大破禹藏，挟威而进，则青铜峡固不足虑。今禹藏尚存，青铜峡之贼必据险死斗，我军前临天险，后有强敌。大局将定之时，当为万全之策，为贪一将之功而陷军于险境，非所以报国家皇上者。况且你我兵马本来便少，分兵之后，将军领区区三千之众，何以挡禹藏？青铜峡未破，某亦不能与折克行比快……"

"那太尉之意？"

李宪背对着王厚，悠悠叹了口气，自嘲地笑道："看来你我终究没有那个福分。"

王厚没有接李宪的话，在心中默默念着："灵州、兴庆……"

4

西平府府衙。

叶悖麻再一次认真打量着自己的两个儿子，耶亥身上又添了几处新伤。宋人的震天雷对夏军所造成的损伤远不及猛火油，但是老天爷从来都是个势利眼，只爱雪上加霜。耶亥在守城时，偏偏就被震天雷所伤，所幸不过伤及皮肉，并无大碍。但这几日下来，平素生龙活虎的耶亥，也已经显出几分疲态。他的目光只在耶亥身上停留了一下，便移到耶寅身上。他的二儿子，目光深幽得让人感到心里发寒，甚至连叶悖麻也不愿意与他对视。

"西平府守不住了。"半晌，叶悖麻艰难地吐出了这句话。

他说完之后，仿佛整个人都要垮了下来，双手使劲抓紧椅子的扶手，挤出一丝笑容，继续说道："一两日之内，宋军必然发动总攻。他们要在下雪之前攻下西平府，我们不可能再守得住……"他用眼神制止住欲要说话的耶亥，转头望着耶寅，"你曾经劝我诈降，但我不能答应你。"

"我们选择不多了。"

"若我叶悖麻都降宋，无论是真是假，兴庆府都会丧失继续战斗下去的勇气。"叶悖麻沉声道，"我虽然不认识石越，但他所作所为，却听闻不少。那种假投降的雕虫小技，瞒不过他这等奸猾之人。仁多澣自以为老谋深算，只怕反中石越圈套。我大夏自唐中和年间割据定难军以来，享国已有二百年，自太祖神武皇帝起，也有八十年。若果真天数已尽，断非人力所能挽回。自古以来，有哪一朝哪一国能不亡的？事到临头，也没什么好说的。不过列祖列宗都是英雄豪杰，纵然亡国，也要亡得轰轰烈烈，不可有辱祖宗之威名。”

耶寅望着叶悖麻，又看了看耶亥，终于叹了口气，没有再说什么。

“我奉令守西平府，这等大城，准备周详，竟守不了三四日。我无能误国，只好以死相报，但也不得不为将来打算……”

“父亲……”耶寅有心要安慰几句，但话到嘴边，却只觉得一种无可挽回的悲哀。耶寅早就预见到灵州是绝对守不住的，但他也想不到，不过两三天的时间，灵州城就真真正正地走到了绝路。草料场被猛火油击中，也许只是一个意外，但这种意外，却格外地打击着人们的士气。难道真的连老天都站在宋人一边吗？耶寅痛苦地想道。

叶悖麻没有看耶寅，也没有停顿，继续说道：“城中还有数千精壮战士，今晚你们兄弟便率领他们连夜渡河，先到静州，保护皇上退回兴庆，听候太后分派。”说到这里，他稍稍顿了一下，看了耶寅一眼，方道，“将来是战是和，是守城还是西狩，自有太后与皇上决断。尔等不得擅作主张。耶亥，你看好你弟弟。”

“还不如决一死战！”耶亥双眼通红，粗声道。他性格寡言少语，此时也不肯多说什么，只是简短地回答。

耶寅斜眼瞥了耶亥一眼，他不知道秉常已经被迎回兴庆府。这的确也是一个极好的机会，但在耶寅看来，天地间也绝没有留着父亲赴死，而儿子独存的道理。

“要走一起走，要死一起死。”耶寅扑通跪在叶悖麻面前，道，“父亲既不肯用我之谋，儿子宁愿留在此城，与宋人决一死战。”

“什么决一死战？！”叶悖麻拍案怒道，“留着你们在，难道便挡得住下一次宋人的主攻？”

“未必。”耶寅沉声道，“死守自然必输无疑，但如果我们反击呢？”

“反击？”叶悖麻不觉反问道。

“不错！宋军正是不可一世之时，未必能料到我们会偷营。我曾经观看宋军军容，泾原所来之军军容严整，不可轻犯，但是环庆所来宋军，却有数营不及其余宋军。便在今晚二更，父亲可挑选精壮敢死之士，悬槌而下，击其薄弱。另遣两支奇兵先出潜行，待城中号角声响，一支多举火把，布疑阵，自北而来，诈为援兵大至；另一支至四更时分，掘开七级渠与诸渠灌，引水淹营。趁宋军慌乱之时，父亲再亲率大军出城，胜负一夕可定！”

耶寅的话刚一说完，叶悖麻腾地便站了起来，双目炯炯，凝视耶寅，连连赞道：“好！好！成王败寇，在此一举！”说罢霍然转身，对耶亥说道，“你暗中派人在城内各处堆积薪木，若能大破宋军，一切休提。若其不然，便一把火烧了这西平府，引兵北走。”

……

整天都仿佛被蒙上了一层灰蒙蒙的烟灰的太阳终于开始西沉。宋军的攻城炮也停止了攻击，震天雷的爆炸声渐渐稀疏，夜幕缓缓落下，天地间也随之慢慢静寂下来，除了偶尔能听到城外宋军大营中的犬吠之声，灵州城内外都显得很安静。

终于，更夫敲响了锣声。

一更到了。

耶亥提着一坛酒，挨个儿给站在他面前的三百名身着黑衣的死士倒着酒。他与耶寅不同，宋朝能够吸引他的，只有一样东西——酒。给最后一个人的碗中倒过酒后，耶亥将酒坛摔到地上，“哗”的一声，酒坛便被掼成一地的碎片。耶亥大步走回队伍前面，提起一个酒坛，撕开封泥，大声道：“这是上路酒！喝！”

说罢，举起酒坛，咕噜猛喝了一大口，一把便将酒坛砸了。那些死士也跟着他一口干完碗中的美酒，一齐将碗摔得粉碎。

二更锣响。

夜幕笼罩的灵州城头，从宋军难以观察到的几个死角处，悄悄地放下了数以百计的黑影。黑影们弓着腰，利用夜色与地形的掩护，躲过远处宋军巡逻士兵的观察，悄悄地向着目标中的几座宋军军营靠近。

很快，耶亥与他的敢死队们几乎都已经可以看得清宋军营寨中夜间巡逻守望的面孔了。但那些在夜间警戒的宋军对眼前的危机，却依然毫无觉察。耶亥望了一眼宋军的旗帜，在心里哼一声：“骁骑军！”他心里更加放心，宋朝的西军并不是那么好相与的，但是像骁骑军这种从繁华锦绣之地出来的宋军，他从心眼里感到轻蔑。

耶亥与宋军作战经验丰富，他知道宋军守营的经验非同一般，比如西军会喂养大量的战犬，这些战犬被用来协助宋军守营、包围、追击，在不得已时还可以充当军粮。在战犬的帮助下，夜间用少数精锐部队偷袭宋军本应当是一件很困难的事情。但是耶亥面前的这支骁骑军，显然并没有这个传统，营中几乎不闻犬吠之声。也许这个什么骁骑军的都指挥使，在心里将狗与鹰只是当成宋朝贵人打猎游玩之时的宠物了，而彻底忘记了那些贵人嬉戏的时尚，有许多原本就是从战营里学去的。

既然如此，就要让他为这种遗忘付出代价。

“如果能设法在他们的马厩点上一把火……”

耶亥一面领着部下潜行，一面在心里暗暗盘算着。

这是孤注一掷。

成败在很大程度上，取决于他的经验与判断力。

忽然，耶亥感觉自己的手碰到一块冰凉的东西。他俯头看过去，原来有几块大石头，稀稀落落地摆在前面。耶亥心里莫名地闪过一丝不安，他举手示意部下们停下来。

他小心地一面掩藏着自己，一面打量着这几块平淡无奇的石头，怎么看也看不出有什么毛病来。但不知道为什么，耶亥心中不安的感觉越来越强烈，仿佛有一个声音在不断地对他喊着："绕开它，绕开它……"

"难道是什么奇门遁甲之术？"耶亥心中闪过一个念头，一面继续谨慎地观察。

这里距骁骑军的大营已经不到一箭之地，尽管宋军的栅栏看起来还算是中规中矩，但外面却没什么陷阱的痕迹——这些宋军气势汹汹而来，根本也没有想过要守营吧……

更何况，骁骑军还是一支骑军部队。

已经没有时间过多思考了，总不能被几块石头吓倒，耶亥克制住自己内心的不安，决定继续前进。但他多留了一个心眼，先命令一个侍禁领着几十个人先行。

等得不耐烦的部下快速地穿过了那几块石头。

"轰"！

"轰"！

在一瞬间，耶亥只觉得眼前巨大的火光一闪，气浪卷起沙石扑面而来，他下意识地扑倒在地上。

炸炮！

那些石头一定是提醒自己人注意的标记。

耶亥终于想起了这个东西。

但是，一切都晚了。

宋军的号角声、喊叫声仿佛突然之间冒了出来，在寂静的夜晚中是那么的刺耳难闻。弓箭手们迅速地集结起来，向着炸炮被引发的区域射出密如蝗雨的箭矢。

耶亥甚至连头都无法抬起来。

但他分明能感觉到，火光越来越明亮，而从大地的震动中，他也能知道，宋军的骑军出营了！

"完了！完了！"两声巨响后，灵州城头，一直注视着宋军军营动静的叶悖麻立即堕入绝望的深渊当中。

站在他身后的耶寅痛苦地闭上了眼睛，不停地摇头："变了，变了……"

一切都变了，战争的模式已经开始改变。

也许改变还不够大，但是已经足够让一支曾经强盛一时的军队，为此付出难以承受的代价。

夏军的失败，西夏国的覆亡，都不过是一次改变的注脚。

"你们想做什么？"叶悖麻的怒吼，把耶寅从痛苦中震醒过来。

便见几名武官领着数百名全副武装的士兵向着他们涌过来，将他们团团围住，几名亲兵刚想要拔刀，“嗖”的几声，便已被射死。

“景思明，你想造反吗？”叶悖麻瞪着领头的武官，厉声吼道。

叫景思明的武官冷笑道：“造什么反？！宋朝是来帮皇上复辟的！你才是造反！”

“小人！”叶悖麻怒吼着拔刀，两支长枪已刺到他胸前。景思明望着叶悖麻，笑道：“叶悖麻，识时务者为俊杰。这西平府本就已经守不住，现在耶亥死了，城中精锐尽出，再这么负隅顽抗，一城军民，都会被你害死。况且替梁乙埋守城，又能有什么好结果？”

“我是替大夏国守城！”叶悖麻双眼似欲喷出火来。

“是吗？但是大夏国的国王，却被权臣所控制。叶将军你若果真是忠臣，为何不举兵救驾？说得比唱得好听，我看你才是小人。”景思明旁边，一个年轻的武官对着叶悖麻冷嘲热讽。

耶寅不想做无谓的口舌之争，他一面冷静地观察着事态，叛乱的夏军数量非常多，他们显然已经控制了城门，有人已经举着白旗骑马出城，很快，一支至少数千人的宋军骑军，随着叛乱者向灵州涌来。

事情已经无可挽回了。

景思明旁边这个武官说完话，耶寅忽然感觉到此人极为面熟。他转过头去，凝视此人半晌，忽然想起一个人来：“你是文侯的旧部？你怎的到了灵州？”

那人回视耶寅，笑道：“二公子好记性，在下谢夷，与二公子曾有一面之缘。梁逆作乱后，在下投奔景将军麾下栖身，身为重犯，自不敢登门拜见，多有得罪。”

“果然主仆都不是什么好东西。”叶悖麻冲着谢夷啐了一口，“事已至此，要杀便杀，你们这些小人，降了宋朝，也不会有好结果。”

“那叶将军就说错了。连慕泽那等人都有好结果，我等自然不必担心前程。”谢夷好整以暇地笑着，他犹想劝降叶悖麻，“事已至此，叶将军何不趁早弃暗投明。”

“我叶悖麻岂会背主求荣！”叶悖麻恨声骂道，一口痰吐到谢夷脸上，一把抓住一杆枪头，狠狠地扎进胸窝当中。

“不识时务。”景思明对着叶悖麻的尸体骂了一句，转过身去，盯着耶寅，森然道，“谢郎，斩草须除根。”

“这等百无一用之人，谈儒论道，怕他何来？将军不如留个活口，交给种将军去发落，也好显得将军诚心。”

“也好，将他绑起来。”景思明也是素来看不起耶寅的，再不多看耶寅一眼，上前将叶悖麻的首级割了，交给部将，安排道，“封好印信，连同此头一道送至种帅帐前，从此我们都是宋人了！”

景思明身后，耶寅怨毒的眼神，让谢夷都不禁打了个寒战。

5

吕渡。晓风卷开天边的黑幕，露出深窈微白的天空。河岸的野草在风中微微颤动着，黄河两岸，都笼罩在神秘的薄明中。三十里外的灵州城发生的一切，这里还无人知晓。把守渡口的夏军依然举着火把来回巡视，监视着河面与南岸的一举一动。

大概是不会有什么事的。把守吕渡的王颂师，从未想过坚固的西平府，会在短短几天内就失陷。而盐州方面的宋军，听一些牧人的消息，早两天前在沙漠边上远远见到大队宋军经过，也许是去进攻省嵬口了……那是兴庆府的贵人们所要操心的事情。省嵬口如果失陷，河套从此断绝音讯，从定州到兴庆府，一百四十里几乎没有任何关险可言……不过，在如今这个时候，大家都是朝不保夕。王颂师甚至都懒得将这个消息汇报上去。他是藏才三十八族的后代，西夏的存亡，与他的关系，并没有多大，他只要尽忠于自己的职守便是了。

王颂师刚刚想要回营烤烤火，喝一口热汤暖暖身子，便听到一阵凌乱的马蹄声从西南方向传来。

王颂师立即大声吼了起来：“都给老子打起精神来！”

士兵们一阵忙乱，迅速地关起营门，张开了弓弩。还有人举着火把跑到了渡口，向渡船上堆放干草等易燃物品，只要有个万一，就一把火将渡船烧个干净。

没多久，薄明中已可隐约见着有数百人马向着吕渡跑来。王颂师眼见着这些人步骑混杂、队不成列、旗帜散乱，一副丢盔弃甲、惶恐不安的模样，心下立时吃了一惊。

那些败军退到吕渡营寨之前，见营寨紧闭，过不得河，立时纷纷叫嚷起来：“快开门！快开门！”

“尔等是何人？”王颂师在营内隔着寨门大声问道。

“快开门，再不跑，宋人追过来了……”

“快开门啊……宋人厉害……”

那些败兵根本没有人理会王颂师，只是自顾自地叫嚷着，有些人还不时地张望着身后，仿佛宋军马上就会出现在后面一般。

这些败兵这么一叫唤，吕渡的士兵也立即惊惶不安起来。人人都望着王颂师，不知所措。王颂师脑海中一阵嗡嗡乱响，只有一个念头来回旋绕着：“西平府完了……西平府完了……”

“快开门，快……”

寨外的喊叫声越来越大，有人已向着寨门冲了过来，王颂师一个激灵，从瞬时的惶惑中被拉了回来。

“站住！”他大吼一声，一箭射将出去，正好落在冲在最前面的那个夏兵的脚下，那夏兵愣了一下，被吓了个半死，哭吼一声，连滚带爬地跑了回去。营外的败兵也安静下来，一个个望着吕渡守军的营寨，进也不敢，退也不敢。

“叶将军在哪里？”王颂师大声问道。

寨外的败兵面面相觑，谁也不知道叶悖麻如何了。

“你们是怎么败下来了？谁是领头的？找一个人出来答话。”

败兵推推攘攘一会儿，才有一个人出来，用带着兴庆府口音的西夏话回道：“我们是叶将军派去掘七级渠的，方掘到一半，就被宋军打了个措手不及，听说是景思明献了西平府，叶将军不知生死……”

他这些话一出口，吕渡守军顿时军心大乱，守渡的夏军纷纷疑惧相望。

“你敢乱我军心？”王颂师声色俱厉地吼道，内心却也早已摇动起来。

那人上前几步，扑通一声跪在地上，哭道：“小的不敢打诳，宋军势大，我家将军被宋人射死，小的们才只好跑回兴庆府。求将军开恩，再不让我们渡河，宋人就要追来了……”

“求将军开恩……求将军开恩……”

顿时，寨外败军一片哭乞之声。

王颂师仔细听这些人说话，看其神态，不像是作伪。他心中暗暗叫苦，西平府既失，小小的吕渡无论如何也守不住，唯今之计，看来也只有带着这些人早点渡河报信，再将带不走的渡船一把火烧掉。

他正在心里计议着，忽见到败军中有人跳起来，大声喊道：“他们是宋……”

话未说完，便被身边一人一刀砍翻在地。那些方才还在伏地哭号的“败兵”，忽然间跳起来，大声吼着喊着，朝着寨门冲来。这些人离寨门本就极近，守寨夏兵正在惶惶不安之时，变故突然，未及射箭，这些人已经将寨门的两根圆木砍倒。数百人齐发一声喊，便杀进营中。这些伪装成败兵的宋兵，一面砍杀，一面喊着：“叶悖麻已死，速速投降！叶悖麻已死，速速投降！”

守渡的夏兵军心涣散，根本无心抵抗，一窝蜂地向着渡口跑去。

“中计了。”王颂师此时也无可奈何，只能跟着部下们，拼命向渡口撤退。

未到渡口，王颂师举目一看，不由得暗暗叫苦。原来把守渡船的夏兵却是恪忠职守，眼见到前头一乱，他们便开始放火凿船，渡口之处，顷刻间已燃起了熊熊大火。

“哎！”王颂师叹了口气，将兵器往地上一抛，便已准备投降。他知道只要任何一处河渡点燃大火，黄河南岸的所有渡口的守军都会烧掉渡口，撤往彼岸，他已经没有逃跑的机会了。

吕渡西南三里，数千宋军骑兵向着渡口滚滚急奔而来。望着河岸突然出现的冲天火光，亲自领军的种谔猛然勒住急驰中的战马，一把将马鞭狠狠地甩在地上，吐了口痰，骂道："直娘贼的！"

6

大安六年九月中旬。

兴庆府。深夜。朔风如刀。

秉常与明空对坐在斗室内，低声念着佛经。秉常的眼角不时不安分地向室外瞄去，却不敢多说什么。屋外的侍卫，都是梁乙埋的亲信——回到兴庆府后，他被看守得更紧了。

兴庆府上空乌云密布。灵州在极短的时间内失陷，给西夏君臣心理上以沉重的打击——他们甚至还没有来得及派出援军策应叶悖麻；祸不单行的是，数日之后，又有消息传来，宋将吴安国以轻兵袭取省嵬城，勉强守住的黄河天险，眼见着也不那么可靠了。

大难临头，国相梁乙埋却惊惶失措，束手无策。西夏的文臣武将们也彻底分裂成数派。以嵬名荣为首的一派主张立即放弃兴庆府，西出贺兰山，避宋军兵锋，以图再举；但是正如一些有识之士事先所预料的，破釜沉舟的勇气并非人人具备，许多习惯了锦衣玉食生活的贵人，再也不可能回到那种艰苦的生活当中。他们各怀心机：一部分人打着卧薪尝胆的旗号，主张不惜代价向宋朝乞和以苟延残喘；另一部分人则利用一些血气方刚的莽勇之辈，叫嚣着要与宋军决一死战，与兴庆府共存亡。三派人相互争执，公开吵闹甚至是当众打斗，梁乙埋父子犹疑不定。而面对这巨大的分歧，竟连梁太后也无法独断专行。依然处于被幽禁状态的秉常，更是不可能有任何办法。

但是，宋军却没有留给西夏人多少犹豫的时间。

九月八日，折克行放弃一切辎重，轻兵疾进，与吴安国合兵一处。三日之后，宋军在省嵬城大设疑兵，迷惑对岸夏军，主力悄悄向北绕过骆驼港，以简陋的木筏浮桥，出其不意地渡过黄河，然后掉过头来，直扑定州。定州守军以为神兵天降，一触即溃。折克行一路追杀至兴庆府城下，梁乙逋领兵出战不利，只得退回城中闭守。折克行也不攻城，只在城外打下上千根木桩，用系着铃铛的绳索与战犬将兴庆府城围了三匝，自己驻军城外，监视夏军。城中夏军虽屡屡出城邀战，却讨不到半点便宜，竟被几根长绳困得动弹不得。

眼见着自己就要成为亡国之君，秉常真是有千分的不甘，但是他此时唯一能做的，也只能是念佛祈祷而已。

“兀卒还好吗？”室外传来熟悉的老妇之声，紧接着便是侍卫下跪的铿锵声与一片忙乱的参拜声。然后，门帘被掀了开来，梁太后轻轻走进斗室当中，在正北方向坐了。秉常虽未睁眼，却也听出来梁太后身后还跟着一个人，那种脚步声是如此的熟悉——“嵬名荣”，秉常在心里暗叫着。对于这个人，他恨得咬牙切齿，若非是嵬名荣，他秉常早已夺回一切权力，他秉常也将是耶律濬一样的英主，夏国更不会有今日之祸。

对坐的明空早已起身，向着梁太后合十参拜，但秉常依然闭着眼睛，自顾自地念着佛经。

梁太后望了供龛上的佛祖一眼，又看了秉常一眼，冷眼道：“佛祖是管身后之事的，身前之事，求佛祖何用？”

秉常停了念颂，缓缓睁开眼睛，也不看梁太后，只淡淡说道：“这兴庆府中，难不成还有谁还有身前事吗？”

梁太后看了秉常一眼，怒道：“当年太祖神武皇帝是何等英雄？不想子孙不肖至此！”

秉常缓缓转过头，望着梁太后，露出一丝捉摸不定的笑容：“莫非母后也敢自比太祖皇帝吗？”他摇摇头，“母后连区区一座兴庆府都割舍不下！不，母后真正割舍不了的，是梁氏一族的命运吧。一旦西过贺兰，真正掌握实力的，就会是各部族的首领，那些部族首领对国相的怨恨，普通士兵百姓对梁家的怨恨，只要出兴庆府，就不是任何人所能阻挡的。到了那个时候，能让各部族继续效忠的，也只有太祖神武皇帝的血脉！除了两百年树立的威望与恩德，母后将再无任何东西可以依持了……”

梁太后静静地注视着秉常，默然无语。过了一会儿，忽然笑道：“兀卒倒真是长进了。”

“兀卒？我岂敢称兀卒？！”秉常苦涩地笑道，“母后深夜来此，一定是有什么事吧？”

梁太后含笑点头，道：“看来你真是长进不少，让你复位亲政，我也放得下心。”

复位亲政？秉常脑海中“嗡”的一声响了起来，这是他朝思暮想之事，突然自梁太后口中说出来，秉常只觉得喉咙一阵干涩，他不可思议地瞥了明空一眼，却见后者一直低眉垂首，默默不语，仿佛一尊泥塑的菩萨。但秉常耳边却不由自主地又想起明空的劝诫——“陛下须按捺得住。”他定了定心神，并没有接话。这种俯仰于他人鼻息的“复位亲政”，并不值得过分的高兴。经过己丑政变之后，秉常对于权力的理解更加深刻。他渴望重新拥有权力，但他也更深刻地认识到，什么样的权力才是真正的权力！

秉常的反应让梁太后再次感到意外，她开始重新审视起自己的这个儿子来。她注意到了他每一丝细微的反应，由带着一丝喜悦的惊讶，到冷静、漠然，这中间只是短短的一瞬。还有他投向明空的那一瞥……梁太后生出一丝警觉，如果是早些时候，她一定会因为这一点怀疑，就将明空调离秉常身边。这个和尚在西夏国拥有巨大的影响力，如果他效忠秉常，秉常就可以通过他与许许多多忠于西夏王室的文臣武将联络起来。这种威胁实在太大了，尽管负责监视秉常的侍卫与宫人并没有任何这方面的报告，但是历经西夏王室腥风血雨的政治斗争的梁太后，对于这种事情，却更相信自己的直觉。然而，尽管如此，梁太后此时却只能暂时忍耐，在这种敏感的时刻，休说她还想利用自己的儿子，即便只从一般的经验来判断，她也不应当激化兴庆府内那几乎是一触即发的矛盾。

必须缓和矛盾，安抚各方。尽管宋军的进逼，让兴庆府内部的矛盾暂时缓和下来，但是梁太后已经感觉到脚底下汹涌的岩浆。

无论是安内还是御外，秉常的“复位亲政”，都有着巨大的作用。

当然，这是有前提的。秉常的“复位亲政”，必须是缓和矛盾，而非进一步激化矛盾。她必须与她的儿子达成一定的妥协。话无须多，但必要的默契一定要有。一切最终都必须能控制在她的手中。

“大敌当前，国人若不能同仇敌忾，一心御敌，社稷有倾覆之忧，这些道理，你必是明白的。”梁太后炯炯望着秉常，“只要能渡过这个难关，你就是真正的兀卒！”

真正的兀卒？！秉常心里冷笑着。什么是真正的兀卒？手握兵权，能决人生死，定人祸福者，方为真正的兀卒！兵强马壮，能争雄四方者，方为真正的兀卒！

一切都要按捺得住。

秉常抿着嘴唇。

梁太后静静等着秉常的答复。

屋外，忽然传来沙沙的声音，仿佛有人从天空中向地上倾倒着沙子。

梁太后霍地起身，大步向室外走去。连嵬名荣的脚步，也多了几分急促。秉常与明空对望一眼，二人心中一喜一惊，都闪过同一个念头：“下雪了？！”

“哈哈……”屋外传来梁太后畅快的笑声，“天不亡我大夏！天不亡我大夏！哈哈……”

一夜之间，大安六年的冬天提前来临了。

银装素裹的塞上江南，格外的壮美，但这种美景，却是所有宋军将士所不愿意消受的。

“转运艰难，至少缺少两万套寒衣，虽有所准备，但是军中取暖的薪柴也不足敷用，军中已出现冻伤……”折克行的行军参军一脸的愁苦。

“灵州不是已经到了一批棉衣吗？！种谔在干什么？！”折克行望着外面飘飘扬扬的大雪，怒声骂着。气候渐渐转冷，是每个人都感觉得到的，御寒的冬衣也在陆续运来，大雪并不会让天气变得更冷，也不会让他的军队无法作战，但对于他的补给线，却是致命的打击。

诸军将领与行军参军们没有人敢接话。

在不久前，他们还在嘲笑种谔的部队慢得像乌龟，为他们能抢先到达兴庆府而津津自得。但转瞬间，他们又开始殷切地期望起灵州的友军来。

然而这些都是不切实际的，即使大雪与严寒令黄河结冰，灵州宋军来了，又能如何？他们要如何在大雪的天气中运送数万大军的补给？

但折克行不甘心。

今日退兵，何日再来？奔袭千里，无尺寸之功，岂不为天下所笑？

他希望自己的马蹄能第一个踏进兴庆府的城门，他要看着西夏的太后与国王身着白衣，手捧玺印节绶，跪倒在路旁，迎接自己进城！

这将是名彪青史的战功！

为了这个胜利，他不惜付出任何代价！

更何况，他有充足的理由，不能让夏人逃出贺兰山。

“折帅，恐灵州亦无力供给吾军之需。战士既少寒衣、木炭，马又无草，持久于我军不利，莫若尽快撤军为上……”慕容谦丝毫不体谅折克行的心情，“只须省嵬口在我军掌握中，兴庆府我们想来便来。”

“但退兵亦非易事。雪路行军，难免不为敌所乘。”杨知秋显得进退维谷，“且若西贼乘机西窜，后患无穷。”

“然若不退兵，西贼不费吹灰之力，吾辈皆为所擒矣！”慕容谦态度坚决，“况且大雪封山，纵是西贼欲西窜，亦有人力所不能至者。”

折克行沉着脸，一言不发。

“折帅。”一直缄口不言的吴安国突然开口，引得满帐侧目，连折克行都不禁向他倾了倾身子：“镇卿有何高见？”

“智者知所舍弃。”吴安国口中，只吐出短短数字。

“智者知所舍弃？智者知所舍弃……”折克行重复着吴安国的话，他若有所思地望着帐外飞舞跳跃的雪花，不自觉地抿紧了嘴唇。

三天后。

宋军大营。折字帅旗在飞雪中猎猎飞扬，“哎！”一名西夏将领拔出刀来，狠狠地劈向旗杆，发泄着自己心中的怒气。

大旗轰然倒下，打在栅栏上，激起白雪四溅。

远处，秉常默默望着这一切，掉转坐骑。

“陛下。”跟在秉常身后的嵬名荣欲言又止。

秉常侧过脸望了他一眼：“现在我需要一名使者。”

7

韦州。

仁多澣从花园搬着一块数十斤重的石块，送往自己的书房。花园中残雪消融，空气里都透着刺骨的寒意，但仁多澣依然汗流浃背。这个锻炼的法子，是他从一个幕客那里听来的，据说是汉人古时的一位名将用以磨砺身心的方法。战争开始后，石越几乎将仁多澣闲置，他百无聊赖，便于每日早晚依法施行，倒也颇见效用，不仅可以强身健体，还能够保持心绪的平和。

但在这个傍晚，仁多澣却显得有点心不在焉。

自九月中旬忽降大雪，局势的变化让人目不暇接，却几乎都不是仁多澣所期望的。兵临兴庆府外，曾经短暂围城的折克行部除了留下吴安国部扼守省嵬口，以控制黄河东岸省嵬山这一横枕河滨的战略要地，并联络河套外，大军全部撤回平夏地区过冬，西夏也赖此暂时得以保全。并且为了缓和矛盾，梁太后做出让步，令国相梁乙埋以太师致仕，使秉常亲政，而以梁乙逋为枢密使、嵬名荣兼知开封府，共同辅政。秉常“亲政”后，立即向宋朝上表，表达谢意并乞求退兵，同时又下达了两道诏旨，一是令禹藏花麻退守青铜峡，一是遣使赐仁多澣金玉带，拜为中书大人兼西平府留守。

皇帝已非昔日之皇帝。仁多澣颇为感慨，若秉常早有这样手段，大夏国又岂会沦落到今日之地步?

令禹藏花麻退守，自然是为了巩固自己的权力。他已经意识到禹藏花麻是他目前唯一可以依赖的实力派，禹藏花麻与他的军队，自然是离权力中心越近越好。而对仁多澣，秉常则是在同时拉拢、试探、离间……

仁多澣进退维谷。

宋朝人不在乎秉常是不是真的复位了。石越用给宋朝皇帝的一道奏章，表达了他对秉常“复位亲政”的态度。大宋出兵匡扶正义伦常，秉常理应入京觐见大宋皇帝拜谢，否则大宋无法信任夏人；而宋朝为了秉常耗费军费，致使天下扰动，如若秉常果真复位了，那么他应当对大宋有所报答。

然而仁多瀚却无法对秉常的诏旨表示质疑。

他名义上还是秉常的臣子，可却在宋人的包围当中。

如若他向秉常表示效忠，那么宋人必欲除之而后快；如若他彻底倒向宋朝，他就会成为所有西夏人的公敌。他之前所做的一切，势必都将被视为虚伪。诸部族会看不起他，会鄙薄他的为人，他的任何野心都将面临难以逾越的障碍。从此以后，他仁多瀚不再是瀚海之雄鹰，而将成为宋人的看门狗。

他能预见到西夏的覆亡已是必然之势。

在仁多瀚最初引宋兵入夏的时候，他其实还并没有那么大的野心。他最多只是想在宋夏交争中，壮大自己的部族，谋取自己的权位。但是宋军如此迅速地取得几乎是压倒性的胜利，却完全出乎于他的意料。

随着局势的发展，仁多瀚的心态也渐渐发生了变化。一方面，他比任何人都更加肯定地相信西夏必然灭亡，而这可能会在夏国故地造成某种意义上的势力真空，仁多瀚不相信宋朝治理夏国故地之时，会不需要借助当地部族豪强的势力；但另一方面，仁多瀚也常怀恐惧之心，宋朝会不会容忍他的势力存在于夏国灭亡之后，这是一个未知之数。仁多瀚对此绝不天真，他当然没有理由相信宋人，相信石越。

唯有自己才是最可靠的。

所以仁多瀚一直在暗中活动，尤其是竭尽全力地联络、拉拢那些同情夏主秉常的势力。若能将这些势力汇聚旗下，那么将来，一切都大有可为。维持一个效忠夏主，为了助夏主复辟而不惜忍辱负重的形象，是必须的。当年李渊还曾经借突厥之兵，向突厥称臣。忍辱负重是可以被原谅的。

此时他若能公开效忠秉常，必会为他赢得巨大的名声，这些在来日之霸业中，将成为他巨大的资本。

仁多瀚对于一年来的局势洞若观火，他相信禹藏花麻绝非是愚忠于夏主。从禹藏花麻的所作所为来看，此人的野心，与他仁多瀚并无任何不同。他忠于夏主，不过是想借此在西夏诸部落中树立名望罢了。所以，一接到秉常之诏令，禹藏花麻不惜冒着与宋军正面交锋的威胁，即刻率军北撤。禹藏花麻最终也没有逃过败军之辱，他率军与李宪、王厚冒雪大战，最终抛下数千具尸首，才侥幸逃入青铜峡。

对宋人，仁多瀚十分忌惮。

因为，他要冒的危险，还远在禹藏花麻之上。禹藏花麻所要面对的，不过是李宪与王厚，而他仁多瀚，身后是石越，前面是种谔与宣武第一军，卧榻之侧还有一支铁林军虎视眈眈！

需要何等的智慧、勇气与幸运，方能从这中间找到自己的出路？

“去叫仁多保忠来。”仁多瀚终于缓缓地放下了石块，向亲从吩咐道。

铁林军的军营，便在韦州城城西。

从仁多瀚府邸前往铁林军军营，会经过一个集市。这是韦州最为热闹的所在，得到宋朝与仁多瀚认可的商贩，全部集中在此处，向人们兜售各种商品。从日常生活所需的布匹、女人用的脂粉到限量出售的美酒、来自和阗的美玉，一应俱全，应有尽有。

战争开始至此不到一年，韦州城已经发生了翻天覆地的变化。

在一年前，韦州还只不过是西夏一般的城池，主客户不过区区数百户而已。当地的许多居民，无论怎么样发挥自己的想象力，也无法想象如宋朝那种动则人口上十万的城市是何种模样。在他们看来，韦州已经是人口极密集的地方了。

但不到一年的时间，韦州迅速地繁荣起来。驻扎在当地的宋军，来来往往经过的宋军，还有无数运送补给的厢军与役夫。他们前往灵州，或者从灵州回来，都会在韦州做短暂的休整。

这前所未有的人流量，又吸引了数以百计的商贾。

某一天，当韦州的居民们一觉醒来，猛然惊觉，韦州城内，人口最多的部族竟已变成宋人了。

他们惊奇地看着这一切。

热闹的集市同样吸引着当地的居民与西夏士兵，他们开始用自己的牛羊或战利品与宋朝的商贾们交易，购买棉布、香料、脂粉还有美酒；他们也开始使用宋朝的交钞，尽管很长一段时间内，他们都无法理解，一张花花绿绿画满了图画的纸竟然可以买到那么多的东西。

仁多保忠每次经过这片集市之时，都会感觉到一阵恍惚，仿佛经过了一个不真实的地方。这里不像是韦州，反而更像是长安。

这一次，不知道出于什么原因，他绕过了这片集市。

下马后，顺手将坐骑拴在铁林军军营前的一棵枣树上面，仁多保忠径直往营门走去。铁林军的士兵们早已熟悉了仁多保忠这张面孔，不待他多说，便有人进去通报，未多时，有人出来，引他至一间厢房坐了。

仁多保忠屁股尚未坐稳，就听到一阵沉重的脚步声由远及近而来，他连忙起身相迎，须臾，只见一名宋将大步走了进来。仁多保忠认得是铁林军副都指挥使姚兕，忙趋前几步，抱拳相迎：“姚将军别来无恙？”铁林军诸将中，大半与仁多保忠私交甚洽，唯有姚兕为人严厉，且对西夏人素有成见，不好交往。仁多保忠没有料到会是姚兕来接见他。

“烦劳记挂。”姚兕也抱拳回了一礼，“不知将军此来，有何见教？”

如此直来直去的风格，让仁多保忠略有些尴尬，在这种人面前，所有待人接物的技巧，似乎都没有用武之地。浪费时间只会进一步招致对方的厌恶。想起以前来到铁林军所受到的盛情款待，仁多保忠心里不免感觉到有点奇怪，为什么会让姚兕来接见自己？这绝非是一种欢迎。尽管姚兕的地位在铁林军中非常高。

仁多保忠按下心中的疑惑，笑道："明晚我家统领在府中摆下酒宴，特命在下来请周将军、姚将军，以及铁林军的诸位将军，过府一叙。还望能赏个薄面，务要光临。"说着，便从袖中掏出一张请帖，双手奉上。

姚兕接过请帖，也不说去，也不说不去，只问道："仁多统领何故忽然设宴？"

仁多保忠笑道："原是不值一提的小事，不过是统领之幼子及冠，本不敢劳动周将军与姚将军大驾，恰巧前不久又有人送给统领一只大虫，统领素想办一道虎宴，以虎肉下酒，赏剑舞。统领素来敬重周将军与姚将军，以为二位乃当世之名将。虎者，百兽之雄也，非英雄不得食。若办虎宴而无二位将军，岂不为天下英雄所笑？故此特命在下，务必要请得诸位将军光临才好。"

姚兕意味深长地望了仁多保忠一眼，"有劳回报仁多统领，届时一定叨扰。"说罢，便再不肯多说半句废话。

"多谢姚将军。"仁多保忠连忙道谢，面对姚兕，他也觉无话可说，随即告辞而去。

"虎宴？"铁林军军部议事厅内，军都指挥使周齐贤沉吟良久，方用询问的语气说道，"某与武之，只恐不便一同出席。"在宋朝诸军都指挥使中，周齐贤虽然出身武举，却可以说是庸碌无为之辈，他能居此高位，不过是因为他资历够老，兼之又是内侍王中正的表妹夫。但周齐贤却有一个好处，对于他的副手姚兕，周齐贤都称得上是言听计从。凡军中事务，总之先谘而后行。

姚兕闻言，沉默了一会儿，忽道："将军所持自是正论。夏主颁给仁多的伪诏，仁多至今未表答复，敌我未明之时，怎可寄以腹心？万一中其奸计，我等死生事小，却是愧对圣上。"

周齐贤连连颔首，道："某亦是如此想。"

姚兕却又道："然仁多为人素奸猾，忽设宴相邀，定是心中疑惧。我等若竟此显露防范之意，正是增其疑忌，迫其速反，只怕坏了朝廷的大事。"

周齐贤听完，也觉得很有道理，又不禁迟疑起来，望着姚兕："那武之以为当如之何？"

姚兕抚剑笑道："将军勿忧，届时尽管赴宴便是。他仁多请柬上既是请了我铁林军营都指挥使以上的将领，我等便倾巢赴宴。我倒想看看，仁多瀚能玩出什么花样？！"

"那石帅的密使那边？石帅后天便至韦州……"

"正好替将军准备一份见面礼。"

8

仁多瀚犀利的目光一直盯着慕泽的双眼，仿佛要穿透他的眼睛，翻出他心里潜藏的一切想法。

“你是说石越正在秘密前来韦州？”仁多瀚的声音，如同寒冰一般。

“是。”慕泽的回答极其简略。

“我都不知道的事，你为何会知道？”

“石越走的小道。”慕泽平静地回道，“只要在环庆道上行走，不可能瞒过沿边番部。”

“胡说八道！”仁多瀚怒声斥道，“他堂堂陕西安抚使，为何要走小道？”

慕泽默然回视着仁多瀚。这是不需要他解释的问题。

沉默良久，仁多瀚稍稍放缓了语气，但问题却依然尖锐：“石越待你不薄，你为何要来告诉我？”

“权术而已。”慕泽嘴角露出一丝冷笑，“自古以来，狡兔死，走狗烹。他连统领都容不下，难道将来真能容下我吗？”

“怎见得他容我不下？”仁多瀚冷笑道。

慕泽却只是带着讥讽的表情望着仁多瀚，并不多言。石越来韦州，本来没什么要隐瞒的。既然他刻意隐瞒，那么针对的对象是谁，也是显而易见的。

但是，依然还有疑问。

“若要除掉我，石越又何必亲身冒险？”

但这显然也不是需要慕泽来回答的问题。谁知道石越是为什么，也许只是因为胜券在握，所以想玩一次刺激的游戏而已。也许石越根本不是为了针对仁多瀚……

问题是，若不是针对仁多瀚，又是为了谁？

猜忌、恐惧，不信任与不安全的感觉，似毒蛇一样抓住了仁多瀚的心。

细作曾经发现宣武第一军有几个指挥的人马，正以休整的名义撤回，他们中途肯定要在韦州歇脚。

难道石越真的这么急不可耐？

但平心而论，夏主的诏书颁布之后，他的沉默的确也不会让宋人感到高兴。

也许，石越是想逼他表态。

仁多瀚的瞳孔猛地缩小，也许，这只是一个陷阱，引诱自己因为疑忌而先出手，然后，宋人就有借口名正言顺地铲除自己。但是，这重要吗？如果石越已经开始给自已布设陷阱了，那么，无论他跳与不跳，都无关紧要。那只是一个时间问题。

无论如何，他都是一定要选边的！

就算易地而处，他仁多瀚是石越，也不会给自己自由选边的权力！

只不过，石越动手也太快了一点。看来，石越是认定大局已定了。

那么，不管那是不是一个陷阱……

仁多瀚感觉到一阵没来由的烦躁。事情总是出乎自己的预料，自己走的每一步都被人打乱，这自然不会让人心情愉悦。

虽然决定举办虎宴，大邀铁林军诸将，但仁多瀚其实并没有真正下定决心。这更近于一种试探。他想看看宋人对自己的防范到了何种程度，然后再决定自己下一步怎么走。仁多瀚并没有寄希望于铁林军诸将会倾巢而出，参加自己的宴会——天下哪有这么美的事情？

但慕泽的报告，却打乱了他的步伐。

对于石越，仁多瀚心中实有深深的忌惮。

无论这个消息是真是假，其含义都是相同的——石越出招了。也就是说，他仁多瀚已经不可能从容不迫地按着自己的步伐走了。

要么，继续忍耐，等待更好的时机，或者，是等待石越一步一步地将他彻底架空。如果那样的话，他仁多瀚最好的结果，是在汴京过一个富家翁的生活。而他的族人，可能被分而治之，慢慢地变成宋人。

要么，抢在石越动手之前……

大丈夫生不能五鼎食，死则当五鼎烹！

仁多瀚岂能做富家翁，死于儿女子之手？

“那些番人见着石越时，是在哪一天，在何处见着？”仁多瀚不自觉地放低了声音。

“以末将估计，石越最早也要四天后方能至韦州。”说完，慕泽又补了一句，“护送石越的，可能是何畏之。”

有时候，仁多瀚甚至有点嫉妒慕泽的聪明。

“时间很充裕。”仁多瀚在心里估算了一下，“周齐贤不过是个饭桶，可畏者姚武之一人而已。只须有机会除去姚武之……”

“明晚虎宴之时，慕将军可携美酒，入铁林军替我犒劳一下众将士。”

“敢不从命！”慕泽抱拳欠身，清晰地答应着。

当晚，韦州城中，一只雪白的信鸽从某处飞起，转眼便消失在夜幕当中。

第二天，与往常一样，韦州城依然热闹非凡。驮满了各色各样的货物进入韦州的驴骡络绎不绝，来来往往的行商，全然不知这里的暗潮汹涌。人们茶余饭后，都在兴高采烈地谈论着仁多统领晚上就要举行的虎宴。时近黄昏，更有许多人挤在仁多瀚府前的路边，想要一睹铁林军诸将的风采。二姚三种，名震关西。很多人都想知道那个在横山杀人如麻，令小孩不敢夜啼的姚兕，是长得如何凶神恶煞。

一直到了戌牌时分，众人才听到街的尽头传来马蹄之声。“来了，来了！”人们交相传递着，一个个伸长了脖子，向街的另一头望去。

一队身着红袍，挎弓持枪，骑着清一色黑马的骑兵，出现在街的尽头。骑士们显得马术娴熟，在并不宽阔的街头并辔而行，亦是十分整齐有序。

平素很难见到铁林军军容的人们发出一阵阵惊呼赞叹之声。

接连过去三队同样的骑兵小队后，铁林军诸将才现出身影。在三百余名骑兵的护卫之下，十余名将领簇拥着周、姚二将，朝着仁多瀚府行来。周齐贤与姚兕都穿着当今宋朝天子钦赐的蟒袍玉带，腰间别着宝剑，马上挂着银枪雕弓，气度雍容华贵。

“哪个是大姚？”“哪个是大姚？”围观的人们交头接耳，互相询问。众人都不敢相信一个令小孩不敢夜啼的恶将，竟会有这般华贵的气度。

那边厢仁多保忠早已快步迎上前来，引着周、姚诸将向府中行去。

仁多瀚早已闻报，便站在府门之外迎接。他细细清点了周、姚及随行诸将，心中真是又惊又喜，铁林军诸将竟是倾巢而出！

“周将军，姚将军。”仁多瀚拱手揖礼，向着铁林军诸将朗声道，“得诸位将军光临，真是蓬荜生辉。”

周、姚与诸将连忙回礼，周齐贤笑道：“一向少了问候，统领勿怪为幸。闻是小哥及冠，特备些薄礼，还望笑纳。”说罢，便有士兵抬上礼物。

仁多瀚连忙逊谢道：“有劳费心，却是折杀他。”一面抬手道，“请府中叙话。”

周、姚诸人亦不客气，大步便往府中走去，随行的卫士也早已下马，鱼贯而入。到了中门处，待铁林军诸将入了中门，便有一个家将走来，拦住后面的卫士，笑道：“请诸君留步，随在下往外厢吃茶。”

一个指挥使装束的武官唰的一下便把脸沉了下来，喝道：“我等只听周将军号令，你是何人，敢在这里聒噪？”说罢，不待那人多说，一把将他推开，领着众人便要闯进去。却听内间姚兕转过身来，呵斥道：“休要无礼，尔等便在外间伺候。”

“是！”众卫士听到命令，即不敢莽撞。便一齐在中门外列队站好，亦不去休息，倒似反客为主，替仁多瀚的部属把守起中门来。

仁多瀚收在眼里，却也不多说什么，只向周、姚笑道：“久闻铁林军威名，果然有细柳营之古风。”说罢，有意无意把目光投向姚兕。

周齐贤笑道：“统领过奖了。不过是些骄兵悍卒，全然不知礼数，见笑了。”

姚兕却只是笑笑，并不说话。

此时府中早已预备齐全，待铁林军诸将一落席，茶果便流水价地送上来。仁多瀚令诸子侄一一拜见周、姚等人，然后便吩咐人将要宰杀的老虎带入厅中。须臾，便有数名家人，将一只大虫连着铁笼一道抬进厅中。

那老虎虽被关在笼中，却是野性未驯，睹视厅中众人，仿佛是想要扑过来，将人撕成碎片一般。

仁多瀚环顾厅中，便见厅中诸人虽多是武人，纵明知那大虫是被锁在铁笼之内，不能脱身，亦不禁色变，有人更是下意识地将手按向剑柄，唯有姚兕面不改色，谈笑自若。

仁多瀚本来并不想啰唆，只待这大虫吸引众人注意，便摔杯为号，藏于大厅内外的卫士便冲入厅中，将铁林军诸将一举生擒。但此时中门既被铁林军控制，若不能迅速解决问题，就会横生他变。他又素闻姚兕骁勇，为万人敌，事到临头，心中竟不禁打起小鼓来。他与姚兕不过数步之遥，兵戈一起，岂能确保万全？

他心里一个念头接一个念头的翻滚，口里却笑道："久闻姚将军曾徒手杀虎，不料今日却正好借此物下酒。"一面说着，一面伸出手来，便有亲随将弓箭送上。仁多瀚便欲挽弓搭箭射虎，却见姚兕起身道："这么一只大猫，何用弓箭？"

仁多瀚都不禁愣了一下："不用弓箭？"

姚兕走到仁多瀚案前，笑道："请统领借弓一用。"

仁多瀚将弓递给姚兕，不知道他打什么主意。却见姚兕对几个家人吩咐道："打开虎笼！"

那些个家人个个都呆住了，一齐转过头望着仁多瀚。仁多瀚这才相信姚兕是要当厅用弓弦杀虎，他心里冷笑，暗道："这是你要寻死，却是天助我也。"口里却假意劝道："姚将军，这儿戏不得。"

姚兕回视仁多瀚，指着虎笼笑道："统领不必担心，正好给诸君助助兴。"

"姚将军真虎威也。"仁多瀚击掌赞道，一面示意家人打开虎笼。顿时，厅中所有宾客都站了起来，人人手按佩剑，连大气也不敢喘一口。几个家人小心翼翼地靠近，打开虎笼的门后，慌忙三步并两步退了下去，生怕自己遭池鱼之殃。

那只大虫被囚已久，此时突见笼门开启，却不忙出来，反在笼中绕了一圈，一双巨眼扫视众人，竟不似被囚的笼中之兽，丝毫不减山中之王居高临下的气势。

仁多瀚见那大虫竟不出来，不由一怔，偷眼向姚兕觑去，见他手抚弓弦，气定神闲，意态之间从容异常，似乎对这一切都满怀信心。不知为何，他的心中竟没由来的一阵紧张，只觉姚兕的这种姿态，竟不似是在搏杀大虫一般。

谁知便在他心思转动的那一刻，那大虫忽似骑了风一般，从笼中跳出，两只前爪在地上虚按了按，环视众人，似在寻找相扑对象。众人见状，无不凛然，许多宾客手中的佩剑都不由出鞘一半。唯有周齐贤虽是武官出身，但平生竟似从未历此凶险处境，不自觉地退了一步，手掌紧捏佩剑，目不转睛看着那大虫，竟全身沁出冷汗来。

姚兕上前一步，他这么一动，几乎便在同一瞬间，那大虫也已和身向他扑去。姚兕脚步一错，便闪到了大虫身后。大虫转身不及，姚兕已闪电般地跨上大虫的背，手中弓弦猛然张开。大虫虎背一掀，竟没将他掀落，不由大吼一声，厅堂之中杯盘顿时簌簌震动。便在此时，姚兕手中的弓弦已闪电般地套上了那大虫的颈项间，只见他双手一错，那大虫闷哼一声，竟自软软倒地，颈间口中鲜血涌出，在青砖地上，竟汇成一大摊，腥臭之味扑鼻而来。姚兕这一连串的动作迅捷之至，最后弓弦一拉一绞，这几百斤的大虫竟是毫无反抗之力便即毙命。

仁多瀚也没料到姚兕杀虎竟是这般的快捷利落，呆了一呆之后，才想起拍掌赞叹，却听厅堂之中早已响起连山价赞叹之声，此处众人大多身为武人，见此勇猛，谁不钦服？

姚兕缓缓从虎背上下来，向仁多瀚笑了一笑，说道："献丑了！"仁多瀚见他谦虚，本有心要说些赞叹的言语，但一念及待会儿便要与他白刃相见，那所有的话涌到嘴边，竟一齐哽住说不出来，神情竟显得有些僵硬。

姚兕当众搏杀了只大虫，亦颇意满，竟像全没留意到他神情间的异样，满面笑容地取下弓来，赞道："果然是好弓！"一面走到仁多瀚亲随身边，手掌递出，却不是归还弓，而是顺手从他箭筒中抽出一枝羽箭，反手一搭，只见寒星一点，却已是对准了仁多瀚。

厅中诸人兀自在称赞姚兕的勇猛，却不料变故陡生，顿时厅中竟变得鸦雀无声。但只片刻之后，厅中双方将领便纷纷拔出佩剑来，相互对峙。

仁多瀚脸色都变了，却强作镇定，望着姚兕干笑道："姚将军，这……这是何故？"

姚兕微微一笑，讥道："统领何必装糊涂，这不过是先下手为强。"

"姚将军何出此言？"仁多瀚只觉得背上凉飕飕的，心里暗暗叫苦，不知道自己何处露出了破绽。

仁多保忠也忙不迭地对姚兕道："误会，定是误会！"见姚兕并不搭理，又转向周齐贤，道，"周将军明察，定是有误会。"

"误会？！"姚兕"哼"了一声，却向着一个副都指挥使丢了个眼色。那人挥剑砍向身后的帷幕，数丈高的帷幄落在地上，却现出数十名藏身其后全副武装的卫士。

"仁多统领？！"周齐贤的脸沉了下来。

参与宴会的仁多瀚部将，也有许多是全不知情者，见到此情此景，都不禁面面相觑。

双方既然已将脸面撕破，仁多瀚反倒冷静下来。虽然他知道自己只要稍动一动，便定会死在姚兕箭下；但此时却毕竟是己方占据优势，自己虽活不了，铁林军诸将也不可能活着出府。手中既然有筹码，仁多澣就并不着急。只要诳得姚兕与自己交易，便是让他们逃出府去，他也依然胜券在握。慕泽与仁多澣的几个心腹部将，已经率主力去往铁林军营地。那边宋军群龙无首，不难对付。姚兕再如何勇猛，没有军队，也不过是一匹夫而已。

想清了这层，仁多澣便恢复了一贯的从容之态，他竟不去理会周齐贤，只对姚兕说道："姚将军，非是我敢不利于诸位将军，实是君命难违。两国交兵，各为其主……"

他话未说完，便听到外面传来喧嚣之声，隐隐竟能听到兵器碰撞与发弓射箭之声；紧接着，一个家将跌跌撞撞地闯进厅中，口里还一个劲地喊着："统领，不好了，不好了……"进到厅来，见到面前景象，一时张口结舌，半晌说不出话来。

仁多澣怒目相视，喝道："大惊小怪什么？！"

那人回过神来，指着外面，结结巴巴地回道："宋军打进来了，已经攻进中门。"他话音刚落，便听到一阵铿锵之声，只见先前掌握中门的那个铁林军指挥率着一群人大步闯进厅中，迅速地将整个大厅包围起来。仁多澣见这群人中，有身着铁林军军袍的战士，也有打扮成平民百姓的士兵，厅中至少就涌进来两三百人，外面还有人源源不断地向府中各处涌入，顿时什么都明白过来：宋人这次，定是早有预谋。他长叹一声，只觉万念俱灰。

却听铁林军诸将中，有一个不起眼的武官突然对周、姚二人说道："周将军、姚将军，请下令诸军，毋要伤害仁多统领家眷。"

周齐贤闻言竟是不敢怠慢，立即传令："诸军休得伤害仁多统领家眷。"

仁多澣心里瞬时闪过一个念头："又是石越！"

果然，便见那人笑吟吟走过来，对仁多澣说道："统领休疑，下官乃是石帅派来的密使。只须统领下令众人放下武器，下官担保所有人平安。石帅早有钧令，严令不得加害统领家眷。"

"罢了！罢了！"仁多澣已知道自己这次是输得一败涂地，此时也只得任人宰割。

与此同时，韦州城门。

慕泽冷冷地命令着部下："将尸首抬走，把血迹清扫干净了，休让这些东西惊扰到石帅。"说罢，瞥了一眼马上的两颗首级——那两样东西原来属于仁多澣的心腹部将——顺手便取了下来，扔在地上，"把这两个东西也埋了。"

吩咐完毕，慕泽便不再去理会忙碌的部下们，转身对身旁的一个沿边熟番打扮的男子问道："李兄，你要不要出城去迎接石帅？"对于身边的这个人，慕泽可是丝毫不敢怠慢。这个被他称为"李兄"的男子，乃是石越的亲信卫士陪戎校尉李十五。他曾经执行石越“收夷之精壮以制夷”的策略，前往屈吴山，招募各部族精锐之士数百人，号称“陇西番兵”，在屈吴山一带剿平不肯臣服宋朝的番部无数，立下赫赫战功。此次便是由他率领这些陇西番兵潜入韦州，协助慕泽完成了任务。

李十五却只淡然一笑，道：“石帅钧令无此，我等只须守好这韦州城便是。”

慕泽讨了个没趣，他自知行事常为人所不齿，见怪不怪，也不生气，只笑道：“如此，便烦劳李兄守城门，在下要去知会周、姚二位将军，出动铁林军控制各紧要处，以防万一。”

他话音未落，便听到城外传来马蹄之声，远远望见千余骑向着韦州滚滚而来。

“石帅来了！”慕泽与李十五心中，竟是同时松了一口气。

（熙宁十三年）闰九月庚寅朔。仁多澣举族内附。以仁多澣云麾将军、韦国公，以仁多保忠守义侯、知韦州军州事，以贾岩通判韦州。分仁多族为三部，以仁多澣二子及仁多保忠各领一部。

……王安石改封荆国公。进封岐王颢为雍王，嘉王頵为曹王……

陕西路安抚使石越至韦州。进封石越为华亭县公。

冬十月己未朔。

仁多澣至汴京，上赐宴集英殿。石越至灵州。夏遣使求和。越请诛梁乙埋父子，令夏主入朝，以黄河为界，偿军费四百万缗……

归来州乞弟反……

——《续资治通鉴》

闰九月，周齐贤、姚兕奉石越密谕平仁多澣之乱。越以仁多澣素有威名，兼不能尽诛仁多族，特优容之，许仁多澣举族内附，分其部为三，以仁多保忠及仁多澣二子领之，各置校尉按抚。

十月，遂发韦州兵赴灵州，仁多保忠亦在军中。时河南大定，夏梁太后惧，遣使乞缓兵。越请诛梁氏父子、夏主入朝、两国以河为界，并偿军费四百万缗。梁后愤懑，斩使者，以其辱命也；拜太庙，言“宁玉碎，不瓦全”。遂用嵬名荣之谋，遣使入辽，割河套、河南之地。辽主以宋强、且大同未下，不敢受，乃召宋使，劝和之。时耶寅入越幕府，亦谏越存夏国以为西番。越不纳。然以严冬转运艰难，乃留种谔、刘昌祚各率本部守灵州，令李宪、王厚退守兰、会，种古、折克行守平夏，余部悉还陕西。

未几，归来州乞弟反。

——《熙宁以来朝野杂记》

第三章

福祸相依

后生可畏，来者难诬。

——曹丕《与吴质书》

1

“哎！”石越将枢密院发来的文书丢到公案上，长叹一声，半晌无语。

这一天是熙宁十三年的冬至，宋人三大节之一。每年到了这一日，宋人无论贫富，都要更易新衣，祭祀祖先，彼此馈送礼物。所以，尽管从早上起就下起了大雪，但长安街头，来来往往的车马行人，却依然是络绎不绝。家长也任由小孩子们穿着新衣，在街坊间堆起雪人，呼喊追逐打闹，决不制止。如若不是街上到处都是身着军袍便服的禁军将士，善忘的人们几乎已经记不起战争还没有结束。

但石越与他的僚佐们，却无法享受这一切。

就在这一天，石越接到枢密院的通报：归来州乞弟反！

“吕惠卿！吕惠卿！”石越几乎是咬牙切齿地念着这个名字，此时厅中只有潘照临与侍剑在，他可以暂时放纵一下自己的情绪。

潘照临端起茶，送到嘴边，旋即似想起什么，又放下来，道：“我记得何畏之是归来州人……”

石越摆摆手，苦笑道：“乞弟不值一提。”

“那？”潘照临不禁怔住了。

石越从厚厚一沓文书中拿出一份来，递给潘照临。

潘照临接过来打开，原来是一份与枢府文书一道发来的邸报，他只略略扫过，脸色立时变了。

“这……”

“乞弟在京师以眦睚杀人，潜回归来州，抗拒官兵追捕，进而叛逆，这根本不过是小事一桩。归来州虽远，朝廷要诛此小丑，亦不是甚难事。”石越显然没有将乞弟放在眼里，事实上他早已淡忘了自己曾经见过乞弟此人，“但吕惠卿……吕惠卿……哎！这实是要逼人造反！此策若行，自此西南无宁日矣！”

在这邸报之上，有一份吕惠卿的奏折全文。吕惠卿以归来州乞弟叛乱之事，大做文章。认为这件事情证明了石越之前的“怀柔”之策失败，他要求朝廷发兵平叛，斩乞弟以正法纪，并且认为宋廷不应当只满足于石越建番学等怀柔的策略，而应当借乞弟之事立威，然后要将天下所有的羁縻州逐步变成普通的州县，将不纳税不服役的蛮夷，变成编户齐民。如此，宋廷可以变相地开疆辟土，增加土地、人民与税收。

换句话说，这是宋朝版的改土归流。

石越当然知道“改土归流”的后果是什么：一波又一波的叛乱，无止境的用兵，还有无意义的杀戮。

无论哪一样，都是石越不希望看到的。在平定西夏之后，宋朝应当有至少十年的时间休养生息，巩固、消化目前的成果。历史上有多少帝国，都是在无止境的急速扩张中崩溃的，他可不愿意宋朝重蹈覆辙。

帝国的疆域，也绝非越大越好。

南方迟早要巩固，要改变，但是不必通过这种激进的手段。

双方的代价都太大了。

军事手段无法避免，但是必须慎重。宁可多用几十年甚至是几百年的时间，进行慢慢的影响。毕竟，他们对宋朝既无敌意亦无威胁。毕竟，那些人也是自己的同胞。

“吕惠卿无非是想争宠固位而已。”潘照临并没有石越的那些感慨，他一眼就看穿了事件的本质，当宰相的，比功劳不是比谁砍的首级多，而是看谁倡议推行的政策更成功，更能被皇帝赏识。征伐西夏，石越之功肯定大于吕惠卿，吕惠卿借着机会，在西夏战事将定之时，拿西南夷开刀，也不失为固位争宠之良策。“眼见平定西夏这种不世奇功落到公子手上，不知道有多少人眼红嫉妒。他们见着公子屡战屡胜，便以为西夏尚且如此，西南夷岂足平哉？朝廷与西南夷不是没打过仗，章惇收峒蛮、熊本平泸夷，薛奕在海外，何尝不是征收贡物赋税？吕惠卿亦不是不知道这会招致叛乱，他乃是有恃无恐！若果真能将那些蛮夷变成编户齐民，这功劳亦不在公子之下。”

“这怎可一概而论？！”石越愤然道，“这根本是个泥潭！”

“皇上未必会这么想。以我大宋之兵势，而今又有几人会将西南夷放在眼里？”潘照临语带讥刺，“何况薛奕在海外一帆风顺，凭什么到了国内就会有波折？更何况，吕相公此策一定，未晓得让多少人看到了建功立业的机会。”

“但如今西夏未破，岂可两面用兵？”

“公子但谓‘西夏未破’，不晓得他人看来，却是‘西夏大定’。况且这是乞弟先叛乱，非是他们逼起叛乱。”

石越虽然知道潘照临说的都是此时的人心，却依然无法释怀。他默然良久，方沉声道：“无论如何，我定会上疏反对。国库本来就并不宽裕，西南用兵，却是个无底洞。”

“我料断不会有用。”潘照临毫不留情地泼着冷水，“当此之时，人人能看到的，不过是西南易定耳。况且公子若上疏，唯有更遭人嫉恨，难道天下之功，只许公子立得，不许旁人立吗？”

“司马君实……”

潘照临苦笑着，将邸报递给石越：“公子看看邸报下面那一段……”

石越接过来读时，便觉脑袋“嗡”地响了一下：“司马君实告病？！”

“千头万绪，多半是被累倒的。”潘照临摇头道，“司马君实告病，文彦博孤掌难鸣。他将这些发给公子，自然有他的用意。但文彦博老矣，且毕竟是枢密使，岂能干预尚书省之事？而其余的朝中大臣，能看到吕惠卿之策会激致叛乱的不少，能看到西南叛乱不易平定的，如今却是少之又少。而今虽然连平乞弟之军都尚未出发，但大宋的一只脚，却是已经踩进这泥潭中了！”

“且尽人事，听天命吧。”石越捏着那张邸报，指甲几乎将纸背掐透。他自然会上疏，但是他也明白，他远在陕西，想要改变一个由宰相力主推行的政策，其希望微乎其微。

“朝廷对乞弟用兵，可能亦会等到春季……”潘照临沉吟道。

石越不由得眼睛一亮，仿佛看到了一线希望。若能早定西夏之事，在朝廷明颁诏令之前回汴京……但他随即便无奈地摇了摇头，西夏又岂是“早定”两个字可以轻易解决的？

“且看耶寅回报吧。”

2

兴庆府。某处。

耶寅低着头，跪在暗红的地毯上。十步以外，秉常坐在一张铺着虎皮的大椅子上，打量着这个从宋朝归来的年轻人，叶悖麻的儿子。

在一个多月前，秉常设法绕开梁太后，向石越派去了密使，希望能够了解石越的底线，看看是否能够与宋朝达成和议。战争绝无胜利的希望，这一点秉常已经了解得清清楚楚，但是，无论如何，他也要尽最后的努力。

一个多月以后，密使回来了，还带回来一个人。

这个跪在自己面前的人，就是叶悖麻的儿子，也是石越的“幕僚”。据说，这个耶寅是主动求见石越，要求随密使回来面见自己的。出乎秉常意料的是，耶寅一见到自己，竟然是以臣礼参拜。

“你便是耶寅？”

“臣。”

“令尊是叶悖麻？”

“正是先父。”

简短的对答之后，秉常沉默了一会儿。

“叶将军殉国，是国家失一栋梁。”秉常感慨地说道，所谓“国难思良将”，秉常的确很困扰于人才的凋零，“你是在西平府城破之时被俘，而后入石越幕府的？”

“陛下明鉴，臣苟且偷生，不过负国恨家仇，欲有所为也。”耶寅咬牙道。

“我听闻石越为人精细多智，你又如何入得他幕府？”秉常狐疑地问道。

“行大事者，欲招揽人才，不宜过于挑剔。石越入西平府后，网罗吾国为梁氏所抑、素不得志之文武计数十人，或荐之为官，或举之为将。无非是收揽人心，网罗豪杰之意。其蓄臣，不过是备非常之用，非引为腹心者。臣亦算不得入其幕府，不过暂随其府中，以备咨询而已。”

秉常再度默然。石越的举措，他也有所风闻。据说石越在宋军占据的西夏各地都张挂了求贤令，无论是文是武，只需有一技之长，或德行可取，无论自荐或是他荐，皆得举荐为官。许多在过往西夏统治时不得志的人，纷纷投效宋朝，成为帮助宋朝统治地方的得力助手。对比起自己身边的人才缺乏，秉常自然是感触良多。

“既是如此，你回兴庆府何事？欲游说我吗？”秉常的话里充满了苦涩。

“臣不敢！”耶寅连连顿首，泣道，“臣生为夏臣，死为夏鬼。岂肯为东朝臣？！”

秉常看着耶寅，不知道是该相信他，还是该怀疑他。

也许自己该效法石越，能够容忍、接纳即使是别有用心的人，才能够真正地网罗人才。

“任何君主，身边都不会只有贤臣而无奸臣，亦不会只有奸臣而无贤臣。君之贤明与否，不过是看他是否能够分辨臣之奸贤。但比此事更重要的，却是凡为君主者，须懂得不要从臣子之动机来判断是非，而要从事情之本身来判断是非……”秉常忽然想起这么一段话。这是他在读《战国策》之时，李清曾经对他说过的话。战国之时，纵横之士朝秦暮楚，难道是那些君主不知道他们的行为吗？为何明知纵横之士绝非忠臣，但是那些君主还会采纳他们的意见，被其游说呢？当他向李清发问时，李清如此回答他。

动机并不重要，重要的是事情本身。

况且，他也不用在乎耶寅是不是间谍，即使多上耶寅一个间谍，局势也不可能变得更坏。石越实在没有必要多此一举。或者，石越之所以纵耶寅西归，原因也不过是如此，若他能起点作用固然好，即便起不了作用，跑掉一个耶寅，也无关大局。

“难得你有此忠心。”秉常温言赞慰着，“可惜的是，你回来得晚了一点。”

“陛下何出此言？！”

秉常低声叹道：“而今大夏国不过是苟延残喘，朝不保夕。”

“陛下非亡国之君，则大夏无亡国之理！”耶寅激动地说道，“臣之偷生，正为此事！”

秉常几乎腾地从椅子上站起身来，他好容易控制住自己的情绪，缓缓坐回椅子，问道："莫非石越许和？！"

耶寅却并没有正面回答秉常，只是缓缓说道："西平府城破之时，臣之兄耶亥亦为宋军所擒。臣能来见陛下，是向石越许诺以臣兄为质，前来游说陛下，借机挑起大夏内乱。若臣一去不返，则包括臣兄在内，凡臣家在东朝者，皆当斩之于西市。"

秉常腮上的肌肉微微抽动了一下，绷紧了嘴唇。

"臣不敢欺君，然臣亦不曾诳石越。"耶寅抬头凝视着秉常，沉声道，"臣为陛下所定之策，不过是'尽诛梁氏，举族西迁'八个字！"

室内陷入短暂的沉默当中。

耶寅从怀中小心地掏出一张发黄的纸来，双手捧着。侍立在秉常身边的一个心腹侍卫连忙上前来，接过去递给秉常。

这是一张《汴京新闻》，发黄的纸上，印着一幅略显粗陋的地图，东自高丽，远至泰西。

秉常疑惑地望着耶寅。

"陛下，自大夏国以西，还有宽广无垠的土地。"耶寅的声音低沉，眼睛发亮，整个人都沉浸在对西方那广阔大陆的遐想当中，"东朝太强大了，绝非昔日之东朝可比。而今大夏国形势已失，若继续抱残守缺，与东朝针锋相对，绝不会有任何出路可言。臣冒死直言，我大夏之未来，便在那贺兰山的西方！陛下若欲中兴大夏，除此之外，再无他途！"

"祖宗陵寝，一朝弃之……"秉常早已没了与宋朝争雄的心思，但是依然忍不住犹疑。

"陛下，只要大夏不亡国，东朝就不会侵犯祖宗之陵寝。若大夏亡国，则祖宗不得血食矣！"耶寅说的是铁一般的真理。

秉常的确有点动心。西迁之议，在西夏小朝廷内，也是沸沸扬扬争论过一段时间。但是故土难离，果真要推行起来，却是阻力重重。连梁太后对此也无能为力。

"臣在陕西时，曾数度试探石越，臣以为宋朝之意，亦并非是欲亡我而甘心。东朝之野心，其实是在贺兰山、西凉府以东。陛下请看地图——石越将西凉府至沙州，称为'河西走廊'。河西走廊以北是大漠，以南则是黄头回纥与吐蕃。今吐蕃依附东朝而攻我，其所欲得者，便是河西走廊之地。若其得偿所愿，则黄头回纥迟早为其兼并。如此，则吐蕃可复唐时之强盛。此亦非宋朝所愿见也。然宋蕃有盟，吐蕃有功无罪，东朝不愿背盟，招致边患，便不敢自取河西走廊，引发吐蕃怨恨。对于东朝而言，倒莫若由我大夏占据河西走廊，如此我大夏、青唐吐蕃、黄头回纥、西州回鹘，相互牵制，皆不足为东朝之患。而东朝据贺兰山之险以守，扼西凉府控河西走廊之入口，占尽形胜，正是进则可攻，退则可守。此乃是石越老谋深算之策。

“故大夏若西迁，宋军一则困于补给，二则限于地势，三则不欲青唐强大，必不至于穷追不舍。陛下西迁之后，当效勾践之行，卑辞厚礼，臣于宋朝；薄赋俭，致生育，训战士，以培元气；鼓励通商，以富国库。十年之后，东顾无忧，而国力初复，则可南向兼并黄头回纥，西向谋取高昌。自景宗皇帝大破甘州回鹘以来，黄头回纥与西州回鹘皆弱，以陛下之明，卧薪尝胆，不一二十年之内，两国皆为吾有。尔后挥兵而西，击于阗、东西黑汗，则大夏中兴，当更盛祖宗之时。”

耶寅慷慨而谈，指点江山，秉常听到他勾勒的美景，亦不禁怦然心动。

无论是黄头回纥也好，还是西州回鹘也好，原本都不过是西夏人的手下败将。若不是西夏将经营的重点放在东边，这两个国家早已被兼并。

“当年秦国欲东向争霸，受阻于晋，而西并羌胡，遂称强大。待三家分晋，中原可乘，再挥兵东向，则所向无敌。秦人能做成的事，我大夏亦能做成！”耶寅趁热打铁，继续说以利害，“若是犹豫不决，困守兴庆，待雪化冰消，宋军再至，陛下何以当之？陛下甘做东朝的违命侯吗？！”

“然……然则国中之事，实操于太后、梁乙逋、嵬名荣之手……且贵人多不欲西迁……”秉常终于说出了大实话。他心中又何曾反对过西迁，不待耶寅游说，秉常早就明白，只要西迁，他就有希望重新掌握权力！但是他却一直被另一个死结困扰着——他若不能掌握权力，便不可能西迁！

“贵人不欲西迁，是欲为守财奴耳。彼辈目中但有家财，何曾有朝廷君王？此不必虑。”耶寅断然道，“至于权奸之臣，臣当为陛下谋之。不除梁氏，西迁之议，终不过是镜花水月！”

秉常听到这话，心中顿时激荡起来。西迁也好，固守也好，怎么样也好，对于秉常而言，还都在其次。毕竟他若不重新掌握大权，说什么也是白搭。重新掌握权力，才是秉常梦寐以求的，也是一切的基础，为了这个，他不惜付出任何代价。

“尔若能助朕铲除权奸，朕当以尔为国相。”毫不犹豫地，秉常便郑重地许下了诺言。

“禄位非臣所求。但梁氏专权，忠臣义士无不切齿，君父之仇，不得不报。”

“君家真是满门忠义。”

耶寅顿首道：“主忧臣辱，主辱臣死。这不过是为人臣子的本分。然陛下欲除权奸，非得内外相济不可。”

“内外相济？何谓‘内’？何谓‘外’？”

“内是禹藏花麻，外则是石越！”

“石越？”秉常不禁愕然，禹藏花麻倒也罢了，石越如何会助自己？

“陛下若能割贺兰、西凉以东予宋朝，臣便能说得石越相助。”

秉常苦笑道："我纵是不舍得割让，难道便守得住吗？若果真能除权奸，我无所惜者。然恐石越未易说也。"

"石越实无亡我之心，不过不欲授人以柄。彼既欲我牵制青唐，又可轻易得数千里之地，顺水人情，岂有拒绝之理？"

3

一个月后。

陕西安抚司，燕歌亭。

"……铁衣远戍辛勤久，玉箸应啼别离后。少妇城南欲断肠，征人蓟北空回首。边庭飘飖那可度，绝域苍茫更何有？杀气三时作阵云，寒声一夜传刁斗。相看白刃血纷纷，死节从来岂顾勋。君不见沙场征战苦，至今犹忆李将军！"

一个白袍男子站在亭中，低声吟哦着唐人的这首《燕歌行》。他面容消瘦，脸色苍白，仿佛是大病初愈，而眉宇之间，又似有无尽的沧桑。

"君不见沙场征战苦，至今犹忆李将军！高适这首《燕歌行》，真是写尽了征戍之事！"一个爽朗的声音从亭外传来，白袍男子连忙转身望去，却是石越领着潘照临、司马梦求，向这边走来。说话之人，正是陕西路安抚使、端明殿学士石越。他连忙趋前数步，拜道："下官宣节副尉文焕，拜见石帅、司马知事。"

"翊麾不必多礼。"石越快走两步，亲手扶起文焕。

"翊麾？"文焕愕然望着石越。

司马梦求在旁含笑道："正要恭喜文君，兵部已除君翊麾校尉。"

文焕闻言，扑通一声，重又拜倒在地，双眼噙泪："石帅再造之恩，下官没齿难忘。"他九死一生，捡回一条性命，好不容易才康复，其间翻检报纸，过往之事，早已知道得清楚。对于生死禄位，他早已看淡，由宣节副尉升至翊麾校尉，他也并不如何看重——须知这和他在西夏的地位比起来，简直是不值一道。但是这次晋升，却代表着宋朝对他的承认。此时此刻，纵是死了，文焕也觉可以瞑目。

石越再次扶起文焕，温声道："不负国家者，国家必不负之。翊麾于国有功，这是理所应得的。不过，而今西夏未定，此事暂时不宜声张，翊麾还要忍耐一段时间。"

"朝廷知道下官非叛臣，于愿已足，岂敢复希冀其他？"文焕并不天真，他自然知道自己的身份一旦公开，实等于送梁氏一道大礼，陷秉常于困境，并且影响到宋朝伐夏的正当性。宋朝无论如何，是不会在此时公布他的身份的。

“迟早有一日，会给翊麾公正的评价的。”石越淡淡地说道，却是许下郑重的诺言。

司马梦求又道：“文相公亲自署君为职方馆主事兼广州房知事，此间事毕，文君即可赴广州，日后与薛奕共事。过得三四年，便可重返汴京。”

文焕默然一会儿，又谢过司马梦求。职方馆绝非他所愿意供职的机构，但是文焕也知道，这种处置，已经是煞费苦心。他并非没有怨言，但他的经历，已经让他懂得不应当要求太多的东西。

“与薛奕一道，翊麾定能看到另一个天地。”石越说了一句文焕此时无法理解的话。对文焕的这个安排，其实是石越主动与文彦博商议的结果，广州房实际是宋朝的海外情报机关，他相信文焕在那里，可以找到新的生命。

潘照临冷眼看着这一切。他注意到文焕从始至终，所感激的人，只有石越，却一次也没有提到过皇帝。他嘴角不禁露出一丝似笑非笑的神色。

石越说完之后，便唤众人在亭中坐了。侍剑远远看见，连忙亲自端着茶点送上来，然后便退了下去，守在园门口。

“此次请翊麾来，还有一件事情，想要请教翊麾。”石越坐下之后，便开门见山。以他的身份，自然也没什么必要与文焕委婉。

“下官但有所知，自当知无不言。”文焕连忙起身，恭身回道。他心里当然清楚，若仅仅是宣布自己的晋升与任命，根本不可能劳动堂堂的三品重臣。

石越点点头，道：“翊麾可知耶寅其人？”

“可是叶悖麻之次子？”文焕对耶寅并不算陌生。

“正是。”

文焕笑道：“此君志大才疏，然素怀忠义，颇忠于夏主。”

“哦？”石越与潘照临、司马梦求相顾一笑，又问道，“翊麾以为他会降宋吗？”

“耶寅之不能降宋，正若下官之不能降夏。”

“原来如此。”石越微微一笑，道，“那倘若以其辅佐夏主，西夏足以为大宋之患吗？”

文焕不觉愕然，不知道石越为何会问这样的问题，但他还是认真思忖了一会儿，郑重地回答道：“若是耶寅相夏，纵不亲宋，亦不至为患中国。下官在西夏时，曾听说他仰慕华夏，看不起番人，连西夏文字都很厌恶，几乎恨不能生于华夏。况且他才具有限，纵有心，只怕亦无力。”

石越沉吟了一会儿，忽然便不再问耶寅之事，转而问道：“夏主待禹藏花麻如何？”

“虽是恩宠有加，但心中亦不免嫌其是番人，终不能倚为腹心。”

石越又接连问了文焕数十个问题，无不是有关于秉常与他的臣子的关系的，而且常常追根究底，连秉常与臣子之间的一些琐事细节，都不放过。直问了近两个时辰，才点汤送客。

待到送走文焕之后，石越望着潘照临与司马梦求，笑着问道："如何？"

"耶寅虽然如约归来，其回报却是不尽不实，颇多隐讳。诚如文焕所言，他终是在替秉常谋划。"司马梦求微笑道，"不过他胆子倒是不小。"

潘照临撇撇嘴，不以为然："不过是狗急跳墙而已。"

石越笑道："他如今分明已是秉常的使者，竟欲游说于我。"

"学士果真决定放秉常过贺兰山吗？学生总担心会遗虎成患。"司马梦求望着石越，神情间有一丝犹豫。他所担心的，还不止于此。身为职方馆知事，他自然明白，果真要故意纵秉常过贺兰的话，宋廷是绝不可能允许的。虽然他相信此事石越一定会做得漂亮，不至留下把柄，但是若有万一，却是了不得的大事。且世间无不透风的墙，稍有不慎，就会流言四起。

石越缄口不言，潘照临望了司马梦求一眼，道："世上的事，没有只享其利而不受其弊的。亡夏非难事，只须将计就计便可。但此事于我又有何益处？西夏若亡，青唐独大。而今董毡虽然臣服，但蛮夷素不可信，今朝服，明日反，殊不可恃。且青唐占据地利，朝廷亦无力伐灭之。纵能亡其国，耗费国帑，牺牲战士，扰动天下，所得者，不过是一无用之地，守亦不能，弃之可惜。一旦撤兵，不十年间，又有一青唐占据其间，袭扰边境，国家真永无宁日。驭青唐之策，不可使之大，大则难制；不可恃武力而欺凌之，欺凌则易反……"

潘照临鞭辟入里地分析着，他所说的，亦是石越所考虑的。青唐吐蕃的根据地，在拉萨、青海，以宋军目前的实力，休说根本无法在那种地区作战。纵然宋廷不惜血本，发动战争，又有什么用？受制于当时的条件，那里根本不是宋朝能驻兵久守的地区。若不能有效控制，不过是灭一青唐，又生一青唐。还不如尽可能地维持一个安定的局面。毕竟，现在的青唐，是一个亲宋的青唐。

石越与潘照临屡次商议，都认为宋朝的上策，是一方面保持一种蓄而不发的态势，以强大的军力国力，让青唐知道与宋军武力对抗，绝不是一个好主意；另一方面，则小心地安抚拉拢青唐，维持宋蕃同盟，在其内部培植、扶持亲宋的力量，通过双边的贸易与交流来影响他们。

但要使策略可行，宋朝首先就必须防止青唐过度扩张。若青唐的实力不受抑制地增长，那么他们的野心也会越来越大，对于宋朝来说，那会是一个比西夏更可怕的敌人。在青藏高原上打仗还是在陕甘宁打仗，若二者必选其一，任何有理智的人都会毫不犹豫地选择后者。

而且，还有一个永恒的真理：想要较长久地维持双方同盟，最有效的方法莫过于让双方有着共同的或明或暗的敌人存在。

一个被宋朝打怕了的西夏，一个实力受到削弱的西夏，一个被限制在河西走廊的西夏，既不会对宋朝构成太大的威胁，又必然会与青唐吐蕃有着激烈的利益冲突，这显然是一个理想的选择。

"……河西走廊在宋，则青唐为宋之敌仇；在夏，则青唐为宋之番盟。取河西走廊易，而守之则难。兵少不可守，兵多则困于转运……"

宋朝的国力还没有达到一个为所欲为的程度。

一口气吃个胖子，有时候也会噎死自己。

当然，最重要的是，被赶到河西走廊的西夏，必须是一个不会盲目地仇视宋朝的西夏。一定程度的仇视是不可避免的，当年大月氏也曾经仇恨匈奴。但是只要这种仇恨不发展到盲目的程度，那么历史的仇恨，绝对比不上现实的利益。

另一件同样重要的事情，是被赶到河西走廊的西夏，其领导者不能够是不世出的英才。

没有人敢保证西迁后的西夏不会咸鱼翻身，实际上石越隐隐感觉到这种可能性非常大。历史上亚欧大陆东部民族竞争中的失败者，西迁之后翻身的比比皆是。石越对此印象太深刻了。在另一个时空的历史上，被金灭掉的辽西迁后，便曾在中亚地区称王称霸，横行一时。以时间而言，与此时相差不到一个世纪。

对此种可能，石越并不介意，相反倒有点期待。西域的重新洗牌，会多么深刻地改变世界运行的轨道？被历史学家们称为"中亚交通岛"的地区，向来是亚欧大陆最敏感的地区！

石越甚至不敢肯定他决定的背后，有多大程度是受到自己心中的这种期待的影响！

谁想要直接而深刻地改变世界，就请在"中亚交通岛"推倒一张多米诺骨牌。

西夏就是第一张牌！

这种感觉非常好。

当然，石越并非是一个会把自己的理智全部交给这种浪漫情绪支配的人。通过与文焕的问答，以及之前职方馆收集到的情报，他认为养虎成患的可能性并不大。

西夏有很大可能会重新变成一只老虎。

但这只老虎成为大宋之患的可能性却并不高。

更何况，今日之大宋，已经不会害怕任何老虎。

只要保证西夏人西迁后不变成疯狗就行。

除此以外，石越也还有现实方面的考虑：他需要尽早结束西夏的战争，早日回到汴京。在那里，还有吕相公的“改土归流”……

这也是一个机会。

那边厢，潘照临已渐渐将司马梦求说服。

“天下知道此事的人，唯公子、纯父与我三人。”潘照临笑道，“不会有任何密约！公子亦不会同意放任秉常西迁。耶寅欲我军在灵州布疑阵，摆出强渡黄河的阵势，分散梁氏兵力；欲我军佯攻青铜峡，而后禹藏花麻以兵败为名，退入兴庆府，趁乱兵变。我军也会渡黄河，也会攻青铜峡，但都不是佯攻，而是大举进兵！”

将在外，君令有所不受。就算石越答应配合耶寅，这种事情，种谔又岂是石越节制得住的？至于密约，难道宋朝真的稀罕秉常的承诺？

“我们所做的，只是纵归耶寅兄弟与三百俘虏，让他们去兴庆府火并，将来耶寅也有点资本与禹藏花麻唱对台戏。此外，兴庆府之残敌，不过跳梁小丑，大举进兵的日期，似乎亦无必要保密了。”

的确很干净。司马梦求不由得在心里点点头，将来就算有人得到风声想追究此事，最多也就是石越识人不明，被耶寅所欺。而只要兴庆府果然发动了兵变，那么石越更是有功无过。让秉常跑掉，那是前线将领无能。至于耶寅又投效了夏主，那不过是蛮夷“反复无常”。

“秉常与耶寅能做到哪种程度，全看他们的造化。”石越淡淡地说道，“我不会掣肘前线将领，若这些西夏人没有本事，皇上在汴京，已经替秉常造好府邸了。”

“那么学生要做些什么？”司马梦求此时才发现，其实所有的事情，石越与潘照临早已谋划妥当了。但石越花这么多心思与他解释此事，让他参与机密，除了绝对的信任之外，肯定也还有需要他做事的地方。

“与耶寅一起回去的俘虏当中，事先要安插一些人。如若秉常真能活着走出贺兰山，纯父须早做准备，到时候免不得要安排一些‘忠臣义士’去投奔他；那些素来敌视大宋不可救药者，该铲除的也要铲除。”石越端起茶来，轻轻抿了一口，轻描淡写地说道，“总之，贺兰山那边发生的事情，大宋该知道的都要知道；那些文臣武将当中，要有些仰慕喜爱大宋的人物；要尽力让秉常把目光投向西方，而不是回过头来看贺兰山。”

“大宋对西域真的没有野心吗？”司马梦求认真地听着石越的话，冷不丁地忽然冒出来这么一个念头。

“这不是驱虎吞狼之计吗？”

潘照临眯着眼睛，懒洋洋地调侃道：“纯父不曾做文章吗？不知早先多留些伏笔，后面方有文章可做吗？”

司马梦求不觉莞尔。他忽又想起一事，忍不住向石越问道：“学士既早有决断，为何竟不用文焕？文焕之才智，十倍于耶寅，既得夏主信任，又忠于大宋……”

潘照临不待他说完，便击掌道：“我亦是如此说。”

石越摇了摇头：“耶寅回报之前，我便与文相公商议过了文焕的任命，我亦不能未卜先知，岂能先行料到？若西夏人抵死不肯西迁，我还在为如何制衡青唐而发愁呢。”

司马梦求与潘照临都忍不住笑起来。石越笑道：“世事确是变化难料。若是西夏西迁之后，反而不断扰边为患，倒不如先行斩草除根的好。非止领军诸将，我亦曾想要将西夏人一网打尽，不欲其西度贺兰。便是现在，我肯容得他们西迁，但谁又敢肯定，西夏人不会因怀恋故土而重燃烽火呢？不过耶寅的出现，让我看到了至少西夏人还不全是榆木脑袋，还懂得将眼睛向西看，并且他还教会了秉常向西看，我总算可以两害相权取其轻。若全是嵬名荣之辈，我料他们纵是退过贺兰山，亦不过是欲待机重来。此辈的双眼，这一世是注定只会向东看了。我又岂能容得他们从容西迁？不过，纵是现在，我虽肯容他们西迁，李宪、种谔、折克行辈却未必容得。秉常能不能跑掉，还要看他的造化。”

这些话，全是真话，却又都不是真话。耶寅的确是个引子，但绝不是决定性的因素。而文焕，石越不让他再赴西夏，也绝不是因为他事先已经与文彦博商议妥当了。

人非草木，孰能无情？

不过石越既不想炫耀自己的深谋远虑，也不想表露自己软弱的一面。

4

熙宁十四年元旦。

亚欧大陆东方诸国，正是几家欢喜几家愁。这一天，是岁之朝，月之朝，日之朝，一岁节序，以此为首，无论是北方的辽，还是南方的宋，这一日都是极为重要的节日。尽管有了常驻的使馆，双边外交的形式不知不觉中已经进入了另一个时代，但原有的外交礼仪依然被完好地保存下来，按照百年来的惯例，双方要提前一个月以上，互派贺正旦使节。同时，两国的藩属诸侯，在这一日之前，也会派遣使者，甚至亲自前来帝国的都城，向宋辽的皇帝陛下表达自己的忠诚与祝贺。而这一天，无论是宋的汴京，还是辽的中京，都是喜气洋洋，热闹非凡。

北方的辽国，在上一年的十一月，久困的大同发生兵变，杨遵勖全族被诛，耶律乙辛的几个儿子被车裂处死，辽主兵不血刃，攻下了大同城，历经数年的内战，终于彻底平息，大辽也重新恢复统一。辽主耶律濬不仅铲除了最后一个会威胁到自己权力的势力，还因为缴获到一些贵人与耶律乙辛、杨遵勖私下交通的信件，在回军之时，又顺便抄没了十余异己之贵族，将十几个头下军州变成了国家郡县。

他将没收的土地赏给有功的将士，将原来的奴隶变成了有功将士的佃农，因此同时赢得了军队与民众的忠心。而他的威信与权位，也前所未有地高涨与巩固。称得上“君明臣贤”的大辽，前途一片光明。

在辽国，除了一些失意的官僚与贵族，以及被严酷镇压、掠夺的部族外，无数的契丹人、奚人、汉人，都在欢呼雀跃。他们有些等到了出征已久的亲人回家；有些在高兴着赋税徭役的减少；而更多的人，则是庆祝他们终于从那些苛刻的贵人的奴隶变成了国家的佃农甚至是自耕农……

南方的大宋则有更值得庆祝的理由。宋朝君臣憋了七八十年的一口闷气，在前一年狠狠地吐了出来。李继迁叛乱以来，那个被称为“西夏”的割据政权，终于走到了它的穷途末路。这种巨大的胜利带来的整个国家心态上的转变，更加不可低估。它会持续影响着这个国家的前途，但在熙宁十四年的元旦，表现出来的，则是一种人们从心底里洋溢出来的喜悦。

如果说是汴京市民的喜悦还只是一种抽象的感情，那么如陕西路的百姓，则有更多实在的期待——他们完全有理由期盼一个没有外患侵扰、轻徭少赋的未来。许多的有识之士也是如此期盼着，对西夏用兵的胜利，除了给大宋带来了土地、人民、战马以外，还应当伴随着军费开销的减少，以及进一步精减庞大军队的契机。大宋的财政，终于有机会走上一个良性的循环了吧？

对于宋辽两国来说，他们的确有值得庆祝的理由。但是，按着某些朴素的道理，东方两个最大的帝国的欢乐，肯定会建立在某些国家的恐惧、忧虑甚至是痛苦之上。

面对着一个强壮、牙尖爪利的契丹，远至西域诸国，东至高丽，都开始有点惶恐不安。曾经主动招惹辽国的高丽，虽然得到了宋朝强有力的支持，但是，与辽国毗邻这一事实，却让他们寝不安枕。

他们在此时陷入了两难的境界，如果讨好辽朝，设法修复两国关系，就要冒着惹怒强大的宋朝的危险，很可能陷入两面不讨好的绝境；如果继续维持与辽国的紧张关系，那么高丽就不得不把自己牢牢地绑在宋朝的战车上，而且，这种束缚与依赖，只会越来越紧。尽管高丽从与宋朝的结盟中也得到了不少好处，但是考虑到自己身边就躺着一只张牙舞爪的恶狼，而同盟的宋朝却隔着广阔的海洋这一事实，那些有见识的高丽人无论如何都是笑不出来的。

但是高丽人应当满足，他们至少暂时还不用担心亡国的事情。

西夏，兴庆府。大雪、狂风。

秉常身着黑裘，披着一件狐皮披风，腰中悬着一柄宝剑，在一群官员侍卫的簇拥下，冒着风雪，在兴庆府城头巡视着。他细心地慰问着每个守城的士兵，嘘寒问暖，让守城的士兵们感激得热泪盈眶。秉常身边，一左一右四道复杂的目光，不时投射到这位看起来有点脱胎换骨的夏主身上。

梁乙逋绝对没有想到秉常会在朝会时突然提出来要去巡视城防，更没有料到秉常会有如此表现。如果早能料到，他一定会不惜一切“劝阻”秉常。但此时他已无能为力，当着文武百官与众将士的面，他毕竟不能无所顾忌。梁乙逋当然知道这兴庆府中有多少人想要自己父子的首级，他不会愚蠢地激起众怒。不过，他还是试图劝阻过几次，但是却没有得到嵬名荣的响应，因此没有什么效果。想到这里，梁乙逋把愤怒的目光，投向嵬名荣。

嵬名荣感觉到了这缺乏善意的问候，他只是淡淡地笑了笑，没有回礼。不管秉常是出于什么居心，他的这个举动，依然是有助于鼓舞士气的。他甚至想到，皇帝如果能早一点表现出他成熟的一面，也许当初他就未必会站在梁太后一边了。不过，这个世界上没有后悔药，而嵬名荣并不感到后悔。他真正失望的，是梁太后原来也有优柔寡断的一面，始终无法下定决心西迁。他坚信，要取得更大的周旋余地，唯有西迁一途。

贺兰山并不是过去了就不能回来的，这兴庆府又有什么好留恋的？

秉常不知道他这两位“重臣”正在想什么，他感觉到了那四道目光，但他却装作浑若不知，只是认真地继续着自己的巡视。王室的威望依然巨大，对这一点，秉常感到非常满意。不过，从一些士兵略带畏惧的眼中，秉常也能感觉到，若不是他身后跟着的那两个众所周知的威权人物，这里的反响会更加热烈。想到这些，秉常心中不觉略感不快，他下意识地向城外望了一眼，但在一片漫天飞舞的风雪当中，却几乎是什么都看不见。

再忍耐一阵吧，要按捺得住。秉常无时无刻不在提醒着自己。

所有的消息都显示，宋军大举进攻的时间，应当是在寒食节后。元旦、冬至、寒食，是宋人最为重视的三大节，寒食节之后再开始用兵，也是情理之中的事情。

虽然耶寅与禹藏花麻为了能随机应变，并没有确定会在哪一天举事，但是无论如何，不会晚于寒食节。

秉常心里还有隐隐的担忧，即使是冬天，宋军也没有消停，种谔与吴安国的侦骑一度到达兴庆府附近，而双方在黄河附近也发生过几次小规模的战斗，虽然宋军最后都被击退，但是这一切都显示着，宋军正在紧锣密鼓地准备着。种五[3]之心，路人皆知。没有人敢肯定种五不会提前进兵。

不过，这一切对于秉常来说，也是有利的。他不动声色地向梁乙逋与嵬名荣施加

[3]　种谔排行第五。

压力，借机迫使他们派出更多的军队。而更加让秉常感觉到冥冥中自有鬼神相助的是，青唐兵竟然在冬季数度越过胭脂山侵扰甘州，甘肃军司屡屡告急，为了保住自己的后路，在重重压力下，梁乙逋不得不又抽调了近两千人马去增援。

想起这些，秉常嘴角，不由得流露出一丝得意的微笑。他的脚步也因此更加轻盈了，甚至连那夹着雪花，刮到脸上如同刀割一般的寒风，也变得不那么令人难以忍受了。

秉常再度向城外瞥了一眼，刹那间，他的表情僵住了。期盼、兴奋，乃至是不可思议的神色，在他的眼睛中交替闪过，便定格在那里，秉常怔怔地望着城外。

梁乙逋与嵬名荣以下，所有随行的官员都不觉顺着秉常的目光向城外望去——便见风雪之中，隐隐约约有无数的人马，出现在众人的视野当中！

梁乙逋惊疑地望了一眼嵬名荣，却见嵬名荣已经在吩咐人马出城察看。他心神略定，却听到一个部将脚步匆匆奔来，脸上带着惊弓之鸟的惶恐。

难道宋军打来了？

梁乙逋心头冒出一个连自己都无法相信的念头，脚下却已不知不觉地迎上前去。

“紧……紧急军情……”

“废物！”梁乙逋铁青着脸骂道，不待部将说完，一把抽过他捧在手中的木函，打开取出报告，只匆匆扫了一眼，梁乙逋整个人都怔住了——定州方向发现宋军踪迹，从遗留的灶迹与行军阵营等估算，可能有八千至一万人！

这……这怎么可能？吴安国疯了吗？梁乙逋将信将疑。对宋将吴安国，梁乙逋已经有了一些了解，这人的确什么疯狂的事情都敢做。但是……

他缓缓将木函连同那份情报一道收入怀中，见众人脸上都有疑惑之色，便强作镇定地笑道：“小儿辈大惊小怪，不过是吴安国的侦骑罢了……”

梁乙逋的话尚未说完，便听到有人发出一声惊叫，他循声向城外望去，心中顿时冒出一种不祥的预感来——此时城外的人马已经渐渐可以看清，那些人竟全是夏军装束，但一个个丢盔弃甲，显得狼狈不堪。

“禹……禹藏……藏花麻……”

这次，遑论他人，梁乙逋与嵬名荣，也都惊得说不出话来。两个人都紧紧抿着嘴唇，一时间难以接受那个极可能已经发生的噩耗——青铜峡也丢了吗？！

派出去的侦骑很快就证实了出现在兴庆府外的军队果然是禹藏花麻部，而且，正如众人所料，这些人都是青铜峡战败的溃兵。

事情到了这个地步，秉常的巡视是无论如何都不能继续下去了。但秉常却依然坚持要站在城墙上，了解事态的发展。梁乙逋与嵬名荣此时也已经顾不上这个几乎改头换面的夏主，令人将侦骑带回来的几个低级武官带入城楼，便开始仔细询问起来。

但梁乙逋与嵬名荣的询问显然没什么效果，这些武官所知道的情况，仅限于青铜峡遭到了宋军的突袭，然后夏军战败，向兴庆府逃窜。他们甚至连禹藏花麻的生死下落，都全然不知。

面对这几个没有出息的家伙，尽管与禹藏花麻素来相互敌视，但连梁乙逋此时也不禁有兔死狐悲之感，不禁指着这几个武官破口大骂起来："贪生畏死，弃主帅于不顾，尔辈还有何脸面活着回来？！"说罢，"唰"地拔出佩剑来，便要当场处死这几个武官。

那几人早已吓得魂飞魄散，叩头如捣蒜一般不住哀号着："饶命！国相饶命……"

嵬名荣不承想曾经纵横西北的夏军，竟然会沦落到这般地步，青铜峡天险一战而失，连主将也不知下落；而那些武官畏惧如此，显是完全丧失斗志。一时间真是有万念俱灰之感。

他拉住梁乙逋，劝道："这些人直若猪狗，杀之无益，反使城外溃卒不安。不若先饶其狗命。如今之计，是如何处置那些溃兵。"

梁乙逋愣了一下，他并非不知轻重之人，当下抬脚狠狠踹倒一个跪在面前的武官，啐了一口，恨声道："还能如何处置，总不能都坑了吧？！"

"不许其入城，必激起大变；但若许其入城，亦有不妥当处。"嵬名荣忍不住皱眉道。

梁乙逋一怔，旋即看到跪在面前，兀自浑身发抖的几个武官，不由得露出轻蔑之意："这些懦夫，有甚可畏处，放他们进城，择日整编便是。"

嵬名荣虽心觉不妥，但是一时倒也想不出反对的理由。若是禹藏花麻在，或者还有所顾忌，现在便凭这些残兵败卒，实是无甚可畏之处。但他素来谨慎，沉吟一下，说道："我亲自领兵出去，迎他们入城。"

"如此有劳将军。"梁乙逋无可无不可地抱抱拳，起身送嵬名荣出城。二人全然不顾秉常这个夏主，三言两语间，便决议下来。

秉常心中恨极，脸上却装作丝毫不以为意的样子，与梁乙逋一道站在城头，望着嵬名荣领着数十骑踏雪出城。

风势越来越大，漫天飞雪，豆粒大的冰碴夹在雪片中，被劲风吹刮到人脸上，几如刀割般疼痛。

但如果只是风雪，还并不足以令嵬名荣心生寒意，他此刻心中的寒冷，却是因为这一路散布着的残兵们，一时却也数不清究竟有多少人，只是个个丢盔弃甲，衣裳不整，在雪地里神情仓皇，他们被冻得乌青的脸上，似乎都带有一种对未来命运的茫然与恐惧神色，这种神色几乎比服饰还要更鲜明统一。

许多士卒似乎已经疲惫不堪，垂头丧气地站在雪地里，任由大雪将他们逐渐掩埋，白茫茫的大地之上，这些兀自未融为雪白一片的黑点密密麻麻，也不知道究竟有多少人。看到鬼名荣一骑行过，许多人不过微微仰首，许多人却似已连抬首的力气都已失去，只是静默地站在雪地之中，变成了石雕。

这么多的败卒，却没有哭喊，没有厮叫，没有辩解，甚至已没有求生的勇气与信心，这种沮丧得近乎绝望的士气，竟令鬼名荣有着不可言说的恐惧，青铜峡一战，究竟发生了什么事？是败得太过惨烈，还是败得太过彻底？竟让士卒们哀绝如此，宋国的军力已经强大到如此令人畏惧了吗？还是青铜峡一役的失败，已经让所有人预感到了亡国的命运？

亡国的命运，鬼名荣在心里反复咀嚼着“亡国”这两个字，一种不可抗拒的失落感觉袭过他全身，伤感，似乎又不全是伤感，绝望，似乎也不全是绝望，只是内心深处，却似有某个东西正逐渐破碎、消失……留存下来的只有空虚的感觉，或许还有一丝如那些士卒般的茫然与恐惧。究竟会怎样？似乎没有人可以回答，又似乎早已经有明确的答案等待着自己，只是要面对那个答案，始终太过艰难。

那些曾经勇猛彪悍的大夏士卒，那曾经纵横西北所向披靡的大夏军队，那曾经东攻宋北败辽南伐吐蕃西击回鹘的大夏国……那曾有过的所有骄傲，如今在这片冰天雪原里，竟终不过成为一片苍凉吗？

鬼名荣不由自主地长叹一声。他勉强阻止着自己再胡思乱想下去，大夏的未来，已经不再操控在大夏人的手中，他眼前能做的，不过是将这些士卒引入城中，给他们一个荫庇之所，哪怕这也是暂时的……

“入城吧！”他简短地吩咐了一声，然后就纵马回城，任由亲兵们一声声的大喝在风雪中传递：“入城喽，入城喽！”在他身后延递的声音夹杂在呼呼的风声中，竟有种让他不忍卒听的感觉。他夹了夹马腹，驱使坐骑疾驰向城门，这陡然间的加速，将护卫在他身边的四个亲兵都抛下了。

马疾雪更疾，那冰碴打到脸上的疼痛他早已习惯，此时更觉麻木。他毫不间歇地驰到城门处，忽又不自禁地回首望向冰原，飞雪连天，大地一片雪白，那些黑点正迅速汇聚着涌向城门。他转过头来，仿佛要将那些负面的情绪一起抛到脑后，然后便用一贯的冷静，向城门处的几个校官吩咐如何安置这些残兵败卒。安排完毕之后，鬼名荣便策马立在城门之后，漠然地望着一拨拨的败兵从自己的马前经过。

忽然，不经意间，鬼名荣在这些败兵中间，竟看到一张熟悉的面孔！

冻得满脸青白的脸上，沾着一道道血迹，掩盖着他原来的面目，但他的目光却没有丝毫的茫然与恐惧，身形依然如往昔般坚定，甚至整个人看起来还有一种近乎狂热的信心！这个人在这群败兵当中，便如同狮子立于群羊当中，再怎么样掩饰，也掩饰不了他的存在！

“耶亥！”嵬名荣不禁大声叫了出来。

那身形只是稍一停滞，便好像完全没听到一般，继续夹在败兵当中，向城中走去。

“耶亥！”嵬名荣提高了自己的声音。他疑心顿起，一种不祥的感觉掠过全身，下意识地厉声喊道，“快关城门！拿下那人！”

这一瞬间，所有的人都呆了一下，嵬名荣的几个亲兵率先反应过来，顺着嵬名荣所指的方向，向着耶亥扑了过去。守在城门口的数十名士兵，在怔了一下后，也端着长枪，围了上来。

耶亥万万没有料到苦心经营的计划，破绽竟然会出在自己身上。他一咬牙，拔出身后的铁锏，大声吼道：“孩儿们给老子拼了！杀掉奸臣，救出大王！”说罢和身迎向朝他扑来的几个亲兵，一锏格开一把明晃晃的大刀，顺势一锏，打在一个亲兵的心窝上，那亲兵咯噔一下，眼见便活不成了。

便在同时，那些在嵬名荣眼里看起来茫然无主、萎靡不振的残兵败将，忽然间都仿佛换了一个人一般，齐齐拔出兵器，向着身边的兴庆府驻军砍杀起来。这些“败兵”本来都是禹藏花麻与耶寅精挑细选的士卒，冒雪行军而来，在冰天雪地里冻了半天，扮演失魂落魄的残兵败卒，三分演戏七分真实，加上嵬名荣哀于亡国之忧，心里先入为主，竟生生骗过了素来精明的嵬名荣。此时暴起发难，人人都知道这是胜则封侯，败则灭族的勾当，竟是无不奋勇。而城门守军哪里料得到残兵败卒忽然变成了亡命之徒，竟是被打了个措手不及，顷刻之间，已经被诛戮殆尽，只剩下嵬名荣被十几个亲兵死死护住，被扮成败兵的耶寅率着近百夏军围在城门的一角。

“老将军，大势已去，何必做困兽之斗？”

嵬名荣眼见着城外的“败兵”们如潮水般向着城中涌了进来，耶亥已领着数以百计的士兵向城墙上冲去，而城头的梁乙逋显然还没明白究竟发生了什么事。他已知道这回真真是大势已去。

“后生可畏，后生可畏！”嵬名荣喃喃说道，对着耶寅问道，“你又是何人？”他知道叶悖麻的长子，却不认识他的次子。

“晚辈耶寅，胄甲在身，不能行礼，还望将军见谅。”耶寅并不想杀嵬名荣。

嵬名荣震惊地望着耶寅：“耶寅？你是叶悖麻的儿子？”

“正是，先父与老将军同殿为臣，常称老将军之能。国家不幸，人才凋零，愿老将军莫为无益之事。”

嵬名荣默然良久，忽盯着耶寅，沉声道：“老夫只想知道一件事，禹藏花麻降宋了吗？”

“降宋？”耶寅哑然失笑，正色道，“我等此来，正为诛梁氏，清君侧！”

嵬名荣注视耶寅许久，看他不似说谎，不觉松了一口气，他再无所挂，竟笑了起来，淡淡说道："老夫已无面目见陛下，愿君辈好自为之，辅佐陛下，有朝一日，或能中兴大夏！"说罢，未待众人反应过来，横剑划过自己的颈部，便见一道鲜血喷出，已是不活。

那些亲兵见嵬名荣自刎而死，尽皆跪倒在嵬名荣身旁，抚尸放声大哭。耶寅正待劝慰，便见刀光闪过，那十余亲兵，竟已全部挥刀自杀，死在嵬名荣尸身之旁。

与此同时。城头。

城头已经燃起烽火，城外已隐隐可以看见禹藏花麻的帅旗，梁乙逋此时终于已经意识到这是又一场有预谋的兵变。那些"败兵"高喊着"诛梁氏，清君侧"的口号，如同狼群一般冲上城头，许多守城的士兵根本不愿意为梁氏卖命，要么弃刀投降，要么反戈一击，反加入兵变的队伍当中。梁乙逋只能依靠着自己的亲兵与一些亲信的部队，裹胁着秉常，向城下且战且退。

他一面后退，一面望着对面手执铁锏，缓缓逼近的耶亥，只觉得双腿发软。耶亥的勇猛的确让人胆寒，梁府最锋锐的爪牙宁葛，在不过二十回合之内，便已被耶亥打得脑浆迸裂，这满城之中，又有何人是他之敌手？

若非忌惮秉常在梁乙逋的手中，此时梁乙逋只怕早已命丧黄泉。

禹藏花麻们再怎么样神机妙算，也料不到这场兵变竟然会是这样发生的。大夏国此时最重要的人物，除了梁太后与梁乙埋，竟然都集中在兴庆府的城墙上。这种运气，还真让人分不清究竟是好运还是厄运。

忠于梁乙逋的两三百人护卫着他们的主子，缓缓向城下退去。耶亥率着部下步步紧逼，却也不敢过分逼近。兴庆府的城头上，除了盔甲摩擦碰撞的声音之外，便只听到沉重的脚步声。

自兴庆府的城墙上到城脚，那短短的距离，竟似比横跨贺兰山还要困难。当梁乙逋被部下保护着退到城下，终于跨上自己的坐骑之时，他不自觉地吁了一口气，这才感觉浑身都被冷汗浸透。

便在这一刻，只听到有人断喝一声："梁乙逋！"梁乙逋下意识地循声望去，便见一枝羽箭挟着寒风疾驰而至，他愣得一下，身子一晃，便摔下马去。

"兀卒！""兀卒！"响彻云霄的呼喊声在兴庆府中响起，兵变的士兵们如同不可遏制的洪水一般，向着那些还在望着梁乙逋的尸体发呆的梁府亲兵冲去，瞬间便将他们完全淹没。

耶寅平静地收起弓箭，远远地朝着秉常跪拜下去："兀卒，我们赢了！"

5

日央时分。雪停。国相府。

在围攻国相府差不多两个时辰之后，耶亥终于率领兵变的士兵们杀进了府中。

“兀卒有令，凡梁府之人，格杀毋论！”耶亥红着双眼颁下这道血淋淋的诏令后，士兵们随即一哄而散，争先恐后地去哄抢梁府的财物，这是他们应得的犒赏。耶亥不去理会那些士卒，提着双锏，率着自己的亲兵们径直向中厅闯去。

便在他踏入梁府中门的那一刹那，梁府的后花园，冲天的火光，映得雪后的天空惨红惨红的。

耶亥心中一惊，抛开身后的亲兵，快步向着起火的方向奔去。在他踏进后花园的那一瞬间，一种轻蔑、讥讽的情绪顷刻间化成一丝冷笑。他将双锏插入身后，大步向着站在火堆边上的人走去。

打算纵火自焚的梁乙埋，此刻正瘫成一团淤泥般，跪在火边，发了疯似的狂笑。再也没有人想到，这个曾经权倾一时、野心勃勃的西夏国相，竟然连自杀的勇气都没有。

几乎与此同时，西夏王宫。

到处都是横七竖八的尸体，忠于梁太后的侍卫，几乎全都被诛杀殆尽。

秉常在禹藏花麻、耶寅的簇拥下，大步走进那间阴沉沉的宫殿。这一刻，他才真正体验到一种大权在握的感觉，一种可以任意主宰他人的生死祸福的快意。

但尽管如此，当他走到梁太后所居的宫殿之时，依然不自觉地颤抖了一下。

“兀卒，你来了。”殿中梁太后的声音，依然一如既往的从容。这让秉常感觉到一阵不舒服。

“母后，我来了。”秉常用一种胜利者的语气宣布着，注视着从黑暗中走出来的梁太后。这个人，既是自己的亲生母亲，也是他的政敌。不共戴天的政敌！秉常并没意识到，他的脸在不知不觉中，已经扭曲得极度的狰狞。

梁太后只是淡淡地看着秉常，露出一丝含义不明的微笑。

“兀卒现在已经真正不愧为景宗皇帝之孙了！”梁太后笑道，她微笑着望着似乎感觉到有些惊愕的秉常，几乎让人产生一种错觉，仿佛她期待这一切已经很久了。但这微笑很快凝固成寒冰似的冷酷，“景宗皇帝是踏着他父亲的尸体走向霸业的，现在轮到你了，兀卒！”

“行大事者，为达目的，不择手段。可以六亲不认，可以认贼作父！大夏国一定要掌握在一个比祁连山上的寒冰还要冷酷无情的君主手中。”

秉常那胜利者的错觉在一瞬间便散于云烟。望着面前的梁太后，秉常只觉得一阵茫然。他在心里酝酿了无数的罪状，准备痛快淋漓地指责着她，让她后悔，让她害怕，让她向着自己哀求！但到此时，秉常竟一句话也说不出来。

到底是她赢了，还是我赢了？

一种被戏弄的感觉让愤怒瞬间充斥着秉常的大脑，他的手不觉抓紧了腰间的佩剑。

“兀卒！”耶寅望着秉常，他感觉到一种危险的气息。受到华夏文化影响的他，无论如何，都不愿意自己的君主背负着弑母的恶名。

但就在他出声的同时，秉常拔出了佩剑，雪亮的剑光耀映着梁太后苍白的脸，剑尖与她的咽喉，相距不到一寸。

但秉常的剑却没有递出，他只是紧紧地咬着牙，用力捏住剑柄，剑尖笔直坚定地对着他的母亲——他一生中最强大的敌人，他的脸色因为铁青与僵硬显得异常的狰狞，被这样凶狠仇视的目光所震慑，耶寅不由自主地又叫了一声：“兀卒！”但这一声呼唤，在这空荡荡的殿中，几乎轻微得让人听不见。

秉常如同燃烧般的眼眸一眨不眨地盯着他依旧镇定自若的母亲：那苍白的脸上，丝毫没有惊惶，甚至还有浅浅的笑容，她的目光深邃而宁和，似乎有着包容一切的平静。但正是这种平静与包容，让秉常感到更加的愤怒，不知道为什么，他忽然间觉得她此时的目光有些像母亲了。“可是太晚了。”他愤恨地想，“景宗皇帝是踏着他父亲的尸体走向霸业的，现在轮到你了……”那熟悉的声音不停地在他耳边回荡，仿佛慈爱的叮咛。难道她等待的也是这一刻吗？等待她唯一的儿子以这样的方式成就霸业，所以她没有恐惧、没有哀求，只有欢喜、只有期待？

秉常“嘿嘿”地冷笑两声，但这声音发出来之后，连他自己都吃了一惊，因为这根本不是人的声音，竟像是野兽发出的嗬嘿声。他更加用力地握紧了剑，剑尖一分分地向前递出，可对面那容颜上的表情却似是不会改变一般。他忽然间有种自己也无法理解的沮丧感觉，兵变成功的喜悦在瞬间荡然无存。赢了吗？真的赢了吗？他有片刻的恍惚，便在这一瞬间，一股温热的液体忽然溅上他的脸，鲜亮猩红的鲜血漫过他的视野，一个沉重的身体坠挂在他的剑上，令他几乎把握不住手中的佩剑。

是梁太后自己撞上了剑尖！

耶寅脱口惊叫了一声，但他随即马上明白——胜利了，彻底的胜利了！他毫不犹豫地屈膝跪倒，大声道：“兀卒，太后旧疾复发，痰涌气塞，遂至大渐，于未时仙驭升遐！请兀卒节哀顺变！”禹藏花麻也随即跪倒，沉声道：“兀卒节哀！”

但秉常却只是神情索然地望着梁太后的尸体，仿佛全然没有听见他们在说什么。

6

“黔首石城漠水边，
赤面父冢白高河，
高弥药国在彼方
……”

茫茫人流之中，忽然有人高声作歌，一人歌，百者应，间杂着低低的呜咽与凄楚的胡笳乐声，似乎也汇成了河流，随着人流，一齐涌向那不可预测的远方与未来。

这是夏人怀念故乡的歌谣。几百年前，他们受吐蕃的威迫，迁移来此，历数百年经营，建立了兴盛强大的大夏国。但他们的心中，依然怀有对故乡的深深眷恋，这曲歌谣就是他们心声的诉说。如今，他们又要离开自己的家园了，要迁往一个虽在疆域之内，却又是无比陌生的地方。这又是一场离别，几百年的轮回，这美丽富饶的塞上江南，竟不知何时才能够归来？那遥远的西方，又将有怎样的命运在等待这个无比顽强的民族？

秉常勒马于一座小山丘上，注视着那从兴庆府一直延伸到贺兰山下的人流，他听到他们眷恋凄凉的吟唱，他看到他的子民们痛哭流涕纷纷捧起地上的黄土，珍而重之地包裹在手帕里，然后藏在最贴近胸口的位置。他们将要离开，他们不知道前方的路究竟会如何坎坷，也不知道归期，所以他们已经提前将对兴庆府的眷念化成了乡愁，含在这首古老的歌谣中吟唱不休。

但秉常却相信，他的子民们必将归来，或许归期遥远，但他坚信，他必将再次带领他的子民们重新归来，来到曾属于他们的兴庆府，或者走到更接近中原的土地上。一切的繁华都可以重建，只要他们都还怀有战胜困厄的信心，大夏国就永远不会灭亡。

“兀卒，这已经是最后一批撤离兴庆府的百姓了，”耶寅低声说道，“咱们也应该动身了！”他看着那涌向远方的延绵数十里的人流，安慰道，“兀卒，你一定能中兴大夏的！”

“我一定会！我们还会再回来！”秉常看着他的子民们，仿佛是发下誓言，他忽然仰起头，看着贺兰山，道，“记住今天这个日子！永远不要忘记！”

“大安七年二月初二……”耶寅喃喃地道，在这个迅速成熟起来的年轻君主面前，他更加坚定了自己的信心。

“大安七年二月初二！”秉常重复了一遍，忽然侧首向身后的耶寅道，“不，今天是兴庆元年二月初二！”

“是！今日是兴庆元年二月初二！”耶寅跪倒在地，声音哽咽着重复了一遍。

“我要到景宗皇帝的陵前，向他谢罪，也向他盟誓，终有一天，我还将带领我们的子民归来，祭祀列祖列宗的英灵！”

虽然暮冬刚过，冰雪才消融不久，但大夏王陵前的春草已经生发，错乱地布在苍凉的黄土地上，虽然稀疏，却也是象征着新生的希望。

秉常远远勒住马，然后脱掉靴子，扯开束发的冠带，就这样在群臣的注目之下，跣足散发地踏着初春的寒冰，一步步走向大夏国最伟大的君主夏景宗李元昊的陵墓，然后重重地跪拜在前代君王的墓前，他将脸埋在黄土之上，用自己的嘴唇亲吻着那泥土，似乎是想永远地记住这土地的滋味。

“景宗皇帝英灵为证！不肖子孙秉常在此向列祖列宗发誓：我们必将归来！”

7

“一郡官闲唯副使，一年冷节是清明。春来春去何时尽？闲恨闲愁触处生。漆燕黄鹂夸舌健，柳花榆荚斗身轻。脱衣换得商山酒，笑把《离骚》独自倾……”

汴京大相国寺附近的一座酒楼内，两个中年男子正对坐浅斟。坐在东首的男子约莫三十来岁，面容消瘦白净，模样虽不能说英俊，但一双眸子却是深邃得似是见不着底，端端正正坐在那厢，便自有一种从容华贵的气度，看起来是常居人上者，却又绝不似王孙公子之浅薄，倒像是礼绝百僚的大丞相。只不过此时，他那淡淡的微笑中，却似带着一丝不易觉察的苦涩与不甘，虽然极力掩饰，但毕竟还是流露出些许来。与他对坐于西面的，却是一个四五十岁的大胡子，神貌清奇，举止极是豪迈洒脱、倾荡磊落。二人边喝酒边倾听歌妓弹唱着这曲《清明日独酌》，一曲弹尽，便听那大胡子笑道：“王元之的气度，总是小了几分。功名余事，大丈夫有甚‘闲恨闲愁’？”说罢，有意无意瞥了东面的男子一眼。

那歌妓听他此言，抿嘴笑了笑，心里却颇不以为然，当下素手微调，改了一首曲调，曼声唱道：

“江汉西来，高楼下、葡萄碧深。犹自带、岷峨雪浪，锦江春色。君是南山遗爱守，我为剑外思归客。对此间，风物岂无情，殷勤说。《江表传》，君休读；狂处士，真堪惜。空洲对鹦鹉，苇花萧瑟。独笑书生争底事，曹公黄祖俱飘忽。愿使君、还赋谪仙诗，追黄鹤。”

一曲唱罢，向着大胡子敛身笑道：“石学士的这曲《满江红》，未晓官人怎生评点？”

那大胡子戏谑地看了一眼东首的男子，哈哈大笑，道：“石学士的词固然是极好的，只不过这笔酣墨饱、苍凉悲愤之声，还须得关西大汉来唱……”

东首那男子听到此言，却是猝然咳嗽数声，一口酒水全喷在衣襟上，一脸狼狈地望着大胡子，尴尬地跟着干笑，察其行色，倒似是做贼的人被当场抓赃了一般。

那大胡子见他这般神色，既觉诧异，又觉好笑，一时忍俊不禁，笑得前俯后仰，连那歌妓也不禁捂着嘴，轻笑不已。

便在这当儿，从窗外楼下传来一阵“铛铛”的敲锣声。那歌妓是久历红尘的人，生怕东首那男子羞恼，此时正好趁机解围，笑道：“这两个月大相国寺说书的李秀才病了，换了他儿子唤作李十一郎的，也是不中举的秀才，竟不料是个说书中的状元，说得比李秀才强过十倍，每日听他说书竟是里三层外三层，这会儿正是他在敲开场锣呢。”

那大胡子摇摇头，不以为然地笑道：“不过是些神神鬼鬼、因果报应，不过亦足以激励世道人心罢了。”

“官人这回可是说差了。”那歌妓眼波流转，嫣然笑道，“这李十一郎说的，却非是因果报应之事。”

“那也不过是说三分吧，终不过三分实七分虚，虚妄不可信。”

“官人又猜差了。李十一郎说的，亦不是三分。”

“哦？”这回不仅大胡子，连东首的那个男子，脸上都露出惊讶之色。须知当时说书的艺人甚多，但要么是说些真假掺杂的历史，要么就是说些神神怪怪的故事。

那歌妓见二人神色，不由得掩袖一笑，道：“这李十一郎说的，皆是本朝之事。便是去年，熙宁十四年，石学士如何讨伐西夏，夏主如何举国西迁，吴镇卿将军如何至贺兰山勒石而返——这种种故事，京师说书人不下数十个，皆各说各话。奴家也曾听过一二，其中荒谬不可信者，十事中只怕有九事。唯有这李十一郎，虽操贱业，却有班马之志，所说之事，合情合理，虽未必全是事实，但也算是不违圣人之教，强过他人百倍。”

大胡子似是被她勾起了兴致，移了移身子，笑道：“一个说书的，如何便说他‘有班马之志’，又说他‘不违圣人之教’？只怕是言过其实。”

那歌妓见他不信，笑道：“奴家听说过班固马迁，是世之良史，能秉笔直书，继圣人之遗志，使乱臣贼子惧。那李十一郎虽在市井之间，却能摭采事实，宣讲朝廷平西盛事，不涉褒贬而功过自现，虽未必能藏之名山传之千古，但其心其志，若依奴家看来，却是与班马无异哩。”

这歌妓所说之话，原本并不涉及忌讳，但东首那个原本一直微笑的男子，脸色却突然间黯淡下来。大胡子的笑容也变得不那么自然，一双眼睛盯着自己手中的酒樽，若有所思。

原来这两个男子，都是大宋熙宁朝赫赫有名的人物。坐在东首的那位，便是曾经以一介书生而领兵伐夏，收复兴灵平夏数千里江山的石越，如今官拜观文殿大学士、太子太傅、枢密副使，熙宁朝之中，无论是声望、功绩，皆无人能比。而那个大胡子，却正是执熙宁朝文坛牛耳的苏轼苏子瞻。

便在一年之前，也就是熙宁十四年，夏主秉常兵变成功，尽诛梁氏，夺回政权，然后便开始断然举国西迁，前后历经三个月的时间，沿途付出惨重的代价，终于到达沙漠中的黑水城。西迁途中，除了要面对种种自然灾害之外，一路之上，还不断有贵族煽动叛乱，甚至整个部族整个部族的偷偷跑回去向宋朝投降。最终，出发之时包括妇孺老幼一共约二十余万人口，到达黑水城时，军民全部竟不足十万。括检还控制在西夏手中的河西走廊之甘州、肃州、瓜州、沙州，西夏总人口不足二十万，兵员不过七万而已，其中精兵竟不过三万余人。对比最盛时西夏精兵五十万的国力，真是让人唏嘘不已。但这已经是极大的幸运，因为禹藏花麻在兴庆府大布疑阵，宋军直到寒食节后，才由侦骑获知兴庆府已经人去城空，只留下一名使者手持秉常向宋朝皇帝的谢罪奏章等候宋军的到来。而此时，最后一支西迁的队伍，早已经翻越贺兰山了。

虽然种谔与吴安国磨刀霍霍，准备深入大漠追击西夏人。但是他们雄心勃勃的军事冒险计划，却遭遇了来自各方面的阻力，最终不得不宣告夭折。

与此同时，帝国却在南方开始了另一场可以用“冒险”来形容的计划。

在罗氏鬼主与何家堡的帮助下，宋军几乎不费吹灰之力，就平定了乞弟之乱。但这过于轻易的胜利，却也让大宋朝廷对其军事实力的信心，极度地膨胀起来。

熙宁十四年五月，皇帝颁布诏令：益州路、黔州路、广南东西路，所有羁縻州县，逐渐皆要改为普通州县，由朝廷派遣官员治理；原有知州、刺史，皆不再世袭，而代之以相应的勋阶世袭；并且要编制户口、丈量土地、厘定租税、清查钱粮、建立学校。同时，在荆湖南北路、福建路，将山中蛮夷纳入编户齐民，成为考核地方官政绩的条件。

在荆湖南路治绩显著，官声颇佳的苏轼，就是因为屡次上疏反对朝廷“生事之举”，结果被吕惠卿“推荐”担任大宋朝驻辽国的使节。

石越忧心忡忡地看着这一切发生，却完全无能为力。

自从西夏事了之后，他竭力想阻止的，就是吕惠卿想要推动的这项政策。然而，在熙宁十四年五月的时候，他却陷入了另一个旋涡当中，几乎无力自拔。

大宋朝野中，为了封赏石越的问题，惹出了轩然大波。而石越身不由己的，处在了一个极为敏感的地位。

石越其实对此早有预料，所以，在他的奏章中，他将一切功劳都推得干干净净。从吕惠卿、文彦博，到范纯仁、陈元凤，到前线的将士，总而言之，若只看石越的奏章，便会让人以为这一场战争的胜利，石越其实什么事也没做，不过是挂了个虚名而坐享大功。

但是，石越虽然有意韬晦，他的功绩却是无法掩盖的。

朝廷当中，文彦博、吕惠卿、司马光三人罕见地持同一意见：石越应当拜观文殿大学士、枢密副使。

他们的理由都是相同的，而且非常有道理。

当年身为枢密副使的曹彬平江南，以功绩来说还在石越之上，但是宋太祖也没有封他为枢密使，只是赏钱，荫其子。而仁宗朝狄青平侬智高之乱，回朝后亦不过是枢密副使。后来议者以功太薄，终于封他为枢使，结果却间接害死了狄青。

所以，如果皇帝想为了石越好的话，枢密副使便是保全之意。

于是，赵顼采纳了他们的建议，拜石越观文殿大学士、枢密副使，赏钱四十万贯。

本来此事到此为止，是皆大欢喜的局面。皇帝不用担心石越名爵过甚，吕惠卿暂时将石越拦在了尚书省之外，文彦博、司马光认为保全了石越，而石越也避开了功高震主之忧。从某种意义上来说，枢密副使与枢密使，也没什么本质的区别。

然而，宋朝的事情不是由皇帝说了算的，也不是由宰相、枢密使说了算的。就算石越没有意见，满朝的大臣们，在野的士子们，却未必没有意见。

敕令颁布当天，为石越鸣不平的奏折便在通进银台司高高垒起；宋朝所有的报纸，也都不约而同地为石越叫屈。

更为过分的是，甚至还有人写信劝告文彦博与吕惠卿应当避位让贤。

文彦博把写给自己的这些信一笑之后，全部烧掉。但是吕惠卿却是一笑之后，恭恭敬敬地呈给了赵顼！

赵顼被彻底激怒了。

他将所有为石越叫屈的谏官全部贬出汴京，又以事涉军国机要为名，禁止报纸议论此事。然后连颁十余道诏书，把一些为石越说话的大臣骂了个狗血淋头。顷刻之间，许多的官员眼见风向不对，立刻摇身一变，开始攻击起石越来。一个“朋党”的罪名，眼见着就要扣在石越头上。

面对这样的局面，石越几乎是跳进黄河也洗不清。熙宁十四年五月起，直至熙宁十五年，七个月间，他只得一直闭门谢客。除了朝参之外，几乎足不出户，连枢密院的事情都不敢过问，更遑论什么“改土归流”！

好在赵顼并不是真的想把石越怎么样，加上文彦博、司马光等人百般维护，到了熙宁十五年正旦，皇帝又加石越太子太傅，他总算从这场风波中渐渐缓过来。但直至此时为止，石越依然只是一个挂名的枢密副使，对朝廷中事，不过是“备咨询”而已。

但是，一年以来，上表为石越鸣不平的声音，要求拜石越为相的声音，在朝在野，都始终不绝。特别是在大宋的民间，无论士民，对于石越，更是始终在为他抱屈。此时那歌妓所说的话，其中所指，看起来委婉，其实却是已经再直白不过了。

“只要莫说我家的狗头上生角便行了。”石越在心里叹息一声，历此一事，他对于狄青当年的那种惶恐体会甚深。以狄青之英雄，何至竟惊惧而死？难道狄青是贪生怕死的人吗？他所担心的，是自己的家人挚亲罢了。因为自己而连累到自己的妻儿，若是曹操那样的枭雄，自然不值一提；但如狄青这样的英雄，却又岂能不惧？石越其实是早有思想准备的，但事到临头，还是觉得仿佛自己便如一片落叶，被狂风卷着，根本无法控制自己的命运。想着自己的抱负，想着苦心经营的一切，竟也常常感觉到彷徨与无力。

他不敢再由着这歌妓说下去，须知一个不小心传扬出去，一个“怨望”的罪名便逃不掉。当下笑道：“理这些事做甚，人生如朝露，转瞬即过，须得及时行乐。子瞻即将北行，某不才，便以此阙为子瞻饯行。”说着举箸击杯，高声歌道，“塞草烟光阔。渭水波声咽。春朝雨霁轻尘歇。征鞍发。指青青杨柳，又是轻攀折。动黯然、知有后会甚时节……”

苏轼喟然和道：“更尽一杯酒，歌一阕。叹人生，最难欢聚易离别。且莫辞沉醉，听取阳关彻。念故人、千里自此共明月。”

那歌伎细听二人歌声，说是离愁，却又不尽是离意，不禁心中纳闷，手指无意间划过琵琶弦，只听“铮”的一声轻响，倒似特意为这一曲配的一声意犹未尽的尾音。

第四章

渭南兵变

权者反于经，然后有善者也。

——《春秋公羊传·桓公十一年》

1

极亮极热的晴午，忽然之间变成了黑夜。倾盆大雨从变黑的天空里倾泻下来，从四面八方倾泻下来，打在烟尘陡乱的驿路上。一个接一个的霹雳，越来越近、越来越响，伴随着一道道电光，撕裂了黑暗的天际。零口镇驿馆的邓老三自屋门口伸了伸脖子，眼见雨水从屋檐、墙头、树顶，似泼水一样淋下来，从院子中顺着门缝和水沟流出去，不由得咋了咋舌头，骂道：“这直娘贼的天气。”他甩甩头，正要缩回屋里去，忽隐约听到驿路上传来几声马的嘶鸣声。邓老三忙侧了侧头，向屋里面招了招手，骂道：“李板子，快找蓑衣，有官人来了。”便听屋里有人笑骂道：“邓都头，你少捉弄人，这天气……”一面骂着，一面便见一个中年汉子夹着一件蓑衣一顶斗笠走了过来，这汉子长得甚是结实，六月的天气，蓑衣下便穿着一件葛衣，身上的肌肉一股一股的，隔着衣服都看得见，可惜却少了一条右臂，是个残疾。他刚走到门口，邓老三一把抢过蓑衣斗笠，披在身上，便冒着大雨一瘸一拐地走了出去。他忙探头出去，只见几辆马车裹着雨水，呼啸而至，停在了大门之外。伴着马车而来的，是数十名骑着骏马的骑士，都穿着红色军袍，虽然早被大雨淋得湿透，但这些人却似丝毫不以为意，举手投足，都带着一股肃杀之气。他呆了一下，连忙紧跟着邓老三跑了出去。

那为首的骑士见着驿馆才两个人出来迎接，早骂了起来：“直娘贼的，都在挺尸呢。你们谁是头儿？”

邓老三忙赔着笑，回道：“小的是这里的驿吏，军爷叫我邓老三就是。”

那骑士用眼角睨了他一眼，喝道：“你这驿馆才两个人？还不叫人出来招呼……”他正骂着，忽听到身后有人喝道：“章礼，说话客气点。”

“是。”那章礼应了一声，掉过头去——邓老三透着大雨，见到从最前面的马车上下来两个身着黑袍的男子，一个四十来岁，一个二三十岁——那章礼见着他们出来，“唉”了一声，快步走了过去，一面说道：“官人、唐使君，这么大雨，你们怎么出来了？”

邓老三听他们说着话，心里一个灵光——今天正是熙宁十七年六月初六，五天前下来的单子，便是这两天，朝廷的陕西路巡边观风使章惇章大使与前任戎州知州唐康唐使君要经过本驿！莫非这两人竟凑成一路了？他狐疑着望向那两个男子，这轻装简骑的，真是说不清是什么身份。

正想着，那两个男子已打着伞走了过来，年轻的那个看了他一眼，笑着问道：“你原是宣武军的吗？”邓老三愣了一下，却见那年轻男子的目光正落在他的额头上，他忙笑道："官人好眼力。"那男子又瞥了一眼他的手背，笑道："宣武第二军，额上刺'宣武'二字，右手背上刺白虎纹。当年打灵州，端的是威震西陲！"

邓老三陪着笑了笑，又说了句："官人好眼力。"他的确曾经是宣武第二军的一个都兵使，军中习惯上沿用旧称，仍称为"都头"。宋军额上刺字的习惯自仁宗以后便不怎么沿用了，都是改刺手背，至熙宁间，更是渐渐连手背都不刺了。但是当时文身本是社会上的一种习俗，非止军中，民间也颇为盛行。宣武军便流行在额上刺"宣武"二字，手背上刺白虎纹。第一军刺左手，第二军刺右手，以为区别。这种习惯，说是陋习也好，说是传统也好，反正便是这么流传下来了，并且广为人知。

此时李板子早已招呼驿馆的人出来把车马牵入马厩，邓老三忙将外面这一行人迎入驿馆。零口镇驿馆是个中等驿馆，这么上百号人进来，加上原来零星住的人，顿时整个驿馆都似沸腾起来，驿馆里的每个人都忙得手忙脚乱。好在那个年轻的官人见着邓老三瘸了的右腿，又看见李板子的断臂，交谈几句，已知二人都是宣武二军打过灵州城的老兵，言语间便十分客气，凡事亦并不怎么苛求，让邓老三松了老大一口气。那两个男子进驿馆后，便自有自己的厨子、仆人服侍着，邓老三便自去马厩看草料。

他才到了马厩，李板子就凑了过来，问道："都头，刚才来的听说一个是大使，一个是个知州？"

邓老三拍了他一脑袋，骂道："你管这多做甚？小心侍候便是。"

李板子笑道："关我什么事。我不过看那知州这么年轻，待下还这么和气，真是难得。在驿馆做了这好几年，从来没遇到过。"

邓老三给马槽添了点草，道："你懂什么。这世上哪有年纪轻轻做这么大官不盛气凌人的？你看他那眼神、那神态……"

李板子嘻笑道："我咋见他挺和气的呢。"

"和气？"邓老三斜着眼睛看了李板子一眼，道，"好好侍候了，千万别出差错。你知道他是谁吗？"

"我不是正问都头吗？"李板子笑道。

邓老三板着脸看了李板子一眼，又看了看左右，见没人注意听他说话，压低了声音道："你道他是谁？他是石学士的义弟，文相公的孙女婿——唐康！"

李板子听到这名字也不禁一呆，道："就是那个在戎州用曼陀罗酒迷倒数十个头人，诱杀数千夷人的唐二？"

"你以为他是哪个知州？戎州知州！年纪轻轻杀人不眨眼的人物。"邓老三阴着脸，道，"他在戎州枷死的人听说都有上百。他眼下客气，是看在我们是打过灵州的伤兵，说起来，也是石学士的旧部，存了几分香火之情。这等公子衙内，翻脸不认人，你要不知好歹，可连累了我们大伙。"

这时连李板子也不笑了，只是低着头喂马。邓老三又低声加了一句，道：“那大使也不是好惹的，做过卫尉寺的。”说罢，摸了摸厩中吃料的马，一面挨个儿巡视，一面大声吆喝道，“兄弟们好好照料好了，莫要出甚差错！”马厩中众人都笑嘻嘻地答应了，也有人没理会邓老三，只顾低声啧啧道：“这可是河套马……”

邓老三看看众人，不觉摇了摇头，猛听到轰隆一个霹雳，伴着一道闪电，把黑暗的天际照得惨白惨白的。他不知怎的，突然生出一种不祥的感觉，右眼皮竟一个劲地跳个不停。他又在马厩里来回走了几步，心里总觉放心不下，正想着去前厅照看一下，忽见一个驿吏慌慌张张跑进来，见着邓老三，便用手指着外面，结结巴巴地喊道：“都……都……都头……出……出……”

邓老三心里头一沉，也顾不得听完，拖着一条腿便向前厅走去。李板子眼瞅着不对，也连忙三步并两步，跟在邓老三身后，走了出来。他一面走，一面紧紧捏着腰间的一块铜牌——那铜牌上刻着“忠勇”二字功臣号，乃是攻灵州立下大功才挣到的封赏。凭着这块铜牌，临潼、渭南，便没有一个地方官能让他下跪。

2

几分钟的工夫，二人便到了驿馆的前廊。远远便看见前厅所有驿馆的人都被赶了出来，被几个章惇、唐康带来的亲兵看守着，一个个惊惶不安；厅门口站了几个亲兵，目不斜视，满脸的煞气。邓老三心头咯噔了一下，也不知道出了什么事，脚下不觉紧赶几步，顺着走廊几乎是小跑了过去，方到门口，便被那几个亲兵给喝住了：“站住！没长眼吗？！”邓老三忙赔笑道：“我是这里的驿吏，不知……”那几个亲兵连正眼都没看他一眼，便喝道：“什么驿吏不驿吏。章大使有令，闲杂人等不得入内。”邓老三心头甚是恼怒，脸上却依旧习惯性地挂着笑容，婉言道：“小的们服侍不周，还望上差担待几分。烦劳几位大哥通报一声……”他话未说完，便听厅中有人道：“让他们进来吧，或许有话要问他们。”

那几个亲兵应了一声，方放着二人进去。

二人走进门，见厅内依旧只点了一盏油灯，阴暗阴暗的，几乎看不清厅中诸人的面孔。只凭着身形，见着章惇与唐康坐在正中的两张椅子上，两旁各站了一排亲兵，挨着下首坐着的，却是一个身穿葛衣的陌生老头。那老头差不多五十多岁，凭着那丁点的灯光，可以看出他极为狼狈，头发、脸上、身上，都被雨水淋得透湿，到处都是泥污，还沾满了草屑。此时虽坐在厅中，竟似魂不守舍一般，仿佛受了极大的惊吓。邓老三一面拜见章惇、唐康，一面偷偷拿眼打量这老头，却是有几分眼熟，他又细细想了一回，才敢断定自己驿馆中从未有过这个人，只是不知道曾经在哪里见过。他正纳闷，却听章惇沉声道："张知县，渭南到底出了什么事？！究竟有多少乱卒作乱？"邓老三心里顿时豁然，这老头竟是渭南知县张英——只不知为何，竟穿了平民的衣服，还如此狼狈。他望着张英，心里暗暗揣测，突然想起刚刚章惇、唐康下车之时，他在心里仔细点过人数，并没有张英在内，当时章惇、唐康亦无异常——那这张英，定是他上马厩那会儿来的驿馆……

他正胡思乱想，却见张英仿佛被针刺了一下，竟平白地打了个寒战，颤声道："雄……雄武二军……全……全反了……到处都是乱兵……杀人……周县丞……死了……死了……我亲眼看见……周县丞死了……"他反反复复念叨着"周县丞死了"，整个人似陷入极大的恐慌当中，竟完全不再理会章惇问的问题。

但这几句话，却已经足够让厅中所有的人都背脊发凉。

兵变！

渭南兵变！

章惇与唐康的脸色"唰"地白了。

章惇又接连问了张英几个问题，张英却是回答得不得要领，只是神色惶恐，反反复复说着"周县丞死了"。章惇恼怒地盯着张英，半晌，才无可奈何地微微叹了口气，唤道："章礼。"

章礼闻声而出，应道："在。"

"带张知县下去休息。找几个人好生照料着，叫他快些缓过神来。"

"是。"章礼答应着，却听章惇又喝道："慢着！"他忙停下脚步，却听章惇厉声道，"传令：着人守好驿馆出入通口，凡馆中之人，无我手令，许进不许出。违令者——"章惇咬了咬牙，沉声道，"格杀毋论！"

"遵令。"章礼大声应道，扶着那张知县退了出去。

章惇寒着脸望着章礼走出厅门，半晌，方转过脸，望着唐康，道："康时，你怎么看？"说罢，不待唐康回答，便冷笑道，"雄武二军叛乱！嘿嘿！嘿嘿！"

众人的心都仿若跌进冰窟一般。若果真是雄武二军一军作乱，这就是十三年来最大规模的兵变，而且也是开国以来最大规模的兵变——以往只是数千人的叛乱，这次却是整整一个步兵军，万余人的叛乱。而且，还发生在陕西内腹地带！休说这支叛军流窜起来会是多大的祸害，零口镇距渭南不过咫尺之遥，覆巢之下，焉有完卵？

"若张英说的不假，果真是雄武二军一军作乱，那便是熙宁四年庆州兵变以来最大的事件。"唐康沉吟道，把目光投向邓老三，问道，"你可知道雄武二军何时到的渭南吗？"

邓老三背上早已冷汗直冒，右眼皮跳得更加厉害了。这桩事情，竟比他驿馆中的人得罪了这章、唐两人不知严重上多少倍。他自己是灵州城上几乎把命丢掉的人，鬼门关上走过一回，生死就看得淡了几分。但他一家老小十余口人却都在零口镇……乱兵是什么样的，他是最知道的。军队纪律一坏，比强盗还要残暴。见唐康问话，他连忙回道："回官人话，三天前小的听渭南那边来的人说，雄武二军路过渭南，在城外休整。"

三天！唐康看着章惇，道："若是这样，从张英的情形看，雄武二军作乱，最多是一两天的事情。他们究竟为何作乱，是军官唆使还是士卒哗变，究竟有多少人参与叛乱，有无预谋，渭南到底怎么样了……这些我们都不清楚。但眼下当务之急，是防止乱卒流窜！陕西腹地，若被这一伙乱卒残破，后果便不堪设想。"他沉吟一下，慨然道，"章兄，你我既逢其事，便不能独善其身，此非所以报皇上朝廷之恩遇者。"

章惇颔首道："康时所言甚是。"他握紧腰间的佩剑，霍然起身，盯着邓老三与李板子，厉声道，"你二人是宣武二军的老兵？"

"是。"邓老三与李板子一个激灵，不觉大声应道。李板子挺了挺腰板，又道："小的和邓都头，都是灵州城头下来的。"

"很好。"章惇又问道，"这驿馆中还有多少老兵？"

"回官人话，还有一个振武一军的。"

"都是好兵。"章惇点点头，又问道，"听你们口音，是本地人。你们有没有家人？"

"回官人，小的一家有十余口，李板子一家也有七八口，便都住在这零口镇。"

章惇"嗯"了一声，扫视二人一眼，道："覆巢之下无完卵，渭州兵变，你二人知道了，本官不管他为什么，这兵变果真闹将起来，零口镇数百户人家，只怕都要没有活路。某没什么话，只问你们愿不愿意为朝廷再出一次力，也是为保全你们家人出一次力。"

邓老三与李板子对望一眼，二人一齐道："愿听官人调遣。"

"那好！"章惇点点头，沉下脸来，喝道，"邓老三！"

"在。"

"某给你十名亲兵，你把住驿馆，只作没事发生。来往军民客商，不论往东往西，都不得过问。你看好这驿馆中人的嘴巴，谁敢乱说一句话，军法处置。"

"是。"

章惇又把目光移向李板子，喝道："李板子！章义！"

"在。"队伍中，一名亲兵跨出一步，单膝跪倒，与李板子一齐应道。

"你二人带两名亲兵，去渭南打探消息。"

"是。"

章惇看了他们一眼，挥了挥手，众人忙领令退下。方走到门口，却听章惇在他们身后森然道："莫坠了宣武军的威名！"

"是。"邓老三与李板子心中莫名地一阵激动，大声应道，头也不回，跨出厅门。

待望着邓老三等人出去，章惇这才转向唐康，道："康时，这事不好办。"他望着唐康，苦笑道，"雄武二军是抽调去益州镇压蛮夷叛乱的河朔精兵，足有一万多人，算得上是兵强马壮。要镇压这兵变，不动用禁军是不行的。但你我都没有权限调兵，若是往返请示……"

"不能请示。"唐康断然道，"请示调兵，公文往返，太费时日。镇压这兵变，就是要迅雷不及掩耳，动作要快，乱兵猝不及防，有数千精兵足矣。我又想了下——渭南非是甚要紧地带，在此地兵变，多半还是偶然。乱兵仓促作乱，心里定然惶恐不安，他雄武二军的家眷，可还都在朝廷手中捏着呢。而且，既然是仓促作乱，乱兵内部必然有分歧。若是往返请示，宽以时日，乱兵的心便稳了，内部亦整合妥当了，那时便成心腹大患，纵出动十万大军，亦未必能剿平；便能剿平，陕西遭过这股乱兵，亦是彻底毁了。只有趁着他们军心未定，内部未稳之时，尽快进剿。出其不意，攻其不备，乱兵纵有一军的兵力，亦不过是乌合之众，可一鼓成擒。"

"道理是这样不错……"章惇苦笑道，"然这进剿之兵又要从何而来？国朝制度康时你是知道的，擅自调兵是弥天大罪，况且纵然你我愿意担此罪责，却也无你我能调动之兵……"

"只要章兄有这个心，便不是全无办法。"唐康望着章惇，嘴角微翘，淡淡道，"章兄放心，便是擅调禁军之罪，也由唐某一人担了。烦劳章兄在此主持大局，盯紧那些无法无天的赤佬，分别差人向汴京、京兆府告急。我往南边走一趟，四日之内，无论成与不成，我都来此与兄会合。"

章惇一愣，难以相信这顷刻之间，唐康竟已有主意。他看着唐康，半信半疑道："康时却是要往哪去？"唐康在戎州的所作所为，章惇早有耳闻。熙宁十四年宋夏战争结束，陕西路安抚使石越调任枢密副使，被有意闲置。没多久，唐康就离开了枢密院，左迁戎州知州。

他上任伊始，便逢益州路推行被称为所谓"熙宁归化"的诏令，戎州位于益州路之西南，全州编户不过万余，但是下辖之羁縻州却有三十个之多，情势异常复杂。当日唐康接到有关的公文后，便隐而不发，每十日一大宴，五日一小宴，只管轮流宴请各羁縻州部族首领，几乎整整半年之久。那些首领只道他软弱无能，昏愚可欺，对他全无警惕之心。他却暗中派人打探各部虚实，将那些桀骜不驯、素来不服宋廷的部落首领一一记下。

半年之后，唐康以商议戎州下属南溪县盐井的配额、盐价为名，大宴本州各部首领，席间突然要各部族无偿协助修缮戎州城。那些桀骜难制的首领刚刚跳出来反对，唐康就立即翻脸，当场宣布早已网罗之罪状，格杀四十余夷部首领及千余随从。

那些夷人虽然想要反抗，却想不到那宴会中的酒都是曼陀罗酒，唐康算准时间，正好那时药力发作，赴会夷人一个个手脚无力，昏昏欲睡，竟是被一网成擒，连一个报信的都没有跑掉。唐康又招募当地汉人、熟户为义勇，亲自领兵，以迅雷不及掩耳之势，进剿几个势力最大的部族，或剿或抚，戎州西南夷群龙无首，顷刻瓦解。

然后唐康强行下令，修葺戎州城寨，将各族之贵人、豪杰以及精壮全部徙于城中杂居，加强控制。他又清理各族之财产田地，按身份高低分割，戎州城中的西南夷倒有一半以上变成了腰缠万贯的地主，而原有的奴隶则变成了佃农。唐康又派出汉人熟户，教授普通夷人民众耕种之术，发放种子，租给耕牛，鼓励垦田……

如此恩威并施，当“熙宁归化”诏颁行后，泸州、嘉州、黎州、雅州等地相继发生叛乱，整个益州路西南烽烟四起，叛乱甚至一直牵缠至大理国之时，戎州却是安若磐石，竟成为宋军镇压西南夷叛乱的最稳固的基地。唐康也因此获得皇帝的赏识，此番进京，传闻是要晋升为枢密院检阅司知事甚至是副都承旨。

所以，唐康杀伐果断，才智出众，那都是不消多说的。而他此番能重返枢府，更是引人联想，石越在熙宁十五年十月罢枢密副使，乞辞太子太傅，以观文殿大学士兼提举编修敕令所，负责整理编辑宋朝一百余年来所有的法律、敕令、条例，与大宋政局一直保持着一种若即若离的关系。他看似没有任何实权，却又不同于被贬窜。

与宋朝过去所有的政治斗争中的失败者、受到皇帝猜忌的大臣的下场大为不同的是，石越虽然表面上离开了权力的中心，但实际上却是打而未倒，他以观文殿大学士的身份居汴京主持编修敕令，在过去的一年当中，每月能见到皇帝近十次，除了少数宰执重臣外，在人臣当中无人能比。

而石越乞辞太子太傅，居然也被恩准了！章惇自然非常明白，新官制中的三师、三少，以及中书令、侍中这些官衔，表面上是极大恩宠，实际在政治上却是一个不折不扣的句号。因为这些官职名位太高，其拥有者一旦兼有实权，就会拥有巨大的权力，很容易成为皇帝难以制约的权臣，这是皇帝竭力要避免的局面。所以尽管这些官职人人渴望，但是每个人却都只希望自己在致仕的时候得到这些尊衔。石越的太子太傅虽然还留有进步的余地，却也属于名位极高的崇官之列，这个“太子太傅”，虽然对于石越还谈不上就一定是个句号，但目前来说，于他的仕途也可以说有百害而无一利。

章惇暗中揣度过皇帝的心思，当初授石越太子太傅，是为了平息对石越无止境的攻击，防止这种攻击升级失去控制，给各种势力一个都过得去的交代。而在十个月后准辞太子太傅，政治嗅觉极为敏锐的章惇立即捕捉到一个信息——皇帝随时准备重新起用石越。而唐康重返枢府，更是一个非常明确的信号。

但无论怎么样，宋朝对禁军的控制可以说是制度严明。章惇身为陕西路巡边观风使，也无权调动任何驻陕禁军，何况唐康！别说石越的复出还只是极少人能够嗅出的一丝气味，便算是石越真的已经宣麻拜相，唐康也不可能如此为所欲为。

他暗暗打量着唐康，只见他慷慨睥睨，顾盼自雄，心下不免疑他少年得志，才智有余而稳重不足，不知轻重，误了大事，又见唐康只是笑而不答，沉吟一下，又委婉道：“我总是有个陕西路巡边观风使的差遣，不若由我去京兆府与范纯粹、高遵惠他们商议，便是禁军调不动，眼下长安还有一万多教阅厢军，不如……”

听话知音，唐康已知他信不过自己，笑道：“章兄，若是刘庠还是陕西转运使，你这计策原本可行。然恕我直言，现时乃是范纯粹做转运使，高遵惠为提督使。范、高二公素来循规蹈矩，恪守祖宗法度，此非常之事，一无诏旨，二无两府敕令，章兄若去，他二人必劝兄为持重之计。”

章惇心里也看轻范纯粹不懂军事，而高遵惠以外戚提督大镇，谨小慎微犹恐招致流言蜚语，二人多半是不会同意冒险的。到时候说不定会缨城自守，然后派人向朝廷请旨，连带着自己也施展不开手脚。

章惇心里最初是打的驻长安的一营禁军的主意——那营都指挥使，是卫尉寺出身，他略施小计，不难把那一营禁军诳来，只不过要担的风险太大，他原想与唐康商议，把更多的人拉下水来，将来朝廷若追究起来，他才有余地把罪责推给别人，将功劳留给自己。

但眼见唐康神情，似乎胸有成竹，他心里更是疑惑——若是唐康真的有办法调来禁军，那自然是一件好事，擅调禁军的罪责，就让给唐康好了，反正他有两个大后台帮他顶着；但若他调不来禁军，岂不耽误大事？

“此事关系太大……”章惇又看了唐康一眼，缓缓说道，“康时须得告诉我你去的是何处，怎样调来禁军？让章某心里有数。”

唐康抬眼望着章惇，四目相交，微微笑道：“章兄若是知道了，便与此事再也脱不掉干系。我从不敢欺君，来日皇上问起章兄是否知道此事，若此时章兄不问，我便能回‘不知’，若此时章兄定要问了，我便不能欺隐。还请三思……”

章惇立时慨声道：“这个干系我岂能让康时一个人担着！”

唐康笑了笑，他心里绝不相信，口里却笑道：“那便告诉章兄也无妨。益州叛乱此起彼伏，朝廷自河北、陕西抽调禁军入蜀，叛乱的雄武二军原定是在蓝田与先至之西军合兵一处的……”

“种谔？！”章惇一惊，嘴张得老大，合不拢来。

“我是从成都府来的，种太尉已经入川，在蓝田还有一营兵力，听说是在等自京师运来的火器……”

章惇听唐康提起，猛地想起一事，脸色“唰”地白了。

唐康见他神色不对，忙问道："章兄……"

章惇沉着脸，盯着唐康，低声道："朝廷此次运送给种谔大军的火器中，还有四门火炮，是要运至兰州军中的，被大雨耽搁，这几日间，可能便要到渭南了。"

"啊？！"唐康的脸顿时也白了，他迅速稳住心神，道，"无论如何，章兄只能信我一次了。蓝田那一营的禁军，是田烈武的兵。他与我有师友之谊，素识大体，并非计较俸禄官爵之辈。若能说动他出兵，平定渭南之变，易如反掌！"

"也只好指望田烈武了！"章惇强作笑容，藏在袖中的右手却握紧了佩剑的剑柄。此时，外间忽然响起一串沉闷的霹雳，哗啦啦，雨下得更大了。

3

六月的雨是说来就来，说停就停的。唐康带着几个家人，冒着倾盆大雨，摸黑赶了一整夜，虽然个个都淋得落汤鸡似的，可心里却只盼着这雨下得再大一点，再久一点，好拖一拖京师运送火器的部队，也能把叛兵阻在渭南。只是天下不如意事十之八九，第二日天一亮，那泼水似的大雨顷刻间就收住了，到了中午，竟又是一个艳阳高挂的大晴午。

零口镇与蓝田相距不足百里，但只有一条简陋的官道相连，暴雨过后，道路泥泞不堪，这八九十里的路，唐康等人竟走了十几个时辰。不料到了蓝田县后，却没有田烈武部的踪迹，一打听，才知道有支宋军驻扎在县南二十里的峣山。唐康不敢多停，将就在马上胡乱吃点干粮，又向南奔峣山而去。

自蓝田至峣山的官道是通衢要道，时常修葺，虽经大雨冲洗，却并不怎么泥泞，只是越往南越觉得地势险要，较之前的路也好走不了多少。又走了一个多时辰，才到了峣山脚下。

唐康抬眼望去，只见巨峰如屏，山岩相映，郁郁葱葱中，一河清水自幽谷蜿蜒而出，竟是个风景秀美的所在，全不闻半点金戈之声。

唐康策马沿河畔而上，走了一里多地，却不见半个人影，更看不见旌旗岗哨。唐康每走得一步，心就往下沉一分，沉着脸又走了约半里路。身后的家人已按捺不住，一个家人试探着道："这……这田将军是不是已经走了？"

唐康仿佛被蚊子叮了一口，霍地扭过头，铁青着脸，恶狠狠地瞪了他一眼，冷冷道："你若不想跟了，尽管回去便是。"说罢，"驾"地喝了一声，使劲抽了坐骑一鞭，驱马向谷中跑去。众家人一愣，慌忙加鞭疾驰，紧紧跟在唐康马后。

唐康心里其实早已在担心田烈武已拔营而走。他此前既已在章惇面前说下大话，若然不诺，非止败坏国事，传出去，亦为天下笑柄。这时候见不着田烈武部的踪影，心里便不由得有点心浮气躁起来。驱马疾驰，狠狠地抽打着坐骑，竟是将气全出在了那匹河套马上，打得马身上深一条浅一条的全是鞭痕。

如此又跑了一炷香的时间，前方突然传来一阵马蹄之声。唐康心中一喜，连忙策马迎上前去，却见前头两名身着红色军袍的骑士并辔疾驰，不一会儿工夫，已至跟前。一人见着唐康，在马上抱拳问道："敢问尊驾是戎州知州唐使君吗？"

唐康斜睨那人一眼，道："某便是。足下又是哪位？"

却见那二人连忙翻身下马，便听先前问话的骑士向唐康拜道："下官龙卫军第五营都指挥使致果校尉田将军帐下翊麾校尉赵隆，奉致果将令，恭迎唐使君。"

"久仰，赵将军不必多礼。"唐康坐在马上，只略一拱手，便抬头望着前面的山道，问道，"你们田致果怎么知道我来了？"

赵隆见唐康如此托大，不禁一愣。他是西军部伍出身，先后跟随王韶、姚麟、李宪，摸爬滚打，对阵厮杀，积功升迁，至此为止大部分人生都是在西军中度过，除了在朱仙镇讲武学堂集训时曾经去过一趟汴京那个繁华世界以外，便是京兆府对他来说也是一个完全陌生的世界。因此，他不知道唐康除了戎州知州以外的身份地位，甚至在此之前都从未听说过有这么一个人存在。而他再怎么说，也是个翊麾校尉、营副都指挥使，从七品上的武官。

唐康官位虽高，却毕竟也只不过是一个外放知州，与他这个禁军现任武官井水不干河水，管他不着。他巴巴地跑出来迎接他，虽是奉命，但也是老大的脸面，如何唐康便敢这般高高在上，不下马也就罢了，竟是连正眼也不看他一眼？

但他是奉命迎客，有再多的不高兴，也只能先收起来，道："致果因使君高升回京，这几日间或会路过蓝田，使君与致果是故交，说不定便会来访友，早已知会下去。故此，使君一进山，我们的暗哨便已发现，抄了小路报知。致果甚是高兴，因吩咐下官前来迎接……"

"原来如此。"唐康心里更觉不快，只淡淡地应了一声，便不再说话。赵隆更觉没有意思，便上了马，在前面引路，朝着营地行去。

田烈武的大营却并不远，不到一炷香的时间，唐康等人便到了大营。

此时田烈武早已领了营中将校，在营门前相迎。见赵隆引了唐康过来，田烈武老远便笑呵呵地抱拳道："二公子，别来无恙。"他与唐康有主仆、师徒、朋友三重关系，他才在石府做教习时，唐康还不过是十几岁的少年，唐康骑马射箭刀剑拳脚，哪一样功夫他都亲自教过。此时一别七八年，昔日的少年已长大成人，不仅文武双全，而且俨然便是个"国之能臣"，再度重逢，田烈武的高兴，实非言语所能形容。

他趋前几步，便要拉着唐康的手入营，不料他手还未伸出，唐康已经拱手一揖，干笑道：“田将军，别来无恙了！”

田烈武一怔，伸手摸了摸脑袋，呵呵笑道：“二公子，这可折杀老田了。”

唐康望着田烈武，皮笑肉不笑地说道：“堂堂朝廷的致果校尉，有什么折杀不折杀的。所谓‘士别三日，当刮目相看’嘛……”

纵是田烈武再粗糙，此时也已隐约觉出唐康话中的讥讽之意。他诧异地看了唐康一眼，却见唐康看起来笑容可掬，神情亲切，一时竟又疑心自己感觉岔了。但他是个直性子，当下道：“二公子，休说只是个校尉，便是做到大将军，俺田烈武还是当年石学士府的那个田教头！二公子若还念当年的那点情分，叫俺老田也好，田教头也好……”

他话未说完，唐康已上前一步，拉起他的手哈哈大笑：“田教头！好个田教头！七八年来，倒还真是一点都没变哩……你也是中过武进士，统率着数千虎贲之士，在灵州城前让西夏人闻风丧胆的大宋名将呢，还敢叫你‘田教头’？当真是成了心地想叫御史们来参我吗……”一面说着，一面与田烈武携手并肩走进营中。

田烈武这才“知道”唐康是与他玩笑，也陪着唐康不好意思地呵呵笑着。一干人中，只有赵隆此时才略略猜出原委：唐康初时的不快与后来的讥讽，无非是因为田烈武的“失礼”——田烈武既然是石越的“门客”出身，便与唐康有着主仆的名分，但田烈武从出迎到寒暄，竟都是迎“故交”而非迎“故主”，无怪乎唐康心里要感到不快。以赵隆对田烈武的了解，自然知道他这全是无意的，也许在田烈武心中，他与唐康的名分，“师徒”与“朋友”这两重名份更加重要。

他跟在田烈武与唐康的身后走进大营，不觉又看了一眼唐康的背影，这个年轻人的机智应变，让在军中生活了快二十年的他自叹弗如。他不觉替田烈武忧虑起来，田烈武还把唐康当成七八年前的唐康，但唐康却显然已经不是七八年前的那个少年了……

4

两天后，零口镇。

尽管章惇曾试图封锁消息，但渭南发生叛乱的传闻，此时还是早已传遍了这个繁华的小镇，被传言惊扰的居民们都惊恐万状，纷纷收拾细软逃向临潼城甚至是京兆府，往来客商更已绝迹。除了零散从渭南逃难来的百姓，繁华的零口镇此时便只余下一群如临大敌的厢军了。

零水上的一座石桥西岸，章惇正向刚刚赶来的范纯粹与高遵惠介绍着他所了解的情况。范、高二人得到报告后便立即赶赴零口镇，让他颇觉意外。陕西转运、提刑、提督、学政四司，提刑司设在河中府不可能赶来，新任学政使尚未到任，范纯粹与高遵惠已经是陕西阶级最高的两个官员，二人完全有充足的理由可以坐镇安全的京兆府，不必来零口镇亲身犯险的。无论如何，对于有胆色的人，章惇还是佩服的。

“陛下托以封疆之重，范某虽不肖，亦不敢爱身甚于爱君。毕竟要亲眼看一看，才敢安心。”范纯粹沉声道。

“范公尽可放心。”章惇执鞭指着石桥，笑道，“零水、渭水之渡口、渡船，都已在我掌握中。零水上所有的木桥、石桥边，也都堆满了干柴、炸药，叛卒绝不可能西窜。”

“毕竟是子厚顾虑周详。”范纯粹赞道。一旁的高遵惠却望着章惇，眼中尽是诧异之色。他嘴唇动了动，却终是没有说什么。到零口镇后，他便询问过张英还有一些难民，大致了解了叛卒的情况。那些叛卒此时正在渭南城中不知所措，惶惶不可终日。就算是要流窜，又岂敢向长安西行？最多是东入华山散为群寇而已。但不论章惇是真糊涂，还是故意夸大兵变的威胁邀功，他都没有必要当面揭破。

章惇又道：“渭南兵变，已查明乃是因雄武二军一士卒在渭南入室强暴妇女，被渭南县丞周泌当街杖毙而起……”

“雄武二军的军纪怎的这般差？！”高遵惠不禁皱眉道，“他们没有军法官的吗？这周泌也……”

“周泌是白水潭院贡生、熙宁十二年进士，两任县丞，考绩都在优等，为官清正，是个能员。”范纯粹板着脸，打断了高遵惠的话，“禁兵入室强暴，做父母官的，自然要主持公道。杀得好！杀得好！”

“范公，国家自有法度的。”高遵惠也沉下脸来，道，“死刑要过刑部、大理寺的，若事事都来个杖杀了事，国家设刑部做什么？禁军犯法，是卫尉寺该管，他周泌凭什么便能杖杀禁兵，激起大变？”

“以高公之见，周泌是渭南县丞，有人在渭南犯案，他竟管不着？”

“范公、高公！息怒，息怒……”章惇早就听说陕西将相失和，范纯粹与高遵惠相互看不对眼，他赴沿边观风时，路过京兆府，见范、高二人和和气气的，还以为那只是无聊的谣传，此时才相信原来事出有因。他连忙打着圆场，道，“周泌处置事情，确是刚直有余，有失当之处。但雄武二军兵变，却是冰冻三尺，非一日之寒，亦不能说是周泌的责任。”

“哦？此话怎讲？”范纯粹与高遵惠都不由把目光投向章惇。

章惇咳了一声，道：“这两日间，我从张英、章义、李板子以及渭南的难民，还有几个不愿附逆逃出来的雄武二军军士口中，问到了一些原委。所有供状，我皆已附于奏折后，递送京师。趁此机会，正好也禀与二公知晓。”

范纯粹与高遵惠连忙道：“不敢。”

章惇知道二人心里定然在暗恨自己不知会他们便上奏朝廷，却也不以为意，叹道：“此番渭南兵变，看似偶然，实则事出有因。”说罢，喝道：“来人，带张彦。”身边的亲兵应了一声，未多时，便见一个神色憔悴的河北大汉被两个亲兵带了上来。见着章惇，那大汉连忙叩首道：“小人守阙锐士张彦叩见章大使。”

“罢了。”章惇瞥了一眼范、高二人，道，“张彦，你把前日向某所禀报之事，再原原本本地向范运使与高提督讲一遍。”

“是。”张彦又向范纯粹与高遵惠行了礼，道，“小人本是雄武二军第三营第二指挥的副什将。俺们雄武二军是六月初二到的渭南。自河北调拨时，军中接到的命令，是赴益州路种太尉麾下听差，替朝廷杀西南夷。到渭南之前，大营里原就不太安稳，到了渭南……”

“慢着。你说到渭南之前，怎么个不安稳法？”高遵惠皱眉问道。

张彦看了一眼高遵惠，又看了一眼章惇，怯声道：“军中有流言，说朝廷在益州死了十几万人，西南夷住的地方有瘴气，北方人沾了就死，不死也残废了。又有人说，朝廷国库没钱，正在二次整编军队，不仅被裁掉的厢军要调到西夏那边去屯边，禁军被裁为教阅厢军的，也要调到西夏去军屯。军中的兄弟既怕去益州路送死，又怕打了仗，还要背井离乡去西夏，死了连祖坟也归不得。还有人说，俺们雄武二军素来不听话，当官的又想去西边……”

“这是什么话？”这次不仅范纯粹不明白，便是高遵惠也不明白了。

章惇忙解释道：“他说得不明白。雄武二军的士兵，原多是魏博人，河北禁军中最是骄悍者。朝廷为了驯服这些骄兵，雄武二军的武官，自指挥使以上，都是从西军中调来的。故士兵们不愿去西边，反疑心军官们想回故里。”

“荒唐！”范纯粹不禁骂道，“这等事岂是几个禁军军官做得主的！”

高遵惠却板着脸道：“军中不许传流言，违令者斩。这些军官怎么带的兵？”

“只怕雄武二军中官兵对立已到了不堪言的程度……”章惇苦笑道，“雄武二军军都指挥使孟绍钦是随王韶平熙河出身的，素以治兵严厉出名，枢府、兵部当初商议选用他到雄武二军，亦是看中他这一点，可惜反害了他……”

范纯粹与高遵惠大惊失色，道：“孟绍钦也……”说罢齐齐望着章惇。章惇沉着脸摇摇头，望着张彦。

张彦垂下头，涩声道：“那天军中到处都在说五营的一个兄弟被渭南的周县丞杖杀在大街上，俺军中往往一营兄弟都是同乡，都鼓噪起来，道禁军犯事，要杀也要卫尉寺来杀，轮不到渭南县来管，于是便有几百个人跑去县衙闹事。然后孟将军带了许多军官和军法队来弹压，带头闹事的四十多人全部被罚一百军棍，当场就死了三个，余下的也都被杖罚。当天晚上，营中便有人传言，说当官的不给活路，去益州也是死，就算活下来，到了西夏，背井离乡，和死也没什么区别；纵是朝廷开恩将家属送到西夏，但朝廷要裁减禁军，上四军轮不到，西军和河东军有功，也轮不上，我们河北禁军是在劫难逃，凭厢军那点薪饷，最后也是个死字……后来听说是第一营的几百士兵先作乱，杀了全营的军官，又闯进中军大营，杀了孟将军。然后全军都乱了起来，指挥使以上的军官，全死了……然……然后，数千人趁夜攻进渭南县城，我亲眼看到他们把周县丞剥皮鞭尸……”说到此处，张彦忍不住浑身颤抖，九尺高的汉子，竟然低声抽泣起来，“章大使、范运使、高大帅，你们明鉴，小人实是被裹胁的，看他们那样子，小人便知道是死路一条，趁乱跑了出来，想去京兆府报信的……小的一家随太祖皇帝征淮南起，就是禁军，也知道‘忠君爱国’四个字……”

范纯粹与高遵惠听得愀然变色，二人竟是半晌说不出一句话来。

章惇低声叹道：“章义、李板子冒险混进渭南，探得消息——渭南县现在实是惨不忍睹！叛卒作乱后自知罪在不赦，惶惶不可终日，整日除了内讧斗殴外，便只知道残破百姓。渭南百姓，此时盼王师之至，犹胜久旱之盼甘霖！”

章惇说完，目不转瞬地望着范纯粹与高遵惠。二人自然都知道章惇是什么意思，范纯粹不敢正视章惇的眼睛，只沉声道：“子厚，明人面前不说暗话。我只是陕西路转运使，既非经略使，也非安抚使，朝廷的制度子厚是知道的，我根本无权调动陕西禁军。”

高遵惠却是坦然迎视章惇，道：“陕西路厢军我有调动之权。然叛军虽是无用之辈，却毕竟是整编之禁旅，装备精良，训练有素，且雄武二军素有悍勇之名，狗急跳墙，亦不是些厢军可以对付的……”

章惇凝视二人半晌，忽然一笑，道：“范公、高公，不必介怀，朝廷自有处分。此番兵变非有预谋之叛乱，已是不幸中之大幸。我等只需尽力防止叛兵四下散为群寇便算是尽到力了——若让这些乱兵散入陕西，非止追剿更难，纵然剿灭，陕西也……”

“子厚放心。”范纯粹涩声道，“我定会尽力而为。我这便兼程去华州，子育去商州，布置防务。”

高遵惠看了看范纯粹，又看了看章惇，眼见范纯粹登上马车，忽然道：“范公，北面只要守住渭水便可，要紧是要防止乱兵向东窜入华山。”

范纯粹一愣，回首望了高遵惠一眼，默然一阵，抱拳道：“多谢！”

高遵惠望着范纯粹的马车远去，回首凝视章惇，嘴唇微动，眼见随从牵过马来，却是什么也没说，只抱了抱拳，跃身上马，扬尘而去。

章惇目送着范纯粹与高遵惠先后离去，回想着高遵惠离开前的眼神，竟一时失神。渭南兵变真正的原因，真的仅仅是因为雄武二军存在已久的官兵对立吗？唐康对平定兵变如此热心，甘冒奇险；高遵惠临走时的眼神……他眺望东方，仿佛感觉到一场暴风骤雨，正要降临千里之外的汴京城……

5

零水河畔。

离开零水镇十余里后，高遵惠便放缓了速度，按辔徐行。一干随从见他双眉紧锁，神不守舍，都不敢打扰，只是远远跟在他马后，徐徐而行。

如此默默行了四五里，高遵惠才似乎忽然间缓过神来，勒马回头唤道："象先。"

一个三十多岁的黑袍男子闻言，双腿一夹，连忙疾驰几步，赶到高遵惠马后，欠身道："高公有何吩咐？"

高遵惠看了一眼这个他最为倚重的幕僚宋象先，却又不说话，只是驱马缓行，宋象先素知他性情，忙不紧不慢地跟在后面，等待高遵惠开口。

"唐康去哪了？"半晌，高遵惠忽然道，"你曾说在零口镇驿馆看到了唐康入住之记录——六月初六——他去哪了？"

"极难说。"宋象先沉吟道，"不过，以唐康时之所作所为来看，临阵脱逃不太可能。他打的什么主意，学生猜不到，但我敢肯定，此事章惇定然知情。"

高遵惠"嗯"了一声："章子厚故弄玄虚，只好欺欺范纯粹这样的书生。叛兵仓促作乱，无人统率，不过乌合之众，其忧诛不暇，岂敢西向长安？他在零口镇，看起来孤身犯险，实则安若磐石。乱兵若要流窜，北过渭水则缺舟楫，南下商州则阻于洛水，只需扼住潼关，最多便是散入华山为盗贼。章子厚非糊涂之人，这番做作，不过是欲彰己之功而已。他与唐康时必另有所谋。"

"高公所见甚是。"宋象先点头道，"然公为外戚，明哲之道，只有一句话：'不为有功，但为无过。'公绰公实是前车之鉴。官家虽委公以重任，然公非止要报皇恩，还需知谦退之道，朝野之间，能少树敌便少树敌。我观今日海内之事，实有如一锅沸水，沸水眼见着要喷溅出来了，下面却还有人不断在添柴加薪……依学生看，渭南兵变，只怕便是个导火索！这锅沸水，不可避免地溅将出来了。当此之时，上智及大勇者，亦不过能勉强保住自己不要被这锅沸水所伤及而已。"

"唔？"

宋象先看了高遵惠一眼，又继续说道："今国家之兵，一在陕西，一在益州。陕西虽无战事，然平定西夏后，兴灵驻扎之禁军、厢军各三万余，兰会驻扎之禁军二万余，平夏亦有万余禁军、四万余厢军，以上单禁军即有六万余众，总兵力十三万有多，若仅以驻军而论，较之恢复灵夏前其实好不了多少。这十三万大军，虽有屯田，朝廷又是军屯又是募民实边，但一两年内实难见效，其粮草供给，依然有大半要靠国内转运。且朝廷还要经营河套，章质夫在河套筑了三座城与辽人周旋，朝廷所费国帑以亿万计！平心而论，陕西百姓较之战前，的确稍得息肩，然转运之苦，依然未绝——若只是陕西，倒也罢了，经营灵夏，再有数年，必见成效，国家由此获利非用财货可衡量者。然偏偏陕西路之外，尚有益州路……”宋象先说到此处，不由得再三嗟叹，“而今这益州路，便果如石越当年所预言，真不亚于一个大泥潭，大宋已然一只脚踩进去，泥足深陷，便是想拔也拔不出来了！

“西南夷之叛乱此起彼伏，牵连至数郡。朝廷屡番派兵镇压，然当地瘴疠横行，地势险峻，南兵不堪战，北兵不习水土，王师屡战屡败。泸州一战，两万禁军竟被五千蛮夷打得丢盔弃甲、落荒而逃，朝廷为此连诛数员大将！学生估算，至今丧命于益州之禁军总数已超过五万余众，其中七成以上是死于疾病——若非不得已，朝廷如何会从河北抽调禁军入蜀？那雄武二军中之谣言，亦并非全无根据之辞！但依学生看来，这雄武二军之兵变，还只是癣痢之疥；蜀中百姓因供给军需，赋税加重，困于徭役，才是最危险之事。万一有陈胜吴广之徒振臂一呼，蜀中局势，只恐要无法收拾！

“而且，据学生观察，而今国库只怕也早空了——别处学生不知，但陕西一路，交钞泛滥，物价上涨，却是明摆着的事情。朝廷这几年究竟印了多少交钞学生无从知晓，但以陕西一路之情况看，绝不容乐观。兼之传言这两年圣体时有违和……许多事，学生真是不愿想，也不敢想！”

高遵惠听他细说当前天下局势，不觉低声叹了口气，道：“吕吉甫的‘熙宁归化’，虽然在荆湖南北路颇为顺利，却是搞乱了整个益州路。但他只怕也是骑虎难下了……”

“荆湖南北路那是苏子瞻积下的家底，屯田厢军遍布各地，熟悉地理民情，兼之蛮夷各皆分散，自然容易制伏。吕吉甫将荆湖南北路之功全归到自己名下，这才让皇上相信益州路之叛乱只是地方官与军队无能，而非他吕吉甫之过！”宋象先冷笑道，“不过，渭南兵变，只怕吕吉甫在政事堂的日子，便指日可待了。这么大事，他怎么遮掩得过？事过之后，总会有人要问一声，雄武二军为何会兵变的。一句官兵不和，能蒙混得过去吗？只不过高公要当心，吕吉甫定然要在陕西找替罪羊的。”

“让他来找。”高遵惠淡淡一笑，道，“是祸躲不过。他纵找得到替罪羊，他的下场也好不了——看着吧，说不定，便是石越要东山再起了。”

宋象先也笑了笑，道：“石越能不能东山再起，也不干高公的事。还是那个宗旨：

高公是外戚，不必管他谁家得势谁家失意。总之少招摇少树敌，藏拙，认真办好分内的差，便是自全之道。这锅沸水，让石越、唐康、章惇他们去忙吧。”

高遵惠听到此话，不觉自失地一笑，脱口道：“倒是我想岔了，象先说得是。不管他唐康去做甚事，亦不必管渭南兵变后有甚内情，总之我安心办差便是。”

高遵惠在高太后家中，是颇为谨小慎微的一个，也最得高太后看重，屡次下旨褒奖，言语之中，多次透露出要举家事付之之意。故此高遵惠不免更加谨慎起来，此时他治下出此大事，更加要顾虑周详，这时与宋象先一番交谈，才醒悟到整件事情其实与自己“关系不大”，顿觉释然，挥鞭抽马，向着商州疾驰而去。

6

虽然高遵惠觉悟到渭南兵变与自己“关系不大”，努力地想要独善其身，但命运却与他开了个不大不小的玩笑，他被命运的旋涡拉扯着，不可抑制地转进了那锅被他与宋象先视为洪水猛兽的沸水旁边，甚至还不得不把手探了进去。

自零口镇南入商洛，当时必须越过冢岭山。当年刘裕伐秦，遣沈田子等入武关，恐其众少，又遣沈林子将兵自秦岭取之——这个“秦岭”，便是冢岭山，当地人俗称为“南山”。而在冢岭山以北，蓝田县与渭南县交界处的堠子镇，便是自蓝田往渭南，自临潼、蓝田往商洛的必经之地。因当时南山多猛虎野兽出没，宋朝在此设立斥堠[4]，以便于保护往来商旅。高遵惠原计划便是当晚在堠子镇歇息，次日再赶早翻越南山，直趋商州。

但当他们一行人在黄昏时分将到堠子镇之时，却被眼前的景象所震惊了。数座行军大营安扎在堠子镇外，几十道炊烟袅袅升起，野地里一些解了鞍的战马正在悠闲地散着步……

“这是一个营的马军！”几乎只是一瞬间，高遵惠已经准确地估算出了他眼前所见的兵力。“哪来的禁军？”另一个疑问随即在心里冒了出来，他是陕西路提督使，任何军队在陕西境内的军事调动，他都应当知情。堠子镇何时会出现如此规模的一支马军？

高遵惠正要派人前去询问，突然却发现自南边山旁，有数十骑簇拥着两三个人正飞驰而来。他定睛望去，只见这些骑士都扛着、拖着各种野兽，而正中两三个人当中，有一位赫然正是与他有过数面之缘的唐康！

[4] 斥堠是用以瞭望敌情的土堡。此处指用于保护沿途商旅的封闭式哨塔。

夕阳如同一个淡红西瓜挂在远处的山边上，身后那些层层叠叠的群山，都变成了一片紫褐色，便如同唐康此刻的心情一般阴郁。在高遵惠看见唐康的那一刻，唐康也看见了高遵惠！他原本极为兴奋的心情，在那一刹那，恍如掉进了严寒的冰窟中。但也只是一瞬间，唐康便恢复了镇定。他勒住奔驰的战马，向同行的田烈武、赵隆简单地交代了一声，便掉转马头，迎着高遵惠奔了过去。田烈武与赵隆对视一眼，也都随着唐康驰了过来。

离高遵惠还有三十步的时候，唐康在马上见着高遵惠已经下马等候，他不敢失礼，连忙翻身下马，牵着马快走过去，远远便抱拳揖道："高帅，下官有礼了。"田烈武、赵隆也连忙紧随着下马拜见。

对唐康这样的后起之秀，一贯谨小慎微当官的高遵惠是绝不会怠慢的，忙上前几步，回了一礼，笑道："康时，不意在此邂逅。"又扶起田烈武、赵隆，和蔼地笑着问道，"恕某眼拙，这两位将军是？"

唐康连忙替田烈武与赵隆引见："这位是致果校尉田烈武，这位是翊麾校尉赵隆，皆是种太尉的爱将。"

"失敬，失敬！久闻田将军是天子门生，灵州城前，威震西戎，某素仰威名，不料今日在此邂逅，也算是有缘……"高遵惠拉着田烈武的手，称赞不已，田烈武连连谦谢。高遵惠又打量他身边诸将，他目光移到赵隆身上时，忽然若有所思地停了下来，过了一会儿，忽笑问道："这位赵将军可是秦州人，字子渐的？"

赵隆不料高遵惠竟也听说过自己，不由一怔，忙抱拳道："正是末将。"

高遵惠转头对宋象先哈哈笑道："象先，这便是上回姚君瑞提到的赵子渐将军了。当年姚君瑞随故王襄敏公开熙河，君瑞为大将，出战，被重创，因道'吾渴欲死，得水尚可活'。当时亦是黄昏，而泉近贼营，一军当中，无人敢往，唯子渐将军独身潜往，渍衣泉中，为贼所觉，子渐将军且斗且退，竟全身而退，持衣裂水以饮君瑞，君瑞因此得活。常谓西军当中，义勇双全，首推秦州赵子渐。"

宋象先忙笑着上前拱手道："赵将军，学生宋象先，久仰将军威名。"又分别向唐康、田烈武见礼。

唐康一面还礼，一面拿眼神瞥赵隆。他自然知道高遵惠口中的姚君瑞便是赫赫有名的"二姚"中的姚麟，而"王襄敏公"便是在几年前病逝的名将王韶，"襄敏"乃是他死后的谥号。唐康原不知道赵隆的事迹，此时听高遵惠说起，心里不禁要对此人另眼相看。他又看看高遵惠，心里更是暗暗叫苦，这三言两语中透着的精明，表明这个高太后的从叔，高遵裕的从弟，绝非只是个糊涂可欺的勋戚。

高遵惠听到"田烈武"三个字之时，心里早已是雪亮。"原来唐康时是去找田烈武了！"但他心里还是禁不住有几分诧异，须知擅调禁军绝非小事，唐康与章惇倒也罢了，这两人他虽没有多深的交往，但自传闻中也颇有了解，这二人行事，说得好听一点，那是“刚毅果决”，若说得难听点，那是“鲁莽妄为”！都是胆大包天之徒。

唐康在戎州的所作所为，当初就没少被弹劾，甚至还与益州路四司衙门都打过嘴皮官司。若非唐康的背景实在太硬，早没了好下场。所以唐康与章惇皆可不提——这二人擅调禁军，既不是图谋不轨，也不是为了个人私利，大不了就是个某州编管、某州安置的罪名，天塌下来也就是流放边疆——这在绝大多数的官员来说，也许便是末路穷途，畏如蛇蝎了，但这两人却都是赌徒般的性格，好的就是“非常之功”——若是赌对了，被皇帝赏识，则又是青云路上一颗大大的砝码！

所以他们冒多大风险，做多出格的事情，高遵裕也不奇怪——可田烈武，还有他们的军法官护营虞候，冒的却是被处死的风险！不见兵符擅离防地，是朝廷最为忌讳之事，纵然有功也不可能赏赐。田烈武与那个护营虞候如何敢拿他们一生的功名甚至是生死，来冒这个奇险？！高遵惠以己度人，在心里只是百思不得其解。

不过，他也没有多少心思在这个问题纠缠太久——唐康、田烈武擅调禁军，若是他没有碰上，自然皆大欢喜，他高遵惠也无心挡唐康、章惇的路，但天公不作美，竟让他在这堠子镇遇上了，且是人多眼杂，他高遵惠却也不敢装瞎子、聋子。否则的话，这中间的干系，他又如何逃得掉？

一时间，高遵惠也陷入两难的尴尬处境。装聋作哑，已不能够；若是与之同谋，他高遵惠却也不敢；但若是阻止，非只是得罪唐康、章惇，耽误国事，他自己同样也脱不了干系——将来追究起责任来，谁知道这是不是一条罪状？制度国法能容他，可这情理如何能容他？明明能及时镇压渭南兵变的，却因为他高遵惠尸位素餐，蝇营狗苟，导致坐失战机——朝议，清议，只怕都不能容他……

这短短一瞬间，高遵惠脑海中转过无数的念头，但归根结底，却只能有一个结果——他不想找麻烦，却被麻烦找上了。无论他怎么样做，前面竟都有个罪名在等着他。高遵裕败事后，做高氏族长的希望，竟在一瞬间，变得遥不可及起来。

他脸上堆满了笑容，若无其事地与唐康、田烈武寒暄着，背上却早已是冷汗直冒，把内衣都打湿了。

高遵惠心中激烈地交战着，唐康心里也同样地忐忑不安。石越常对他说，国家制度往往溃于蚁穴，须得时刻防微杜渐，居上位者更应当尊重、维护国家礼制。可石越也说过，为国者无暇谋身。一个谨小慎微、奉制度为金科玉律、不敢逾雷池半步的人，要怎么个“为国者无暇谋身”法？便以眼前的渭南兵变而言，若要尊重国法制度，那么他便只能眼睁睁地看着祸乱蔓延，更多的陕西百姓家破人亡……

唐康早年时常在白水潭听课，听那里的大儒们议论“法”的问题，除了那虚无缥缈的“三代之法”以外，历代之法也罢，祖宗之法也罢，当世之法也罢，竟都没有十全十美的。唐康根本不相信这个世界上有完美无瑕的制度，正因为如此，当世的学者们，无论是王安石也好，吕惠卿也好，甚至是石越与司马光，都说过“天下无百年不变之法”之类的话，或是承认过这样的事实。

对唐康而言，既然国家制度是有问题的，那么他便绝不会被所谓的“制度”束缚住自己的手脚。他永远记得大程先生给学生们讲儒家的“经权说”时说过的话：用权而不知守经，是为妄人；守经而不知用权，则是腐儒。正是这段话让他茅塞顿开——大程先生说的“经”，便是王安石、司马光说的“法”，亦即是石越所说的“制度”——太平无事时守经不变，有事之时则须讲究权变之术。

解除了这层心结后，唐康的胆子便大了起来。知戎州时，他擅杀一千多西南夷，一举抵定戎州局势，事后不仅被御史弹劾他“专杀”“使朝廷失信于蛮夷”等十余项罪名，而且还得罪了益州路的上司，但因为朝中有人替他说话，反而因此受到皇帝嘉奖。自此以后，唐康更加无所顾忌，他在戎州所行之事，十之八九，是未及请示的，多是先斩后奏。

益州路四司衙门都看他不怎么顺眼，但因为他所做之事最后都颇见成效，又有本事直达天听，却也拿他无可奈何。唐康也因为在戎州政绩卓著，屡次受到嘉奖，西南夷大乱之后，他在戎州的政绩尤其引人注目。此番晋升，除了石越的因素外，他唐康的政绩也同样是无可挑剔的。

所以，唐康本来也没把擅调禁军这码子事放在心上——大宋朝这样的事不是没有先例的，逢河灾时，偶尔也会有州县长官擅调禁军救灾，事后也都没怎么样。他有意无意地忘记了一件事，宋朝州县长官至少在名义上还是本地所有驻军的长官！

但现在，他所有的努力都可能毁于一旦。

若他已然顺利地平定了渭南兵变，那即便是追究他擅调禁军之罪，他也能坦然对之——至少，他还有平定兵变的大功劳当筹码；至少，他及时控制了局势，陕西百姓乃至整个大宋都要从中获益。这点担当，他唐康还是有的。

然而此时，他什么都还没来得及做，所以，他手里还没有半点筹码。如果高遵惠要阻止他，即便事后高遵惠有可能被追究罪责，但他唐康，还有田烈武，以及那个热情的护营虞候李浑，都不会有好下场——唐康能够清楚地看到那个可怕的后果，他不仅会葬送掉自己的前途，还会连累到石越，连累到田烈武、李浑……

唐康飞快地转着各种念头，某一瞬间，他甚至闪过一丝杀机，但他看了一眼正与宋象先笑呵呵地交谈着的赵隆，便立即按下了这个愚蠢的念头——不要说高遵惠的身份地位是何等的尊贵，单这个赵隆赵子渐，便不是个好相与。这两三天中，唐康已看出了赵隆在军中的威信极高，甚至不在田烈武之下。这一营人马擅离驻地去渭南平叛，军中只有田烈武与李浑知道真相，包括赵隆在内的将士都以为是奉枢府的军令……

唐康心里怦怦直跳，一面仔细听着高遵惠与宋象先的话，生怕他们露出半句口风，便要掀起轩然大波。

如坐针毡的唐康强作镇定，笑容可掬地与高遵惠应酬着，不时拿眼睛去看田烈武，却见田烈武显得浑不在意，热情地邀请高遵惠一行到他的营中歇息，一路上嬉笑自若，竟似全然没有意识到危险的存在。

他在心里叹了口气，不知道是应当佩服田烈武的从容大度，还是应当嬉笑他的不知死活。好在一直到进了田烈武的大营，高遵惠与他的随从们，竟然没有一个人开口询问田烈武的几千禁军为何会出现在堠子镇，这总算让唐康长出了一口气。

7

“吩咐下去，把那只麂子，再挑两只肥点的野兔，做几盘下酒菜来……还有，把我藏的那瓶青凤髓拿来……”田烈武一进营门，便向亲兵吩咐着，然后转过头，对高遵惠、唐康笑道：“营中招待简慢，还望恕罪则个。太尉有军令，军中不得饮酒，只好以茶代酒。久闻高帅精擅茶道，未知今晚末将是否能有眼福？”

“罢了，罢了。早已生疏了。”高遵惠笑着连连摇头，青凤髓也算是当世名茶，但在高遵惠看来，却实在没什么稀奇的，且他也无心于此，因笑道，“田将军，便别糟蹋你的青凤髓了，拿点散茶，便照石学士那般喝法，反倒省事。”

田烈武也不客套，爽快地应道：“也好，只是军中简慢了。”又向赵隆笑道：“子渐，宋先生与众位，便烦劳你替哥哥招待了。”

赵隆不觉一愣，怔怔地方应了声“是”，还未回过神来，那宋象先早已走过来，对赵隆笑道：“赵将军，叨扰了。”已拉着赵隆告辞而去。

“高帅，请——”田烈武望着赵隆等人离去，笑着让了高遵惠与唐康在前，向中军大帐走去。

入到帐中，田烈武趁人不注意，向自己的亲兵使了个眼神。几个亲兵便纷纷退出帐中，在大帐四周站了，帐中只留下高遵惠、唐康、田烈武三人。

高遵惠含笑望着唐康与田烈武，默然不语。唐康正在心里计议着，田烈武已先开口说道：“高帅掌陕西一路军政，既然在这堠子镇相遇，那多半便是自零口镇而来吧？”

高遵惠笑着看看唐康，又看看田烈武，道：“田将军果然是英雄本色。我确是自零口镇而来。”

田烈武笑道：“那么下官做什么，也瞒不过大帅的眼睛了。下官正是要率兵前往渭南平叛！”

高遵惠不置可否地看着田烈武，眼前的这个将军，自神色中看来，实是那种一眼就可以看透他内心的人，高遵惠很难将他与“城府极深”这样的词连起来。但高遵惠见惯了心机深沉之辈，却再也不敢相信自己的直觉，只沉下心来听他继续说道：“高帅乃陕西提督，自然知道下官的驻地在哪里。这擅调禁军之罪，下官无论如何是逃不脱的。但请高帅待下官平定渭南叛乱之后，再行议罪。这便是大帅的恩典，下官永感此恩。”

这番话，若是自唐康说出来，高遵惠不免要疑他是以退为进，但自田烈武说来，竟是坦荡得让高遵惠不忍怀疑他。

“田将军，你果真知道你这是多大的罪名？”

“死罪。”田烈武坦然笑道，“自军制改革以来，枢府、兵部、三衙，三令五申，首重军纪。下官身为禁军校尉，受令前往益州平叛，却擅离职守，功劳再大亦不可抵其罪。下官亦不敢抱怨——此例一开，诸将为所欲为，朝廷要如何节制？”

“田将军，此乃知法犯法……”

“高帅，下官只是一介武夫，大道理，下官实是不懂什么。但下官却也明白：保护百姓才是军队唯一的责任。无论是杀敌攻城，还是守御边境，归根结底，都只是为了保护百姓而已。将有五德，其中之仁，非止是爱抚部下而已。唯有爱民、护民之将领，方能称为具有‘仁德’的将领。无论如何，下官都不忍心见百姓于水火而不救。”

田烈武说这番话时，并不见得如何慷慨陈词，只是平平淡淡地把心里想的话说出来，高遵惠与唐康却都已动容。高遵惠在心里暗道：“果然是武进士出身，非寻常赤佬可比。”唐康却是脸上一红，只觉得既惭且愧，叹道：“利百姓即是利国家。致果有此见识，是大宋之幸。”

田烈武笑着摇了摇头，道：“我能有什么见识。”高遵惠与唐康都只道他谦逊，却不知道他其实说的还是大实话——这些话，都是当年在环州石越曾和他说过的。田烈武又注视着高遵惠，铿锵一声，单膝跪倒，道，“下官只是一介武夫，高帅却是戚里贵臣，论到为国效忠，心怀黎庶，皆非下官所能及。方才大帅没有当众责问，足见大帅之仁心。还乞大帅成全！”

高遵惠望望田烈武，又看看唐康，顿时在心里暗暗叫苦：“这竟是要越卷越深了……”他踌躇了好一阵，总是觉得难以回答田烈武。要他“成全”田烈武，那不吝于掩耳盗铃，非智者所为；但若让他放下脸来，将田烈武赶回蓝田县，单是计算利害得失，便不见得是什么高明的手段。

何况田烈武不论是真心假意，至少口里说得光明磊落，为国家黎庶不计生死祸福，而他高遵惠却因一己之得失而横加阻拦，败坏国事……此事传扬出去，真是好说不好听，清议、朝议，还不知道要怎么议论他！

他不想则已，越想越觉无奈。如此好一会儿，忽然想起一事可得暂时缓颊，忙问道："田将军，你的护营虞候何在？你要调动这两千马军，可以不告诉赵隆，却不能瞒过护营虞候吧？军法官是要验文书的！"

田烈武一怔，迟疑了一下，回道："是下官假造枢府文书……"他话未说完，便听到外面有人高声道："下官武经阁修撰、翊麾校尉、护营虞候李浑求见！"

高遵惠瞥了一眼田烈武："田将军先起来吧。"一面道，"有请！"

顷刻，便见一个三十来岁的关西大汉掀开帐帘，弯腰走了进来。见着高遵惠，已抱拳拜了下去："李浑拜见高帅。"

"请起。"

"谢大帅。"李浑站起身来，望着田烈武，笑道，"致果，看来你我运气不太好啊！"田烈武苦笑不语。李浑又笑道："致果可不能一个人将罪过全担了，这可是扬名天下的大好机会。"说完，见高遵惠正看着他，忙转过头来，正色道："高帅，擅调禁军之罪，下官这个护营虞候也有份。若要治罪，下官绝不敢混赖。然下官殿前侍卫班出身，全族皆蒙皇恩，未能报国效忠而以罪论死，虽死不能瞑目。求大帅成全，只要平定了渭南那些叛军，下官便当自缚至大帅辕门前请罪。李浑九泉之下，亦感大帅恩德。"

高遵惠早知道这么大的事情，绝难瞒过护营虞候——枢府公文是那么好伪造的？唐康再胆大妄为，也不敢做这种冒天下之大不韪的事情。真要做了这种事，别说石越、文彦博，便是皇帝也保不了他。

高遵惠或许会相信田烈武能抱着必死之心去平定渭南兵变，但他绝不会相信唐康也会如此。他本以为田烈武或做了什么对护营虞候不利之事，却没料到这个李浑竟是同谋。

不过，更让他惊讶的是，这李浑竟是殿前侍卫班出身——卫尉寺军法官，做到从九品以上，便要调入大内诸班直充宿卫三年，才能放出继续晋升；又或者，是在大内诸班直服役五年以上，由皇帝亲自派到讲武学堂一年，再至诸军做指挥一级以上单位的军法官。这是为了保证皇帝对军队的控制。但据高遵惠所知，殿前侍卫班的侍卫，是绝少出任军法官的。这殿前侍卫班是所谓的"羽林孤儿"，三千五百余名侍卫，全是烈士子弟，在殿前诸班直中地位特殊，放至诸军中，一般便直接任指挥使以上武官，这些人，极少有愿意出任军法官的。

"田将军，李将军。"高遵惠沉下脸来，他心中犹豫难决，田烈武、李浑义不畏死，他不能不有所触动，而左右取舍中的利害抉择，更让他无法立即做出决定。他的语气甚是无奈，"君辈只知要某成全，却叫谁来成全我？！君等行事，情理虽可谅，国法却是难容。我若不管，又是置国法于何地？"

"高帅。"唐康在旁边默然观察许久，听到这几句话，更是断定高遵惠心怀犹豫，他计算利害，便知道此时非把高遵惠拉下水不可，“然而大帅纵是管了，他日要奈朝议、清议何？休说渭南、陕西的百姓，国家今日之局势，高帅难道看不清楚吗？”

“康时！”高遵惠仿佛被刺到，霍地转身，望着唐康，冷冷道，“只怕你也脱不了干系。”

“祸福荣辱，下官早已置之度外。”唐康毫不退缩，直视高遵惠，亢声道，“但下官亦知道，士大夫当以天下兴亡为己任。渭南兵变，本不足虑，然如今整个益州路，竟无异于一个大火药桶。西南夷叛乱此起彼伏，兵祸联结。州县被叛夷攻陷，汉人、熟户死者数以万计。朝廷镇压叛乱的军队在益州屡战屡败，若不及时调兵入蜀平乱，只恐西南诸州数千里，非复朝廷所有！而益州路百姓之困苦，更让人望之心惊，小股百姓逃匿山林聚啸为盗，已非一宗两宗，若不能尽快息兵，使百姓稍得休息，王小波、李顺之事，便要复见于今日！大军入蜀，非止为平叛，亦是为震慑心怀叵测之徒。当此之时，绝不能让他处再出乱子了。渭南兵变，必须尽快平定，否则朝廷兵力聚于陕西，则益州必然空虚，只恐便要有不堪言之事。高帅于戚里中，素称贤者，若为一人之得失，而坐失战机，以致祸延西南，将悔之何及？！”

“果……果真有百姓逃匿山林为盗之事？”高遵惠被唐康所说之话震惊住了。益州局势，难道真的败坏到了这种地步？

“我岂敢乱传谣言？”唐康苦涩地说道，“事关考绩，地方官多隐而不报。大帅应当知道这几年间，朝廷发行了多少交钞！朝廷为供应军需，在益州和买[5]粮食，征用民夫，交付的都是交钞。成都一面是粮食奇缺，一面是交钞泛滥。官价和买，八百文交钞一石米，而成都市面上，交钞两千文，才能买到一石米！多少地方百姓，连糠都没得吃。”

高遵惠长叹了一声，默然不语。物价上涨，并非只是益州路的个别现象，包括陕西路、河东路、京东西路、汴京、两湖甚至是河北，都有不同程度的物价上涨。他在汴京的朋友私下里写信对他说，朝廷每年收的税，都是逐渐地铜少钞多，到了去年，几乎全变成了交钞，朝廷每年自各铜矿开采出来的铜，铸成铜钱发行后，便完全收不回来了。朝廷现在发行之交钞，他怀疑根本都是在无本发行。所以听说朝廷中已出现议论，要求在征税中实行（铜）钱（交）钞五五制，以缓解危机。而让高遵惠大惑不解的是，朝廷没有铜钱，可陕西市面上，竟然也很少见到铜钱……铜钱都到哪里去了？

不过，不管怎么说，高遵惠已然相信唐康没有撒谎。他不懂“钱法”，弄不清交钞、

[5] 和买，宋代的一种政府采购制度，这里指的实际是“和籴”。其主要方式是政府在生产之季节预先付钱以较低价格向民众预定某种物品，到收获之季节再交割物品。但在执行之时，常有弊端。

铜钱这码子事，但是却明白粮价之重要。并非灾年，成都却石米两贯，已是极为严重的事情。而且，益州路不仅没有存粮去平抑粮价，反而还要不断地供给军用……到了这个地步，如果朝廷再分兵陕西，导致益州兵力不足，那真是将要有不堪言之事了！

“高帅，恕下官无礼。未知公愿为大臣，还是只愿为戚里？”唐康直视着高遵惠，逼问道。

高遵惠迎着唐康的目光，反问道：“大臣如何？戚里又如何？”

“大臣者，以天下为己任，要担当的，乃天下之兴亡、社稷之存否、百姓之祸福、义之所在，虽万千人吾往矣；戚里者，不过为家族之祸福，一姓之私利，其贤者，不过谨小慎微，自全其家而已。大臣虽贫贱困苦，然天下之人无不景仰；戚里虽富贵尊荣，然上至公卿士子，下至贩夫走卒，视之不及商贾，遑论尊之重之？”他望着高遵惠，动容道，“大帅虽素有贤名，然戚里之贤，孰若大臣之贤？本朝戚里之家数百，称贤者亦有数十。大帅以为皇上是愿意多一位谨慎守法的戚里，还是愿意多一位为国尽忠的贤臣？！”

唐康虽然是游说高遵惠，其实也是说的自己，高遵惠固然是“戚里”，可他唐康，却也逃不脱“衙内”的身份。这种身份，对于庸庸碌碌的人来说，自然是一种幸运，但对于抱负远大的唐康来说，有时候却也是一种负担。

这些不太顺耳的话，同样也击中了高遵惠的心坎。他一生谨小慎微，持家守身，所能谋求的，不过是做一个守法的外戚，不至于贻致后世史家之讥而已。以他外戚的身份，终其一生，都极难入两府，所以他所指望的，亦不过是做到高家的族长而已。

“某只要能做一个守法之外戚，于愿已足。”高遵惠自嘲道，“鸿鹄之志，非燕雀所能知也。不过，我也断不至于为一己之得失，而败坏国事，成为天下之罪人。君等为国家百姓，义不顾身，遵惠何不能成人之美？”

谨小慎微了一辈子，却被命运捉弄，竟顷刻间毁于一旦。高遵惠在心里无奈地叹着气，不知是在嘲笑自己方才那片刻的冲动还是在感慨命运的无常。无论如何，他毕竟还是摆脱不了那士大夫的宿命。反正左右都是罪过，再怎么样也倒霉不到哪去，倒不如成全一下这几个血气方刚的年轻人吧，说不定，也是给石越与文彦博、章惇们一个人情。他没有唐康那样的豪情壮志，不惜一切也要做担当天下的大臣，但他同样也不想成为天下的罪人。惹上这么大的事，族长不用说是没有指望了，便是将来的起复，高遵惠也已是意兴阑珊。

高遵惠计算着自己将来可能要被贬斥的地点，设想着有没有可能提前致仕安享福贵，竟是完全没有注意到田烈武与李浑正又惊又喜地拜谢着。

8

孤零零的渭南县城，在昏沉黑暗的夜色中，一片死寂。低矮的城头上，依稀有几个火把来回走动着。城中隐约可以听到有人在低声地抽泣着，还有一股股尸体开始腐烂时散发出来的恶臭在空气中弥漫。

除了极少数人逃出城中外，大部分的乱兵都怀着极大的恐惧，窝在小小的渭南城中等待着命运的宣判。军官们绝大部分都死光了，经过一轮轮的内斗后，乱兵们胁迫唯一一个幸存的副指挥使朱光为首领，自称“都指挥使”，维持着松散的秩序。

区区一个副指挥使，如何能够有能力、有威信统率这近万人的桀骜之徒？被兵刃架上脖子来做这个“都指挥使”的朱光，自然知道自己随时可能被乱兵杀死。但为了自己的命运，他还是几次建议乱兵们散入少华山以南，洛水以北地区的群山中。可乱兵们又是担心没有粮食，又是害怕地形不熟，更荒谬的是，竟还有人担心朝廷处罚他们的家属……乱哄哄地几天也没有决定下来。

朱光打心底里便看不起这些乱兵——凡参与兵变者家属，一律将被流放，这是大宋朝的铁律，他们竟然还敢心存幻想！他们面前只有死路一条。窝在渭南是死，西向京兆府是死，北渡渭水是死，进入少华山区，其实也是死，不过能够晚死些日子罢了。朝廷绝对不可能容忍兵变的，这一点所有的人都明白，所以他们才会疯狂地饮酒、抢劫、斗殴、杀人，无恶不作……

但朱光也看穿了这些乱兵的心理，这些人还在指望着招安——倘若能够打败朝廷来镇压的军队，或者朝廷兵力不够，的确也有招安的可能性，那样便只有几个倒霉鬼会被杀掉——但其中肯定包括朱光。这也是朱光竭力想劝说这些叛兵离开渭南的原因。

不过，在朱光看来，朝廷绝不可能这么快派来军队镇压，他还有足够的时间——照现在这个挥霍法，渭南县用不了多久，就会没有粮食了，那时候，他们不走也得走。在此之前，他还可以放心地睡个安稳觉。

“轰”！“轰”！正做着噩梦的朱光突然感到屋子一阵晃动，隐隐约约耳边便传来一阵阵喊杀声、兵荒马乱的奔跑声……睡得迷迷糊糊的朱光猛地惊醒过来，揉了揉眼睛，半晌，才猛然醒过神来，明白这不是在噩梦中，他“啊”地大喊一声：“霹雳投弹！”慌慌张张穿了衣服，提着长枪，便往屋外奔去。

到了街上，朱光才发现到处都已经乱成一锅粥了。东南西北，到处都是喊杀声，到处都有人乱跑，到处都有霹雳投弹爆炸的声音。谁也没想到朝廷镇压的军队会来得这么快，个个都疑心是天兵从天而降。乱兵们全然丧失了斗志，曾经的精锐禁军，竟变成了乌合之众，一个个似丧家之犬，只想着夺路而逃。

朱光一连抓了好几个到处乱窜的兵，好不容易才弄明白发生了什么事——朝廷军队是趁着几个守城墙的哨兵正在赌博，用绳索攀过渭南那低矮的城墙，夺了城门，杀入城中的。但黑夜之中，没有人分得清究竟有多少军队……

“再……再……不……不跑来不……不……及了……”被朱光逮到的士兵慌慌张张地说道，趁着他不注意，转身便朝西边跑了。

朱光跺着脚，恶狠狠地咒骂着。但兵败如山倒，他无力回天，也只得保命要紧。但他毕竟不同于一般的乱兵，略一定神，便知道西门和北门没有希望，这两面都临河，休说乱兵正从这两个方向疯狂地涌来，便是能跑出去，北人不习水性，最后也只能喂了河里的王八。

朱光寻着路，便向东门奔去。才跑过两条街，便见前面一群乱兵自相践踏着败退而来，一名黑袍宋将手执长刀，领着不知多少人马在后面紧紧追赶。那人武艺高强，几个乱兵想着负隅顽抗，眼见两三合间便已被砍翻。朱光方一愣神，便听到一枝羽箭“嗖”地飞过耳边。他再不犹疑，转身便夺路而逃，慌慌张张向南门奔去。不想几股乱兵无路可走，见着他向南门跑，竟纷纷跟着他一齐涌向南门。

朱光只听到箭矢“嗖嗖”地从耳边飞过，背后不时“轰”“轰”地响起，到处血肉横飞，哪里还敢停步，一路狂奔，直到跑出南门有四五里地，方敢停下来回头看。

此时他的身后，还跟着两三千乱兵，但一个个都是衣冠不整，没有一个穿了铠甲，一大半以上，竟连兵器都丢了。所有人都是失魂丧魄，眼神中全是恐惧与茫然。

朱光望着这两三千人，心里忽然感到一种无以名状的绝望。他回头看了一眼远处被笼罩在夜幕中的渭南县城，那南门上面，似乎依稀还可以看到那个被剥皮曝尸的周县丞的尸体……他不禁打了个寒战，慌忙闭上眼睛。

背后，大地忽然开始震动。

朱光慢慢转过身去，缓缓睁开眼睛——四面八方，无数的骑兵高举着火把，正向着他们包围过来。

“咣”的一声，朱光的长枪，掉到了地上。

第五章

毋作聪明

勇于敢则杀，勇于不敢则活。

——《老子》

1

六月二十四日。汴京城西，万胜门外一里许，灌口二郎神庙。

“这灌口二郎真君庙，原就是汴京一个极繁华的所在……”金兰此时俨然已是一个汴京通，熟门熟路地向她的姐姐、高丽国王妃介绍着汴京的风土人情。

在熙宁十六年的时候，高丽国先王王徽病逝，世子王勋继位，不足百日，便忽然暴死。在高丽国王公大臣以及宋朝使节、军队的拥护下，国原公王运继承王位，并且顺利受到宋朝皇帝的册封与辽国的承认。

王运继位一年后，便遣王妃金芷、太子王尧前来大宋，恭贺高太后的生辰。此时离七月十六日高太后的生日尚早，太后、皇后特下懿旨，令清河郡主与成安县君金兰陪高丽国王妃观赏汴京景致。

“二郎真君极是灵验，不仅祈水疗病有求必应，仁宗时西夏入寇，还大显神威，用一场大雪逼退了西夏人，保住了延州，朝廷因此封他做昭惠灵显王，‘二郎神’其实只是民间的俗称。今天相传便是二郎真君的生辰，汴京各行各业、店铺酒肆、王公贵族、官府衙门，都要来献祭，市井百姓，就更加不用说了。今天也算是汴京的一个热闹节日……”

那金芷一面听金兰介绍着，一面悄悄掀开马车的窗帘，向外面窥望。她从开京到了杭州，已觉杭州之繁华几似人间天堂，到了汴京后，才发现杭州其实不过是一座小城市而已。此时她遍眼所见，到处都是人群，熙熙攘攘，便是整个开京的人都聚到一起，都还不及这里庙前热闹。若非有仪仗开道，她真是无法想象要怎么样才能挤进庙中。

“开封府从昨日起，便已开始准备祭祀了。相传只要能烧到五更的头炷香，便能保得一年的平安。昨天晚上，未晓得有多少人便住在这庙里，专等五更时分一到，便要争抢烧那头炷香——去年头炷香，听说是太府寺抢到……”

“官府也要来争吗？”金芷奇怪地望着金兰。

金兰笑道：“不争怎的？亲王、宰相，连各国的使馆，都会派人来争烧这头香，各凭本事。前年还是一个什么行会争到了哩。不过普通百姓再怎么样，也是争不着的，只好从破晓开始再来献祭。娘娘，你看那里——”金兰用手指着窗外，引着金芷的目光，“娘娘看那露台，那堆成小山似的东西，便是各种各样的献祭了……”

马车一路缓缓前行，金兰在车里面不断地向金芷介绍着所见的种种事物。哪里有人在跳索，哪里有人在玩相扑，哪里又是演杂剧的、叫果子的、学像生的、棹刀装鬼的、说浑话的……只见这庙前百戏纷呈，倒似汴京城的艺人都到齐了一般，看得金芷目不暇接，眼花缭乱。

“这二郎神除了祈水疗病，护国护民外，还是戏神，所以……”金兰正说着，忽听到金芷压着嗓子惊叫一声：“那……那是什么？”

金兰顺着她手指的方向看去——便见神庙正殿前有两根高达数十丈的幡竿，在那细细的竿尖之上，又搭了一根横木，几个装扮成神鬼的艺人，正在那横木上手舞足蹈，口吐烟火，引得下面的人们惊叫连连。因笑道：“每年不知有多少，都是为了看这个，巴巴地特意赶来。”

金兰姐妹相隔多年重逢，便是隔着清河不能说体己话，也是有说不完的话儿。但清河却是显得百无聊赖，只是有一搭没一搭地接一两句。汉话原本便是高丽贵族的时尚与必要修养，金芷的官话虽带着点杭州口音，但清河还是听得懂的。只是对于二郎神庙，她却实在缺少兴趣。

这二郎神本是蜀地神祇，原是后蜀国护国之神，与蜀后主孟昶有着牵扯不清的联系；王小波、李顺叛乱，亦曾以二郎神为号召。宋朝开国之初，直至真宗朝，都曾经严厉禁止过供奉此神，一直到宋朝在蜀地的统治稳定后，才渐渐放松。直到宋仁宗朝以后，二郎神才慢慢流传至全国，并附会了各个神祇的故事聚于一身，连二郎神的名字，都几经改变，最终有了此时的“昭惠灵显王”赵昱。

虽然这些流变，就算是世居汴京的本地人，也都说不清楚了，金兰自然更不可能知道，但清河却曾经听石夫人桑梓儿说过——神仙们的来历一旦被追根溯源，神秘感就荡然无存了，那种敬畏之情，也会自然而然冲淡了许多。不过，让她真正心不在焉的，是她昨日在宫中无意间听到的流言——太子殿下又染上风寒了。

自从狄咏战死后，清河几乎将全部的寄托都放到了她的儿子狄环身上。为了儿子，清河煞费苦心，原本刻意远离宫廷争斗的她，不得不加倍地努力，不仅要讨得高太后、向皇后的喜爱，还要结好朱妃，制造更多的机会，让狄环能够从小亲近六哥赵佣[6]——虽然孩子自一出生便没有了父亲，但这种关系，将是狄环一生的保障。但这位太子殿下的身体，却实在让人担心，一个月内，竟能病上三四场，远远不如他的弟弟们身体壮实。而她的皇帝哥哥，身体又是同样的多灾多难……

“郡主，你要不要也去拜拜二郎神？”金兰谦恭的声音打断了清河的思绪，她一愣神，这才发觉马车已经到了庙前，她透过车帘向外瞥了一眼，见庙里的道士都在牌坊处迎接，道旁挤满了看热闹的百姓，清河浅浅一笑，柔声道：“这外面的百姓，都是来看高丽国的王妃的呢。我身体有点不适，便不下车了。劳烦妹妹替我陪陪王妃。”

金芷连忙笑道：“郡主若是不舒服，不如我们便打道回府吧。反正今儿也尽兴了。”

[6] 赵顼前五子皆夭折，赵佣排行第六，宋人当时习俗称之为“六哥”。

虽然看出来清河的态度不过是应酬而已，但她却不敢介意。毕竟她对面坐的，是真正的金枝玉叶。她早已听说，这位大宋宗室中的第一美女，虽然只是个郡主，却是食公主俸，一切待遇等同于长公主的郡主。大宋内廷中的寻常妃子，都要敬这位极会做人的静渊庄女主人三分。

“岂可因我一人之故，而扫了大家的兴。”清河笑道，“失礼之处，还望王妃莫要怪罪。”她含笑目送着金氏姐妹下了马车，又被一群人拥簇着进入庙中，忽想起一事，不由幽幽叹了口气。这个金兰，只怕还不知道她的丈夫在陕西惹出了滔天大祸吧？

2

次日。大内，保慈宫。

很快就到五十二岁寿辰的高太后斜靠在暖阁的榻上闭目养神，清河站在旁边手执团扇，轻轻地替她扇着风，一面低声向高太后讲着前一日的经过。“去了二郎庙后，又去了金明池，云萝听高丽王妃话中之意，似是颇想去动物园，因金明池出来后，天色已晚，又非顺道，便不曾提起……”

“改日你便陪她去瞧瞧。她远道而来，尽尽地主之谊是应当的。”高太后吩咐道，“曾布、薛奕从凌牙门回京叙职，从注荦国买了四头白象回来，那高丽王妃想是没见过的……”

“是。”清河连忙应道，想起此事，又觉好笑，不由掩嘴笑道，“那白象倒确是稀罕物，他们为给太后贺寿，万里迢迢运回来进献——听说那注荦国就是天竺哩——未承想，反倒连挨了太后、皇上两顿责骂，各罚了一个月的俸，最后倒是替动物园忙了一场。”

高太后闻言，睁眼看了清河一眼，也笑道：“曾布和薛奕，一个是朝廷的大臣，做过三司使的；一个是朝廷的大将军，统领着南海水师，算得上是一镇诸侯。朝廷要他们尽忠报国，不在这上面。这是内侍宫女们要做的事，不是大臣当为的。曾布应当学学韩琦、司马光；薛奕应当学你家狄郎……那四头白象，万里迢迢从注荦国运来，要花费多少缗钱？耗费多少人力？我要收了他们这礼，日后地方官便要争相仿效，国家就该出奸臣了。十一娘，你也是常读书的，定读过‘楚王好细腰，城中多饿死’这句话，宫中好奢华游乐，便往往是亡国之始。”

“太后这些话，其实都应当写下来，便像《女则》那样，垂范后世。”

高太后淡淡一笑，微叹了口气：“长孙皇后写了《女则》，墨迹未干，便有武周之祸。大道理，孔圣人早都讲尽了。《女诫》《女则》虽不能说全然无用，但对付奸佞，毕竟只能靠忠臣——那《女则》能让武氏改过归善吗？天下事，事不同理同。昨日仲明[7]来，说陕西又闹兵变——你说朝廷没设三尺之法吗？可最后平定那兵变的，还是要靠忠臣良将……”

高太后似不经意地说着，但她话题一带到渭南兵变时，清河心里却不自禁地咯噔了一下。虽然朝廷竭力封锁消息，汴京大部分人还不知道六月上旬在陕西渭南发生的禁军叛乱，但想瞒过所有人却是不可能的。清河多少也听到了些风声，先是章惇紧急奏报渭南兵变，然后枢密院便突然忙碌起来，自枢密使以下都夜宿禁中，皇帝那几日间的脸色极是难看，整个宫中都战战兢兢。没几日间，便见皇帝心情明显好转，脸色和霁了许多，然后清河便听说渭南兵变已经平定了——有传言说是唐康擅调禁军，而且还……不知为何，清河心里如乱麻一样的，虽然从表面来看什么事都没有，但她总觉得堵堵的，似乎有什么不对劲。

皇太后最喜爱二哥赵颢，那是举世皆知的，在大哥赵顼即位后，就是熙宁初年，赵颢还一直住在宫中，甚至连四哥赵頵出居外宅以后，赵颢接连上表请求出外，但赵顼顾虑母后的感受，也一直没有准许。为了此事，从先帝时起，朝中便一直有非议。如此拖了数年之后，因为迫不得已，皇太后才下令在皇宫附近给赵颢修了王府，不仅如此，赵颢还被特许每日一谒禁中，诸王之中，无人能比。

直到熙宁九年皇帝突然生病，惹出好大一场风波来，皇帝才稍生嫌隙，找了个由头，令赵颢由每日一谒禁中，改成三日一谒禁中。虽然如此，但皇帝还是顾及着皇太后的感受，念及兄弟之情，对这个弟弟亲宠有加，不仅屡次徒封，加封其诸子，而且知道他喜好善本，又精于骑射与书法，每每得到孤本、善本，必先赐给他去抄誊，有良弓、骏马进献，也是由他先挑，至于进贡的笔墨纸砚，赐给他的更是远远优厚于诸亲王。而赵颢这数年来，也一直有着“孝悌”的美名。但凡入府讲经的儒士，无不倍受礼遇；逢年过节，必周济孤寡；又绝不交结朝中的大臣，能进入王府中的，全是白衣。而且赵颢也不像熙宁初那几年，常常私下里向太皇太后、皇太后、皇帝进谏，批评新法，竟是绝口不谈政事，只是恪尽孝道，承欢膝下。

不管是宫中、朝中还是民间，提起雍王，无不交口称赞，以“贤王”相许。但为何这“贤王”，突然间又向皇太后说起渭南兵变的事情来？这只是无意提起，还是另有深意？清河只觉得这事纷无头绪可寻，她于渭南兵变的前因后果，所知不过是一鳞半爪，而看高太后的神态，听她的语气，又显然还有弦外之音……

一瞬之间，清河脑海中闪过许多的念头，脸上却装作极为惊讶的样子，张大了小嘴，愕然道：“陕西兵变？”

[7]　雍王赵颢字仲明。

“一万禁军，在陕西腹地兵变！”高太后摇着头，道，“所幸已经平定了。”

“平定了？！”清河仿佛还是第一次听这个消息，低声道，“阿弥陀佛，这真是圣人自有天佑……”

“这是祖宗庇佑。”高太后道，“可也是因为有忠臣良将，奋不顾身，才能及时平定那些无父无君的叛贼，消弭祸患……”清河认真聆听着高太后的话，隐隐约约感觉到她话中有些不平常的意思。但高太后说到此处，却似乎感觉到有些倦意，忽然淡淡一笑，道，“今儿话说得太多了，朝中的大事，自有官家与外臣们处分。”

清河听到这话中隐隐便有些告诫之意，连忙敛身道：“云萝理会得。”

“宗室这么多公主、郡主中，只有蜀国和你最晓事，可惜蜀国……”高太后说到此处，眼睛立时便红了，泪水忍不住地往外流。清河想起她与蜀国长公主平素姐妹感情甚好，可蜀国长公主却因爱子夭折，悲伤过度而病死——这么一个好人儿，因为遇人不淑，却一生命运悲惨，最后还不得善终，亦不禁悲从中来，竟低声抽泣起来。

3

当天午后，原本阳光普照的好天气，忽然间便转了性，浮云布满了汴京城的天空，渐渐地往地面上沉，城中的人们抬头仰看，似乎能感觉到这云已经盖到了城墙上，正向着屋脊压下来，仿佛想把屋子也压垮一般。流连在街上的人们开始加快脚步，御街上的小摊小贩们也纷纷开始收拾东西，所有的人都忙着往家赶。此时，大相国寺旁一间酒楼的某个小院内，却有几个人围坐在院内的花园中，煮酒谈笑，竟似全然没把黑云压顶、暴雨将至放在心上。

酒楼的小二几次想进去提醒，可每次连话都不曾说完，便被门口的几个随从给赶了出来。这店小二也无可奈何，只好悻悻地离去，他一直走开好远，还能听到院中传来的大笑声。

“这些人莫不是疯了吗？”店小二直是莫名其妙，正愣神间，忽“咚”的一声，撞上了一个进来的人。那小二吓了一跳，下意识地便连连作揖赔礼：“官人见谅，官人见谅……”他正担心着又要被人训斥一顿，却听对面那人温和地问道：“这里面可是姓蔡的官人订的吗？”

店小二未料到来人这般和气，不由怔了怔，抬头望去，却见对面站着一个瘦长的书生，正微笑着望着他。他看了一眼那书生的白袍，不过是粗布缝制，心里方松了口气——原来不过是个穷书生，语气便倨傲起来：“蔡府丞[8]……”才说了三个字，那店小二心里便咯噔了一下，一双眼睛，死死地望着那书生腰间的佩剑，竟似看呆了一般。

那书生看着他神色，笑道：“你识得这剑？”店小二啄米似的点着头，哈着腰谄笑道：“朝廷颁行勋刀、勋剑之制也没多久，小的福大，这是第二回见着。上回还是远远看见兵部郭侍郎佩着……”

“原来如此。”那书生笑了笑，又问道，“里间是蔡府丞订的吗？”“是，是。小的给官人引路。”店小二忙不迭说道，一面侧过身子让到一边。

“不必了。”那书生笑着摇摇头，径自向着里头走去。

那店小二跟也不是，不跟也不是，愣了半晌，才一面咋舌一面向外面走去。才到厅中，便见一同伴拉住他，低声道：“你知道你刚刚撞了谁吗？”“你认识那官人？”店小二奇道。“那是秦少游啊！”“啊？”那店小二顿时瞠目结舌，半晌说不出话来。

此时这汴京城中，谁不知道大宋驻高丽正使秦观秦少游？加集英殿修撰，御赐第五等勋剑，连他在高丽写的数十首词，如今都是汴京的歌女们最爱唱的……

“少游，来迟了，来迟了，要先罚三樽……”秦观方一走进院中，早已喝得半醉的蔡京便大声叫唤起来。秦观微微一笑，道：“是小弟的不是。”一面快走几步，向另外两位见礼，“曾公、薛侯，久违了。”

曾布与薛奕早已起身，连忙回了一礼。曾布瞥了一眼秦观腰间的勋剑，索然笑道：“少游，的确是久违了。”薛奕却笑道：“少游如今立功异域，已是天下闻名矣。我在南海，闻少游谈笑之间，便抵定高丽局势，令王运得顺利即位，亦为少游高兴。”秦观忙笑道：“朝廷经营已久，前人种树，后人乘凉，我不过坐享其成而已，比起曾公、薛侯，实不足挂齿。”

众人一面说笑着，一面重新入座。蔡京早已在秦观面前满上三杯，秦观也不推辞，一连干了三杯，指着桌上的空杯，笑道：“我早知蔡元长不是甚善男信女。”

蔡京笑道：“秦少游又何曾吃斋念佛？我这酒里面没有鹤顶红，却奈何不了顺王殿下。”

“鹤顶红？”薛奕抬眼看了一下蔡京，又看看秦观，他自是知道所谓的“顺王”便是王勋的谥号，但此时见二人皆怡然自得，好像他们说的事情，不过是一壶平常的高丽清酒那么简单，这才知道原来他在南海时听到的传言，并非是空穴来风。薛奕禁不住问道：“我在南海时，听人说起高丽继嗣，众口百般，莫辨其是。那王勋果真是被毒死的吗？”

他这么一问，曾布也停了下来，专心看着蔡京与秦观。蔡京瞥了一眼秦观，笑道：

[8]　太府寺丞的简称。

“这事是少游主持的，还是少游说吧。”

秦观点点头，轻啜了一口酒，放下杯子，缓缓道：“曾公与薛侯皆非外人，说说也无妨。”他说到此处，忽然一笑，望着曾布、薛奕，道，“我辈久居异域，朝廷公卿中，早有人视我等为异类。去国万里之外，被人视同于贬斥；在海外专制一方，又常被劾为跋扈；开口言利，闭口权谋，群居终日，言不及义，则无吝于小人……恕我直言，这七八年间，不要说蔡确、狄谘、曾公、薛侯，还有元长，还有我自己，这海外诸臣，有哪一个不是腰缠十万贯？这免不得又要招人妒忌。朝中便有人管我们叫‘夷官’！我资历最浅，能驻节高丽，已是非常之恩，自然没什么好说的。可是曾公、薛侯，还有元长——便是蔡确、狄谘，哪一个不是功绩卓著？但自吕相公当国后，却皆受尽排挤。这些事情元长最清楚——熙宁十五年、十六年，朝廷三度想调狄谘进礼部，吕相公引班定远之例，竟是想让狄公老死广州，全然不顾败坏朝廷经营海外之成法。还有蔡确，十八次上表乞归国，也是吕相公拦住……”

“少游，说这些闲事做甚？”蔡京见秦观越说越是愤懑，连忙用话拦住。他知道秦观少年得志，虽然在高丽颇立奇功，但在大宋的官场上，却毕竟是太嫩了——今日在座之四人，或许还是朋友，但明日相见，便未必不可能成为仇敌。到时候这番话，便是“怨望”，这是足以将人的政治生命终结的罪名。而且此时四人中，薛奕还是武臣，万一牵连起来，事情便不可收拾，他蔡京也难免要受池鱼之殃。

但秦观所说之事，却是在座之人的心病。狄谘与蔡确被排挤，曾布与薛奕这几年的日子也不好过。曾布这几年中兢兢业业，颇立下些政绩。他在南海七八年，也积累了可观的财富，原来石越得势之时，他还幻想过东山再起，但石越失势，朝中实际柄政者是吕惠卿与司马光，他深知这二人自己都指望不上，兼之在万里之外消磨了七八年，什么雄心壮志都被打磨得干干净净了。这时候年将半百，不免徒生“臣不敢望到酒泉郡，但愿生入玉门关”之乡情，因此遣人上下打点，所求的与蔡确并无二致，都是希望能够埋骨家乡。但是朝中诸公卿，收了他的礼物，却全当理所当然，竟无一人替他说话，他连想到江南东西路做个知州都不可能。他又怕皇帝疑他怨望，也不敢致仕，眼见着便要老死凌牙门。若非这次石越在皇帝面前进言，让皇帝坚定海外诸城要逐次轮换官员的决心，他曾布断不可能有机会再见到汴京的繁华。

而薛奕，虽然枢府与兵部的主官们并没有刻意地排挤他，但他少年得志，难免与枢府、兵部、三衙里的文武官员、胥吏们不怎么对眼。朝廷这几年间先是关注西北，然后又是西南，海船水军本来就是姥姥不疼舅舅不爱的，虽然风光过一阵子，却也立即被冷落。而对待薛奕部更是如同后妈。薛奕几年前便提出在船上安装火炮，竭力宣扬海船水军必须以火炮制胜的观点，甚至提出海船水军的火炮无须动用国帑，但奏折一道道递上去，最后都是石沉大海。

朝廷既不允许随意增设火炮作坊，又因火炮至今为止曾未在实战中显露过可以影响到战场胜负的作用，在国库空虚的情况下，也无意扩大火炮的产量——至于已经生产出来的火炮，自然应当优先照顾两北边防，薛奕争取了几年的时间，最终也只要到一门火炮，而且还在途经杭州时被杭州的海船水军给“借”去了，两军至今还在为此事打官司。

而最让他无奈的是，汴京不断有人以“轮戍”为名，将他部下精锐调走，然后从其他海船水军中补充过来一堆老弱残兵。他麾下的得力将领，但凡被杭州的海船水军听到了名字，第二天早上一起床，那人肯定已经不在他帐下了。

薛奕这几年间，俨然成了大宋水师学堂的山长，专门替他人做嫁衣裳，连带着数年之间，他个人也一直得不到升迁。曾布、蔡确是想回国而不可得，薛奕则是每年必须至少回一次汴京。但对薛奕而言，汴京的风与凌牙门的风都不一样。他在南海之时，虽然偶尔也会怀念汴京的繁华，但是，他毕竟还是更喜欢南海的无拘无束。他这个大宋的“伏波侯”，到了汴京，只会觉得手足无措，处处都显着不合时宜。

每每看到汴京外城四面城墙上新安装的八十余门火炮，薛奕便会觉得极度的刺眼。当年太宗皇帝坚持定都汴京的时候，不是认为“在德不在险”吗？朝廷公卿们不是说国库空虚吗？那为何这些威力巨大的武器，既不先供给塞防，又不肯供给海防，反而让它们在汴京白白受着风吹雨打呢？

曾布与薛奕如此，蔡京也好不到哪去。蔡京在杭州做了两任知州，连皇帝都数度称赞他的才干，但是因为他是额上写着字的石党，始终得不到升迁，一直到两个月前，才因石越推荐，进太府寺做寺丞。他与秦观相识已久，又同属一派，不愿他落下什么话柄；兼之他是此宴的主人，见曾布与薛奕被秦观触动心事，皆郁郁不语，又笑道：“少游原非善言辞者，在高丽数年，竟令人刮目相看。不过我等要听的，是高丽国继嗣之事，谁又叫你说这些没意思的闲话，该罚一杯！”

“是该罚，我认罚。”秦观已知自己是话多了，忙自斟一杯，举杯一饮而尽。

曾布与薛奕连忙陪了一杯。薛奕笑道：“少游说得也没错。其实而今朝廷谋划海外，虽不无有远见卓识者参赞其事，然真正可依赖者，唯石公一人而已。不过，少游还是说说高丽之事吧，我好奇已久，朝廷经营高丽有年，为何王徽逝世竟没有留下遗诏，而且还是让王勋继位，闹出这么大一场风波来？”

“薛侯之言正中要害！”秦观不由感慨道，“所谓‘善战者无赫赫之功’，我等闹出这偌大的风波，可称无能。不过其中亦有颇出人意料者……”

“此事追本溯源，还要从熙宁十五年说起，从那一年开始，大宋与高丽的贸易便出现了大问题——其实这个问题应当是自一开始便存在的，大宋每岁卖到高丽的货物，远远超过了高丽卖到大宋的货物。朝廷施加种种压力，让高丽国解除贸易限制，其后趁着高丽国战败，又迫使其取消不许铜钱出境之禁令，但事到如今，却证明那原来不是一件好事——从那以后，便如大堰开了道口子，高丽的金银铜大量流入大宋，其国内发生严重钱荒，但其贵族对大宋商品的需求却没有止境，为了满足其贪欲，只好加倍克剥百姓，这反过来又导致百姓连一般的大宋商品都买不起。于是，大宋与高丽的贸易额自熙宁十五年起，逐岁下滑……兼之高丽因挑衅契丹，军费激增，国库困乏，百姓又困于徭役之间……”秦观忧心忡忡地谈起这个几乎无法可解的死结，“因为这种情形，高丽国内敌视大宋的情绪与日俱增，贵族士子中有见识之辈，开始频频上疏高丽国王，请求恢复钱禁，限制两国互市规模。而便连一般无知无识的贵族，因为财力上之困厄，对大宋也心怀不满。敌视大宋的势力增强，也是顺理成章的。王徽本已决意传位于王运，却也变得犹豫不决。王勋便是因此获得支持，被一班大臣拥戴继位。”

说到这里，秦观苦笑着叹了口气，道：“不瞒各位，我当时亦是大吃一惊。这些因由，其实是事发之后，我们亡羊补牢，才弄明白个所以然来……之前我们还在幸灾乐祸，高丽民不聊生，关我大宋何事？”

“那王勋继位之后，我才恍然惊觉出了大事。他即位当晚，王运的家眷便躲到了江华岛的大宋军营里来。开京流言四起，都说王勋要强迫所有的王弟出家。第二日上午，使馆的职方馆官员便传来情报，王勋已经派遣使者向辽主告哀，并请求册封。到了下午，才有王勋的长子来使馆，乞求入京报哀。我立即许诺，但最终王勋派来大宋的使者，却只是一个王叔。我当晚便遣人出城，秘密联络驻江华岛驻军。次日一大早，便再去求见王勋，向他许了一大堆好处，以求暂时稳住王勋。王勋既不曾得到全部贵族支持，又不能完全控制开京军队，正自顾不暇，兼之他也不敢得罪朝廷——”秦观忽然停了一下，嘲弄地笑了两声，“高丽国虽有人恨两国互市入骨，但真要没了两国互市，只怕也同样有一堆人要不习惯。况且大宋毕竟有军队驻扎，其边境驻军中，有不少武官都是我大宋臣子，他即位不到数日，没有朝廷册封诏旨，他的政权便无法稳固，自然也没有胆量真的便马上撕开脸皮来。他反倒假心假意安抚我，没多久，又派他的尚书向我诉苦，指天画誓，绝不敢背叛朝廷，只不过他们也无力再与辽主对抗下去，不得不虚与委蛇。”

“我假意相信其诚意，倒厉声训斥了那民部尚书一顿。又让他转告王勋，新王即位，须善待前朝大臣，和睦兄弟，三年不改先王之政，否则是致乱之由。大宋望高丽有长君在位，更望高丽有贤君在位。几天之后，江华岛驻军便夜不解甲，枕戈待旦。停留在江华岛附近的海船水军，也开出港口。这番做作，将那王勋几乎吓破了胆。只是战战兢兢准备着王徽的丧事，也不敢轻举妄动。反倒不断派人来游说我，望能得到朝廷的册命。但职方馆暗中早已查清楚，他其后一个月内，至少暗中向辽主派出了三拨使者。而且还不动声色地向使馆附近调派了数百甲士。不过有这么一段时间，便足以让王运缓过神来，他也开始暗中联络亲信的大臣，争取开京驻军。又几次派人求我出动江华岛驻军相助。我看他心急火燎，生怕做了和尚，便顺水推舟，做了个人情。江华岛驻军倾巢而出，全部着高丽军袍，直趋开京。这王运可比他哥哥狠多了，他买通了守城门的官吏与守宫门的内侍，江华岛数千驻军趁夜入城，与守军中的将领里应外合，轻而易举便控制了开京守军。然后王运率兵闯进王宫，便在他父亲灵前，请顺王殿下喝了一杯酒……”

薛奕听他说完，不由得咋舌笑道：“原来如此。真不知为何南海各地皆传是你指使职方馆下的毒？”

秦观笑道：“鹤顶红确是我送给王运的，但当晚我一直在使馆内睡觉，职方馆的人也不曾有三头六臂，他们其实也只能做点平常的事情。毒杀高丽国王这种本事，不知司马纯父有没有？反正高丽这边的人指望不上。实则第二日天亮，开京绝大多数人根本不知道发生了什么事。传出去的消息，是王勋暴卒，王运请江华岛驻军来协助维持秩序……”

“那辽国那边又怎样？”

“只好怪那王勋不识时务。”秦观冷笑道，“到了这个分儿上，不管怎样，高丽也不可能背宋附辽了。辽主能怎么办？他能数千里调兵入高丽替王勋控制局势吗？高丽国不用担心大宋会吞并它，却不能不担心辽主之野心。辽主的册封，而今最多不过能缓和两国之关系，岂能比得上朝廷的册封？不管那些人对我大宋怎么个心怀不满，但那些人心里，却同样承认，唯有朝廷之册封，方能在高丽国全境起到安定民心之作用。只不过……”秦观的神色忽然黯淡下来，“如若两国互市继续恶化下去，高丽发现与大宋结盟有害无利，无论怎样的盟约，都不可能稳固下去。尤其是辽主出人意料竟然承认王运是高丽国王之后，大宋与高丽之关系，若无共同之敌人，便定要有共同之利益方可维系。否则，积累下去，便是大宋在江华岛驻扎数万雄兵，也只能招来无益的战争！”

曾布与薛奕对望一眼，二人脸上都露出苦涩的笑容。曾布同病相怜地望着秦观，涩声道：“少游所虑甚是。然而今却并非只是与高丽贸易额下滑，而是整个海外贸易皆在减少。虽然并不明显，但的的确确已经持续数年！”

“啊？”秦观大吃一惊。但曾布的表情，却绝不似在开玩笑。他转头去看薛奕与蔡京，从二人的眼神中，秦观分明感觉到一种极深的困惑。难不成，真是遇上大麻烦了？

4

“轰隆隆——”一阵雷吼从云端响起，闪电拉破了天空。在突然之间，整个天空，便都是炸雷的响声，一阵接着一阵，闪电伴着雷鸣，将黑暗的天空照得通亮。那满天的云层，似混沌汹涌的海浪，卷滚着，翻过汴京的天空。转眼之间，大雨便倾盆而下。一直伺候在院外的随从，都是些精灵剔透的人，不待雨下，早已跑进院中，给蔡京等人撑起了雨伞。

“好大雨！”蔡京望着这滂沱大雨，不由脱口赞道，一面笑道，“谈兴未尽，此处亦非赏雨处，不如随我去一个所在，如何？”秦观满心记着曾布所说的话，不待曾布、薛奕回答，便忙允道：“今日你蔡元长是东道，你说去哪，便去哪里了。”曾布、薛奕相视一笑，也道：“便听元长安排。”

蔡京笑着令随从出去备车。四人一道出了酒楼，便见店外已有两驾马车等候，当下四人分乘两车，冒着大雨，向南疾驰而去。

秦观与薛奕同乘一辆马车。薛奕上车后，便端坐闭目养神。秦观却摸摸坐榻，笑道：“这可是蜀锦。”又拿起榻边的一个琉璃酒杯把玩，看着薛奕，似笑非笑地说道，“这一个琉璃酒杯，值价几何？竟随意置于马车之上。”

薛奕闭着眼睛，道：“少游要进御史台吗？蔡元长的俸禄，买几个琉璃杯，还是绰绰有余吧？”

秦观笑道：“吹皱一池春水，干我何事？”说着，停了一下，用眼角看看薛奕，半开玩笑半认真地说道，“若是我真进了柏台，休说蔡元长，便是薛侯你也没好日子过。”

“我没什么好怕的。”薛奕眼皮都不抬，淡淡回道，“当水军不容易，海上风高浪险，我麾下的虎翼军第二军，每年都免不了有几艘船要葬身海底。便是不遇上海难，人一到了船上，各种各样的怪病便纷至沓来，倘死在船上，便只好抛到海中，连尸骨都不能葬于故土。海船水军要提高士气，免不了要让出海的军士们发点小财。但这种事，当兵的可以做，当官的却不能做。当官的一做，整个海船水军便烂了。故此海船水军有惯例，军士们私下里回易，各有份额，所得皆归本人，军官不敢侵吞。在船上有差遣的武官不许回易，但凡剿灭海盗，所得缴获，四分归公，四分归武官，二分归军士；护送商队所得佣酬，武官亦可得三成。如此公开分成，总比私下里干些见不得人的勾当要好。那该我的分成，我若不拿，底下大大小小的军官，便没有人敢拿。他们若发不了财，便会有人扣克军饷、私自回易，甚至扮海盗抢商船……什么事都有人做得出来。这么着处分，无论官兵，都乐于出海护航，剿灭海盗亦肯效死力。”

“且不论是非对错，你这么做，总是目无法纪，枢府竟然能容你？”秦观没料到薛奕这般轻描淡写，毫不掩饰，着实吃了一惊，“卫尉寺、监察御史居然也不弹劾你？”

“察院那些御史？”薛奕轻声笑了起来，“卫尉寺也罢，察院也罢，差遣到南海来的，谁心里不算那是左迁？有几个人到了凌牙门还会抱着澄清天下之志不改？况且我也不怕他们弹劾，薛某在大宋武官中，‘清廉’二字还是当得起的。”

车外风卷着雨，雨夹着风，噼噼啪啪地打着车顶，秦观坐在车中，怡然自得地给自己斟了一杯茶，正送到嘴边，猛听到薛奕说出“清廉”二字，不由一阵急咳，慌忙将茶杯放回小几上，定定地望着薛奕。

薛奕睁开双眼，微微一笑，道：“我料你不肯相信。凌牙门有我的侯府，规模宏大，说是侯府，实则是凌牙门之子城，亦是虎翼军第二军之南海军部，其中军器、粮食储备足支三年之用，战守之具无不全备。修筑此城所费约五十万贯，全是由我的份例支出。那里名为私宅，实是公衙——少游你定然还不知道，为此事，我早已受过弹劾，你那些贪腐之罪，相比之下，不值一提。幸赖皇上英明，内降指挥为我脱罪。否则薛奕族诛矣。事后，皇上敕令侯府入官，另赐我白银十万两，并汴京、杭州、广州、南海四处田宅共上百顷。这笔赏赐，再加上我历年所得份例之余额，折钱约八十余万贯，我觅人在凌牙门创建南海永丰钱庄，以低息借款资助南海诸岛之庄园地主；又以永丰钱庄之名义，在广州、凌牙门、归义城捐建学院、孔庙，收容海船水军及大宋移民子女……”

秦观抿着嘴，静静地听着，薛奕一个武官，竟能如此洁身自好，实在让人难以相信。他饱含深意地望了薛奕一眼，忽似漫不经意地笑道：“薛侯如此，令人钦佩。不过，恕我直言，我却听说，薛侯在故里广置庄园，阡陌相连数十里，富比王侯，新修祖坟家庙，无不逾制……”

薛奕霍然一惊，车厢内的气氛，忽然变得沉闷起来。半晌，薛奕方幽幽问道：“少游，这是你自己要问的，还是替别人问的？！”说罢，定定地望着秦观。

秦观从容回视着薛奕，淡淡道：“薛侯莫怪，我是奉旨问话。”

“奉旨问话？”一瞬间，薛奕脑中“轰”的一声，顿时只觉脑海中一片空白，连车外轰隆不断的霹雳，似乎都已隐去不闻。他下意识地腾地起身，便要跪倒，却被秦观一把按住。便听秦观温声笑道：“皇上无斥责之意。皇上若要责备你，何必令我来问话？两府、柏台、卫尉寺，随便哪里一道文牒，你只怕便要有数不清的麻烦……”

薛奕毕竟是久带兵的人，片言之间，便已冷静下来。秦观拐着弯地试探他，他其实早有觉察——他素知秦观不是多嘴多舌的人，岂会毫无由头地带起这种敏感的话题——但他先前所疑，不过是以为秦观或受石越之托，来敲打他。薛奕自觉光明磊落，事无不可对人言，且皇帝也曾内降指挥为他脱罪，他便也有了有恃无恐之意。不料秦观竟突然问起他老家的事情，而且连他家新修祖坟家庙的事情都知道得一清二楚，薛奕自是不免生气。这摆明了是不信任他，才会有人去刨他的老底。他绝想不到，秦观一个归国述职的高丽正使，竟然会奉旨来问他的话！

这名田过限，坟庙逾制，是说大不大说小不小的罪名。大宋满朝文武，谁家不兼并？哪户不逾制？但真要追究起来，什么样的罪名都能安得上去。但也只是一转念之间，他便立即明白，皇帝并没有追究他的意思。否则，便如秦观所言，两府、柏台、卫尉寺，随便哪里，一道文牒传来，他都只能吃不了兜着走。

“臣薛奕，谢皇上隆恩。”薛奕侧了侧身子，舌尖舔了舔干涩的嘴唇，方沉声道，“臣闻世俗惯于趋利避害，使民知礼义难，使民知富贵易。臣所以沐猴而冠，炫耀桑梓者，不过是欲使天下人知国家财富，亦可来之于海上；功名利禄，亦可取之于海上。区区之心，伏乞皇上明察。”

秦观听薛奕说话间已用了对答的语气，忙笑着安慰道：“我虽是奉旨问话，但皇上之圣意，于薛侯还是信任有加。薛侯要体谅皇上的苦心，朝野清议，虽贵为天子，亦不得不顾虑。这实是一番保全之意。这世上，常有一种人，拿着鸡毛便当令箭，擅会作威作福，更何况是皇上的口谕！故皇上令我来问话，其实是知道我这几年办差谨慎，还算略懂得分寸。又是个外臣，不至于闹出什么事来。且我与薛侯，也算是旧交，还说得上话……皇上如此苦心旨意对一个武臣，在我大宋，实是异数。我虽然是奉旨问话，可心里不知道有多羡慕你呢。”

秦观娓娓而谈，一面转述皇帝的话，一面猜度着皇帝的用心，薛奕听在耳里，心里边亦自觉皇帝对自己的确是有格外之恩宠，知遇之情，油然而生。他虽是武臣，却素以士大夫自居，也不屑于说些谀辞滥调，当下只是北拜再三。

却听秦观又低声叹道：“此番归国，才知国事艰难，真乃举步维艰。这次皇上召对，我看圣意并不愿意看到海外闹出点什么事来。当此之时，国库空虚，宫中百般裁减用度，而海外诸臣却极尽奢华，这岂非授人以柄吗？”

薛奕这才彻底明白秦观为何突然提起这些话题来，他这番回汴京，本来是以为皇帝定然会单独召对，有一肚子的事情准备着要向皇帝说，但此时他也已经明白，这一回皇帝不可能单独召见他了——否则刚才那些话就没必要由秦观来说，而海外诸臣中，毫无疑问，秦观也已经成为皇帝的新宠，相比他热热闹闹地抵定高丽局势，又促成高丽王妃、王储来汴京贺寿，其余人的确也远远比不上这种风光。本来，皇帝是否单独召对，薛奕也都颇能泰然处之，但偏偏这一次……

薛奕无奈地把目光投向车外，望着那无休无止倾盆而下的大雨，默默地苦笑着。秦观看了一眼薛奕，也同时陷入沉默当中，皇帝担心的，只是不希望因为海外诸臣的豪富，而引发一场政治上的不稳定——所以，皇帝才会用这种特殊的方法，来稳住薛奕，毕竟只有薛奕，才是大宋在南海地区真正的柱石之臣。

皇帝可以随意贬斥驱逐一个贪腐的曾布，大宋有成千上万的官员可以代替曾布，但他无法在短时间内找到一个合适的人选来代替薛奕。然而，海外的隐患，又岂止这么一桩？秦观眼睁睁看着高丽的贸易额逐岁下滑，又亲耳听到曾布说这已是海外贸易的普遍现象……他忧心忡忡地想着：这，也许会是比海外诸臣们的家产更加危险的问题。

5

马车在暴雨中疾驰，沿着御道笔直向南穿过保康门、宣化门[9]后，出城便折而向西南驰骋。车外风雨肆虐，车中亦不知过了多久的时间。各自心不在焉搭着闲话的秦观、薛奕只听到“吁”的一声，疾速奔驰的马车忽然放缓了车速，便听外面蔡京大声笑道：“到了，到了。”

二人相视一笑，随从早已搭起车帘，二人忙掀起袍角下得车来，却见马车正停在一座庄园之外，蔡京与曾布显是先到了一阵，二人俱在门口等候。待秦观与薛奕一下车，蔡京便笑吟吟引着众人向园中走去。

秦观随着众人一路行去，便见这园中楼台高峻，庭园清幽。水阁竹坞、风轩松寮，设置布局，无不出人意料，却又极尽雅致。他在心里暗暗赞叹，却见蔡京在园中并不稍停，一路谈笑，未多时便到了一处石港前。秦观望着面前这条在暴雨中波涛翻滚的大河，这才恍然大悟，原来这座庄园，竟然在东蔡河的边上。他面前的这条河，便是至陈州东南接通沙河，通陈、蔡、汝、颖诸州漕运之惠民河。

“这惠民河，在太平兴国六年，每岁向京师运送粟菽总计不过六十万石，而至熙宁十六年，惠民河运粟九十万石，菽四十万石，平日舟楫相接，热闹非凡。这庄园原是王君贶家的，因嫌惠民河舟楫日多，喧扰不宁，才将这园子卖与我。我却喜它热闹……”蔡京笑着说起他得到这园子的经过，颇有几分自得之意。他说的王君贶，便是当今的三朝老臣王拱辰，此君十九岁中得状元，仁宗时做了十几年的翰林学士，出使契丹，辽主设宴垂钓，每得鱼，必为之酌酒，亲鼓琵琶以侑饮。赵顼登极后，他也做过太子少保、宣徽北院使、判应天府等官，但王拱辰是旧党耆老，故此也并不得宠。惠民河边的庄园别墅，在宋朝实是身份地位的一种象征，蔡京自王拱辰家买到这座园子，于心实喜焉。

[9]　即陈州门。

曾布望着沾沾自喜的蔡京，心中微有酸意，嘴角一撇，故意问道："元长可知这园子的典故？"

"典故？"蔡京被他打断，不觉愕然道，"这园子是治平年间才修起的，能有何典故？"

"难道昭陵时此处便无园榭吗？"曾布悠悠笑道。

"这……"蔡京不由愣住了。

曾布笑道："包孝肃知开封府时，这惠民河边，也是台榭相连的，尽是中官贵戚之产业。包孝肃以其不便惠民河漕运，借某年京师大水，尽将之悉数毁去。后来官司还打到温成皇后跟前……元长没有听说过吗？"

"原来如此，真不愧是阎罗包老！"蔡京嘻嘻笑道，"难怪我说这惠民河边的园子怎的都没有什么年头，原来是阎罗包老毁掉的。若果真我这园子阻塞了漕运，便毁了也应当。"

曾布本意想酸酸蔡京，却不料他竟是丝毫不放在心上，不觉惊讶，心里免不得又对他高看了几分。脸上却若无其事地和蔡京开着玩笑："不料蔡元长倒是个大财主……"

众人说笑间，已有仆从送来斗笠蓑衣，服侍着四人穿戴了。一个随从在码头吹了个口哨，便见一艘渔船自树后摇来，泊到了码头前。

蔡京回头对三人笑道："蓑衣渔船，顺河而下，端坐船中，隔雨遥望两岸王庭榭院，此雨中之乐也。"

薛奕看看蔡京，又看看曾布、秦观，玩笑道："要作诗吗？若要作诗，这船我便不坐；若不作诗，我还坐得。在南海这些年，每日不是操练演习，便是算些钱秣出入，哪里还能作诗？"

"薛侯放心，今日只吃酒，说些闲话。况且，有曾公与少游在此，我也不愿意出乖卖丑……"蔡京一面笑着，一面请三人入船舱中坐了。

众人入了船舱，才发现这艘小船外表看起来不过像是平平无常的渔船，但里面却极是干净素雅，船中还有两个青衣童子侍立着，听候差遣。那船夫显也是老手，操这一叶之舟，泛于暴雨激流之中，竟安如平地。连薛奕都啧啧称赞，笑道："这样的人用来做厮唤仆役，实是浪费了。倒不如到我虎翼二军去。"曾布却指着后面远远跟着的一艘大船笑道："有薛世显在，还用得着它吗？"唯有秦观心事极重，轻啜两口清酒，便向曾布问道："先前曾公道整个海外贸易都在减少，究竟是怎么一回事？"

他这么一问，船内顿时沉静下来。曾布沉默了一会儿，仰脖喝了一杯酒，苦笑道："其实这与高丽之事理为同一。所谓海外贸易，说破了，不过是大宋用丝绸、瓷器、钟表、蔗糖等物事，换取海外诸夷的香料、美玉、宝石、金银等物。用石子明的说法，大宋卖出去的，主要是加工之后的奢侈品；买进来的，主要则是天然开采的奢侈品。

海外既然并非遍地都是宝石金银，那么一旦互市达到一定规模，无法再继续增长，便是理所当然的。更何况，凌牙门以西，还隔着一个注辇国。注辇国阻在大宋与大食之间，凡过往商品，不仅要抽取十分之一的货物，还要额外征收高税。大宋商船直接前往大食，船队规模亦有限制。虽然这些年来，我们已经知道大宋的丝绸、瓷器、钟表甚至是棉布——但凡是大宋所产之物，在大食乃至泰西无不被视为天物，需求极大，价格奇高，却也无能为力——我们现在知道得很清楚，不仅注辇国是做转手贸易，便是大食海商，其实也在做转手贸易。大宋的船只从注辇国到大食，都是被严格限制航线。况且，从大食至泰西，据说也无法通过海运到达……”

“《地理初步》上的地图，不是可以绕过所谓的‘非洲’直抵泰西吗？”秦观奇怪地问道。

曾布与薛奕相视苦笑，“地图与航线……”曾布无奈地说道，“况且我们现在连注辇国都通不过。倒是听说有几拨民间商船已经去寻找那条航线，但是至少现在没有任何回音。”

薛奕慨声道：“要想通过海外贸易获取更多的财富，就必须打通大宋与大食国的航线。我搜集注辇国的情报已经快十年了，但是知道的却并不多。他们不仅对我们有戒心，对大食人也有戒心，大食的商人对其国中虚实也所知有限。我本意想联络大食人夹击注辇国，但大食国四分五裂，国力衰退，自顾不暇。而目前大宋海船水军之实力，也无力远征注辇国。除非给我一支我想要的舰队！”

“难道我大宋海船水军没有薛侯想要的舰队吗？”秦观久在高丽，在整个东海地区，大宋海船水军耀武扬威，不可一世，他无法想象这个世界还有大宋海船水军击败不了的敌人。

“一旦开战，不仅我们会攻击注辇国的海船水军、商船、港口、城市，同时还要保护我们自己的商船、港口、城市……”一说到海战，薛奕立即激动起来，“如此，兵力就势必要分散！你知道注辇国有多少战舰？我目前搜集到的情报，他们至少有战舰千艘以上，至少分成五个舰队——若无绝对优势，我们防不胜防！”

“那薛侯以为我们要多少艘战舰？一千艘？”蔡京在一旁问道。

“不！四十艘！”薛奕的眉毛都扬了起来，“只要四十艘！”

“四十艘？”所有的人都呆住了。

“不错，以四十艘两千料级战舰为主力，每艘战舰的甲板上，安装十门甚至二十门火炮！”薛奕双目炯炯，“我与我的参军们推演过无数次，注辇国的战舰极少有两千料级的大船，也缺少远程打击的能力。我们将四十艘战舰集中使用，寻找敌人主力决战……就可以有充足的兵力来守卫凌牙门……”激动之下的薛奕，几乎将他的作战计划全盘泄露出去，幸好到最后关头，他猛地醒悟过来，收住了嘴巴。

“那不可能。”蔡京、曾布、秦观，甚至是薛奕本人，都知道他的这个计划想要通过，在目前绝无可能。大宋的战略重心，是平定西南叛乱，巩固两北塞防，薛奕的计划需要朝廷拨给他四百至八百门火炮，这几乎是白日做梦。“难道南海诸国再无潜力可挖吗？石学士说过，将来海外贸易真正的财富，不是金银宝石，而是取之不尽采用之不竭的原料！”秦观觉得极不甘心。

“将来是否如此，我不知道。”曾布不愿意正面批评石越，只是轻描淡写地揭过，“但以目前来看，海外贸易主要还是奢侈品贸易。这些年，为了加强对交趾等国的控制，广州市舶务与凌牙门、归义城市舶务已费尽心机。我们垄断了几乎整个南海地区的食盐买卖，交趾自产的食盐的确不如大宋的盐价廉物美。此外，还有蔗糖、胡椒，甚至棉布——香料则主要保障中土之供应。但蛮夷们没有摇钱树，纵然大宋的东西好，也是要拿钱来买，拿东西来换的。我们也设法要求他们种甘蔗、棉树，但最后却发现，从海外运甘蔗与棉花至广州还可以接受，若要运到杭州，成本就无法控制——而且，也没几个海商愿意来挣这毫末之利。最终，规模被限制住了。除了食盐以外，我们没有一样达到了预期目的。”

“还有南海的大宋移民——”曾布仿佛是想发泄这心中积年的郁气，话匣子打开后便再也收不住了，“朝廷允许百姓在南海购置土地，最初的确也有一批无赖子来碰运气。但这些人，八成以上血本无归……”

秦观不可思议地望着曾布，听他继续说道：“归义城与凌牙门附近的移民倒还好，他们被分配的土地就在归义城与凌牙门附近，可以雇用流放来的犯人劳作，交趾人也算勤劳，运气好还能买到昆仑奴，甚至大食人卖来的奴隶，这些人如今纵使不是腰缠万贯，也是仓廪丰足，衣食无忧。但那些在别地买土地的人，却不过拿着铜钱换来一张毫无用处的地契。若没有去过南海诸岛，绝不能知道当地物产之丰富，那些蛮夷番部，大多不知耕种，不用钱帛，多以渔猎采集为生，并且懒惰异常，在当地你纵然一掷千金，也雇不到任何人为你做事。更何况有许多人根本就是孤注一掷，碰个运气，听信传言买下那土地后便身无分文了，最后只好流落到凌牙门，成为当地移民的客户。只有极少数的人，才能贿赂那些酋长，买到一两个奴隶，勉强经营。但这些人也不过是不至于血本无归而已。凌牙门与归义城虽孤悬海外，毕竟是大宋的国土，倒也有人愿意世代在那里生活的，他们种植粮食，自给自足外还可以供应两城所需。但若有人一厢情愿，想在南海诸岛种植粮食发财，最终也只能是竹篮打水，除了广州不时还会需要买一点粮食，两浙、福建，只要不碰上饥荒，谁还会从海外来买粮食吗？而本地的许多番部，则根本不食五谷！”

“朝廷不准奴役南海归顺番部，以为有伤仁道。然而今之情形，则是中土往海外移民之人越来越少，凌牙门却急缺劳力——经营庄园、与当地土著争斗都需要人，最后，便是大食海商越来越多地贩卖人口至凌牙门——依大宋律，贩卖人口乃重罪，有司不得不管；然若真管了，凌牙门只怕会暴乱！”曾布对当年被贬斥凌牙门之事，不无耿耿。

蔡京却知道曾布断不会授人以柄，把对自己不利的事这么着公然在众人面前炫耀，因笑道：“监察御史不管吗？”

曾布笑道：“如何不管？监察御史来找我，我回道：祖宗自有定制，海夷犯法，事涉汉人，依汉法；不涉汉人，依番法。今大食海商贩卖夷人为奴，与汉人无涉，当依番法。然某衙中无大食法令，未知彼国贩卖人口是否论罪。于是我召集凌牙门所有大食海商，问他们大食国贩卖人口是否有罪，他们皆答无罪，并一一画押具状……”

众人听他如此，顿时哄然大笑。秦观扑哧一口酒全喷到了自己袍子上面，指着曾布，笑得打跌。蔡京也笑得扶着案角，几乎直不起腰来。

6

自蔡河泛舟归城，蔡京又亲自将薛奕、曾布、秦观送回驿馆，待一一安排妥当，竟已近酉正时分。此时大雨早已收了，雨后的汴京城，空气中透着清新的味道。蔡京贪婪地呼吸了一口新鲜空气，登上马车，吩咐回府。

他的宅子紧接着熙宁番坊，离秦观等人所住的驿馆并不远，没多久便到了。这宅子原是汴京一个官宦人家的祖业，据说祖上是随柴世宗打过三关，因功封过刺史的，因为子孙不肖，家道败落下来，闹得连祖宅都要出售。正逢蔡京调任太府寺后，在汴京四处寻觅适意的宅院。他见这宅子东下西高，是所谓的“鲁土”，正是《宅经》上所谓“居之富贵雄豪”的格局；又喜其庭院布置，皆合己意；且这附近再无其他官员居住，在这风起云涌的关头可以减少许多麻烦，便花了八百贯足钱[10]买了下来，只请人卜过风水，稍稍改了照壁的位置，便搬了进来。这宅子原主人也是官宦之家，祖上做到过六品以上，依宋制，造的是乌头门，到了蔡京这儿，倒是连门都不用换了。

蔡京的马车刚到大门口，便见他的管家蔡喜急急忙忙地迎了出来，一面服侍他下了马车，一面在他耳边低声禀道：“府丞，王殿院到了。依府丞吩咐，请他在书阁等候。”

蔡京微微颔首，随口问道：“王殿院来多久了？”一面加快了脚步，径直向书阁走去。所谓“殿院”，是时人对殿中侍御史的尊称，便如称监察御史为“察院”一般。

[10] 宋代有所谓的“省陌制”，在省陌制下，一贯钱实际只有七百七十文。足钱则指一贯为一千文。

自改官制后，御史台下辖三个主要机构，其中殿院掌监察京朝百官，乃是御史台中最有实权的机构。这个“王殿院”叫王谷，表字世用，与蔡京是同榜进士，曾放过两任通判，皆以任事不避权贵而闻名，做殿中侍御史不过一年时间，便接连弹劾数名权贵，京师已是人人皆知有个刚直的“王御史”了。

“快有一刻钟了。”蔡喜躬着腰，在前面引路，一面又低声说道，“今日午时，小的去番坊买家生[11]，听到有人在议论，说是陕西出了大事。只是究竟是何事，却也没个准，有人说是西贼卷土重来，有人说是盗贼，还有人说是兵变。只是……”

“只是什么？”蔡京脚下未停，眉头却是皱了起来。

“只是有好几个人都说，有人在西京看见石府的二公子，虽是坐的马车，却穿着素白的袍子，好似押解的犯人一样……有人说唐使君是在陕西犯了事……”

蔡京猛地停下脚步，冷冷地道：“这些事，你不要乱传。”

蔡喜闻言，连忙回道：“是，小的不敢。”

蔡京点点头，看了他一眼，方继续向书阁走去，脚下的步子却是迈得更急了。陕西兵变，唐康擅调禁军平叛，蔡京早就知道得一清二楚。也许，换一个时间，这将是震撼朝野的大事，但现在，这一切，却都不能称其为重点。蔡京清楚地看到政事堂内吕惠卿的位置摇摇欲坠，他也敏锐地感觉到大宋朝正危机四伏——但是，吕惠卿倒不倒台不重要，大宋朝倒不倒霉也不重要，重要的只是，吕惠卿的倒台，大宋朝的危机，必须能给他蔡京带来利益！保住自己，从危机中获取对自己的最大利益，而不是被中枢的争权夺利压成齑粉，这才是蔡京目前最需要关心的。

他非常清楚地知道，即使他把宅子买在熙宁番坊，他也不可能真正的置身事外。因为，他就是石越手中的棋子，而石越，已经将他这颗棋下出去了。他必须完成棋手的任务，也必须巧妙地保护自己，只要稍有不慎，无论是哪方面的力量，都能轻易地让他化为齑粉，并且，不会得到任何同情——包括石越的！

快到书阁的时候，蔡京刻意放缓了脚步，让自己的神态变得从容。他走进书阁之时，王谷已经站了起来，他手边的书几上，放着一把团扇和一卷书册，蔡京眼尖，已留意到青笺纸的扇面上，有司马光的题字。

他笑呵呵地抢上前两步，揖道：“世用兄久候了。”

王谷笑着回了一礼，道：“你我故交，不必论这些虚文。”

“还是世用兄洒脱通达。”蔡京笑着又请王谷坐了，令人换了茶水点心，方笑道，“那我也将那些浮俗权且抛开。此番劳驾兄台移趾，一是受舍弟之托，我家七哥与君家玉女的婚事，草帖前已卜吉，又蒙兄台不弃，两家亦已换过定贴。恰逢兄蒙恩旨入

[11] 家生，即家具。

选柏台，将这事耽搁下来。数日前，舍弟寄来家书，托我打探兄台之意，若兄台应允，则可觅一吉日，他便令七哥入京，由我主持，行过定聘之礼，也好将此事早些定下来。”

王谷不料蔡京巴巴将自己请来，竟是先说他女儿与蔡京族侄的婚事，因笑道：“便依令弟之意，明日我便令人去找玉霄观李道长，请他卜个吉日。”

“如此多谢世用兄成全。”蔡京笑着抱拳一礼，又开玩笑道，“我家七哥在西湖学院，也算是个魁首，将来少不得还给世用兄一个状元女婿。”

“罢了，罢了。”王谷摇着手，笑道，“汴京三岁童子都知道西湖学院连中了三个传胪了，一甲却是一个也不曾中得。他若在白水潭，或还有几分指望。邵伯温都说了，西湖学院无一甲之命。”说罢，又看着蔡京，笑道，“元长找我来，断不会只为这些媒妁之事吧？”

“毕竟瞒不过世用兄。”蔡京笑道，却微微沉吟不语，只是一双眸子定定地望着王谷。王谷也只是含笑望着蔡京，并不说话。半晌，蔡京忽然一笑，缓缓道，“我听说柏台令出缺，君实相公荐范纯仁为御史中丞……”

王谷笑道：“元长来京不过两月，消息倒是灵通。”

蔡京微微笑道：“一年以来，司马君实接连荐举了十余名清流名士，其中既有邵伯温这样的白衣隐士，亦有杨时这样的中了进士后却不出仕的名士，还有世用兄这样的两任通判，在地方政声极佳的官员……一年之内，这些人几乎遍布御史台、给事中……”

王谷听到这里，忽淡淡插道：“但君实相公举荐贤材并无私心。司马公休才识过人，至今不过是秘书省校书郎而已。况且，君实相公举荐之士，固然有所谓‘旧党’者，然亦有李敦敏这样的所谓‘石党’，还有我这种东不投西不靠的——否则，以皇上之英明，也容不得他来安插党羽。”

“诚如兄台所言，君实相公的确没有私心。”蔡京抿着嘴，望着王谷，道，“我胡乱猜测一句吧——君实相公其实是操劳过度，疾病缠身，他是怕万一有不讳之事，所以才遍召群贤，只不过是希望他死后朝中能有贤臣弼士匡正而已。因户部尚书无除官之权，不得已他才寄望于台谏。本朝制度，能制衡两府者，亦只有台谏而已。”

王谷依然从容淡定地听着，但脸上的笑容却渐渐消隐不见了。

7

几乎同一时刻，董太师巷司马光府内。

相比起司马光的地位，他书室内的陈设，简朴得有些寒酸。一张书桌，一张琴桌，一张木椅，一张凉床，一架书橱，还有一座屏风，所有家生，都是汴京坊市中随处可见的东西。书橱内整齐有致地摆满了书籍卷轴；书桌上的文牍、笔砚、炭笔、石笔，分门别类地摆放着，一丝不苟；书橱与书桌都没有任何雕工可言，方方正正，规规矩矩。它旁边的屏风上面只有四边有简单的文饰，中间空白处用炭笔写满了蝇头小楷，似乎它并不是一个装饰品，而是一本备忘录。整个书室中，唯一值钱的东西，便只有琴桌上摆着的那把唐代古琴，它被擦拭得一尘不染，琴上还小心地用一块黄绫盖着，前面则供着三炷檀香——表示这把琴乃是皇家的赐品。

此时，司马光正端坐在那张木椅上，听司马康说着益州路的情况。

自熙宁十四年西南夷大乱，宋廷派兵进剿，三年之内，禁军屡战屡败，州县失陷，百姓无辜惨死，盗贼猖獗，宋廷不得不向益州逐年增兵，一路之内，有进剿之兵，有守备之兵，有捕贼之兵，到了熙宁十六年，仅前成都府路境内，禁军、厢军、乡兵、番兵，总数已达十二万余众，这庞大的部队，要分兵守备各地，防御西南夷、盗贼之寇掠，仿佛五十年前陕西之事，又复见于今日。而蜀地易出难进，转运艰难，则更远甚于陕西……

益州局势，早已成为压在司马光心中的一块大石头。

身为户部尚书的司马光，比谁都更加清楚，益州征战用度，十之七八都要自本路征调，但统计前成都府路之户数，即便算上叛乱诸州之户口，却也不过八十六万余户。即是说，这两三年间，蜀地竟是以七户供一兵！而先帝英宗治平年间，大宋主客户一千四百余万户，兵员共计一百十六万二千，其中禁军马步六十六万三千，以十三四户养一兵，当时天下太平，天下财力犹几近殚竭！相比之下，益州虽称富庶，但百姓之困苦，也是可想而知的。

但此时司马康向他禀报的，却似乎比他所了解的更加耸人听闻。

“……蜀中其实没多少存粮——石越抚陕，密谋伐夏，为筹集粮草，事先曾向蜀中买粮；而各地常平仓之挪用亏欠又是常事，熙宁十四年时蜀中官仓存粮本就不足，吕吉甫以为西南夷反手可定，亦未先做准备，事到临头，只好行和籴之法。自孟氏[12]以来，虽有‘扬一益二’之称，可益州之赋役亦素重于他路，蜀中巨富固不少，但下户亦极多。朝廷虽屡有严禁，不得擅自向下户和籴征调，和籴需由自愿，但一涉及军需，地方官征不上粮草，便要丢乌纱帽……”说到这里，司马康忍不住讥刺道，“今之君子，争减半年磨勘，虽杀人亦为之，何况这竟是要丢乌纱帽的，哪里由得你百姓自愿不自愿？和籴转而变成科索，有良心的官员，一手交粮一手给钱；次一等的官员，先交粮后给钱；最劣者，则是籴粮之后，给你一张欠条而已，朝廷拨放之钱钞，

[12] 指后蜀国。

反入了这些贪官口袋。自古以来，地方官吏皆是欺善怕恶之辈，朝廷远在汴京，地方豪强却近在眼前，几道诏令，怎管得住他们欺上瞒下？于是和籴反是中下户来承担。”

“除此以外，用兵不免要征粮征夫，可愈是征调百姓愈是困乏，百姓愈困苦则所征调之物愈少，征调之物愈少则官吏征调愈急，于是百姓逃匿，或聚为盗贼，治安愈乱，而需兵愈多……益州路诸司或媚附吕吉甫，或惧其威势，多方隐匿，报喜不报忧，有几个据实上报的，反被斥为主官无能——别州无事，惟他这一州便有事，这不正是你无能吗？事后这些官员便都被降级甚至贬斥。若非自三月以来成都粮价突然一路暴涨，几个月内由一贯每石攀升至交钞两贯，朝廷还被蒙在鼓里！”

“这不过是他们再也瞒不住了。但朝廷便算知道，亦无良策。”司马光平静的语气，连他自己都似乎感到有点难以理解。

司马康一怔，诧异地望着他的父亲。便听司马光又淡淡道：“朝廷就那点家底。自仁宗以来，汴京积蓄之粮草，多则七年，少则五年。然从熙宁七年大灾开始，国家大大小小水旱灾害，便也没消停；紧接着又是用兵，先是西夏后是西南，亦未曾停过。官家是仁君，爱惜民力，救灾用兵的粮草，多半都是存粮。汴京的存粮，这十年来，断断续续用得差不多了。今年汴京存粮只够一岁之用，这是再也不能少的了。汴河、黄河、蔡河、广济河，到处都挤满了漕船。去年两淮、两浙是大熟，两湖两江亦是丰年；今年看情形也是丰年。为防谷贱伤农，朝廷在东南各地买粮，又想方设法把粮食送到京师、陕西、河东、河北，一是补足京师存粮，二是保证边郡军粮。尤其河北是天下根本，却连连灾害歉收，元气刚刚恢复过来，军粮供应，还是要仰赖东南。但是一条运河每年只能运这么多粮食，如今已是到了极限，凭谁也没有本事将东南的粮食一下子全搬到京师、河北、西北、益州来——若非石越当年倡议，修葺了自江陵至京师的河道官道，使蔡河分解了汴河之压力，便是眼下的局面也难以维持。”司马光低声叹了口气，抬头望着司马康，苦笑道，“你道我没有想过运粮进蜀吗？可漕运运粮，平均每运米百万石至京师，需费三十七万缗钱——这还没算上漕船、漕兵以及疏运河道之成本。若让粮食走陆路，从东南运到汴京，便是天价。这几年从汴京运粮到两北，朝廷耗费了多少人力、物力、财力？！要运进益州，费用更是不敢想象。我与吕吉甫虽然不和，但我却宁肯吕吉甫得个好名声，亦不愿看到蜀中局面败坏！”

“其实去年冬我便已经感觉到益州不对了，亦略做了些准备。”听到这里，司马康在心里默算了一下，那正是司马光给皇帝的三封奏章都被留中之后的事情，当时连他都不知道司马光的奏折里写的是什么。他心中一凛，又听他父亲充满无奈地说道，“然我终亦是束手无策！蜀道之难，难于上青天。纵使不顾两北塞防，不计费用，将增运之粮菽全部运给益州，陆路困于蜀道，水路困于三峡，能运进去的粮菽不过是杯水车薪。倘若把运费加上，又足以让西南之支出翻倍。何况两北塞防关系国家之根本，亦不得不顾。除非有两三年的时间——但看现在之局势……”

自做了这个户部尚书以来，司马光为了改善国家之财政而锱铢必较，每日休息不过两个时辰，累得几度吐血，这般劳心劳力，归根到底，其实也是为了民富国强，但他却再也料不到，眼见着大败西夏，收复灵夏故土，在刚刚看到这个国家将要走向一条康庄大道之时，却冷不防掉进了一个无底的深渊中。身为同时代最优秀的历史学家，他比这个国家任何一个人都明白，现在益州路的局势，究竟意味着什么！

“君子非不见用，小人亦得侧身其间！君子非不见用，小人亦得……”司马光喃喃自语，他不知道自己当初的选择是正确还是错误，是应该遵循自己以前的想法，君子小人势不两立，还是应当肯定他这些年来的选择，尽心竭力地匡扶朝政，为有所为而不惜与小人共事？

他所能预见到的局面，让他不自禁地怀疑起自己这几年的努力，但是，回想他这些年来所付出的心血，司马光又觉得并非一文不值。这几个月来，一个念头不断在他心间萦绕——为有所作为而妥协也许不是错误，但是妥协不应当意味着放弃斗争。君子不当消极地“言不用则去”，但也应当不惮于站在朝堂之上，与小人斗争到底……

司马光越来越感觉到自己的衰老，曾公亮死了，吴充死了，张方平致仕了，文彦博比自己还大十多岁，此时已经快八十了，在枢密院也待不久了，冯京也已经六十多岁，并且越来越不得宠——吏部的事务，现在几乎都是由吏部侍郎主持。司马光心里很清楚，皇帝不喜欢一个吏部尚书干上十年！那些善会揣摩上意的御史弹劾冯京也越来越多，越来越放肆了，也许就在这一两年内，冯京迟早要出知地方。自从苏辙被吕惠卿赶到了福建后，王珪与陈绎便都已经在眼巴巴地盼着，希望有机会做到这个“天下第一部”的尚书……

当老人凋零，正人被赶出朝堂之后，这江山社稷，百姓黎民，该托付给谁？！这朝堂之上，一定要有才德兼备的正人君子来匡扶社稷，驱逐小人！只有这样，他才勉强对得起三朝皇帝的知遇之恩、太皇太后的信任，以及他身为士大夫之责任与良心！

“君子非不见用，小人亦得侧身其间……”司马康低声重复着他父亲的话，抬起头来，慨声说道，“依孩儿之见，国家腹心之患，不在益州，而在都堂。庆父不死，鲁难未已！”

“庆父不死，鲁难未已！”蔡京望着王谷，道，“我若没猜错的话，君实相公这样做，亦是为了对付‘庆父’。”

“这只不过是元长你自己在胡乱猜测而已。”须臾，王谷便平静了下来，斜着眼睛看了蔡京一眼，冷冰冰地说道，“君实相公想什么，你蔡元长说了可做不得准。若是疑心他拉朋结党，排除异己，元长何不拜表弹劾？”

“君子群而不党！”蔡京笑道，“我何曾说过司马君实结党？”他身子向前一倾，盯着王谷的眸子，忽然单刀直入，笑问道，“世用兄为何不问‘庆父’是谁？”王谷一怔，蔡京又逼问道，“我说司马君实要为国家除‘庆父’，怎的世用兄竟半点也不疑这‘庆父’是谁吗？还是说，世用兄心里其实早已知道谁是‘庆父’了？”

王谷仿佛被雷击中一般，一时间哑口无辞，半晌，方嗫嚅道：“方才你不是说两府吗？”

“两府可不止一人。”蔡京此时铁了心要敲开王谷这扇门，竟是毫不相让，“世用兄，若说你不知道‘庆父’是谁，为何你这一个月内，竟与太府寺一个小小的九品录事打得火热？”

“元长！”王谷猛地涨红了脸，腾地站起身来，抓起放在桌上的扇子，冷冷地说道，“告辞了。”说着将手一拱，便要辞去。

“那是没用的。”蔡京连身子都没有动一下，端起茶喝了一口，沉声道，“世用兄想一举扳倒‘庆父’，扬名天下。但若想靠着一个小小的录事，只怕非止会让君实相公失望，还会连累到一家老小……”

王谷一凛，心里一犹豫，脚便没有迈出去。

“我与世用兄是同年，又是旧交，蔡王两家，又是姻亲……”蔡京微微叹了口气，极为诚恳地望着王谷，道，“若不是为此，我才不想管这些闲事。得罪了那‘庆父’，难道我的前程就不是前程吗？我亦是好不容易才进到这太府寺的！世用兄，你和那周录事打得火热，真以为别人不知道吗？交钞局的事情，我这个太府寺丞都只能见着台面上的事情，他一个小小的录事，又非交钞局的人，能知道些什么？你这样做，不仅害了自己，也连累了别人——告诉你吧，那周录事，马上要调到广南西路一个边鄙小县去了。”

王谷身子一震，脸色顿时变得苍白：“这……这与他何干？”

“你犯了多大的忌讳，却敢说出这样的话来？”蔡京冷笑道，“要扳倒‘庆父’，自然要从他那几个不成器的弟弟、妻弟下手，这章程原本没错。但像世用兄这么干，只怕等上个甲子轮转，也找不出半点证据来。弄不好还会上个恶当，拿着假证据去弹劾，以‘庆父’的手段，只怕反而被他连根拔起……”

说到这里，蔡京见王谷脸上青一阵白一阵，知道火候已到了，这才起身，将王谷拉回座中，诚声说道：“世用兄，这件事，心急不得，要沉得住气。你纵然不惜官爵，不惧贬窜，但若坏了事，却怎么对得起君实相公的知遇之恩？”

“那元长你说该怎么办？”王谷一把抓住蔡京的袖子，自听到周录事竟然已经出事后，他便已经失了主意。他出身富家，虽然不怕丢了官位，但若是被贬到那些偏远的瘴疠地，却实是让人不寒而栗，生不如死。

蔡京看着他这个样子，心里不由得暗笑。他这个同年，蔡京是素知的，直则直矣，刚却未必，又素少机变，好名而少实。虽然得了个“用事不避权贵”的名声，其实一半却倒是因为不知变通，被人当了枪使，不得不得罪权贵。加上他又喜好虚名，更为虚名所累，其实心里面将这禄位亦是看得极重的。此君若比起包拯来，实在是差得太远了，司马光选中他，甚无知人之明。

但蔡京脸上却装得极为诚恳，又叹了口气，道：“世用兄，恕我直言，我便是太府寺丞，你却找那个什么周录事，这般舍近求远……”他重重叹了口气，“哎……实是……实是令人……”

王谷脸上一红，嚅道：“是我一时糊涂。我不知……哎！”见蔡京一脸的痛心疾首，他不由得一跺脚，骂道，“都是邵伯温误我！”因见蔡京疑惑地望着他，忙又解释道，“邵伯温说元长你是石子明的旧部，若是落下什么把柄……”

蔡京不由苦笑，拍了拍王谷的肩膀，极为无辜地说道：“休说我不是什么‘石党’，便真的是‘石党’，石学士而今已赋闲，岂不闻树倒猢狲散？谁还能眼巴巴将前程放到一个失宠的人身上？石学士闭门谢客几年，什么样的党也都散了。”

“那……”王谷顿时眼睛一亮，问道，“元长果真肯帮我？”

蔡京恨声道：“便是不说公义，只说私怨，我也不能置身事外。这些年来，‘庆父’害我还不惨吗？”他看王谷脸上一阵狂喜，忽然却转变了语调，“不过……”

“不过什么？”王谷心里顿时一紧。

“世用兄，恕我直言。兄台想以一人之力，扳倒‘庆父’，那是绝不可能的。便是杨时、邵伯温，甚至范纯仁加上，也未必是他对手。当年王介甫能将台谏驱逐一空，你以为‘庆父’便没这个本事吗？”蔡京摇了摇头，道，“平心而论，世用兄以为我有何道理要把前程寄在一场必败的党争上？这么明刀明枪，倘若失败，那便是万劫不复，只怕就要老死凌牙门了……”说到这里，他话锋一转，“除非……”

王谷忙道：“元长请说。”

“除非是君实相公亲自出马。”蔡京郑重说道。

“呼……”王谷长长出了口气，不由得笑出声来，道，“我还以为是何事。便是你不说，只要拿到证据，君实相公肯定不会置身事外的。司马君实岂是玩弄权谋的人！元长若是肯出力，是国家之幸……”

蔡京却只是静静地望着王谷，并不搭话。但过了半晌，见王谷依然自顾自滔滔不绝地说着，并不明白自己的意思，不由在心里苦笑了一下，只得开口说道：“世用兄，以朝廷制度，我有何理由将证据放到你们手上？将来追究起来，我脱得了干系吗？难道你想让我带头拜表弹劾吗？”

王谷顿时怔住了。

“我既不是什么‘石党’，也不是什么‘旧党’。”蔡京冷冷地说道，“国家的大义，我不能不顾；但是朋党之事，我亦是绝不肯沾惹的。况且，朝廷法度，也不当为了某一件事而破坏。依常理，我若是发现太府寺有什么问题，应当上报寺卿，最多是送到政事堂，若他们隐匿不报，我才好拜表弹劾。否则，我将置太府寺卿于何地？置政事堂诸公于何地？但我若将公文送到政事堂，君实相公能不能看到，便不是我能预料之事了……”

蔡京在心里冷笑：难道我还会大张旗鼓将证据都搜集齐了给你们吗？那我便不是结党也成结党了。他最多只是在太府寺撕开一道口子，让司马光有机会进来而已。司马光是个聪明人，只要他撕开了口子，他就一定看得见。但在不能肯定能置吕惠卿于死地之前，做出头鸟得罪吕惠卿，绝非智者之举。他是石越的棋子，司马光也同样能成为他的棋子。君子可欺之以方，在蔡京看来，司马光实在是天造地设的一杆大枪。司马光的安排，他冷眼旁观得很清楚。尽管新官制后御史台某些职权受到限制，但有着监察百官之权的柏台，依然是对抗两府最好的选择。

司马光与吕惠卿之间的斗法，御史中丞的人选一定将是双方争斗的重点。若范纯仁出掌柏台，便可以顺理成章地指派殿院、察院御史。吕惠卿执政近十年，他四个弟弟，四个妻弟，还有门生、亲友、党羽，虽然大多数只是些小官，但其中却不知道有多少污浊混事。一件件清理出来，便足以让皇帝对吕惠卿丧失信任。而且，蔡京想都不用想，也知道益州路那边藏着掖着多少事，只要范纯仁向益州路派一个得力的监察御史，便能把天都捅个窟窿出来！但这肯定也是吕惠卿要极力阻止的。所以，现在司马光最好的策略，便是设法在吕惠卿的几个弟弟、妻弟身上找出点够斤量的事情出来，再由御史弹劾，甚至发到御史台狱，吕惠卿自然要引咎避让，即便是不够赶他下台，至少在御史中丞的任命上，吕惠卿便说不上话了……甚至，若这几桩事情够分量，有范仁纯在御史台居中策应，便是一举扳倒吕惠卿也不是不可能的。

便让司马光来替自己和石越把吕惠卿扎得浑身是洞然后还来感谢自己欣赏自己吧……至于御史台，蔡京在心里思量着，他对范纯仁始终看不透，这个人聪明、正直，又极温和，绝不偏激，这样的人，直觉里，他感觉自己没必要去沾惹。既然要卖人情，自然是司马光比范纯仁要有用得多。

王谷怔怔地看了蔡京半天，蔡京把话说到这个地步，他才终于明白蔡京是想让自己将他引荐给司马光。

8

郑州须水镇。

唐康站在须水桥旁边的一座凉亭边，仰面看着满天的星宿，一袭黑绒的披风，将他整个人都裹在黑色的夜幕中。

这里距汴京只不过一日之遥了，但离汴京越近，唐康就越是感觉到一种不安。一向被人赞为“刚毅果决”“少年老成”的他，此时心里却如同一团乱麻似的。派回汴京报讯的家人也回来了，可石越捎来的话却让他摸不着头脑——“勇于敢则杀，勇于不敢则活”——这是什么意思呢？唐康知道这是《老子》里面的话，他忍不住低声颂吟道：“勇于敢则杀，勇于不敢则活。此两者，或利或害，天之所恶，孰知其故？是以圣人犹难之。天之道，不争而善胜，不言而善应，不召而自来，坦然而善谋。天网恢恢，疏而不失……”石越似乎是在教诲他什么，但唐康却又想不太明白。

“勇于敢则杀，勇于不敢则活……”唐康反复低声颂吟着，想要悟出点什么来，却又心烦意乱，全然不得要领。

唐康知道自己是惹出大祸事来了。

但他绝不后悔。

他一辈子都忘不了那天晚上所见到的情形——平定渭南兵变后，他是与李浑一道进城的。进城之后，两人的身子一直都在不停地颤抖。那个姓周的县丞被剥皮后那种惨象，还有渭南城中被乱兵洗劫过后的惨景——便是修罗地狱，亦不过如此。

整座城中，到处都是惨死的无辜百姓的尸体，上至老人，下到婴儿，每具死尸的眼睛都瞪得大大的，死不瞑目！

唐康是手中沾满鲜血的人，他在戎州亲手诛杀的人便不下数十，经他手令所杀的人更是数以千计。但是，他从来没有过那天的感觉，无比的愤怒，无比的痛恨，无比的悲悯……这是他第一次真正体会到一种五代时期的武人之祸，他再也不想有第二次！

没有亲身经过五代的人，是无法理解太祖皇帝与开国诸贤对藩镇割据、武人擅权的恐惧的！便算是天下所有的文官都贪污，也比不上一个武人所带来的残害祸乱！唐康这是第一次真正地理解了身为武人的太祖皇帝是在什么样的心境下说出这番话来的。

同样，没有亲身经历过渭南那个夜晚的人，也是无法理解一向冷静理智的唐康，为什么会做出那样的事情来的！

但是唐康心里绝无半点悔意。纵是让他理智考虑，他也还是会那样做！

便在第二日，唐康与李浑将曼陀罗药掺在茶里，迷倒了高遵惠、田烈武还有赵隆等一干官员将领，由李浑手持田烈武的兵符，将投降的全部叛兵用绳子牵着驱赶到渭水河边，全部处死！

渭水为之不流！

兵变是一定要处死的，甚至连家属也要受株连。但在大宋的历史上，数百人规模以上的兵变，便极少有全部处死的例子，往往都是只诛首恶。而家属往往也只是被发配至岭南为奴。渭南兵变，朝廷极可能又要法外开恩。

但唐康绝对不能看着这些人还能活在这个世界上。他一闭上眼睛，便会想起渭南的惨象。这些人活着，他不知道那些无辜惨死的渭南百姓怎么能瞑目！他不明白那个被悬挂在城墙上瞪大眼睛望着自己的周县丞要如何瞑目！而且，还有一个很现实的理由，田烈武部一定还要开赴益州平叛，他一时间也没有多少人马来看住这些恶狼。不过，唐康心里很清楚，这只不过是一个说辞而已。这些人绝没有再叛乱的勇气了。

大宋绝不会再允许任何兵变存在！站在渭水边上，看着眼前叛卒一排排被箭射死，然后血流成河，唐康的心如岗石一样冰冷坚硬。

但是，唐康心里也非常明白，自己闯出了弥天大祸。擅调禁军已是罪名不轻，何况还擅杀数千已投降的叛卒？他还记得，当章惇赶到渭水河边之时，脸色苍白，半天说不出一个字来。连章惇这种胆大包天，杀人不眨眼的人物，看到自己时的眼神，都带着一丝恐惧。倒是高遵惠、田烈武和赵隆没什么表示，田烈武把将印交给了赵隆，李浑也很干脆地把节印交给了自己的副手，二人当场自己把自己给绑了，让章惇押解赴京。

唐康平静地写了自劾的奏折，脱掉了官服，也与田烈武、李浑一道成了阶下囚。到了这个时候，前程他已经没去想了。他只是抱憾自己对不起田烈武，也担心会影响到石越。

但他其实又并不是真的不在乎自己的前程的。自从做了石府的二公子后，唐康胸中便满怀抱负，一心想要帮助石越立一番事业，彪炳史册，垂名万古，成一代名臣。这时候便完了，唐康心里并不甘心。

越是靠近汴京，他便越是患得患失。一时间觉得自己劫数难逃，当求仁得仁，坦然对之；一时间却又抱着几分侥幸……

“二公子。”一个熟悉的声音从身后传来。唐康身形停滞了一下，缓缓转过身去，望着来人，勉强挤出一丝笑容：“田大哥。”

田烈武微微怔了一下，一种温暖的笑意从心里传到脸上，他走到唐康身边，轻轻拍了拍他的肩膀，高兴地笑了笑。

“我……”唐康张了张口，吐了一个字来，却不知道该说什么。田烈武靠着凉亭坐下，仰首望了望满天的星空，默然半晌，忽低声道：“你做得对。”

唐康定定地望着田烈武。

“那些人，只能算是畜生。”田烈武低声骂道，“我也想把他们全宰了。但若是你和李浑那小子不把我迷倒，这事我却不会做。我这次擅自出兵，是不得已，但我也有自己的章程——当年狄相公昆仑关大捷，今兵部郭侍郎当时在麾下，违令出战，大破侬智高，战后回营请死，狄相公说，违令而胜，是谓之‘权’，这是有功而无过——可就在昆仑关大战前，他还一气杀了违令出战的三十二名将校！可见军令这种东西，并非一成不变的。当年郭侍郎若是死守着狄相公的军令，昆仑关之战就不是现在这个结果了。所谓的‘名将’，是要知道审时度势，要有敢承担责任的勇气——郭侍郎明知道狄相公军令甚严，他违令出战是可能要被处死的，却行之不疑，我当年听司马纯父先生讲到这一段时，心里便甚是佩服。我虽然不敢比郭侍郎，但也不是不知轻重的人。我以一个小小的捕头，受学士知遇之恩，又幸得皇上的恩宠，能有今日之出身，以前是想都不敢想的。我要是只计较自己的官位和身家性命，不顾国家安全，不顾百姓死活，我便是个小人了。但是，这样的事情，毕竟是违令。一个人，若是凭着自己的才智，视军法为无物，也不会是正道。二公子，你想想，若是郭侍郎违令得胜后，便不知收敛，视主将的军令为无物，那他还算是‘名将’吗？‘权’这种东西，智者不得已而用之，若是经常用，便不能叫‘权’了。越是名将，用‘权’之时，便越谨慎。否则，军中岂不乱套了？若是恃智而妄为，那我们和雄武二军那些畜生相差也只有半步之遥了。”

田烈武的话，似是谈心，又似是劝诫，每一句都打在唐康的心中。他望着田烈武，心里隐隐感觉他这个弓马老师，实是大智若愚。

“所以，若是我，我心里再恨那些畜生，我也不会允许我的部下去做那种事情。那是卫尉寺的事情。我擅自出兵平叛，是不得已，是用‘权’；可是我若去擅杀那些畜生，我就是滥权。”田烈武回视着唐康，忽然微笑道，“但你这样做，我还是要说你做得对。”

“为什么？”

“我说不清楚。”田烈武摇摇头，笑道，“或许是我心里虽然明白不应当擅杀那些畜生，可是却又极想把他们全宰了。你做了我想做又不敢做的事情。或许，是看到你这么同情那些无辜的百姓……”他沉吟了许久，仿佛不知道该怎么样说，半晌，方敛容道，“有些话……”

“田大哥但说无妨。”唐康仿佛又回到了当年在石府田烈武教他弓马骑射的日子。

“这样的事情，做了便做了，后悔是没用的。但若是能逃过这一劫，以后二公子须多思量些。像我这样的人，资质有限，守经而不犯错，循规蹈矩，不是难事。但是对聪明人来说，循规蹈矩往往是最难的。不守规矩做了一件事是对的，做了两件事是对的，做了三件事也是对的，但不是说会一直对下去。只要错上一件，便会后悔莫及。因为这样而走上邪路的，古往今来不知道有多少——人是极奇怪的，郭侍郎违令立功，人人记得；可是之前违令出战大败而回的三十二将校，却没几个人能记得住。

“我记得有一回我见学士，学士正在练字，他拿给我看，写的是‘毋作聪明’四个字，学士告诉我，那是《尚书经》里面的话，我当时很奇怪，都说聪明好，为何圣人反说‘毋作聪明’呢？学士说，因为越是聪明人越是容易自以为聪明，就越是容易惹出大乱子来。自古以来，所有的大乱子，都是聪明人惹出来的，越是聪明，惹出来的乱子越大。所以，他写这几个字，是想提醒自己，不要自以为聪明。”田烈武说到这里，笑道，“学士和我说过的话不多，人人都说他是天上的星宿下凡，他和我说过什么，我回去以后都会写出来，时时读，每次都能悟出些道理。像这段话，当时我一点也不明白。后来听人说书，讲典故，我留心对照，越往后便越明白这是至理名言。像学士那样星宿下凡的人，都害怕自作聪明……而且，聪明人易遭人嫉恨，往往也是因为不爱循规蹈矩……”

田烈武这辈子没和人说过这么多大道理，但他与唐康亦师亦友，当年感情也是极好。他是很重情义的人，这些日子看唐康的行事为人，又觉得这些话如鲠在喉，不吐不快。只是自从再会之后，唐康给人的感觉，表面上看起来亲切平和，但骨子里却有点高高在上，他一直寻不到机会开口，这时终于有机会一口气说出来，竟是感觉如同去了一桩大心事。可是同时心里又感觉有点惶恐——唐康有石越这样的义兄，这些粗浅的道理，哪里还需要他来说呢？

“田大哥……”唐康一生自负才智，外谦而内傲，加上结交的又都是一等一的人物，因此便常常看不起普通人，也常有一种“礼法岂为吾辈设”的自傲。此时在这前途未卜之际，听了田烈武这一席话，竟猛然觉得自己这十几年来有多么的可笑！

第六章

蛰虫将振

螳螂方欲食蝉，而不知黄雀在后，举其颈欲啄而食之也。

——《韩诗外传》

1

大宋东京与西京之间，除了有汴河、洛水的水道外，还有槐荫森森的官道相连，交通颇为便利。然而便利有时亦可成为烦恼，金兰算得清清楚楚，唐康的上一封信是他还没到洛阳时派专人送回来的，自从打发了那个下人回去复命后，便再也没有信件送来。无论是石府还是文府，唐家还是桑家，竟是没有一个人知道他到了洛阳后，走的是哪条道。她估算时间，这几日间唐康便应当到汴京了，只得用傻办法，分别派了人昼夜轮换守着每一条道路，每一个渡口。虽明知这样也没什么用处，但是对于亲人来说，若是什么都不做，却实在不能心安。

接连几天，打探的人都没有看到唐康一行的踪迹，文氏与金兰几天几夜都合不了眼，心里面患得患失，也不知道是该盼着他快点到好，还是希望他慢点到好。两人眼巴巴盼着唐康回京，眼见着他就要升迁，一家人又可以团聚，却不料中途出了这么一档事，真是祸从天降。

初听到这个消息，文氏几乎吓得六神无主，不知如何是好。到底还是金兰能拿得定主意，她和文氏商议后，二人分别去石府与文府打探消息；因唐家在汴京主持生意的是唐康的一个堂兄，难以应付这样的局面，又遣了人快马去杭州报信。但文氏与金兰各自打听了消息回来后，二人一对口风，才知道唐康这祸事闯得着实不小——擅调禁军倒也罢了，唐康竟然不请旨诛杀了七千余名已投降的叛军！

文氏是名门高第大家闺秀出身，平生见过的人加起来只怕也没有一百，根本不知道七千人是什么概念，不知者无畏，倒也罢了。金兰听了，当时便倒吸一口凉气，几乎被惊呆了。但她一回过神来，便立即与文氏商议了，叫文氏每日回去求她父母向文彦博说情，自己则除了陪姐姐金芷外，每天免不了都要跑几趟石府与桑府——金兰在宋朝这么多年，早已是个汴京通。

她平素虽然也有许多交好的闺中密友，但到了这时节，她若自己去行走，便太招人耳目。反倒是桑充国夫人王昉，不仅清河郡主与她是多年好友，甚至连当今的宰相夫人方氏也甚敬服她——金兰心里也清楚是什么人掌握着唐康的命运，无论是清河郡主还是方氏，其实也做不得多大用处，皇帝、太后再宠爱清河，也不会允许她干政；而吕惠卿的家法是极出名的，这样的大事，方氏就算有心帮忙，也根本说不上话。

但明白归明白，涉及的人一旦是自己的丈夫，再理智的人也控制不了要去做，仿佛只有这么做了，才能让自己稍稍安心。她心里只能是抱着一丝侥幸，自己在清河郡主面前始终说不上什么话，若是王昉能让清河在太后或皇帝面前美言一两句，或许便是另一种结果——毕竟在宫中各种各样的请托，也是从来没有杜绝过的。

但是，即使做了这一切，对于聪明练达的金兰来说，终究是不能做到自欺欺人的。她根本骗不了自己——唐康的升迁曾被汴京的官员们视为石越东山再起的预兆，人人都认为皇帝可能又要重用石越了。明白这一点甚至不需要任何政治洞察力，只要数一数学士巷前马车的数量，便可以看得出来。可石越的东山再起，却一定会让吕惠卿感觉到威胁，每一件可以利用的事情，吕惠卿都不会放过，更何况这次唐康简直是将天捅了个窟窿！

“虽说擅调禁军平叛犯禁，可毕竟也是为了朝廷，官家应当不会怪罪吧？”

“那些叛卒按律令也是应当处死的……”

对于文氏织造的种种为唐康开解的理由，金兰只能默默地苦笑。她不愿意再去给她增添无谓的压力，如文氏这样的名门闺秀，真的是已经做得足够好了。但是，金兰却找不到任何理由来宽慰自己——自古以来，对于身居高位者来说，除了做事的内容外，做事的形式也是同样重要，甚至更重要。

“还是没有官人的消息吗？”眼见室中那座珍珠座钟的时针不可避免地指向酉正，沉闷的钟声随之响起，金兰忍不住扭过头来第三次问道。

侍婢摇了摇头，低声回道：“还没有。”说完，她微微抬头，看了一眼金兰，轻咬下唇，又安慰道，“夫人，或许明天便有消息了。”

失望再一次占据了金兰的内心。她沉默了一会儿，忽然站起身来，道：“去桑府。”

早在几年前，桑府就从潘楼街搬到了咸宜坊附近。这里不比潘楼街那种商业区，咸宜坊与董太师巷一样，住的全都是大宋的皇亲国戚与达官贵人，当今皇帝的四弟赵頵，王府便在咸宜坊第一区。而四王府的正对面，此时也正在大兴土木，这是官家在给雍王赵颢兴建王府——路过咸宜坊第一区时，金兰透过马车车窗看了未来的雍王府一眼，嘴角边闪过一丝冷笑。

当今皇帝对这位“贤王”的“宠信”与“友爱”，实在令人唏嘘，以前金兰所见所闻的宫廷斗争，要么便是如辽国一般赤裸裸的拔刀见血，父子兄弟视同仇雠，不杀个你死我活血流成河便决不罢休；要么便是如高丽一样，虽然同样是仿若不共戴天，但只要不造成明目张胆的威胁，最多便“只是”强迫诸王子们出家为僧……但像大宋这样做得这般温情脉脉，不露声色的，则实是让金兰叹为观止。她是颇知其中内情的。

自王安石为相以后，宋朝财政便慢慢规范；至改官制后，特别是为了应付对西夏的战争，财权更是进一步下移，分别由户部与太府寺掌握，皇帝直接控制的财富越来越少。而当今皇帝更是贤君英主，为了缓解国库用度，他三番五次削减宫内用度，大内如今至少有两三座宫殿年久失修，他都舍不得花钱——可为了给他这位皇弟兴建王府，皇帝竟是毫不吝啬地掏出了二十余万贯！这二十余万贯铜钱，除了向天下诏示皇室兄弟敦爱，皇帝重视手足亲情外，其目的其实只有一个，就是让雍王殿下住得离禁中远一点。这显然也不只是皇帝一个人的想法，因为一向锱铢必较的户部尚书司马光竟罕见地没有反对。

金兰对这个雍王没什么好感。宋人以虚岁计算男子年龄，熙宁十七年，延安郡王已经九岁，信国公殿下也已经八岁，从皇帝、太后、皇后到朝廷的大臣们，都开始张罗着给这两位皇子挑选师傅。然而延安郡王——亦即大宋朝实际上的皇太子，却偏偏体弱多病，难以入学，所以一直拖延不决。皇后本来准备先给信国公选个师傅，但正当金兰等人兴高采烈地筹划着替信国公挑一个好老师的时候，这位雍王殿下却奏了一本，说了些“长幼有序”之类的话，结果这件事便没了下文。

雍王的用心金兰看得清清楚楚。只因在宫中延安郡王与信国公与他人不同，均由皇后亲自抚养，故此将来继承统绪的机会自然要高于其余的皇子——若是延安郡王平安无恙，以长幼，以血统，自然都没有信国公的机会，而且无论是王贤妃也好，金兰也好，都不敢有这样的野心；但如若这位皇太子殿下有什么万一，那么其余皇子中，信国公年纪最大，又是皇后抚养长大，虽然在血统上占了劣势，但若有朝一日朝臣们为了防止兄终弟及的情况出现，拥立年纪较长的信国公，也不是不可能的。毕竟所谓的“血统”，是由父系而非母系决定的。

信国公的高丽血统固然会有“夷狄”之讥，但他毕竟是大宋皇帝的亲子。更何况他母亲贵为高丽公主，诸皇子之中以他母亲的出身最为尊贵！虽然眼下人人都认为信国公毫无机会，但金兰却相信，天下之事，变化无常。

这位雍王殿下，显然也算计到了这一点。高太后与皇后一定会维护皇子们的长幼之序的，若皇六子赵佣都还没选好师傅读书，倒先让皇七子就学，此例一开，便是启诸皇子觊觎之心，将来后患无穷。反正诸皇子年纪还小，不怕耽误，自然便先压下去了。而雍王殿下则乐得看见皇子们越晚读书越好。

马车飞快地掠过咸宜坊第一区，在街巷中七拐八弯，又跑了小半个时辰，终于停到了桑府之前。桑家看门的家丁见到金兰的马车，早有人飞奔入内通报，一面迎了马车自侧门进府。金兰在中门下车之时，王昉早带了人亲自迎了出来。

“表嫂。”金兰见着王昉，忙敛衽道，“岂敢劳动嫂嫂。”

王昉笑着扶起金兰，挽了她手一边向里间走，一面笑道：“兰儿，柔嘉县主回来了。”

“啊？”这个消息实是让金兰颇觉意外。柔嘉自从曹太后逝世后，便郁郁寡欢，熙宁十三年起，她便屡次上表，请求去巩县替曹太后守庐三年，以尽孝道——这是大宋开国以来未有之事，亦为礼法所无。但宋朝与历代一样，都是“以孝治天下”，皇帝虽暗中怜惜这个妹子，屡次三番留中，又令皇后与清河郡主劝慰她，但无奈柔嘉意志甚坚，皇帝无可奈何，这才勉强准了她，至熙宁十四年，柔嘉便离了静渊庄，前往巩县。从此汴京便甚少闻她音讯。

金兰是极剔透的人，早先她进宫见王贤妃时，曾闲聊到柔嘉县主，王贤妃还笑称不论是已故的曹太后，还是皇帝与皇后，对柔嘉的宠爱，其实还在清河之上——宫中人都说这位十九娘的脾气性子，像极了在熙宁三年故逝的楚国大长公主。

金兰从没见过这位仁宗皇帝的爱女，但她却听说过她的许多事迹——这位公主胆子大得无法无天，在宋朝那些温柔贤淑的公主当中，是一个极为另类的人物。可是她的命运，却无法逃脱宋朝公主的诅咒，与许许多多的宋朝公主一样凄惨。

这位楚国大长公主与多数公主一样，不幸被指配了一个自己完全无法喜欢的驸马，而更不幸的是，她竟偏偏不肯接受这种命运。于是在短短几年内，夫妻感情急骤恶化，最后竟闹得夜扣宫门，要与驸马分居——宋朝的律令，宫门夜开是极为严重的事情，兼之这位公主常常与内侍们饮酒作乐，又无法处理好婆媳关系，早已引人侧目，竟因此惹得台谏纷纷弹劾，众议哗然，最终被降封为沂国公主。但她却丝毫不放在心上，竟是宁死也要与驸马离婚。皇帝迫不得已，只好遣人向驸马家说情，说“凡人富贵，亦不必为主婿也”，委婉请求驸马家解除了婚约——这可以说是楚国长公主，同时也是大宋朝所有公主的事迹中，最为惊世骇俗的一桩大事件。当时这位公主不过二十五岁。

但是她的命运却并未因此而出现转机，如此离经叛道的事情，使她在宫中也无法安身。她的亲生母亲苗妃虽然因曾经多方维护当时养在宫中的英宗皇帝而结下善缘，但是与曹太后的矛盾却让她的立场更加尴尬。仁宗在世的时候，曹后已经公开表示出同情驸马之意。仁宗逝世后，她丧失了最大的依靠。而高太后更是无法接受这种不符合道德礼法的行为。楚国大长公主最终还是被迫复婚，很快，就郁郁而死，这时，距她离婚那一年，不过八年。

据说这位公主自小机灵聪慧，调皮可爱，而且一生都非常孝顺父母，虽然常常傲气凌人，却是个至情至性的人。所以直到她逝世十余年后，汴京闺阁中依然在时时流传着这位公主的种种故事——从她少女时代种种顽皮的事迹、向上天乞求用自己的生命换取父亲平安的孝心；到她那无比隆重的册封公主典礼、豪华奢靡的婚礼……甚至还有人传说，她是因为爱上了一个内侍而要与驸马离婚……汴京的许多女孩子虽然口里对这位公主的所作所为不以为然，但是只要一听到“楚国大长公主”或者“庄孝公主”几个字，耳朵便会不由自主地竖起来。这位楚国大长公主，实已是闺阁中的传奇。

而最耐人寻味的，还是当今官家对他这位姑姑的态度。虽然贵为皇帝，也无法阻止她被迫复婚，郁郁而死的悲剧，但是在她逝世后，当辅臣议谥时，官家却横插一脚，亲赐谥号“庄孝”，追封楚国大长公主——最离奇的是，仿佛不如此不能出心头恶气一般，皇帝居然以“奉主无状”的罪名，把那个倒霉的驸马都尉贬到了陈州安置，至今没有翻身——要知道，当年的公论是“不睦之咎皆由公主”的！其实这位驸马与公主一样，都是不幸婚姻的受害者。

从种种传闻中，金兰感觉到贤妃的玩笑，宫中人们的比较，都不是空穴来风的。至少她可以知道官家心里其实是十分同情庄孝公主的遭遇的。而这位十九娘从小的所作所为，俨然便是又一个庄孝公主。这位县主不仅同样的至情至性，也同样的孝顺。她所做的惊世骇俗的事情，较之庄孝公主有过之而无不及，可是她却毕竟不曾离经叛道——这竟是有庄孝公主之长而无其短了。若说皇帝与皇后内心深处更疼爱她，金兰相信是极可能的——大宋皇室中，有无数的清河郡主，但柔嘉县主却只有一个！

想到这里，金兰心里不觉一喜。柔嘉与梓儿的交谊，更犹在清河之上——这位县主，素来别人不敢说的话她敢说，旁人不敢做的事她敢做，若能得她帮忙……金兰暗暗打着她的如意算盘，浑然忘记了这位县主的每一个故事中，常常同时包含着另一个人或另一些人的不幸。

2

“太后和圣人可又要操心县主的婚事了……”王昉一面走，一面与金兰说着闲话。

“朝中公卿家这么多公子，总能寻出个如意郎君吧？”金兰淡淡笑道，她对这些事有些心不在焉。

王昉诧异地望了金兰一眼，似笑非笑地说道：“若不合县主的心意也是不成的，前车之鉴……”柔嘉对石越的心意，她却是多少知道一点的。

“县主有心上人了吗？是哪家的公子？”金兰马上听出了弦外之音。

“我可不知道，想知道你亲自问县主去。”王昉笑着岔开话题，“明日我们一道便去静渊庄，莫怪我越俎代庖，你们的礼物，我已先替你们预备好了。”

金兰连忙道谢，二人又一面聊些家常闲话，没多时，便到了王昉住的院子里。因金兰是熟客，王昉假模假样拿了女红做着，便把侍婢下人全都支使了出去。金兰见她装腔作势，在一面绣屏上东扎一针西穿一线，忍不住笑问道：“表嫂这是在绣什么？”

王昉见她取笑，笑着把绣屏丢到榻上，嘴里却不甘示弱，正色道：“我绣的是捉鬼图，有镇宅辟邪之神效。”

金兰听她说得认真，不由得半信半疑走过去，捡起绣屏一看，便见这小小的绣屏上面，东一条线，西一条线，红一道，黑一道，绿一道，不知怎么样便拼凑在一起，依稀像个图案，但无论她怎么样仔细看，却终究是不明白王昉绣的是什么。她横竖左右静静地看了半晌，正不得要领，忽然看到旁边的小几上压着一张彩图，一眼瞄去，却是一幅比翼双飞图，她回过头，又看了一眼手中的绣屏，忽然发出一声大笑，一只手指指图案，一只手指指绣屏，笑得前俯后仰，几乎岔过气去。外面的婢女婆子不知道发生了什么事，都悄悄靠近来偷看，看到金兰手里拿着的绣屏，一个个也捂着嘴窃笑不已。

王昉被她笑得面红耳赤，羞得快步走过去，一把抢过来，藏在身后，一面啐道："你也不是好人。亏我这么帮你！"

金兰却是越想越觉得好笑，捧着肚子，指着那张画纸，笑道："这……这就……就是……清……清河郡主给……给描……描……"

她早就听文氏说，她这个表嫂王昉，出身名门，宰相之女，琴棋书画诗词歌赋无一不精，甚至经史子集时事政论，也不让须眉，若生得男儿身，公卿之位唾手可得，也算是个奇女子。可偏偏却不擅女红厨艺，拿针线竟比人家耍大枪还难上几分，做出来的饭菜如同毒药。

嫁入桑府后，婆婆虽是极好相处的，但桑家亲戚朋友极多，时日一久，旁人那里难免会有些闲言碎语。偏偏这位桑夫人生性最是争强好胜，哪里受得了别人的闲话？于是发愿要学女红，特别找清河郡主画了样——可好几回，文氏见了她回来，都是笑得说不出囫囵话来。

金兰当时还不肯信，总觉得人人都是一双手，未必如文氏说的那么夸张，且王昉的识度才具，又是她素来极佩服的，这区区女红，怎能难住她这样的才女——这回她却是第一次亲眼见着王昉的"女红"，她再也想不到，一幅好好的"比翼双飞图"，竟能被人绣得似一锅煮烟了的面一般。只怕叫了张飞来，也要比她绣得像些模样儿。

她几日来眉间心头，忧虑焦急，虽也强作笑容，却只能更加辛苦。不料竟在王昉这儿，把几天来憋在心里的着急、生气、忧心……种种郁气，全都发泄了出来。

"表……表嫂的女红，可真……真是和……和大伯……伯的书法有……有得一……一比了……"金兰顺口说出来，便越想越觉得像，石越的毛笔字，练了十几年，似乎也就是能把一横一竖写得更像筷子而不是蚯蚓而已。她曾经看见石越偷偷练习描红——早已对自己的毛笔字彻底放弃了的石越，为了"父亲"的形象，突然间痛改前非，在被闲置的这几年中，曾经又狠练过一段时间的书法。只不过堂堂石学士的书法，与练字不到一年的小石蕤相比，绝对是要稍逊一筹的。

王昉被她笑得耳朵根都红了。她也自知自己的女红实在有点见不得人，拿出藏在身后的绣屏又看了看，也笑道："笑，笑！笑死你这个高丽婢子算了。"见金兰笑得差不多了，又假装生气，板着脸道，"还要说正经事吗？还管不管你家康郎？若是不管，我亦得省心了。"

金兰一听说到唐康，立时止住笑，急道："嫂子不知，我真是急死了。到此时也没见着人回京……"

王昉望着金兰，冷笑道："方才还笑我呢，你也是个呆子。守路口有什么用？不如打点各司衙门有用。你家官人昨晚便回京了，皇上亲降指挥[13]，表弟是被关在御史台。一同犯事的，还有两个武官，连卫尉寺都没沾上边，直接送到枢府的牢里面了……"

"啊？"金兰听到这个消息，顿时脸色惨白，"这……连石府也不知道信吗……皇上圣意……"

"石子明怎的不知道了？"王昉轻轻"哼"了一声，道，"阴谋诡计是他的拿手好戏，不过依我看，他多半在策划着大事呢！"

"大事？"金兰愣住了。

王昉看看金兰，忽幽幽叹了口气，道："我认得的女子中，也便是你能懂这些。却可惜你是女子，否则那个什么朴彦成岂能及你之万一。"她说的朴彦成，乃是高丽国的第一批"遣宋使"，亦即是留学生，白水潭学院院贡生，熙宁十五年参加省试是第五名，殿试为一甲第三名，高中探花。皇帝特旨授秘书监校书郎，荣耀一时。

此君的诗词歌赋、文章策论，连苏子瞻都赞不绝口。不过，金兰却不喜欢此人。高丽使者曾去游说这个被高丽留学生引以为荣的年轻人，请他回国为官，但说客去了后，连开口的机会都没有便被他堵了回来，后来更是连门都入不得了。

这回金芷与王尧来汴京，高丽使馆宴请所有遣宋使，也唯有他缺席。金兰也知道朴彦成并非没有苦衷——他的父兄支持顺王，在这次王位争夺战中遇害。但金兰无法谅解的是，他既然不能原谅自己的祖国，为什么却可以轻易地原谅同样也参与到高丽国内权力争夺的宋朝，并且还毫不羞愧地以宋人自居呢？在高丽留学生中，同样情况的人并不在少数，第一批遣宋使中更是占到少半，但迄今为止，第一批留学生除他之外都已经回到了高丽，其中也不乏在宋朝中过进士的人。

只是这些内情，金兰却也不便表露出来，只是淡淡道："我可不敢比，亦不想如此。此生能得相夫教子，平安度日，便已是福气了。"她的话半真半假，文氏已为唐康育有一儿一女，她却一无所出，她也不能无动于衷。但夫妻之间裂缝已生，又岂是那么容易可以弥缝的？

这回唐康遭逢困厄，她心急如焚，坐立难安，只想若得唐康平安，她便是以身相代，也不会犹豫。像她这样冷静而理智的女子，自然已是洞悉自己的感情。但是，她的另一面，却还牵涉着自己国家，自己的家族……虽然有时候会天真地想，王运已然如愿

[13] 指挥，宋代皇帝的一种手令。

登上王位，我也可以解脱了。但是，她毕竟知道那是不可能的。她已经陷得太深了。相夫教子，平安度日，对她来说，却是极奢侈的事情。她甚至连女人的嫉妒心都不能有，若非内心有愧，她又岂能甘愿与另一个女人分享自己所爱的人？

“你现在还不够平安富贵吗？”王昉却难以理解她的心情，笑道，“待表弟过了这一关，我瞧多半能在汴京安定几年。你们夫妻相聚，生上几个孩子，你便可以好好地相夫教子了。”

“但愿他能平安渡过这一劫。”金兰幽幽叹道。

“他不会有事的。”王昉笃定地笑道，“你听我给你解释了，便知这次注定只是有惊无险。”

金兰素知她的见识，但这回唐康闯下来的祸事却是非比寻常，因此只是半信半疑地望着王昉，抿着嘴，等她解释。

王昉微微沉吟了一会儿，望着金兰，娓娓而谈：“我曾经细览国朝建国以来两府之人事纷变，发现一件有趣的事情。宰执们在两府来来往往，起起落落，入则为相，退则居大郡，牧守一方，此是祖宗之善政，为汉唐所不及。但你可曾留意过宰辅大臣们的任期？”王昉莞尔一笑，略一停顿，便如数家珍般地说道，“赵韩王赵普，从建隆元年为枢密副使算起，至乾德二年为集贤相，到开宝六年罢相，满打满算，也就是十二年，若从乾德二年始，不过九年多一点，其间独相八年，之后便被罢相。直到七年后，才又做了三年宰相，然后又罢相，四年后再入中书，又当了不到三年的宰相。开国之初，宰相做得最长的，便是此老。其余的都是做三年，换三年。真宗朝做得最长的，便是那个与石子明同字的王魏公王旦王子明，做了十二年宰相，若从执政算起，还要更长些，但他独相的时间，只有五年。其后的名相，能够稳稳当当连续十年做宰相的，便只有韩琦与曾公亮，但这两人从未独相过，韩琦与富弼一同为两年，与曾公亮八年，至于曾公亮，熙宁元年和二年，那根本也就是备员而已。”

王昉提及韩琦与曾公亮，言语中便没了什么敬意，她说完停了一下，语带讥讽地笑道：“敢问吕吉甫何德何能，自熙宁八年韩绛罢相后，竟能独相九年之久？”

“不让宰相在位太长，以防结党营私，盘根错节，实是祖宗之法。皇帝即位后便不再让韩琦为相，难道真的是因为他是所谓的‘旧党’吗？那曾公亮又是什么党？”王昉目光流动，显得有点兴奋，“韩琦是千年老狐，罢相之后，便回乡求田问舍，奢华度日，偶尔上点奏章，以示忠君忧国之意。所以韩家才能倍受皇上的恩宠，至今不绝。他和石子明倒真不愧是翁婿，这几年石越之法，与他异曲同工。他闭门不见宾客，不讲学，不著书，将门客或遣散，或荐官，只留了一个潘照临，也整日只是在汴京游山玩水，讲佛谈经。虽然偶尔也购买田宅，但畜养声妓这类的事情，却绝不沾惹，而且隔三岔五还向皇上递些密奏，以示绝无怨望之心。真不知他从哪里学来的这些本事——

所谓‘物为反常即妖’，他要去学人家自污，只怕画虎不成反类犬，皇上是英主……”

金兰知王昉一说起石越，必然非要冷嘲热讽一般方肯罢休，可她却是石越的弟媳，身份尴尬，忙红着脸叫了声：“表嫂……”

王昉这才觉察过来，嘻嘻一笑，道：“言归正传。你说那吕吉甫凭什么便能独相九年之久？若说朝中无人，冯京、司马光做不得宰相吗？若说功高劳苦，难道他比得上赵韩王？他功劳不如赵普，风度不如王旦，人望不及韩琦，却偏偏宰相的位置坐得比谁都牢靠，岂非咄咄怪事？”

“这……”

“其实若说怪事，说穿了也无半点稀奇。他能独相九年，不过是因为皇上腾不出手来罢了。这九年之内，朝廷经历了多少事？改官制，裁撤州县，整编军备……外加上东征西讨，真是数都不数过来。朝局好不容易达成微妙之平衡，只要不出大错，在这当儿，皇上肯定是多一事不如少一事，外头打着仗，怎经得起内里头还朝局动荡不安？宫里头说，太后好几次和皇上说司马光之位不宜在吕惠卿之下，皇上也说司马光可以为左右仆射，但是司马光在户部尚书的位置上，一动不动，其位甚至还在吏、兵二尚书之下！难道司马光当不得吏部尚书吗？依我看，皇上就是怕司马光一动位置，无论是吏部尚书还是右仆射，手里有了人事之权，这朝局便再也安稳不下来。皇上是极英明之君主，熙宁十年，便借着交钞的名义，升吕惠卿为左仆射，夺了他独掌堂除之权，如此一来，重要人事之权，便要由政事堂会议决定，而吏部又交给较温和的冯京，又有所谓的‘石党’从中调和，新党旧党，才能勉强相安无事。否则，无论人事之权由哪一党来控制，若说他们不斗个你死我活，我断然不信。”

“只是，这样的日子，已经不长了。”王昉颇有几分幸灾乐祸地说道。

“嫂子是说，朝局要大变了？”金兰试探着问道。

“一个吏部尚书做上十年，他不结党也是结党，不营私也是营私。”王昉似乎有点唯恐天下不乱，“两府的格局，维持了近十年。老的老，死的死，本来也要变了。枢密院、吏部、兵部、工部、刑部，甚至礼部与户部，还有诸如卫尉寺、太府寺、大理寺之类重要衙门，这几年内都要换人，否则皇上无法心安。这是毋庸置疑的。只是本来吕惠卿或者还可以安安稳稳当几年宰相，皇上也可以待西南局势稳定一点再从容下手。但是……”王昉不由自主地向前倾了倾身子，望着金兰，压了声音，道，“你可知道，大风暴要来了，皇上不得不提前动手换人，吕惠卿的相位，而今也已经危若累卵！”

“这场大风暴，对有些人来说，是灭顶之灾，但对表弟来说，却是天佑。”

“但是……”金兰完全被王昉敏锐的洞察力折服了，但是她还是很难相信看起来欣欣向荣、如日中天的大宋，将会面临什么“大风暴”。要知道，仅仅三年之前，这个帝国刚刚将一个实力远在高丽之上的西北强国打得几乎灭国！

西夏人在与宋朝的战争中，损失了大部分人口，几乎全部最富饶的土地，甚至还有他们先祖的陵墓！而宋朝则得到了——在金兰看来，宋朝得到的，远不止一个西夏这么简单。他们得到了一个陕西路，关中从此由边塞变成腹地！他们还将得到数以十万计的骑兵——占据灵夏之后，宋人从此有了天然的马场，假以时日，他们将可以与契丹铁骑在马背上决一高下。

作为一个高丽人，最多算是一个开封人，金兰很自然地忽略了大宋西南的所谓“西南夷”。与身边的宋人一样，她从心里轻视西南夷，认为那是无足轻重的，尽管宋军连遭败仗，损失惨重，但她与大多数宋人一样，都认为这是因为宋军没有派遣主力禁军进剿！毕竟，为了应付与西夏的战争，宋朝大幅度地加快了他们的禁军整编步伐，大宋朝的未整编禁军、部分河北禁军，还有全部东南禁军，其战斗力是远远不及其精锐主力禁军的。

西军大战之后需要休整，士兵们经历过这样的大战后，会产生种种厌战的情绪，而西北塞防依然需要重兵驻守。京畿的精锐禁军，更加不能随便抽调去西南与什么“西南夷”作战——宋人时刻不敢放松对辽人的警惕。更重要的是，西南夷永远只是西南夷，那场“遥远”的“无关紧要”的战争，似乎与普通人无关。军事上的小小“挫折”——没有人承认那是“失败”——只不过是由于“轻敌”。

金兰与大多数人一样，相信这次种谔统率百战之师入蜀，西南叛乱的平定指日可待。即便在她知道雄武二军发生兵变后，她也依然如此相信——因为大部分宋人心里面的“禁军”，乃是专指西军与殿前司所辖马步军的。河北禁军叛乱如此迅速被平定，不是更证明了西军是何等的善战吗？况且宋军还有火炮——这种武器令人印象深刻。

高丽国也好，辽国也好，为了弄到火炮的制造方法，想尽了种种办法。他们将本国最好的工匠混入使者的随从中，到达汴京后，利用一切机会观察汴京城墙上的火炮——虽然绝大部分时候只能远观，汴京城墙是不可能随意登上去的；同时贿赂官员，利用留学生结交优秀的工匠，亲近与兵器研究院有关的老师、同学……高丽与辽国先后都试制出了自己的火炮，样式与宋朝的似乎区别不大，然而威力却是始终不及——在金兰看来，宋军运几尊火炮去，几炮便可以将西南夷的城墙轰塌——她当然不知道西南夷其实没有城墙，甚至连当地许多宋朝的州县都没有城墙。尽管在汴京居住了许久，但她毕竟从未离开过开封府的区域，所以，在金兰的心里，宋朝的每个地方，都是如从杭州至汴京沿途所看到的城市一样，有着密密麻麻的人群，高大的城墙，整齐美观的建筑、街道，还有令人叹为观止的下水道系统。

她只听说过成都府的富裕，却完全不知道大宋西南边境的情况——在那里，即便是许多宋朝的州治与县治，往往也只是用篱笆简单地围成一圈，一个州可能只有一个很小的集市，最好的房子是官衙，却还不如汴京城内最差的房子，有些小州，甚至全州不过几百户的人口，只要出了州城，四面环视，都是一眼望不到边的群山！所以，许多宋朝官员宁肯被罢官为民，也不愿意离开汴京。但唐康的家信中从来不会提及这些困难，所以，她也无法理解，唐康在戎州能够修葺好城墙，是一件多么了不起的政绩！

而除了西南夷以外，金兰更不知道王昉所说的“大风暴”指的是什么了。

王昉仿佛知道金兰心里在想什么，她又看了一眼金兰，叹道：“公卿士大夫，除了石子明外，都太小看了西南夷……本来这些事情我也不会知道——你应当听说过，自朝廷大举伐夏起，石越便上表乞求新闻管制，朝廷遣人进驻各报，凡与战争有关之报道，甚至于各地之米价、布价，未经许可都在禁止报道之列。西南战事一起，吕吉甫便循例继续此政。故此凡与战事有关之报道，实是两府说什么，各报便写什么，三大报都不曾派人去过益州路，亲眼看看那里究竟是发生了什么……”

金兰听她语气颇有不满之意，不由替石越解释道：“军国大事，贵在机密。且这亦是有法例可循的……”

王昉轻轻“哼”了一下，却没有反驳，停了一下，又继续说道：“但是到了去年，《秦报》的卫棠却派了两个人去了一趟益州路，而且是贿赂了禁军军官，随军深入西南夷之腹地。他们回来后，《秦报》虽然没有任何报道，但是卫棠却写了封信给外子，并且是由其中一人亲自送到汴京的。”

“啊？！”金兰不禁低声惊呼了一声，她下意识地感觉到这里面并不简单。

“这人来京，不过是一个月以前的事情。”王昉淡淡说道，嘴角间却若隐若现地流露出讥刺的笑容，“卫棠是否另有深意，非外人所能知。但他们《秦报》不敢报道，却想让《汴京新闻》出头，用心也未必那么纯良。只是他却不知，吕吉甫的党羽日夜不离地守着《汴京新闻》的每一处印书坊，就算外子不怕得罪权贵，亦无能为力。本来外子有意让那人去面见司马君实，但他却怕给《秦报》惹上是非，趁我们不备，连夜跑回了陕西……”

“那他说的话也未必可信……”

“此人说的事，绝非捏造。”王昉断然否定了金兰的猜疑，“据其所言，西南局势实是到了骇人听闻之地步。他说曾经亲身跟随禁军平乱，西南夷虽然各寨多有恩怨，不得合纵，未成大患，但叛乱之种落，大者数十，小者上百，声势惊人。夷兵在群山之间来去自如，官兵胜则不能追，败则不能退，极为被动。若有军官食古不化不知变通者，禁军精良之铠甲更是反成累赘。故官军每战每败，士气低落。许多官兵水土不服，军中疾病蔓延，而医、药皆不足，亦使战力锐减。除此之外，粮草补给更为大患，往往有粮也运不上前线——不仅是群山之中转运艰难，西南夷剽掠粮道，民夫逃亡不断，便是在益州腹地，若无官兵护送，便有盗贼抢粮，甚至有运粮之民夫与盗贼里应外合……除此以外，更有一将无能累死三军者，或此州屯集军粮任其腐烂，而彼州却库无颗谷，将士只得忍饥挨饿。而另一面，却是官府拼命和买强征粮草，百姓民不聊生，盗贼蜂起……这些事情，绝非卫棠所能捏造的，他也不敢捏造！我听到流言，益州路的米价，数月之内，已翻了两到三倍。我又留意打听了附近诸路之粮价，陕西、京西，乃至河东、河北，粮价都居高不下。甚至在汴京，物价亦涨了不少……”

“这可能是交钞发行过多所致。”金兰倒也不是一无所知，但对于她这样的身份而言，汴京物价实在不是她需要关心的事情。

“的确是交钞发行过多。但交钞为何会发行过多？若非是西南夷惹出了大麻烦，仅仅是在西北之驻军，断不至于到此地步。”王昉摇了摇头，道，“汴京万物腾贵，已非一日。朝廷为了军国用度，无本发行交钞。一面是朝廷用交钞向百姓和买货物，一面却是物价上涨，百姓拿着同样多的交钞买不到同样的货物，不免怨声载道。交钞是吕吉甫倡行，交钞局又是吕氏兄弟司掌——本来益州局势如何，益州百姓过得怎么样，汴京百姓与士林既不知道，也未必关心，但是如今连汴京也物价腾贵，却是有切肤之痛了。只是汴京之物价虽高，却尚可忍受，虽有不满之言，毕竟也不能把福建子怎样。这怨气也只能日复一日地积累着。可而今西南之局势，却是到了这般地步……西南夷之叛乱，也是吕惠卿引起的！禁军为了不愿去西南，居然不惜兵变！你说吕惠卿而今是不是如同坐在火上烤？要说石越与司马光无动于衷，我是断断不信的！”

金兰彻底动摇了，“西南夷真的那么厉害吗？”她在心里暗暗问道。也许，宋朝这个帝国，远比她想象的要脆弱也说不定。不过，如若果真如王昉所分析的，那么朝局的确是要大变了，这对于唐康来说，至少不会是一件坏事。

3

从王昉那里知道了许多内情，又打听到了唐康的下落，金兰回府后终于安安稳稳地睡了一夜好觉。次日一觉醒来，王昉的香车已到了她家门口。听到下人的禀报，她才记起还要与王昉一起去静渊庄拜访柔嘉，慌慌忙忙起来，一面令人去招待王昉，一面急急梳洗了，淡淡化了点妆，却见管家一脸的犹豫，在门外徘徊。她皱了皱眉，走到门口问道：“有什么事吗？”

“夫人。”管家见着金兰，连忙作了揖，禀道，“方才账房来说，这个月的家用……”他话未说完，便已觑见金兰的脸沉了下来，吓得不敢再说话。他自是知道，府上遇上这般大事，的确不该用些芝麻豆皮的小事来烦夫人，但是天塌下来，这唐府上上下下近百口人，这么大一家子，却不可能就此不吃饭不用钱了，而文夫人又是不管事的，只能硬着头皮向金兰请示。

“家用不够用了吗？”金兰冷冰冰地问道。

“这倒不是……”管家苦着脸，道，“不过，前几个月，钱庄的唐守义过来，说有桩大生意，要周转点铜钱，他用交钞兑铜钱，把府里积存的八千多贯铜钱全部换走了。这事原是禀过大夫人的……”

金兰扫了他一眼，冷不丁问道：“唐守义没钱到这个地步了吗？要到咱们府上来换钱？”

管家嗫嚅道：“小的当时也不知道。不过后来听说陕西那边一贯钱可以换到一千一百六十文交钞，汴京的钱庄，都在想办法调铜钱去陕西收交钞……”

“你当时不知道？”金兰“哼”了一声，却没有再追究，她心里早被这个消息震惊了。她虽然不懂食货之学，但是交钞兑铜，是一比一的，尽管实际上会有千分之几的手续费，也微不足道。而今听闻陕西路居然出现一贯铜钱换到一千一百多文交钞，联系到昨晚王昉所说的事情，她再迟钝，也知道陕西钱法，已经出现了大问题。

“你不是特地来告诉我几个月前的事吧？”

那管家当时的的确确是每贯铜钱收了二十文的好处，他心里虽然知道这个高丽夫人精明，却也断不敢承认，只是弯着腰回道：“小的糊涂，当时没有想到，这一两个月间，到处都听说陕西的事了，这个月汴京要一千五十文交钞，才能换到一贯铜钱，而且好像还在涨……到外面买东西，钞一个价，钱一个价。府里收来的田租，除了粮食外，客户都是用交钞交的租，可是家里的下人，若还是按原来用交钞发月钱，许多人家便要过不下去了。而今不论什么东西，比去年都涨了两三成，这交钞、铜钱上再这么来一下……”

“你一次把话说完。”金兰早不耐烦了。

“是。下人们是想月钱改发铜钱，可府里的交钞若去钱庄兑铜钱，损失极大。小的不敢擅作主张，要请夫人给个主意。”

“下人改发缗钱无妨，每人该涨多少月钱，你拿个章程来。你去告诉唐守义，我把这宅子抵给他钱庄，看能换几贯铜钱来？你拿着交钞去钱庄，当日你是多少钱兑的，照样给我兑回来。他还真长进了，生意做到自己家里来了！”金兰抛下这句话，再不理会管家，带着几个丫头扬长而去。

但金兰与王昉去静渊庄却扑了个空，柔嘉与清河一大早便都被太后召进宫了。金兰本想与王昉一道在静渊庄等柔嘉回来，但是她没等上多久，便有家人领着石府的人过来，说是石夫人请她过府。金兰不敢怠慢，连忙又托了王昉代她向柔嘉与清河赔罪，又转道去石府。这么着来去折腾，到石府时已是隅中[14]时分。

[14] 同巳时，即上午9时正至上午11时。

她才到了门上，便见阿旺已在那里等候。她知道阿旺在石府虽然只是个婢女，但石府是大宋少有的几家对待下人极为平等的簪缨[15]之家，她听说石夫人甚至允许阿旺自己择婿！只是不知为何，阿旺似乎一直没有找到她的意中人，倒是将极大的热情投到了怡园。

石越为了女儿，不惜重金在汴京城南买了一座名为“怡园”的小庄园做学校；梓儿又用自己的关系说服了许多名门闺秀，甚至还请到了被遣散的老宫女到怡园任教，教授女红、礼仪、琴棋书画甚至是算术、格物等科目，吸引了十余家朝廷大臣将自家的女儿送到那里学习，连当今官家最宠爱的淑寿公主也常到怡园学习。阿旺便在怡园教习弹筝与夷语。

金兰一面随着阿旺向后院走，一面便笑道：“却不知嫂子召我来有何事？”却听阿旺笑着回道：“实是相公要见县君，应当是为了二公子的事。不过早上有两位客人来求见相公，相公和他们谈了几个时辰了……”

4

阿旺口中所说的“两位客人”，就是秦观与范翔。范翔这十余年来平平稳稳按步升迁，好不容易才爬到从七品，在许多同僚眼里，这都已经算是仕途亨通了。但范翔眼见司马梦求如今已经是从五品上的枢密院副都承旨，坐在他旁边的秦观，更是志得意满，如日中天，其他故交旧友们也一个个建功立业、青云直上，他却始终脱不掉那身绿袍，不能不暗暗眼热。然而未得机缘，却也无可奈何。不过如今机会终于来了，一个月前，得石越举荐，范翔被调任尚书省右司任刑房都事。虽然这只是个从七品上的小官，但是意义却非同寻常——这已是直接进入大宋王朝的权力中枢。范翔心里的激动，非用言语可以形容。

此时，在石府的客厅内，石越一面品着茶，一面听范翔说他在河东路当知县时听到的佚闻。

“……张潮张敬之最有急智，又好管闲事。有一年，他行经辽州，遇一道士长吁短叹，愁容不展，因问他缘由。原来那道士无钱买不起度牒，故而发愁。张敬之因笑道自己能替他向太守说情，当即书信一封，让道士次日持信去见太守。那道士虽将信将疑，却是死马当成活马医，竟真拿了他的信去见太守。那辽州知州见了道士拿着信来，心里也自纳闷，不知道什么时候认识个卫辉张敬之，当即拆了书信，却见那信里

[15] 古代达官贵人的冠饰。簪为文饰，缨为武饰，后来被代指高官显宦。

面，无头无尾，只写了一首七言诗。”范翔说到此处，却停了下来，故意顿了一顿。秦观正听得入神，忙问道：“那诗是怎么写的？”

范翔望了秦观一眼，轻轻啜了口茶，缓缓念道：“鼠为拖肠离洞府，鱼因点额退江湖。侍郎本是神仙客，还有灵丹救也无？”

秦观听到这打油诗，不觉想笑，但细思诗中之意，却只觉得凄怆之情，扑面而来，竟是呆住了，半晌方叹道：“这道士也可怜。”

范翔笑道：“辽州知州便也如少游一样，动了恻隐之心，竟果真给了道士度牒。不过也因此一事，这太守便也记住了张敬之。一年多后，因陕西钱贵钞贱，各地都有商人运铜钱进陕西买交钞牟利，连累各地钱钞比都混乱，物价乱得一塌糊涂。河东与陕西接界，颇受波及，几个州的太守们便商议了，划地为界，下令禁止铜钱入陕。张敬之这回却是自己犯了禁令，在绛州被搜出夹带铜钱八百文进陕，被官差抓了去见知州——你道这知州是谁？原来却正是一年前的辽州知州，刚刚调任绛州。那太守听说犯钱禁的人便是张潮，也不审他，只令他七步之内，作诗一首替自己辩护，若作得出来，便恕他无罪，作不出来，非但铜钱入官，还要打他三十大板。”

这回连石越都听得动容了，毕竟张潮是“白水潭十三子”之一，与石越颇有香火之情。他再怎么样聪明，又非有曹子建之才，怎能真的七步赋诗？他不由直起身子，问道：“他可曾作得出来？”

范翔笑道：“这张子敬倒不愧是个才子，只用了五步，便已得诗一首。”说罢朗声念道，“腰缠十万上扬州，八百青铜何足搜。天下河山皆属宋，岂容此地割鸿沟？”

秦观听得一愣，不由得击掌大笑，啧啧赞叹不已：“好一句‘天下河山皆属宋，岂容此地割鸿沟’！好张子敬！好个张子敬！”

石越低声复念了一遍，也不由莞尔，笑道：“这张潮倒是个刻薄人。”

范翔笑道：“不过张子敬骂的其实是有理的。那几位太守，实是糊涂，他们以为以邻为壑，就可以保得自己治下平安，却不知这样做无异于火上加油。”

“哦？”石越不由诧异地望了范翔一眼，全没料到他竟有这般见识。由陕西路为爆发点而引发的几乎波及整个宋朝大部分地区的钞钱比[16]混乱，也是短短几个月内突然失去控制的。石越当时也觉甚出意料，因为吕惠卿虽然为了军国用度，滥发交钞，但这与大钱、折二钱还是有区别的，因为交钞盯紧铜钱，并且具备了完全的法偿能力，吕惠卿在这一点上，表现出了他几乎是超越这个时代的才智——他宁可忍受滥发交钞带来的财政性通货膨胀，也始终坚定保护着交钞的政府信用，民众可以自由地用交钞交税。

[16] 钞钱比，交钞与铜钱的比价。

对于这一点，石越暗地里是很佩服的——他当然不知道这是远在金陵的王安石给吕惠卿的建议。退出政坛后又遭丧子之痛，王安石虽僻居于石头城畔，但对于大宋朝的一举一动，却从来未曾忘怀。地位转换之后，很多事情他反倒看得更加清楚了。原本石越认为钞铜的比率是不会出大问题的，小小的波动不可避免，但应当在可以控制范围内。但是，人算不如天算，陕西路转运使范纯粹，这个在才能与品德上都无可挑剔的传统士大夫，却在无意中引爆了手中的“震天雷”。

“学生曾经考察过陕西路钞贱钱贵的原因。”范翔偷眼看着石越的神色，既得意于自己的见识，又有点担心班门弄斧，略显谨慎地说道，“学生以为陕西的局面，实是范公举措失当造成的。因为马价下跌，范公为了让转运更加便捷，预备筹措十万贯钱与二万担茶叶，向银夏牧场买马、牛——这原本无可厚非，使牧民得市易之利，亦有助于河西之巩固。但是陕西府库却没有这么多缗钱，而河西之民，还不肯信任交钞，无法用交钞交易。所以范公就出了个昏招——他下令陕西商税只收钱，不收钞！范公一向主张重农轻商，他以为如此既不会伤农，那些商贩反正获利容易，便不在顾虑之内。但是范公却没有想到，他此令一下，无吝向陕西宣告：朝廷认为交钞不值钱！商人成惊弓之鸟，担心这只是朝廷的第一步，接下来就可能拒收交钞，任由交钞变成废纸。毕竟人人都能看见朝廷的钱钞越发越多，物价越来越贵，陕西原本又是极严重的地区。于是商人买卖时开始排斥交钞，农夫又如何能独善其身？结果便是今日这个局面……奸商买卖钞钱牟取暴利，谣言慢慢传遍国内，百姓无知，只看到交钞越来越多，物价越来越高，朝廷还在议论什么五五征税，这都是在推波助澜。各地钞钱比跟着大变，物价随之混乱……可笑的是，京师地方，公卿士大夫都不知道究竟发生了何事，河东路以为这些事情是奸商运钱进陕买钞引起的，竟然禁止铜钱入陕，结果反倒是让百姓更加深信不疑了！他们以为是以邻为壑，却不知是在火上浇油！”

“他们不是在火上浇油，而是在釜底添薪。”秦观笑嘻嘻说道，“你要说陕西的商税收铜钱竟然让汴京物价混乱交钞大贱，我劝仲麟还是三缄其口的好。这些事连我听了，都有些晕晕乎乎，莫名其妙，别人听了，只怕要以为足下非疯即痴。而今有人在火上烤，有人在釜底添柴，你管他是有意还是无意？不要引火烧身，才是正经。待他们烤焦了，柴烧光了，你还怕没有贤人来灭火吗？”

范翔听秦观说着这些极为露骨的话，心中不由得一凛，暗悔自己不该卖弄聪明，他悄悄抬眼看石越，却见石越淡淡说道：“若是将锅子烧穿了，大伙最后都要饿肚子。不过而今朝廷心腹之患，还是在益州。屋漏易逢连夜雨，有些隐患，太平无事时看不出来，定要碰上这么一个当儿，才会一股脑地冒出来。干脆一次全发作出来也好，不破则不立。荐仲麟为刑房都事，原是看仲麟在地方断案颇明，好几件大案，都办得极出色，连皇上都夸赞过。不过现在看来，倒是我当初荐错了，只怕你去户房要更好些……”

范翔忙欠身道：“君子不器，学生愿意在各处多磨砺些。”

“说得好，君子不器。”石越笑道，“便是这句话了。”正说话间，却见侍剑到了门口，禀道：“学士，太傅府来人请学士过府议事。”

石越与范翔、秦观相谈甚欢，原本谈兴未尽，但文彦博是皇帝特旨允许在自家府里办公议事的，既是文彦博相请，他知必有要事，却不敢怠慢，连忙点汤送客。待二人告辞而去，石越略整了整衣冠，便吩咐备车马，急急忙忙要去文府。却听侍剑在旁道：“学士不是还有话要吩咐成安县君吗？”

“哎哟！”石越却是早已将金兰的事忘了个干净，这时便只简略吩咐道，“你便不要跟我去文府了，你去请夫人告诉金氏，二公子现在御史台狱，皇上恩旨，准许家属探望……”说到此处，他忽地皱起眉头，放低了声音，沉声道，“再告诉金氏，康时也是我的兄弟，叫她不要失了分寸。特别是宫里，千万不可去求谁，否则她会害了康时的性命。”

侍剑听石越说得认真，凛然答应，送石越上了马车，便急忙回内宅去找梓儿与金兰传话。

5

石越没有猜错，文彦博请他过府，的确是出了大事。他赶到文府时，赫然发现吕惠卿、司马光、冯京等人都到了，没多久，紧跟着王珪、郭逵、章惇都先后前来，然后连刚刚回京述职的李宪也来了。石越环视厅中，眼见文彦博、吕惠卿、司马光表情凝重，一颗心竟是一点一点往下沉。这阵势，绝对是出大事了，而且不会是什么好事，难道……石越猛地担心会不会是皇帝出事了，但转念便想到若是皇帝有事，文彦博便是病得不动了，抬也会要抬到禁中主持局面。石越稍稍安心，静静等待文彦博揭示答案。

待到同签书枢密院事孙固也赶到文府后，文彦博终于开始说话，但他一开口，便说出一个噩耗：“诸公，种子正故了。”

空气在一瞬间凝固。

依宋军的制度，大军在外，没事也要一日一报，但纵是如此，蜀中与汴京相距数千里，种谔死的消息传到京师时，起码已经是死了半个月了。但这厅中的人，所关心的，其实倒不是种谔的生死。

过了许久，才听章惇率先打破沉默，问道：“敢问文相，种子正是怎么死的？”

这是所有人想问而不敢问的，相比而言，大家更害怕听到兵败的消息。

“病死的。”文彦博没有让众人有松口气的机会，“刚刚收到五百里马铺急报，种谔到益州后，没去戎州，反率军进驻泸州。人还没到泸州城，便忽然病倒，几日之内便不起了。龙卫军一个指挥为前锋，早已深入纳溪寨，闻讯后急忙退兵，中了夷兵埋伏，三百余人全军尽墨。西南叛夷侦知种子正病故，官军军心动摇，纠合万余人马进攻泸州城，泸州知州莫九万弃城而逃，泸州失陷。叛夷又设伏兵于道，邀击兼程赶往泸州救应的益州提督使蒋仲行，官军大败，损失近千人，连蒋仲行也战死……”

“啊？！”连一向镇定的石越，也再也无法保持从容了，未及交锋，主帅先病死了；然后泸州失陷，还赔上了一个正四品的提督使！这是西南夷叛乱以来，宋军阵亡的最高级别的官员。对于已经混乱不堪的益州来说，这实是雪上加霜。

“如今益州守军如何布阵应付？”李宪皱眉问道，“泸州一失，富顺监岌岌可危。甚至昌、资、荣三州皆受威胁。若是叛夷得富顺监盐井之利以资军，抄掠内地，与盗贼相合，益州……”

“请诸公前来，便是要商议一个对策。”文彦博花白的胡须一抖一抖的，“皇上马上就会召见，我辈深受君恩，不能辅佐君父为尧舜，建太平之世，已当自愧于心。若是皇上问起来，竟是束手无策，我等还有何面目立于朝堂之上？但益州之事，已非徒用兵刀便可解决，故此某遍请两府公卿将相，共谋良策。”

他话未说完，厅中众人便已再次陷入沉默当中。每个人都知道，虽然早在仁宗朝就取消了两制官不得私至执政私邸的禁令，而且如王安石、吕惠卿也经常在私邸商议国事，但是两府在一个大臣的私邸合议，毕竟还是颇犯忌讳的。文彦博已经是没什么好怕的了，他早晚之间便要致仕，皇上再怎么样，对于这个三朝元老，稳稳当当给一个“太师”的加衔回乡养老，这是绝对省不了。但在座的人却各有前途，不可能无所顾忌。而且，所有人都心知肚明，文彦博这一招，摆明是针对吕惠卿的。

两府合议本来应当由吕惠卿主持，但如今既在文彦博私邸，他又是官位最尊的三朝元老，加上益州路的叛乱，怎么说吕惠卿也脱不了干系，文彦博便可以牢牢地占据着主动权。他短短的几句话，表面上看来只是一片忠君爱国之意，甚至还颇有自责，但每个人都听出了言外之语——既然说益州局势“非徒用兵刀便可解决”，那么这不是政治上出了问题又是什么呢？所有人的目光都不约而同地投向吕惠卿。

“太傅。”吕惠卿从容向着文彦博欠了欠身，淡淡说道，“这等大事，还是应当请皇上定夺为是。”他心里暗暗后悔，他本来正与陈绎在政事堂值日，听到文彦博相请有要事商议，未及多想，便急匆匆赶了过来。他到时只有司马光先到，文彦博倒是向他们两人先通报了情况。当时吕惠卿完全被这个意外所震惊，竟没有细想文彦博的用意，便没有立即告辞，直接进宫转移战场。

一招不慎，竟已落入文彦博彀中，真是悔之莫及。但他不是轻易便认输的人，他知道文彦博就是想用这样的形势来压他，若是一群人在皇帝面前辩论，只要他设法引导了皇帝的思路，那么就必定有许多大臣要察言观色，顺从皇帝的意思，就算是文彦博本人，这么十万紧急的事情，他不便久拖，只能妥协，这样吕惠卿便容易占到优势。但现在皇帝不在场，这么多两府大臣，不论以人数还是以威望、人缘，他吕惠卿都不如文彦博，若当着众人的面达成了共识，他就无法再翻供了，否则一个“反复小人”的罪名，就真是不折不扣地落实了。吕惠卿不得不再次搬出皇帝来，暗示在场诸人两府私自合议的忌讳。

“自然是要请皇上定夺的。”文彦博当然也知道他的言外之意，“但军情十万火急，两府若在皇上面前各执一词，岂非徒扰圣意。为人之臣，自当替君分忧。事有经权，为大臣者，亦须以国事为重，不可恪守教条，泥古不化。”

“太傅所言有理。”文彦博话音方落，司马光便已起来声援，“西南局势，不仅要善择率臣领兵平叛，尤须择贤臣委以方面之任，文武相济，方得成功。”

“司马君实之意，莫非是想在益州设安抚使？”吕惠卿眯着眼睛，望着司马光，绵里藏针地反问道。

“未必要设安抚使，但可设经略使。依在下之见，益州路四司衙门，都要换人。大州郡守，也当善择贤吏。”孙固旗帜鲜明地站到了文彦博与司马光一边，甚至比二人更加激烈，“然最要者，还是要朝廷明颁诏令，暂停熙宁归化之法。”

“益州四司长吏、大州郡守，皆是政事堂合议堂除。若无证据，似乎不便轻率断定其不贤。”吕惠卿冷冷回道，“况且之前政事堂既未能简拔贤材治蜀，就算将此辈全换了，继任者亦未必便是贤吏。熙宁归化之诏，功在千秋万代，乃皇上为后代除反侧之祸，又岂能因一时之挫折，便轻易放弃？若依签书之意，只恐朝廷威令，自此不行于番夷矣！”

“依相公之见，朝廷与西南夷打了三年，叛乱反而愈演愈烈，尚不足以证明益州长吏无能吗？”孙固针锋相对地反驳道。

“敢问签书，到底益州是转运使、学政使在打仗，还是率臣在打仗？”吕惠卿端起手边茶碗，轻轻啜了一口，悠悠道，“依某之见，还是请签书先善择率臣为是。”

孙固顿时满脸通红，在座人人皆知，以种谔为率臣平西南之叛，原本便是孙固力主的。当时皇帝想从王中正、李宪二人中选调一人，孙固力争才选定种谔。当时自是谁也不料种谔竟会突然病故，但是这毕竟也是孙固知人不明。

“死生在天命，岂能事先逆料？”文彦博轻描淡写地替孙固解了围，“至于打仗，虽然临阵对决，胜负在于率臣；但是兵无粮不行，后方之稳固，亦是取胜之关键。择率臣不当，是某之过，某自当上表请罪；但益州长吏，只恐亦不得谓全无过失……”

他话未说完，便听有人高声说道：“岂止是‘不得谓全无过失’，依下官之见，实是罪不容诛！”

众人心里都是一惊，不知是谁这么着不惜公然与吕惠卿破脸，不由得齐齐朝着说话的方向望去，却见章惇站起身来，正向着文彦博与吕惠卿欠身抱拳行礼。

“唐康时自戎州来，曾详细与在下分说益州局势，益州一路，交钞泛滥，物价暴涨，官府催科不休，官逼民反，盗贼蜂起。更可恨者，官吏互相包庇，欺上瞒下，使朝廷不能知西南之情实。西南之患，蛮夷实不足道，可惧者实是内患。将益州带到如此局面，蜀中长吏，虽百死莫赎其罪。下官以为，朝廷当早下敕令，锁拿益州转运使方紫严、益州提刑使李鲁仲、益州监察御史王直卿入京，另委贤能替之。”章惇直视吕惠卿，言辞慷慨，咄咄逼人。

“章公是说益州一路官员，上下勾结，欺瞒朝廷？”吕惠卿撇撇嘴，道，“这只是唐康时一面之词。唐康时在戎州之时，便刚愎自用，与上司不合。焉知不是他因为自己得罪，为求脱罪，故意危言耸听？”

“相公这是诛心之论。某正想问吕相公，唐康时究竟犯了何罪？”石越本来还想观望一阵，但吕惠卿的矛头指向唐康，他便再也不能安坐。

“子明奉敕编修律令，怎会不知？”吕惠卿倒并不想得罪石越，但章惇既然抬出唐康来，他也没有退路了，这时针锋相对，半步也不能轻易退让。

石越见众人都望着自己，他缓缓起身，凝视吕惠卿，亢声说道：“以某之见，唐康无罪！”

“无罪？！”石越一句话，顿时把所有人的注意力吸引了过来。吕惠卿呆了一下，半晌，方哈哈笑道，“子明，你与康时虽有兄弟之情，但国法无亲……”

“某敢问相公，唐康到底犯了哪一条律令？”石越毫不客气地打断吕惠卿。

“《建隆详定刑统》，擅发兴：诸擅发兵十人以上，徙一年；百人徙一年半；百人加一等；千人绞！”吕惠卿白着脸，与石越对视着，冷冰冰地回道，“唐康与田烈武、李浑擅发禁兵千人以上，当处绞刑！虽其本意为国除奸，但国法无亲，其罪如此。纵有恩赦，当自上出，岂得谓无罪？”

“大宋刑统，确有这么一条。但是诸律令条文，是否皆有疏议？”石越淡淡反问道。

吕惠卿见他胸有成竹，心里不由暗暗犯嘀咕，他虽然博学，但毕竟是士大夫出身，而宋朝之刑法便是多年的法官，也未必便能熟知所有条文疏议。但是所有法律条文，必有相应的法律解释与判例，这也是不可否认的。

“这是自然。”

“那就好。”石越点点头，冷笑道，“国朝敕令律例繁多，诸公未必曾一一细读，但在座诸公，当知宋承唐制，国朝之法令，源自唐律，尤以《永徽律疏》[17] 为宗，诸公皆饱学之士，对《永徽律疏》，想必不会陌生？”他环视众人，高声道，“《永徽律疏》卷第十六擅兴，释此条云：‘谓无警急，又不先言上而辄发兵者。’疏议明确解释：若有寇贼侵入境内，欲攻击掩袭；以及在国内城镇及屯聚兵马之处，或有反叛，或有外贼自相翻动，内应国家。若遇上这些事情，急需用兵者，‘得便调发’！疏议又清楚地解释：所谓‘得便调发’，是指不必上司知道准许，即许调发，而且，虽然所在人兵不相管隶，若急需兵处，亦得调发，掌兵军司亦得随便给予，再分别向上禀报便可。此所谓‘急需兵处，不容先言上者’。

“《律疏》又云：若不即调发及不即给予者，准所须人数，并与擅发罪同；其不即言上者，亦准所发人数，减罪一等。若有逃亡、盗贼，权差人夫，足以追捕者，不用此律。即是说明，若不是兵寇，只是逃亡或者盗贼，所在官府差人便足以追捕的，则不得适用此条文。除此以外，若有司拒绝调发平叛，反而与擅发同罪！调发之后，不立即向上禀报，比照擅发之罪，减罪一等。”

说罢，石越望了一眼脸色变得极难看的吕惠卿，缓缓道：“渭南兵变，此乃紧急之事，急需用兵，唐康得便调发，可矣。虽龙卫军与其不相管隶，然急需兵处，亦得便宜行事，可矣。其调兵之先，已遣使急报有司，此有公文为证，亦不得谓其‘未即言上’。田烈武、李浑，若不即给予，听便调发，朝廷当以擅发同罪，处以绞刑。其听命赴难，正得其宜。据《律疏》，不用此律者，唯逃亡盗贼，官府权差人夫足以追捕。敢问相公，这渭南一万叛卒，可以此例？”

“故某以为，唐康、田烈武、李浑，并无罪有功。”石越淡淡道，“唐康等人为国不暇谋身，又岂会故意危言耸听以求脱罪？况其并不曾有罪，更无必要行此下策。”他说完，斜睨了吕惠卿一眼，抱抱拳，好整以暇地喝了口茶。同样的事情，若在几年之前，石越只能束手无策。但这几年整理宋朝法律，做个小小的律师，实已不在话下。

吕惠卿却不禁暗暗叫苦。宋朝一向是以“任法”而著称，当今皇帝与新党，尤其重视法令，但大宋朝法律敕令之多，却也非常有名的，其中具体的内容，没做过法官的官员，根本就分不清楚——这也是胥吏能够欺上瞒下的原因所在。所以自王安石拜相以来，大宋朝一直在做两件事情，一是通过提高“明法”科的地位等方法，来加强官员的法律修养；另一件便是编修敕令，整理法律条文。但这个不是一朝一夕之功，对大部分宋朝官员来说，各种律令，他们可能并不陌生，但是最多只会去注意那些法律条文，却不可能对疏议都了解得一清二楚。

吕惠卿心里明明知道，唐康等人事前知道石越所说的疏议内容的可能性是极小

[17] 即《唐律疏议》，是东亚最早的成文法之一。

的，因为擅兴律在大宋，并不是一条经常能用到的律法。但他却不能提出疑问，否则难免要自取其辱——你自己不读书，便以为别人和你一样不读书？吕惠卿可当不起这样的羞辱。

吕惠卿能肯定的是，《永徽律疏》的确是宋代法令所本，唐康、田烈武等人之事，本来便会得到人们的同情，即便判决从严，皇帝也可能会特赦——更何况而今石越言之凿凿！吕惠卿相信，若换一个场合，给他时间，可以从容翻查法典，询问下属，他未必不能找到对唐康等人不利的疏议甚至是判例来，但现在，就这个问题与石越再纠缠下去，显然不是明智之举。

“便算是他擅发禁兵之罪可议，但他擅杀叛卒数千，又当如何？”转瞬之间，吕惠卿就决定转移战场。

“这数千叛卒依军法当斩！敢问相公，主将捕得叛兵，不可以军法从事吗？难道千里之外，还要请示枢府、卫寺而后杀？李浑既是军法官，便当有便宜行事之权。大宋的军法，处置违法之将士，是依阶级定，非是以人数定。叛卒中阶级最高者不过一副指挥使，无论唐康、田烈武、李浑，都有权处置。章公，你做过卫尉寺，不知某所言当否？”石越心念一动，便已决心把章惇彻底拖下水来。

章惇没料到石越这一手，饶是他再果决，也不由愣了一下。石越的话，的确是说不出什么不是，依宋朝的军法，区区一个副指挥使犯下这样的大罪，休说唐康还是六品官，就算是李浑这个营一级的军法官，也可以立斩以闻。对于军法官而言，他们的处置权力，的确是针对对方的阶级，而不是对方的人数。一个士兵犯军法，他们有权处置；十个士兵犯军法，他们同样也有权处置……要说便宜行事杀了，似乎的确也挑不出什么毛病来。

雄武二军兵变叛乱，杀害长官，屠杀平民，可以说证据确凿。依石越这么一说，他的确是有权“便宜行事”的。但是，依常理而言，这其中却透着不对劲，毕竟那是数千人的规模！以唐康与李浑的身份，怎么可能随便决定数千人的生死？若说他们没有越权，怎么说都透着别扭。

不过这个时候，章惇已经不可能站在“是非”一边，而只能别无选择地站在“利害”一边。就算心里认为石越是在诡辩，他也必须声援他。

“以军法而言，确是如此。”

“况且，纵是有罪，亦不过贬官而已。唐康又有何必要为脱小罪，而犯欺君之大罪？”石越一得章惇肯定的答复，便立即接口，将焦点引回来，绝不给众人缓过神的机会。他的这句话却是极有道理的，就算把唐康、李浑之罪等同于杀降，前线将领杀降，甚至滥杀敌国的无辜百姓，虽然条文上罪责不轻，实际上却从来没有判过重罪的。

“下官敢以人头担保，唐康、田烈武辈皆是忠臣义士。其言可信。”事已至此，章惇一不做二不休，干脆投下重注，石越的立场已经说明，他顺手便抛出撒手锏，“下官已替唐康将他有关西南之奏折递入禁中。益州路此时到底是何种局面，下官以为非要查清不可。益州腹地不稳，而欲使大将建功于外，岂非缘木求鱼？况若果真川峡大乱，诸公谁能担此罪责？”

“章子厚所言甚是。”文彦博根本不再给吕惠卿说话的机会，马上接口道，“益州路局势，朝廷定要了若指掌才行。方才李大官担心叛夷与盗贼里应外合，想来李大官亦是知道益州盗贼猖獗？”

老谋深算的文彦博又将皮球踢给了李宪，逼他表态。这显然是天平上一颗分量极重的砝码。李宪不由暗暗叫苦。宋朝的宦官，地位与任何一个朝代都有所不同。若说他们没军权，他们的军权甚至重于晚唐——宋朝的宦官常常为统军大帅，节制方面；若说他们不能干政，可许多的宦官俨然便是行政官员，工程水利乃至地方行政司法，都有他们的身影；此外掌管帝国的府库，采购各种物品，更是他们经常要做的事情，在熙宁以前，对于朝廷究竟有多少钱这种事情，也许宦官们知道得比三司使更清楚……但是，如此种种，却丝毫不能代表宋朝的宦官有多高的地位。

李宪尽管常年统兵在外，称得上一方诸侯，但若皇帝要他死，遣一书生持一纸诏书，他就只能自尽。宋朝的制度，以及士大夫阶层整体的强势地位，已然决定了大宋的宦官们，也许可以依靠自己的才能与机遇在这个体制之内取得让许多士大夫都为之眼红嫉妒的高位，并且对朝局发挥着自己的影响力。

但是作为一个利益集团来说，与汉唐不同，宋朝是不存在一个叫“宦官”的利益集团的。仅仅对于单个的宦官来说，他们才是大宋官僚体系的一部分，享受种种特权与优待，同样也要遭受种种的歧视与猜忌。他们必须小心翼翼，周旋于士大夫与皇帝之间。

李宪是个极聪明的人，他知道自己能有今日的地位，除了军事才能之外，他懂得谨慎地避开朝廷的是非，只是单纯地向皇帝效忠，亦是至关重要的原因。但他万万没有料到，自己小心谨慎了一辈子，仅仅是一次回京叙职，便不由自主地卷到了政治斗争的旋涡中。他当然会将这次会议的内容详详细细地报告给皇帝以划清界限——他心知肚明，这也是文彦博请他与会的原因——但此时，李宪只能暗暗后悔自己多嘴。文彦博平素方正自持，极少要手段，有时候会让人误会他只是纯粹的儒士。但这个时候，所有的人都已经开始用切肤之痛来体验文彦博究竟是凭什么做了三朝元老的！他不出手则已，一出手便将朝中重臣一网打尽！这位硕果仅存的庆历老臣，的确不是吃素的。

“太傅，下官从未去过益州。益州究竟局势如何，下官亦不得而知。所谓‘盗贼’，不过是听到一些流言罢了。”李宪沉吟了一会儿，方模棱两可地说道。

“空穴来风，必有其因。李大官远在凉州，竟也听到这样的流言。不论是真是假，朝廷都应当设法彻查才是。依某看来，若不问而定方紫严诸辈之罪，似嫌草率了些；但若置之不理，直是吾辈无能。不若趁此机会，将益州四司调往他路，另委贤能。待新官上任，查明真相，果有欺君罔上，再治罪未迟。未知吕相公与诸公意下如何？”文彦博含笑望着吕惠卿，虽然是在逼吕惠卿表态，但语气听起来却似在和气地与吕惠卿商议。

吕惠卿“呃”了一声，不假思索地回道：“临阵换帅，乃兵家大忌。以某之意，益州若新委官吏，不熟民情，只怕坏事。不过……”说到此处，他微微沉吟了一下，眼睛瞄了一眼李宪。他自己也知道文彦博请李宪来的用意，其实又岂止是李宪，只怕这厅中有一大半的人回家后便会立即上表向皇帝禀报这里发生的一切。若是自己这么一意阻挠，反倒显得自己此地无银，眼见这么多重臣，要么直接站在自己对立面，要么持中观望，等着看好戏，亲附自己的几个人却没有一个人受邀出席。自己势单力孤，文彦博已经把话说到这个地步，若依然半步不让，形迹太露，他就真不知道将有多少弹劾自己的奏折在等着他了。“不过，如唐康之语，李大官所闻流言，的确亦不可等闲视之。某以为可如此处置：西南局势，的确需要选派良将为经略使统辖兵权，不妨便在这经略使外，另委一巡边观风使前往益州观察军民政务。太傅以为如何？”

吕惠卿这么一表态，颇有点出乎众人意料，文彦博问道：“那么这经略使与巡边观风使，吕相公心中可有合适人选？”

吕惠卿笑道：“经略使须是宿将，且要有破敌方略，方可以担此重任。至于巡边观风使，不仅需通晓兵事吏治，还须熟悉益州情势。这样的人选，仓促决策，多有不妥。以某之见，还须请朝中大臣商议举荐，由枢府荐经略使，都省荐观风使，请皇上圣裁。”

这番话却是无可挑剔，文彦博眉头微微一跳，旋即笑道：“枢府主武，都省主文，理应如此。”

“如此事不宜迟，太傅，今日便议到此吧。我等还须早点入宫觐见，向皇上禀报此事。”

文彦博微微颔首，起身抱拳道：“如此，某便与吕相公一道进宫见驾，向皇上禀明今日所议之事。至于何时召见诸公廷议，皇上自当另有旨意。不过，还要劳驾回官署的诸公，请错开分道而归。”

“太傅，这又是为何？”王珪早就想起身离开这是非之所，此时闻言，不觉愕然问道。

文彦博轻蔑地看了他一眼，未及答话，吕惠卿已笑道：“禹玉公，这里诸公的官署多在宣德门附近，叫官员百姓们见到，还以为这么多两府大臣一道进宫，汴京可又要流言四起了。”

石越用眼角瞄了一眼满面春风的吕惠卿，又看了看文彦博下首的司马光。他早已留意到，今日甚少说话的司马光，每次目光扫过吕惠卿时，嘴角都会不自觉流露出一丝讥笑，那种表情，像极了猎人看到猎物进入圈套还懵然不觉妄作聪明时的神态。吕惠卿以为他逃过了这一关，他让步同意派人入蜀，却又将巡边观风使的人事权划到了尚书省，使枢密院与文彦博以后无法对此置喙——但石越却有一种感觉，文彦博与司马光的招数也不是到此为止。

不过……石越忽然微微一笑，所谓“螳螂捕蝉，黄雀在后”，真正主导大宋未来的西南政策的，也未必便会是文彦博与司马光……

6

石越没有官署要回，为了节省开支，免除增设冗官之烦，他负责的“编修敕令所”，与宋朝历代的类似机构都有所不同。这实际上已经类似于一个官方性质的学术研究所，编修敕令所的官、吏加起来不到十名，绝大部分都是白水潭学院与太学的师生，他们虽然为官府办事，但没有官衔，只是单纯的聘用关系。本来让石越负责这么一个冷衙门，其实不乏他的政敌们想借此用一些极烦琐的工作把他困住的意思，而在皇帝看来，让石越有点“事情”做，无论从哪方面来说，也都有百利而无一害。所以，对于石越如何折腾他的“编修敕令所”，别人都不怎么关心，至于他管辖的官员，更是越少越好。

不过既在所有人意料当中，又出乎他们意料的是，石越在编修敕令所，果然又有了新的创举——经常有人将石越比作年轻时的文彦博，无论是做大事做小事，总是能做出一点可以成为官方典范的事迹来——这位提举编修敕令石越“不负众望”，上任没多久就请旨设置了数十个级别不同的课题，分别委托太学以及各学院进行整理研究，甚至连远在杭州的西湖学院都争取到了一个有关市舶务法令的课题……而在汴京的编修敕令所，只需要为它的课题挑选合适的学院，审查参与课题研究的师生资格，与学院签订契约，不时派人监督检查课题进展，根据各课题组的申请向各个衙门移送公牒索取相关的文件档案……结果，这个曾经被人预期会非常繁忙的机构，竟然颇为悠闲，至少石越本人是非常的悠闲。

相比之下，枢府、兵部、三衙等机构一起设置的负责编撰宋军第一部正式的军法典以及重新修订各项军事条例、操典的编修所，虽然有近百名文武官吏，却显得忙碌不堪。而尤其是这个编修所是由枢密使文彦博挂名担任提举使的，两相对比，尤显刺眼。

从实际效果来看，石越的方法也相当有效。让官吏来做这种事情，不仅耗时长，而且官吏都认为这是冷衙门，极少有人能有积极性，往往导致错误百出。但各个学院却不同，为了争夺这些课题，他们抢破了脑袋，虽然有些小的课题石越只能象征性提供几十贯甚至是十几贯的经费，但大部分学院都耻于谈钱，他们看重的也根本不是钱，而将这视为一种荣誉……实际上，在抢夺课题的过程中，只有西湖学院明目张胆地与石越讨价还价过……

就算再反对石越的人，也不得不承认，编修敕令所的确是大宋最精简节省的机构。本来石越甚至连官署都不打算要，准备在白水潭学院租几间屋子便可以，但不料反被台谏弹劾，说他“有失体统”，迫不得已，他才把官署设到了国子监附近。但这个官署里面却经常落满了灰尘，石越常常隔上十天半月才会来一次，上司偷懒，下属也有样学样，这里也就成了名副其实的冷衙门。

不过，石越此时心情甚好，所以没打算去编修敕令所打扰下属的睡眠，上了马车后，石越便开始闭目养神。但他只闭得一会儿，便总觉得心里挂着一桩事情，心烦意躁，怎么样也静不下心来。如此几番，发现无论如何，那个幽灵一般的念头总是挥之不去却又捕捉不获，他干脆睁开眼睛，苦苦思索自己究竟是发现了什么。

马车一路穿街过巷，因为石越极讨厌那种官员出门清道的排场，所以也极少带仪仗出门。他在陕西招募的亲兵卫队，在战争结束后，石越便利用自己的特权，将大部分跟随自己的卫士安排到了西军中。极少数随他回京的亲兵，也陆陆续续遣散，有的回了陕西，有的进入禁军，有的则在官府当小吏。只是鉴于当年在陕西被行刺的经历，加上他毕竟也是宋廷贵臣，必要的仪仗与排场有时候必不可少，在潘照临的坚持下，石越才最终留下了四个武艺出众又极为忠心的亲兵。所以在汴京，每逢石越出门，便往往是一驾马车，四五骑护卫相从而已。这样的行头，甚至还不如一个有钱的商人。不过，这样的作风，不扰民是不扰民了，但是行进速度却会变得极慢，从文彦博府到学士巷，要经过几个闹市区，路上人来人往，马车的速度有时候还不如步行来得快。

如此随着人流缓缓地穿行了大约一两刻钟，冥思苦想的石越忽然感觉灵光一闪，终于想起他心里挂着的是什么事了——文、马一定是有了巡边观风使的合适人选，才会这么容易与吕惠卿妥协的！吕惠卿以为他占据了任命益州巡边观风使的主动权，但若是文、马早有了一个让吕惠卿不能拒绝，甚至能让皇帝与满朝的文武大臣都无话可说的人选……那么他们实际上还是稳操胜券！

石越立即仔细回想今日在文府的前后经过，脑海中一遍一遍地闪过文彦博与司马光在不同时刻的细微表情变化，越想越肯定自己的推测。亦只有如此，才能合理地解释这一切。

但是，这个人是谁呢？

瞬间，石越又怔住了。

文彦博、司马光心目中的这个人究竟是谁？石越开始一个个过滤可能被推荐的人选，又一个个地否决。有资格担任观风使的人很多，有能力胜任这个职务的人也不少，但是，似乎没有一个人有必操胜券的把握。文、马固然能提出亲附旧党的人选，但吕惠卿手中同样也有旗鼓相当的人选，在一个由吕惠卿担任尚书左仆射的尚书省，这些人选并没有优势可言。

一时间，石越又疑惑起来。他确信自己的判断，但若不知道文、马究竟会推荐谁，他的判断便算是正确的，也毫无意义。对于石越来说，他最擅长的便是料敌先机，事先盘算新党与旧党的打算，然后利用他们的矛盾推出自己的主张，从中牟取自己的政治利益。不过，随着新党与旧党越来越远离极端倾向而转向温和靠拢，他们便越来越会妥协；而所谓的“石党”越来越壮大，石越的这种招数便越来越不灵便。毕竟，扮猪吃老虎的前提是你的实力不能引起别人的高度警觉。但几乎失去一切直接权力的石越，要发挥自己对朝局的影响，甚至一举翻盘，又不能不利用这一招。

也许，迟早石越的势力会真正成为大宋的第三种势力，站在正面与新旧两党交锋。但那个时刻，肯定不会是现在。

现在的石越，唯一可以发号施令的地方，叫“编修敕令所”。

但石越并不打算因此放弃对朝局发挥他的影响。他蛰伏得够久了，冬眠期已经过了。扳倒吕惠卿，带领大宋走出益州的泥潭……这一次，石越并不准备当看客。大宋能有今日之局面，是他呕心沥血创造出来的。他绝不能容许任何人破坏他的成果。

然而，那个人究竟会是谁？

“停车！”石越忽然大叫一声，马车缓缓停了下来。“去大相国寺。”沉吟了一下，石越吩咐道。他知道，今天潘照临肯定在那里和智缘大师下棋。

第七章

谁持白羽

冤家宜解不宜结。

——钱彩《说岳全传》

1

大相国寺，帝国最大的皇家佛寺。珍楼宝座，殿塔壮丽，钟磬悠扬。

一处清幽的庭院内，智缘与潘照临分据石案，手执黑白，正在十九路纹枰上厮杀得难解难分。智缘始终面带微笑，潘照临则微阖双目面无表情，二人各自气定神闲，落子如飞，绝不有丝毫迟疑，但他们身后侍立的小沙门与书童，眼见着二人针锋相对，互杀大龙，眼见一招不慎，满盘皆负，已经是看得冷汗直冒。

忽然，潘照临双目翻开，含笑看了智缘一眼。脸上始终挂着微笑的智缘不自觉竟打了寒战，便见潘照临缓缓落下一子，笑道："大师，承让了。"智缘移目再看棋盘，便见此子一下，潘照临那块一直被自己追杀的大龙已经与边角的一块黑子连成一片，而自己的大龙反陷入了黑棋包围围剿之中。眼见败局已定，智缘不由得长叹一声，投子认负。

他失神落魄地望了一眼棋盘，又摇了摇头，向一旁的小沙门吩咐道："去，将宝塔取来。"

小沙门迟疑了半晌，看看智缘，又看看潘照临，方才应了声："是。"快步退了出去。没过多久，便双手小心地捧着一个用红绫盖着的木盘走了进来。

潘照临望着小沙门珍之重之地将木盘小心放到纹枰上，无比留恋地看了一眼盘中之物，然后方才叉手退立一旁，心里亦不觉好笑。他指着那红绫，笑道："这便是西夏阐善国师送给大师的白玉宝塔？"他口中西夏国的"阐善国师"，实是宋朝的间谍，原本法号"明空"，随秉常西迁后，秉常尊其为"国师"。

"便是此物。"智缘起身弯腰，缓缓掀开红绫，却见红绫下面，是一个两尺高的银盒，盒外镶满了各种宝石，单看这盒子，便已是珍贵非凡。智缘轻轻摸了摸银盒，双手忽然用力一按，不知触动什么机栝，银盒"啪"的一声打开来，露出其中的白玉宝塔。

一瞬间，潘照临注视着那盒中宝塔，几乎说不出话来。

这是以通体和阗白玉雕成的七层玉塔，从塔身的一砖一瓦，至塔中的佛像雕饰，乃至塔角的风铃……每一处细节，都雕琢得惟妙惟肖，真是巧夺天工。凡玉塔雕饰颜色，用的都是各色宝石镶嵌，此时珠光流转，直让人移不开眼睛。

"果真是宝塔！"到了这个时候，潘照临已是说不出什么别的话来赞叹了。

"此白玉宝塔，原乃是高昌狮子王之物。乃是熙宁十六年伊州之战后，高昌回鹘为了向夏主乞和，用来贿赂阐善国师的。"智缘道。

自西夏西迁后，西夏便开始了他们向宋辽称臣，借中国之威以行西域的策略，虽然在宋朝受到拒绝，但是却得到了辽国的册封。辽主担心唇亡齿寒，不仅归还了历代以来自西夏逃往辽国的难民、被辽国俘获的俘虏，并且还将一个宗室之女封为公主，嫁给秉常，被秉常册立为王后。作为这位辽国公主的嫁妆，辽主向秉常赠送了一千名精锐的骑兵与两千名奴隶——而这也是宋朝一直不放松对河西经营巩固的原因之一。

辽夏关系的好转，让西夏恢复元气的速度加快，熙宁十六年，秉常先是大举亲征，大破一盘散沙的黄头回纥，使一万余户回纥归于他的统治之下。然后，挟大败黄头回纥之余威，耶寅弟兄领兵西侵西州。面对百战之后的西夏骑兵，西州回鹘不堪一击。更何况，西夏军手里，还有辽国仿造的震天雷与霹雳投弹等西州回鹘闻所未闻的火器。

高昌狮子王的数万大军，在伊州与西夏军大战，被耶寅、耶亥弟兄以少胜多，打得大败而归。而西州回鹘的另一个政权——龟兹回鹘政权，又被短视的黑汗国趁火打劫，无力救援高昌。结果，高昌狮子王只好向夏主称臣乞和。而经伊州之战，西夏不仅声威复振于西域，连汴京都为之震惊。

这些事情，潘照临自然非常熟悉，他目不转睛地望着眼前这美轮美奂的艺术杰作，一面问道：“那如何又到了大师手中？”

“这是阐善用来贿赂贫僧的。”智缘坦然说道。

“哦？”潘照临依然没有移开自己的眼睛，但语气中却已多了一丝调侃之意。

“西州回鹘虽然道路阻隔，但一直向中国称臣，他们向国朝自称为‘西州外甥’，称呼皇上为‘汉家阿舅大官家’，西夏既欲图谋兼并高昌，恳请朝廷重新册封其为西夏国王，缓和两国关系，便是势在必行之举。况且秉常祖宗陵墓皆在我掌握当中，于义于礼，他都要向朝廷乞求允许他派人回来洒扫祭奠。阐善派人来贿赂我，无非是希望我帮他们牵桥搭线，以便他们能够贿赂朝廷公卿。”

潘照临啧啧叹道：“搭个桥便出手如此大方，看来高昌回鹘一定是富得流油，西夏这次是发了笔大财。不过，这位阐善国师的立场，倒颇是耐人寻味……”

智缘微微一笑，道：“阐善虽在空门，他内心却是个儒士。所谓‘士为知己者死’，夏主推衣分食，计无不从，言不无听，这般待他，只怕是个铁人也化了。况且，他虽然为夏主出谋划策，但也并未公然背叛朝廷，这些年朝廷往往能洞悉西夏机要实情，亦多赖于他。不过看他越来越小心，与职方馆联络，越发不肯留下半点把柄，亦可知阐善心中，实是在宋夏当中摇摆，我看他八成随时准备成为夏主的忠臣……”

“一个双面间谍？”智缘的话未说完，从院子外面传来石越的笑声。

智缘与潘照临连忙起身相迎，石越含笑走近，向智缘合十一礼，道：“大师别来无恙。”

智缘连忙深施一礼：“学士别来无恙。”

却见石越径直走向那座白玉宝塔，端详了一会儿，赞道：“果然好宝物。”一面转头向智缘笑道，“其实阐善亦用不着如此警惕，他果真投向西夏，纵是职方馆再怎样说他是朝廷的人，夏主亦只会视为离间之计。只怕职方馆越是恨不能除之而后快，他在西夏的地位便越牢固。况且，朝廷亦不可能因为他的背叛，便非要置之于死地。以他对夏主之影响，真得罪了他，岂不白白招来边患？就算朝廷现在不惧西夏人，但毕竟是冤家宜解不宜结，搞得边疆不宁，总非好事。”

“好一句‘冤家宜解不宜结’！”智缘赞道，“可惜朝廷诸公，竟只想着除恶务尽、灭此朝食，生怕养虎成患。”

“数十年内，西夏能成什么患？数十年后，朝廷又何惧西夏为患？”石越笑道，“若是后人没有本事，再大的家底也能败光；若是后人有本事，如今的这点家底，亦足托付后世了。”

“学士高见。”智缘笑了笑，一面指着那白玉宝塔，笑道，“收了阐善如此重礼，贫僧亦不好意思白白生受，因令使者转告夏主，请其静待一年，事情必有转机。只是没料到贫僧最终白忙一场，这白玉塔如今已是潘先生的了。”他一边说，一边向小沙门挥了挥手，小沙门与潘照临的书童连忙悄悄退了出去。虽然二人都是心腹之人，但智缘却知道这次石越突然来大相国寺，绝不简单。

潘照临笑道：“我要这佛门之物何用？还是寄存在大师这里。待哪一日没钱花了，再找大师化缘。”说罢，因见石越已经坐下，他也不再说闲话，一面在石越旁边坐了，一面说道，“学生已经见过何畏之了。”

“哦，莲舫怎么说？”

潘照临摇了摇头，道：“自从平乞弟之乱后，他也没有回过西南，目前的情势，何畏之亦拿不出好的对策。西南夷所居之所，群山绵延，地势险要，如今天时、地利、人和皆不在我方，便是神仙也打不赢这一仗。何畏之以为，西南欲要安定也容易，只要一纸诏令，西南必定宾服。若是硬要用兵，还不如兴兵击灭大理国，灭大理国易，平西南夷难！”

“何莲舫还是念念不忘大理。”石越笑道。

“不过，依学生看，何畏之说的倒是实话。”潘照临淡淡说道，嘴角不自觉露出讥刺的笑容，“而今朝廷中自有些人，便是打开地图给他们找，他们也未必能找到西南夷在哪个地方——有些个蠢材，竟以为西南夷就在成都附近！此辈不知兵事，不通地理，不晓风俗，无知无识，偏还喜欢妄发议论，整日价只会说西南将领无能，将士无用；还有些自以为是者，则天天摇头摆尾，道什么狄青破侬智高如何如何，前些年破乞弟又如何如何，实则全是道听途说，狗屁不通……朝廷真应当将此辈全丢到泸州去，看他们到时候还能叫嚷些什么。相比之下，何畏之所言，虽然令人失望，却毕竟是知兵者之言。未亲身去西南察看叛夷与我方之形势，确难有何方略可言。所谓大理国云云，不过激愤之言，何畏之所言者，其实只是‘剿不如抚’四个字。西南夷未必有叛意，与朝廷作对，对他们有害无益，其群起叛乱，不过是朝廷策略不当，不得不反耳。”

石越知道潘照临素来嘴巴刻薄，倒也不以为意，只笑了笑，也不接他那些酸话，道：“我亦知道剿不如抚。但纵是朝廷一纸诏令，便能使西南化干戈为玉帛，这道诏令亦不能下！”

“朝廷的面子，便真的比数万将士的性命更值钱吗？而且眼见还可能要冒险搭上一个益州的大叛乱！”智缘忍不住问道。

“这不只是朝廷的面子，还有朝廷的威信！”石越回道，“若是屡战屡败之后颁下这道诏令，与城下之盟何异？况且，谁又能担保诏令下达之后，所有部寨都肯宾服？万一有三四部族不服，而朝廷依然无力弹压，则是自取其辱，徒使西南诸夷从此益轻朝廷。除非是迫不得已——无论如何，益州局势只要还能控制，朝廷就必须首先谋求军事之胜利。打了胜仗后，再去考虑其他手段。”

“这无异于拿益州赌博。”潘照临毫不客气地指斥道，“吕惠卿欺上瞒下，谁又能知道益州局势究竟到了何种地步？万一真有王小波李顺之事，尽九州之铁不能铸此错！”

“有时错已铸成，只得将错就错。”石越苦笑道，“吕惠卿是如此想，文彦博、司马光亦是如此想，我若易地而处，也必如此想。宰相何官？宰相乃权衡天下轻重之官！若只看眼前利害得失，那便是庸相。吕惠卿推行熙宁归化有错，但他固执坚守其政策却没有错——若此时让步，非止前功尽弃，西南数千里之地，亦不复为吾所有。吕惠卿之错，只不过是不当为一己之进退，而故意隐瞒益州情实，意图侥幸取胜。不过潜光兄所言亦并非没有道理，若果真拿益州一路安危来做赌注，朝廷也实是输不起。亦因如此，所以才要善择巡边观风使……”

“巡边观风使？”潘照临与智缘不由都愣住了。

石越简略地介绍了一下文府会议的情况，道：“这益州巡边观风使，关系的非止是吕惠卿一人的相位而已，实是牵涉到益州一路之安危，大宋数十年之气数！不可不善择其人……”

“确如学士所言。”智缘沉吟道，“潘先生以为，文太傅与司马相公会推荐哪……”他话说到一半，便发现潘照临已经开始皱眉冥思，当下也不再多说。

智缘其实知道，公正地说，宋朝对西南夷用兵并不全是吕惠卿一个人的责任。当时朝野上下，沉浸在一系列前所未有的军事胜利的快意当中，很多人的自信心都开始急速膨胀，以为宋朝凭借自己的军事实力，已经可以轻易地打败一切对手，区区西南夷，自然更不在话下。

在这样的大背景下，宋朝上下，才会头脑发热，在大战之后元气未复的情况下，推动熙宁归化，又以极强硬的态度，在西南用兵，最终才酿成今日的苦果。要知道，在几年前，宋朝上上下下的清醒者并不多；只是随着这几年来的军事失败，国库愈加拮据，而朝廷不断印发交钞，加上局部地区物资供给不足，内外夹击导致物价暴涨……这种种情况，才使一些有识之士逐渐意识到问题的严重性。

但即使如此，还是有许多不知内情的人，依然以为在西南用兵可以轻易取胜，将失败的责任全部推给了前线的将士。所以方才潘照临才说出那些极刻薄的话。不过，随着雄武二军的兵变，种谔的突然病故，益州提督使的战死……如此种种，令部分士大夫危机感骤然加剧。无论是文彦博、司马光，还是石越，其实都已经将吕惠卿看成一块必须清除的挡路石——现在要想真正解决益州的危机，在政治上，就必须先踢开吕惠卿。

这个所谓“益州巡边观风使”的差遣，简单来说，就是那个在益州撬动杠杆的人，他只要在益州轻轻一按，就可以把吕惠卿从政事堂的相位上狠狠地抛出去——在这一点上，石越与旧党是有共同利益的。

然而，虽然表面上看石越与旧党互为盟友，但被闲置的石越，与在朝握有相当权力的旧党，却同样各有各的打算。旧党虽然并不敌视石越，然以石越今时今日之资历与巨大的声望、功绩，他们不可能完全没有忌惮之心——这样的人物一旦再次步入尚书省，就是龙归于海虎入山林，将来会走到哪一步，是聪明练达如文彦博、博古通今如司马光都难以预料的。眼见着文彦博很快就要致仕，司马光垂垂老矣，旧党中可堪大用者不过范纯仁等区区数人，而石越却正当壮年，文彦博与司马光都是计虑深远之人，他们不可能不考虑将来要由谁来制衡石越这个问题。所以，他们一定会希望尽可能地培植后继之人才，为旧党——在他们自己看来则是“君子”，累积更多的政治能量。

但站在石越的立场，蛰伏了数年之久，石越又并非淡泊功名之人，如此天赐良机，他岂能甘心坐视它从眼前白白溜走？石越苦心经营了十几年，若说他没有野心入主政事堂，只怕说出去没人肯信。所以这一次，石越才会如此关心这观风使的人选，否则，他大可以看着文彦博、司马光与吕惠卿斗法便可。

人心是极富变化的东西，当一个人羽翼未满之时，若他能够借助他人之手推动自己的主张，他亦会视之为巨大的胜利并非常满意；但若是当他羽翼丰满之后，就算只是让他收拢翅膀一会儿不得伸展，他亦会感觉到十分的受拘束。那种想要毫无顾忌地伸展自己羽翼的想法，有时候真的会压倒所有的一切！

以智缘的观察来看，石越显然是认为，只有他才有能力来收拾现在的局面。

“公子。”这个时候，潘照临忽然开口说话了，“与其徒劳地猜测文彦博、司马光的人选，倒不如自己推荐一个让吕、文、马都无法拒绝的人选。”

“文彦博、司马光势在必得，吕惠卿亦不肯善罢甘休，我又能有什么好人选来火中取栗？”石越苦笑道。

他说的是大实话。与石越关系密切的，或者是所谓“石党”的大臣，苏轼远在辽国，自不必提起；章惇刚刚自陕西回来，没有这个道理又让他去益州当观风使；沈括则刚刚到都水监履新；其余如韩维、苏颂、刘庠诸人，也没有一个合适的——这个巡边观风使，毕竟不是个什么美差，不是说你推荐人家就会愿意去的。

现在韩维是翰林学士，传闻马上要拜枢密副使，甚至可能是六部尚书；苏颂则是开封府尹；刘庠转任河北转运使，也算是一方诸侯——任谁也不会愿意去益州这个是非之地，做这个是非之官。倒肯定也有愿意去的，却又未必能去——苏辙由工部尚书出知地方，虽然宋朝官员上上下下极为正常，但他对吕惠卿不可能没有怨恨，兼之这也是能让他东山再起的好机会，若得举荐，石越料他必定昼夜兼程赴任。但吕惠卿又怎能容他赴蜀？石越也想过用曾布，但是曾布在海外待了十年之久，益州转运使的表字他都未必知道……他凭什么又能力排众议？至于唐棣、蔡卞、丰稷、蔡京等辈，威望资历不足，像他们这样资历的人，在大宋朝廷以车载，以斗量，数不胜数，那是提都不用提。

“倒是有个人选。”潘照临眯着眼睛望着石越，缓缓说道。

“哦？”石越的眼皮忽然跳了一下。

“不过，他本人未必愿意去，还须有一个得力的说客。”潘照临没有马上说出那个人的名字，“而且，这是一着险棋。”

2

差不多同一时刻。吕惠卿府。

“巡边观风使？！”陈元凤端茶的手不由自主地一抖，“只怕文彦博、司马光不会这么容易善罢甘休。此辈定是要借此大做文章，相公万不可掉以轻心……”

“我自有万全之策。”吕惠卿笑道，“不过，此事还要辛苦履善。”

陈元凤连忙把茶杯放回桌上，欠身道：“但凭相公差遣。”

“我便知履善能助我。”吕惠卿满意地点点头笑道，又看了看四周，见下人都远远地守在厅外，方放心说道，“观风使之任，明里我会举荐蒲传正[18]，蒲传正曾经察访荆湖两路，奏罢辰、沅役钱及湖南丁赋，朝野颇著令誉，皇上曾几次当着我的面夸奖他……”他说到此处，忽见陈元凤嘴唇微动，似乎有话要说，不由停了下来，问道，“履善可是以为有何不妥吗？”

陈元凤忙道：“倒并非不妥。只是蒲传正由知制诰至翰林学士兼侍读，而今又是同修两朝国史，皇上信任有加，外间传说蒲传正迟早要进尚书省，学生担心他未必愿意去……”

吕惠卿赞赏地点点头，笑道：“履善所虑极是。不过履善却有所不知，蒲传正这人爱穷讲究，每日三餐要吃掉十只羊十头猪，每晚要费烛三百支，连盥洗都有什么小洗面、大洗面、小濯足、大濯足、小澡浴、大澡浴之别，每洗浴一次，要五斛热水……这些虽然只是小事，但偏生如今正是国库拮据，皇上屡次三番削减宫中用度之时，而司马君实又荐了几个血气方刚的御史，这些人一进柏台，便弹劾蒲传正酒色无度、奢靡、营造房舍逾制，弹章迭上，证据确凿。皇上便不因此定他的罪，但他若还想固宠，便不能不多立些功劳。否则休说入主部寺，他这个翰林学士究竟还能做几天都难说。况且益州之事，蒲传正当年也是极力赞成的。一荣俱荣，一损俱损，果真出了事……”吕惠卿淡淡一笑，不再多说。

“原来如此。”陈元凤笑道，“这般说来，他必不会推辞。他原是益州路阆州人，做过夔州观察推官，熟知西南情势。而他察访荆湖两路，又是皇上赞可的。若再加上治平年间，因水灾地震，他上章论事，斥责大臣、宫禁、宦寺，皇上自那时候起，圣心便已认可他是敢言之臣……这的确是极好的人选。依学生看，今上是极重君臣之义的，又极爱惜人才，蒲传正如今正是宠信将衰未衰之时，皇上信得过他的人品才干，说不定正想再给他一次机会……”陈元凤一面替吕惠卿分析，一面连连赞叹道，“妙哉！妙哉！”

吕惠卿含笑望着陈元凤，心里不由得闪过一丝警惕，不过旋即释然。做了这么多年的宰相，他的门生党羽不少，但真正入得了眼的，不过区区数人而已。而陈元凤更是其中的佼佼者，其能举一反三，触类旁通，称得上聪明过人。只是有时候略嫌轻佻。不过，最要紧的是，吕惠卿知道陈元凤的前途，都系于自己，并不担心他会背叛自己。但饶是如此，面对这个心腹门生，吕惠卿说话还是颇有几分保留的。

“不过，单单蒲传正一人，还不够稳妥。”吕惠卿道，“我回想今日之事，总觉有几分不安。文彦博与司马光一定也会在这人选上做文章，若以履善看来，此辈又会推荐何人？”

[18] 即蒲宗孟。

陈元凤沉吟半晌，方道："莫非是吕公著？"

"吕公著？吕公著……"前同知枢密院事吕公著，也是旧党名臣，一向反对熙宁归化。因为族人经营湖广军屯出了点问题而被弹劾，被吕惠卿赶到了大名府做郡守，并顺便监修附近装有火炮的要塞群。吕惠卿默念着这个名字，皱眉沉思，良久，断然道，"不是他。吕公著是因得罪而去的大名府，此时起用他是一波未平一波又起。我看文、马想的是快刀斩乱麻！"

"若是快刀斩乱麻……"陈元凤忽然眼前一亮，道，"会不会是司马光本人？"

"文彦博也好，司马光也好，朝廷现在还离不开。皇上也不会准。"吕惠卿摇了摇头。

"若是冯京呢？或者，或者是石越呢？"

吕惠卿顿时呆住了，陈元凤也被自己的猜测给吓了一跳。厅里瞬时变得死寂般的沉默。两人心里都明白，冯京尚不足为惧，若果真是石越……以石越今日的声望、资历，就算吕惠卿极力阻止这桩任命，成功的可能性也并不大。随着唐康的奏章递进大内，加上雄武二军的兵变，种谔病死军前，益州提督使战死这一系列的变故，皇帝对益州路的局势不起疑心是不可能的。而无论益州路的局势发展到了哪一步，若是真将石越派去，对于朝野上下也好，甚至于皇帝本人也好，都等同于吃了一颗定心丸——虽然极不情愿，但二人在心里面都不得不承认这一点。

实际上所谓的"声望"与"资历"，若直观一点来形容，就是当某种危机出现时，人们看到他便会产生一种莫名其妙的安心感。石越拥有这样的能力，这是无法否认的。

不过……文彦博、司马光有可能举荐石越吗？

若能一举扳倒自己，那旧党就可以取得熙宁二年以来最大的胜利。

皇帝不一定乐意看到这样的局面，但皇帝真正看重的，还是谁能帮他治理好这个国家。如今国家的情况较之熙宁之初已经大为好转，若旧党们能在一两年内证明自己，那么皇帝就算又偏向旧党，也并非不可能——文彦博老了，司马光也病得不轻，其余的老臣经过长时间的闲置打压，威望已极为有限，而青壮派的旧党，不可能对皇帝有任何威胁。所以，就算改变近十年来使新旧两党旗鼓相当的策略，反过来让旧党变大，新党变小来牵制之，也未必是不可能的。

经过这十余年，吕惠卿早已明白，若国家能够在好的道路上前进，皇帝更希望臣子们互相牵制，而不是你死我活——熙宁初年皇帝打压旧党的举动，只不过是为了长期的政治利益而放弃短期利益的牺牲——饶是如此，皇帝还是千方百计地把旧党的元老重臣们安排在西京养老，以一种更巧妙的方式来牵制几乎独掌大权的新党。

但是，这些道理吕惠卿明白，文彦博与司马光未必会明白，就算明白，也会不屑一顾。因为他们自以为自己是"君子"，所谓的"君子"是最喜欢逼迫皇帝做他不愿意做的事情的。他们就算明知道皇帝的心意，也会不屑于迎合，而会更尊重自己内心所谓的“道理”。

吕惠卿当然唾弃这种“假惺惺”的伪善。但问题是，眼见着“君子们”有可能取得全面胜利的时候，文彦博、司马光有什么理由要让石越有东山再起的机会？！

一瞬间，吕惠卿感觉到自己触到了问题的核心——无论是石越还是冯京，都不是旧党。石越自成一党，冯京则是游走于新旧两派与石越之间的中间派，他对于旧党或者石越的倾向性，只怕连他本人都很难判断究竟更亲近哪一方。

文彦博、司马光没有理由让人分享自己的胜利，更何况是石越这样的对手。石越复出，吕惠卿看不出旧党有什么人可以制衡他！易地而处，吕惠卿认为如果自己是旧党的领袖，就算再没有私心，不去刻意打压石越就已经算是仁至义尽了。帮他复出，那绝不可能。旧党青壮派中，最有希望的就是范纯仁。范纯仁做过吏部侍郎，伐夏之役负责军需，保证了军需的供应，立下极大的功勋。有资历，有政绩，有学问，有才干，人品端正无可挑剔，本人颇有人格魅力，其父又是庆历名臣范仲淹——天然地继承了父亲留下来的那份无形的政治遗产。也正因为如此，司马光才对他寄予厚望，竭力帮助他入主柏台。而吕惠卿也将他视为旧党中除文彦博、司马光以外最大的政敌。

但就算是范纯仁，也无法与石越相提并论。

吕惠卿心中一动，忽然之间，他知道了文彦博与司马光的人选是谁！将范纯仁推进柏台，其目的就是利用柏台来打击自己。但若能将自己赶下台去，还需要范纯仁进柏台做什么？范纯仁资历、才干、政绩无可挑剔，本人文武双全，伐夏时负责军需经验丰富，也曾经几次公干到过益州，对益州并不陌生，最重要的是，他曾经做过吏部侍郎，熟悉益州的官员！朝野当中，吕惠卿还真是找不出谁比范纯仁更有竞争力！

这是文彦博的妙计！他能用什么借口来阻挡范纯仁去益州？除非……除非替范纯仁找一件“更重要的事情”，可这样的话，他就很难有借口再挡住他进柏台——而这无异于饮鸩止渴。御史中丞有多大的权力，宋朝每个当过宰相的人都心知肚明。

吕惠卿不由自主地站起身来，背着手在厅中来回踱步思考对策。文彦博这一手太漂亮了。若范纯仁去了益州，皇帝肯定会给他更大的权力，凭借范纯仁的能力，益州的疮疤彻底被揭开自然不在话下，而范纯仁也可以借此积累更多的声望与资历，将来可以顺理成章地成为旧党的另一位领袖。就算万一有一天无法阻挡石越重返政事堂，范纯仁也有足够的资本与石越分庭抗礼。这样的话，就算放弃入主柏台的机会，也没什么大不了。将欲取之，必先予之！

吕惠卿突然停下了脚步，沉声道：“推荐蒲传正只是明里的手段，除此之外，还需履善上表推荐王希烈为观风使！”

陈元凤哪里知道吕惠卿心里已经转过了无数的念头，听他突然间又把话题跳了回去，不由愣了一下，半晌，方道："王中正？"

"不错。"

陈元凤只在心里短暂地迟疑了一下，便抱拳应道："相公放心。"他不知道王中正与吕惠卿的关系有多好，但他明白宰相推荐宦官，是非常犯忌讳的。这种事情，当然要假手于人。只是，陈元凤非常怀疑，虽然王中正也是皇帝信任的宦官，自仁宗朝就立下平叛护驾之功而从此显赫，资历很深，而且有典兵的经历，但一介宦官，怎么比得了石越？

"不是石越。"仿佛猜到陈元凤心里的狐疑，吕惠卿淡淡说道，"是范纯仁。"

"范纯仁？怎……怎么可能？"

吕惠卿没有再多解释。忽然间，他觉得一阵疲倦袭来。饮鸩止渴！明知道是饮鸩止渴，他也没有选择。他已经有壮士断腕的决心，无论如何，他都不会让范纯仁去益州，他绝不会让范纯仁踏着自己的尸体建立功勋！就算是饮鸩止渴，只要保住益州路的疮疤暂时不被揭穿，只要熬过这一关，只要有军事上的一次胜利，他就还没有走到绝境。吕惠卿心里比谁都明白，只要再熬上一年，最多两年，河西就会基本巩固，陕西就可以恢复，大宋朝的压力就可以轻掉一半，到时候就可以全力以赴来歼灭那些该死的西南夷！

只要一年时间而已！

3

静渊庄。

柳荫轻拂，寂静无声。黄昏夕照之中，一位身着紫衫、面容消瘦的中年男子正坐在庄内小湖边一块石板上垂钓，他极其专注地望着静静地垂在湖中的金线，仿佛是在做一件很了不起的大事。他的身后，一位身着绿衫的女孩随意地坐在一块大石头上，百无聊赖地东望望西瞅瞅，一双金缕鞋不停地晃着，裙侧的玉佩不时碰撞到一起，发出清脆的叮当声。若是只看这二人的打扮与神态，而不管园门外依稀可见的仪仗、宦官、宫女，还有一身戎装的班直侍卫，绝没有人能想到，在这里垂钓的男子，竟然是贵为当今天子的大宋皇帝赵顼，而旁边的那个女孩，则是俗称"淑寿公主"的温国公主。

"三娘，你能不能安静一点？"被女儿在身边烦了小半个时辰，赵顼终于忍耐不住了。

好不容易终于吸引到父皇的注意，淑寿完全无视了赵顼那没有任何杀伤性的训斥，跳下石头，扯着赵顼的袖子低声央求起来："求父皇开恩，便让儿臣去看白象吧。"

赵顼皱起眉毛，回过头望着自己最心爱的公主，不禁哭笑不得，这一天之内，淑寿至少已经央求过他不下二十次了。

到这一年为止，赵顼一共生有十四位皇子和十位公主，但多半都因为当时落后的医疗条件而夭折，活下来的只有七子三女——除由向皇后亲自抚养的皇三女温国公主外，还有朱德妃所生的皇六子赵佣、皇十三子赵似、皇十女庆国公主；高丽公主王贤妃所生的皇七子赵俟、皇十二子赵俣；宋贵妃所生的皇四女康国公主；林婕妤所生的皇十四子赵偲；武才人所生的皇九子赵佖；陈美人所生的皇十一子赵佶。这七子三女能不能都活到成人，也还难说得很，较小的皇子公主们，现在还在襁褓当中；而最大的淑寿，也不过十几岁，这并不是一个安全的年龄，赵顼与向皇后所生的皇长女，就是在十二岁时夭折的。可能也正因为如此，抑或是赵顼疼惜淑寿的生母早亡，对这个实际上的皇长女，宠爱到了连高太后都有点看不过去的分儿上。

“你是大宋朝的公主！怎么可以随便去动物园那种所在？”赵顼虽然板着脸，但是他的眼神与声调，却彻底地出卖了他。

“那为何六哥和七哥便去得？他们还得骑马去！”淑寿已经将小嘴噘得老高。

“六哥、七哥是男子，去去无妨。”赵顼的声音开始动摇了。

“可石家大娘亦是女子，她也去得。怡园许多人都去过。”淑寿越发不满起来，嘴角一撇一撇地，泪珠便已经到了眼眶中打着转儿。

赵顼顿时心都快化了。他此时真恨不能把曾布与薛奕一脚踢回凌牙门去，若不是他们献这劳什子白象，他怎么会连安静钓会儿鱼都做不到？对于皇帝来说，这种机会是非常难得的，他若在别的地方垂钓，不知道内侍们早已暗中放了多少条鲤鱼进去……不过，这种不切实际的念头也只能是想想而已，他看着淑寿，几乎便要脱口答应她，但话到嘴边，终于还是硬生生忍了下来。

若是答应了淑寿，太后那边他怎么交差？

但若不答应她，这事也难以善罢甘休。他的这位三公主，根本就是个小魔头，比起当年的柔嘉来，还要厉害三分。在高太后与几位严肃太妃面前，她装得比清河还乖巧——这种坐在石头上晃脚的事情，高太后和那些太妃只怕连想都想不到；但只要转过背来，她便能把整个皇宫闹得鸡飞狗跳。

这种事是有前车之鉴的。

当日她不知道从哪里听说了怡园的事情，为了去怡园念书，她一面向高太后与太妃们大献殷勤，一面不知用了什么办法策动了一干说得上话的后妃们替她求情。整整一个月内，高太后与赵顼的耳边能听到的，几乎都是为她求情的声音……眼见着这位“乖巧”的三公主整日闷闷不乐、茶饭不思而日渐消瘦，最后连高太后的心都软了。加上耳边实在不胜其烦，最后高太后与赵顼才不得不答应下来。

“罢！罢！”前思后想，赵顼终于决定脱过眼前这一劫再说，他左右看看无人，把淑寿拉近来，放低声音说道，“三娘定要想去，朕也准你……”他话未说完，淑寿已然破涕为笑——赵顼又是好气，又是好笑，继续说道，“不过，你不能说出去。你悄悄去找十九姑，便说是朕的旨意，令她悄悄带你去看白象，不许声张！”他话音方落，却见淑寿已经又撇起嘴来：“父皇骗人，无凭无据，十九姑姑才不肯信我的哩！”

赵顼不禁脸一红，他的确打着将麻烦先推给柔嘉的主意，不料却被女儿揭破，只得说道：“朕叫李向安找几人陪你去见她便是。”

淑寿这才又高兴起来，装模作样向着赵顼一敛衽，稚声稚气地拖长声调说道：“谢父皇隆恩！”

赵顼见她这般模样，忍俊不禁，不由得哈哈大笑。淑寿心愿得逞，一把抱着赵顼的脖子，又笑又闹更是没上没下起来。

赵顼好不容易才又安抚了淑寿，正待重新去钓鱼，刚刚转过身去，便听园外传来李向安尖声尖气的禀报声：“陛下，李宪、石得一求见。”

“宣。”赵顼无可奈何地扔下钓竿，一面对淑寿道，“你先去找姑姑们玩吧。”

目送着淑寿兴高采烈地离去，赵顼心里头竟泛起一丝惆怅。他没有去看跪在跟前的石得一，只是拿眼角瞥了一眼李宪，道：“你们见过唐康了？”

李宪嚅嚅了一下，却没有说话。他职分虽然比石得一高，但这件差使，却是石得一为主，他只是奉旨去“听听”而已。而且李宪也颇有自知之明——熙宁俗传有“五貂珰”。他李宪节制方面，手握重兵，官爵既高，表面上亦最风光；但相比之下，王中正不仅长居京师用事，而且经常替皇帝赴各地差遣；宋用臣负责督责京师一切工程建筑；李向安长期负责宣敕、服侍皇帝起居，三人之恩宠其实都不在自己之下；但最让李宪忌惮的却是跪在他旁边这个石得一。

两年之前，前任勾当皇城司宦官致仕，石得一执掌皇城司这个要害机构，他一改往任“无为而治”的方针，将自职方馆与职方司成立后皇城司那埋尘已久的间谍功能又重新发掘了出来。他给皇城司的探事兵吏规定“功课”，要求每人每日必须探得多少件事回报。一时间搞得京师乌烟瘴气，人人侧目，称得上是权势熏天。不仅台谏对他大为不满，弹劾不断，甚至连兵部职方司也因为他手伸得太长而多有矛盾。但皇帝认为他是忠奴，吕惠卿要借他来打击异己，两府又颇有一些大臣明哲保身，竟然没人奈何得了他。他也因此更加气焰嚣张。

李宪虽然远在陕西，但他的家属亲戚都在京师，谁都难保家里没有人有个不法之事，若每一桩不怎么光彩的事情都被报到皇帝耳里，日积月累，凭谁也受不了。更何况他在外领兵，尤其要加倍小心。李宪虽然心知石得一这样下去必定没有好下场，但他却也绝不愿得罪他。

当下他只是静静伏在地上，听石得一回报道："回禀官家，臣等奉敕至御史台狱问话，依圣旨，无他人在场。臣问：可知罪？唐康答：罪臣知罪。臣问：为何擅调禁军？唐康答：事起仓促，不得不尔，若待请复，必贻误军机。臣问：田烈武、赵隆、李浑为甚竟予兵给你？唐康答：田烈武有忠义，且与罪臣有旧，故不惜死；赵、李实不知情。臣问：为何擅杀降？唐康答：罪臣非敢杀降，是擅杀叛卒。一则激于义愤，一则恐兵力不足，贻为后患。臣问：田烈武、赵隆是否知情？唐康答：田、赵实不知情，谢罪折子所言，无一字虚言。罪臣死不足惜，愿陛下勿轻西南夷。臣问：为何令章惇代递折子？唐康不答。臣又问，唐康答：罪臣恐通进银台司附宰相，见臣之名而不肯进呈。又言，若西南之事，有一字虚言，愿受族诛！"

赵顼沉着脸静静地听着，听到此处，不由嘴角轻轻抽搐了一下："族诛？他当朕是汉武帝吗？"

石得一正悄悄抬眼看皇帝，却见赵顼阴冷的眼神扫了过来，他连忙把头又伏下去，听皇帝冷冷地说道："他这点罪，两府议上来，至重不过是编管。恩自上出，朕还能给他加刑不成？看在文彦博、石越面上，总还要给他加恩的。不过现在看来，倒是不必急于一时了。禁军兵变、主帅病殃、泸州失陷、提督兵败战死……难不成一夜之间，益州便天塌地陷了？到底是有人昧心欺君，还是有人危言耸听，总是要查个清楚的。待查清楚了，再议他的罪不迟。他调兵擅杀之事，朕可恕他；但他若是故意危言耸听，构陷宰相近臣……哼！"

皇帝并没有发问，李宪与石得一都不敢接话。但连头带身体趴在地上，却正好能掩饰住李宪的表情。他现在已经更加清楚地知道，这场权力斗争，已经是到了图穷匕见的关口。无论是哪一方最终取胜，朝中现有的平衡，都不可能再继续下去，紧接着一定是一场堪比熙宁初年的大罢黜。也许比那还要残酷无情。

"李宪。"

"臣在。"

"你在外行走，益州虚实，可曾见到、听到些什么？"

李宪仿佛感觉到石得一的眼睛，正在阴冷地盯着自己的后背，他禁不住哆嗦了一下，当即回道："臣奉旨陕西差遣，非分内之事，不敢以闻。"

皇帝那里沉默了。李宪感觉到一种无形的压力，铺天盖地地向他扑来，他顿时冷汗直冒。皇帝是英主，他将那日文彦博府上会议之情形，早已详详细细专折以闻，再加上唐康的折子，还有这接二连三发生的事情，皇帝心里若不起疑心，那是断不可能的。

他面前的这个皇帝，最恨的便是欺瞒。

李宪不禁羡慕起那些士大夫来，士大夫可以躲在礼法的背后，光明正大、理直气壮地不回答自己不想回答的事情。但他却是个内侍，“不管闲事”是对的，但是皇帝派他们出去，就是让他们做皇帝最亲信的耳目，若是听到的、见到的，都不肯以闻，皇帝心里要做何想法？

他心里不由泛起一阵悔意。

“官家，臣以为，而今益州最要紧之事，还是要尽快压服西南夷之叛乱。”李宪试图将功补过，“今灵夏大定，秉常虽未为所擒，然其远窜西域，吾扼险而守，以水泥砖石筑城，兼有火炮、神臂弓之利，西兵皆百战之师，王师虽进取不足，守成则有余。西贼已不足为虑，此正是朝廷观兵燕赵，收复故土，复仇雪恨之时！西南夷不过跳梁小丑，即便唐康所言是虚，朝廷为此耗费国力兵力，非上策也；若唐康所言皆实，为防万一，更须趁早镇压西南叛夷，否则内外交攻，益州危矣。”

“朕用兵西南，原亦有练兵之意！东南兵与河朔兵久不经战阵，朕欲使之小试于西南，使将士经战阵，而后方可大用。”李宪虽然看不到皇帝的表情，却明显听出皇帝的语气已经缓和。他心里略略放宽了一些。皇帝最大的抱负是什么？这是公开的秘密。皇帝的那身紫衫，便已经是一个强烈的信号——紫衫是宋朝军人的服装之一。

司马光痛恨民风孱弱，石越鼓吹恢复佩剑古风，在这样的气氛下，皇帝也终于可以经常着戎装见臣下。但李宪却知道，皇帝的想法与司马光、石越还是不同的。后者也许只是单纯为了改变社会风气，但是皇帝想的却是“赫赫武功”！

大宋自开国以来，便无时无刻不想收复燕云故土，皇帝变法图强也好，用兵西夏也好，最终的目标，都是指向北方。这是大宋君臣解不开的心结。但现在，无论益州的情况究竟如何，显然那里都已经绑住了皇帝的手脚。

赵顼没有去看跪在他跟前的两个宦官，他有点心烦意乱。他说的一半是心里话，调河朔禁兵入蜀作战，自然是有练兵的意思，但另一方面，也是迫不得已。赵顼是无时无刻不想着向辽国报仇的。所以，尽管财政困难，河北的边防从来不敢松懈，火炮也是优先供应给两北塞防。薛奕几次请求要在海船上安装火炮，都被他否决，原因就是赵顼认为海外始终只是海外，而幽蓟却是“中国故土”。对于赵顼来说，南海也好，海外贸易也好，始终只是一个财源。他的抱负，他的理想，始终是北方的那块土地。

但是此时，赵顼感觉仿若是，自己正在有条不紊地打着如意算盘，却被人忽然从中横插一手，将算盘搅得一塌糊涂。一直好端端的益州，忽然之间，却有人告诉他，那里已经处在大叛乱的边缘！

赵顼很是恼怒。他感觉自己什么都不知道，既不知道事情的真相，也不知道应当如何应对……这种感觉，尤其让赵顼感觉到愤怒。他是大宋朝的中兴之主，他收复了河西，把西夏赶到了贺兰山以西；在他的统治下，大宋朝不再需要每年给辽国与西夏那屈辱的岁赐；他的疆域，远至万里之外的凌牙门，大宋成为南海的霸主；他不用刀兵，就让高丽几乎沦为半附庸的属国！

大宋今日之盛况，是安史之乱以后，中国未有之盛世。而他赵顼，乃是开创这一盛世之圣主！

但是，在吕惠卿与文彦博向他禀报西南局势之时，在他读到唐康的奏折之时，赵顼忽然间有幻灭之感。他那种优越感、他那种骄傲感、他那种成就感、他那种以为大宋已经极强盛之自矜，突然之间，便变得不那么靠得住了。

他以为自己是堪比唐太宗的圣主明君，难道到头来会变成唐玄宗，成为天下后世之笑柄吗？

这是赵顼无法接受的事情。

“官家庙谟[19]宏远，非臣所能及。河朔禁军承平已久，虽经整编，毕竟不如西军。之前何去非主张直接向河朔禁军派遣西军将校，当时枢府、三衙、兵部皆以为善策，然官兵失和，亦是此次兵变之因。可见此策于理可行，实际却未必行得通。官家以实战练兵，才是不易之论。只是如今西南局势有变，这个方针，或可略为修正一下……”李宪小心地措辞着，宦官与士大夫最大的不同，便是宦官永远都会顾及着皇帝的感受，“政事臣不敢妄言。朝廷诸公之前或多有轻西南夷之处，然唐康之言，亦未必无夸大其词之处，官家亦不必过于忧心。两府以为先遣使了解益州实情，亦不失为谋国之言。官家何不静等水落石出，再做处置？至于军事，臣以为取胜不难。而只要能打一场大胜仗，纵是有危机，亦必可大为缓解。故要紧处，还是选派精兵良将入蜀平乱——但官家以实战练兵之宗旨，还是不能丢了，臣以为，作战之主力，自然要从西军中选调，然可同时从河朔禁军各军各营中，抽调一指挥之兵力，编入西军各营中，让他们跟西军学学怎么打仗。这些兵若是练成了，将来回到河朔禁军，便能以这些兵为主力，将全营全军都带上去……”

“这是好主意！”不待李宪说完，赵顼已击掌称赞，“何去非毕竟是书生之论，比不得老将之言。一个指挥一个指挥调出去，他们也不敢兴风作浪。”

李宪听皇帝褒贬何去非，心里忽然一动，这何去非原本是福建一介书生，累次考进士都落第，后来得人推荐，入慕容谦幕中，颇立下些军功。战后慕容谦向皇帝举荐何去非之能，皇帝亲自廷试，奏对称旨，特授同进士出身，令他在讲武学堂为教授，讲授历代战史。此君是慕容谦幕府出身，与石越的幕僚们交往甚密，文章策论又很得苏轼称赞，虽然不过是一小小的教授，却又得到文彦博、郭逵的另眼相看，经常就军制改革发表意见与建议，每次建议，都很得皇帝的称赞……李宪想起何去非的这些背景，便觉得这个人不便过于得罪，忙道：“臣原本计不及此，实是听到官家以实战练

[19] 意同庙算、庙谋。出自《后汉书·光武帝纪赞》。

兵之论，才忽然想到，这原也怨不得何去非。寻常之人，又怎能似官家想得如此深远？”

赵顼微微一笑，道：“你这是言过其实了。”他又看了一眼李宪与石得一，这才说道，“你们都起来回话吧。”

“谢陛下。”李宪倒还罢了，石得一却早已跪得双腿酸痛，这时如蒙大赦，谢恩站起来，嫉妒地望了李宪一眼，心里头恨不能用目光将他烤死。

赵顼却没理会石得一，只向李宪说道：“既要从西军中挑选精兵，你熟悉西军，你说说，要调多少兵力入蜀？调哪些部队合适？朕也听听你心里经略使的人选。”

李宪悄悄抬眼，见皇帝热辣辣的目光投在自己身上，心里一惊，方才心里的那点轻松得意，顿时跑到了九霄云外。看皇帝的神情，竟是希望他主动请缨，但李宪口里说得轻松，心里却是极明白的：益州的仗本来就不好打，若是内政纠缠不清，那就更加凶险。

与其去益州打仗，李宪倒宁可撺掇皇帝再次向西夏开战。这西南的功业，还是留给别人去建好了。但他心里虽然打着小算盘，却断不敢让皇帝看出半点来。他连忙将头垂下，避开皇帝的眼神，假作沉吟，过了一会儿，方才回道：“臣以为，今在蜀之兵，有本地厢军、乡兵，有东南禁军，有河朔禁军，还有西军，这些军队，仓促间无法退出益州，要能节制这五花八门的军队，还要懂得善用其力，单单是西军出身的将领，只恐难负重任。西军将领多数看不起河朔与东南军，而河朔禁军亦免不了会猜忌西军将领——臣愚见，以为经略使非重臣宿将不可。若不是在军中素有威名，怎么能镇伏得了各军将士？且若欲迅速见功，最好是要在西南或者南方打过仗，当年经历过侬智高叛乱的老将……”

“你是说郭逵？”赵顼默然一会儿，摇头叹道，“郭逵老矣。”兵部侍郎郭逵虽然是仁宗朝名将，但是毕竟已经六十三岁了，因郭逵在英宗朝做过同签书枢密院事，所以赵顼心里早就打算这两年内就让他直接做兵部尚书，然后体体面面地致仕。实际上，赵顼现在的两府，除了吕惠卿外，年纪都普遍偏大，这已经成为赵顼的一块心病。

李宪不料自己还没来得及把郭逵的名字说出来，便已经被皇帝否决。他这次却没能猜中赵顼的心思，因笑道：“廉颇虽老，尚善饭。”

“种谔是前车之鉴。”赵顼不待李宪说完，已经连连摇头，道，“这事先议到这里。明日朕要亲自去枢府，朕要见见田烈武与李浑。”

“官家。”李宪与石得一都吃了一惊。

“怕什么？朕不能一直被人蒙在鼓里。”揣摩赵顼话里的含义，石得一的脸“唰”地白了，本来劝谏的话已经到了嘴边，又吞了回去。只听赵顼冷笑道，“唐康、田烈武的案子，不宜分开审理，着枢密院、卫尉寺和御史台会同审理。石得一，你去旁听。”

“领旨。”石得一慌忙又跪了下来。

“还有，你去宣一次旨，看在太后面子上，高遵惠之罪不问。”

李宪与石得一不由面面相觑，案子还没有开始审，就已经把高遵惠赦免了，那么唐康与田烈武擅调兵之罪，只怕也没办法问了。李宪心里头暗暗嘀咕，只怕这道圣旨，没有人会替皇帝草诏。

4

李宪所料不差，知制诰果然封还了辞头，高遵惠到底没能置身事外。而第二日，皇帝也没能真去得了枢府——刑部尚书陈绎忽然得了急病，皇帝虽然派了翰林院的医官去诊治，但是陈绎年事已高，非药石所能挽回，到了第五日上，便逝世了。为了安排陈绎的丧事、追谥，赵顼把唐康、田烈武的事情丢到了九霄云外。一下子有了两个尚书的空缺，对于臣子们来说是一件好事，但对赵顼来说，却是逼迫他不得不面对一个严酷的事实——他的两府大臣们，年纪都太大了，而新的人才，却还没有培养起来。这是过去十年他为了保持朝中政治稳定而付出的代价，现在，收债的来了。

枢密使文彦博，七十九岁；同签书枢密院事孙固，六十九岁；吏部尚书冯京，六十四岁；户部尚书司马光、礼部尚书王珪，六十六岁；其余如韩维也已经六十八岁，苏颂亦有六十五岁……他的宰执大臣们中，唯有左仆射吕惠卿与工部尚书王安礼还只有五十余岁。但是他对吕惠卿的信任，也已经开始动摇；而王安礼，赵顼对他并不满意。

到了这个时刻，赵顼不得不开始认真考虑人才问题。

赵顼并非完全不曾刻意地培养人才，他对韩琦的长子韩忠彦便寄以重望，从鸿胪寺卿到京东西路转运使到礼部侍郎、工部侍郎，是赵顼希望能成为宰相之材的人物。但是韩忠彦的才华，较他的父亲实在相差太远……

与韩忠彦年岁相当的臣子们，范纯仁、吕大防、吕惠卿、王安礼、李清臣、章惇、曾布，还有苏轼、苏辙兄弟……在赵顼看来，他们比起王安石、司马光这一代士大夫，无论在哪方面都还有着极大的差距。真正能力能得到他认可的，也只有吕惠卿一人而已。

但是……

当然，朝廷中也并非没有第一流的人才……

那个人的年纪，甚至比吕惠卿还要年轻十多岁，但他的声望，却已经不在文彦博之下，才华也不逊于王安石与司马光……

然而，这个人毕竟只是个异数而已。赵顼还记得有一次与司马光讨论人才，君臣二人追溯本朝历代名臣，发现每个时代，都会出现一大批天资、才干、名望相匹的人物，最典型的是庆历诸贤，还有像后一代的王安石、司马光、冯京、王珪这些人，后一代的韩忠彦等人也是如此，纵向比较，自然会有高下之别，但若是横向比较，则断无让一个人独领风骚之理。唯独石越却是个极大的例外，他不仅远胜同侪，便是放到整个大宋的历史上，都不会逊色！

这个异数，对于大宋而言，是幸，还是不幸？

赵顼到现在都没有答案。

他并不相信石越会背叛自己。但他熟悉本朝的典故，当年太祖皇帝要让符彦卿领兵权，赵普坚执不同意颁布诏书，太祖皇帝质问："难道符彦卿也会背叛我？"赵普当时回答："难道陛下你当年想过背叛周世宗的吗？"

太祖皇帝在周世宗是忠臣，但周世宗一死，便有陈桥兵变。这是太祖皇帝包藏祸心吗？不是的。这是形格势禁，不得不尔。天予弗取，反受其咎。若当年没有陈桥兵变，等到幼君长大，太祖皇帝难道会有好下场？

天下之事，是忠是奸，有时候并非是由人自己能控制得了的。

曹操若是早生数十年，谁说他不会是霍子孟、朱虚侯呢？

太皇太后的遗训，赵顼时时刻刻都铭记于心。"……莫让石越没了好结果！"这是太皇太后的慈悲之心，亦是太皇太后的英明洞见！否则，为何太皇太后不说莫让司马光没了好结果呢？人之将死，其言也善。太皇太后在升天之前，也许是预见到了石越的结果……

石越是一定要用的，但用石越，必有用石越的技巧。重用几年，便要闲置几年，让他起起落落，不仅可以让人无法揣度帝王之心术，亦可以使那些趋炎附势之徒不敢与石越贴得太近，这样便没有机会结成根深蒂固、遍布朝野的朋党……而且，当石越被闲置、贬斥之时，抑可以当成牵制在朝执政的大臣的筹码，因为皇帝随时随地，手里都有替换任何重臣的人选。只要有石越如此声望的大臣存在，朝中想为所欲为之人，必定也会忌惮三分。

但这等帝王之术的妙处，臣子们是不会明白的。不过，赵顼也不需要他们明白。只是无论多少人上表要求重用石越，抑或有多少人想借机弹劾石越，赵顼都一律留中。就是一个宗旨，让他们摸不透，想不清。

至于益州路……赵顼踌躇着，他感叹朝中没有几个人能明白自己的心思。益州是搅不起大风浪的地方，实际上这些年朝廷的财力大半依然还是用于巩固西北塞防，争雄河套之上，西南夷的叛乱，主要还是以益州一路的财赋来应付——这本是吕惠卿为了迎合皇帝而采取的策略，但这种现实却更进一步加深了赵顼的认识，他相信西南夷掀不起什么风浪来。在赵顼看来，他不仅是要让那些西南夷彻底变成编户齐民，更重要的是，他希望借此能打造出一批名臣名将来，不仅是要练兵，也是要练将相！牛刀先小试于西南，然后再大用于河朔，他要创就一个前所未有的盛世！

直到此时，赵顼依然还陶醉在他的设想中。对于现在的状况，他只有愤怒，却并没有多少担忧。他只愤怒于臣下的欺瞒而已。唐康所言之事，肯定不是全部捏造，但也必有危言耸听之处。况且他一个边远知州，又能看得了多宽多远的局面？他还能胜过朝中的公卿们不成？朝中公卿们因此而大做文章，未必便没有党争的因素。“异论相搅”，本是祖宗的法宝，这也是可以预料的事情。

既然是秉着锻炼人才的宗旨，那么派重臣宿将去，便太没有道理。像郭逵等人，他当然信得过他们的能力，但是他却信不过他们的年纪！万一又是一个种谔，对军心士气，会有多大的打击？

对于派遣了种谔去益州这件事，赵顼直到此时还在后悔不已。

“官家。”

“唔？”

“石越来了。”李向安小心翼翼地说道。他是随龙的内侍，小心谨慎地在朝中当差快二十年，也是极为不易的。朝中大臣中，李向安与石越关系最为密切，但是他却从来不会落下任何把柄。所以即便石越不得意的年头，他也从来没有受过波及。

“宣他进来。”

赵顼不得不暂时停止他的思绪。

5

郭府花园的沉剑亭中。

郭逵正与何畏之对坐小酌。二人一面饮酒，一面说些历代兵法战阵之事。两人一个是仁宗朝的宿将，一个是名震西北的将军，说古论今，指点英雄，竟是越来越投机。杯来盏往，酒过三巡，二人酒量虽豪，却亦禁不住都有了些醉意。

何畏之素以英雄自许，但自西事渐平之后，几年来却极不得意，他竟是被举荐调到了侍卫步军司，也就是所谓的“三衙”之一任职，这个名义上的全国步军最高司令部，说得难听一点，不过是枢密院与各军之间的传令机构而已，虽然名义上还负责演习、训练、调防等事宜，但实际上所有这些事情都是枢府决定，然后一纸公文发到三衙，三衙盖了印以后发出去——即便说得委婉一点，这也不过是“储才之所”。

想何畏之在与西夏的战争中，以赫赫军功而晋升为昭武校尉，正思一展宏图，不料却被打发到了三衙坐冷板凳，几年来郁郁于心，不免颇有些怨气。这时候说起历代的英雄豪杰，更不免触动愁肠。

他灌了几杯浊酒，借着酒意，击掌长歌："我年十五游关西，当时唯拣恶马骑。华州城西铁骢马，勇士千人不可羁。牵来当庭立不定，两足人立迎风嘶。我心壮此宁复畏，抚鞍蹑镫乘以驰……"

郭逵听他唱得沉郁苍凉，亦不禁拔剑起舞，亢声和道："关中平地草木短，尽日散漫游忘归。驱驰宁复受鞭策，进止自与人心齐。尔来十年我南走，此马嗟嗟入谁手？楚乡水国地卑污，人尽乘船马如狗。我身未老心已衰……"

"我身未老心已衰……"二人唱到此句，各怀心事，感慨万千，竟是再也唱不下去了。郭逵掷剑于地，叹道："我身未老心已衰！莲舫尚是未老，我却已是老骥空伏！"

"太保[20]何出此言？皇上正欲大用，都说太保不日便要拜兵相……"何畏之不觉怔道。他的奇怪并非装出来的——郭逵现在名义虽只是兵部侍郎，但实际上却是个代理的兵部尚书。兵部尚书之缺，迟早都不脱他手——无论资历、才干、功绩，他都是不二之选，没能在吴充死后当上尚书，那不过是因为他与石越走得太近罢了。但眼见现在皇帝对石越态度转变，进政事堂做执政，已是板上钉钉之事。自己郁郁不得志倒也罢了，郭逵却应当正是得意之时。

郭逵却已默然，半晌，方叹道："金紫非所愿，男儿当提三尺剑战死疆场，岂愿死于儿女子之手？"他缓缓步回亭中，端起一杯酒，一饮而尽，方又说道，"我与种子正结怨十余年，当年在陕西，他讥我是狂生，徒以家世进用；我以他是妄人，徒好大言欺世……"

"但当年收复绥州，却是太保与种太尉通力合作之功……"何畏之不知道这些朝中人事的恩怨，这时不禁大吃一惊。

"我们还不至于以私怨害国事。"郭逵似乎是想起当年绥州之事，为了保住绥州，他冒着杀头的风险，私藏诏旨……他的眼神中浮起一丝向往，但旋即黯淡下去，"种子正在外领兵，我却做了十年侍郎，他观兵灵州城，一生心愿，已是得偿。死在西南疆场，不过正遂其志。我却像是个书生，劳形于案牍之间，周游于官场之内……"

何畏之已然明白。郭逵一生，并没有赫赫的战功。平侬智高，人们会算到狄青的账上；复绥州，那是种谔的功绩。除此以外，多是些不值一提的小战斗，即便胜利，也不会被人们记住。对于一个自负名将之材的人来说，是不可能不心怀耿耿的。尤其他还生在一个风起云涌的时代……

在别人看来，也许兵部尚书才是一生奋斗的制高点，但在郭逵，却是有别的价值更在其上。

何畏之不由得有些同病相怜。

[20]　郭逵在宋英宗时曾经授检校太保，所以何畏之沿用旧称尊称之。

"莲舫，若是我这次得为经略使，荐君为参军，君可愿助我？"郭逵忽然问道。

何畏之却没有马上回答郭逵邀请。堂堂昭武校尉做参军，这不是问题；回到军中，也是何畏之的心愿……但是，何畏之亦不愿轻许人。

"太保，平西南夷，非徒以军事便能胜之。"

"然非有军事之胜利，亦不足以言和。"郭逵这方面的认识比何畏之要深刻。

"那太保可是已有必胜之策？"

"这世间有可胜之仗，却没有必胜之仗。"说到军务，郭逵顿时来了精神，重与何畏之坐下，一面斟酒，一面说道，"当年我随狄武襄公征侬智高，当时朝廷里那些读过一点兵书故典便自以为知兵的公卿大夫，纷纷上疏，以为两广之地，骑兵无用——其实当时我也是将信将疑。唯狄武襄公坚持己见，以为并非骑兵不可用，而要看用什么样的骑兵。若是契丹那种只会在平原上冲锋陷阵的骑兵，到了南方自然一点用也没有。但若是横山骑兵，却正是有了用武之地——横山骑兵在山地中如履平地，若论在山地作战，天下第一，这原是当年西夏立国的法宝。所以狄武襄公便请旨从西北沿边，检点曾经战阵之番汉兵马，遂以此破敌。这件事，当年朝野上下，只有庞籍相公支持狄武襄公。便是今日朝中的士大夫，十之八九，也只知道狄武襄公是以西边精锐破贼，却不知道其间制胜之关键，是横山番骑！"

何畏之也是第一次听说，这时回想起他见过的横山番骑，不由频频点头，道："我见过归附的熟番，汉人骑兵，只合在平地上冲锋，到了山地，便不是番骑的对手。"

"不错。"郭逵给何畏之倒了一杯酒，一面叹道，"南方蛮夷，素来生活在群山之间，其来去如飞，我禁军将士，休说河朔兵，便是西军步军，到了那西南群山之中，便算不顾阵形，也是追赶不上。况且行军打仗，步军若无阵法，岂非自取其败？要取胜，唯有用骑兵。西南夷从未和骑兵打过仗，不知虚实，没有经验，单这一点，便已占到上风。所以种子正带龙卫军入蜀，是颇有见识的。但他太自矜，我婉转托人提醒他，他却看不起番骑，以为他的龙卫军现在便是天下第一的马军——横山番骑在平原上作战，番骑没纪律，不守阵形，自然未必是龙卫军的对手，但是到了山地之上，龙卫军却未必行了。种子正此人，就是太骄傲！"

郭逵微微摇了摇头，似乎是在惋惜，又说道："要破西南夷，其实不用兵多，兵多无用，徒耗粮草。只需从西北沿边熟番中，挑选曾经打过仗的骑兵一万，然后再从横山部落中，招募曾经在西夏步跋子当过兵的步军五千为辅，以此一万五千人马为主力，以现有蜀中兵为辅，再加上有莲舫熟悉地形风俗，只要主帅不轻敌，破贼不难！"

说罢，郭逵炯炯注视着何畏之，等待他的答复。

"太保可曾听说过李十五？"何畏之依然没有正面回答郭逵。

"李十五？"郭逵依稀觉得在哪里听说过这个名字。

“此人以前做过石学士的卫士，后以军功累迁为致果校尉。”何畏之淡淡说道，“石学士回京前，对陕西五路番人，曾定下‘抚其渠首、化其民众、收其精兵’之策，李十五这几年间，便一直在熙河、秦凤地区招募各番部之精壮勇士。”

“竟有这样的事？！”郭逵吃惊地看着何畏之。招募士兵是兵部该管的事，他竟然毫不知情。

“李十五部是番兵的编制，名义上是渭州的番军。不太引人注目，不过两年前其与环州义勇有一次演习，依规矩是要经过三衙的，末将无意中才注意到这支渭州番军。这支番军只有千余人，实际上驻扎在西安州，军营可能在天都山附近，军费与兵甲都是枢府特拨的……”

何畏之的描述，让郭逵更加好奇起来。

“环州义勇是末将亲自带出来的，陕西乡兵中现今唯一保持编制的部队。”何畏之嘴角微翘，显得极是骄傲，“末将不敢说那是天下精兵，但若是论到夜战，在山地丛林中打仗，环州义勇不会输给任何人。当年石帅让我训练环州义勇之时，是预备这支精兵要深入到兴庆府，在西夏腹心之地兴风作浪的。可惜事到临头，石帅却变了主意。”主动提起这段不为人知的秘辛，何畏之依然不禁折腕叹惜，他甚至不知不觉改了对石越的称呼。直到此时，何畏之依然以为是石越忽然保守，却不知道石越却是担心这支何畏之一手训练出来的精兵，离开太远，会失去控制。

“但这次演习，上报的结果却是渭州番兵趁夜偷袭了环州义勇。”何畏之涩声道，“纵然环州义勇许多武官被调进禁军，实力锐减，这支渭州番兵也不可轻视。石帅从各番部中募集勇士，训练成军，绝不仅只是为了削弱番部实力这么简单。末将一直认为，朝廷公卿中，临机决断，石学士或许不过只是平平，但论到远见卓识，却是无人能及——如今看来，倒是英雄所见略同，这支渭州番兵，恰巧也是骑兵……”

“你是说？”郭逵瞪大了眼睛，只一瞬间，便连连摇头，道，“不可能，若依你所说，那时候连熙宁归化都未开始。”

“他未必是为了西南夷。但大宋疆域广大，番种众多，若说石学士刻意提前训练适合在山地丛林作战的精兵，以备万一之需，末将以为是可能的。禁军涉及枢府、兵部、三衙，牵一发而动全身，故先试之乡兵和番兵，这也是石学士惯常所为。”何畏之冷静地分析道，“不过，不管石学士打的什么主意，太保若经略益州，将李十五部与环州义勇征调至麾下，将有若虎生双翼！”

“若真能如此，仗还未打，已先赢了一半。”郭逵喜动眉梢，说完，才猛然醒悟何畏之实是已经答许他了。

6

崇政殿旁的偏殿内，赵顼随意地蜷腿坐在御榻上，石越恭恭敬敬地坐在他的左下首，摆出认真的表情，听王珪汇报着高太后生辰庆典的事宜。

“陛下，臣与文彦博、吕惠卿等商议，以为太后生辰贺仪，可比照仁宗时长宁节上寿仪，七月十六日太后生辰当日，请太后在崇政殿垂帘，百官及契丹、高丽、交趾及海外诸国使臣，在庭下拜贺。宰臣为一班，百官为一班，各国使节为一班，分别上寿酒。礼毕，太后还内，百官至东门拜表称贺，高丽国王妃、外命妇入内上寿，不许入内者则上表。由内侍先引内命妇，次引高丽国王妃等人，次引外命妇，如百官仪上寿。七月十七日，大宴。由开封府张灯结彩三日……”王珪说到这里，偷偷抬眼瞥了一眼赵顼，只见赵顼眉毛不易察觉地皱了一下，他连忙又解释道，“开封府庆贺三日，本为长宁节所无，只是今各国使节都来上寿，两府以为不当失了天朝上国的体面……”

赵顼不自觉地微微摇了摇头：“体面什么的，说到底不过是些虚名。今已不同往日，各国使节皆是常驻，像隋炀帝那般好慕虚名，也唬不了人。太后性好节俭，常以国库空虚而忧心不已。这时节如此排场，虚耗国帑，太后若知道了，朕担心太后反而会不高兴。开封府庆贺三日，卿等算过要花多少缗钱吗？”

“臣等以为，若节省一点，十万缗足矣。”王珪似乎并未察觉出皇帝的不高兴是出于内心，又颂扬道，“皇太后圣明懿德，达于四海。今开封府的百姓，知道皇太后生辰将近，多有在家供香颂祷，愿太后万寿无疆者。高丽国上表说，因太后圣辰，开京城外一夜之间，冒出千枝灵芝，站在开京城上看去，竟是一个很大的‘寿’字。这等祥瑞，微臣披览经史，闻所未闻。此事经各报报道，天下几乎无人不知高丽国王要将其中最大的灵芝在七月十六日这日护送至京，百姓都想一睹这千年不遇之盛况。两府大臣皆以为，正可借这天降祥瑞，向天下的百姓，四海的蛮夷宣示我大宋的国威，大宋的天子是天命所归的真命天子，大宋朝是得天庇佑的天朝上国。如此大典，实是不宜过于简陋。况且朝廷这三年间，百官与禁军，朝廷已很久未曾有过大赏赐，禁军莫不翘首以待，亦不宜使之过于失望……”

“还要大赏赐？”赵顼的眉头已经紧紧拧成了一团。

“两府商议，厢军节级以下每人赐钱一百文，酒二两；禁军节级以下每人赐钱三百文，酒四两；凡两北边境、益州、京畿禁军、厢军则以两倍赏赐，番军、乡兵比照厢军。其余文武官员，则按阶级之不同赏赐。总计花费不会超过五十万贯。”

五十万贯！赵顼倒吸了一口凉气。其实这种程度的赏赐，在大宋朝的历史上是不值一提的。为了笼络军队，最短三年一次，借着郊祭的机会，大宋朝廷都会按惯例进行大赏赐。但这种行为一向受到司马光的反对，兼之在军制改革后，宋军的军俸按级别的不同，也进行了大调整，禁军与教阅厢军的薪俸，足以养家糊口。所以这种大赏赐便逐渐取消了。

这在几年前，也不成为一个问题。因为宋军频频获胜，休说宋军区别了边境驻军与内陆驻军的待遇，大捷之后的犒军，也可以弥补士兵们的这种损失。但这并不代表不存在着怨言，毕竟还是有许多的文武官吏平白少了一笔收入，这些人岂能不牢骚满腹？只是没有机会宣泄而已。但现在形势却不同了，三年来军队也没有得到过普遍的赏赐，兼之物价又上涨，若说军中不存在任何的怨言，那是不可能的。在刚刚发生渭南兵变的情况下，两府绝对不敢拿军队的稳定来开玩笑，有人想借此机会来恢复大赏赐，那也是再自然不过的事情。

但五十万贯，对宋朝现在的国库来说，绝对不是一个小数目。不仅如此，这个口子再次撕开后，那么司马光的努力，便算是前功尽弃了。

借着高太后的生日，有人想要粉饰太平，有人想要恢复弊政，还有人想要大拍马屁……在“忠”“孝”的名义下，不仅高太后本人的意愿可以被彻底忽略，便连皇帝也无法反对自己不愿意的事情。涉及军队的稳定，没有人敢等闲视之。

赵顼把目光投向一直正襟危坐的石越。但石越却似乎完全没有看到皇帝的眼神，他全神贯注地望着王珪，认真地倾听着，但脸上却看不出半点赞同或反对的神色。

“这么大一笔开支，国库……”赵顼的目光并没有在石越身上多作停留，他皱眉沉吟道，“总计起码要近七十万贯……”

“陛下，这些开支是无法节省的。”

五十万贯的赏赐，十万贯的庆典，高丽国王千里迢迢送来的灵芝，只怕也绝不便宜……耳里听着皇帝与王珪的对答，石越在心里不停地摇着头，皇帝与两府当初就应当明确地拒绝高丽国的“祥瑞”，但这么大的一记高丽马屁拍过来，整个大宋上到君臣，下到普通的百姓，都被拍得晕晕乎乎，哪里还有几个人能记得收了马屁后是一定要买单的？

现在怎么样都晚了。高丽的灵芝只怕都到了杭州了，这时节让人家打道回府？高丽国可不是大宋的州县，这会让双方都无法下台。何况现在不仅各国，甚至连西夏都送来了贺表，人家既然热热闹闹地来了，大宋朝就算不想大办酒宴请客，那也不可能了。既然定下了大庆的调子，官吏军士们盼着一点赏赐，也是情理之中的事情。更何况，从另一方面来说，大宋朝的确需要这么一个机会稳定一下军心民心。

两府大臣谁不知道国库的底细？但是，太平，有时候也是需要粉饰的。

而且，高太后在臣民中的确有着颇高的声望，特别在北方的士大夫心目中，这位自小在皇宫中由仁宗皇帝与曹太后抚养长大的皇太后，是有着极为特殊的地位的。许多士大夫平时并不信鬼神，提到“祥瑞”便深恶痛绝，但是这次因为与高太后有关，竟然纷纷写诗作赋，纪念其事……人类总是能容易地相信那些自己愿意相信的事情。

石越自然知道高太后在另一个时空甚至曾经被誉为“女中尧舜”，他本人对高太后的评价固然没有曹太后高，但是他对她也并无恶感。那些手中掌握着权力，却不肯滥用权力的人，永远都是值得尊重的。石越知道那是一种多大的诱惑。但是高太后不仅约束自己，还能约束着她的族人，她的政治才能或者有不足之处，但她的品德，却的确无可指摘。

从公从私，他找不出有力的理由来反对这件事。

国库的确面临困境，也许又要增发交钞了——但这是吕惠卿与司马光要发愁的事情。

以目前的形势，大宋朝迟早要面临一场大麻烦。既然避免不了，与其费心力不讨好的修修补补，还不如让它早一点爆发。

吕惠卿现在的处境，是不折不扣地饮鸩止渴。

石越能够猜到吕惠卿的心态，他肯定不愿意让高太后的声望继续高涨——高太后不喜欢他是众所皆知的事情；他也肯定不希望灵芝进京，不希望掏五十万贯来让国库雪上加霜……但是，他现在却迫切需要一个机会来粉饰太平！

所以，再苦的酒，他也要吞了。

“罢了，此事便由两府商议办理吧。”皇帝无可奈何地摇了摇头，似乎想把这些不愉快的事情抛诸脑后。许是心里感觉到别扭，皇帝的声音有点消沉，“陈绎的长子前几日已递了谢表进来，说陈绎早留下遗嘱，朝廷赐的钱又原封不动全退了回来。哎！”赵顼不由得低声叹了口气，“刑部要的便是清廉公正，又能洞悉下情的人。陈绎逝世，是朕失一能臣啊。”

“陈绎九泉之下，闻听陛下之语，亦必无憾矣。”王珪动情地说道，眼角甚至还泛起一点泪花，他似乎早已忘记几个月前，自己还曾经指使人弹劾陈绎。

石越鄙夷地瞥了他一眼，口里却也同样附和道：“陈绎刚正，非有陛下圣明，不能成其事业。故其怀知遇之恩，以国士报陛下，至死不言家事。若朝中大臣皆能如此，何愁不可致太平？”

赵顼默默叹息，良久，才又说道：“刑部乃是事务繁剧之部，又事关国家重典，陈绎在时，朕将刑部托给他，亦甚是放心得下。今陈绎已去，刑部不能不善择其人，朕意在范纯仁，卿等以为如何？”

范纯仁？！石越不由得呆了一下，他一直认定范纯仁是御史中丞的有力人选，却万万想不到，皇帝竟然有意让他直接进入都省做刑部尚书。这一步棋若走出来，朝廷的政局将会变成什么样，真是难以预料。范纯仁若做刑部尚书，谁来当御史中丞？他疑惑地偷看了赵顼一眼，心中又惊又疑，难道皇帝已经在筹划着大洗牌了？

他尚在惊愕当中，王珪已回道："陛下，范纯仁品行素佳，才干资历，皆足当重任。以其掌刑部，必不致令陛下失望。"

石越顿时更加惊讶，就算王珪不希望范纯仁入主柏台，但范纯仁入主刑部，并一举成为执政大臣，对王珪又有何好处？难道他觉得范纯仁入主刑部已是无法改变之事实了？石越知道王珪实是皇帝的应屁虫，一时间更是疑心皇帝虽名为咨询，实则却是心中已有定见。

但这时节也容不得石越多想，他感觉到皇帝的眼睛正看着自己，当下也不敢去看王珪的神色，只向着皇帝微微欠身，飞快地理了一下思路，便说道："陛下，若只是论品行、才干、资历，范纯仁入主刑部，都是极恰当的。只是……"

"只是什么？"赵顼听出石越话中的反对之意，亦觉意外，不由追问道。

石越抬眼正视皇帝的目光，大着胆子道："恕臣大胆，臣不知范纯仁本人之意如何？"

"哦？卿是说范纯仁会不愿做参知政事吗？"赵顼眼中的讶异之意更浓了。

王珪颇不以为然地摇头道："世间有几人能面对执政之位而不动心？范纯仁又不是想做隐士的。"石越却只是笑着不说话。

赵顼看看王珪，又看了石越半晌，奇道："这么说来，卿已经知道范纯仁想去益州做观风使？"

这回却轮到石越目瞪口呆了："范纯仁做益州观风使？"

范纯仁自荐不到两天的时间，这本是极机密的事情。赵顼见石越这般肯定范纯仁不愿做执政，不免要疑心范纯仁"轻浮"，石越早已知道他自荐之事。但他细看石越的神情，却又不似作伪，奇道："子明不知道吗？那为何竟会以为范纯仁不欲为执政？"

石越忙笑道："臣其实亦只是猜测。臣在陕西之时，曾与范纯仁共事，知其颇有乃父遗风，是公而忘私之人。刑狱乃是国之重器，但范纯仁十余年来，未曾断案论刑——臣不敢说范纯仁不能胜任，但万一有伤陛下知人之明，恐亦非范纯仁所愿……"

"原来如此。"赵顼笑道，"子明亦算是知人者。不过，朕以为刑部尚书第一要紧的，倒是谨慎公正。至于敕律格式，断案决狱，士大夫岂能尽知？慢慢熟悉便好。范纯仁去益州，原亦是极好的人选。他条陈益州十四事，朕以为颇为他人所不及。只是朕现在少一个刑部尚书——刑狱关系天下苍生，总比益州要紧些。况且以范纯仁去益州，做个巡边观风使，是杀鸡用牛刀。这种差遣，令王中正跑一趟便可以。"

皇帝用王中正是用熟了的，熙宁初年，用他总制河东四路军事；王韶开熙河之先，也是令王中正先去观察形势——他回来的报告对皇帝最终下定决心要恢复熙河起了至关重要的作用；其后保马法推行，也是王中正负责监督。这历历事迹，石越自然知之甚详，公平来说，这些履历王中正也是功大过小，皇帝信任他也是有道理的。但王中正与王安石、吕惠卿关系都很好，为人刚愎好财，此人若然派去益州，只怕就是一个将益州逼出农民起义的导火索；更何况石越当年想方设法令他不能参与伐夏之役，使他没立上这个大功，二人之间早已经结下仇怨。于公于私，石越在这件事上都无法沉默。

皇帝的话刚刚说完，他便立时离座跪了下去，顿首道："陛下，此事万万不可！"

赵顼未料到石越如此激烈地反对，几乎吓了一跳，脸色亦郑重起来。凝神听石越说道："陛下，臣久抚陕西，颇听到一些传闻。王希烈在河东时，擅作威福，全然不是在京师时谨小慎微之模样。诸将送钱多者，纵然无功升官亦快；不肯送钱者，纵有功亦不得升官。河东诸将怨声载道。甚至折家百余年来，为国之藩篱，久镇河东，竟然也要贿赂一内官以自保！连当年王韶开熙河，臣亦听到传闻，王襄敏为全己志，不得不贿赂王中正，以求其不得从中作梗。此种种劣迹，臣虽未有真凭实据，然陕西、河东，知者甚多。臣非敢以捕风捉影之辞构陷王某，只是今日之益州乃非常之地——陛下，国朝素有'扬一益二'之俗语，富庶之地，先前又未报有天灾，粮价怎会无故暴涨？渭南兵变，也是河北禁军不愿去益州'送死'所致——可无缘无故，军中又怎么会有这种谣言？所谓'小心驶得万年船'，为国家计，益州乱不得，臣以为，哪怕最后查明不过是虚惊一场，亦宁可谨慎一点，总好过事后追悔莫及。是以王希烈这些传闻，若是平时，臣不敢言；然在此非常之时，臣不敢不言。若遣王希烈去，倒不如让范尧夫去。"

赵顼脸色越来越凝重，到最后，整张脸都黑了下来。要知道，石越是极少在他面前如此赤裸裸地攻击一个官员的。这也是石越极得他好感的原因之一，他实在厌倦了新旧两党之间的相互攻击，尤其是那种没什么证据，互相指责对方人品的攻击。甚至连台谏的奏章也是这样，开头总是先将要弹劾之人的人品贬得一无是处，再开始正题，若依他们的说法，司马光、石越之奸恶，李斯、赵高辈相比都远远不及。这种论调，让赵顼非常厌烦。有好几次赵顼竟忍不住发作，当面反唇相讥。只有石越是个例外，无论对方是谁，他都只是就事论事，极少涉及对方的人品。而且，赵顼也清楚地知道，石越是极少攻击宦官的士大夫之一。

但正因如此，石越的话虽然只是根据"传闻"，却已经令赵顼十分恼怒。

宦官收受贿赂，并非不能容忍。但到了连折家、王韶都要行贿的地步，这便不是收贿这么简单了。开熙河乃是国策，王中正奉旨前去观察形势，他一句话便事关朝廷十余年的国策，他怎么便敢因贿成言？！若非是王韶已经死了，否则便此一条，他也脱不了编管之罪！最重要的是，赵顼派宦官参与军机，为的便是互相监视。皇帝指望他们观察边将的一举一动，然后据实上报，但宦官若然收受贿赂，与边将沆瀣一气，反倒成了边将欺上瞒下的工具，那这些阉人对皇帝还有什么用处？

内外勾结，素来便是大忌。

一种被欺骗的感觉，充斥着赵顼的情绪。赵顼凶狠地盯着石越，冷冰冰地说道："你说的可是实话？"

石越抬头回视皇帝，从容道："臣岂敢欺君？！"

"好！好！"赵顼连连冷笑，忽然厉声喝道，"来人！"

"臣在。"在偏殿外等候的李向安也不知道发生了什么，慌忙跑了进来。

"你去传旨……"

"陛下！""陛下！"石越与王珪不约而同地打断了暴怒的皇帝。

赵顼望了二人一眼，不待二人开口，他已经明白过来——此事若真要追究，便一定是大狱！而且涉及的，全是军中的将领。

"你去传旨，叫王中正去北京养病！"

"啊？"李向安愣了一下神，但他毕竟当了十几年的差，不待皇帝发怒，忙道，"遵旨。"

"让童贯去河东，问问折克行，叫他将送给王中正的礼物开张清单，给朕带回来。"

"遵旨。"李向安这才意识到王中正出事了，慌忙叩头退了出去。

赵顼犹不解恨，恨声道："贱奴焉敢如此！"

王珪又妒又忌地看了石越一眼，皇帝对石越的偏信，让他既感到羡慕，又十分忌惮。几十年的宦海沉浮早就告诉他，什么都比不上皇帝的信任。表面上的沉沉浮浮，都只是假象，臣子在皇帝心目中的印象，才是最根本的。在这一瞬间，他似乎完全明白了石越在熙宁朝数度沉浮，却始终打而不倒的真正原因——皇帝不管怎么样折腾着石越，甚至忌惮、提防他，但是心里却始终对他有一种信任。无论这看起来有多么的矛盾，但在这一瞬间，王珪坚信自己的判断是正确的。看来，应当让自己的儿子们多跑几趟石府才对……

但即使是石越自己，也没有料到这个结果。他本来已经准备要不惜一切代价阻止王中正去益州——他在陕西颇竖恩信，无论地方官还是军中将领，找些人出来弹劾王中正并不是难事。纵然扳不倒他，也能滞缓皇帝的命令。石越其实也料不到自己几句话，竟几乎扳倒一个炙手可热的大宦官。事情如此轻易，真真是出人意料。

"陛下，王中正的事不是急务，倒是益州观风使之人选，陛下不可不慎。"石越开始得陇望蜀，但他依然说得极为委婉，"臣以为益州之事，牵涉到朝局变动、一路生民、大宋数十年的国运，若是选错了人，后果不堪设想。"

这番话听在赵顼耳中，却颇觉刺耳。赵顼固然也疑心益州出现了问题，但是他依然也认为反对者夸大其词。所谓"不可不信，亦不可全信"。但是石越所说牵涉到"朝局变动”，却是点醒了赵顼。

的确要防着有人借机否定熙宁归化，甚至再次激化朝中的党争。若这么看来，连范纯仁也未必是合适的人选。忽然，赵顼心中冒出一个念头：难道吕惠卿举荐范纯仁为刑部尚书，竟也是担心……但他马上将自己这个可笑的想法打消了，休说吕惠卿不可能知道范纯仁想做益州观风使，古往今来，也没有保荐自己的政敌当宰执大臣这种党争方法……吕惠卿还是识大体的，朝野中有些人，对吕惠卿的确存在着极深的偏见。

“子明心中可是有适当的人选？”赵顼忽然问道，此时他已冷静下来，望着石越的眼睛中，闪着深不可测的光芒。

石越似乎没有觉察皇帝话中的试探之意，“臣以为，陛下应当择一位值得信任的元老重臣前往益州，一则陛下能信得过他们不会为朋党所利用；一则若万一益州局势果真不堪，他亦能压得住益州四司长吏，巡边观风使立时便变成安抚使，可以当机立断，处置事务；最要紧的是，元老重臣之经验，亦足可倚重。”

“元老重臣？”石越的话让赵顼的心动了一下。

石越缓缓抬头，直视着赵顼，从容说道：“臣以为，陛下或可征召王安石赴蜀。”

“王安石？！”

赵顼腾地从御榻上站了起来。

王珪的眼神中全是震惊。石越不知道他在干什么吗？他刚刚还在说“朝局变动”，难道他不知道，重新起用王安石，便是最大的“朝局变动”！况且，王安石复出，对石越有什么好处？虽然王安石的新法，如今保留下来的已经不多，而且多是面目全非，但王安石依然是开创了熙宁变法的人，他仍然是所谓新党的“赤帜”。

退居金陵逾十年，人们对王安石的印象反而有了改变——他在相位时的刚愎自用、怨声载道，除了那些顽固的旧党，大部分人已渐渐淡忘；人们记得的，是他远在吕惠卿之上的人格魅力，无与伦比的人望。甚至还有许多人认为，大宋能有今日之局面，石越、司马光、吕惠卿固然居功至伟，但是王安石的开创之功更不可没！石、马、吕之政绩，在某种程度上，不过是站在了王安石的肩膀之上。

王珪还记得《汴京新闻》上曾经刊登的一篇时评，文章分析了熙宁朝的所有“新政”，最后发现，熙宁朝新政最核心的部分，都是对王安石新法的扬弃。石与马所看到的问题，王安石早已看到，石与马本质上都不过是对王安石的解决方法进行修正，不过石越更加积极，而司马光则更加谨慎。这篇熙宁十六年刊发的时评，曾经受到广泛的赞誉，虽然在王珪看来，这篇文章的主要目的不过是故意将王、马、石三人并称，借此来贬低吕惠卿，以表达对时政的不满。但是，这也证明了王安石在大宋政局中依然举足轻重。

石越居然举荐起王安石，这无异于玩火。

“王安石，王介甫……”皇帝来回踱着步，语气中掩饰不住激动。

石越默默地望着皇帝，他的内心其实并不如他的表情那么冷静，如若仔细观察，可以发觉，石越的衣服也在微微颤动着。

7

在偏殿的君臣谈话，又持续了近一个时辰，石越与王珪这才告退。王珪因为轮值，便径直往南回政事堂，石越却是取道东华门出大内。他才走到东华门，迎面便见着几个宦官正服侍着雍王赵颢在门外下马。他虽然颇忌讳与这位“贤王”打交道，但这时候却也不能故意躲开，只好硬着头皮迎上去，向赵颢见礼。

赵颢亦不料遇着石越。虽然亲王之贵，在宋之爵位中为最尊，但有宋一代，亲王位在宰相之下，石越名位，比于宰执。赵颢不敢怠慢，连忙回礼，一面笑道：“小王还记得第一次见到子明，亦是在此东华门外。不觉便亦已是十余年了。”

石越忙笑道：“臣已是老了，大王风采却更胜十余年之前。”

赵颢笑道：“司马光常说‘不诚之事，不可为之’，子明这话，却有点言不由衷了。”又看了一眼石越，问道，“王禹玉呢？官家今日不是召见你们两个吗？”

石越不料赵颢对禁中之事如此熟悉，亦不避讳，不觉愣了一下，道：“今日王禹玉轮值。”

“可是又‘金带系袍回禁署’了？”赵颢玩笑道。

石越亦不觉莞尔。他知道这是当年梅尧臣写王珪的诗，因王珪是典型的太平宰相，一生之中，除了入仕之初曾经通判扬州，几乎是“不出都城而致位宰相”，宋朝开国一百余年，他的际遇也是异数。当年梅尧臣作此诗时，王珪还只是翰林学士，经历坎坷的梅尧臣便非常羡慕他，因诗词唱和，半真半假地写道：“金带系袍回禁署，翠娥持烛侍吟窗。人间荣贵无如此，谁爱区区拥节幢。”

石越因笑道：“王禹玉是天生富贵命，他人比不得。看看他的诗，又是‘晓日初临金阕动，春风正与玉杯期’，又是‘翠凤有时翻瑞影，银蟾通夕堕清津’，金璧珠碧，不是富贵人，断不能写出这种富贵诗。”

赵颢哑然失笑：“至宝丹吗？”至宝丹是当时的一剂名药，由生乌犀、生玳瑁、琥珀、朱砂、雄黄、牛黄、龙脑、麝香、安息香、金银箔等研制而成，其成分珍稀难求，因此价格昂贵。王珪虽是“欧门弟子”，以文名著称于世，但行文风格与欧阳修却绝不相同。因为他诗作多写得富丽堂皇，镶金嵌玉，连王珪的兄长都讥之为“至宝丹”，此事广为流传，时人竟干脆将王珪的诗便称为“至宝丹体”。

赵颢又笑着摇了摇头，道："可惜子明已不肯作诗。"

"实是江郎才尽了。"石越连忙笑着岔开话题，委婉提醒道，"大王可是奉诏觐见？"

"若是官家或太后召见，小王岂敢耽搁？"赵颢却装作听不懂石越话中之意，依然笑容可掬，"不瞒子明，我是来说项的。几个奴才听到王希烈坏事，盯上了御药院的差使，跑到我跟前又哭又闹，非逼着我来说情……"他一面笑着，一面却望着石越，眼睛都不眨一下。

"王希烈坏事了？"石越一脸愕然，"这是何时的事？怎的一点风声也没有？"

赵颢狐疑地从石越脸上将目光移开，笑道："便是刚刚的事情。官家让李向安传旨，着他北京养病。不过这个时候，王希烈多半正在托人求情，不见一次官家，他哪能甘心便走。"

石越听出赵颢的话中似有提醒之意，王中正在宫中数十年，兼之宋朝的宦官，多数倒是家传的职业，可以说都是根深蒂固，这么不明不白被赶到北京，没明白皇帝的心意之前，王中正又岂肯束手就范？而皇帝的心意，也是会变的。皇帝也有却不开的情面。但石越却也只能装聋作哑，因笑道："这亦是情理之中的事情。"他不愿意再多留，又抱拳道，"下官尚有些俗务，就此告退了。还乞大王恕罪。"

"子明自便便是。"赵颢微微笑道。望着石越匆匆忙忙上车离去，赵颢这才转过身来，冷冰冰地喝道，"进宫。"

8

赵顼接见过石越与王珪后，又让内侍将这几日的益州军情急报全部挑出来，仔仔细细再读了一遍，自从种谔病死军中后，种谔的副都指挥使曲贵暂时接掌了宋军的指挥权，但宋军士气低落，面对泸州的西南夷束手无策，仅能自保而已。

曲贵每日一报，奏折却全是诉苦——征调来的军粮在仓库里发霉坏掉，运不进前线；真正打仗的士兵只能携带十天的干粮，活动范围有限；地图上看起来极近的地方，却往往要翻越几十座绵延的群山；山林中道路不熟，毒蛇出没，甚至连蚊虫也能致人死命，可宋军却缺医少药，每天都有士兵被毒蛇咬死；一进到山中又极容易遭到伏击，几十个敌人在山里袭击，派出几百人追捕，也难见踪影，追敌的宋军反而要损兵折将，死伤大半，以致宋军根本不敢追击夷人；还有诸如山中地形复杂，兵多了施展不开，兵少了等于送死；宋朝州县原本政令便不出城中，官军至此，言语不通，好不容易找到向导，也难以沟通，等等。

这些抱怨之辞，其实最开始去的宋军将领也曾经说过，结果被赵顼与两府视为畏难塞责之语，批回去狠狠地骂了一通，从此便没有人敢多提这些事情。但此时这些字句看到赵顼眼中，却是另有一番滋味。

这个曲贵他是知道的，曲家也是大宋有名的将门，曲贵在先帝时，就在大内做班直，赵顼见过几次，虽然不通文墨，但为人是极忠厚老实的。他即位后，便放出去到熙河挣功名，当时熙河主事者是王韶，李宪是监军，高遵裕是副将，曲贵在高遵裕帐下效力，高遵裕夜破野人关，名动西陲，此战曲贵身中三箭，率先登关，报为首功。

后来为取河州，高遵裕与王韶、李宪意见不合，结果证明是高遵裕在理，赵顼便起意渐渐让高遵裕开始独当一面，曲贵便一直追随高遵裕，都是以死战建功，但报上来的功劳却是极少。直到高遵裕被贬，枢府才发现他一直被高遵裕压制，但是曲贵却从未为自己申辩过。高遵裕败事后，他族兄曲珍因事面圣，特意写信问他有没有事要代为禀奏，他反倒为高遵裕分辩，说高遵裕在西北多年，功大于过……这么一个忠直之人，说他畏难塞责，实是难以置信。

赵顼心里不是不明白，这些难处，若是种谔还在，便只好哑巴吃黄连，他当初许下海口，此时怎敢自打嘴巴？其余的将领，明明见着前任被申诉了，哪里还敢分说半句？且打了败仗再来说这些话，朝廷亦无人肯信。也只有曲贵这样的人，才敢说实话。

赵顼叹了口气，伸出手来揉了揉太阳穴。益州的形势，真是扑朔迷离。朝廷公卿，一些人说得益州明天就要出王小波、李顺了，他听得明白，意思就是指吕惠卿误国，还是不脱党争的形迹；一些人却信誓旦旦，说益州只是将领无能，只要调动精兵强将进剿，祸乱平息不过反掌之间。赵顼总觉得若归咎于政策的失误过于勉强——熙宁归化在荆湖南路就推行得极顺利，有几处洞蛮不服，当地的屯田厢军就剿平了。若说地理形势，难道益州与湖南就差这么多？湖南路也到处都是山，一样也有瘴气。说到底，还是将领无能，败军误国。曲贵说的纵然属实，但绝不可能没有办法解决。

赵顼这时自觉心里明镜似的，益州观风使的人选之争，说到底还是党争。但要顾全文、马等人的面子，也不能当益州什么事也没有，而且成都粮价暴涨，这里面的确透着蹊跷。所以，既要谨慎一点，又不能被党争利用。倘若万一真的有事，也要镇得住场面——石越说的是有道理的。不过，真正关系到西南局势的，赵顼以为倒是经略使的人选。

想到这里，赵顼不由感觉有点可惜。原本高遵裕是他寄予厚望的，可是却搅和着一堆烂事，从曲贵的事看，还有点妒贤嫉能。心胸不广，怎能让下面的人卖命？有一回他和石越说起他以文臣抚陕的事，石越说他其实别无所能，就是两条：一是不怕死，他一个文官，三品重臣，尚且不怕死，下面的兵将就没有怕死的道理；一是不贪功嫉能，下面的将官知道主帅不会拖后腿，自己的功绩，朝廷一定会知道，打起仗来就有劲头。赵顼对此深以为然，当年韩绛误事，就是因为怕死。高遵裕是不怕死的，但若妒贤嫉能，就难成大器。

一想起高遵裕来，赵顼忽然想到高遵裕因赦还京，今日正要进宫觐见太后，他瞥了一眼殿角的座钟，估摸着高遵裕此时正在保慈宫。他心思一动，起身道：“去保慈宫。”

才到保慈宫门口，保慈宫的内侍便已经见着赵顼一行人过来，哗啦啦跪倒一大片，当下有人便要进去禀报，却被赵顼笑着拦住了。他也不带随从，只叫了一个小黄门跟着，缓缓向保慈宫正殿踱去。

还未到殿门口，便听到殿中有人高声说道：“……有了这事，才知唐康委实难得……”赵顼听出声音却是高太后的亲侄子高公纪的，心里不由得嘀咕了一下。外戚干政是大忌，高家的人都非常谨慎，从来不愿意沾惹是非，怎么竟在这里说起国事来？他留了神，正欲放轻了脚步，不料一个宫女恰好从殿中退出来，见着赵顼，倒是吓了一大跳，慌慌忙忙跪倒请安。

这么一闹腾，里面已知道皇帝到了，赵顼只得快步进殿，却见殿内除了高遵裕与高公纪外，雍王赵颢竟然也在，见他进来，全都跪了下来。赵顼一面给太后请了安，一面笑道：“今日只行家礼，不必太拘礼数。”高太后也笑道：“并没有外臣在，都起来坐了吧。”三人这才起身坐了。赵顼因笑道：“太后刚刚聊什么，还是接着说便是。”

但高公纪却不敢说了。只是赵颢笑道：“方才是君正和太后说如今的两件案子。”

高太后脸上却是没了笑容，肃容问道：“官家，那陈世儒案究竟是怎么回事？”

赵顼没想到高太后问的是这个案子，脸上顿时也没了笑容，叹道：“这是人伦惨案。这案子是今年正月陈府的奴婢到开封府告发的——这陈世儒原是国子监的博士，他是陈执中的独生子，他正室李氏是吕公著的外甥女。陈执中不用说，真宗、仁宗两朝名相，吕家也是本朝数一数二的世族，吕夷简、吕公著都是位极人臣的——谁能料到，这么两个名门望族之后，竟能做出这种丧尽天良的弑母案来。开封府已经递进供状，陈世儒夫妇都服罪——这案子的起因，原来竟是朝廷不合让陈世儒去太湖县当知县！那陈世儒是纨绔子弟，习惯了汴京这个花花世界，到太湖县都觉得是偏远了，为了能回汴京，这夫妇俩竟唆使奴婢用毒药谋杀陈世儒的亲生母亲张氏，张氏一死，陈世儒便可以丁母忧，顺理成章回汴京来。不料奴婢用毒药没毒得死张氏，这夫妇竟半夜用铁钉将张氏活活钉死！”[21]

赵顼说到后面，已是咬牙切齿，保慈宫里的宫女，听到皇帝亲口说出这起人伦惨剧，一个个吓得脸色惨白。高太后原本将信将疑，怎么也不肯相信这世间竟有这样匪夷所思之事，这时听到赵顼亲口证实，脸都气白了，嘴唇气得直发抖，哆嗦道：“这种人还留他做甚？这种人还留他做甚？！”

“开封府已经锁拿了陈家二十余口。朕原本还顾念着陈执中是几朝的老臣，只有这么一个独子，杀一个陈世儒不可惜，可叹的是陈执中从此绝后，想给他留一脉香火……”赵顼苦笑道，“不过当时却被陈绎顶了回来，这是人伦大恶，不能不穷究，不能不严办！”

“陈绎说的是正理。可惜也死了……”

“太后放心，朕已经知会苏颂了，不多久便能决案。”赵顼一面宽慰着高太后，眼角间却瞥见赵颢脸上露出若有所思的表情。他心里顿时感觉一阵别扭，忽然想起苏颂回自己的话：“事在有司，臣固不敢言宽，亦不敢谕之使重。”这是当面给了自己一个软钉子。虽然赵顼信得过苏颂不会枉法，但总觉得不太舒服。这时不免又莫名其妙泛起疑心来，陈执中与吕公著门生故吏遍朝野，难保没有人抱着和自己一样的想法，想为陈家留一脉香火……

正想着，却听高太后叹道：“汴京的确是个繁华世界，因为不想离开汴京连官都不肯当的事，我也听过不少。曾布、蔡确，听说到了南海，便是一镇诸侯——南海各国国王见了他们，都要毕恭毕敬——要权有权，要钱有钱，可还是一心想着回汴京，就算不当官也甘愿。我自小便在宫里长大，也不知道外间和汴京到底有多大区别。不过刚刚听公绰说起西南夷那地方，竟是一个州城方圆不过三里，有一千户人聚居，便是极繁华的所在，又有瘴气，人沾上便死。西南夷向来不服管教，朝廷的政令出不了州城之外，地方官上任之前，都要先写好遗书，更有人千方百计躲避差遣——若比起来，太湖县真是天堂了。陈世儒也是宰相的子侄，唐康也是宰相的子侄，为何区别竟这么大？”

赵顼不料太后竟夸起唐康来，他想起刚刚听到高公纪说的半句话，不由狐疑地向高公纪望了一眼。

“官家不用疑心有人来这干请。”赵顼的表情早已落到了高太后眼中，“是我自己问起唐康的事情。外边的事情，原本我不应当问。不过听到有人说，要杀田烈武、李浑，要问唐康的罪——官家，忠义之士，是杀一个少一个的。唐康、田烈武、李浑，这几

[21]　此案便是《包青天》中《铁钉案》之原型，真实历史上，审理此案的时间是元丰元年至元丰三年。小说中与原案略有出入。

个人何足道？但杀了这些人，会不会叫忠臣义士寒心？官家要三思。陈世儒这样禽兽不如的东西，官家还想着陈执中的香火，官家难道就不念石越、文彦博的情面？田烈武、李浑，虽不是名门，可也都是烈士之后——他们的行事，哪里是陈世儒能比的？”

“太后说得极是。”赵顼这时已经明白扯出陈世儒案，不过是个引子。太后根本还是想为唐康等人说情，若是后妃，他早就直斥为“干政”了，但太后地位却大不相同，当下只得堆满笑容，耐心解释道，“以朕的本心，当然不愿处罚他们。不过国家自有法度，总要依着规矩来才行。否则，既不能服众，开了先例，更是后患无穷。擅调兵、擅杀，都是关系极大的事。唐康这人，朕以为是有大将之才的，果敢、坚忍，也有担当。他这个年纪，到戎州那种地方当官，换成旁人，还不知怎么个哀天怨地，到了任上，要么自暴自弃，要么百般钻营想着早日逃离苦海，偏他就能做出番事业来，这已是能为人之所不能了。只是年纪毕竟太轻了，有点心高气傲，目中无人，在戎州时，与上司、同僚都相处不好，益州四司衙门便没少弹劾他——如今更加是胆大妄为了，几千人，说杀就杀了。朕看公绰为将时，也不是他这般好杀的……”

高遵裕听皇帝说着唐康，心里头也不知道是什么滋味，在熙河打拼了十来年，真正和西夏打起大仗来，却没有自己的份了。在外待罪这么多年，眼见着后起之秀一拨拨地起来，心里更不是味道。这时候听皇帝夸唐康是“大将之才”，正失神间，不留神皇帝竟说到自己，不觉一阵慌乱。

却听皇帝又说道：“当年公绰取岷州，生怕士卒滥杀百姓冒功，战前下令：生获老幼者与得级同。便是这点仁心，数万人得活。至今岷州还有为公绰立生祠的。唐康年纪轻轻，做事却不肯留半点余地——他一声令下，杀掉这数千人，身上不知背着几万人的怨恨呢。”

赵顼忽然夸起高遵裕来，不仅高遵裕，在座所有人都吃了一惊，不知道皇帝心里打的什么主意。高太后对自己家人一向严厉，高遵裕虽然是从父，但也不肯假以辞色，因道：“取岷州是王韶的功劳，与他何干？倒是这几万乱军眷属，官家打算如何处置？”

“这一军之众，也并非全部作乱。凡不肯附逆而被杀的，照例进忠烈祠祭祀，自不必论；逃走的也法外开恩，赦免其家属——不过这些也难以甄别，只能少冤枉一人算一人。其余眷属，死罪可免，但流放是免不了的。只是这人实在太多了，朕想借着太后寿辰，下一道德音，凡家里有五十二岁以上老人的，一律赦免不问……”

赵顼这话一出口，众人便已知道他根本无意再兴起波澜。几千家被谪戍，一定会搞得河北路鸡犬不宁，而且这么拖家带口远赴异地他乡，这不同于移民——朝廷是不可能给钱的，路上少说也要死一半以上的人，到了他乡还要面临种种更艰难的问题，最后能活下来的，有十之二三，就算是不错了。但这道德音一下，几乎便是赦免了六七成甚至更多的叛军眷属。这于稳定人心，自然是有好处的。而且理由也冠冕堂皇，朝廷也保持了尊严。

“官家这是仁厚之心。治国便要这样，到底要以宽为政……”

高太后的这番话，赵顼却不以为然，他摇头笑道：“石越曾和朕说过诸葛亮治蜀之事，不审势则宽严皆误——本朝真、仁两朝，便是以宽为政的，到朕手里，应当严一严了，否则文恬武嬉，必致千载之患。”

这番议论却不对高太后的胃口，她不悦地说道：“官家熟读经史，自古以来，可见过严刑酷法能出太平盛世的？石越也是书呆子，诸葛亮那是乱世之法，岂足为万世师？”

“西夏还占据河西走廊，眼见着要兼并西域，恢复国力，他日难保不又成中国之患；幽蓟尚在胡虏之手，河北门户洞开，全无塞防可言——史书上亦不曾见哪个太平盛世是这样的。”赵顼愤然道，话脱口而出，才发觉自己语气太重，忙又转圜笑道，“外间之事，太后尽可放心。朝廷最可惧者，不是以宽以严，而是怕陷入唐代牛李党争那样的局面。今司马光与吕惠卿都能和衷共济，国家之福，莫过于此。”

本来太后、皇帝相争，虽然还是温声细语，但殿中众人却早已吓得脸色惨白，这时候气氛缓和，高遵裕、高公纪还是不敢多话，只赵颢笑道：“官家也说了是‘不审势则宽严皆误’，今日之势，正是要宽严相济。太后看今日的局面，实是开国百年以来未有的，官家恢复河西，不仅从此陕西又变成腹地，而且亦是一雪四朝之耻，这等功业，休说仁祖时范仲淹、韩琦们办不到，便是数遍古今帝王，亦唯有汉光武能相比。朝廷内也是君明臣贤、政通人和，太后尽可高枕无忧，只要安享太平便好。”

虽然赵顼刻意缓和，赵颢又打着圆场，但这些话，高太后心里依然是不以为然的，吕惠卿这样的人高居左仆射，是什么国家之福？是祸患无穷才是真的。现在的国势，又哪里称得上什么“政通人和”？她也知道她这个皇帝儿子现在是威望极高的时候，皇帝在取得很大的功绩后变得刚愎自用，听不进别人的意见，最后被狠狠地摔下来，这样的事情，不用说远了，隋唐五代现成的例子便多得是。她是颇听了些议论的，越听便越发觉得赵顼太过于急功近利。

灭夏之后，国力竟有点强弩之末的样子，可如今赵顼却还是一腔的雄心壮志，野心反倒是越来越大了。而且开口法令，闭口规矩的，总让人感觉少了那种体恤下情的心意——以唐康的身份，唐康、田烈武、李浑等人的行为，打着国法无亲的旗号，关进御史台、枢府的狱中，那是极容易的，但皇帝怎能全然不顾石越、文彦博的面子？全然不顾天下忠臣义士的感受？仅仅只是发还石越和文彦博的谢罪折子，下旨抚慰他们，这能有多大的意义？

高太后知道这些事情，一般的大臣生怕自己踏进旋涡中，避之唯恐不及，是断断不敢说的。她这才不避嫌疑，想劝劝赵顼，至少在定罪之前，让他们先回家待罪，不要一直关在狱中——这也是给天下一个姿态。不料她还没来得及说出来，赵顼便已经滴水不漏地堵了回来，又把话题岔开，从言辞语气中，倒有猜忌自己“干政”的意思，母子相疑至此，真是让人灰心。这时候这些心意她也不愿说了，太后与皇帝争执，这样的事情传出去也不好听，当下只勉强笑道：“外面的事，我有什么放不下心的。不过是母子叙叙闲话，你便能说出这么多话来……”

“倒是儿臣该打了。”赵颢笑道，“太后寿辰将至，还老说这些一本正经的事，官家整日操劳国事，在崇政殿听这些也听厌了，到这来还听这些——倒不如说笑话。我先说一个。”

说罢，赵颢一本正经地坐好，道：“前几天我听到一个笑话，说是石越提举编敕所，编敕所的官员便好讲《论语》，因说到七十二贤哪些家里有钱，有个官员便说公西赤家里定是极有钱的，众人问他出自何典，他道：‘诸君不闻语云：赤之适齐也，乘肥马，衣轻裘。’众人都很拜服，夸他学问好。有人便跑去告诉石越，道某君《论语》读得好，石越听完，慢慢抬头，看了那人一眼，说了一句话——太后、官家猜猜石越说的是什么。”

高太后想了一会儿，摇摇头，望着赵顼。赵顼也笑着摇头。赵颢又看高遵裕与高公纪。高遵裕倒也罢了，反正这并非所长，干脆懒得动脑筋；高公纪却是外戚中少有的学问好的人，不由得皱眉沉思，却再也想不出来。

赵颢缓缓说道：“却见石越一脸肃然，问道：‘你怎知不是子路借与他的？’”

他话音方落，便听到“扑哧”一声，高公纪已经先忍俊不住，大声笑了出来。高太后与赵顼一愣，也都回过味，齐声大笑。高遵裕虽不明所以，却也只得跟着嘿嘿直笑。

半晌，高太后才忍住笑，道：“石越这么一个一本正经的人，居然也会捉弄人。”

赵颢笑道：“太后有所不知，本朝三个姓石的学士、执政，都是些诙谐人。石曼卿是个‘石学士’。有一回马夫不小心，把他从马上摔下来，吓得半死。他爬起来拍拍衣服，慢条斯理道：‘幸好我是石学士，若是瓦学士，岂不被摔得粉碎？’石中立也是个趣人，当员外郎时，和同僚去看御苑的狮子。听说那狮子每日要吃羊肉十五斤，有人便感叹：‘我们这些人也算是郎曹，生活反比不上一只野兽。’石中立责怪道：‘你怎的不知本分！它是园中狮，我们不过是园外狼，怎么可以相提并论？’”

他话未说完，连保慈宫里的宫女、内侍，也都忍不住掩嘴偷笑起来。高太后更是笑得打跌，赵顼也是一面笑一面直摇头。

9

自从皇帝接见王珪和石越起，在政事堂当值的吕惠卿便有点心神不宁，但他要讲宰相风度，依然装作没事人一般。上午见过几个换任的通判后，内廷忽然传来消息，王中正不知何故得罪，被赶去北京养病——这对吕惠卿无疑是当头一棒。王中正是内官，宋朝宰相虽然号称“事无大小，不分内外，皆统之”，但皇帝贬窜内官，他到底不方便追问根底，只得强忍着。他下了极大的赌注，不惜举荐范纯仁入政事堂，目的就是想替王中正入蜀扫清道路，可如今王中正被贬，他是赔了夫人又折兵，况此事又牵涉到他的命运，到底也不能当没事发生。

待王珪回到政事堂，吕惠卿便想从他嘴里套点话出来——他知道整个上午，皇帝召见的只有王珪和石越，此事必与他们有关。但王珪却是老滑头，竟是滴水不漏，尽是说些有关太后生辰的不着边际的话。吕惠卿原也知道，随便泄露与皇帝对答的内容，是极犯忌讳的，一旦坐实，这一条罪名，便可以将任何一个宰相贬到天涯海角。但王珪这个“三旨相公”，平日是极会观风的，且素与司马光不和，在政事堂里，还是倾向于自己这一边的。这时候竟半点口风都不漏，本身便昭示了大问题。

他满腹心事地等到下午，又听到消息，皇帝走马灯似的接连召见文彦博、冯京、司马光、王安礼、范纯仁，吕惠卿更是几乎如坐针毡——偏偏这时几个湖北路来的官员还絮絮叨叨拿着一点芝麻蒜皮的小事说个没完。他心里虽然不耐，却也不好发作，又找不到借口离开，只得心不在焉地有一搭没一搭地问着话，心里只想着是不是皇帝打算除范纯仁观风使，一面盘算着怎样才能合情合理地把这诏旨给堵回去。

但没多久，几个翰林学士被召了进去——吕惠卿心里的石头落了一半，按大宋现在的制度，观风使这样的差遣，知制诰草诏就可以了，翰林学士在这时候进去，多半是要有大除拜了——皇帝打算让范纯仁拜相了。但想到范纯仁要进政事堂，吕惠卿心里又变得五味杂陈。

果然，没多久，便见李向安满脸笑容带了诏旨到政事堂要印。接过诏旨，吕惠卿顿时傻了眼——皇帝仿佛是想将他这十年来忘记做的事情一次做完，李向安竟是带了五份诏书过来！连王珪都惊讶得说不出话来。

第一道诏旨，范纯仁拜相，是吕惠卿自己推荐的，想想刚才皇帝召见的人，便知道两府皆不反对。虽然如此一来，吕惠卿在政事堂便又多了一个强大的政敌，但他哑巴吃黄连，亦只得强作笑颜，和王珪一起副署。第二道诏旨，韩维为枢密副使也是传言已久的事情，吕惠卿与他并无直接的利害冲突，倒也不觉意外。但接下来几道任命，却让吕惠卿目瞪口呆。接下来三道旨意，分别是以高遵裕为泸州知州；以太府寺卿李陶为鸿胪寺卿；以开府仪同三司、荆国公王安石为益州路巡边观风使。

吕惠卿只觉得一阵晕眩。

“石越！”他在心里恶狠狠地念出这个名字，眼前一阵模糊，那三份诏令，似乎化成了石越那冷静的面孔，嘴角边带着一丝轻蔑的嘲讽。

千算万算，却没算到石越。

吕惠卿握着笔管的手微微颤抖着。皇帝果然起了疑心——高遵裕为泸州知州，泸州还在西南夷手中，宋军虽然迟早会夺回，但没有不先任命经略使，反先任命泸州知州的道理。重新起用高遵裕，皇帝就是给他一个机会，这个人不会受朝中任何一党的控制，他去益州，是做皇帝的耳目。

太府寺卿李陶，是吕惠卿的同乡、门生、亲信。太府寺是大宋仅次于户部的中央财政机构，在发行交钞后，其地位更是日渐重要。石越在太府寺时便兼任参知政事，韩维亦由此而升任翰林学士，使得太府寺在诸寺监中，更被视为“要津”。而鸿胪寺“不过”是总管全国番夷部落事务及海外殖民、藩属国事务的机构。名义上虽在太府寺之上，实际却根本无法相提并论。自从石越与韩维去职后，太府寺卿就一直被吕惠卿的亲信占据着。此时忽然将李陶“升为”鸿胪寺卿，让吕惠卿有了一种不祥的预感。

而最致命的，却是王安石的任命！

高遵裕可以设法收买、交易；李陶的任命，也可以设法阻扰，还可以在新太府寺卿任命上做文章——但王安石为益州路巡边观风使，却几乎在一瞬间，让吕惠卿丧失了斗志。

再怎样算计也没用了。

这样的感觉，弥漫于吕惠卿的心中。

吕惠卿自己都没有意识到，对于王安石，他实有一种莫名的忌惮。吕惠卿能有今日之地位，全靠着王安石的赏识与擢用；吕惠卿的全部政治资源，依赖的还是王安石这面旗帜……曾经，在王元泽还活着的时候，吕惠卿心里便充满不安，他小心地保留着与王安石交往的一切证据，为的便是以备“万一”。

在王元泽死后，王安石罢相，虽然表面上吕惠卿对王安石尊敬有加，但也时刻担心着皇帝会重新起用王安石——因为他知道，只要这样的事情发生，他辛苦经营来的地位，便会在一夜之间拱手送人。他用尽办法巩固自己的地位，努力标榜自己与王安石的区别，却始终无法逃避王安石的阴影。无论他做什么，他都是“新党”，而“新党”，则永远是王安石的党。这种感觉让吕惠卿极不舒服，若非朝堂之上还存在着司马光、石越这样的劲敌，考虑到王安石有朝一日也许会是极重要极有用的棋子，使得吕惠卿竭力克制自己的冲动，他早就对王安石下手了。

但这颗预备的棋子，吕惠卿自己都害怕使出来的棋子，却被石越用了，而且是被用来对付自己。吕惠卿知道这肯定是石越搞鬼，这样的手腕，根本不是文彦博、司马光使得出来的。

“阴险小人！”吕惠卿在心里咒骂着，手中的笔却始终无法落下去。自己要亲自给自己的死刑判决书签发核准令，是该觉得讽刺，还是该觉得残酷？但是，他能拒绝吗？他素有的勇气与智慧，在面对那个名字的时候，就已经面目全非。

“吕相？吕相……”王珪的唤声让吕惠卿回过神来，他看了一眼王珪，只觉此人面目可憎，但他已意识到自己的失态，勉强挤出一丝笑容，道：“今日见的人太多了，有点不舒服。这一封诏令……”他推出王安石的那封诏令来，道，“介甫最近患了偏头痛，益州瘴疠地……这恐非朝廷优待老臣之礼。禹玉看呢？”

王珪同情地望了吕惠卿一眼，委婉道：“介甫的偏头痛，皇上已经赐过禁方——是以新萝卜取自然汁，入生龙脑少许调匀，昂头滴入鼻孔。左痛灌右鼻，右痛灌左鼻。听说颇有神效，已经好了。且自介甫居金陵以来，皇上每两月必遣使者慰问，十余年来从无间断，介甫身体好不好，皇上岂能不知？今日皇上接连接见两府大臣，恐是圣意已定——皇上与介甫，君臣之间的情义，相公又不是不知道。此事下官看并无不妥之处。”

吕惠卿默然良久，终是难以甘心，掷笔道：“反正不急在一时。范纯仁、韩维为执政，我辈都要面圣道贺的，不如等见过皇上再说。”

王珪看着吕惠卿，本来吕惠卿遭难，他未必无幸灾乐祸之意，但此时自己是唯一在场的参政，他亦担心惹出什么事来牵连到自己，沉吟一下，还是劝道：“吉甫，皇上不过让介甫去益州查看地方官员有无欺上瞒下，了解益州局势，这是平常之事。吉甫若坚执己意，恐多有不妥。同殿为臣数十年，下官不敢不言，还望吉甫三思。”

这话已然是说得极直白了。两府大臣没有人反对，吕惠卿却坚持反对，是本来皇帝还以他无私，反见有私了，只能更增皇帝之疑。面圣反对，不仅于事无补，反是自掘坟墓。这些道理，以吕惠卿之智，岂有想不到的？但这时他只觉大势已去，方寸全乱。听了王珪之言，默然半晌，终于再次拿起案上的毛笔，在诏书上艰难地写上自己的名字。王珪见他署了名，在心里叹了口气，接过笔来，在下面亦签上自己的名字，交还吕惠卿。眼见着吕惠卿默然钤上相印，王珪亦不禁生出一种兔死狐悲之感。他有意宽慰几句，却又觉无法择辞，动了动嘴唇，终是什么也没说出来。

第八章

名缰利锁

书生名利浃肌骨。

——邹浩《悼陈生》

1

吕惠卿不知道自己是怎样熬到离开政事堂的。“王安石”——这三个朱笔红字是那样的刺目，不断在他眼前晃动着，晃得他心烦意乱。上了马车后，便听随从在旁边问道：“相公，可是回府吗？”吕惠卿抬头看了看天色，夏日昼长，虽已过了酉正，竟还是白堂堂的。他掀衣上了马车，道：“去集禧观。”随从亦不敢多问，应了一声，便吩咐了车夫仪卫，驱车往集禧观驰去。

这集禧观在南薰门与普济水门之间，从皇城而往，颇有一段距离，酉正以后，正是昼市收摊，夜市开始的时间，街道上熙熙攘攘，热闹得不行。吕惠卿虽然是宰相出行，有仪仗清道，但竟也是走不快，快到集禧观之时，天色已黑了下来，观中早已点起了灯烛。吕惠卿在观前里许便下了马车，留下随从仪仗，只带了两个伴当，信步往观门走去。到了观前，却见大门紧闭，一个伴当连忙上前抓起门环叫门，未多时，便听大门“吱”的一声打开了一条缝，一个小道士从门缝中伸出半个头，看了吕惠卿三人一眼，问道：“不知施主有何贵干？”

伴当正要说话，却已被吕惠卿止住，他上前几步，抱拳笑道：“道友叨扰，未知寇真人可在观中？”他口中的“寇真人”，便是集禧观的主持，俗名叫寇天素。那小道士听说是来访主持的，又看了吕惠卿一眼，见他装扮高贵俊逸，更不敢怠慢，忙开了门，出来稽首道：“不知施主如何称呼？找家师何事？”

吕惠卿淡淡一笑，道：“便劳烦道友通传一声，便说是有旧友来访。”说罢早有伴当递来名帖，那小道士接过名帖，说声稍候，便匆匆回观中禀报。未多时，便见观门大开，一个鹤发童颜的道士领着几个道童迎了出来，出得门来，上下打量了一眼吕惠卿，打了个稽首，呵呵笑道：“相公，久违了。”

吕惠卿早已见着寇天素，连忙还礼，笑道：“尊师，神采更胜往昔。”

二人相顾大笑，携手共入观中。这集禧观原叫会灵观，供着三山五岳的神灵，亦是汴京数一数二的大观，仁宗时毁于大火，重建改名集禧观。寇天素本是天师道的道士，有宋一代，三教合流，不仅儒家吸收佛、道二家之思想重建，佛、道二家，也有许多杰出之士，纷纷弃佛、道而归儒，大相国寺的智缘，便是一例。

但这寇天素在天师道中却其名不显，虽然执掌大观，却一向被视为庸碌之辈，在汴京权贵心中也并不受重视。不过吕惠卿却知道这个寇天素实是个大隐隐于朝的人物——吕惠卿原就精研老庄，后来追随王安石，王安石父子之学术体系也非常重视老庄，王元泽还著有《道德真经集注》《南华真经集注》等书，而王、吕所主张的“气一元论”，与道家、道教亦有牵扯不清的关系——他早在中进士之前，便已结识寇天素，知道寇天素不仅身兼三教之学，且于纵横、阴谋、术数皆有涉猎。

但寇天素与智缘不同。智缘身为皇家大寺的方丈，奔走于宰相之门，身在空门，却雄心勃勃，想着要建功立业；寇天素却是身居京师繁华之地，虽不免于游走显要权贵之间，却偏偏将自己装成一个只会算命炼丹、投权贵所好的寻常道士。实则他与王安石、吕惠卿都关系密切，但二人相继拜相近二十年，同在一座城中，却几乎不通音讯。吕惠卿轻易不敢打扰他修行，若非此时实是到了人生最紧要的关系，吕惠卿亦绝不会来这集禧观。

寇天素笑嘻嘻地引着吕惠卿进了观中一座小院。吕惠卿吩咐伴当在外面等候，便随寇天素走进一间静室，一面笑道：“生成盏里水丹青，巧尽功夫学不成，却笑当时陆鸿渐，煎茶赢得好名声——尊师，不知今日能否有福，看尊师一展绝技。”

寇天素笑着请吕惠卿坐了，笑道：“亏相公还记得，多少年不曾分茶了。”

“凡有幸得见尊师绝艺者，此生绝难相忘。我二十余年来，再未见过此等神技。”吕惠卿的赞叹，却是发自内心。二十年前，他亲眼见寇天素同时点四个茶杯，在四盏茶汤中，分出一首绝句来。他分茶的功夫，只不过学了寇天素的皮毛，在汴京的官员中，便已是有口皆碑了。

寇天素凝视吕惠卿一眼，亲手接过童子送来的茶，递到吕惠卿面前，一面笑道：“男儿斩却楼兰首，闲品茶经拜羽仙。相公莫非生了归意？”

吕惠卿接过茶盏，方揭开盖子送到嘴边，不料被他一语说中心事，不由苦笑一声，将茶盏放回案上，叹了口气，道：“石子明写得好诗。”

寇天素微微一笑，道：“天下之物，有强则有羸，有成则有隳。事势之相生，不得不然，则安可执而为之哉？”

吕惠卿听到此语，不由得默然无语。这段话，原是他在《道德真经传》中所说的，这时候寇天素引出来，隐隐便是劝他不要太执着于名利。但他为相十年，大权在握，一朝便要权位不保，想想自己见过的人情冷暖，又如何可以甘心？因道：“尊师二十年前，曾经为我看相，说我必位至三公。今日还要请尊师指点迷津。”

寇天素望着吕惠卿，见他执迷至此，不由得暗暗叹了口气。半晌，方道：“相公何苦来哉？天下之事，变幻无常。今日能退得下来，日后方有余地再进上一步……”说到这里，见吕惠卿满脸失望，不由得顿了顿，叹道，“相公的命，早已算过，不必再看。相公成亦介甫，败亦介甫……”

“成亦介甫，败亦介甫？”吕惠卿喃喃念道。

“相公根基还是浅了。未得众心，而登相位，依赖的只是皇上与王介甫的信任。十年经营，相公却不曾留意自己先天的不足，不去厚培根基，只是一味依赖自己的权谋智慧。为相日久，反而树敌日多，虽有党羽，多数亦不过攀附之徒。当年王介甫负天下之望三十年，只因朝廷根本不固，借皇上信任拜相，仓促行事，一旦皇上失去信任，便黯然去位。相公不过是重蹈王介甫的覆辙而已——有朝一日，皇上相疑，王介甫不信，相公若不主动求去，只恐……”

“可得人心又如何？”吕惠卿只觉得寇天素的话极是刺耳，不由反问道，“古往今来，不知多少得众心的贤才杰士，空怀忠义之名，抱负不展，郁郁而终。”

“相公所言甚是。”寇天素怜悯地望了吕惠卿一眼，道，“原本天下之道，便是不停变化的。若只依赖着得众心，也未必能成事。要想长保富贵，更是不能只依赖某几样长处，这原本便是人世间极难之事。名位一物，便如万丈深渊上浮着一层薄冰，走上去便已不易，何况还要长久地在上面行走。恕我直言，相公能当上十年宰相，都已是出乎我的意料。相公如何还不知足？”

“若我能熬过这一关，只要一年，休说十年宰相，便是二十年，我也当得。”吕惠卿不服气地说道。

寇天素却只是望着吕惠卿不说话，眼中尽是怜悯、惋惜之情。

“尊师不信吗？”吕惠卿似乎被这眼神激怒了，“我便做给你看看！我能当二十年的宰相，我能成为大宋的名相，什么王介甫，什么韩琦，什么石越，什么司马光，他们都不如我！没有我苦心经营，石越能打赢西夏吗？竖子窃名尔！我绝对不会输给他们！我不会让他们坐享其成！我没这么容易输！”

寇天素依然没有说话，只是淡淡地笑，仿佛看着一个不懂事的小孩子。

吕惠卿腾地站起来，一把抓住寇天素的肩膀，双目瞪圆，声嘶力竭地喊道：“你不信吗？我会做到！我会做到！”

寇天素依然只是微笑着，微笑着，忽然，吕惠卿望着寇天素的脸慢慢模糊——他脸上，露出石越的笑容……

“啊！”吕惠卿顿时吓出一身冷汗，猛地惊醒过来。

月光透过窗楹照进房中，吕惠卿坐起身来，看见对面的书案上，寇天素的书信，正被夜风翻动着，发出轻轻的窸窣声。急流勇退？这是弱者的行为。吕惠卿绝不甘心自己这么容易被打败。起用王安石，只是他们的一厢情愿。王安石未必愿意重新出山呢！

2

次日一早起来，吕惠卿洗漱完毕，便到书房坐了，提笔构思着告病的奏折。重新起用王安石、李陶改任鸿胪寺，还有以高遵裕知泸州，这些都是大事。但所有这些事情，他身为首相事先竟然全不知情，皇帝也没有咨询商议的意思。虽然吕惠卿一时间失了主见，在诏书上署了名，用了印，此时悔之无及，但即便只是出于尊严的考虑，吕惠卿暂时也绝不能再去政事堂了。他是朝廷的宰相，不是翰林学士。折子方写了一半，便听家人进来禀道："相公，陈都郎[22]来了。"

吕惠卿抬眼看了家人一眼，"唔"了一声，道："请他到客厅稍候。"

"是。"家人答应了退下。吕惠卿只微微沉吟了一会儿，便继续好整以暇地写着奏折，待到写完搁笔，又捧起来重新读了一遍，见没问题，方又放回桌上，起身整了整衣，出去见陈元凤。

到了客厅，却发现陈元凤在那里悠闲地品着茶，等了小半个时辰，竟没有半点着急的神色。吕惠卿心里暗赞了一声，笑道："履善，久候了。"陈元凤见着吕惠卿出来，慌忙起身，揖道："学生见过相公。"吕惠卿笑着又请他坐了，望着陈元凤，笑道："履善来见我，可是有事？"

陈元凤欠欠身，道："学生听到一些谣言，听说皇上欲重新起用王介甫……"

"那不是谣言。"吕惠卿笑道，"诏书昨天已经下了。"

"这……"陈元凤摇了摇头，道，"相公，益州的局势，地方官吏欺上瞒下，难免亦是有的。若王介甫去益州，只怕以偏概全，被人利用，来攻击熙宁归化。相公不可不防！"

"此事诚然可虑。"吕惠卿笑道，"不过介甫自元泽逝世后，隐居金陵，朝廷多次加恩，他都拒绝了。虽然这次朝廷征诏，但他未必便愿意重出。使者一来一回，总要一个月，他若不肯答应，我看朝廷中有些人只怕要心急难耐。"说到这里，吕惠卿摇摇头，道，"况且我立身正，亦不惧人污蔑。当务之急，还是要早点将种子正的接任者定下来，早一天平定西南夷之乱，什么样的风浪，都平息了。前一段，朝廷公卿竟都是本末倒置了！不去用心想经略使的人选，反争什么观风使……"

"那不是本末倒置，那是将党争置于社稷之上。"陈元凤哂然道，"相公可听说了，范纯仁故作清高，不肯做刑部尚书，还有人在大造舆论，夸赞他高风亮节，为他当御史中丞铺路呢。"

"宁守柏台，亦不肯守刑部。"吕惠卿嘲讽地笑了笑，"他们除了党争，还会做甚？"

"这些'君子'，便是如此。凡是为国家办事的，他们便视为言利之臣；想做点实事的，便是胥吏小人。他们除了空谈性命，可懂半点经邦济国之道？相公为朝廷开疆辟土，此辈目光短浅，视为兴事，只知在背后算计……"陈元凤愤愤不平地说道。

"罢了，罢了。"吕惠卿望了陈元凤一眼，笑道，"履善，《中庸》有言：上不怨天，

[22] 尚书省右司郎中的别称。

下不尤人。这等事，说它做甚。”说到这里，他顿了顿，忽然说道，“履善，你可愿意去成都？”

“我？”陈元凤不觉一怔，旋即说道，“若是相公用得着，休说成都，泸州我也去得。”

“那可是大材小用了。”吕惠卿笑道，“这些年你屡立功勋，连皇上都知道陈履善能干，你在尚书省做了这几年右司郎中……若非是迫不得已，我还真不愿你离开。让你去益州路四司衙门，已是委屈你了……”

“相公说哪里话来。”陈元凤抱拳欠身，慨然道，“学生岂是避事畏难之人？相公放心，有学生在益州，相公但可高枕无忧。”

3

大梁门外西北，菩提寺。

高遵惠手里捧着一卷《春秋左氏传》，百无聊赖地读着书。总算是皇帝给太后面子，高遵惠不用与唐康、田烈武一般，待在暗无天日的监狱中。这座显圣寺——俗名“菩提寺”的寺庙，便成了他的禁足之所。对这一切，高遵惠倒是颇能淡然处之。庙里的和尚知道他是当今太后的从父，哪敢轻慢，将庙中最好的房室收拾出来给他住了，又专门指派了几个小沙陀服侍他。甚至每日还有许多人来探视——镇压渭南兵变后，高遵惠声名大噪，许多平时没有交往的士大夫，这时候都特意前来探望，让他简直是受宠若惊。如此待遇，早已大出他的意料，高遵惠生恐被士大夫们小觑了去，每日除见客外，反倒用心读起书来。而这无疑又让他更赢得士大夫们的好感。

“齐侯御诸平阴，堑防门而守之广里。夙沙卫曰……”

“高公，好雅兴！”一个似曾相熟的声音自院外传来，高遵惠一怔，循声望去，却见是石越笑着走了进来。他正奇怪为何没有人通报，却见石越进了院中后，并不过来叙话，反是侧身让到了一边。他心里一惊，慌忙拜倒在地，果然，一个熟悉的身形缓缓走了进来——正是当今的大宋皇帝赵顼。

“罪臣高遵惠，叩见吾皇万岁。”

“起来吧。”赵顼笑道，“你有何罪可言……”说到这里，瞥了一眼高遵惠手中的书，不由笑问道，“你在读书？手里拿的是什么书？”

“回官家，是《左传》。”

赵顼笑道：“《左传》倒是带兵的人读的。上回石越说，《左传》其实是吴起写的。”

高遵惠一愣，却听石越在旁笑道：“陛下，臣亦不过据情理推测而已。”

赵顼见高遵惠趴在地上，还是不敢起来，又道："说起来，你还是我舅外公。平身吧，戚里之家，有你这样的人才，是朝廷的福气。"

"谢官家。不过，罪臣以为，戚里之家，还是守本分一点好。"高遵惠这才起身，躬着腰，缓缓回道，"昭陵时，故安定郡王从式、故邢国公世永等七名宗室请求军前效力，征讨元昊，仁宗但嘉奖而已。"

石越也知道这桩典故。赵从式是奉宋太祖祭祀的安定郡王，赵世永是宋太祖的长房元孙。宋朝宗室由太祖、太宗、秦王廷美分为三宗。当年七名宗室请求军前效力，都是太祖一系的。虽然赵世永在资善堂伴太子读过书，与仁宗关系匪浅，但是无论是真宗以后宋朝宗室不再掌握实权的传统，还是太宗一系对太祖一系宗室潜在的防范，都不会允许赵从式们发挥自己的爱国之心。

高遵惠说的，的确也是当时一个普遍的共识。对宗室与戚里的防范，深入人心。然而，石越更知道，从王安石执政开始，宗室已经允许参加科举，参与政治，而在另一个时空，几十年后，就出现了第一个宗室宰相，在南宋亡国之前，宗室广泛拥有军政大权，无数的宗室为了保护这个摇摇欲坠的王朝，血战至死，其忠烈勇敢，让人扼腕叹息。对宗室与戚里的防范，固然有其积极意义，但完全是消极的防范，却未必全无可议之处。

不过，石越尽管对高遵惠所举的例子颇有腹诽，却不至于公开表示反对，尤其是当着皇帝的面。果然，便见赵顼转头望着自己，笑道："戚里当中，以高遵惠最识大体。"

石越忙笑道："虽是如此，但宗室戚里中若果有贤材，以陛下之英明，自能驾驭驱使。"

高遵惠听到这番话，心里不由得咯噔了一下，诧异地望着石越。却见有内侍搬了椅子过来，找了个阴凉处，服侍着赵顼坐了。赵顼含笑看了二人一眼，目光停在高遵惠脸上，道："益州提督使战死，眼下是副使暂代其职。如今益州多事，提督使是要职，不可久缺，石越举荐你去接任。"

高遵惠虽然已经料到事情的发展不会如自己想象中的坏，但亦是吃了一惊，忙小心翼翼地说道："官家，臣是戴罪之身。"

"你那点罪……"赵顼笑了笑，道，"先不管这个。朕只想知道，你敢不敢去益州？胸中有没有方略可以平乱？"

"官家若有差遣，罪臣不敢避险畏难。益州的局势究竟如何，各说纷纭，罪臣也不知端的。不过，罪臣以为，提督使之职，一是守土缉盗，二是协助禁军作战。平定西南夷之叛乱，自有禁军负责。提督使要做的是维护后方安宁，为禁军提供向导，护送补给，让禁军无后顾之忧……"

赵顼与石越听高遵惠小心地说着，不由得相顾一笑。赵顼哈哈笑道："石越果然颇有知人之明。朕想要的益州提督使，便是卿了。”

石越亦道：“提督使一是要不争功，谨慎守本分。若是好大喜功之辈，越会打仗，祸害越大。西南夷不足为惧，可惧者，是官逼民反，将益州搞得处处烽火。此外，所谓‘慈不领兵’，提督使亦不可有妇人之仁，否则后方弹压不住，亦是大祸。要找这么个人，高公便是现成的人选。”

“官家……”

“哎——”赵顼摆摆手，打断了高遵惠，道，“益州那里，朕也要一个信得过的人去。高遵裕已经去了泸州，他能带兵，擅长和番夷打交道，朕不是不念旧情的人，这是给他一个机会。但是你却不同，戚里之中，朕以为你最谨慎，不结交宗室，和两府大臣、朝中贵幸交游，都懂得分寸，这便极难得。这次的事，你是忠心为国，纵是有罪，朕也不怪你……”

高遵惠望着皇帝，心里百感交集。他是万万想不到自己还能有机会提督益州。高遵裕去泸州之事，他早已知道——高遵裕曾经来见过他，想当年，高遵裕亦曾节制一方，贵为一镇诸侯，谁能想到，有朝一日，皇帝令他去泸州那种瘴疠之地，他竟会高兴得似中了状元一般。可见那被贬斥编管的日子，的确不那么好过。而皇帝能给自己这样的机会，他只要想想高遵裕，便绝没有任何拒绝的道理。然而，他又怎会不知道益州路是个是非之地？

皇帝既想要个信得过的，敢说真话敢做事，又没有陷入朝野党争中的人去那里当自己的耳目，必要时还能稳住形势；可是他又不想派去的人过于刚直，不顾后果，在朝野中掀起连皇帝都控制不了的惊涛骇浪来。但又要人刚直敢言，不避权贵；又要人能委曲求全，肯听从皇帝的控制，世上哪有这样的好事？勉强算来，他高遵惠竟的确是个天造地设的好人选。但高遵惠心里却知道这样的差使不好办，他不知道会树立多少或明或暗的敌人，而自己行事稍有不慎，“外戚祸国”这个罪名，轻轻松松就栽到头上了……别看皇帝现在说得信任有加，石越热情举荐，所谓“三人成虎”，积毁销金，他远在万里之外，谁知道那些政敌怎样在汴京诋毁他？只要皇帝稍有动摇，石越到时候也未必便肯替自己说好话。

若有选择，高遵惠宁愿在汴京过自己的富贵日子。但是，他看起来没有选择。

他方谢了恩，却见李向安匆匆走来，在院门口叩道：“官家，通进银台司有要紧的奏折……”

“什么奏折？”赵顼皱起眉来。

李向安忙捧着奏折递了过来，赵顼打开看了一眼，便呆住了。半晌，方听赵顼苦笑数声，对石越道：“吕吉甫告病了。”

在这极敏感的时候，吕惠卿忽然患上“足疾”，闭门谢客，不再上朝。赵顼明知道这是吕惠卿在表示不满，亦无可奈何，只得一面遣太医视疾，一面累诏慰问，要吕惠卿带病复朝。而吕惠卿自然是一再拒绝。为了避免被人“误解”自己反对王安石的任命，吕惠卿还特意释放出信号，对起用王安石为观风使表示赞同。这样，他的矜持就变得合情合理——他只是不满皇帝的重大人事命令没有尊重他这个宰相的意见。

同时，一些新党官员亦附和着上疏批评皇帝任免寺卿这等要职，却不事先和政事堂商量，有人甚至批评吕惠卿不该草率的副署诏书；还有一些新党官员，则颂扬吕惠卿为相以来的种种功绩，力劝皇帝应当尽量慰勉吕惠卿，让他尽早复出。

在强大的舆论压力下，亦顾忌到朝廷不能长期缺少宰相而空转，赵顼终于又颁布了一道诏书，赞扬了吕惠卿这十余年来的政绩，重申君臣相知之义，并“责令”吕惠卿带病视事。赵顼又主动做出妥协，在得到吕惠卿同意后，任命了以“财计”而著称的新党重臣薛向为太府寺卿。

在执政的成绩得到皇帝诏书的肯定之后，吕惠卿终于在告病七天之后，半推半就地复出视事了。通过这些手段，吕惠卿重新巩固了自己摇摇欲坠的权力，再一次确立了自己在政事堂的领导地位。

4

石府。

“我早知吕吉甫没这么容易被打倒，却料不到他将时机、分寸掌握得这么好。”石越对着潘照临感叹道。

“同样是告病，有高下之别。王介甫之告病，几同于威胁；吕吉甫告病，却让人觉得他真是受尽了委屈。”潘照临笑道，“时间也恰到好处，若是拖得太长了，难免使人生厌；若是太短，却不免让人觉得他太心急恋栈。不过，福建子不过是扳回一局，大厦将倾，权谋智算有时也无能为力。”

“但智缘能否说服王安石复出，尚未可知……皇上先布了高遵裕这颗棋子，高遵惠这着棋能不能下出去，还要看康时这案子如何结案……”

“公子担心福建子从中作梗吗？”潘照临眯着眼睛望着石越，“吕吉甫若是意气用事，要与公子死斗到底，倒的确可能在这案子上大做文章。但吕吉甫不是司马光，他并非不知道皇上的心意，违逆圣意的事，偶尔做做无妨，但我谅他亦不敢常做。我若是他，定要做个顺水人情，卖公子一个人情，与公子做桩交易……”

“交易？”石越哑然失笑，道，“他能相信我会收手？”

“两军交战，亦要交换俘虏，何况如今是三方交战？”潘照临淡淡道，“他现在知道公子亦能左右朝局了，不来找公子，难道他还能指望文彦博、司马光妥协吗？让我们与文、马死心塌地一起对付他，还是争取缓和与公子的关系，此事不难抉择。他觉得自己还有筹码，便是为了离间公子与文、马，他也一定会试试的。”

石越沉吟不语，却听潘照临又说道：“公子想想，若易地而处，公子要如何来应付这局面？”潘照临嘴角微翘了翘，接着说道，“设法阻挠王安石复出？在益州重新布局，扰乱视线，万不得已时让益州路大小官员来背黑锅？争夺御史台，防止敌人利用御史台来对付自己？这些我以为吕吉甫都会去做，但这些办法都只是治标不治本，被动防御，甚至无法控制。以御史台来说，如今台中亲附吕惠卿者如舒亶辈虽然也有不少，但这些人都不及安惇，资历也差着一层。当年吕惠卿利用完安惇，又将他排挤出朝中，但这时候，多半还是要引他为援——范纯仁到现在还不肯做刑部尚书呢！可安惇是一中山狼，谁又知道他会不会落井下石？所以，吕吉甫一定会设法主动出击……”

“主动出击？”

“不错，唯有主动出击，吕吉甫才能反败为胜——快点找个好经略使，只要连打几个胜仗，便可稳住皇上的心；若能将西南夷快点镇压下去，就是釜底抽薪了。到时候，他吕吉甫多大的过错也能遮掩过去。”

石越笑道：“即便如此，经略使到底也是枢府的事，他又知道谁能打仗，谁不能打仗？”

“所以他才有求于公子。”潘照临笑道，“他要急见事功，不依赖西军却依赖谁？朝中大臣，谁对西军最有影响力？谁最有‘知将’之名？”

石越顿时默然。潘照临又道：“以吕吉甫之聪明，不难想到，就算公子想置他于死地，但单以此事而言，他与公子却是利害相同的。既然有利害相同之处，那便有可能妥协、交易。所以，公子不必担心康时。只是田烈武与李浑，虽然皇上有意赦免，但结果如何，还是难以预料……经略使的人选，皇上一直拿不定主意，我看吕惠卿这几日间，一定会来找公子。他比谁都盼着益州能打一个胜仗。不过，对公子来说，自然是拖到王介甫复出最好……”

“若真拖到那时节，益州路还不知可不可收拾！”石越摇了摇头，自嘲道，“用益州一路做赌注，我没这种胆量。”

潘照临摇头道：“此乃妇人之仁。”

“便算是我有妇人之仁吧。用益州一路动荡换吕惠卿下台，我倒宁可他继续待在政事堂。”石越沉声道，“我要赶吕惠卿下台，是因为我知道益州局势他已经收拾不了。他在政事堂，只能让大宋在益州越陷越深……本末不可以倒置，不能为了扳倒吕惠卿，便不择手段。”

潘照临叹了口气，正要再劝，却见侍剑匆匆走过来，禀道：“吕相公求见。”

宋朝最贵宰相，吕惠卿亲临，石越自然要降阶相迎。二人揖逊谦让着进了客厅，叙了宾主之位。待设了茶，石越便即谢罪道：“相公贵恙，若有赐教，遣一介之吏，叫我过相府受教便是，反倒劳驾屈尊，实是罪过。”

吕惠卿端起茶碗，轻轻啜了一口，方笑道：“我不过顺路而已。路过学士巷，因有几桩事萦绕于心，我素知子明智略过人，老成谋国，故此打扰，还要请子明不吝赐教。”

“岂敢。”

“子明何必过谦，朝野谁不知子明乃国之柱石？”吕惠卿一顶一顶的高帽盖过来，石越口里谦谢，心里却已在佩服潘照临的先见之明。二人又相互吹拾谦逊几句，却见吕惠卿忽然敛容，忧形于色，叹道：“居上位者，自古以来最怕的便是地方官员欺上瞒下。不瞒子明，这些日子我几乎夜不能寐，朝廷财政依旧捉襟见肘，而益州路……哎！”吕惠卿长叹了口气，道，“我此时亦颇疑为地方官吏所误！”

石越没料到吕惠卿开口提及正事，态度竟是一百八十度大转弯，隐隐竟将责任推到益州路官员身上，饶是他早猜到吕惠卿来意，亦不觉愕然。却听吕惠卿又道：“益州形势虽不明朗，但我依然以为熙宁归化并无不妥。只是朝廷过于轻敌，地方官讳过欺瞒。如今介甫既已为观风使，当日在文公府上所议之事，便是办了一半。当务之急，却是要速择良将为经略使，征调精兵赴蜀，早日平定西南夷之乱。然经略使之人选，一个个皆不合圣意。枢府总天下军事，一个经略使都久悬不决，实是让人……”吕惠卿说到这里，摇了摇头，不满之情溢于言表，又道，“不仅是经略使，渭南兵变一案，亦总是拖着不断——文公三朝名臣，如今实是精力大不如前了。”

石越听他抱怨着枢府的效率，因笑道：“选将帅关系甚大，谨慎一点，亦是应当的。”

“只怕有人为私意而害国事。”吕惠卿发牢骚似的讥讽了一句，话锋一转，又道，“国朝之制，两府对掌文武大柄。但兵者，国之大事也，政事堂若全然置身事外，亦是一弊。故官制改革颇救其弊。一般的军队调动，政事堂固然不当多管，但若是关系重大的战争，无论选将用兵，政事堂都理当要管的。今西南用兵，每日空耗国帑，久而无功；枢府调兵选将，又屡战屡败。能否平定西南夷之乱，不仅关系到益州一路之安宁，亦关系到熙宁归化之成败，乃至关系到大宋一二十年之气运。我等为大臣者，食君之禄，忠君之事，岂可因为那是枢府的事，便置之不问？士大夫当以天下为己任，若是枢府迟迟定不了让皇上满意的人选，我辈亦不能置身事外，袖手旁观。朝廷诸公之中，以子明最为知兵，故此我特意前来，想听听子明的意见。”

“相公见询，敢不尽言。”石越欠了欠身，回道，“然熙宁归化，在下以为略嫌操之过急。西南夷之叛，若止以武力镇压，虽孙、吴再生，亦无能为。相公果然想要平息战火，在下以为还是要剿抚并用。”吕惠卿虽说得冠冕堂皇，但石越的立场却也很分明，这话分明是要吕惠卿承认熙宁归化失败。

吕惠卿当然不可能答应，但他此来，却不是与石越争辩政见的，因此只是不置可否地一笑，道：“即便是剿抚并用，总要先能剿方可抚。不能战者不可言和。子明以为，应当如何剿？派谁去剿呢？”

石越也知二人基本立场相差太远，逞口舌之利无益，他听吕惠卿话中有妥协之意，便也不愿咄咄逼人，只是顾左右而言他：“依在下之见，经略使若不能速定，益州提督使却应当早点定了。”

吕惠卿微微一笑，他曾听到过风声，皇帝有意用高遵惠为益州提督使，传闻便是石越所荐。这时石越提起此事，其意甚明——要起用高遵惠，渭南兵变的案子就要先结案，怎样处置唐康、田烈武等人就要有个定论。吕惠卿苦于在军中没有根基，他深知如今禁军中势力最大的是西军，而石越在西军中威信极高，在朝廷中又素有知兵之名。在推荐经略使时，若能得他一言，分量便大不相同。但他也知道，既然是有求于人，那当然不能空手而来。

“正所谓英雄所见略同，不瞒子明，益州提督使的人选，我亦是想了几日了。”吕惠卿笑道，“高遵惠虽是戚里，但为人谨慎知兵，亦能有担当，正可提督益州，不知子明以为如何？”

石越却故意叹道：“可惜他这次只怕亦脱不了干系。”

“法理不外乎人情。”吕惠卿正容道，“此案拖到今日，不当再拖，须得早点给天下军民一个交代，若无罪则罢，便是有罪，政事堂也理当保全这几个人，请皇上特赦。某忝为宰相，绝不会做让忠臣义士寒心之事。”

“若能如此，亦是国家之幸，高遵惠若得脱罪，倒确是上佳之选。有他坐镇，禁军可无后顾之忧。”石越随声附和，却绝口不提唐康。

吕惠卿点点头，又恳切地说道：“我与子明，政见常有不同，这亦不必讳言。但吾辈虽意见分歧，用心却都是为了国事，这点是相同的。我素知子明与他人不同，凡事都是以国家为先的。不比朝廷中有一等人，自居‘君子’，却为了意气之争，或为明哲保身，而坐视国帑空耗，局势败坏，此辈夜半扪心自问，宁不有愧？真不知似这般人，能称‘君子’否？某虽不才，但每念及不能辅佐圣天子致太平盛世，常坐立不安，夜不能寐。不管益州路现在究竟如何，速择良将，打上几个胜仗，对国家皆有百利而无一害。吾辈既为朝廷公卿，受皇上重恩，当此主忧臣辱之时，应当先放下争议，不计个人荣辱，以国事为先……”

他言语切切，令人动容。石越虽然知道吕惠卿在位，熙宁归化便无法纠正，以他生事邀功的天性，国家亦无法休养生息。于公于私，他都一定要将吕惠卿赶出政事堂。但吕惠卿既然开出了赦免唐康的价码，他亦不能不有所回报。

唐康的案子，若吕惠卿真要从中作梗，结果如何也难以预料。他一向视唐康如亲弟，自然不能坐视不理，而田烈武、李浑，更有性命之忧——李浑倒也罢了，石越与他素不相识，最多也就只是感到惋惜；但田烈武，石越却不能眼睁睁见死不救……而且，从公义来说，益州局势究竟到了什么地步，他也无法准确知道，毕竟从益州到汴京，有十几天的时间差，各种信息又真假掺杂，令人无法准确判断。若再这么拖下去，风险也是极大的——万一突然矛盾爆发，到时候就真的悔之无及。尽快取得对西南夷的军事胜利，从短期来看的确可以稳定益州局势。当然，石越也有私心，他未偿不想借机来左右益州经略使的任命。

但是，这种妥协，也可能给吕惠卿喘息之机，甚至让宋朝在改土归流上越陷越深……权衡种种利弊得失，石越一时间竟然也无法决断。

沉吟许久，石越方下定决心，说道："相公忧国之心，令人感佩。益州经略使，在下亦以为应当早定。兵机贵速，久拖不决，非用兵之利。然官兵屡战屡败，当此之时，皇上、枢府于选将调兵，加倍谨慎，亦是为了万全。"他顿了顿，又问道，"相公可知道枢府都推荐过哪些大臣？"

"皆是重臣宿将。"吕惠卿知石越已经答应，心中大喜，忙道，"益州之兵，五花八门，不用重臣宿将，怕节制不住。刚刚才有渭南兵变之事……只不知为何，竟无一人合圣意者。"

石越笑道："益州的确既有河朔兵，又有西军，又有东南禁军、厢军、土兵，但对善用兵者，没什么节制不了的。韩信能驱市人作战，章邯以刑徒大败项梁，此二人，谁曾管他的兵来自何处？枢府因官军一败再败，又碰上渭南兵变，满心想的都是谨慎。但如今要想在西南打胜仗，便只能依赖西军，舍此别无他途。什么河朔军、东南禁军、厢军、土兵，窃以为都不必管他。从西军抽调精锐，从西军择选良将，便是这两条章程。"

"子明之言，正合吾意。"

"西南夷所居之地，是群山绵延之所，其与洞蛮、溪蛮还不同，有许多种落，素来不事耕种，而喜畜牧，是以又有骑兵。要破西南夷，一定要用骑兵，但河朔骑兵却不堪使用，要用山地骑兵。这是狄武襄公赖以破侬智高者。"

"山地骑兵？"吕惠卿原本聪明过人，一经石越提醒，便恍然大悟，连连点头，赞道，"子明高见。"

"国朝马军自李继迁叛乱之后，便日渐衰落，如今虽然重建，但毕竟尚有不足处。在平原驰骋作战，以今日之禁军，便是契丹精锐，亦可与其一较高下。我军马术虽然略逊，然纪律严明，马军之骨干，都是西军久战健儿，更有番骑中骁勇之士，如今又添了许多西夏降将，国朝骑军之盛，莫过于今日。然要在西南与叛夷作战，却如同一个从未坐过船的勇士在惊涛骇浪之中，于一叶小舟上，与一善习水性之人搏斗。是以己之短，攻敌之长，鲜有不败者。兼之西南多瘴气，北人不习水土，未战已先损耗三停。”石越侃侃而谈，说得吕惠卿频频点头。

当年以盛唐之强盛，几十万唐军还葬身于西南，若这还可以说是将领无能的话——另一个时空中，以忽必烈之英武，蒙古骑兵之骁勇，还有许多番部望风而降，争为前锋向导，十万大军远征大理国，出其不意，攻其不备，虽然成功，但最后活下来的蒙军却不过二万余人，更有数十万匹战马死于此役——西南地利的厉害，由此可见一斑。

西南夷虽比不得南诏、大理，但宋军投入的力量却也不如唐军、蒙军，也经受不起唐军、蒙军那样的损失。巨大的损失曾经迫使忽必烈一改蒙军习惯，没有在大理屠城，又不得不保全段氏的性命，借其威望来维持在大理的占领——但此时的宋朝，却不会有蒙古人那样的好形势，真要是那种惨胜，后果没有人敢想象。不过这些计较，石越却是没办法与吕惠卿分说的。

“以在下之愚见，今天下之兵，擅长在山地作战，而又不惧瘴疠者，唯有横山羌兵。要与西南夷作战，朝廷应当于沿边诸军中，抽调熟番与汉军中有山地作战经历之精兵，并招募横山羌兵，组建新军。若有这样一支军队，西南夷何足道哉？且自各处分别抽调少量军队，招募羌兵，亦可不影响到西北塞防。而将帅之选，便要自这支军队的构成来考量——要有山地作战之经验，要有带番兵之经验！后者尤为紧要，番兵多是桀骜难制者，若非在西北诸番中威名素著，令番人信服者，绝不能统率此军。这样的将领，西军中也没有几个。”

吕惠卿此时早已心悦诚服，笑道：“子明胸中，必早有人选。”

石越淡淡一笑，道：“王襄敏之子王厚，其父子在西北番汉之中，皆素有威名。王厚亦是西军名将，在群山之中，打了近二十年的仗。他又在讲武学堂做过教官，便是河朔、东南禁军，许多将校都曾是他的学生。做个益州经略，绰绰有余。不过他一直是李宪的副将，未曾独当一面，年岁毕竟也还是小了些。另外一个慕容谦，最擅长的便是带这种东拼西凑的杂牌军，他熟知番情，在横山一带的番人中，威望尤在王厚之上。任他多桀骜的番人，到了他手下，都能调教得规规矩矩。若以其副王厚，可保万全。”

“可是曾奔袭地斤泽之慕容谦？”

“正是。”

吕惠卿拊掌大笑，抱拳谢道：“子明胸中真有数万甲兵。明日我便向皇上荐此二将。”

“相公的胸襟，才让人佩服。我亦希望西南能早有捷报。”石越望着吕惠卿，微微笑道。为了让推荐王厚与慕容谦二人变得顺理成章，他闭口不提环州义勇与渭州番骑这两支现成的山地骑兵，反而出了个抽调、募兵的主意，便是料定吕惠卿不知其中虚实。果然，吕惠卿虽然明知道慕容谦与石越的关系，依然信之不疑。不过，这其实也不足为怪，休说吕惠卿，便是文彦博、孙固，亦未必会想到这两支部队，尤其是默默无名的渭州番骑。

5

送走吕惠卿后，石越看了一眼座钟，却已是定昏[23]时分。他正欲去找潘照临，侍剑知他心意，已在旁禀道：“潘先生去了土市子。”

“土市子？”石越奇道，“这么晚了，潘先生去那里做什么？”

侍剑笑道：“潘先生没说，我猜或者又是听说哪家店子有什么好吃的，去大快朵颐了。”

石越不由笑着摇了摇头，道：“那我们也出去走走，上回听章子厚说，熙宁番坊有不少新鲜物什，有一家叫什么宝云斋，听说是极西的夷人开的，我早想去看看。”

不料侍剑却摇头道：“宝云斋倒确有些名声，只是番坊这个时节，学士不宜去的。”

石越不觉愕然：“为何我不宜去？”

“学士还不知道吗？”侍剑笑道，“熙宁归化以来，番学便不太安稳。参加叛乱的番部子弟固然都被朝廷软禁了，可其余的番人，许多都和叛乱的番人有牵扯不清的关系，听说还有不少私通消息的。如今到处都是开封府的、职方司的、皇城司的……朝廷还特意移了一营禁军驻扎到附近。京师别处都是通宵达旦的，从来没有宵禁一说，但几个番坊却是不许的，我看再有一个时辰，开封府就要在几个番坊宵禁了。学士这时候去，那边的店铺多半也歇业了。而且那里颇有对朝廷不满的番人，喝了酒便闹事，学士去那种地方，亦不太安全。若有差池，我们怎么担待得起？”

“我也不去太久，有几个人会认得我，又会出什么差错？”石越笑道，“快去换衣服吧。”

侍剑见石越神色甚是坚决，只得退了下去。待石越更衣出来，侍剑与几个护卫已经备了马车，在外面等候。石越却连马车也不肯坐，主仆六人只骑了马，往熙宁番坊行去。其时虽已夜深，但可能是因为夏日天气炎热，白日出门的人少，夜晚清风徐来，

[23] 天将黑的时候。

凉爽怡人，这汴京街头，较之白日反更见热闹。家家户户依然是灯火通明，路上行人你来我往，商贩叫卖之声不绝于耳，沿街的酒楼店铺更见热闹，客往客来，隐隐更可见红袖招展。

这几年石越虽然是半闲散状态，但也甚少有这般闲情出来逛夜市。他领略过马行街、州桥、潘楼街等处夜市的盛况，却不曾想熙宁番坊的夜市，竟亦已不逊于马行街。这还是有宵禁的情况下，想见平时之盛况，不由为之咋舌。侍剑知道石越对这里不太熟悉，一路走一路介绍，哪家店铺卖的是正宗的亳州轻纱，哪家店专营定州的缂丝，哪家店有海南的青花布……此外，灵夏的拔羢褐、西夏的驼毛毡、契丹的西瓜，还有交趾的蓬莱香、翠羽，占城的象牙、连香、黄蜡、丝绞布、红鹦鹉，真腊等国的番油、姜皮、金颜香、豆蔻，三佛齐的丁香、檀香、珊瑚树、苏合油、猫儿睛、琥珀，蒲甘、细兰等国的宝石，注辇国的琉璃、槟榔、玻璃……四海万国之物，这里竟都是应有尽有。

“去年有家店子，不知怎么便弄到了广州市舶务的许可，从真腊国还是什么国，运来了一大批番剑，比起倭刀与大理宝刀来都毫不逊色。但也贵得吓人，一把番剑竟卖到五百贯。”侍剑笑着说些趣事，“不过样子上看，没有宝云斋的达马斯谷刀好看。且到底不如达马斯谷刀罕见。”

“朝廷颁布勋刀勋剑之制时，勋刀便曾想仿达马斯谷刀的形制，不过聚集多少能工巧匠，亦是束手无策。”石越笑道，“这真腊国有什么剑能比得上达马斯谷刀？”他话刚说完，却忽然想起——真腊国吴哥王朝的领土南至马来半岛北部，其时国势日盛，是当时中南半岛赫赫有名的大国，其国力无论是亲附大宋的交趾，还是统一未久的蒲甘，都有所不及。其时宋人对南海了解渐多，尤其经《海事商报》的报道，环南海诸国中，国富民强，号称拥有战象近二十万头的真腊国在大宋非常有名，几乎仅次于交趾。于是许多他国所产物事，商人们也往往有意无意假以“真腊”之名。这所谓的真腊国的番剑，只怕便是后世的“马来剑”亦未可知……不过马来剑他亦只闻其名，未识其面，便是见着，也分辨不出。

侍剑却以为石越不信，因笑道：“学士可想看看？”

石越看侍剑的神色，一副跃跃欲试的样子，便点头道：“也好。”他这话一出口，便是平素向来寡言少语不苟言笑的四个护卫，脸上都露出喜色。所谓见猎心喜，但凡好武之人，听到“宝刀”“宝剑”，都会忍不住心动。

侍剑当下领着石越轻车熟路地到了一家兵器铺前。石越抬头看招牌，却写着“李记剑铺”四个大字，名字极是平常。他正要进店，便听到店内有人说道：“好剑，好剑！”又听一人叹道：“可惜这宝剑不能入名将英雄之手，却要在这种地方，每日被灰尘覆盖。”石越听这两个声音，分明是何畏之与郭逵，他不想能在此邂逅二人，连忙快步走入店中。只见这李记剑铺里面虽然不大，却也打扫得干干净净，各种各样的兵器陈列得整整齐齐。店中两个布衣男子正背对着自己，端详着一柄宝剑，看背影，不是郭、何又是何人？

“仲通、莲舫！”正在欣赏“真腊番剑”的郭逵、何畏之听到背后有人唤自己，连忙转身，不料却是石越。二人慌忙回礼，一个道：“子明公如何来此？！”一个却道：“石帅万安。”

石越笑着回了一礼，道：“今夜真是巧遇了。”口中说着，目光却被二人身后的凛冽寒光所摄，不由自主地脱口赞道：“好宝剑！”郭、何二人不由相视一笑。何畏之将那剑递与石越，郭逵笑道：“这确是柄难得一见的宝刃，子明公好眼力！”

石越方接过剑来，便觉此剑沉重，剑锋冰凉，似能砭入肌骨，一股寒意油然而生。端详那剑，却又与平日所见皆不相同。剑锋扁圆，竟若针状，四面有锋，犀利异常，颇有些像分水刺的形貌；但剑身狭长，比寻常宝剑还长出几分；剑尾部饰有华丽的流云纹理，如凤凰一翼展于剑侧，为这看来冰凉嗜血的利器平添了些许华美意味；但剑柄似乎不过为寻常乌木，黑沉沉的并不起眼，只是年代看来已颇久远，其上所饰花纹古朴特异，亦非中土所有。剑柄通体微削，下端内旋，宛如雄鹰垂首，握于掌中，又是另外一番感觉。石越此时阅历无数，但这样一柄奇特的剑还是头一次见到，只觉手掌微动，剑身便有银光流泄，耀人眼目，其锋锐处竟教人不敢轻触。

“这便是真腊番剑？”

“如假包换。”剑铺的掌柜早已见着石越一行进来，这时忙凑过来打躬笑道，“这位官人，小店在这熙宁番坊，也是有名有号的。这真腊番剑，斩金断玉，削铁如泥，整个汴京，独此一家，别无分号。不信，您问这位何将军——真腊番剑只要能运到汴京，用不了几天，便哄抢一空了。这一把剑，是小店的镇店之宝，并不敢卖的。官人要是看得满意，留下定金，待到下一批剑到，小人便将剑送到尊府上。”

“你还敢饶舌，我的定金放过多久了？这剑倒是何时能到啊？”何畏之佯怒道。

“何将军，这事急不得。”掌柜的赔着罪，笑道，“一来这真腊番剑，便在真腊国也是宝物，宝剑不易得，要到真腊国换来这等宝贝，没那般容易。再来，将军也知道海上风高浪险，十艘船出海，倒有五艘回不来。碰上天气不好，船在港里几个月都不敢出去。官人们是富贵人，不知道这出海贸易，都是以命博钱。寻常人只见着一夜暴富，不知道多少倾家荡产，将命都丢了——不过，要不是这么难，哪里显得出这剑的珍贵难得呢？”

南海航行的风险，是众所周知的。石越见过市舶局的报告，凡在各市舶务登记过的海船，每出海一百船次，便有三十八船次因各种原因葬身海底，海船水军也有近二成的失事率——这还是折平了比较安全的宋丽航线的数据。对于这个数据，石越并不意外，南海并不是一个安全的海域，相比之下，直到公元十六世纪，每一百艘从美洲运金银前往西班牙的船只中，就有四十五艘被海盗或风暴击沉；一直至十九世纪，海难的数据依然达到三成到四成二。这三成八的失事率，已经充分证明了薛奕的工作卓有成效。因此，这个掌柜的所说的话，虽有夸张，却也基本说的是实情。

却见郭逵摇摇头，自袖中取出两张百贯的交钞，递给掌柜，道："可惜这宝剑蒙尘，白白放在这里做样品。定金二百贯，剑到了后，送到吴起庙旁边的郭府。"

不料那掌柜的却不接定金，又欠身抱拳，连连赔罪，笑道："这位官人见谅，若是缗钱，二百贯也够了。这交钞，却要三百贯。"

石越听到郭逵一直说什么"宝剑蒙尘"，显得心事重重，已是留意。这时候听到商家收定金，交钞居然比缗钱要多收一百贯，顿时大惊失色，一颗心猛地沉了下去。

却听那掌柜的又笑道："剑到了后，自然马上送到尊府。只是还请官人体谅小的们，每柄番剑，按缗钱五百贯算，若要用交纱，只能随行就市，看送剑那天的行情。"

郭逵听到这话，默默望了石越一眼，又掏出一张交钞，递到掌柜手中。掌柜的千恩万谢着，又写了收条递与郭逵。

石越本来也想给侍剑几人买几把的，但这时听到交钞在商行之中，已公然要"随行就市"，哪里还有半点心思。便听郭逵在旁说道："子明公，未知可否借一步说话？"见石越苦笑着点点头。郭逵又道，"此处非说话之所，我知道这附近有家吉庆酒楼，还算清静，不如……"

"便由仲通做主。"石越瞅见郭逵神情郁郁地，不知他要和自己说些什么，但他自己已是心烦意乱，却也无心多想。而郭逵也是心事重重，何畏之却不便多说什么，众人出了李记剑铺，竟是各怀心事，只是心不在焉地有一搭没一搭地说几句闲话，一起朝吉庆酒楼走去。

好在那酒楼并不远，未多时便到。众人将马交给酒楼的伙计看管，要了间清静的院子。郭逵与何畏之的伴当都留在了院外，侍剑与石越的护卫们想跟着进去，却被石越拦住，笑道："有郭侍郎与何将军在，你怕什么？"

三人进了雅室。待店家上了茶酒果子，郭逵便令店家全部退下，注视着石越，问道："子明公可知道我上表请求率兵平乱之事？"

石越看着郭逵，未及回答，却听郭逵叹道："我上了三封奏折，都被留中。今日皇上召见我……"他抓起酒盏，自顾自地倒满，一饮而尽，长叹道，"我真的老了吗？我亦能一饭斗米，肉十斤，披甲执锐……我真的老了吗？大丈夫未立尺寸之功，岂敢言老？！"他自斟自饮，连喝数杯，感怀不遇，竟是老泪纵横。

石越不料竟是这般情形，只得安慰道："大丈夫建功立业，未必要在疆场。"

"我一生之愿，是马革裹尸，岂愿死于儿女子之手？！"郭逵摇头泣道，"星星白发，生于鬓垂；星星白发，生于鬓垂！"

石越一时默然无语，也将盏中之酒一饮而尽。何畏之端起酒壶又给石越斟满，又缓缓给郭逵与自己满了，放下酒壶，双手捧杯，直身道：“石帅……”

石越见他神态，已知其意，也端起酒盏来，苦笑道：“莲舫之意，我已理会得。”

“还请石帅成全！郭公若得为帅，下官敢立军令状，一年之内，替朝廷荡平所有叛夷！”何畏之睥睨道，“恕我直言，下官未知大宋还有何人，胜得过郭公。”

石越暗暗叹了口气，郭逵未必不是一个极好的人选。但王厚自军制改革开始，便倾心归附于他，纵然其父王韶对军制改革一直极为冷淡，王厚却是始终热心支持。其后直至伐夏，石越暗中支持、提拔王厚，而王厚亦感石越之德，在军中颇为维护石越之威信。他与慕容谦实是西军青壮派将领中亲附石越派的代表人物。

加意提拔重用西军中的青壮派将领，乃是石越既定的策略。郭逵虽然也坚定地支持军制改革，但他毕竟只能算是石越的盟友。更何况，石越已与吕惠卿达成妥协。无论如何，他都不可能再替郭逵说好话。

“仲通乃国朝名将，若能以仲通经略西南，朝廷可高枕无忧。”石越婉言道，“然圣意既定，只恐某亦无力回天。”他叹了口气，又道，“天意从来高难问。依我看，只怕是圣上已有方略了。再者，若仲通出外将兵，兵部之事，又当属何人？”

郭逵本来还抱着一丝侥幸的期望，这时候听见石越婉拒，眼神顿时落寂下来，默然又喝了一口酒，涩声道：“子明不必为难，一切皆是命中注定，不可强求。”

“天下事并未抵定，仲通何必灰心？西南夷只是小仗而已。”石越言不由衷地劝慰道。

郭逵听到此言，嘿嘿干笑了两声，自嘲道：“只怕我等不到朝廷北伐之日了。江山代有才人出，这亦是朝廷之福。若用一个六十有三的老将为帅，岂不让人笑话我大宋无人？”

石越听他发着牢骚，劝亦不是，不劝亦不是，只得低着头默默地喝着酒。

为了保住摇摇欲坠的相位，吕惠卿在局势不利、政敌虎视之下，不仅没有投子认负，反而爆发出了更大的能量。次日，吕惠卿借着在崇政殿讲经的机会，在讲完一篇《礼记》后，便向赵顼说起了平定西南夷叛乱的事，他激烈地批评了枢府效率低下，向皇帝陈述了石越向他说过的方略，推荐王厚与慕容谦二人为益州路经略使、副使。并且，吕惠卿没有隐瞒他曾与石越商议的事情——便如石越所料，吕惠卿故意将他拉下了水。吕惠卿的举荐在无意中迎合了皇帝想要重用、培养年轻将领的想法。王厚与慕容谦的战功与履历，都足以让皇帝信任。而吕惠卿提出来的平定叛乱的方案，赵顼将李宪先前的建议加进去后，也并无冲突。这些都让赵顼对吕惠卿的方案表露出了极大的兴趣。

赵顼也希望能尽快平定西南夷叛乱，解决这个让他心烦意乱、不得安宁的麻烦——尤其是他觉察到这个麻烦，很可能会影响他朝中脆弱的平衡，引发新一轮的党争之时。

又过了一天后，皇帝分别召见了石越与李宪。石越再次坦承吕惠卿曾经征询过他的意见，并且极力举荐王厚与慕容谦。而李宪也表示支持——从私心来说，李宪与王厚在西北的合作还算不错，但熙河、秦凤的宋军，都是王韶留下来的嫡系部队，李宪虽然曾经是王韶的监军、副将，节制这些部队并不成问题，然而王厚的迅速升迁，借着乃父的威名，却不可避免地让熙河、秦凤方面的西军将领隐隐分成李、王两派。即便李宪并没有刻意要在军中培植自己势力的意图，这也绝非是李宪愿意看到的局面。本来李宪还担心以王厚为经略使会带走自己部下的精锐部队，但他从皇帝口中探出吕惠卿与石越的策略是从各军中抽调部队组建新军时，便放下心来，在皇帝面前大力夸赞着王厚的才华。

赵顼素来信任李宪，征询过李宪的意见后，赵顼便几乎已经拿定了主意。但无论是从惯例还是谨慎的考虑，他都必须再询问枢府的意见。

然而，出乎赵顼的意料，文彦博对此做出了激烈的反应。

尽管宋朝的祖宗之制规定两府对掌文武大柄，在某段时间内，也出现了重大军事决策完全不通过政事堂这种令宋朝的宰相们感到尴尬的窘境，但随着时间的推移，不仅枢密院的长官们开始大量使用文臣，政事堂对于军事决策的发言权也在逐渐加强，政事堂侵削枢府职权，已经成为一种不可阻挡的趋势。

这种势头，本来就让文彦博感到很不满，这是他极力想阻止的事情。而在事先达成了默契——益州巡边观风使与经略使由两府分别决定的情况下，吕惠卿全然不征询枢府的意见，径直向皇帝推荐自己的人选，自然更是被文彦博视为一种挑衅。在他看来，这与当年王安石另设机构，悍然剥夺枢府对武官的人事权，几乎是同一性质。名义上两府对掌文武之柄，实质上却是政事堂越来越凌驾于枢府之上，并且其姿态越来越肆无忌惮。

而皇帝的态度更让文彦博觉得无法容忍——皇帝不慎重征询枢府的意见，仅将枢府与枢密会议视为例行公事，却只是信任一二亲信大臣的意见……加上文彦博对于重新征召王安石，本来就非常不满，只是因为恪守事先的默契而一直隐忍不语。此时吕惠卿的挑衅、皇帝的轻视，还有对石越的种种不满，各种情绪的累积，便借着这件事情，全部发泄了出来。

王厚与慕容谦是不是经略使的适当人选，已经不是问题的关键。文彦博借口二人年纪太轻，朝廷从未寄予方面之任，断然否决了二人的任命。他上表推荐宿将林广为经略使，并且不客气地批评皇帝“亲小人，远君子”，又列举王安石种种行为，大翻熙宁初年以来的老账，预言此人一出，天下不安。西南夷之乱还只是疥癣之祸，而王安石复出，则是腹心之患。

皇帝一直担心朝野党争再起，却没有料到，远在金陵的王安石还没有消息，益州路的局势还没有完全弄清，熙宁初年的激烈党争，似乎又露出了苗头。

赵顼对文彦博的这些行为，同样十分不满。但文彦博是他尚需倚重的枢密使，又是三朝元老，北方士大夫的领袖之一，如此身份，让赵顼不得不加以优容。然而，他心里的恼怒却也无法平息，他隐隐觉得文彦博太过于倚老卖老，不顾全大局。

对于皇帝而言，王安石代表的不仅是一段君臣相知之义，不仅是明君贤臣的千古佳话；王安石还是他统治的前半期的标志。当年他以一腔锐气，锐意图治，整个朝野中，真正能支持他改变国家命运的名臣，便只有王安石。大宋能有今日之局面，王安石功不可没。从政治现实来说，王安石亦是朝中坚决支持变法的官员的旗帜，赵顼内心深处对于新党的贡献是非常认可的。

文彦博对王安石的批评，是赵顼无法接受的。而他反对王厚与慕容谦的理由，更不能成立——王厚未曾寄方面之任，林广又何曾寄过方面之任？几年以来，林广一直在河朔军中为将，而赵顼征询过所有文武臣工的意见，却都认为平叛必须以西军为主力。身为枢密使的文彦博，反要让一个河朔军的大将来当经略使，渭南兵变殷鉴未远，他不是老糊涂了吗？

不过，内心的不满归不满，文彦博毕竟还是举足轻重的元老重臣。赵顼并没有如对其他臣子那样训斥，甚至也没有留中，反而派使者去安慰文彦博，表示他会重视“文公”的意见，会再慎重考虑经略使的人选。

6

崇政殿。

郭逵对突然被皇帝留下来单独接见，颇觉意外。他暗暗猜测着皇帝的心意。难道益州经略使的事，又有了转机？一念及此，郭逵心里又生出一丝希望来。文彦博坚决拒绝吕惠卿的人选，而吕惠卿则不断地催促皇帝早下决心，指责文彦博以党争为上，国事为下，欺君误国。两人的亲友、门生、党羽，也开始互相攻讦。不过，因为自司马光以下，两府的宰执们，无论倾向哪一方，对于这场争执，似乎都还有所保留，这场风波最终被皇帝暂时按了下来。

有传闻说，司马光并不反对王安石复出，甚至认为文彦博对王安石的批评“太过”；而孙固私下里亦不反对王厚与慕容谦的任命；新党许多人则对于吕惠卿的政治前途还有点看不清，都不敢贸然行事……郭逵并不太关心新旧两党的纷争，但自己有因此“渔翁得利”的可能吗？

“仲通。”赵顼亲切地叫着郭逵的表字，“卿虽然只是兵部侍郎，但朕心里知道，你这个兵部侍郎，其实与兵部尚书无异。”听到皇帝亲口说出这番话来，郭逵心里一阵激动，无论如何，这都是皇帝对自己的一种认可。“但朝廷有朝廷的制度，兵部侍郎不得直接升任兵部尚书……”

皇帝说的是冠冕堂皇的理由。兵部在六部中仅次于吏部，位居右司三部之首，兵部侍郎怎么样也没有道理直接跳到兵部尚书。虽说“爵以赏功，职以任能”，新官制继承与发扬着宋朝官制原有的优点，主要是以勋章——包括勋刀与勋剑、功臣、勋阶、爵位四大制度来奖励功劳；以散官来叙资历；以官职来任贤与能。但另一方面，新官制也更加强调资历对官职的制约，以防止“幸进”，制约皇帝与权臣随意任用亲信，扰乱官僚体系的秩序。所以，在吴充死后，尽管信任郭逵的能力，但即便没有吕惠卿从中作梗，皇帝也不能随便让郭逵做兵部尚书。从这个角度来说，皇帝没有任命新的兵部尚书来掣肘他，已是对郭逵极大的信任。

“当年朕要兵制改革，需要卿在兵部，所以，朕那时候也不能升你的官。但伐夏之后，朝廷议功，朕还记得，你的侯爵，是朕亲自点的名。”赵顼又继续说道，“要是在新官制之前，朕知道，这侯爵也不值几个钱，不过是个虚名。但新官制后，朝廷重名爵，除了那几个元老大臣，朕特旨保留原有爵位外，吕惠卿贵为宰相，石越立下这么大功劳，都不过是个开国郡公。政事堂的执政中，有好几个都不过是侯爵而已。朕知道你的心思，你不过是想在自己的爵位之前，和石越、薛奕一样，加上‘武功’[24]二字而已。但朕以为，其志虽可嘉，然朕也不能许你——统率三军者，不能随意冲锋陷阵。卿的才华，要用在庙堂之上。”

“陛下！”皇帝这么赞赏有加，推心置腹，郭逵明知道这些话说出来，他最后一丝率军出征的希望便告破灭，却依旧是感激涕零，说话都有些哽咽了。这几天来对皇帝的怨气，也在这一瞬间，一扫而空：“陛下，臣虽万死，不能报陛下厚恩！”

但赵顼凝视着郭逵，语气却忽然严厉起来：“然朕颇听到一些传言！”他顿了一顿，正感恩戴德的郭逵一个激灵，竟吓出了一身冷汗来。却听皇帝厉声质问道：“你对石越不肯替你说话，反与吕惠卿一道举荐王厚、慕容谦，颇有怨言？”

“臣不敢！”郭逵慌忙回道，鼻子上都沁出汗来。

“你不敢？”赵顼“哼”了一声，“你觉得石越在帮吕惠卿——石越素来与你交厚，这番却不肯成全你，反去帮吕惠卿，你牢骚多着吧？”

[24] 伐夏以后，宋廷对原有的十二等爵位体制进行了改革——公爵以下，宗室袭封不加“开国武功”；大臣授爵，加“开国”二字；以军功封爵，则加“开国武功”四字。有没有“武功”二字，在待遇上并无任何区别，却象征一种荣耀。

“臣死罪！臣死罪！”郭逵连连叩头，不停地谢罪。

“朕不让你去西南带兵，你有点怨言，亦是人之常情，朕也不来怪你——你到底是忠君为国！”赵顼冷冷地望着郭逵，道，“不过，你身为朝廷大臣，须知分寸。酒楼里你也敢乱议军国大事？这种事情若传扬出去，岂非沦为诸夷笑柄？你的薪俸，不够你在家里喝酒吗？”

“臣万死！臣万死！”

“朕不要你万死。你怎么想吕惠卿，怎么想石越，朕也不来管你。不过，你是朕的兵部侍郎，你要管好自己的嘴巴。你若有何不满，可以到朝廷上说，可以和朕说，但不能去酒楼说！难不成，是朝中有人阻塞言路了吗？是朕不肯纳谏了吗？”

赵顼的质问越来越严厉，郭逵叩头如捣蒜一般，早已羞愧欲死。所幸皇帝还给他留着面子，这崇政殿中，空荡荡的只有君臣二人。

“朕这便给你一个机会，你可以造膝直陈。究竟王厚、慕容谦，做不做得益州经略？朕要听你的真话！”说罢，赵顼又注视着郭逵，重重地重复了一遍，“你听仔细了，朕要听你的真话！”

“臣死罪，臣遵旨！”郭逵好一会儿才回过神来，回道，“臣自知罪在不恕……”

“谁说你罪在不恕了？”赵顼打断了他的话，道，“你要罪在不恕，今日朕便不和你说这些。你只管说，朕要你说真话，王厚、慕容谦，你以为究竟如何？”

皇帝的态度，让郭逵感到一阵迷糊。他一时也摸不准皇帝的心意，稳了稳神，方道：“是。回陛下，臣不敢欺君，臣以为，以王厚、慕容谦经略益州，不过是大材小用。”

“哦？”

郭逵连忙又说道：“臣虽行为不检，有失大臣体。然这等军国大事，绝不敢因私废公。伐夏之役不论，这数年间，李宪半在京师，王厚主持兰州军务，其西拒夏国，南和青唐，内抚西番，观其所为，绝非一勇之夫。朝廷在平夏移民屯田，总不免与当地羌人有些冲突，这几年间，唯独慕容谦的辖区番汉相安无事，这等能耐，亦非等闲将领可比。陛下对臣恩信有加，臣却不知检点，臣惭愧无言，实不敢再自辩，无论朝廷如何处分，臣不敢有半句怨言。然臣之所以口出怨言，亦是因为王厚、慕容谦之荐，臣也说不出什么不是来。否则，臣又何必有牢骚，若是所荐非人，臣只管上表反对便是……”

赵顼看着郭逵，默默点了点头。半晌，忽然说道：“你用不着上谢罪的折子，以后自己知道检点便好。明日你交卸了兵部的差遣，旨意已经下了，孙固任兵部尚书，兵部侍郎也另有任命。你去枢府，除同知枢密院事。”

“陛下？！”郭逵吃惊地望着皇帝，讶异得说不出话来。皇帝刚才那严厉的责问，他都已经做了出外做知州的心理准备，但是皇帝不仅没有加罪责罚，反而升了他的官——虽然不是兵部尚书，但谁都知道孙固的年纪，在兵部待不了几年，他这个“同知枢密院事”，很可能只是一种过渡。郭逵一时之间，竟怎么样也想不明白其中的玄机。只觉得皇帝对自己的恩德宠信，实在无以复加，虽粉身碎骨，亦不能报答。

“国之大事，在戎在祀。韩维没带过兵，枢府的事，卿要多费点心，只要是忠心为国的，便不要顾忌，好好替朕做好这差遣。”

郭逵忙不迭地叩头谢恩，他暗暗咀嚼皇帝的话，更是不着头脑。韩维要熟悉枢府的事务，的确需要一点时间，但是枢府有文彦博在，哪里又用得着他“多费点心”？

7

唐康这是头一次进御史台。但仅此一次，便足以让他终生难忘。

御史台在新官制之前，是兼管司法的。御史台狱曾经让多少公卿闻风而丧胆，新官制后，石越等人苦心设计，剥夺了御史台的司法权，只保留了司法监督权。但是，古往今来，人类的任何一个文明，其政治与制度，习惯的力量都是无比强大的。制定所谓“完美的制度”是容易的，但是即使是在一个有普遍尊重制度传统的时代，制度亦常常会被种种因素有意无意地破坏。

虽然许多人幻想能依靠完美无瑕的制度解决一切问题，但他们却不可避免地要陷入一个悖论——他们在建立所谓的“完美的制度”之时，必然会破坏掉旧有的制度。一群破坏固有制度的人，却妄想自己设立的制度可以永远不被破坏，这种一厢情愿的想法即使在童话中都显得有些荒谬。幻想有一套能自己完美运行，具备超强纠错能力的制度体系，与期待一个完美无瑕的统治者永远统治着人民过着幸福的生活，其实并无本质的区别。这永远都只能是普通民众的一种懒惰与依赖。

抱着这种想法的人，他们并不明白，好的制度与好的婚姻一样，都必须要持续不断地付出巨大的努力甚至牺牲去维护，稍有懈怠，便可能前功尽弃。

然而，不幸的是，明白这个道理的人并不多。

任何权力机构，都有扩张自己权力的本能。更何况石越煞费苦心剥夺的，是御史台保有一百年的司法权。权力机构的自我扩张欲望，还有那看不见摸不着，但影响却无处不在的历史惯性，让本来应当是秩序维护者的御史台，有意无意地想要恢复自己的权力。许多御史称得上是正直无私，但他们却常常习惯性地会想用到曾经拥有的司法权，而不仅满足于司法监督权。皇帝，甚至是朝中的大臣们也一样，他们会习惯性地想起“御史台狱”。于是，尽管皇帝已经极力克制，但是“诏狱”仍然时不时地会复苏。

习惯的力量不时地冲击着新制度。御史台狱始终存在便是一个证据，这次唐康案的审理则是一个最新的证据。唐康一回京，就被关进御史台狱；皇帝想当然地让御史台、枢府、卫尉寺共同审理此案，而真正拥有司法权的大理寺、刑部、开封府，却都被遗忘了。甚至连制度的主要设计者石越，都没有意识到这其中的不妥。这可以视为朝野依旧默认着御史台对官员的司法权，也可以视为御史台在不知不觉中，又收复了被剥夺的司法权中的一部分。

不过，在御史台狱中的唐康，暂时还没有闲情逸致去思考这些不着边际的问题。他被带进御史台的第一天，就不由得从心里发出与周勃同样的感叹："如今方知狱吏之贵！"

他还记得他回到汴京的当天，便有两个自称是台院"承差人"的小吏拿着榜文在城门口等着。二人让他验过文书，便有一人从怀中取出一份椟书，用例行公事的语气说道："台院奉圣旨推勘公事一项，要戎州知州唐康一名，前来照鉴。"知会完毕，二人便客客气气领着他前往御史台。

到御史台时，天已经渐黑，二人到了门前，便招呼守门的阍吏，将榜文又给阍吏看了，说了声："我等已勾人至。"便将唐康交给阍吏后离开。此时御史台的大门已然半掩，门前用栅栏拦住。御史台连抓人都官僚气十足，没有人给他开门，唐康只得自己攀着栅栏翻进御史台中。这般过了两道门，有承差吏告诉他向东往台院而行。此时天已昏黑，御史台中阴沉沉的，显得格外的阴森。

一路之上，也没有人引路，只听四处不断传来隐隐约约的哀号苦叫之声。唐康进了一小门楼，引人注目的便是门楼的数盏灯，没有置于楣梁之间，反而置于廊间。他就着昏暗的灯光沿走廊而行，只见一路经过的房间内的犯人，不是穿着紫袍，便是穿着绿袍，都是朝廷命官，其形容憔悴，让人不忍多看。又走了好一阵，唐康才终于听到庭下有人唱了声"诺"。到了这个地步，饶是他再有傲气，也不得不连忙还礼——对方却不过是一个小小的承行吏。

这承行吏引着他盘绕曲折而行，不知道绕了多少路，方到一个土库旁，只有一个小洞门，高不过五宋尺。那承行吏要取掉幞头，弯着腰方能进去。唐康虽心中不忿，却也只得依样进去。进去之后，才知道里面便是牢房了。牢房中床被俱全，还有一个狱卒"恐其岑寂，奉命陪伴"——连在这等狭小的空间内，其一举一动，都有人寸步不离地监视着。

从此，唐康便算是在这御史台狱中"安家"了。唐康算是彻底明白了"井底之蛙"的含义，每日里，他除了能听到旁边监狱中犯官们的痛苦呻吟之声，便只能抬头看看四方的天空。至于他的案情，他原以为会有御史押他过堂审问，不料关进御史台狱后，竟连一个御史也没见过。凡要问案，便有一个狱卒拿着一张纸来问他，他回答之后，狱卒便记下了回去禀报。到了后来，竟是连问都没有人问起了，倒仿佛他被人遗忘了一般。只有在金兰奉旨来看他之时，他方才出过一次牢房，感觉到一丝人间的气息。然而其间两个狱卒寸步不离地跟着，他纵有再多的话，也只能憋在心里。

在这种完全与外界隔绝，完全失去人身自由，每日里只能听到痛苦哀号的地方，连唐康这种意志坚强的人，也不免会时时泛起绝望的感觉。命运全不由自己掌握，生死仿佛攥在他人手中，唐康有好几次，都不禁会想自己究竟还能不能活着走出这御史台？每一次，都是对于石越的信任，将唐康从崩溃的边缘给拉了回来。

人长期被关在这种如同地狱一般的地方，是很难还保持着清醒与理智的。许多犯事的官员，就是这样被生生逼得精神崩溃的。在御史台狱的每一天，唐康都只想着一件事——快点定案，哪怕是被发配到凌牙门也好！

但是，他却知道这是不可能的。他的案情清楚，并无疑问，甚至都没有必要过堂。案件的关键，只是如何定罪。而这中间，既有对法令的理解不同导致的争议，也必然会夹杂着复杂的政治斗争与利益交换。他入狱之初，狱卒拿着纸片前来问他的最后一个问题是："尔处死数千叛军，依得祖宗是何条法？！"唐康当时坦然回答说："祖宗即无此条制。"从此之后，便无人再问他任何问题。

所以，在神智清明的时候，唐康亦只能默默替田烈武与李浑祈祷，希望他们不要因为自己把性命给搭上——他已经从狱吏口中打听到，奉旨主审的官员是侍御史马默——仅仅是马默此人，便足以让唐康陷入希望与绝望并存的混乱之中了。

唐康对马默一点也不陌生，这位以"刚严疾恶"著称的熙宁名臣，是石越的"父亲"石介的得意门生。当年石介在徂徕授徒讲学，家境贫穷的马默从单州步行到徂徕，拜入石介门下，成为石介最得意的弟子。他学成之日，石介率领数百弟子亲自送他到山下，并且预言："马君他日必为名臣。"

马默后来果然成为名臣。他到一地为官，当地行为不检的官吏甚至会望风而逃。但尽管马默与石越有如此深的渊源，唐康亦不敢寄望他会徇私。

在马默身上曾经发生过一件事。某岛流放的犯人，朝廷限额三百人。因为人数太多，该岛的砦主便将多余的犯人丢到海中淹死，两年内竟杀了七百人。此事被得罪执政而遭贬官为当地知州的马默知道。马默召来那砦主责骂，并预备深究此案。那砦主竟然吓得自缢而死。

唐康自认自己的行为，不太可能赢得马默的赞赏。

"老奴叩见官家。"郭逵告退后，赵顼方回到睿思殿小憩，便见石得一低眉顺目地走了进来。赵顼"嗯"了一声。石得一叉手侍立一旁，细声禀道："官家，唐康、田烈武的案子，已经定谳了。"

赵顼又"唔"了一声，石得一连忙继续禀道："这桩案子案情原极简单，三司会审，只不过是将犯官过堂按问确认而已。几名犯官与人证，口供一致，既无争议，亦无疑点。难以定案，实是主审各司对怎样定罪，各执己见……"他停了一下，偷眼看皇帝脸色没什么变化，方继续说道，"最后定谳，主犯唐康，虽有平叛之功，然擅发禁军、擅杀叛卒，当降职编管；主犯田烈武，未受令而擅发禁军，以违军令，绞；主犯李浑，擅发禁军，附唐康擅杀叛卒，身为军法官，知法犯法，罪加一等，斩；从犯高遵惠，劾贬官……"

他一面说着，赵顼的眉头不知不觉便皱了起来。宋朝制度，皇帝拥有最高司法权，对于案件的审判若有疑点，或以为定罪不当，皇帝有权发回重审，若有争议，竟可干脆交两制以上大臣与台谏杂议。按新官制，一般的案件，即使是大理寺、开封府定谳后，刑部可以复核，御史台可以置疑要求重审；军事案件，卫尉寺定谳后，枢府也可以复核。但唐康、田烈武的案子，却已经属于"诏狱"。两府与台谏虽然也可以讨论定罪得当与否，但在某种意义上，它直接体现的是皇帝的意志。赵顼原以为这件案子在论刑的时候一定会争议，他就可以顺势交两制以上大臣与台谏杂议，然后以朝论公议的名义，给三人脱罪。他万万料不到，三司会审，竟然会最终达成统一的意见，直接定谳论罪了，而且罪名还定得这么重。

石得一是极会察言观色的，看见皇帝神色，连忙又解释道："原本以祖宗条制，唐康、田烈武诸人虽擅发禁军，然毕竟是事急从权，说起来竟是有功无过的。但马处厚引了太祖朝的一则故事……"

"什么故事？"赵顼听说竟然是马默主张重判，心里更是哭笑不得。他以马默主审，原也是想着马默与石越的那点渊源，不料这马默竟然全不认账。

"当年忠正军节度使王审琦与太祖皇帝有旧，为殿前都指挥使。禁中大火，审琦不待召领兵入救，台谏官劾之，太祖皇帝对王审琦言：'汝不待召以兵入卫，忠也；台谏有言，不可不行。'竟罢归寿州本镇。祖宗家法如此。"

赵顼听到马默竟然抬出太祖皇帝来，不由得作声不得。

石得一又道："唐康、田烈武率兵平叛，确是忠臣。然其又擅杀叛卒，军法：贼军弃杖来降而辄杀者斩。虽渭南叛卒，是不是军法所谓'贼军'，会审诸公颇有争议。然马处厚以为：纵其不是军法所谓'贼军'，据祖宗故事——凡岁饥时，强民相率持杖劫人仓廪，论法应弃市，然每具狱上闻，辄贷其死。真宗时，蔡州民三百一十八人有罪，皆当死。知州张荣、推官江嗣宗议取为首者杖脊，余悉论杖罪。真宗皇帝下诏褒之。祖宗以人命至重，若非情理深害者，悉皆免死，此为祖宗立法之深意。渭南叛卒可比此例，其虽有罪，一则有司未定其罪；二则即使论罪，法虽论死，其实止当刺配。纵使擅杀刺配囚徒，其罪匪浅，况唐康、李浑所为。唯念唐康素有功绩，且其擅发禁军平叛，所为者社稷；擅杀叛卒，亦属事出有因，故从轻议处，乞发落某州编管。田烈武虽未涉擅杀之事，然其罪亦非止擅发兵而已，其奉军令赴益州平叛，非寻常驻军可比。田烈武军令在身，而中道擅违节度，论法当斩。唯其所为皆出公心，且未酿大祸，平叛渭南，于社稷亦不得谓无功，以法则处绞罚。然恩自上出，亦乞陛下宽宥之。唯李浑之罪最重，且身为军法官，更当罪加一等。其罪在不赦，定斩刑。只高遵惠之罪轻……”

石得一转述马默定刑的理由，竟让赵顼半晌说不出话来。宋朝制度，法官论刑不当，是要受到惩罚的。马默主审这么大的案子，又是在朝野中极具争议，若是没有充足的理由，他怎么敢轻易定谳？

“依奴才看，此案朝廷必定还会有争论的……”石得一揣测皇帝的心意，小心翼翼地说道，“朝野的议论，还是以为唐康、田烈武有功无罪的居多。不过，三司会审的定罪，亦有其道理，朝廷大力整肃军纪，若以为事后有功便可以抵罪，会大开侥幸之门。”

“朕以为还是重了些。”赵顼沉吟了一会儿，终于摇了摇头，道，“马默自己也说，叛卒多半也只是刺配之罪。这些人无父无君，犯上作乱，朝廷还要念上天有好生之德，留其一条生路。田、李之辈，忠君为国，反要论死，朕要让天下人怎么想？”

“陛下英明。”

“朕以为定罪不当，明日马默的折子递进来后，便下两府、台谏、翰林学士、知制诰杂议。”

第九章

卫王使宋

君子小过，盖白玉之微瑕；小人小善，乃铅刀之一割。

——吴兢《贞观政要·公平》

1

唐康、田烈武案审结，皇帝下两府台谏学士院杂议，渭南兵变案也随之正式公告天下，坊间流传的谣言得到官方的证实，顿时天下震动。报纸在传播信息方面，发挥了难以想象的作用——渭南兵变的整个过程被详细地报道给大宋各大城市的市民们，结果引发了赵项完全预想不到的波澜——尽管宋廷已经下诏免除渭南五年的赋税，命令陕西路妥善安葬死难军民，又召集了三百多名高僧前往渭南念经超度冤魂，但宋廷君臣依然低估了此事对普通士大夫与市民的冲击。

禁军与武人的形象，原本经由石越苦心经营，再加上伐夏的巨大胜利，已经大为改观，可以说自唐末以来从未有这么好过。然经此一事，却不免再次受到严重的损害。朝野清议对雄武二军的鞭挞，不可避免地殃及池鱼，对武人固有的成见与疑忌重新抬头，铺天盖地的严厉批评，在短短几天之内，就将枢府、兵部、卫尉寺给淹没了。

文彦博尽管身为三朝元老，亦免不了饱受质疑；连新上任的兵部尚书孙固，都难逃指责；而为了应付朝野巨大的压力，两府不得不逼迫卫尉寺卿“主动”请辞，从而开始了一个噩梦般的历史——自此以后，大宋竟无一人能自“卫尉寺卿”这一职位上全身而退。但更直接的压力则是让三衙与禁军的官兵们承受着，他们在很长一段时间，出门时都不敢穿军袍……

雄武二军的兵变，不仅是大宋军队之耻，更给了军制改革以来一意整肃军队纪律、重塑武人形象的改革派当头一棒。最糟糕的是，宋军内部的派系之争，亦由此事而公开化——无论是殿前司诸军，还是西军、河东军、东南军，没人愿意替河朔禁军背黑锅。

《秦报》首先公开替西军分辩，将矛头指向河朔禁军，从五代时期的老账开始翻起，措辞严厉地指责河朔禁军纪律不整，战斗力低下，称其“卫国无能，祸民有术”，呼吁朝廷应当重用西军将领，整肃河朔禁军纪律。

这样的指责并不能让人服气，河朔禁军中并非人人都是大老粗，马上就有将领上疏朝廷，要求朝廷主持公道。河朔禁军对西军本来便不服气，而许多西军将领把持着河朔禁军之要职，更滋生其不满。此番渭南兵变，他们认为正是朝廷轻河北重西军使然，是朝廷错误的政策将西军将领放到了错误的位置上，由西军将领的鲁莽少谋，而酿成了这一悲剧。在他们看来，雄武二军兵变，西军将领是要负大半责任的。

呈上这封奏折与在奏折上面署名的将领，很快便受到了枢府的严厉训斥，全数都被降职，调离禁军。宋廷是不愿意看到军队中发生派系之争的，文彦博雷厉风行地抑制了事态的进一步恶化，然而这样的处置却让河朔禁军更觉得朝廷偏向西军。西军这些年势力遍布枢府与兵部、三衙，河朔禁军自然将此视为西军的打击报复。文彦博在河朔禁军中威信极高，他们不敢对皇帝与文彦博有何不满，却将内心的愤懑，转到了一直压在他们头上的西军身上。而纪律严明的西军对河朔禁军的歧视，却也因此同样更加根深蒂固。

其实，承受压力的并不只是河朔禁军，也不只是西军，而是全部的大宋禁军。只不过，人们习惯站在自己的立场来思考问题，于是双方都感觉到自己受了极大的委屈。

对军方的指责异口同声，巨大的负面影响，唯有时间方能消除。而对于唐康、田烈武案，清议却呈现出两极分化。同样是对渭南兵变深恶痛绝、痛心疾首，人们对唐康、田烈武等人的看法却完全不同：大部分人将唐、田等人视为英雄与忠臣义士；但也有相当一部分人惩于军队不守纪律而酿成大祸，视之为与兵变之雄武二军只有一步之遥的“跋扈将军”。

在朝堂上，两府台谏学士院的大臣们，也同样意见分歧。皇帝虽想以“公论”的名义来赦免唐、田等人，却没有想到，渭南兵变让一些台谏官员大受刺激，这些人想到的，这时候全是“纪律”二字，他们迭章上疏，支持马默的判决，并且引经据典，支持自己的观点，从太祖皇帝贬王审琦，到石越诛种杼、姚凤……这些官员人数虽然不多，但其言论无所顾忌，反倒显得声势惊人。石越虽然有心想要替唐康、田烈武开脱，但他自知身份尴尬，不得不回避此案。不仅是石越，连文彦博也因为唐康的关系，被迫自请回避。

这时候让许多人意外的是，在如此局势下，吕惠卿竟然公开上表，为唐康、田烈武等人辩护。当石越与文彦博都被迫回避时，吕惠卿态度鲜明，政事堂内部对于此事的意见也出人意料地一致。在清议舆论极为不利的情势下，新党、旧党、石党三大势力重要人物在唐康、田烈武案上的妥协，总算帮石越稳住了阵脚，没有在清议的压力下，使唐康等人变成牺牲品。

但这件案子，却再一次被拖延了下去。时间转瞬便到了七月十五日。

大辽贺生辰使萧佑丹再次来到汴京，已是相隔十余年，但州桥投西大街街北的都亭驿，十余年来，似乎并无丝毫变化。拥有数百间华美房舍的都亭驿，在住进上百人的庞大使团后，依然没有半点拥挤嘈杂的感觉。都亭驿对面，还是那间梁家珠子铺，也不知道它是何时开设，竟似个百年老字号一般，长盛不衰。

物虽没有变，但人却变了。都亭西驿的驿吏们都换了面孔，连对面梁家珠子铺好像也换了个少东家。负责接待萧佑丹的南朝官员也变了——萧佑丹十年余前来汴京，还只是一个普通的中层官员，而如今却已贵为大辽卫王、北院枢密使兼侍卫司徒，深受辽主器重，他不仅在辽国极有权势，在宋朝也是鼎鼎有名。

为了接待这位以智谋而闻名的大辽卫王，宋朝派出了翰林学士李清臣亲赴陈桥驿相迎，专责接待。而兵部职方司也出动了在汴京的所有精兵强将，全力保护、监视这位辽国卫王——现在人人都知道，这位卫王殿下同时还掌管着辽国最精干的间谍机构“通事局”。

直到如今，只要提起“通事局”三个字，便恍如在司马梦求与职方馆脸上扇了一记清亮的耳光，却也是兵部职方司自成立以来最大的骄傲——宋朝第一次知道“通事局”，正是因为熙宁十六年职方司在大名府破获了一起间谍案。那时通事局至少已经成立了三年，而大宋职方馆在辽国的间谍们，竟然一直以为隶属于北枢密院的这个通事局，只是一个翻译文书的机构——而最让人难堪的是，当宋朝处死那几个大名府的辽国细作之后，辽国便迅速逮捕了十余名宋朝间谍，全数处死。职方馆河北房知事便是因为此事而被左迁。

职方司与职方馆这两个机构，因为只有一字之差，许多人很容易混淆，但二者之间却绝非如同它们的名字一样亲密——几乎自成立之日起，双方便互相看不起，互相不服气。但不管怎样，职方司的官员们，心里是明白司马梦求手下并没有酒囊饭袋的，而且自西夏事了，职方馆的重点便转到了河北房，对于这个能将司马梦求的部下玩弄于手掌之中的人物，职方司虽然取得过小小的胜利，却丝毫不敢掉以轻心。

所以，无论辽国如何说得冠冕堂皇，职方司绝对不肯相信萧佑丹以堂堂卫王之尊出使汴京，背后竟然没有别的目的。自从萧佑丹进入宋境的那一刻起，负责接待辽国使者的宋朝官吏将兵中，职方司间谍的身影，便几乎无处不在。

萧佑丹很明显地感觉到了这些身影的存在。不过，他只是置之一笑。这里是宋朝境内，宋人要做什么，那是宋人的事。他当然不是单纯来汴京给高太后拜寿，而的确另有使命。但他的对手，却绝不是宋朝的职方司。

不待使团人众安顿妥当，萧佑丹便请李清臣相陪，带了副使耶律萌，亲自前往宋朝的往来国信所递交国书。到了国信所，萧佑丹赫然发觉，由宦官把持了一百多年的往来国信所，主官竟然换成了士人。他早知南朝之变化，但这变化之大，却犹出他意料。原本萧佑丹最忌惮的南朝官员便是石越，而几年前听说石越被闲置，让他暂时放下一块心里的大石头，但此番出使南朝，一路所见所闻，却让他心里又平生忧惧。出了国信所，上马之后，萧佑丹便忍不住感慨道：“方至都亭驿，已有物是人非之感。到了此处，才知梁家珠子铺换了少东家，实不足道也。”

李清臣自是知他话中之意，但听萧佑丹竟连梁家珠子铺的东家这样的小事都留意于心，亦不觉骇然。因勉强笑道：“大王于汴京风物，倒是熟悉得紧。”

萧佑丹听出他话中的警惕，转头望了他一眼，不由淡淡一笑。

在通事局的档案中，有一份宋朝翰林学士李清臣相当详细的资料——萧佑丹知道他是韩琦的侄女婿，他的文章策论，被欧阳修比之苏轼，被韩维比之荀卿，当今的宋朝皇帝曾誉之为“良史之材”。此人早在宋英宗时，便简在帝心，只是因为韩琦当时是宰相，不肯让自己的子侄辈升官太快，才一直被刻意压抑着。李清臣还熟知阴阳五行之说，担任京东路提点刑狱之时，以善捕盗而闻名天下，齐鲁的绿林好汉们畏惧李清臣，听到“李提刑”三个字，双腿都直打哆嗦。

新官制之后，韩忠彦以家世，李清臣以文章，分别得到赵顼的赏识。李清臣做过几任侍郎，又拜翰林学士，参与机要，宋廷的许多诏书都出自他手。通事局的官员们相信，李清臣与韩忠彦，是最有可能进入政事堂，成为宋朝新宰执的两个人选。

所以，对于李清臣，萧佑丹也特别留意，并不将其当成普通的“词臣”或者“馆伴”。

“学士莫谓北朝无人，若论熟知南朝事物，孤是数不上的。”萧佑丹又似漫不经心地笑着说道。离了国信所后，萧佑丹见街边店铺到处都在卖着冥器、靴鞋、金犀假带、五彩衣服等物，又笑问道，“几乎忘了今日是中元节，学士府中想是已买好了盂兰盆，未知今冬是温是寒？”

他说的却是宋朝的一个风俗。中元节是宋人极重视的节日，除了祭奠祖先外，家里的女子会用竹片编成盆状，盛以纸钱，用竹子支承着焚化，以看盆点燃后往哪边倒来占卜冬天的气温：若向北面倒，则是寒冬；若向南面倒，却是暖冬；向东向西倒，那便是寒温适宜。这些民间俚俗，原本都是小事，但萧佑丹竟连这些都知道，更让李清臣平生几分忌惮。因笑道：“冬寒冬温，非由天意。百姓最关心的，其实不是天气的冷暖，而是官府的冷暖。”

“善哉斯言。”萧佑丹赞道。众人骑马缓行，又聊了些宋辽两朝的风俗习惯，李清臣自觉对辽国颇为了解，但相比萧佑丹对宋朝了解之精微入细，不觉也要自叹弗如，既惭且愧。他正在心里暗暗感叹，却见萧佑丹忽然勒马停在街边的一个肉饼铺旁，转首望着自己，笑道：“十余年不曾来汴京，忽然食指大动，想叨扰学士一顿……”

李清臣不由一怔，便见萧佑丹朝随从仪卫们努努嘴，压低了声音，笑道：“不瞒学士，我见着这肉饼铺，忽然想起曹婆婆肉饼，竟有些嘴馋了。可若是带着这些人，却没甚意思。倒不如我们几个换了白衣，自去吃个痛快。”

这曹婆婆肉饼原是汴京极有名的店子，李清臣未富贵之前，倒也曾经吃过，但如今位列公卿，自是不再方便去那种地方了。不料萧佑丹竟忽然提出如此要求，他不由大吃一惊，顿时大感为难，迟疑道：“大王千金之躯，若万一有个意外，下官担待不起。若大王想吃甚，只管吩咐，下官叫人送至驿馆，岂不更好？”

"那又有什么意思？"萧佑丹摇头道，"若是怕出什么事，那是绝不用担心的。学士纵信不过我的武艺，还信不过贵国的职方司吗？"

李清臣被他点破，脸不觉一红，连忙笑着掩饰道："大王说笑了。"

萧佑丹睹视李清臣良久，忽然哈哈大笑。

2

回到都亭驿后，因为当日奉皇太后诏，京师所有道观、寺庙，皆设大会，焚钱山，祭奠熙宁以来阵亡将士与渭南县死难军民，先贤、忠烈二祠也要举办盛大的祭典，李清臣须得去参加祭祀；而萧佑丹也要会见辽国驻汴京使节，宋朝官员亦不方便在场。李清臣便向萧佑丹告了罪，离了都亭驿。

辽国新盖的使馆，离都亭驿并不远，便在投西大街的街南。当时诸国使馆依然沿袭着旧有的习惯，如高丽使馆便建在梁门外安州巷同文馆附近，那里是原来宋朝接待高丽使节的地方，现在除了接待高丽使团外，偶尔也接待日本的使者，而交趾等南海诸国的使馆，则全在怀远驿附近。

按宋辽外交惯例，使团进入对方国境之后，一切接待、安全，便全由东道主负责。因此虽是卫王出使，辽国使馆亦不便前往陈桥驿相迎，只派了人在都亭驿相候。待到萧佑丹递交国书后，正使韩拖古烈方匆匆赶来，正好李清臣前脚方走，他后脚便到了。

韩拖古烈本是渤海人，原来是个奴隶，他幼时不知何故被人抛弃，辽国一家姓韩的贵族在拖古烈捡到他，便唤他为拖古烈。因自小聪慧，主人家挑了他陪少主读书，凡契丹、汉文，皆过目不忘，被视为奇才。后来辽主耶律濬即位，开科举，韩家便让他替少主参加考试，不料竟得中省元。殿试时，被耶律濬看出破绽。耶律濬不仅没有追究韩家与拖古烈之罪，反为他赎身，赐其姓韩。数年之间，韩拖古烈便以才智文章，升至北院林牙。两年前，又被委以重任，出任辽国驻宋朝的正使。

韩拖古烈到汴京后，便以其文章与才华，赢得了宋朝皇帝、士大夫的好感。而其身世之离奇，更为其增添了神秘的光环。凭借着出色的外交手腕，韩拖古烈为辽国赢得了许多外交利益。而且，在他任上，辽国对宋朝的间谍工作，也取得了前所未有的进展。凭借着他与宋朝士大夫的交游，宋朝每往河北、河东、京东派出重要官员，往往这边厢官员还未离京，其简历便到了辽主御案之前。又因为其擅长丹青，有时简历里甚至还附有他所绘的那些官员的画像。对于韩拖古烈的才干，辽主与萧佑丹都十分肯定。

这时见着韩拖古烈进来，萧佑丹连忙起身相迎。韩拖古烈早已拜了下去，用契丹话说道："下官叩见大王。"

"林牙不必多礼。"萧佑丹忙上前搀起，亦笑着用契丹话回道，"一别两三年，林牙神采更甚胜往昔。"

韩拖古烈却不肯起来，又恭恭敬敬地问道："未知陛下龙体安否？"

"陛下身体极好。"萧佑丹笑着答了，韩拖古烈这才起身。契丹人没有太烦琐的礼节，先给萧佑丹行礼，再问辽主安否，双方亦皆不以为异。

萧佑丹又打量韩拖古烈，见他肤色白净了许多，又笑道："林牙算是得了个好差遣，汴京可是个好地方。"

"汴京的确是个好地方，几个月前，下官见到一大食商人，他说汴京是'天堂之城'，是天下最繁华的城市，只怕不是虚言。"韩拖古烈笑着回道。他是萧佑丹的老部下，二人说话便很随便。

"不过，富贵温柔之乡，却不是磨砺人意志的好地方。北方的朔风，才能锤炼出英勇强壮的战士来。"

韩拖古烈笑着点头。二人正说着，却听门外有人禀道："大王，李学士派人送来曹婆婆肉饼，还有院街东面熟羊肉铺的羊肉，各色水果点心。"

"先放下吧，无要紧事，休要来打扰。"萧佑丹吩咐一声，门外应了去了。萧佑丹转头见韩拖古烈诧异地望着自己，因将方才之事说了一遍，又笑道，"林牙以为李清臣如何？"

韩拖古烈沉吟了一会儿，道："才智、文章，天下少有，但胸襟器度，却略嫌不足。"

萧佑丹点头笑道："若换上石越，他一定便会陪我去曹婆婆处吃上几块肉饼，且看我弄什么玄虚。我不断卖弄，不过是存心试探，他虽然知道心生忌惮，也未必便没有应对之材，却少了担当，再多的才能，也憋死了。"

韩拖古烈亦不禁莞尔："擅自陪辽国卫王去吃曹婆婆肉饼，被台谏弹劾失礼，岂不要毁了李学士的大好前程？汴京可都在传言，李学士可能要做刑部尚书的，纵是范纯仁改变主意，最不济也是礼部尚书。"

萧佑丹摇摇头："似这样的器局，便只能做地方诸侯、翰林学士，不能做宰辅公卿。想他在京东路提点刑狱，何等的杀伐果断。进了汴京城，便前怕狼后怕虎了，连陪我吃块曹婆婆肉饼都不敢了。利禄二字，不知道累了多少英雄豪杰！"

"大王所见极是。"韩拖古烈笑着说道，却将话题转到正题上来，问道，"大王出使南朝，想来不止是为了贺生辰。大王总理北院军政事务，如何竟有暇为一介之使？"

萧佑丹顿时沉默下来。半晌，他才叹了口气，道："若非万不得已，我也不会来南朝。我要亲眼见见南朝的局势，见见南朝君臣，才能知道下一步该怎么走法。"

韩拖古烈听他说得郑重，不由肃然："究竟是出了何事？"

萧佑丹摇着头，叹道：“此事实为古今未有……”

辽朝现在遇到的困难，实与宋朝有着密切的关系。自澶渊之盟以来，宋朝每年给辽国的“岁赐”，虽然对宋朝是屈辱性的，但对于辽国国库却起着至关重要的作用。但自从宋朝复兴，辽国内乱，强弱易势之后，双方在新的盟约之中，不仅取消了宋朝对辽朝的“岁赐”，反而被迫开放了两国贸易。然而，“岁赐”虽被取消，但辽国贵族对宋朝绢布与丝绸的需求却并未减少，贵族也不可能真正放弃奢侈的生活，重佛的习惯更需要大量的金银，若再加上对军队、官员的赏赐——对辽国来说，金、银、绢、丝等物甚至可以说是生活的必需品。而这些必需品，或者需要向宋朝购买，或者正在向宋朝大量外流。

宋辽的贸易结构是，宋朝商人不仅向辽国输入大量奢侈品，还有许多生活必需品，以及介于必需品与奢侈品之间的商品。其中，既有比辽国价廉物美的棉布与食盐、铁器——主要是走私的铁制农具等；也有书籍、瓷器、香料、丝绸，广受欢迎的高浓度美酒和独特的甘蔗酒，这些很难说清究竟属于奢侈品还是必需品的货物……除此之外，两国官方进行的军火贸易亦是大宗。而辽国向宋朝输出的，则主要是药材、皮毛、珍珠、公羊、公牛、公马。

这是极不对称的贸易，必然导致大量硬通货外流，而偏偏金、银、铜在辽国本身也是一种必需品，这使得辽国内部矛盾更加激化。在缺少硬通货的情况下，辽国境内钱重物轻，在贸易上更加吃亏。辽主不得不单方面违反盟约，颁布法令禁止宋朝食盐输入，通过食盐专卖，得到一笔必需的缗钱。虽然在韩拖古烈的努力下，此事得到了宋朝的谅解。但这却是以辽国百姓吃不到好盐为代价的，而且走私食盐的贸易一直十分猖獗。因此此举只是缓解了辽国的危机，而并未从根本上解决问题。

而另一方面，宋朝其实亦非是受益者，只是双方谁也没有意识到这一点。辽国流出来的硬通货，对辽国足以构成重大伤害，对于宋朝却作用有限。

两国贸易额持续下降，辽主虽有意提倡自给自足，但辽国的各阶层却都不同意回到草原生活——即使是辽主也没有这个想法。贵族们要奢侈品，普通民众要更便宜的必需品，无论是贵族还是平民，都需要宋朝的美酒，以及来自宋朝的香料——没有人不信仰宗教。所以，完全断绝两国贸易，对辽国的伤害将远远大于对宋朝的伤害，这一点，早在几十年、几百年前就证明了。

但是，在任何一个国家，如果钱太少的话，就会导致商旅不通，再进一步就会导致百货匮乏，从而使经济凋敝。辽国也不能例外于此。某些历史学家想象中的所谓“自给自足”的“小农经济”，在真实的历史中从来没有出现过——倒是在老子的幻想中曾经出现过。

辽国并不愿意看到两国贸易萎缩，同样也不愿意看到自己的国库之中，自己的国家之内，铜钱成为一种稀缺物品。

但他们面临的困境却是，这两条他们不愿意走的路，他们总要走一条。

辽国君臣称得上君明臣贤，然而面对这种前所未有的局面，若要选择的话，他们只能选前者——禁止宋朝某些商品在国内流通，对宋朝商品课以高税。而这样做，必然激起宋朝的反制，宋朝很可能干脆关闭边境贸易——对于辽国来说，无论是过分开放的全面贸易，还是完全断绝两国贸易，都是灾难。倘若两国贸易断绝，为了得到某些宋朝的商品，辽国不得不进行抢劫。若如此，宋朝不得不进行反击。于是，在中国北方的边境上演过无数次的历史，将再一次重演……

而今日之大辽，今日之大宋，若果然发生这一幕，必然是悲剧性的。

辽国君臣并不愿意看到这一幕，因为他们深知与今时今日之宋朝开战，很可能要冒的是亡国的危险，最好的结局，也是两败俱伤。

然而，他们又似乎别无他法。个人的意志，在此时简直是微不足道。

萧佑丹此番使宋，便是肩负着如此重任——他要替辽国，找一条新路。若找不到，那么他也要替辽国找到一个赢得战争的方法。

面对着如此的历史性难题，饶是韩拖古烈再聪明，也只能束手无策。半晌，他方有点不太相信地问道：“局势真的恶化至此了吗？”

萧佑丹并没有在乎他这话的失礼，只是苦笑道：“平乱时，朝廷收缴了不少贵人的财产。加上榷盐的收入，倒还没到非要马上兵刃相见的地步。但长此以往，总难免有那一日。我们不得不早些准备。契丹人也好，渤海人也好，汉人也好，总是得民心者得天下。若搞得民怨沸腾，说不得，也只能怪到宋人身上。其实现在已经是民怨沸腾了，朝廷压榨各蛮族，叛乱此起彼伏……”

“若得到宋朝许诺，将两国贸易恢复成有限的边境互市……”

“那也没什么用。”萧佑丹摇摇头，道，“草原上的蛮夷们为什么喜欢打仗？还不是因为做生意的话他们肯定吃亏。朝廷与南朝贸易，规模大吃大亏，规模小吃小亏，总是免不了的。况且我们亦不能指望贵人们节衣缩食过日子，这规模怎么样也小不了。单是贵人们的压力，便已经受不了，何况他们还能打着百姓的名义。平心而论，贸易给百姓还是带来不少好处，但因为金银铜外流得太厉害，这好处转过来又变成坏处——可这番道理，和那些村夫牧民是讲不通的。用铜钱到百姓手中买粮食的是朝廷，给将士们发赏赐的是朝廷，他们只看到同样的粮食卖的钱越来越少，朝廷发的赏赐也越来越少……”

韩拖古烈不由默然，许久，才又问道：“如此，大王可有良策？”

“禁止入境的货物还要增加几样，关税要提高些——特别是棉布、丝绸等物。这样总能缓解一下。”萧佑丹道，“其实我也没甚好办法，不过南朝多俊杰之士，或许未必要走到那一步。不过……”他压低了声音，道，“皇上与朝中的大臣们，对此其实已不抱希望。”

“啊？！”韩拖古烈惊声叫了出来，急忙说道，“大王，万万不可开战。断不可因南朝困于益州而轻视之，今日之南朝，实不可轻侮！”

萧佑丹叹了口气，道：“这个道理，我岂能不懂？有石越、司马光在朝中，南朝哪那么好打？不过，不管怎样，此事事关机密，林牙绝不可泄露。君在南朝，要竭力营造两国和好之气氛。”

“大王尽可放心。”韩拖古烈颔首道，“朝廷果然要战，下官当先为忠臣。”

萧佑丹凝视韩拖古烈，喟然叹道：“皇上常说韩拖古烈是国士，可以生死托付之。皇上知人之明，吾所不及也。”

3

汴京是座会变魔术的城市。前一天街上还到处都是白纸飘飘，各家店铺都卖着冥器；仅仅一夜之后，整座城市全都已经张灯结彩，洋溢着喜庆的气息。人们穿上自己最漂亮的衣服，戴上崭新的幞头，如潮水一般向外城的东水门涌去。汴河的河道两侧，柳枝招展，到处都是兴奋、欢喜的市民，他们早已接到官府的通告，高丽国呈送祥瑞的使团，将在今日乘船自此入城。礼部、太常寺、鸿胪寺与开封府的官员，还有奉旨前来的内臣，高丽使馆的使臣们，早已在进城后的第一个码头边搭好了彩棚，待高丽人一到，便迎接祥瑞前往大相国寺。

而在崇政殿，在均容直的音乐声中，升朝官与外国使节们“臣等不胜欢抃，谨上千万岁寿”的祝寿声此起彼伏，高太后端坐于珠帘之后，木然地听着内臣“承旨”宣答：“得公等寿酒，与公等同喜。”

在这极喜庆的时节，高太后心里却生起一种孤独凄凉的感觉。“天子娶妇，皇后嫁女”的繁华，早已淡在了记忆的最深处；青梅竹马的十三哥，登上皇帝的宝座不过数年，便在内外的压力下，大志未酬而英年早逝；视自己为亲生女儿的姨妈曹太后，也在几年前撒手人寰；她现在是大宋地位最高的女人，母仪天下，要为天下表率。但是，在自己生日的时候，她需要的不是这样政治意味浓厚得让人喘不过气来的庆典，她更希望和至亲的亲人在一起，在保慈宫小酌几杯，去琼林苑看看花；她不敢奢望还有人能叫自己的小名“滔滔”，却殷切地希望儿子们能发自内心地叫自己一声“娘娘[25]”。但这一切，却只能是奢望。那个做皇帝的儿子，心思越来越让人捉摸不透，而另外两个儿子，在自己母亲生日时，却只能远远地隔着珠帘，与外人们一道，说什么“臣等不胜欢抃，谨上千万岁寿”。

萧佑丹在所有外国使节中，享受了最特别的礼遇。在宋朝君臣心中，只有辽才是能称为“朝”的国家，亦只有辽才是与自己平起平坐、分庭抗礼的国家，其余的都不过是“国”，要等而下之。所以，不仅身为卫王的萧佑丹，地位要远高于高丽国的世子；连辽国正使韩拖古烈，亦位在他国使者之前。

当萧佑丹在庭前拜寿之时，一直按着程序答复的高太后，亦敛起心神，隔着珠帘仔细端详着这位闻名已久的卫王。待到再拜后，内臣宣诸国使臣升殿，通事舍人则宣“诸国使臣进奉”，高太后见着萧佑丹将进奉之寿礼递上，她不待客省使说话，便特意加礼，温声慰问道：“卫王远来，鞍马劳顿，一路辛苦了。”

萧佑丹亦似微微有点吃惊，却也马上回道：“回太后，契丹人尊重值得尊重的人。太后懿德，达于北朝，为敝国军民所称颂。臣昨日至汴京，见中元节之物，一应俱有，唯太后之圣明，方能无所忌讳，仅此一事，便足为天下之表率。臣感佩于心，亦为南朝欢喜。宋辽是兄弟之国，大宋皇帝与大辽皇帝为兄弟，太后是大宋的母后，亦是大辽的母后。故吾主特遣臣来，祝太后千万岁寿。”

这番话说得极是客气亲切，然自萧佑丹说来，掷地有声，并无半点谄媚之意。

高太后不由展颜笑道：“还请卫王向大辽皇帝转致谢意。愿宋辽两国，永休兵戈，世为兄弟。”

“敝国君臣，亦愿辽宋两国，世世为兄弟。”萧佑丹恭敬地回道，却用眼角的余光，看了一眼高丽世子。王尧正斜着眼睛偷看萧佑丹，见他眼光扫来，慌忙将头扭开。萧佑丹嘴角掠过一丝冷笑，却听客省使大声呼道：“进奉出！”萧佑丹连忙再拜，在众人的注目中，退出崇政殿。

出得禁中，萧佑丹在鸿胪寺官员的引导下，正要回都亭驿。他方上了马，忽听到东边传来“嘭”的一声震雷般的闷响，他一惊之下，慌忙勒住受惊的坐骑，循声向东边的天空望去，却听到“嘭”“嘭”，一声声如同炸雷般的巨响，自汴京外城墙的各个方向传来，每一声巨响后，天空中都绽开巨大的礼花。萧佑丹目瞪口呆地望着这极尽炫丽的一幕，却听身边的宋朝官员兴高采烈地说着：“是用火炮放烟花！高丽使团到大相国寺了！”

汴京的上空，完全被五彩缤纷的礼花覆盖，城市中的市民们在这史无前例的炫丽

[25]　宋朝管祖母、母亲都叫娘娘，宫中民间皆然。

之下，尽皆忍不住发出一声声的惊叫、欢呼，整个城市，顷刻间便变成了欢腾的海洋。人们挈家纷纷向大相国寺涌去，宽阔的御街上挤满了不知从哪里忽然冒出来的人群。几乎只在一瞬间，萧佑丹发现自己竟已是寸步难行了。眼见着开封府与皇城司的官员、兵吏、差人，在街边努力地维持着秩序，萧佑丹知道在这个时候，凭你是谁的仪仗，也没有办法了。

“可见着辽国萧大王在哪里？”正发愣间，萧佑丹忽听到身后传来李清臣的声音。他勒马回头，却见一身紫袍的李清臣正疾步向自己走来，见着自己回头，立时喜笑颜开，三步并两步走近来，长揖道：“大王缓步，皇上召见。”

“唔？”萧佑丹再也不曾料到赵顼会在这个时候召见他，不由怔了一下。

“皇上在集英殿赐宴。”

“不是说明日方在琼林苑设宴吗？”萧佑丹奇道。

李清臣笑道：“明日是大宴会，今日是皇上想先见见大王。”

萧佑丹身负使命而来，本来就想尽一切机会多接近宋朝君臣，忙抱拳笑道：“如此有劳学士带路了。”

萧佑丹到集英殿时，殿中早已布好宴筵，皇帝此时未至，与宴的大臣使者们，都正襟危坐着，他扫了一眼殿中诸人，见左边坐着的都是宋朝大臣，最上首须发皆白、但一双鹰眼仍然锐利的老头，自然是枢密使文彦博；那个五十余岁，气度雍容的男子，当是尚书左仆射吕惠卿；吕惠卿下面两个穿着亲王服饰的男子，萧佑丹虽不认识，却也猜得出他们的身份。坐在赵颢与赵頵下首的大臣，萧佑丹却只认得司马光、石越、韩忠彦三位——韩忠彦曾经出使过辽国，但当时萧佑丹不在中京，他认得韩忠彦，是因为辽人素重韩琦威名，辽主宫中保存着韩琦的画像。他见到韩忠彦的长相，便已猜出其身份。

与宋朝大臣相对而坐的，是各国的使臣，却是按国家的地位而排列。右边最上首的位置空着，自然是留给他萧佑丹的；与他相邻而坐的是韩拖古烈，然后便是高丽国那个乳臭未干的世子，余者他便都不认识了。

“大辽卫国王萧大王到——”

“翰林学士李公清臣到——”

在内臣的宣赞声中，萧佑丹与李清臣走进集英殿中，由小黄门领着前往各自的座位，一面与认得的人颔首致意。王尧似乎甚是惧怕萧佑丹，他偷眼看着萧佑丹走到座位前，见萧佑丹目光向自己扫来，又慌忙将头扭了开去。

萧佑丹微微一笑，盘腿坐下，忽感觉到对面有目光正注视着自己，他心中一动，抬头望去，却见石越正若有所思地望着他。见他发觉，石越淡淡一笑，道：“萧大王，别来无恙。”

在这沉寂的集英殿中，石越的一声问候，仿佛在平静的潭水中投入一块大石头，顿时将众人的目光都吸引过来。萧佑丹回视石越，微微笑道："一别十余年，学士风采更甚昔日。"

石越笑了笑，正要说话，忽听到乐声响起，有内官尖声呼道："皇上驾到——"众人慌忙离席起立，屏声等待。便见赵顼在内侍、班直侍卫的簇拥下，向殿中走来。众人哗啦啦地跪拜于地，齐声山呼万岁——依宋辽交聘之礼，萧佑丹只行单膝礼，跪右足，两手着右肩一拜；而韩拖古烈此时自动降为副使身份，与高丽世子以下，皆行汉礼；其余有些南海诸国使臣，或者南方蛮夷使者，因笃信佛教，便行僧人礼拜之礼。宋朝于礼节上并不固执，如高丽国、交趾使者行汉礼，亦不过是因其深受华夏影响，素行汉礼，并非是轻视之意。

赵顼由李向安牵引着，上了丹墀御座，缓缓坐了下来，环视众人一眼，笑道："众卿平身。"殿中众人谢恩起身，赵顼又赐了座，目光首先落到了萧佑丹身上，"卫王远来辛苦。"

"四牡騑騑，周道倭迟。臣为宋辽兄弟之谊而来，不敢畏劳。"萧佑丹欠身答道，他偷眼觑视赵顼，只觉赵顼气色不是太好。

却见赵顼笑着点点头，又将目光移到王尧身上，笑问道："王子在汴京可还住得惯？"

王尧连忙欠身回道："回陛下，汴京之繁华，有若天堂。"

赵顼不由哈哈大笑，道："那王子不如多留几日，好好领略一下汴京的繁华。"

他这话本来并无深意，但话一出口，殿中许多人立时变了颜色，王尧呆了一下，一时竟不知如何回答。高丽国正使慌忙起身，长揖道："陛下美意，下国小臣，感激于心，不敢辞焉。然王子出国之日，已约定归期，迟滞不归，恐累父王担忧，有伤孝道。陛下孝德感天，必能体谅小臣为人臣为人子者之心。"

赵顼这时亦已悟到自己失言，他本来并没有留王尧为质的意思，因笑道："王子孝心可感，君子当爱人以德，朕自当成全你这片孝心。"

"陛下圣德，下国小臣，永感于心。"

赵顼点点头，又笑道："诸公不必如此拘礼，今日不过是寻常宴会——皇太后有旨，诸公须当尽兴而归。"

这时但见内侍宫女们捧着装满环饼、油饼、枣塔的看盘，以及各色水果，生葱韭蒜醋碟，还有一种叫"浆水"的白色浆液饮品，依次进入殿中，置于众人面前的案上。这种叫"浆水"的东西，是宋人喜爱的饮品之一，石越亦曾喝过，似乎与后世陕甘一带的"浆水"略有不同。他知道后世的浆水是用包菜或芹菜等蔬菜做原料，在沸水里烫过后，加酵母发酵而成；而宋朝的浆水，却是用粟米加工，经发酵而成。不过二者的口感与功效都极为接近，颇有点像“娃哈哈”的味道，甜中带微酸，可以消暑、消食、开胃，甚至还有治霍乱的疗效。与其他美味不同，浆水是用桶装的，每个桶里放着几把勺子，每三五个人面前才放上一桶。

赵顼口里虽然说是“寻常宴会”，排场也的确简化了许多，但该有的规矩惯例，却也并没有变化——除了众人皆有之物外，萧佑丹与韩拖古烈面前的看盘上，照例多出了猪羊鸡鹅兔连骨熟肉。

王尧眼见着面前的案上美味佳肴堆列得如同小山一样，食品种类之丰富，更是看得他眼花缭乱，他毕竟年轻，欣喜兴奋之情，早已见于颜色。他正高兴地偷偷左顾右盼时，却忽然发现萧佑丹与韩拖古烈面前，还多了一大堆东西。他不知这是外交惯例，左等右等，自己案前始终没有猪羊鸡鹅兔连骨熟肉上来，顿时失望之情现于言表。

虽然只是微小的表情，却哪里能逃过这殿中人物的法眼——连一个斟酒的内臣，都忍不住露出了笑意。那高丽正使是千挑万选才派到汴京来的人物，在高丽国也是一时人杰，这时候看到自家王子这种表现，真是又急又气，坐立不安，拼命地扯着王尧的袖子。那王尧兀自不知道是怎么一回事，怔怔地回望着他，一脸的不解。

这细微的动作早已落到了众人眼中，萧佑丹与韩拖古烈一本正经地坐着，心里暗暗幸灾乐祸地窃笑；宋朝诸臣有些在心里偷笑，有些却在心里叹气——当今高丽王何等英明，不料虎父犬子，竟生了个这样的儿子。赵顼心里摇头，却不免要念着王贤妃的情分，兼之高丽又是宋朝重要的盟友，他亦不欲其太难堪，沉吟了一下，便招手令李向安过来，吩咐道：“赐高丽国王子看盘例一如大辽使者。”

李向安不由一怔。他是用老了的内臣，知道这等破例，在外交礼仪上是极大的脸面，不由自主地又望了皇帝一眼，见赵顼眼中露出责怪之意，这才慌张答应了，尖声唱道：“赐高丽国王子看盘例一如大辽使者。”

这旨意一出，高丽正使慌忙拉着王尧拜谢不提，各国使者都是艳羡地望着王尧二人，萧佑丹与韩拖古烈却立时变了脸色。但二人都是城府极深之人，且不愿自降身份，与高丽国去争这短长，只是交换了一下眼神，便又泰然自若了。

这时看盏者见众人盏中已满了御酒，连忙举袖。在教坊乐人的乐声当中，众人连忙一齐举杯，山呼道：“臣等恭祝皇太后千万岁寿！祝皇帝陛下千万岁寿！”

这毕竟不是正宴，这时起便不再按正常的礼仪了。李向安朝一个教坊使使了个眼色，便闻乐声悠然响起，一队雪肤花容的歌伎鱼贯而入，几声鼓点之后，众伎翩跹而舞，宛如嫩柳摇风，罗袖动香。看得众人心驰神摇，如痴如醉，几乎不知身在何乡。在歌舞之中，只见内侍宫女们穿插往来，不断给众人倒酒上菜，没过多时，殿中众人，竟多有些醉意了。

赵顼这些天来，一直被益州、朝中局势折腾得心神不宁，睡不安寝，今日难得心情欢畅，禁不住多喝了几杯。他双颊微酡，看着殿中众人中，只见司马光虽然频频举杯致意，却都只是微触嘴唇即罢，小黄门与宫女们从他座前经过，亦绝不停留，显然都是知道他杯中满满，不过是做做样子罢了。

赵顼因笑着对李向安道："久闻司马君实不善酒，平素向少留意，看来竟是不假。你去告诉他，以浆水代酒便可。每每举杯而不得饮，岂不难受吗？"

李向安连忙答应着去了。

赵顼又将目光转到萧佑丹身上，笑问道："卫王这番来汴京，可觉东京有何变化不曾？"以往宋辽虽然国力相当，但宋朝在心理上总处于劣势。但今非昔比，此长彼消，赵顼自觉如今大宋万国来朝，国势兴盛，兼之多喝了几杯，言语中，不免便有几分炫耀与自得，甚至还夹带着一些傲慢的语气。

萧佑丹又岂能听不出话中之意，他淡淡一笑，微微欠身道："臣至汴京不过一两日，唯觉汴京之繁华与十余年前无异。"

赵顼笑道："卫王不曾见今日之烟花吗？单是此物，十年之前，汴京便是没有的。过两日，朕叫人陪卫王到处走走，好好瞧瞧今日之汴京。封丘门左近，住了不少西夏贵人——朕听说卫王曾经出使过灵武，说不定还能遇上故人……"

萧佑丹自是听得懂赵顼话中隐含的暗示，他以卫王而出使南朝，自是不能在宋人面前示弱，使志得意满的宋人更增骄气——休说这样本来就有辱大辽尊严，而且若是一味地示弱，只能让宋人不知进退，野心膨胀起来，又要觊觎幽蓟，到时所失者更大。他心中念头转过，便决意向宋人泼泼冷水。因又欠身道："如此便要多谢陛下。臣的副使耶律萌，原本便是西夏旧族，己丑之变时，只身逃亡至大辽，南征北战，颇立功劳，因得赐姓之荣。他这次随臣出使南朝，本亦想趁便探视旧日故交——原本臣还担心……"

他说到这里，赵顼心中已是懊悔。但他毕竟是皇帝，在萧佑丹面前说出话来，又怎好反悔。只得在心里宽慰自己——区区一西夏贵族，又能有何为。一面故作大方地笑道："见见故人，亦不过是人之常情，卫王又有何担心！"

"陛下器量，非小臣所及。"萧佑丹微微一笑，又道，"不过，汴京米贵，居大不易，这回耶律萌只怕要破费了。"

赵顼却一时没有听懂萧佑丹话里的意思，笑道："此话怎讲？"

萧佑丹笑道："这两日间，臣略留心了街市物价，较之十年之前实是贵了不少。耶律萌的故交旧友，想来在汴京过得不会太宽裕。朋友有通财之义，耶律萌自免不了要破点财。"说到这里，他略略顿了顿，又笑道，"陛下方才问臣汴京之变化，城头的确是多了火炮，封丘门亦的确是多了西夏人，然此皆非臣所愿留意者。臣真正感觉的变化，倒是马行街的糍糕团子贵了两文钱一个。"

他话中之意，这时便是白痴也听得懂了，赵顼不觉脸上微红，幸好此时喝了酒，倒不太看得出来。这时二人的对话，早引得满殿侧耳。他不愿在诸国使臣面前失了面子，下意识中亦想为自己这十几年来的功绩辩护，因勉强笑道："物价涨落，亦是常事。卫王又何必骇怪？"

"陛下此言差矣！街市鱼肉菜价，正是国之大事。臣自河北入境，一路得有机会，便询问各地商贩，不唯物价较十余年前高出不少，且竟是交钞一个价，缗钱一个价。臣曾听说，五代时汉王章为三司使，征利剥下，缗钱入国库，则以八十为陌；出国库，则以七十七为陌——至南朝袭此不改，以七十七为官省钱者，便自此始。臣观这交钞，竟颇似当时事，官府以交钞易物，则一贯交钞正值钱一贯，而百姓以之购物，却大不值钱矣。"萧佑丹悠悠道，"国家财计如此，臣虽为北臣，亦为陛下忧之，岂得谓之'常事'？"

萧佑丹侃侃而谈，直指宋朝之弊，毫不给赵顼面子，集英殿中顿时一片目瞪口呆，许多朝臣已是冷汗直冒。赵顼一脸尴尬，萧佑丹所说，他并非全不知情，但朝廷财政拮据，不得不多发行交钞来渡过难关，却也是没有办法的事情——事实上，发行交钞对支持宋朝打赢与西夏的战争，可以说至关重要。而如今，宋朝的财政已经患了一种"交钞依赖症"。

为了巩固在平夏地区的统治而实行的军屯、民屯需要巨大的初始资金；为了加强两北塞防，为了完成赵顼自己更大的伟业——收复燕云，禁军的军费亦不能轻易削减。相反，为了在将来的战争中保障京师的绝对安全，吕公著正在大名府修筑以大名府为核心的耗资巨大的防线；为了争夺对平夏、关陕地区至关重要的河套草原，宋军亦不惜耗费巨大的人力与财力，在那里修筑城寨，供养军队，争夺对当地部族的控制权……除此以外，还有那个雄心勃勃的"熙宁归化"计划。

不管是什么原因使得益州出现如今众议纷纭的局面，赵顼心里还是支持认可这个计划的，因为这是大宋应有的进取心。身为大宋的皇帝，赵顼直到此时，都很体谅吕惠卿的处境——在他看来，今日财政状况之恶化，是一种迫不得已的暂时性困难。将这一切归之于对西南夷的战争，并不公平。只不过，赵顼也同样不能容忍被自己的宰相欺骗——如果最近冒出来的攻击吕惠卿的言论都是真的，那这一切就超出了赵顼的容忍范围。赵顼不可能容许他的宰相为了一己的地位，拿着益州路去关扑[26]！

不过，想是这样想，而且赵顼也知道在互派常驻使节的情况下，很多事情都很难瞒过辽人，但这样被萧佑丹毫不留情地揭了伤疤，赵顼亦不能不感到脸上无光。他本想炫耀国势强盛，萧佑丹的回答，却是当着各国使者的面，说宋朝其实只是纸老虎。

[26] 关扑，即赌博。

赵顼有点丢不起这个人。他从心里觉得，相比宋朝蒸蒸日上的国力，相比他在位期间建立的文治武功，一时间的物价腾贵、币制混乱，只是微不足道的小节。大宋朝的确是更加强大了——赵顼坚信。但一时之间，他却也无法来反驳萧佑丹。萧佑丹说的都是铁一般的事实，哪怕赵顼认为他夸大扭曲了事实，但毕竟他没有说半句假话。而且，身为“圣天子”，他也不能毫无修养地野蛮地耀武扬威似的炫耀大宋朝的强大——他必须说得含蓄，符合自己的身份，他还不能恼羞成怒。但偏偏赵顼此时被萧佑丹的一席话闹得心烦意乱，这“微不足道的小节”，在他的心里，如同上百只苍蝇一样嗡嗡乱飞，挥之不去。它们并不是想推翻赵顼对自己治下功绩的自信，却让人讨厌地不停地骚扰着他的这种自信，让他的骄傲与自豪，总是显得不那么完美，仿佛一块和阗美玉之上，却有一小块黑斑，虽然极小极小，却怎么样也去不掉，使得这块美玉瞬时间便显得不那么宝贵了。

赵顼不安地微微扭了一下身子，看了吕惠卿一眼。

吕惠卿在心里无奈地苦笑着。威胁也好，炫耀也好，这本来都应当由臣子来做，但是皇帝们却似乎都不能控制自己的冲动——类似的事情，在历朝历代的皇帝身上，已经发生过无数次了，结局大多数是相似的。除非拥有绝对的优势，并且对方的使者无能软弱——这二者缺一不可，否则，最后定然是皇帝碰一鼻子的灰。这是由双方身份决定的。一开口，身为皇帝的一方，便已经落了下乘。偏偏在这样的时候，臣子们还不方便强行出头，一方面怕触了皇帝的霉头，另一方面，以众凌寡，胜之不武，而万一没说过人家，只能白白给别人留下“舌战群儒”的美名，将己方君臣置于小丑一般的境地。况且，要怎么样和萧佑丹去辩论？这其中涉及大量的军国机密，难道为了区区口舌之利，要详详细细向萧佑丹解释一下大宋朝目前的处境吗？难道还嫌萧佑丹对宋朝了解得不够透彻吗？

但吕惠卿亦能揣测到皇帝的想法。

皇帝所要的面子，不仅是在诸国使节面前的面子；亦不仅是在百官群臣面前的面子——萧佑丹所批评的，正是国内许多大臣们素所批评的，自萧佑丹口中说出来后，必然更给他们以口实……然而这些固然重要，却还是其次，皇帝真正要的面子，是皇帝要给自己一个交代。统治这个广大的帝国近二十年，锐意变法图强，文治武功，称得上是大宋的中兴之主，还有一腔的雄心壮志欲待实现，他怎能容得下让人暗讽他的统治之下，实则危机重重，百姓之生活不仅没有改善，反而更加困苦？！

这不是骂他是汉武帝吗？

皇帝想做的，是既能威加天下，让四海来朝，又能令国家日渐繁荣兴旺的唐太宗；而不是那个虽然立下赫赫武功，却败光了祖宗家业，让天下残破、户口减半的汉武帝。所以萧佑丹的批评，才如此的刺耳。

吕惠卿感觉到了皇帝的目光，他瞥了一眼左右，文彦博与司马光正襟危坐着，看不出半点的表情。他们恨不得有人给皇帝泼泼冷水——哪怕这个人是契丹人也无所谓。《资治通鉴》全本已经全部刊行，虽然司马光自嘲天下将《通鉴》从头到尾看完过一遍的人不会超过三个，但是吕惠卿却是翻过的——不过他关心的不是历史本身，而主要是“臣光曰”后面的那些话之类。

吕惠卿注意到，汲黯与魏征都曾有过近似的主张：将俘虏的、投降的匈奴、突厥人，分给有功的将士做奴隶，将其财产奖赏给有功的将士。而《通鉴》全文照录了这两篇著名的奏折，从《通鉴》的种种蛛丝马迹中，吕惠卿敏锐地感觉到司马光的态度——司马光的外交理念，是以中国为核心的——所有天朝大国的面子都可以丢到一边，让百姓过上好日子才是最重要的。所以，司马光才在《通鉴》中，通过表彰汲黯与魏征，来反对汉武帝与唐太宗厚待投降番夷的政策……

这还只是两个典型的例子，两个让人容易产生联想的例子。至少吕惠卿就相信，司马光在其中表达着对朝廷现行政策的不满。萧佑丹的话显然正中他下怀。虽然美中不足的是这件事是由辽人说出来的，所以司马光会认为士大夫们应当为此感到羞耻。但相比而言，司马光肯定认为，如果皇帝能因此悔悟，那么丢掉一点点天朝上国的面子，其实算不了什么。

吕惠卿对这种观点嗤之以鼻，但他也有自知之明——司马光不是少数派。至少冯京就在他那一边。这些目光短浅的北人，只会守着自己几亩薄田过日子，能有什么远见卓识？这时候他自动忽略了冯京其实是鄂州江夏人，祖籍更是广西路的，算不得什么北人。

至于“三旨相公”“至宝丹体诗人”，在这种场所，哪怕他身为礼部尚书，也是指望不上的。所以只见王珪“雍容”端坐，目不斜视——难为他有这种本领，你明明看到他并没有刻意地躲开谁的目光，却发现他的目光竟然不与任何一个人的目光相交。这令吕惠卿自叹弗如，他讽刺地想道：若早点学会这种本领，就不至于被皇帝瞄上了。但这显然并非人人能练就的绝技。

他眼角的余光直接跳过了许多人，落到了石越身上。却见石越嘴角流露出一丝苦笑，感觉到他的目光，石越的苦笑味更重了。

吕惠卿顿觉心有戚戚焉。

他又看了皇帝一眼，硬着头皮正准备说话，却听萧佑丹又道：“子路之勇，子勇之辩，冉有之智，此三者皆所谓天下之难能而可贵者也。然三子者，每不为夫子之所悦。颜渊默然不见其所能，若无以异于众人者，而夫子亟称之。且夫学圣人者，岂必其言之云尔哉？亦观其意之所向而已……”

众人不由得全都愣住了。大苏文章天下传诵，连赵顼都知道萧佑丹这段话，是苏轼《荀卿论》中的，众人正不知道萧佑丹用意，却听他笑道："——此苏子瞻之名句也。臣愿以此为比，'观其意之所向而已'——汴京城墙之火炮，封丘门外之夏人，此固为难能可贵者；然臣虽是北人，亦知甲兵之利不足称，臣所欣然悦服，千里南来祝贺者，正为南朝皇太后之懿德。臣观汴京城中，百姓以皇太后圣明，因皇太后生辰而欢欣雀跃，家家户户设香祷告，愿皇太后千万岁寿。皇太后得百姓拥戴如此，此真千古未有之事也。致陛下为尧舜者，臣以为，正是此事也……"

萧佑丹并不想让宋朝臣君太过于难堪，于是顺手又搬了一架梯子过来给赵顼下。然而这却让赵顼更加憋闷——萧佑丹满口称赞的都是高太后的"懿德"。的确，高太后自出嫁之日起，便在百姓中极得人心。虽没有什么惊天动地的了不起的举动，但是她约束娘家人，高家没有人敢在外面胡作非为，逢年过节，也常常对百姓有点小恩小惠，兼之偶然也为百姓进言——这么着日积月累，一丁点一丁点的好积累起来，百姓互相传颂，有时候连别人做的好事也附会到了高太后身上，如此便有了高太后在百姓心中的好名声。

对于大宋朝而言，有这样的一个好太后，的确也是福气。然而——这又关赵顼什么事？这中间有他的什么功劳？而且，这表面上是让他下台阶的话语中，隐隐约约，依然是在讥讽他所恃的，不是仁道，不是礼义，告诫他应当以德服人，而不是以力服人……这更让赵顼感到不舒服。

但偏偏萧佑丹的话还轻易驳斥不了。

他占据着正礼。赵顼可以想象，这殿中有许多大臣一定都在心里暗暗点头，并且暗自感到羞愧——这么大义凛然的话，居然不是由华夏正朔礼仪之邦的士大夫说出来，反而让一个夷狄在朝堂之上，教训着宋朝人什么才是礼义仁道……

但萧佑丹对自己的满口仁义其实是不怎么相信的，只要实力足够，他是绝不介意以力服人的——不过，此时，却见萧佑丹高高举起手中的酒盏，高声道："臣祝圣明的大宋皇太后陛下千万岁寿！祝大宋皇帝陛下千万岁寿！祝大辽皇帝陛下千万岁寿！"

吕惠卿深知再不下了这个台阶，亦只能自取其辱，不待众人反应过来，亦直起身子，高举酒盏，道："臣等谨祝皇太后陛下千万岁寿！祝皇帝陛下千万岁寿！"迟疑了一下，又道，"祝大辽皇帝陛下千万岁寿！"

众人连忙纷纷直起身来，举杯祝贺。萧佑丹忙里偷闲，又看了王尧一眼，却见他说到第二句之后，便闭上了嘴巴。显然，在这里，不是人人都甘心祝大辽皇帝陛下千万岁寿的。

4

石越离开集英殿后，不觉百感交集。萧佑丹算是好好给大宋君臣上了一课，此人不可小觑，以大辽如今人才之盛，别的人只怕亦不可小视。刚刚皇帝显然是被憋闷得厉害了。宋朝被契丹压了百余年，一直在心理上有劣势，好不容易出了头，皇帝想在口舌上占点便宜，也是人之常情——虽然这几年外交上宋朝其实占尽了便宜，但这毕竟是皇帝第一次亲自面对辽国重量级的人物。却没料到竟碰上个厉害角色，弄得灰头土脸。皇帝后来一直喝闷酒，李向安委婉拦了几次都没挡住。散宴的时候，瞧赵顼的神色，显然是有点喝醉了。

但这也是无可奈何的事情。这种辩论，石越自认也非萧佑丹的对手——在国内的辩论，他擅长的是用事实说话，这样比起那些空谈义理的人，他的话就更有说服力。而面对西夏人时，很明显，西夏人读书还不够多，并且宋夏之间地位、实力，都有很大差距。石越也很容易占据主动权。然而，萧佑丹却绝不一样，他背后的辽国，是长期与宋朝平起平坐、分庭抗礼的大国；而萧佑丹本人智计出众，十余年来显然又狠下了功夫了解宋朝，竟然连苏轼的文章都读得通熟……

石越是颇疑心他刚才在集英殿的话，还有点挑拨离间之意的。他站在“礼义仁道”的立场，看起来是宋朝的诤友，但实际上却处处迎合着旧党的思想，若非他是辽人，几乎让人以为他是司马光的门人。也许，这表明潜意识里，辽国更愿意与传统的宋朝打交道，而不是变化中的宋朝……但考虑到萧佑丹本人其实是纵横家之流，石越不能不怀疑他居心叵测。此事肯定会成为旧党的口实——在旧党看来，这是把脸丢到辽国去了。而新党因此给旧党扣上“勾结契丹”的帽子，也不是不可能。

现在的朝局，已经如同一个人在走钢丝，处于极不稳定的状态，便算没什么事情，也不容乐观。萧佑丹这时候施点手段，若是处理不当，很可能会使矛盾提前激化。

石越满腹心事地回到府中，他知道梓儿正在宫中，也不回内室，便径直往书房走去。因知道今日汴京有热闹瞧，石府给仆人放了假，府中稀稀拉拉也没有几个人。经过回廊时，却见石安不知从哪里冒出来，给石越行了个礼，笑道：“学士，枢密院的司马官人来了，与潘先生正在书房说着话。”跟了他十几年，石安也已经老了。

“知道了。”石越勉强笑着点了点头，“你怎么没去大相国寺？”

“小的都在汴京待了几十年了，有啥热闹没瞧过？”石安憨声笑道，“那边人也太多，我过去也只能看见别人的背。让儿子领着几个孙子去就行了，府里今日没几个人，我也不放心，四处看看——那些护院的小子太年轻，信不过，刚刚还看到几个人聚在一起关扑，府里啥时候有这规矩？都以为今日算是过节，便懈怠了——去年元宵，邵侍郎府上，便不是丢了好些东西吗？”

人老了，话便多了起来。石越笑了笑，道：“侍剑不在家里吗？”

“侍剑？”石安笑道，“学士走了没多久，便被县主叫走了。”

石越顿时一愣，不用问他也知道是哪个县主——但柔嘉今非昔比，早已不是胡作非为的性子，却不知她把侍剑叫走做什么。他摇了摇头，又吩咐了石安几句，便快步朝书房走去。绕过几道回廊，远远便见司马梦求与潘照临正在书房中说着什么——二人也同时见着了石越，连忙停了交谈，起身相迎。

石越进了书房，司马梦求见了礼，不待石越坐下，便即说道：“学士，智缘大师回来了。”

“哦？”石越一怔，望着司马梦求，问道，“如何？”

司马梦求苦笑道：“王介甫不肯出山。”

“啊？”这是石越并没有预料到的挫折。他将目光投向潘照临，发现他也在苦笑，显然是早已知道了此事。

“事情还有挽回的余地。”司马梦求道，“智缘大师说，王介甫没有退还使者的诏书，也没答应复出，说明他还在犹豫。此外，据智缘说，王介甫就交钞的事，给吕吉甫出了不少主意。二人至今都有书信往来，可见王介甫并非不关心世务，而是对吕吉甫心有不忍……”

“智缘都游说不动，还能有何良策？”石越颓然道，这一天之内，他受了太多的挫折，“难道吕吉甫真的命不该绝？”

“或许可以找桑夫人试试？”司马梦求试探地问道。

石越摇了摇头：“王介甫并非儿女子所能动者。若我亲至金陵，还有五成把握能说动他，但我也不能离京……”

“还是我走一趟吧。”潘照临道。

“不行，如今京师瞬息万变，潘先生不能轻易离开学士身边。”司马梦求立时否决了潘照临的建议，“连子柔也要召回来。”

“我接到的上一封信，是说子柔到了凌牙门。他要我把信寄到杭州某处……要多久才能回京，只有天晓得。”潘照临道。

石越叹了口气：“不用着急。吕吉甫既然稳住了阵脚，事情也未必会如我们想象了。福建子不是好相与，我料他马上就会反击。只是不知道是先朝文彦博还是司马光下手罢了。要扳倒他，只好指望蔡元长的了。”

“蔡京信不过。”潘照临冷冷地说道。

“我知道他信不过。”石越淡淡道，“所以，若无十成的把握扳倒吕吉甫，蔡京便有什么把柄，也不会露出来——他怕伤及自身。但寻常的东西，我也用不着，我要的便是能一击致命的把柄。太府寺卿已经换了薛向，我不信抓不到福建子的把柄。太府寺这么油水十足的衙门，哪有猫儿不偷腥的？！”

“学生担心的却是益州的局势……”司马梦求沉声道，“若王介甫不肯复出，益州要如何收拾？还有萧佑丹这次南下，只怕也不安好心。”

石越听他说到萧佑丹，不由问道：“纯父侦知到什么了吗？”

“河北房实是酒囊饭袋。”司马梦求一提起此事，便一肚子的气，“我现在都不知道河北房里面谁是通事局的奸细——几个潜伏在契丹的要紧人物，死的死，变节的变节，损失惨重。真正独掌一面的人才，委实难得——栎阳县君可惜是个女子，若是男子，实是无双国士——不过是受人一言之托，她到现在还照顾着李清的孤儿寡母。且学生看她不愿意离开陕西，亦不好强求。而今真能与通事局周旋的，馆内真是屈指可数。学生只得权且求智缘大师暂管一阵，然后设法调文焕过来。”

石越与潘照临听他这么一说，便已经知道职方馆对萧佑丹的目的实是一无所知。石越温声安慰道：“纯父不要急，胜败乃兵家常事。”

司马梦求脸一红，忙道：“是。”他在辽国之时，最忌惮的便是萧佑丹。这时碰到了老对手，虽然他在暗萧佑丹在明，却还是吃了这大亏，难免有些沉不住气。

“收买多少官员，安插多少细作，这些都是小事。职方馆第一紧的大事，是要弄清楚辽国各地的物价、税赋，百姓有无怨言，官员的背景、操守，朝中的派系斗争，还有驻军的人数，将领的喜恶，险要关隘的地图。这些都能做好，便足够了。一时间的争斗输赢，左右不了大局，不必过于介意。”

“是。”

石越提醒司马梦求后，便不再多说，转过话题，道：“益州局势，如今我也已无能为力。只要王厚、慕容谦尽快赴任，也许有转机也说不定。”

潘照临默默摇了摇头，却也没有反驳。他从石越的眼神，便知道连石越自己也不相信自己的话。益州路？潘照临隐藏了心里的想法——只要益州局势无法稳定下来，吕惠卿的相位便不能真正的安稳，这才是福建子的致命伤。石越明白这一点——否则他不会反对自己离开京师，但他却在下意识地逃避，以求良心的安稳。然而潘照临却是没有这种顾虑的，一将功成万骨枯，要扳倒吕惠卿，越过司马光，重新回到政治核心，掌握权柄，脚底下怎么可能没有踏脚石？从某种意义来说，不管石越自己心里怎样想，大宋朝的危机，就是他的机遇。

这是冷酷无情的事实。

但潘照临没有必要将这一切说出来。

便在这时，只见一个家丁急急忙忙向着书房走来，禀道：“宫里李都知派人来传话，说是有急事。”石越连忙起身，道：“快，带路。”他听这口气，便知道不是传旨，而是李向安悄悄着人捎话。

到了客厅，却见一个小黄门抱着双手，在那里踱来踱去，神情惶急，见着石越出来，老远便叫道：“学士，出大事了！”

石越心里一惊，便听那小黄门连珠价地说来，直听得他脸色发黄，愣在当场，半晌说不出话来。

第十章

君子善争

仇璋问："君子有争乎？"

子曰："见利争让，闻义争为，有不善争改。"

——《文中子中说》

1

潘楼街某处。

石蘩牵着淑寿的小手，指点着店子里琳琅满目的商品，口中不住价地介绍着：“这便是上回我说的七夕的小土偶，阿旺几天前买过一个给我……”随着她的介绍，四双又是惊奇、又是羡慕、又是兴奋的目光，齐齐地望着一对小人偶——那一男一女两个小人，放在雕木彩装栏座中，用金银珠宝装饰着，对于这群孩子来说，实在是有莫大的吸引力。

“快把它给我！”淑寿身后的赵佣指着那对小人，用命令的语气大声喊道。却被淑寿一掌狠狠地打到他手上：“你没听璐璐说吗，在外面买东西是要钱的。”

赵佣冷不丁被姐姐打了一下，一脸委屈地望着淑寿。

“带你出来就不要捣乱，说好都听璐璐的。”淑寿威严地说道，“要不下次就不带你出来了。”

“六哥，下次我带一对给你。”石蘩安慰他说。

“我也要！”

“我也要！”

“我也要！”

她话音刚落，刚刚还非常威严的淑寿，与赵俟、狄环一起争先恐后地叫了起来。石蘩略显为难地望了三人一眼——这男女小人偶是宋人七夕流行的物什，眼前这种玩偶，要数贯钱一对。淑寿与赵佣、赵俟对金钱没什么概念，自是不知这是一笔多大的“巨款”。石蘩虽然不过六七岁，却是自小被石越教育着，颇有些金钱观念的，自是知道这一对人偶，就要花掉阿旺一个月的月份钱。她也颇有点担心买不起——但这迟疑也只是一瞬间的事，她立时便想到，大不了找外翁外婆要便是了。她父母管教甚严，但是桑家二老，对于这个外孙女却是疼爱得似心肝宝贝一样，便是天上的星星，只要有价也会给她摘下来，何况区区几个玩偶。

“好，那便一人一对。”石蘩慷慨地应诺道。

四人大喜过望。石蘩又指着一个用黄蜡雕成的小乌龟，得意地介绍道：“这个叫水上浮，放到水上，像船一样，不沉的。”她说完看了一眼赵佣，见他嘴唇微动，连忙又补充道，“上次阿旺带我来，想买给我，但是我妈不让。”

但赵佣却丝毫没理会她话里的暗示，又喊道：“我也要一个。”

立刻所有孩子便又跟着接道：“我也要！”

“好吧。”石蘷有些勉强地应道，心里却已经在嘀咕起来——这么多钱就这么白白花掉了，外翁外婆虽然会给，但是被父母知道，却未免要挨训。她本来还想带他们看看“果实将军”“种生”“花瓜”等新奇物什，这时候眼见着太子殿下见一样要一样，心里不由打起退堂鼓，再也不肯多说了。

她念头一转，问狄环道：“环哥儿你带了多少钱？”

狄环从腰边取出荷包来，翻开来数了数，几个孩子围着数了半天，统共不过五十文多一点。石蘷不由大起鄙夷之心，道：“环哥儿，你的月份便只这些吗？”言语中竟是大有怜悯之意。

狄环也是甚少花钱的勋贵子弟，兼之清河管教甚严，亦极少出门，也没什么金钱观念。便这几十文钱，都已是好不容易攒下来，准备用来偷偷叫伴当给他买零食的。虽然此时这几个小孩身上，也就他一个人还有点铜钱，但听到石蘷刚刚慷慨地许诺下这么多东西，这时候被她嘲笑，想起刚才还炫耀自己有“很多钱”，顿觉脸红。低声道：“我的钱都是管家管着。”

赵佣却鄙夷地说道：“君子不言利，钱这种东西，带在身上做什么？”

石蘷横了他一眼，道：“那等下我们坐马车你走路，我们吃肉饼你看着。”

赵佣顿时语塞，便听赵俟问道：“璐璐，我们要坐马车吗？”

“当然坐。”石蘷俨然便是众人的导游，道，“曹婆婆肉饼在朱雀门那边，我们走不了那么远的。不过，环哥儿的钱太少，租不起马车，只好坐驿车，四文钱一个人，走到前面的街口便有驿亭。”她说的驿车，是汴京时兴的公交系统，一种比寻常马车更长更宽的马车。淑寿几人都是闻名已久，却从来没有机会坐，这时不由兴高采烈地欢呼起来。

“璐璐，你怎么什么都知道啊？”狄环几乎是崇敬地问道。

“我外家在这里啊，阿旺和侍剑都带我坐过驿车的。”石蘷得意地回答道。

众人羡慕地“啊”了一声。却见淑寿转过脸，对赵佣道：“你要坐车还是走路？”

赵佣迟疑了一会儿，毕竟是识时务者为俊杰，低声道：“坐车。”

便见五个小孩欢天喜地地出门而去。店里的伙计目送着他们离开店中，不由低声嘀咕道：“不知是哪家的小孩？那个小女孩看起来怎么这么像石学士府的大姐？”他再也不敢想，刚刚来到店中的，居然有一个储君、一个国公、一个公主、一个骑都尉和一个大学士千金！

正当石蘷领着一干金枝玉叶去坐驿车准备吃曹婆婆肉饼的时候，柔嘉却已经急得像热锅上的蚂蚁，整个人几乎都处在了崩溃的边缘。她这时候才知道什么叫“小巫见大巫”，至此时此刻，她才真正明白当年她的父母是如何为自己担心的。

谁也没有想到，淑寿竟然有这么大的胆子——朝中一干命妇入禁中拜寿，因太后特旨想见见石蕤，梓儿便将女儿也带了进宫。然后，太后留下高丽王妃叙话，梓儿便被清河请到静渊庄去小叙，向皇后因朱妃、王妃都特意恳请，便让柔嘉领着太子与信国公、淑寿公主一道去静渊庄玩耍——这两位皇子，因与狄环年纪相仿，自小便是玩伴，这原也是寻常不过的事。而淑寿自见过柔嘉这位姑姑后，便亲昵得几乎成了柔嘉的跟屁虫，静渊庄更是常来常往的。到了静渊庄后，清河便让五个孩子一起在园中玩耍，只叫了几个同年的小黄门跟随陪伴，拉了柔嘉过来一道下石子棋。

没想到，便这么一小会儿的工夫，竟出了大事。

淑寿诱骗几个小黄门在园中捉迷藏，领着四个七八岁的孩子，从静渊庄后院的一个狗洞钻了出去——也亏得淑寿竟能把静渊庄摸得如此清楚。那一块的花园，原本是有几个宦官看管的。因为静渊庄的下人多是皇太后特意调拨过来的内侍，这天赶上皇太后生辰，内侍省、入内省人手都吃紧，这些人又被调了回去帮忙。于是偌大一个静渊庄，许多的地方都没人看管，竟教淑寿他们跑了出去——当然，再也没有人想到，竟会发生这样的事情。

待到她们发现之时，所有的人都惊呆了。静渊庄中乱成一团，所有的人疯了似的在庄中翻找，几个小黄门立时都被关了起来，严加审问——梓儿与清河，都是这么一根独苗，孩子突然失踪，做母亲的已是很难保持冷静，更何况还带上三个天潢贵胄，尤其是，还有一个储君在内！

果真有甚意外，石、狄两家，还有活路吗？

责任永远都不可能是皇子与公主的。这一点，无论是梓儿与清河，心里都清清楚楚。而清河尤其要担一份责任——他们是在静渊庄失踪的。

不过，这其实也无关紧要。对于梓儿与清河来说，若自己的女儿和儿子真有什么意外，便已经是等于天塌了。

清河强忍着内心的担心、焦急、绝望——虽然汴京民风淳厚，治安极好，但小孩走丢的事情，在一个人口上百万的大都市，却是再怎么样也无法避免的。前几年，王韶家的十三郎，就在元宵节时走丢了，幸好这孩子聪明机智，才没被拐走，最后反被内侍发现，竟让皇帝与皇后救了下来。但这样的好运气，不是经常有的。开封府每年秋决的犯人中，总少不了几个人贩子。而这五个孩子，最大的淑寿公主不过十几岁，而其余四个，都不过七八九岁的年纪，不是金枝玉叶，便是勋贵子弟，都没见过外面的世面，要是被人拐骗了，可真是一点都不稀奇。但清河却是知道自己此时断不能离开静渊庄的——她叫住了迷迷糊糊准备叫人去报开封府的梓儿，两人一齐进宫请罪。

梓儿本来也是极聪明的人，被清河一提醒，立时便明白了过来。不管她再怎么着急，她也只能与清河一道进宫去请罪。虽然小黄门说是淑寿公主的主意，但是，错的只能是狄环与石蕤。而且，这件事情也不能声张。一则不能扰了太后的寿筵；二则若传扬出去，大宋皇室脸面全无——不仅让天下臣民百姓笑话，更让外国使臣看了热闹，笑话皇室教子无方；三则二人也无法向向皇后、朱妃交代。

清河心里明镜似的，这事果真传扬出去，哪怕六哥赵佣只是一个不到十岁的小孩子，这也是太子“失德”的大事！而最要紧的，却是即使闹得惊天动地，满城风雨地寻找，也于事无补——这么大的汴京城，要找五个小孩，便如大海捞针一般，宣扬出去，反而会使那些别有用心的人有机可乘。

所以，清河只得嘱咐了柔嘉，让她先去设法寻找，自己与梓儿却是连忙进宫请罪。

人在慌张不知所措的时候，若身边有一个人能拿得定主意，便往往能够很快地安定下来。有了清河这定海神针，柔嘉、梓儿听她安排处置着。知女莫若母，梓儿随即便想到——这五个孩子中，另外四个都极少出门，只有她家的女儿是被经常带着在外面乱跑的。石越似乎一点也不曾有过要培养“大家闺秀”的想法，经常带着她满汴京地到处乱窜。夫妻俩为了孩子的教育方式，还发生过小小的口角，但最后还是梓儿妥协了。因此，这五个小孩溜出去，真能带路的，怕也只有她家石蕤了。她连忙将石蕤平素喜欢去的所在，一一向柔嘉说了，这才极不放心地随着清河进宫。

千斤重担，便这样落到了柔嘉的身上。

柔嘉不敢肯定这是不是一种“报应”。当年她害得多少人提心吊胆，担惊受怕，如今，几个小孩牛刀小试，她一辈子的“伟业”，竟都比不上这么一场惊吓。

天知道，这中间可有一个太子殿下啊！

而且，那石头究竟是怎么样教女儿的啊？柔嘉脑子里乱成一团，刚刚梓儿所说的石蕤惯常爱去的地方，从城北的封丘门、北州桥，到城南的玉楼包子、曹婆婆肉饼、张八家园宅正店、白水潭学院；从城东的东西榆林巷、枣冢子巷，到城西的万家馒头、建隆观、州西瓦子——天知道石越为什么带女儿去那种地方？！乱哄哄的四五十个地名被梓儿一股脑地塞进她脑子里，汴京城的东南西北，潘楼街、土市子、大相国寺……不管是汴京有名的，没名的，好像竟没有这石家大姐不爱去的地方！

这么些地方，柔嘉若果真要一个个寻去，没有两三天工夫想都不用想。

柔嘉出了静渊庄就开始想主意，亏了她也曾经是个惹是生非的主，胆子也大得吓人——她又拐回禁中，顺手抓了个小黄门，便叫他领着去找石得一。清河不是说不能声张出去吗，找皇城司便是了。她也不曾细想石得一权威熏天，寻常宗室都要忌惮他三分，何况她只是区区一个县主。但柔嘉是依着自己的想法行事惯了的，哪怕这些年来懂事成熟了，却毕竟不会如清河一样思前虑后设想周到，在西华门前逮着石得一，揪着他耳朵便拉到一边，噼里哗啦地命令起来——倒似她才是大宋的皇城使，理所当然地要他出动全部皇城司兵吏悄悄寻查，火速派人到各个城门严加察访。

她这么一说，直把石得一惊得七魂出窍。石得一素知柔嘉不比寻常宗室，是轻易惹不起的，何况还摊上这么一个惊天动地的事情，哪里还敢多说什么，连连答应，也不敢迟疑，记下五人的衣着打扮，急忙派人传令—— 所有皇城司的探子立刻改变任务，全力查访三男二女五个小孩。连石得一自己也不敢再待在禁中，匆匆忙忙布置了禁中的安全，也亲自出宫督办。

但柔嘉其实也不是真的知道皇城司究竟有多大的力量，找过石得一后，便策马奔赴石府。她的想法是极单纯的，梓儿告诉她这么多的地名，她怎么样也不可能记全，得去找石府的人帮忙，他们总该知道石蕤平素爱去的地方。到了石府，正好撞见侍剑。侍剑听她一说，整个人都吓傻了——他随手从府中抓了几个家丁，便随着柔嘉一道到处寻找。

侍剑也是常领着石蕤玩的，知道石蕤外家在潘楼街，她又最爱那边的热闹，且那一带离静渊庄也不算太远，因此马上领着柔嘉往潘楼街跑去。几个人急得满头大汗，在潘楼街一处处地打听着，却不知道，石蕤已经领着淑寿四人，正坐在从旧封丘门开往朱雀门的驿车上，兴高采烈地拍手大叫着。

2

曹婆婆肉饼的掌柜并不叫曹婆婆，而是一个老实敦厚的中年男子——他被人们唤作“曹员外”——汴京的市民，习惯将富人唤作“员外”。耶律萌显然一时间难以接受“曹婆婆肉饼”居然是个男人掌柜，颇有点吃惊。他远远比不上萧佑丹这么了解宋朝，并不知道在宋朝，商人们已经有了品牌的观念，像曹婆婆肉饼这样有口皆碑的老店，自然是不会轻易改招牌的。不过这一位曹员外，显然也没有商业扩张的想法，尽管前来买肉饼的人络绎不绝，但曹婆婆肉饼依然只是一家小店子。好在大部分人都买了就带走，只有极少数的人，才会在店里就着清汤吃饼。

这一天对曹员外来说，是不同寻常的一天。虽是高太后的生辰，但一向有经济头脑的曹员外，并没有如一般的汴京市民一样，去大相国寺看热闹。汴京市民是极喜欢热闹的，但曹员外却秉持着一个宗旨——一年三百六十五天，风雨无阻，店子都要开门迎客。市民们去大相国寺看热闹，住在城南的人回家时会经过这里，像李七家正店这样的大酒楼，普通的市民也是不敢进去的，他们累了饿了，便会到曹婆婆肉饼来买块饼，或者去张家油饼、玉楼包子买块油饼、买个包子充饥。所以，像曹婆婆肉饼这样的店子，一般来的都是极普通的市井小民，极少会有达官显贵们屈尊纡贵。

但这一天，却显得极为反常。

先是来了两个客人，衣着光鲜，气度举止，都不似寻常百姓，而说话的口音，更不似汴京人。两人买了几块饼，要了两大碗汤，找了个角落坐下，便津津有味地吃起来。其中一个客人一边吃还一边称赞："这肉饼，十余年来，最难得味道都没有变化。寻常人不知道，吃曹婆婆肉饼，一定要到店里来，就着汤吃，这才正宗。李清臣哪里能知道这等妙处？"

曹员外听他语气，竟是店里十余年前的老客，因疑心是赶考的举子，正寻思着笑着上前去搭几句话，联络联络感情——若将来得中了，也能写几个字什么的挂着，装点装点……他正打着小算盘，却又有四个客人走进店中，要了几个肉饼，也不吃汤，只找了张桌子，心不在焉地啃着。这四个客人，说穷不像穷，说富不像富，说是百姓不像百姓，说是官又不像官。他们也不像来吃东西的，反倒不时拿眼睛瞄着那桌的两个客人。曹员外正摸不清他们是什么来路，却听自己的小儿子拉了拉他的衣服，在他耳边低声道："爹，这是皇城司的。"

"你怎么知道？不要乱说。"曹员外吃了一惊。

"坐在那边那个，是小甜水巷的林五，三年前贿赂了宫里的蓝大官，到皇城司谋了个差使。爹不记得了吗？"

曹员外不觉凝神仔细看了看，果然便是林五。

"爹，不会有什么事吧？"

"我们规规矩矩的老百姓能有什么事？"曹员外低声训了一句，把嘴朝萧佑丹与耶律萌呶了呶，"是冲那两位来的。"

但这么着一搅，曹员外却也不敢再去搭话了。幸好皇城司的那几个探事并没有待太久，没多久，四人仿佛有什么急事，付了钱匆匆忙忙便走了。

这反常的举动，不仅让曹员外大惑不解，连萧佑丹与耶律萌也暗暗奇怪。

萧佑丹绝非循规蹈矩的人，李清臣不肯陪他来吃曹婆婆肉饼，都亭驿里里外外戒备森严，但他到底还是找了个当儿溜了出来——不过，他本事再大，也抵不过职方司与皇城司人多，屁股后面，终是跟上了几条尾巴。只不过，职方司与皇城司的办事方法却大不相同，职方司是暗暗盯梢，皇城司却是明目张胆地跟着，根本不怕被发现——这既和两个机构的人员有关，也与各自的职责有关，职方司恨不得萧佑丹去见见汴京的间谍，但皇城司却只要不出什么娄子便心满意足。

但不管他们怎么样，萧佑丹却只是津津有味地啃着肉饼，在他看来，这几文钱一个的曹婆婆肉饼，比集英殿的美味佳肴，要好吃得多。因此皇城司的人进来挑衅式的盯梢，他毫不在乎，反倒是他们突然离去，让他暗暗纳闷。但这个闲事，也不是他能管的。

心满意足地喝完最后一口汤，萧佑丹满意地抹了抹嘴，看着早已吃完的耶律萌，二人不觉相顾一笑。正准备叫掌柜的过来结账，却听到一个稚声稚气的声音道："店家，要五个肉饼，五碗汤。"

"好呢！"萧佑丹听曹员外答应一声，却见二女三男五个孩子走到相邻的一张桌子上坐了下来。他随便瞥了一眼，却立时怔住了。

龙纹！

他身旁的一个八九岁的小男孩坐在板凳上，双脚晃荡着，露出了半截靴子，那上面竟然绣着龙纹！

萧佑丹几乎疑心自己看错，定睛再看五人的打扮，这五个小孩身上的衣帽，都是极精美华贵——但从衣服上却看不出异样来，当时汴京富贵之家，穿着僭越逾礼，早已经是常事。而宋朝皇室，即使是皇帝，其服饰也常常与普通官员无异。

许是某个亲王、郡王家的孩子，偷偷跑了出来。萧佑丹暗暗想道。却见曹员外的小儿子端着菜盘过来，抹了抹桌子，一面极为熟络地笑道："几个小员外、小娘子，怎么便自个儿出来玩了？"

"小员外？"赵佣望着狄环，奇怪地问道，"环哥儿，你是员外郎吗？"他只听说过员外郎，却不知道民间的习俗，眼见这伙计是和自己一行说话，但他和赵俟无论如何都不可能是员外郎的，因此在他想来，自然只有狄环了。

狄环摇了摇头，骄傲地道："我是骑都尉，不是员外郎。"

赵佣与赵俟更觉奇怪，二人睁大了眼睛，惊讶地望着石蕤，却怎么样也不肯相信她会是员外郎！但这一声"骑都尉"，却真真将人吓了一跳。自从王安石拜相以后，宋朝对恩荫便越管越严，新官制以后，更是珍惜名爵，在司马光与石越的强烈主张下，恩荫较之王安石时代更加严格了。狄环小小年纪，便恩袭骑都尉，不仅令萧佑丹与耶律萌大吃一惊，连曹家小儿子，也都吓了一跳。

"六哥、七哥别多嘴。"淑寿到底年纪稍长，要多懂些事，摆出姐姐架子，瞪了赵佣与赵俟一眼。二人对淑寿甚是敬畏，缩了缩头，便不敢说话。

曹家小儿子狐疑地望了五人一眼，知道是贵人家的子弟偷偷跑出来玩，也不敢多说什么，把汤和饼上了，一面跑回去和老爹商议要不要报开封府。汴京百姓都是很热心的，并没有各人自扫门前雪的习惯，何况若是这几个小孩子走失了，万一官府追究到这里，他们也脱不了干系。

但这么着几句话，却也已经令萧佑丹大生好奇之意。他几乎是直觉地便感到这几个孩子不同寻常，因此也不忙便走，更加细心地留意起这几个孩子来。

五个孩子显然是都饿了，虽然从潘楼街过来是坐驿车，但从静渊庄到潘楼街，却也有相当长的一段距离。几个孩子边走边玩，不容易感到累，但是大半天都处于极度兴奋的状态中，也是颇消耗体能的。赵佣平素在宫里吃饭是极挑食的，也不怎么能吃东西，因此身子极弱，这时候喝一口清汤伴一口肉饼，竟风卷残云般吃得一丁点都不剩。赵俟与狄环更不用说，早早就已吃完。他们都不敢招惹淑寿，只是眼巴巴地望着石蕤手中的半个大饼，不过毕竟也不好意思公然要石蕤嘴里的东西。

“我还要一个！”赵佣没有那么多想法，吃完之后，马上高声叫了起来。

“钱不够了。”石蕤为难地说道，狄环将铜钱从荷包里掏出来，哗啦啦倒在桌子上，不过三十几文，刚好够他们一人一个肉饼。

几个小孩面面相觑，赵佣心里极想要，却害怕被淑寿骂，眼巴巴望着淑寿。

萧佑丹此时已是由好奇到觉得有趣，他已经肯定这几个孩子都是宋朝勋贵子弟，只是不知道身份究竟有多尊贵而已。他饶有兴趣地望着几个孩子，要看他们怎么处置这事。

却见淑寿望了赵佣一眼，又转向石蕤，问道：“璐璐，你上回不是说过有地方当东西吗？”

“嗯。”石蕤点点头，马上便明白过来，“啊”了一声，道，“要是当了东西，被发现要挨骂的。而且我爹爹说过，到当铺当物什，都是很吃亏的。”

“我便说不小心丢了便是。”淑寿不以为然地说道，一面摘下一个耳坠来，学着石蕤的口气喊道，“店家。”

曹员外已经听他小儿子说起这群小孩中有个“骑都尉”，心里正在为难：他到底不知道底细，也不敢随便报官，须知开封府的官老爷也不是那么好相处的；但若不管，又怕担上干系自己担待不起。这时听到淑寿唤他，连忙亲自跑了过来，打了躬问道：“小娘子，不知有何吩咐？”

“我用这个再换你三个肉饼，行吗？”淑寿到底是第一次干这勾当，心里又是兴奋，又是忐忑。

曹员外望着淑寿手里的耳坠，半晌说不出话来。单单耳坠上面的那颗珠子，只怕梁家珠子铺里轻易也寻不出这么好的珍珠来。用这么名贵的东西，换三个肉饼……“要得！”曹员外几乎忍不住要把这两个字吐了出来。

淑寿却以为他不肯答应，不觉失望，这对耳坠原是她极喜欢之物，若非是心疼两个弟弟，哪里便肯给人？这时抿抿嘴唇，又取下另一只耳坠，道：“这总该够了吧？”

“一只便够了。”石蕤却不干了，一把拦住，“上回我到梁家珠子铺买一颗寻常珠子都花了几百文，三个肉饼也就是十几文，一只便够了。”

萧佑丹在旁边听得再也忍耐不住，不由得哈哈大笑。招手叫过曹员外，笑道：“店家便给他们三个肉饼，算到我的账上便是。”

“是。”曹员外赔着笑应了，又恋恋不舍地望了那珠子一眼，连忙吩咐了儿子上肉饼。

石蘐却不肯平白无故得人好处，学着大人的样子，对萧佑丹敛衽一礼，道：“不知这位先生如何称呼？贵府在何处？明日我好叫人将饼钱送还。”她到底也算是名门之女，年纪虽小，面对生人之时，倒还没把平素学到的礼节全部抛到九霄云外，也说得似模似样的。

这时肉饼已经送到，赵佣拿起一个肉饼方啃了一口，听石蘐还要还钱，含着饼道：“既要还钱，便再来两个！”

这回连耶律萌都忍俊不禁，哈哈大笑起来。

但他只笑到一半，便猛然顿住——连萧佑丹也想不到，石越竟会在此时突然出现在曹婆婆肉饼的店门口。

“石学士！”萧佑丹才说了三个字，便听到一个怯生生的声音唤道：“爹爹！”他大奇回头，却见石蘐低着头，一副做了错事的模样。他又抬头望望石越，见他满头大汗，一脸焦急，全不似平时的从容镇定，几乎再次笑出声来。

“萧大王？”石越亦没有料到萧佑丹会出现在此处。他看着萧佑丹，目光却停到了石蘐脸上，他见女儿没出什么意外，已放了一半的心，再掠过她身边，见淑寿、赵俟、狄环都心虚地低着头，赵佣刚好捧着肉饼咬了一口，猛然间见到自己，似乎咽也不是，吐也不是，一脸茫然地发起呆来。石越又好气又好笑，但一直悬着的心终究还是落了下来。

小孩子不知天高地厚，几乎将他吓得半死——汴京城到底不是世外桃源，反倒是一个巨大的名利场，什么样的人都有，万一碰上歹人，后果可真是不堪设想。皇帝这时早已经知道几个孩子失踪之事，又惊又急，几乎是坐立不安。

现在外头看起来欢天喜地的，禁中却早已经乱成一团——李向安这才派人给他报讯。石越收到消息，立时便猜到此事他的宝贝女儿“功不可没”——若没有她从中撩拨，另外那四个孩子，哪里会想到溜出宫来？因此他亦是循着女儿爱去的地方寻找，不过他到底身份不同，一面调集了府里的人手，只说是石蘐失踪，瞒了两个皇子与公主的事，令他们四处寻觅；一面又动用自己的关系——开封府有两个巡检，乃是他抚陕时的亲兵出身，平素里，凡是石府的门客亲兵家人，只要出了石府的大门，除了司马梦求外，石越便一律不许来往——这亦是为了避嫌，这时候却顾不了许多……

便是如此，他在城南足足找了一个时辰，才有开封府的一个捕头来报，说见着石府的小娘子在曹婆婆肉饼店，他匆匆赶来，却不料竟在这里见着萧佑丹——不过也不奇怪，那开封府的人，自然是不认得萧佑丹的。

石越见几个小孩平安无事，稳下心来后，却又暗暗叫苦。他也不知道萧佑丹是否已经知道几个孩子的身份，这时更不敢多说，立即反客为主，问道："萧大王如何会在这里？"萧佑丹并非常驻使节，没有宋朝官员陪同，随便出都亭驿，到底是不合礼节。因此石越语气中隐隐便带了质问之意。

萧佑丹笑道："一别汴京十余年，闲来无事，正好出来走走，看看汴京究竟还有何变化——这一位，便是令爱吗？"

"小女顽劣，石某教女无方，让大王见笑了。"石越轻描淡写地回了一句，旋即道，"还是请大王早回都亭驿，若要观赏汴京风情，可叫礼部安排官员陪同——大王固有闲情逸致，然若有何意外，大王乃北朝重臣，到时大辽皇帝问起来，可叫敝国为难了。"

"学士说笑了。"萧佑丹眼见石越似乎急着遣开自己，反倒生了疑心，他用眼角余光又瞥了石蕤几人一眼，笑道，"休说大宋职方司、皇城司都是精兵强将，护卫周到，便是小王与耶律将军，亦都是马上出身，等闲之辈，不足挂齿，又能有何意外？"

"是吗？"他话音刚落，便听到店外有人冷冷接道，"萧大王是以为我大宋无人吗？"

"岂敢！"萧佑丹淡淡笑道，望着一个其貌不扬的中年男子，缓缓走进店中。石越见着此人进来，心中暗叫一声苦，果然，便见赵佣终于回过神来，慌忙咽下口中含了半天的肉饼，笑逐颜开地跳了起来，口里喊道："杨将军，你来了！"他虽然贵为太子，但终究自觉心虚，加之宋室皇子教育严格，石越又是朝廷重臣，他刚才猛然间见到石越出现，竟是大大吓了一跳，所受惊吓只怕比石蕤更甚三分，所以捧着肉饼发了好久的呆，竟不知如何是好，只觉怎么样都是失仪，这时见到杨士芳出现，便如见着救星一般，急忙抛了肉饼就朝杨士芳奔去。

杨士芳见赵佣无恙，亦暗暗松了口气，下意识地便想行礼，总算是生生忍住。

"杨将军？！"萧佑丹与耶律萌交换了一下眼色，狐疑道。二人越发觉得这事不同寻常。

杨士芳只看了石越一眼，却没有再理会萧佑丹。他回过头，似是向门外打了个暗语，便见一辆马车急疾而至，停到了店门之外，又有两个身着常服的班直侍卫走进店中，径直走到淑寿与赵俟身边，护着二人出门而去。杨士芳牵着赵佣的手缓缓走到店门口，忽然回头，冷冷逼视萧佑丹一眼，便转过头，带着赵佣扬长而去。

石越心中苦笑不已——事情如此发展，他知道以萧佑丹的精明，这件事终究是瞒不过去的，但这时候也只好瞒得一时算一时，毕竟他怎么样都管不到杨士芳。一面向石蕤道："蕤儿，环哥儿，你们过来。"

石蕤与狄环怯生生地走到石越身边。石越看了女儿一眼，一时也不知道说什么，半晌，方抬头欲向萧佑丹告辞——闹出偌大的事情，他必须领着这两个小孩，去宫中请罪——却见萧佑丹与耶律萌都变了脸色，怔怔地望着门口。

他顺着二人的目光瞧去，却见店门口的一块铺地的青砖，竟已四分五裂。

“石某尚有俗务在身，不便久留，便先告辞了。为大王安全计，为两国邦交计，还望大王早回驿馆。”石越正抱拳向萧佑丹告辞，却感觉有人扯着自己的衣襟。他低头望去，却见石蕤正在轻扯自己的衣袍，见他目光，慌忙低下头去，细声道：“爹爹，我还欠这位萧大王三个饼钱……”

3

“杨将军，刚刚那个是什么人？”马车上，赵佣好奇地问着杨士芳。与日日相处的杨士芳在一起，他感觉自在了许多。但心里终免不了有点惋惜不舍。

“六哥问的是那个契丹人吗？”杨士芳习惯性是冷冰冰的语气，“他是辽国的北枢密使、卫王。是来给太后祝寿的。”

“北枢密使是多大的官？和文太傅一样大吗？”

“差不多大。”杨士芳简短地答道。

“他比文太傅和气。”赵佣突然道。

“六哥千万不可乱说。”坐在马车门口的内侍庞天寿慌忙回过头来，他是负责照顾赵佣与赵俟的内侍——这是个让人羡慕的差使，谁都知道，赵佣是大宋朝的储君。但这一次出了这么大的娄子，他的前途也随即变得黯淡起来。幸好当今的皇帝、太后、皇后都不是暴戾的人，否则他的小命根本留不到现在。“文太傅可是当今名臣……”

他生怕赵佣随口乱说，又惹出祸来，便想为文彦博辩护几句，但他毕竟只是个内侍，支吾半天，却说不出个所以然来。

却听杨士芳道：“六哥可知道他是契丹人？”

“我知道。娘娘说过，契丹是北边的大国。”

“那是我们大宋的世仇。”杨士芳沉声道，“六哥将来要做官家的，便要靠文太傅这样的大臣辅佐，才能打败契丹，收复故土。”赵佣与赵俟似懂非懂地听着。杨士芳又道：“像刚刚碰到的萧佑丹这样的人，是我们的敌人。文太傅是朝廷的忠臣，是好人。”

他到底只是个武人，不明白赵佣心里想着什么——赵佣每次见着文彦博，无论是向皇后、朱妃，还是服侍他的内侍，都必然要叫他规规矩矩，谨守礼仪，这样太子才能受到百官的称赞，若举止有丝毫不妥，回来必定要被说上一番。所以赵佣对于文彦博、石越这样的朝廷大臣，心里实在颇为惧怕。这时见萧佑丹言笑晏晏，素不相识还肯借钱买饼给他吃，又听说是契丹的大官，两相比较，自是觉得萧佑丹要亲切得多。

“六哥、七哥回宫，要好好向官家、圣人请罪。千金之子，坐不垂堂……”庞天寿接过杨士芳的话来说道，赵佣这时候才明白，自己到底是再次回到了平素的生活中，一大堆的规矩与礼仪在等着自己。他不住地拿眼向车帘外瞄望，一脸的恋恋不舍。这装饰富丽堂皇的马车，竟是远远不及简陋的驿车有趣。随着马车的颠簸，赵佣眼皮越来越重，竟是睡着了。

4

载着赵佣、赵俟与淑寿的两辆马车，直接驶入了静渊庄。杨士芳等班直侍卫、内侍服侍着三人在静渊庄下了马车，早有宫中的内侍在那里等候，直接引着三人往保慈宫去。赵佣、赵俟与淑寿这时见着众内侍都低着头，走路静悄悄的，喘气都不敢大声的神情，这才隐约意识到事情严重了。

到了保慈宫前，高太后极亲信的内侍陈衍已在宫前等候，见着三人过来，忙行了一礼，低声道：“官家、太后、圣人都在，六哥、七哥、主主[27]，待会儿好好认个错。”一面又对杨士芳与庞天寿道，“太后让二位也进去。”却不再多说什么，庞天寿看了杨士芳一眼，见他面无表情，不觉苦笑了一下。

陈衍引着五人进了保慈宫，偌大一个保慈宫内，静悄悄的，竟是一点声音也没有。便见正殿外的院子里，整整齐齐跪着数以十计的宫女、内侍，全都是服侍赵佣三人的。杨士芳与庞天寿见着这情形，便也不敢再走，也在院中跪了下来。赵佣三个先进到殿中，却见高太后坐在正中的椅子上，全不似平时和蔼可亲的样子，沉着脸，一声不吭。赵顼与向皇后却坐在一侧，见着三人进来，倒更似是松了一口气的神情。赵颢与赵頵站立着侍候，赵頵看到三人无事，亦是松了口气，脸上不觉露出一丝微笑；赵颢却一脸的肃然。

而在大殿的正中央，赫然跪着朱妃、王妃、清河、梓儿。

三人见着这阵仗，心里已先是慌了。淑寿是闯惯祸的人，这时见势头不对，立即便跑到高太后跟前，顺势跪下，便抱住了高太后的脚，可怜兮兮地说道：“娘娘，温国知错了。都是温国不好，擅自带着六哥、七哥出去，温国知错了，害娘娘、官家、圣人担心……”

[27]　主主是宋朝皇室中，长辈对公主的昵称。

赵佣和赵俣呆了一下，待到淑寿一气说完之后，方才反应过来，一齐跪下，跟着说道："孩儿知错了，请娘娘责罚。"

淑寿这么着可怜巴巴地一认错，若是平时，高太后心肠便软了。但闹出这么大事来，若不给他们点颜色瞧瞧，有一难免有二，若再跑一次，欲待如何收场？而且这事还牵涉着太子的名声，赵佣虽为储君，但一日不登基为帝，他的地位便一日不能算是安稳了。自古以来，多少太子平安无事，还要忧谗畏讥的，何况还闹出这么大事来？高太后提心吊胆半日，生怕三人有什么意外；待知道他们平安无事，这担心便转为恼怒，早已硬下心肠，要给这几个无法无天的孩子立立规矩，却哪里会被她几句话打动。

她看也不看淑寿一眼，冷冷道："我知道你错了！"一句话出口，怒气上涌，高声道，"你还知道知错？！"

她这么着一发怒，连向皇后都坐不住了。须知这三个孩子，都是由她抚养的。忙欠身劝道："娘娘息怒……"不料一句话都没说完，便被高太后打断："息怒？你带的好孩儿，如今还要回护他们吗？！"

这话却已经是极重，向皇后脸一红，连忙起身跪下，垂首道："臣妾教子无方，累娘娘担忧，罪孽深重，不敢避罚。还盼娘娘息怒，以免伤了凤体。"

高太后"哼"了一声，却也不叫她起来。向皇后就这么跪在保慈殿中，清河与梓儿跪都跪得不心安，二人方又要把罪责往自己身上揽，却听一个内侍匆匆走进殿中，跪在她们身后，禀道："观文殿大学士石越领着女儿石氏、骑都尉狄环在西华门外请罪。"

赵顼望了一眼高太后，却听高太后没好气地说道："有什么罪好请？"石越毕竟是朝廷大臣，没有随便处置的道理——若太子果真有什么好歹，也不用降罪，石越便只有自杀一条道可选；但太子既然没事，纵使声张出去，御史弹劾，无非也就是降职、削爵、罚俸——"教女不严"是什么罪，至少大宋的律令上是没有规定的，纵要处罚，从来都是与实际造成的后果、皇帝对当事人的态度来决定的。且皇帝还在，这亦不是高太后可以做主的；何况高太后与皇帝都不想张扬，这就更不能无缘无故处罚石越这样声名赫赫的大臣了。

高太后心里早就有了主张，又道："孩子叫他领回去，严加管束。十一娘的公主俸削了，改食郡主俸，不得再用公主仪制。韩氏的郡夫人诰命也削了。回去好好学学相夫教子，你们两个都退了吧。"

"臣妾谢太后恩。"清河与梓儿连忙谢恩。二人在保慈宫已跪了大半日，双腿僵硬，血脉不通，几乎站都站不起来。但这时更不敢失仪，强撑着起身，恭恭敬敬地退出保慈殿。

向皇后见高太后三言两语，便将清河从一个准公主变成郡主，又夺了梓儿的诰命，处分如此严厉且不留半点情面，便已知道高太后是铁了心要立规矩了。果然，便听高太后又道："叫杨士芳、庞天寿进来。"

未多时，杨士芳与庞天寿走进殿中，一齐拜道："臣杨士芳、庞天寿，叩见皇太后、官家、圣人。"

"你们知罪？"高太后径直问道。

"臣等知罪。"

"也罢，每人杖责二十。"

杨士芳与庞天寿不由一愣，几乎是喜出望外，连忙顿首道："谢太后。"

赵颢听到高太后如此处分，亦不由大感意外——按常理，出了这样的事情，杨士芳与庞天寿都会被逐出宫中。杨士芳或许贬往某州安置，庞天寿大概会在洛阳或者大名府度过余生，那些被淑寿设计骗过的小黄门，便是被杖责后赶出了宫中。但高太后却出乎意料地留下了杨士芳与庞天寿。眼见二人叩头谢恩，便要出去受罚，赵颢嘴唇微动，欲要进言，却终于忍住。

不料淑寿却忽然唤道："娘娘！"众人都是一愣，却见她犹豫了一下，忽大声说道，"娘娘，都是温国犯的错，一人做事一人当，请娘娘处罚温国，不要降罪杨将军他们。"

殿中之人再也没有人想到淑寿小小年纪，竟有如此担当，都不觉一怔。高太后与赵项心中几乎同时转过一个念头："可惜她是个女儿。"杨士芳与庞天寿刚走到殿门口，听到这话，身子都不由一颤，几乎不能自已。但二人却也知道这种求情是绝不可能有用的，并没有停下脚步。

果然，"你放心，少不了要罚你。"高太后的声音依然严厉，怒气却平抑了许多，"各人有各人的职责。你们是皇子、公主，一举一动，关系的都不只是你们自己。尤其是六哥，现在你犯了错，身边服侍你的人，都要跟着受处罚。将来你若是不顾后果，犯下大错，便是整个大宋要跟着你受罚！"

"凡为天下国家有九经。第一即曰修身，修身则道立。齐明盛服，非礼不动，所以修身也。六哥为天下士民之望，七哥与主主亦都是皇家宗室，一举一动，宜为军民之表率。是年纪虽小，汉昭烈所谓毋以善小而不为，毋以恶小而为之，正应当从小便学着守礼仪，知规矩才对。"赵颢一旁语重心长地附和道，"娘娘的教诲，不唯六哥，便是七哥和主主，亦当牢记在心里。这才是大宋万民之福。"

高太后瞥了自己这个爱子一眼，没有说话。向皇后一向是个规规矩矩的懦弱性子，虽听出赵颢这冠冕堂皇的话后面，总有那么点不对劲，却也不知道该如何驳斥。朱妃在高太后面前，更是一句话都不敢有的，儿子闯了这么大祸，她也只知道跪着哭泣赔罪而已。唯有王贤妃却是听得极刺耳，壮着胆子，低声道："孔子曰：不观高崖，何以知颠坠之患？不临深渊，何以知没溺之患？不观巨海，何以知风波之患？圣人犹自如此，何况几个孩子？所谓知过而改，善莫大焉。六哥、七哥、主主，虽犯了过失，但若能就此知辱，谁说不是好事呢？还请娘娘重加责罚，让他们知道教训，这亦是为了他们好。”

她话中之意，也是附和着高太后的话，却又隐隐地和赵颢的说法针锋相对。

“王氏说得对。”高太后冷冷地应道，却听不出她是什么心意，“人非圣贤孰能无过，不过犯了错，就要受到惩罚。不管是普通宗室，还是亲王太子，都不能例外。不能让天下万民讥我皇家没有家教。俗语云‘棍棒底下出孝子’，六哥、七哥、温国既做出错事来——”她顿了顿，沉声道，“陈衍，领他们三个一道去宗庙，跪足三个时辰。”

高太后此话一出，连赵顼都变了颜色。跪上三个时辰，文弱一点的大臣只怕都受不了，何况三个自小娇生惯养，过惯锦衣玉食生活的小孩子？尤其赵佣身体又弱，这么着一跪……朱妃一听这处罚，身子一晃，几乎便要晕倒，勉强支撑着，泣不成声地乞求道：“娘娘开恩，娘娘开恩……”

向皇后亦求情道：“娘娘，六哥、七哥、主主都是娇生惯养的……”

王贤妃却知道说什么也没用，虽心如刀绞，却只是默默地不说话。

赵顼几次也想开口求情，但知道淑寿是个鬼精灵，若知道他有半点不忍之意，将来真是无法管教，嘴唇动了几动，终于还是忍住，只用目光向赵颢与赵頵示意。赵頵立时跪了下来，求情道：“娘娘，六哥、七哥、主主虽然有错，还望娘娘从轻些发落，若有个好歹，娘娘难道不心疼孙儿孙女吗？”

赵颢却抿着双唇，只作没有看见，竟是一句求情的话也不说。

便在这当儿，却听殿外有人高声道：“好汉做事好汉当。六哥、七哥、主主，做错了事不许混赖，都和我一道去跪……”随着这话声，便见柔嘉大步走进殿中，跪在高太后面前，道，“云鸾之罪，任凭太后责罚，绝不敢辞。是我看丢了六哥、七哥和温国，我理当陪他们一道罚跪的。不过云鸾也有一事，想求太后应允！”

这么胆大包天的话，也只有柔嘉敢说。她也不待高太后答应，便又说道：“我听说，真宗曾说，太宗皇帝最好的诫谕，都是关于读书的。虽说祖宗定制，宗室要十岁才上学，但六哥、七哥闯出这祸事来，亦是因为没有个好师傅好好教导之故。便请太后恩准，给六哥、七哥选个好师傅，出阁念书吧。”

柔嘉的性子，高太后也是知道的。本来淑寿这般胆大妄为，她心里还颇有怨到柔嘉身上，却不料她居然还有这种见识，又想到几个孩子失踪时，柔嘉虽然还是莽撞的性子，却竟也知道去找石得一，种种事情联系起来，倒让人不由得要刮目相看。当下竟点头应允道：“便依了你。”

听到这话，向皇后、朱妃、王妃，都不由得又惊又喜，心里暗暗感激柔嘉。赵颢却是脸色微变，口里却笑道：“不料竟是十九娘有见识。”

“谢太后。”柔嘉对高太后叩了个头，便拉着赵佣、赵俣的手，叫起淑寿，随陈衍一道出保慈宫而去。

高太后望着四人的背影，心里暗暗叹了口气，挥了挥手，道：“你们都退下吧。”众人连忙告退。高太后望见赵顼脸色苍白，起身时似乎晃了一下，心中一转念，又道，“官家留下陪我说会儿话吧。”

赵顼这一日之间，先是憋闷了半日，念着萧佑丹的话，又喝了不少闷酒。待听到几个孩子失踪，又惊又急又气，心情大起大落，莫甚于此。他身子本来就是病一段好一段的，担心着国事，常常整夜不眠，精神也不是太好。听到高太后的处置，心里又是心疼不忍，又是觉得孩子不管不行。这时候只觉得脑袋昏昏沉沉的，却不便当众表露出来，听到高太后召唤，勉强又支撑着，问道：“母后有何吩咐？”

高太后见向皇后以下都已经退出殿中，悠悠叹了口气，道：“官家道我这么狠心吗？我哪能不心疼孙儿孙女的？”

赵顼勉强笑道：“母后……”

才说了两个字，便被高太后打断：“官家不用说什么，六哥是不能不教的，他是储君，自小要有人管了，对礼法规矩有了敬畏忌惮之心，将来才不至于为所欲为。否则他将来做了皇帝，谁能管得他住？今日犯了错，到宗庙跪三个时辰，那是轻的。将来犯了错，奈宗庙、天下何？”她顿了顿，又道，“向氏、朱氏，都是妇人见识，只知道疼儿子女儿。我若应了她们求情，哪怕是减轻一点，这几个孩子便知道有所依靠，将来定然还要无法无天，日积月累，只怕再也没有人管得住。所以我只能做个恶人，罚狠一点，让他们晓得厉害——我暗地里早已吩咐了陈衍，看他们不行了，便宣诏赦了他们。况且，有十九娘在那里，其实也不用担心他们会吃亏……”

高太后兀自娓娓向儿子诉说着心曲，不料赵顼一面听着，突然感觉到一阵眩晕，只觉得天旋地转，他试着想站起来，却感觉腿脚不听使唤，竟一跤跌倒在地。

5

“请陛下安心静养……”睿思殿内，吕惠卿与文彦博伏在皇帝御榻之前，委婉劝慰着皇帝。谁也不曾想到，赵顼会在保慈宫暴得风疾。风疾是一种常见的“皇帝病”，即便不能称为“不治之症”，能否治愈，在当时也有极大的偶然性。

许多人染上风疾后，很快便会病逝，但同样也有能够活上一二十年的病例。不幸中的万幸是，赵顼的病情看起来不算很严重，暂时没有出现意识不清、视觉困难、不能说话这样的症状，但他的右手与右脚有点痉挛，说话有时候会发音含混，有点轻微的迟钝、口吃，偶尔更会有剧烈的头痛、头晕，令人胆战心惊。医官们开了方子，吩咐皇帝一定要安心静养，绝不能大喜大悲。但赵顼却不能“静养”，他移至睿思殿后，趁着宫门还未关闭，便派人急召吕惠卿与文彦博入宫。

“朕、朕只怕没这么容易好了……”赵顼说话的语速比平时慢了很多，嘴角微微有点抽搐，风疾给他造成的打击，在精神上的更甚于肉体上的。“太傅与丞相……是朕的左膀右臂，朕希望你二人能和衷共济……”他停了一会儿，用目光制止了吕惠卿与文彦博插话，过了一会儿，忽然道，“今日萧佑丹说的话，朕一直耿耿，一直耿耿！”

“陛下不必挂怀。”吕惠卿连忙宽解道，“物价腾贵，无非是因交钞发行过多。但这种状况不会持续太久。若陛下能用臣之策，臣敢立军令状，一年之内，可平西南夷之乱，止益州之兵。两年之内，必令国家财计恢复正常。”

吕惠卿说出如此孤注一掷的话来，连文彦博都大吃一惊。但吕惠卿却是心知肚明——果真一年之内还不能平定西南夷之乱，他有通天的本领，只怕也捂不住这锅到处冒泡的沸水。与其这么着让文彦博、司马光等人到处掣肘着自己，慢慢被耗死，倒不如孤注一掷，若皇帝不肯用他之策，到时候他也有话说——此时他还不知道王安石已经婉拒复出的消息。

“丞相有何良策？”赵顼也觉得意外。

“西南之兵不止，朝廷财计便不得不靠增发交钞维持。益州之乱，正源于用人不当。将帅无能，不止累死三军，还拖累了朝廷。陛下试想，西南夷所居，不过弹丸之地，以王师百战之余，岂有屡战屡败之理？臣的主张，还是请陛下用王厚、慕容谦为将。若其不效，臣愿与之同罪！”吕惠卿一次一次地加码，增大赌注。

“军国大事，岂可儿戏！”文彦博这时再也无法坐视，嘶声道，“吕相公将一路之安危，系于区区二将身上，若果真有何万一，便诛吕氏全族，又于事何补？臣以为要平定西南夷之乱，还须三管齐下。一面朝廷要发兵征剿镇压，一面要暂停熙宁归化，招抚分化西南夷，除此以外，还要善择益州路牧守，以防祸起萧墙。益州之乱，非徒用兵可定者。请陛下三思！”

赵顼望着文彦博，嘴角抽动，不高兴地问道：“朝廷不是已经用王介甫做观风使了吗？太傅以为王厚、慕容谦不可当大任吗？”

“枢密会议以为林广是宿将，可当大任。”文彦博却依然很固执。

“石越、李宪都、都以为王厚、慕容谦可当重任……连郭逵亦觉二人为……可用之材，奈何唯……太傅难之？”赵顼话中，隐约便有质问之意了。

文彦博勃然变色，嘶声道：“陛下用臣为枢密使，奈何又不肯信臣之言？”

他这般坚持，已是几近跋扈，赵顼早忘记了医官的叮嘱，一阵怒火上涌，只觉头晕目眩，他强自支撑着，过了好一会儿，才渐渐平静下来，忍住怒气，道：“朕非不信太傅……然此事……久拖不决，非、非国家之利。”

“便请陛下除林广益州经略使，此事一言可决。”文彦博亢声道。

赵顼却沉默了一下，问道：“太傅，若用林广，多久可平西南夷之乱？”

“陛下既开西南之衅，奈何这时反而急功近利？军机万变，谁又能预测期限？然若以林广为将，必不至于败军辱国。”文彦博顿了一下，又道，“王厚、慕容谦非无能之辈，然臣所忧者，正是上位者急见事功，二人到底年轻，急欲取悦陛下，到时不仅坏了国家大事，还将自己也毁了。”

但文彦博的话，却不是赵顼想听到的。皇帝的目光转向吕惠卿，吕惠卿不待皇帝发问，便道：“陛下纵以为臣不知兵，然石越、李宪、郭逵辈，岂得谓其皆不知兵吗？”

赵顼移开目光，缓缓闭上眼睛，似乎是在小憩，似乎又是在沉思。过了好一会儿，才睁开双眼，道：“朕意已决……便召王厚、慕容谦为将。让他们先……先到京师来，朕要亲自见见他们。”

“陛下圣明！”吕惠卿连忙顿首颂道。

文彦博却默然不语。他这时才想起皇帝还是个中风的病人，若一味惹恼皇帝，非忠君之举。而且皇帝明明已经疑心他以党争坏国事，他再说什么，也没什么用处了。

“唐康、田烈武……也要一气结了。”赵顼仿佛想在这一刻，处理掉所有悬而未决的事情，“太傅与丞相怎么看？”

“臣理当避嫌。”文彦博几乎是别扭地回道。

吕惠卿心情却极是畅愉，回道：“此事臣已累章论之，其实便是清议舆论，到底还是同情者居多。臣以为，这桩案子，不宜再争论下去，朝廷如今正在用人之际。马默虽然判决了，然论法亦有恩自上出，陛下有特赦之权。此事凭陛下圣裁便可！”

赵顼心里想要的便是圣裁，吕惠卿所言，正合他心意。此事有政事堂的支持，朝廷官员以人数而言，到底也是主张轻罚的居多。只不过清议可畏，赵顼亦不得不晾上一晾，以免过于刺激反对者，万一闹出个给事中三驳出来，那才是大麻烦。他点点头，道：“朕以为可黜唐康大名府通判……去河北协助吕、吕公著；李浑编管……足为惩戒；田烈武罪轻，降一两级，闲、闲置几年便、便可。至于高遵惠……功大于过，但亦不赏，平调益、益州做提督使。卿可与政事堂诸公……若以为妥当，便以政事堂的名义结了……”

他定了下调子，却还要表示公正，让政事堂去“商议”，也给自己留了条后路——若如此处分后，舆论清议接受了，自然是皇帝英明；若是舆论清议激烈反对，板子自然打到政事堂屁股上。皇帝依然是公正的最高裁决者。但吕惠卿自是不惮于替皇帝当挡箭牌的，他反而暗暗庆幸——皇帝如此处分，竟比他想象的还要轻些，这正说明他站对了队，不仅对石越有了个交代，亦能在皇帝心中加分。吕惠卿相信，绝不会有皇帝喜欢一个处处与自己唱反调的宰相的。像当今这样的英主，更加不会喜欢。

约同一时刻，雍王府。

“皇兄又病了，据说是风疾！”这些年赵颢虽然“安安心心”当他的“贤王”，但并没有白费光阴，禁中的事情，能瞒得过他的，并不多。所以，皇帝的病情虽然没有公布，但雍王府却很快便得到了消息。

“风疾？！”事出突然，李昌济讶异之情，溢于言表，“太子失德，皇帝病倒……”

“仙长以为如何？”赵颢笑道，“汴京风云真是瞬息万变，有人以前是两面下注，如今风云一变，便向小王这边倒了。”

“大王说的是？”

“石得一。”赵颢言语中，不由有几分得意，“这个奄竖，鼻子比狗还灵些。”

“此人举足轻重，大王慎不可轻视。”李昌济对于赵颢的野心，本来并不抱多大的希望，但这时竟仿佛得天之助，好消息接踵而来，原来看来遥不可及的东西，突然间竟似乎近在咫尺了。

“小王理会得。”赵颢自然也知道石得一的力量足可倚重，“只是太子失德这件事，要不要现在散播出去？”

“再等一等。”李昌济摇头道，“要等个好时机。”

“但六哥马上便要出阁读书了，这个十九娘……”赵颢对于柔嘉的建议，一直耿耿。

“这也不是坏事。”李昌济笑道，“关键还是要看师傅是谁。”

赵颢一时没有明白李昌济的意思。

“以太子的性情，大王只要设法推荐几个学问出众、名望过人，却又迂腐刚正的儒士做师傅，然后悄悄令这些儒士知道太子今日之所作所为。用不了多久，师生之间，必然难以相容。只要太子厌学，讨厌儒士，让这些夫子对太子感到失望。到时候再将这些事情散播出来，一并大肆宣扬今日失德之事……”

“妙策！”赵颢未及听完，已不由击掌赞道，“今日之失德，还可谓不教之过。若这般师生相看两厌，则是朽木不雕也。”

“要紧是要找几个‘好师傅’推荐给太后！”李昌济笑道。

“此事不难。”赵颢不假思索地道，“桑充国、程颐，皆是天造地设之选。”说罢，越发觉得李昌济此策之妙，不由又笑着赞道，“仙长真奇士也。”

6

汴京是流言的天堂。

石夫人韩氏被削去诰命，这消息很快便引起了从爱说是非的官员内眷到四处钻营的官吏的注意，然后更慢慢扩散到民间。因为没有公布缘由，更引起了人们猜测的兴趣。各种流言不胫而走——当各种各样的猜测过多的时候，有时真相反而成了最不可信的一种猜测，被埋没在五花八门的流言当中。人们只有在真相揭开后，才会拍着胸脯说："我当时早就猜到了……"对绝大多数官员来说，在这种时候，谨慎地减少出入石府的数量，才不失为明哲之举。

不过，真正吸引官员们目光的，是第二天在琼林苑的大宴——枢密使文彦博告病，从消息灵通者口中，还传出皇帝已经下诏召有"小阎王"之称的小王将军与慕容谦将军回京的消息，二人将除益州路经略使副，统率大军，去平定西南夷的叛乱。除了知道王厚是王韶的儿子外，王厚与慕容谦并不为汴京的官员所熟悉，但眼见着二人可能成为未来的新贵，有关二人的背景、能力、性格、喜恶，等等，自然也成了热门话题。

而对韩拖古烈来说，这正是他收集情报的好地方。宋朝皇帝在各国使臣面前只露了不到一刻钟的面，便留下礼部尚书王珪与鸿胪寺卿李陶作陪，悄无声息地从众人面前消失了。韩拖古烈注意到他离席之时，脚步似乎有点一高一低，他一向很留意宋朝皇帝的健康状态——这显然是极为重要的情报——但他知道赵顼的身体并不是很好，这次反而没有太放在心上。他把精力放到了其后——当皇帝离开之后官员们才会不那么拘谨，尤其是年青的官员，他们会率先以同年、同乡、同党为特征，自然而然地分开群落。琼林苑正是花开的季节，来自天下各路军州，甚至是海外的奇花异葩，争相斗艳，亦会引起许多才华横溢的诗人的诗兴。这一日琼林苑全部开放给宋朝官员与各国使者游园，所以，很快便会有更多的官员离席，三三两两结伴去苑中赏花，诗词唱和。

韩拖古烈今日的穿着，与一般宋朝士大夫毫无不同，他说着一口道地的汴京话，穿梭于大宋的公卿之间，倾听着他们吟诗作赋，得心应手地品评着诗词的高下，往往以一句妙语，赢得满座赞叹。他巧妙地拉近自己与宋朝士大夫们的距离，让他们不将自己视为"外人"，然后不动声色地听他们谈论各种看似无关紧要的流言耳语。

中层官员对于朝廷的人事、政策，总有各种各样的看法，他们亦不以为自己所知道的东西会是什么军国机密，觉得自己说的只是众所周知的事情，于是亦放心大胆地在韩拖古烈面前高谈阔论。即使是一些对辽国抱有敌意的官员，也不怎么排斥韩拖古烈——要区分韩拖古烈与一个普通的宋朝士大夫的区别，实在是太难了，而他又是一个很能够获得人们好感的人。

有时候也有人会故意在韩拖古烈面前炫耀宋朝的国威，比如河北某州的一个官员怎样有才干，大宋又做了什么了不起的事情……韩拖古烈总是耐心地倾听着，偶尔不卑不亢地回答几句，既不让他们太失望，也肯不让他们太满意。他对儒家经典、汉赋唐诗，乃至宋朝学者的著作都十分熟悉，常常巧妙地引经据典来回答。即使那些存心想诘难他的人，也不能不在心里佩服他的才智与学问。

但对于韩拖古烈来说，这一切都只是为了自己的职责，为了那个将自己从微贱中提拔重用的雄才大略的大辽皇帝，亦是为了大辽朝的存亡延续。对于自己的国家，韩拖古烈内心有着极深的忧患意识。没有人比他更清楚南朝的潜力——无论南朝现在面临怎样的危机，他都清楚，南朝已非昔日之南朝。这是一种感觉，一种如果你不在南朝生活，便无法体会到的感觉。

忠烈、先贤二祠，白水潭学院，朱仙镇讲武学堂，每天练习弓箭的小学生，汴京城墙上的火炮，熙宁番坊，还有汴河上每日熙熙攘攘的船只，汴京街道上越来越多的太平车……每一样东西，都让他感觉到南朝的力量——那是一种平静下面的巨大潜力。

这个世界上有一种人，能够敏锐地感觉到时代的变化，而韩拖古烈便恰恰是这样的智者。但这样的智慧，对他个人而言，却不全是好事。他感觉到时代在变化，却不知道自己的国家应当如何跟上这种变化，如何应对这种变化，这只能让他产生极大的挫折感与焦虑感。

韩拖古烈所能做的，只能是尽自己的力量，来帮助自己的祖国。

他深信大辽皇帝选择的道路是正确的。大辽现在的道路，是契丹人唯一的选择。作为一个辽国人，作为一个辽国士人，韩拖古烈对一件事看得清清楚楚——游牧民族是没有前途的！

所有的游牧民族，都注定是没有前途的民族。

这是有人类以来，就亘古不变的一条铁律。

任何不肯改变的游牧民族，都注定会在极短的时间内灭亡，其中绝大部分，甚至不会在历史上留下丝毫的印迹——能够有机会做出选择汉化与否的游牧民族，都已经是极少数的幸运者。韩拖古烈不会被历史的表象所欺骗，汉化也是注定要灭亡的，但是游牧民族的灭亡，却从来都不会是因为汉化——这是只要做一个简单的横向比较，就可以得出的结论，不肯汉化的游牧民族，在同样的条件下，永远比愿意主动汉化的要死得快，而且是快得多。

大辽的先祖们具备超凡的智慧，他们意识到不汉化就无法生存，但又担心汉化后失去赖以立足的竞争优势，所以创建了南北面官制度。但是，仅仅在太祖皇帝死后，太宗皇帝一亲政，其理想便是成为中原的皇帝。他统率大军南下，击溃汉人军队，在开封称帝，留下大辽国永远的荣耀，也留下大辽国永远的教训。从此以后，大辽的历代皇帝，都自居于中国的正统；也是从此以后，大辽的历代皇帝，都对汉人心存敬畏。

辽太宗在某种程度上，是被中原、河北的义军给击溃的。他离开汴京的时候，留下了一句名言："吾不知中国之民难治如此！"

这是一句被刻在大辽历代皇帝心中的名言。

从此以后，大辽国就再也没有过野心要真正地兼并中国。与南朝和平共存，保持军事上的相对优势，实际上成了大辽一百余年来最核心的政策。

契丹铁骑可以将阻卜人、女直人，将一切游牧民族毫不留情地践踏在脚下，可以无所顾忌地剥削他们，奴役他们，轻视他们。但是自太宗皇帝北还之后，契丹人就再也不曾真正轻视过汉人。

并且，契丹人、奚人都在自觉不自觉地改变。

或者说汉化。

当今的大辽皇帝选择了一条正确的道路。也许要为此付出惨重的代价，但韩拖古烈深信，对大辽来说，对契丹族与奚族来说，这都是唯一正确的道路。

唯有农耕，方能带来更多的、更稳定的粮食供应。

唯有将游牧改成畜牧，方能繁衍更多的牛、马、羊。

唯有如此，方能养活更多的人口，过上更富足的生活；唯有如此，才会有更多的人力、物力以及时间——唯有如此，大辽国才会有前途。

真正的前途！

破坏者只能暴虐一时，建设者才会拥有未来。

这一定会付出代价。也许是非常惨重的代价，但是韩拖古烈坚信，除此别无他途。为了未来，不能惧怕眼前的牺牲。

但是辽国人也是矛盾的。纵如卫王这样的智者，甚至是韩拖古烈本人，也认为"北方的朔风，才能锤炼出英勇强壮的战士来"——他们都为自己民族的传统感到由衷的骄傲；而且眼前的代价如果过于沉重，则会遮蔽人们更为长远的目光……不仅是那些坚持祖制的反对者，连卫王、韩拖古烈本人，也并非那么义无反顾。党项人为了正确的道路，已经付出了惨重的代价——他们失去了最重要的国土。大辽远比他们幸运，经过内战的锤炼，国内主明臣贤，政治清明，兵强马壮……

但是一个想要汉化的辽国，一个正在汉化的大辽，却迫不得已要与南朝开战，这不能不说是一种巨大的讽刺。

太宗皇帝失败的阴影，在一百多年后，始终笼罩在辽国君臣的心中。

这次，他们将面对一个更为强大的南朝。

信念坚定如韩拖古烈，都不由在心里要有犹疑，更何况他人？

大辽国也在一个巨大的三岔路口，一念之间，就可以决定一个国家，三个民族的命运——永远无法回头的命运。

至此时，韩拖古烈才深深地明白了“鞠躬尽瘁，死而后已”，是一种怎样的心情！

7

“凌牙门也有这么漂亮的荷花吗？”一池绽放的荷花旁边，两个绯衣客毫无风度地坐在池边的大石头上，远离着人群，一面说着闲话。他们都是皇帝面前的新贵，在高丽，在南海，他们都是炙手可热、翻云覆雨的人物，但是在汴京，他们却只是普通的中下级官员。他们与汴京的官场，似乎一直相互排斥着。这种排斥，几乎是天然的。在这里，他们很难找到同伴，没有几个人与他们有共同语言。尽管大宋已经开拓海疆十余年，但海洋依然不是大宋关注的焦点。那里只是遥远的域外，是被放逐的地方。而他们的功绩，亦受不到应有的尊重，他们被汴京官员背地里称为“夷官”。

“有。凌牙门的睡莲，不逊于琼林苑的荷花。但天下最好的荷花，应当是在杭州。”薛奕心不在焉地应道。他今天本来还幻想找机会向皇帝当面陈述他的设想，但是，九重之上，咫尺即是天涯，皇帝与他的距离实在是太遥远了。他不由感到一阵沮丧——他好不容易见到文彦博，费尽九牛二虎之力，才让文彦博对他海船水军的新设想产生那么一丁点的兴趣，没想到文彦博却忽然告病。

种种谣言显示，文彦博在枢密院待不久了。原本他也曾寄望于石越再次进入中枢，或者退而求其次，盼着唐康得脱此劫，回来重掌沿海制置司。但是，从各种流言中，他也能猜到，唐康即使化险为夷，也很难再待在中枢……这么些年来，薛奕从汴京官场学到的唯一一件事就是，汴京的谣言往往比政事堂的公文，更能揭示事情的真相。

秦观久久凝视着池中的荷花，似乎并没有太留意薛奕的回答。半晌，忽然没头没脑地说道：“高丽有两种不同的议论，一种议论说，朝廷允许他们出海的商船太少了；另一种议论却说，高丽国物产应有尽有，贸易有害无益，为了造船，不得不让许多劳力去深山中砍伐良木，浪费国力……”

“短视。”薛奕淡淡地回道。

秦观没有理会薛奕的评价，继续说道：“我在想，解决高丽的麻烦，也许应当全面允许他们的商船分享我们的航线与贸易，这样高丽于大宋的依赖，将更深更长久……”

“少游一点也不考虑南边那些海商吗？”一个声音在二人背后响起。二人连忙起身回头，笑道：“蔡元长怎的如此神出鬼没？”

蔡京笑着在二人中间坐了，道：“我看你们才是神出鬼没，躲到这个地方来了。”

“叶祖洽拉了一帮人在那里吟诗作赋，我实在没什么诗兴，便和世显躲这里来了。”秦观笑着也坐了下来。

薛奕却笑道：“少游是石门有名的才子，他是怕我一介武夫为难，救我一命。”又道，“元长知道我的，我要有元长一半的本事，亦不至于躲到这里来。”

秦观知道薛奕是说蔡京长袖善舞，当下笑笑，岔开话题，问道：“文太傅到底是怎么了？”

蔡京笑了笑，环顾四周，见并无旁人，方道：“被都堂的那一位排挤了。听说文公是昨天和那一位一道面圣回府后，气出的病来。宫里有人传，帝心生厌，枢密院要换主了。我看不日之间，文公便要自请出外了。”

薛奕听得更是意兴索然，不由叹了口气。却听蔡京笑道：“薛侯果真要想成事业，吕府、司马府、韩府，你总要走一家的门子。”

“罢了。”薛奕摇了摇头，道，“我一介武官，奔走于执政之门，传扬出去多有不便。”

蔡京笑了笑，不再多说，转向秦观，问道：“方才少游说的是当真的吗？”

“我想来想去，并无其余良策。”秦观点点头，道，“眼前看是吃了亏，长远来看，却是得利的。鼓励高丽出海，我大宋才是真正把握了高丽的命脉。”

蔡京默然一会儿，苦笑道：“若出此策，是雪上加霜。大宋的海商岂会答应？少游可知道，朝廷的海船水军，实际是由这些海商养着。况且这些人在东南势力不小，不可小觑。”

“若能用我之策，便让高丽人分一杯羹，又何伤大雅？”薛奕摇头道，“元长与少游可见过宝云斋的掌柜？二位若听他说一说，便知道大宋的海外贸易，其实还只是一个起点。踢开面前的绊脚石，一切问题都迎刃而解。”

“学士如何说？”蔡京试探着问道。他知道薛奕已经拜见过石越几次了。

薛奕木然摇头，沉默不语。

“薛侯且耐心等等。”蔡京安慰道，“眼下朝廷关心的事，说到底还是西南的局势。千头万绪的一团乱麻，想理清了，总得要有个下手的地方。西南之事一日不定，朝廷就腾不出手来关心你的海船水军。再怎么说，注辇国也是在万里海域之外，与我大宋往日无冤近日无仇的，前些年还有注辇国的使者来进贡过……”说到这里，他顿了顿，又道，“使者今晨已经出发了，小阎王和慕容谦分任益州经略使副。皇上到时候一定会召对，询问军事方略……”

薛奕听懂了蔡京的暗示，却只能暗暗苦笑，他哪里又有本事能结交上王厚与慕容谦。

蔡京见薛奕神情，便已知道自己是白说了。他又与二人闲聊了几句，便告辞离去。对薛奕与秦观的态度，他是十分不以为然的。汴京官场的确十分疏远他们，但这并非是没办法弥补的。一个契丹人韩拖古烈，尚能与汴京的士大夫们打得火热，何况薛奕与秦观二人都是石越门下有名的人物？秦观不必多说，他随手填一小词，占一绝句，哪里还会有叶祖洽的风头？便是薛奕，其实也是会写诗的，他在南海的几首诗流传回来，也颇受称赞。说到底，二人还是太骄傲了，少年得志，在域外又都是呼风唤雨的人物，自以为做的都是经邦济国的大事，打心眼里便看不起汴京那些风花雪月的官员。他们只恨不得能和两府大臣天天谋划着国家大事，却浑然忘记了自己的身份，不过是个平平常常的五六品官而已。新官制以后，这种级别的官员，汴京城里多如牛羊。

所谓的权力中心，在蔡京看来，绝不仅是指两府与学士院。

在外面的时候，你必须表现出吏材来——无论是石越，还是司马光、文彦博，甚至是吕惠卿、冯京，都不是你用“德行”就可以糊弄的人，没有值得称道的政绩，便入不了他们的眼。想出人头地，当然也可以贿赂内臣贵戚请托，“至宝丹”参政，还有吕惠卿、冯京那里，也并非无隙可钻，但蔡京是个极精明的人，他知道这样得不偿失——门下后省的给事中与御史台的御史们就不必多提，靠这样的手段晋身，在石越、司马光、文彦博那里，无异于判了死刑。若政治野心仅止于五品六品，倒也无可无不可，但若真想有所作为，只要这些人还能发挥着政治影响力，这就是非常不智的。

要想升官，就要摸准上司的喜好，投其所好。两府诸公看重的是政绩，那就好好做出些政绩来给他们看。

但仅有这样是不够的。木秀于林，风必摧之。同侪的关系若不搞好，就不会有“清议”支持，仅有“德行”不能得到重用，但没有清议的赞誉，同样也会成为仕途上的重大缺陷。两府诸公看的是政绩，但是汴京的士大夫们，却不会像个考课官一样，凭着你的政绩来决定他的喜恶。

你必须谨慎地融入其中，表现出你另一些方面的才华，才能得到他们的欣赏。诗词歌赋、琴棋书画，乃至品味美食，讲笑话，互相赠送歌伎……只有如此，才可能成为汴京士大夫们中的一员，而不是成为他们的另类。除非你和石越一样，有机会一开始就得到皇帝的赏识，凭着自己的才干牢牢地在皇帝心目中占据一席之地；或者如王安石一样，用几十年的工夫，不断地积累着自己道德声誉与政治资本。但石越那样的奇缘，不是人人可以遇到的，而且，石越在未取得相应的地位之前，照样也结交内侍，与冯京、王安礼等人打得火热；王安石更是得到了韩、吕等世家大族的支持——没有韩维天天在皇帝面前说好话，王安石未必有机会宣麻拜相。

所以蔡京有自己的策略。今时不同往日，熙宁初年，皇帝为了励精图治，兼之还没有一批自己了解、信任的大臣，所以才有王安石、吕惠卿、石越等人的崛起。但到了今时今日，皇帝已非昔日稚嫩的皇帝，他对于朝廷与大臣的操控，早已经得心应手。想通过得到皇帝的信任，而骤得大位，复制王、吕、石一样的传奇，几乎已经不可能。

皇帝依然是决定官员命运的最强有力的人。但在熙宁十七年，除非你是韩忠彦，你去世的父亲是定策两朝的元老重臣韩琦，否则的话，一个太府寺丞，还是不要有不切实际的幻想为妙。决定自己命运的，是两府诸公，与他身边那些看起来似乎是无关紧要的中低级官员。

蔡京尽可能地塑造一个良好的形象。石党是他立身的根基，所以，即使是秦观、薛奕、曾布这样的海外官员，他也与他们保持着良好的关系，并在他们面前以自己人自居，偶尔也会友善地帮帮他们。而石党以外，对于旧党与新党，他也尽量地维持较好的关系——只要他不公然出入吕惠卿的府邸投送秋波，就算是陈元凤站在他面前，他也能称兄道弟。除此以外，他经常出入白水潭学院，结交一切名士，偶尔也会资助一些贫穷的士子——能够影响到朝野清议的力量中，白水潭学院毫无疑问是最重要的一支。

总之，良好的声誉，是绝不能忽视的。

他嘴边带着一种温和亲切的笑容，朝每一个人打着招呼。并非所有在京的官员都有资格参加这次琼林苑的大宴。换言之，在今日的琼林苑，一次不经意的傲慢，就有可能树下难惹的敌人。这是蔡京绝不愿意犯下的错误。

他一面走着，忽然，从左边的道路上传来两个人的低声议论。

“大尹这桩案子，怎的一反常态？”

“舒兄有所不知，这案子牵涉到祥符令……”

蔡京心里一惊，他已经听出来这个“舒兄”，便是御史台大名鼎鼎的舒亶。而“大尹”这两个字，在汴京，除了开封府苏颂外，是不会再有第二个人被如此称呼的。祥符县是开封府的一个大县，祥符令也不是寻常县令可比。这二人所说的案子，听起来非同小可。他顿时留了心眼，放轻脚步，闪到一个树丛后面，却听舒亶道：“蒋安？那僧人和蒋安也有关系？”

“这些和尚道士，出入权贵之门，也是常事。他们作奸犯科，哪一桩后面省得了牵出几个权贵来？”

声音越来越近，蔡京仔细辨认这个声音，总觉得很熟悉。隐隐约约不是御史台的，便是大理寺的，却记不清楚究竟是何人。

“苏子容自任开封府起，便号称要厉行法禁，说什么京师重地，须用柱后惠文之治，以法弹压，断不能无为而治。说得好生冠冕堂皇，我还以为又要出一个包公了。”舒亶语带讥讽，“想不到，区区一个祥符令，他便视国法于无物了。轻轻松松便将那僧人给放了……”

“蒋安是韩枢副的同乡。”

“为了一个韩持国，便可以给蒋某人面子，放过一个僧人。陈世儒的案子，他拖而不决，那也不难想象了。”

二人一面说着，却是朝北边转了过去。蔡京待到二人走远，方从隐身处走出来，怔怔地发了一会儿呆。他已经看出来另一个人的背影——此君是蔡确的同年，如今在开封府做判官。

舒亶想对付苏颂，自然是有原因。吕惠卿曾经想过要收买苏颂，他故意对人放出话来，说苏颂是他同乡的前辈，若肯来拜会他，便可位至执政，但苏颂却并不买吕惠卿的账，反与石越、旧党打得火热。兼之苏颂为开封府，的确也因秉公执法，得罪过不少权贵，舒亶是新党中有名的御史，想借机罗织罪名弹劾他，也不足为怪。但那个开封府判官，却是平素素有直名的，为何要陷害苏颂，他却一时没有想明白。蔡京自然不知道，此君想要对付的并非是苏颂，而是陈世儒——蔡确的父亲蔡黄裳，曾经是陈世儒的父亲陈执中的下属，因为年老糊涂，被陈执中逼迫致仕，郁郁而终。蔡家与陈家由此而结下世仇。苏颂迟迟不肯判陈世儒夫妇死刑，自然也有他的顾虑，却免不了便要得罪另一些人。

蔡京心事重重地边走边想，此事表面看起来事不关己，但他的直觉却告诉他，这事没有这么简单。“不要多管闲事。”蔡京一面在心里告诫着自己，一面却又忐忑不安。

“元长，有礼。”

蔡京只顾着想心事，没料到前面来人，慌忙抬头望去，却见是国子监丞吕大临。他慌忙回礼，笑道：“与叔，有礼了。”一面在心里暗暗奇怪。

其时旧党人物，也并非是铁板一块。在另一个时空的历史上，因为新党势大，因此不同政治理想与信念的人物，不得已合成一块，一起聚集在司马光这面反对党的“赤帜”之下。但实际上，以苏轼为代表的蜀党、以二程为代表的洛党，与势力最大、人数最多，主要由司马光的门人组成的朔党之间，是存在着冲突的。大体来说，其中二程的洛党，与新党理念最为接近，他们也主张对朝政要进行彻底的变革，因此程颢开始时曾经与王安石共事，只是后来无法接受王安石的行事方法，才分道扬镳。但至司马光秉政之时，其时大程已然逝世，程颐还是公然反对尽废新法的举动。后来又是程颐第一个自我反省，以为党争之祸，旧党亦应负责任。而蜀党与朔党的基本立场，则与石党比较接近，都是主张逐步地改良。但相对而言，苏轼较为理想化，而朔党则重视历史的经验，实干的精神较强。

此时历史已然发生极大的改变。但宋廷中的派系，反而变得更加复杂，甚至呈现出你中有我，我中有你的纠缠不清的状况。旧党中，已经不存在所谓的“蜀党”，这一派的政治势力，以二苏为首，已经隐隐并入了石越一派。而所谓的“洛党”，因为二程植根于白水潭学院培养学生，与新、旧、石三党，竟都有牵扯不清的关系。真正意义上的旧党，亦即是朔党，因为与石党在政治理念确有相合之场，二者的政治联合，使之因此也成了朝中三大政治势力之一，而且隐然是势力最大的一派。但同时也很难说得清楚，究竟有多少朔党，其政治光谱其实是在石、旧二党之间偏移不定的。

而这个吕大临，虽然此时不过是小小的国子监丞，但他的身份，却可以折射出熙宁朝中政治派系之间的复杂关系。一方面，他是“程门四子”之一，是所谓的“洛党”；另一方面，他本人是陕西人，他的兄长吕大忠、吕大防、吕大钧都是旧党中极有名望的大臣，吕氏兄弟，也是公认的“关学”大家，在旧党的政治版图中，显然是更偏向朔党的。此外，吕大临既受到司马光的赏识，在白水潭学院也颇具人望，更与石党中的许多人物也牵扯不清。也因为如此，吕大临一直被视为汴京极为有前途的一颗政治新星。许多人都相信，吕大临成为“新贵”，不过是时间问题。

在蔡京看来，吕大临对自己一向是不冷不热的。他亲近的石党人物，多半都是所谓的“白水潭派”，像蔡京这种“西湖派”，显然不属于他“青眼”的范畴。但此时，吕大临却一反常态，主动向蔡京打起了招呼。而且还亲善地和他交谈着。这既令蔡京感到有点受宠若惊，又让他心里非常的奇怪。他全然不知道发生了什么事情。这样有点“反常”的情况，接下来又不断地出现，一路之上，竟然又有两三个在朔党中素有刚直之名的官员，主动向他表示善意。

这让一向极精明的蔡京也不由得糊涂起来。一个吕大临的善意，也许还可以说是偶然，但接二连三的出现，却不可能没有特别的原因。面对着这种不知缘由的善意，蔡京心里竟产生了不安的感觉。他极不喜欢这样的状况，哪怕这看起来对自己是好事。幸好，路上依然还是有旧党的官员对他依然故旧，这让他稍稍安心一点。但很快，他就想到，出现这样的情况，会不会是那件使吕大临们对自己改变态度的事情，就发生在今天，就发生在琼林苑，而很多人尚还不知道此事的发生？

一想到这里，蔡京背上竟冒出一阵冷汗来。

8

琼林苑的一处行宫中。

石越静静地站在赵顼的身旁。他怎么也没有想到赵顼会突然中风。当他被单独召来之时，他跪在赵顼面前，哽咽得半晌说不出话来。他对于赵顼，绝不是没有感情的。只不过，这种感情，有时候是致命的，必须谨慎地掩藏起来。年轻的皇帝可能需要一个亦君臣亦朋友的人物，但是这样的人物，随着皇帝的成长，是不可能被允许一直存在的。若他不懂得分寸，只会重演历史上的悲剧。但他见着赵顼时，却还是忍不住伤感——他知道在另一个时空中赵顼的寿命。历史也许已经改变，但未必每一件事都一定会改变。皇帝的病情，让石越突然产生一种不祥的预感。

他哽咽着，一面却叩头赔罪，为自己女儿的行为请罪，以掩饰自己的感情。

赵顼显然也有点动情。

但他也不允许自己表露自己的感情。从治平四年算起，他已经做了十八年的皇帝。他已经不再是熙宁初年的那个皇帝。他本来想和石越说说他的女儿，但最终，赵顼只是安慰了一下石越，便迅速地谈起了正事。

他是不顾医官们的坚决反对，才来到琼林苑的，他不能允许自己随便浪费精力。

“朕、朕一定要稳住高丽国这个盟邦。为了北、北边！”突然不能利索地说话，让赵顼一时无法适应，但他不得不强忍着心里的烦躁与焦急，“与高、高丽的那点贸易，是蝇头小利。朝廷也不缺那、那点钱，开贸易，是、是为了加强对高丽的控制，不、不是为了将其变成敌人。”皇帝停了一下，叹了口气，“只、只是，司马君实是断不肯白送钱给高丽的……文彦博已经……”

石越听懂了皇帝没有说出来的话。但他心里依然忍不住伤感，平时的赵顼，一向说话语速很快……

“高丽使者带、带给朕的奏章，说的都是同、同一件事，看、看来高丽国国内也很危险了……”关系到高丽国王的王位，自然不会说假话。现在王运唯一的指望，就是宋朝。

“陛下，臣以为，朝廷不能抛弃王运。”

“贸易怎么办？”赵顼望着石越，“继续下去，王运迟早有、有一日王位不保，难、难道真要出动军队、队替他稳固王位？到、到了那个时候，江华岛那点驻军只怕不够……但、但也不能停止贸易……”

“臣倒有个办法。”石越心里只想着要帮助赵顼，他突然间少了许多的顾虑。高丽的局势，他早已经反复地考虑过，“大宋要保持对高丽的影响，不但不能停止贸易，还应当加深贸易。长远之策，可以适当地让高丽人更深地参与到海外贸易中。但短期内，只恐难见成效。但若白送钱财给高丽人，这却是个恶例，臣亦反对这样做。”

石越看了皇帝一眼，又继续说道：“臣以为，不如借一笔钱给高丽。”

“借？”

石越微微点头，道：“高丽国缺钱，借钱给高丽，可以起立竿见影之效。但这笔钱也不能白借。朝廷如今国库拮据，一文钱也不能乱花，骤然间要掏出一大笔钱借给高丽，对朝廷财计，无疑是雪上加霜。”

赵顼点点头，却听石越又说道："臣估算了一下，以宋丽的贸易总额，朝廷每年借给高丽国一百万缗钱左右，便足以巩固王运之王位。"

"一百万缗？！"赵顼吃惊地望着石越。

石越点了点头："便是一百万缗。以后借多少，可以再商议。第一笔借款，要起到作用，不妨就多一些。不过，这笔钱虽然借给高丽，但是，该怎么花，却不能由高丽人做主。"

"朝廷借给高丽的一百万缗，高丽国必须全部用来购买指定的大宋商品。所以，这一百万缗，只是一个账面上的数字。朝廷也不必真的运一百万缗铜钱到高丽。"石越怕赵顼不明白，又解释道，"比如高丽国想买大宋某家商号十万斤盐，那么高丽人可以只要出二成或者三成的铜钱，其余七八成的货款，便可以从这笔借款中抵销。那家卖盐给高丽国的商号，拿着相应的凭证，再到朝廷这里来领取剩余的货款。朝廷扣除商税后，再交付货款便可。如此一来，高丽国的危机，便可迎刃而解。而朝廷借出去的钱，归根结底，还是宋人赚到了。而且，高丽人也不可能一次便将这一百万贯的借款花光，他们交易时毕竟有一个时限，国库也不会那么吃力……"

赵顼听到这里，已是两眼放光。但凭他对石越的了解，知道石越肯定还没有说完，便只是赞许地点了点头，继续听石越陈述着。"除此以外，借钱便要有抵押、担保，还要定下还钱的期限。何时还钱，利息几何，这些可以由有司与高丽使者去谈判。总之不妨放宽点，但不能让他们觉得太轻易。"石越娓娓而谈，赵顼恍然之间，却感觉到似一个巨大陷阱，送到高丽人的面前，"臣不指望着高丽人如期还款，借钱容易还钱难，自古皆然。臣以为，不妨便让高丽人以物抵债。今年高丽人借了朝廷一百万贯，明年朝廷让他们用谷物还债，高丽国这一年间，便得拼命种谷物；若让他们用人参还债，他们这一年间，便得拼命挖人参；有朝一日，陛下若要用契丹战士的头颅来抵债，高丽人亦不敢不从……这笔借款，便如同一根绳索，勒在高丽人的脖子上，可以起到意想不到的作用。既不能让他们欠太多的债，免得逼急了他们翻脸不认账，跑到辽人那边。也不能太少，太少作用便不大。要恰到好处，在他们的偿还能力之内，他们借得越多，利息越低，买货物时价格越低，要付的现钱越少；借得越少，则反之……"

说到这里，赵顼已忍不住高声赞道："奇策！奇策！"自春秋战国之后，国与国之间互相借贷的事情，便几乎从未出现过。宋朝开出如此条件，对于王运来说，简直便如同天上掉肉饼一般。赵顼实在想不到他有拒绝的理由。

"最要紧的，是朝廷有讨债的能力。"石越补充道，"与朝廷交好，最不济，可以挖东墙补西墙，可以年复一年的借钱度日；若胆敢交恶，钱借不到了，还要引来兵戈之灾。只要他们借了第一笔钱，高丽国便从此被牢牢地绑在了陛下的战车之上。只要朝廷不逼人太甚，高丽国从此便是大宋最可靠的盟友。”

“最可靠的盟友？”赵顼脸上不由得露出一丝笑容，他笑着摇了摇头，却不是否定石越的建议，而是在感叹着。司马光对于财政的看法，并非全然没有道理。尽量减少不必要的开支，对于国家财政来说的确重要。但司马光过于谨慎了，除了裁并州县、汰减官员是由他主持的。此外诸如军制改革裁汰老弱兵士、整编禁军；发行交钞等较为积极的财政措施，都与司马光没多大关系。

凡是涉及财计上的问题，司马光都没有太多的办法。在赵顼看来，他的户部尚书，只知道一味地保守与谨慎。这与赵顼的性格，无疑不太合拍。但赵顼也需要司马光，司马光的存在不仅有极重要的政治意义，另一方面，他也可以在必要的时候，狠拉缰绳，将狂驰中的奔马勒住，以免跑得太快，而掉下悬崖。所以，赵顼让司马光掌握户部，却将太府寺始终交到理财较有手段的石党和新党手中，不让旧党染指。

在赵顼看来，石越是一个永远不会让他失望的人。他总能找到巧妙的办法，来解决别人无法解决的难题。这一点很重要。赵顼胸中的雄心壮志，在即位十八年后，不仅没有熄灭，反而越燃越旺。他需要有才干的大臣，特别是在有事之时。但赵顼的身体并没有配合他的心情，因为精神突然的亢奋，他忽然又感到一阵剧烈的头晕。

“陛下！”石越心头浮过一片阴云，声音竟有点颤抖。

“朕没事。”赵顼勉强挤出一丝笑容，说出三个字，又停了好一会儿，仿佛在积蓄力量，方又说道，“今日便、便先议到这里。卿回去好好想想……给六哥、七哥找个老师……”

9

皇帝的病情让两府大臣忧心忡忡，自十七日琼林苑之宴，直到七月二十日，太医们叩破了额头，再也不肯让赵顼迈出殿门一步。这对宋朝政府的运转来说构不成太大的影响——宋朝的政治传统与新官制的精神，都不太需要皇帝处理具体的庶政，皇帝只要掌控高级官员的任命，充当最高的裁决者便够了。但是，皇帝健康与否，依然关系到政局是否稳定。两府宰执大臣经过商议后，决定不顾各国使臣在京这一事实，公布皇帝的病情。这一看似极为自信的举措，其实已经表露了宰执们的担心——他们害怕皇帝病情恶化，突然驾崩，若不事先公布病情，就可能引来许多的猜疑，对于以后的朝局十分不利。

而紧接着，又有两种流言开始在汴京流传。第一个流言是，据说太后与皇帝正在给太子寻找老师，太子赵佣很快便要出外到资善堂读书。这个流言流传很广，很快引起了许多官员的注意，每个人都希望成为太子的老师，人人都知道这是飞黄腾达的捷径。而另一个流言，却只有极少数与禁中的内侍关系密切的官员才知道——据说，高太后属意的资善堂直讲，是白水潭学院院长、《汴京新闻》总编桑充国，以及白水潭学院明理院院长程颐。

没人知道这个流言是何处传出来的，但人们都相信它与禁中的内侍有关。这个消息是如此重要——若皇帝驾崩，不到十岁的太子继位，高太后便会垂帘听政。迎合高太后的意思，是博得太后好感的重要方式。而且，这是不要担任何风险的——桑充国与程颐可以说是当今天下没有做官的儒士中，声望最高的两个人。他们道德高尚，掌握着清议的力量，学生遍布天下朝野，拥有巨大的影响力。这两个人当资善堂直讲，品德、才华、资历，都不会有任何质疑。

那些官员之所以没有立即上疏举荐，仅仅是因为皇帝没有明发诏旨。得了风疾的皇帝，精神格外的脆弱，而且也似乎更容易动怒——三天之中，他唯一处理的朝政便是，不顾司马光等人的反对，接受了一直告病的文彦博的辞呈，让文彦博以太傅的身份判应天府，拜韩维为枢密使。

这不是一次平常的任免。权力格局的脆弱平衡，随着皇帝暴得风疾，文彦博的出外，已经开始破裂。没人知道接下来会发生什么，在这个时候，皇帝没有明发诏旨要替太子选师傅，你却不知好歹的上疏，这不明明是咒皇帝死吗？

但这个沉默却并没有更久地维持下去。

二十一日，去西京濮安懿王陵园献祭回京的金紫光禄大夫、景城郡公赵仲璲上表，请皇太子出外至资善堂读书，并荐布衣桑充国、程颐为资善堂直讲。

赵仲璲是现任濮国嗣王、宗正寺卿赵宗晖的儿子，皇帝赵顼的堂兄。因为赵宗晖年老体弱，赵仲璲近十年来，受诏担任祭礼之职，在宗室中辈分虽然不是很高，却德高望重，说话极有分量。新官制后，宗正寺卿一直由英宗的兄弟们依次接任，但此时实际主持宗正寺事务的，却是赵仲璲。因此连皇帝也要敬他三分。

赵仲璲的奏折，仿佛正是坐实了之前的流言。不待皇帝批复，顺水推舟举荐桑、程为资善堂直讲的奏折，竟如雪片般地飞进禁中。

“荒唐！荒唐！荒唐！”听着陈衍转叙着外面的流言，高太后直气得浑身发抖。让桑充国与程颐担任资善堂直讲？高太后想都没有想过。她或许还听说过桑充国的一些事迹，但程颐在士林中名气虽大，高太后却也仅仅是听说过名字而已。而这一切，居然还是“承太后之意”！

“这宫里头，是越来越没规矩了！竟然胆大包天到敢出去造谣！”

“娘娘，老奴以为，空穴来风，必有其因。定是有人想着让桑、程二人，当太子的师傅，才出此奸计。”陈衍壮着胆子说道，他总觉得这事背后，有着巨大的阴谋。但到底不敢胡乱开口。

“你是说桑充国和程颐？”高太后迅速地反应过来。没有非常的富贵，怎敢行非常之事？

“老奴不敢妄言。”

“桑充国、程颐不过是两个布衣，有什么本事支得动这么多官员？又有什么本事使得动赵仲璲？果真他们能差得动这许多官员举荐，他二人想进资善堂，也不是太大的难事，何苦要出此下策？”高太后到底也是个聪明人，立时便想到，桑、程果真想要进入仕叙，方法多得是，纵算是想做帝师，也犯不着出此下策——只要不是太愚蠢的人，肯定都能知道，皇帝若有万一，倘是太子即位，那么实际主政的，一定是她高太后。得罪了她又能有什么好处？区区两个资善堂直讲，她随便找个借口，便可打发了。桑、程二人她虽不深知，但二人素有虚名，亦不至于利欲熏心至此地步。

但若这背后之人，并非是桑、程，又会是谁呢？

想帮桑、程的人，倘使蠢到这种地步，便断断想不出这样的妙计来——胆大到算计起皇太后，还能差动赵仲璲上表，这不是愚昧之人所能使出来的手段；但若说是桑、程的仇家，想设计陷害他们，用这样的手段，也未免太不可思议了一点。

难道是为了六哥？

高太后心里一动，向陈衍问道：“桑充国、程颐之品行，外间风评如何？”她话一出口，便即后悔，赵仲璲一封奏折，能让这么多人随声附和，这二人的名声，还能差得了去？果然，便听陈衍回道：“回娘娘，这两人都素有令名。程颐的几个弟子，做的都是御史、给事中。”

高太后亦不由得糊涂起来。桑充国她是知道一些的，白水潭学生弟子遍天下，而程颐的门人能做到御史、给事中，那也不是寻常布衣可比。这样两个人，声誉又好，又有一定的政治影响力，为人还正直——这不是为了太子好吗？难怪外间这么容易便轻信这谣言。但既是为太子好，却用这种卑劣的手段，显然也非正人所为。

“太子身边有奸人。”一个念头顿时浮了出来。高太后心里仿佛被什么东西揪了一下，但哪怕在陈衍面前，她也不肯表露分毫，只淡淡说道：“你去召赵仲璲，我要见见他。”

陈衍迟疑了一下，看了高太后一眼，小声回道：“娘娘，景城郡公现在在睿思殿。”

10

“桑充国、程颐究竟是怎么个好法，朕倒想听听堂兄亲口说说。”虽然外界忧心忡忡，但睿思殿内的赵顼，因为治疗调养得当，病情反而有了好转。此时，赵顼已经没有了初时口吃的症状，不过说几个字还是会停顿一下，吐字也还有点含混不清，但一双深陷的眸子中，却似有一团炙热的怒火在燃烧着。

赵仲璲避开了皇帝的目光：“桑充国、程颐负天下大名十余年，此二人，品行、学问、声望皆为上上之选。明代遗贤，是宰相之失。官家虽不能用，何不留予子孙？臣以为，以此二者辅东宫，必能使东宫亲贤臣远小人，成为一代明君。”

“明代遗贤？”赵顼“哼”了一声。

赵仲璲上表推荐桑、程，固然是听了士字辈的几个子侄的建议，宗室中都说太后属意此二人——他儿子甚至言之凿凿，说是某位国公曾经亲口说，听到太后夸赞桑、程，众人都撺掇着他来担这个头。但另一方面，赵仲璲参与宗正寺事务，免不了要管理宗学，桑、程之名声、品行，自然是如雷贯耳。他亦不比寻常宗室，别人在这等事上，只能干着急，而他论亲论贵，都是可以说说话的。而且，纵然因为多管闲事被皇帝驳斥了，却到底也是在未来的皇帝那里立了一功。赵仲璲的这些私心后面，却也未必没有公心。他本人亦相信推荐这二人于社稷有益无害。在他看来，以桑、程二人的资历，做资善堂直讲，是断无不许之理的，才当了这出头鸟。却不料皇帝竟如此不喜桑、程。

皇帝虽然不悦，他却并未乱了方寸，也不肯就此退缩了。他腾地跪了下来，朗声道：“臣有肺腑之言，敢陈于官家面前——太子年幼，若以朝中大臣于资善堂讲读，此一派说此一派的道理，彼一派讲彼一派的注疏，于东宫实有害无益。若其只顾了互相倾轧、争宠，于太子又有何益？桑、程虽是布衣，然盛名布于天下，且皆讲学十余年，亦有当师傅的资历。二人为人刚直，又脱于党争之外，实是极难得者。官家若要为太子寻师傅，舍此二人其谁？臣愿官家三思之。”说到这里，他略迟疑了一下，一咬牙，又继续说道，“且……且，官家若是有不讳之事，太子也须得有得力之人扶持。桑、程二人乃当世大儒，实为天下清议之领袖。二人虽为布衣，而门生遍于天下。得此二人在东宫，储君之位，谁得动摇？汉惠得商山四皓，而高帝知人心之向。伏乞官家三思之！”

他说完这些话，已是汗流浃背。这已是挑得极明了，桑充国、程颐，是决计当不了权臣的，但是凭其声望与影响，若争取到太子一边，对于太子巩固大位，将有着举足轻重的作用。但他说出这番话来，却已经是身不由己地卷入了宫廷斗争当中。一个宗室，哪怕是宗正寺卿，对于皇帝的家务事，也不应当知道得太清楚了。揣着明白装糊涂，是长寿的第一要诀。虽然身上都流着太宗皇帝的血，但君臣之隔有若天壤之别。赵仲璲心里一面是对自己强出头的悔恨，一面是对未来命运的忧惧，二者交杂在一起，全身都不由得微微地颤抖着。

他话说到这个分儿上，赵顼亦没有听不懂的。他身子还是有些不灵便，斜靠在榻上，半睁双眼，静静地看着赵仲璲。半晌，方缓缓说道："堂兄忠心可嘉，却是想左了一些事情。我家立国已久，人心早定，用不着什么商山四皓来示人心向背。且六哥位份早定，还有何人敢妄加觊觎？朕让堂兄代管宗正寺，是盼着堂兄以德治家，以正道服人。祖宗得此天下，是由天命德化，非是由权术算计。天命若在六哥这里，凭谁也夺不去；天命若不在六哥这里，费尽心机也守不住。朕用不着什么桑充国、程颐！"

"臣糊涂，臣糊涂！"赵仲璲忙不迭地叩头请罪。

"朕看堂兄不是糊涂，而是太明白了。"赵顼吐词含混，语气却尖锐得像把利刃，"朕还没死，这大宋江山，做主的还是朕！堂兄莫要想得太远了。"

"官家……"

赵仲璲话未说完，便被赵顼打断："这么些年来，堂兄每年四次奔波于两京之间，祭祀祖宗，从未出过半点差错，也算是劳苦功高。但太忙了，看来也不是好事——朕想，宗正寺的事，堂兄暂时不要管了，还是好好读读圣人的书……"若非看在濮王赵宗晖的面子上，赵顼早就将赵仲璲赶到西外宗正司去了。

赵顼并不知道高太后亦是被人利用了。他不欲桑充国、程颐当赵佣的师傅，自然也有他的考虑。白水潭学院势力越来越大，迟早有一天会成为朝中一股极庞大的势力。他不可能解散白水潭学院，皇帝也有他做不到的事情。但他却不愿意因桑、程为太子师，而助长白水潭的声势。

在赵顼看来，反而应当给其余的学院适当地扶持，以防止一家独大。所以，在最近几届殿试中，他甚至有意提升嵩阳、应天府书院的进士的名次。此外，赵顼对桑充国的印象很一般。十余年前的事情，赵顼当然不可能老记在心上，桑充国说到底不过一介布衣而已。他甚至淡忘了是什么事情，然而在心里却留下了一个坏印象，这让他下意识地生出排斥的心理。至于程颐，皇帝了解甚少——他从未读过程颐的著作，但赵顼却记得程颐的哥哥程颢，他也并不是太喜欢程颢。更何况，"皇太后属意的人选"，这种传闻让赵顼感到极不舒服。

所以，他宁可从馆阁中找几个饱学之士去做资善堂讲读。

然而，不管当事人有何想法，赵仲璲的奏折到底已经成了离弦之箭，难收覆水。汹涌澎湃的暗流，仿佛找到了一道口子，哗地便喷射出来。高太后的真正意愿，没有人知道——人们知道的只是赵仲璲的奏折，与那个逐渐传扬开来的流言。对于高太后的这个“想法”，士林交相称誉，百官纷纷上表称许。在他们看来，桑、程为资善堂直讲正是众望所归，高太后的这番见识，更显出她一贯的贤明。虽然朝中也有人反对这道任命，但人数太少，理由乏力，相比而言，全然不能成气候。

白水潭巨大的影响力，在此时充分体现出来——在白水潭，依然有着“学而优则仕”的传统，桑、程被荐为资善堂直讲，位份虽低，却格外的荣耀。不仅白水潭出身的官员对此大唱赞歌，朝中的百官，更是跨越派系纷争，纷纷上表支持，生怕落后。从来人情都是爱锦上添花，许多纵使心里不以为然，或者心怀嫉妒的人，这时候亦都不免要违心地附和一下。

吊诡的是，虽然朝野称赞，几乎没有什么有力的反对者，又有“太后的属意”，但皇帝却似乎一直病得厉害，连替皇太子选师傅这等大事，也搁置着迟迟没有处理。

11

便在这闹腾腾的朝局中，汴京东城之外的一个渡口边，两个老人对坐在一座简陋的草亭之中，以两杯浊酒，互道离别之情。三朝元老，太傅文彦博要从此地出发，离开这天下最繁华也是最纷扰的所在，去应天府颐养晚年。在城门之时，他便谢绝了前来送行的门生故吏、亲朋好友，但司马光坚持要送他到渡口之前，文彦博却无法拒绝。因为他心里十分明白，这一去，二人此生也许便再也不会有见面的机会了。这既是生离，也是死别。而文彦博心里也有许多放不下的记挂，想在临行之前，托付给司马光。

“文公，便不能为天下稍忍片刻？！”几杯酒下肚，司马光亦忍不住抱怨起来。国事艰难至此，政局偏偏还动荡不安，朝中吕惠卿打而不倒，石越居心叵测；宫中皇帝重病，太子年幼，偏偏还有个贤王在那里虎视眈眈，更兼太后与皇帝母子猜疑。在这个当儿，司马光亦不免深感独木难支。偏偏文彦博居然在此时撂挑子不干了。他心里的苦闷，更能与何人说？

“君实，我是不得不走啊。”文彦博涩声苦笑着，“皇上是有为之主，我以老朽之身，久居枢府，于皇上而言，实乃是不得已。当初新官制推行，兵部权重，枢府若无老臣镇守，两府对掌大柄便成一句空话。其后军制改革，裁汰老弱，整编禁军——君实当知道，我开始是反对的，我担心兵骄已久，仓促为之，唯恐生变。但皇上与石子明辈锐意为之，让我居枢府，亦不过是欲借我的那点虚名，来镇压人心。我知圣意不可变，又恐由他人为之，激起兵变，于国家不利，这才勉为其难。不料这一做，竟做了十年。君实熟知国朝典故，想想国朝有几个臣子，能一掌枢密院十年之久的？”

他摇摇头，叹道：“如今军制改革大势已定，灵夏亦已收复，我在枢密院，对着一个西南夷叛乱束手无策，皇上口里不说，心里实是已有不满。我此时不走，难道要等将来被赶走吗？朝中之事，以后便只能靠君实你了。”文彦博自知此去之后，也许此生再难回到汴京，司马光又是可以放心之人，因此竟毫无忌讳，将肺腑之言都说了出来。

司马光亦不由黯然。

“我等想扳倒福建子，却到底还是小看他了。益州师久而无功，枢密院也理当有人负责，我有这个把柄在他手中，他便总有话说。如今我既然出外，平叛之将又是他一力推荐的，以后他便少了许多借口。我自请出外，亦是替他做个榜样……”

司马光微微点头，但想起此事，又不觉愤然，道：“若没有石子明给他出主意……”

“君实！”文彦博打断了司马光的话，道，“若是果真王厚和慕容谦能平益州之乱，便让福建子多做几年宰相，也不要紧。我们要扳倒福建子，是认定有他在相位，益州局势便只会恶化，于国家不利。千万不要到最后，自己蒙了自己的双眼，将本末倒置。晚唐牛李党争，前车之鉴不远。便是我反对王厚、慕容谦之任命，亦是以为益州之乱，非徒用兵可定者。王、慕毕竟年轻，我怕他们为了取悦上司，急于成功，反害了国家。”

“文公说得极是。”

“君子与小人之别，不在于有党无党。君子之党，以社稷万民为重；小人之党，则以一党之私为重。”

“文公以为，石子明是君子，还是小人？”司马光始终耿耿。

文彦博默然了好一会儿，方缓缓说道：“谓其小人则太过，谓其君子则不实。君实以后，亦要留心他。”

司马光叹息了一声。应付一个吕惠卿，他已经筋疲力尽，再加上一个敌友难分的石越，他实有心有余而力不足之感。他端起酒杯，轻抿了一口，抬眼注视文彦博，低声道：“凭我一人之力是不行了。如今朝中非止是益州之患，福建子之奸，石子明之难测。皇帝染上此病，难免有不讳之事，太子年幼，外头又一个‘贤王’……我非有伊尹、诸葛之材，哪里撑得住这些许多事？”

文彦博直视司马光的双眼，淡淡道：“君实最忧心的，还是皇上母子相忌吧？”

“形迹已露。外间说以桑充国、程颐为资善堂直讲，是承太后之意，我是将信将疑。但桑、程皆是正人，为资善堂直讲亦甚妥当，便不是太后之意，外间既然这么传言，按理皇上亦当顺水推舟允诺了。这方是母慈子孝之意。但皇上却久久不允……”

文彦博点了点头：“倘是母子无间，纵有一千个贤王，亦无能为也。”

“外人见着这般情形，亦不免生了疑忌，便会以为太后有他意。小人便由此而生非分之心，想着定策之功。”司马光忧心忡忡地说道，“倘若西南局势变坏，波及益州；或北边有异动，那便有了立长君的理由……”

因为皇帝一病，所有的事情，竟突然便交织在一起，让局势越发地恶劣起来。

文彦博低着头想了很久，这才说道：“益州败坏也罢、交钞出事也罢、北边异动也罢，倘真要人来收拾残局，朝野想的，首先一定会是石子明。他迟早会再入两府。依我之见，石子明圣眷未衰，皇上或者是想压一压，将他留给子孙，但果真出了大事，皇上还是会用他的。这些事情，是他的长处，朝中没人能胜得过他。我看石子明未必不想福建子下台，二人之间的矛盾亦不小，只是石子明向来能屈能伸……君实若将他逼到福建子一边，并非上策。如今真正要防的，是雍王和福建子，这都是关系到社稷的大事。于石子明，要导其向善，防其向恶。”说到此处，文彦博仿佛下了极大的决心，抬高声音，道，“君实，若不得已，便促王介甫出山吧！”

司马光不由一怔，望着文彦博。他知道文彦博对王安石的感情是极复杂的，在王安石为相之前，文彦博非常欣赏王安石，推荐赞扬的事情，没少做过。但王安石为相之后，很快便将他赶到地方。一直到王安石被罢相，他才得以重返中枢。司马光没有料到文彦博竟然能捐弃恩怨，要他促王安石复出。

他脸上露出难得的笑容，那是一种欣慰的笑容。

“我已经给王介甫写信了。”司马光笑道。他与王安石，也曾经是莫逆之交，二人因为政见不同而关系破裂。但在内心的深处，司马光始终认为，王安石是他最好的朋友。这两个人，即使在关系最坏的熙宁初年，也始终相信对方的品格。若能够在十几年后，抛弃恩怨，再度携手共事，对于司马光来说，也是他极期盼的。

文彦博亦是一怔。二人相顾一眼，不由得哈哈大笑。

若司马光能促王安石复出，那不仅可以对付吕惠卿，而且也可以制衡朝中一切有着非分之想的人。尽管大家政见不同，但二人对王安石的品格，却都有绝对的信任。

“只要我在一日，天下之事，文公便可放心。”送着文彦博踏上座船，司马光抱拳慨声说道。

文彦博默默地看着几乎是形容枯槁的司马光，心里又是感动、又是担心、又是不舍、又是期盼。但最终，他只是微微点了点头，便转身离去。才走了一步，他又突然想起一事，转身道：“君实，蔡京此人不可信。”

“蔡京？”司马光没有明白文彦博的意思。

“我听说你在琼林苑大宴中，公开夸赞蔡京能干，理财治民，皆为上选。”文彦博道，“蔡京心术不正，君实要当心。石越门下良莠不齐，君实若要导其向善，须择心术品行较好者。蔡京此人，君实犹须慎之！”

“文公之言，我必当铭记于心。”司马光口里应道，心里却大不以为然。

“君实保重！”文彦博又凝视了司马光一眼，叹了口气，一抱拳，转身走进船舱，唤道，“开船！”

（第六卷完）

地球旅馆 出品
捧读文化 触及身心的阅读 全国总经销

出 品 人 张进步
策划监制 程 碧

特约编辑 史凡桂 朱 莹
封面设计 林雨 QQ:450611716
内文设计 八月松子 August pine nut

新浪微博 微信公众号

发 行 肖 遥 谭 婧
法律顾问 天津益清（北京）律师事务所 王彦玲
出版投稿、合作交流，请发邮件至：innearth@foxmail.com
了解新书，图书邮购、团购、采购等，请联系发行电话：010-85805570